BASTEI LÜBBE

Hedwig Courths-Mahler

Die schöne Melusine

Um Diamanten und Perlen

BASTEI LÜBBE

BASTEI LÜBBE TASCHENBUCH
Band 14 930

Erste Auflage: Juli 2003

Vollständige Taschenbuchausgabe

Bastei Lübbe Taschenbücher ist ein Imprint
der Verlagsgruppe Lübbe

Umschlaggestaltung: Martinez Produktions-Agentur, Köln
Satz: hanseatenSatz-bremen, Bremen
Druck und Verarbeitung: AIT Trondheim
Printed in Norway
ISBN 3-404-14930-0

Sie finden uns im Internet unter
http://www.luebbe.de

Der Preis dieses Bandes versteht sich einschließlich
der gesetzlichen Mehrwertsteuer.

Hedwig Courths-Mahler

Die schöne Melusine

BASTEI LÜBBE

I

Mein lieber Lutz!
Ehe mir der nahende Frühling zu viel Arbeit bringt und meine Zeit dadurch knapp wird, will ich Dir noch einmal ausführlich schreiben. Du weißt ja, wenn draußen die Feldarbeiten beginnen, bin ich den ganzen Tag unterwegs. Die Jahresabrechnung, die ich Dir kürzlich sandte, wird Dir gezeigt haben, daß ich wieder trotz aller Mühe einen sehr geringen Reingewinn erzielt habe, und es ist mir sehr lieb, daß Du auf jeden Zuschuß von zu Hause verzichtest.

So kann ich ein paar notwendige Arbeiten vornehmen lassen. Am Kuhstall und an der großen Scheune müssen die Dächer ausgebessert werden, und einige Zimmer im Wohnhaus brauchen unbedingt neue Tapeten. Du weißt, unnötig gebe ich keinen Pfennig aus, dafür kennst Du Deine Mutter.

Käthe muß für den Sommer einige Kleider haben, sie wächst so schnell aus allem heraus, und da sie nun eine erwachsene junge Dame ist, kann ich sie in den alten Fähnchen nicht mehr herumlaufen lassen. Sie verspricht bildhübsch zu werden. Von Muttereitelkeit weiß ich mich frei, es ist mein objektives Urteil. Ich hoffe, Käthe macht bald eine gute Partie, ich sehe mich schon langsam danach um, denn mit achtzehn Jahren ist eine junge Dame heiratsfähig. Findet sich hier im Umkreis keine Partie für sie, muß man sie im Winter vielleicht nach Berlin oder Dresden bringen, damit sie Gelegenheit zu einer passenden Bekanntschaft findet.

Du wirst natürlich die Stirn kraus ziehen, wenn Du dies liest. Ich kenne ja Deine leider recht unvernünftigen Ansichten über diesen Punkt. Es wäre mir aber sehr viel lieber, Du wärst nicht so ideal veranlagt, sondern hättest meinen praktischen Sinn geerbt. Dann hättest Du Dich längst nach einer reichen Frau umgesehen, denn eine arme kannst Du keinesfalls brauchen. Das wäre das Ende, Lutz, wenn Du Dich an ein armes Mädchen verplempertest. Das darfst Du mir nicht antun, mein Sohn.

Du wirst denken, daß ich mir unnötige Sorgen wegen unserer Lage mache, weil uns das Erbe Onkel Rudolfs sicher ist. Damit rechne ich freilich und mehr als Du. Ohne die Hoffnung, daß uns der Wildenauer sein Hab und Gut vermacht, hätte ich längst die Flinte ins Korn geworfen. Eines Tages, das weiß ich, werden alle unsere Sorgen von uns genommen werden, denn Onkel Rudolf kann ja niemand als uns zu seinen Erben einsetzen. Da er selbst weder Frau noch Kind hat, stehen wir ihm am nächsten. Und außerdem hat er vor Jahren Deinem verstorbenen Vater versprochen, ihm Wildenau zu vererben. Sehr lange hat Onkel Rudolf kaum noch zu leben, obwohl er kaum fünfundvierzig Jahre alt ist. Sein Leiden wird ihm einen frühen Tod bringen. Aber – man täuscht sich auch manchmal. Doch wie dem auch sei, eines Tages gehört uns all sein Reichtum und sein herrlicher Besitz.

Deshalb ertrage ich willig seine galligen, sarkastischen Ausfälle, die mir oft das Leben schwermachen. So oft wir mit ihm zusammenkommen, läßt er es nicht an allerlei häßlichen Bosheiten fehlen. Doch ich ertrage sie für Euch, für Dich und Käthe.

Trotz seines Herzleidens kann er aber auch länger leben als wir annehmen, denn er ist noch unglaublich rüstig, wenn er auch von Zeit zu Zeit sehr zusammenfällt. Er erholt sich immer wieder. Und deshalb können wir auf Jahre hinaus noch nicht mit dem Erbe rechnen. Das legt Dir die Pflicht auf, eine reiche Frau heimzuführen, damit wir ein bißchen freier atmen können. Und Käthe muß auch eine gute Partie machen, dafür sorge ich. Dann können wir mit Ruhe Onkel Rudolfs Ende abwarten.

Also, sei vernünftig, Lutz, und sieh Dich bald nach einer reichen Frau um. Du weißt ja, daß die Einkünfte von Jahr zu Jahr geringer werden und daß ich nicht viel mehr als die Hypothekenzinsen herauswirtschafte, obwohl ich von früh bis spät auf dem Posten bin.

Nun habe ich Dir noch etwas anderes zu melden. Denke Dir, gestern kam aus Amerika ein Brief an Deinen Vater an. Er war von Maria Hartau, einer Kusine Deines Vater, die wohl nichts von seinem Tod gehört hatte. Du wirst Dich erinnern, daß Dein Vater zuweilen von dieser »Lieblingskusine« gesprochen hat. Ich habe sie wenig gekannt, weiß nur, daß sie mit einem obskuren Maler in die weite Welt gelaufen ist, weil ihre Eltern sie vernünftigerweise mit einem vermögenden Mann verheiraten wollten. Sie hat dann diesen Maler Hartau in England geheiratet und ist mit ihm nach Amerika ausgewandert. Dort ist es ihr natürlich ziemlich schlechtgegangen, wie sie in ihrem Brief schreibt. Ich habe ihn selbstverständlich geöffnet und gelesen, da Dein Vater nicht mehr am Leben ist.

Diese Maria Hartau, die bisher nie etwas von sich hören ließ, ist gestorben. Sie hat sich vor ihrem Tod daran erinnert, daß sie mit Deinem Vater sehr sympathisiert hat, und wohl auch daran, daß er immer ein idealer Weltverbesserer war und allen Menschen helfen wollte. Sie spekuliert jedenfalls auf diese Gutmütigkeit und schickt uns quasi als teures Vermächtnis ihre Tochter, als ganz sicher nimmt sie an, daß diese in Berndorf Aufnahme finden wird. Sie läßt uns gar keine Möglichkeit, nein zu sagen. Und wenn wir nun nicht als Barbaren gelten wollen, müssen wir sie aufnehmen, wenigstens bis sich ein anderes Unterkommen gefunden hat. Da ihre Mutter unstreitig eine Freiin von Berndorf war und außer uns keine Berndorfs mehr existieren, haben wir eine gewisse moralische Verpflichtung, uns ihrer anzunehmen.

Das fehlt mir gerade noch, daß mir die Sorge um anderer Leute Kinder aufgebürdet wird. Unnütze Brotesser können wir wirklich in Berndorf nicht brauchen. Was sagst Du dazu, mein Sohn? Ich lege Dir den Brief Maria Hartaus mit ein, sende ihn mir zurück in Deinem Antwortschreiben.

Aber nun will ich schließen, gleich wird Onkel Rudolf kommen, ich habe ihn zum Mittagessen eingeladen. Ein Genuß ist seine Gesellschaft nicht, aber man muß ihn mit Geduld ertragen. Käthe fürchtet sich geradezu vor seiner spöttischen Art und liefe am liebsten davon, wenn er kommt. Aber sie ist gottlob vernünftig und weiß, was auf dem Spiel steht. Trotz ihrer Jugend kann sie sich in Fällen, wo es nötig ist, tadellos beherrschen.

Also für heut lebe wohl, mein lieber Lutz, und laß bald von Dir hören. Käthe läßt Dich grüßen. Wann wirst Du wieder einmal nach Berndorf kommen?

Mit herzlichem Gruß

Deine Mutter.«

Als Lutz von Berndorf diesen Brief zu Ende gelesen hatte, faltete er ihn nachdenklich zusammen. Seine Brust hob sich, als mühe er sich, die Last loszuwerden, die ihn bedrückte.

Seine Mutter war ihm immer innerlich fremd geblieben.

Ihre Art war von der seinen so verschieden, daß es bei ihnen kein herzliches Einverständnis geben konnte, wie es zwischen ihm und seinem Vater geherrscht hatte. Er wußte sehr wohl, daß die kalte, kleinliche und berechnende Art der Mutter diesem das Leben verbittert hatte. Freilich, ohne sie wären die Verhältnisse in Berndorf noch weniger geordnet gewesen. Wenn sie nicht gerechnet und geknausert hätte, wäre das Gut schon unter den Hammer gekommen. Sein gutherziger Vater hatte zuviel an andre gedacht und zuwenig an sich selbst. Lutz wußte aber, daß seine Mutter eine tüchtige und sparsame Wirtschafterin war.

Deshalb hatte er ihr auch gutwillig das Regiment abgetreten, als er nach seines Vaters Tod Herr von Berndorf wurde. Er hatte von seinem verstorbenen Vater die Erlaubnis erhalten, Chemie zu studieren. Er wollte seine Zukunft nicht auf das verschuldete Berndorf aufbauen und noch weniger auf die Möglichkeit, seinen Onkel Rudolf in Wildenau zu beerben. Rudolf von Wildenaus Mutter war eine Freiin von Berndorf gewesen. Er und Lutz von Berndorfs Vater waren Vettern. Lutz war eine zu tatkräftige Natur, um zuzusehen, wie sich die Verhältnisse auf Berndorf täglich verschlimmerten. Ändern konnte er es nicht, deshalb suchte er seine Zukunft auf eine andre Art zu meistern.

Seine Mutter hatte nur widerstrebend ihre Einwilligung zu seinem Studium gegeben. Sie sah in ihrem Sohn den Erben des fürstlichen Besitzes Wildenau und wollte nicht, daß er einen andern Beruf als den des Landwirts ergriffe. Aber in dieser Angelegenheit hatte ihr sonst nur zu nachgiebiger Gatte ein Machtwort gesprochen.

»Der Landwirt liegt Lutz ohnedies im Blut. Kommt er dazu, Herr auf Wildenau zu werden, so wird er sich schnell einarbeiten. Unbedingt sicher ist das aber durchaus nicht, denn Rudolf ist in den besten Jahren und kann trotz seines Herzleidens noch jeden Tag heiraten oder sein Hab und Gut anderweitig vererben. Dann bliebe Lutz nur Berndorf. Ich möchte nicht, daß er, wie ich, seine besten Kräfte daransetzt, die Hypothekenzinsen herauszuwirtschaften, um schließlich, wenn er sich Jahr um Jahr damit abgequält hat, vor dem Ruin zu stehen. Mein Sohn soll frei sein von dieser Last. Er soll einen Beruf ergreifen, den er mit Lust und Liebe ausübt und der ihn in den Stand setzt, im Leben vorwärtszukommen. Im übrigen können ihm seine Studien als Chemiker später auch von Nutzen sein, wenn er sich vielleicht einmal als Landwirt betätigt. Die Zeit, die er seinem Studium widmet, ist keinesfalls für ihn verloren.«

So hatte Lutz' Vater zu seiner Gattin gesprochen, und in diesem Fall hatte sie sich seinem Willen gefügt.

Jetzt war sie auch ganz einverstanden, daß ihr Sohn diesen Beruf ausübte, denn er hatte nach Beendigung seiner Studien bereits ein Einkommen, daß ihn auf jeden Zuschuß von zu Hause verzichten ließ. Er war Assistent eines berühmten Professors an einem chemischen Laboratorium geworden und lebte jetzt in Berlin.

Langsam hatte er den Brief zusammengefaltet und wollte ihn wieder in das Kuvert schieben. Da erblickte er erst den eingelegten Brief, den die Mutter erwähnt hatte, und zog ihn aus dem Kuvert. Er las:

»Lieber Vetter Theo, liebe Martha!
Ihr werdet Euch wundern, nach so langer Zeit von einer zu hören, die für Euch alle verschollen war. Ich habe Euch in all der Zeit absichtlich keine Nachricht gegeben, denn mei-

ne Eltern und Geschwister haben meine Briefe ungeöffnet zurückgeschickt, und so wollte ich Euch nicht in die peinliche Lage versetzen, mich ebenfalls verleugnen zu müssen. Daß Du, mein lieber Vetter, mich nicht verdammt hast, weil ich meinem Herzen und dem Mann meiner Liebe folgte und mich nicht an den ungeliebten Mann verkaufte, dem mich die Eltern ausliefern wollten, weiß ich. Du hast mir ein gutes Wort damals auf meinen Weg gegeben: Bleib Dir selbst treu, Maria, denn keine Untreue bestraft sich härter als die gegen sich selbst! – Für dieses Wort danke ich Dir noch heute in meinen letzten Lebensstunden. Und ich habe es allezeit beherzigt. Meine Eltern und Geschwister sind tot – ich erfuhr es durch fremde Menschen – ganz zufällig. Auch sonst lebt niemand von meinen Verwandten mehr als Ihr beiden, Du, Theo, und Deine Gattin. Und so kann ich mich jetzt in meiner Herzensnot auch nur an Euch beide wenden.

Ich habe nicht viel Glück im Leben gehabt, soweit das Glück aus realen Gütern des Lebens besteht. Wir sind arm geblieben, mein Mann und ich, haben immer nur aus der Hand in den Mund gelebt. Aber sonst war mein Leben ein reiches und gesegnetes, ich habe lieben dürfen und bin geliebt worden, wie es nur wenigen Menschen beschieden ist. Solange wir beide arbeiten konnten, blieb uns auch ernste Sorge fern. Wir hatten, was wir brauchten, für uns und unser einziges Kind, unsre Tochter Winnifred.

Aber nun ist all mein bescheidenes Glück zerbrochen. Mein geliebter Mann starb nach langem Leiden vor zwei Jahren. Seine Krankheit zehrte unsern Sparpfennig und meine Kräfte auf. Der Arzt gibt mir nur noch eine kurze Frist. Da ist die Angst um Winnifred, meine Tochter, riesengroß an mich herangekrochen. Was wird aus dem Kind, wenn ich die Augen schließe?

Winnifred ist ein sehr sensitives schüchternes Geschöpf, paßt nicht in dieses Land, wo man seine Ellenbogen rücksichtslos gebrauchen muß, wenn man seinen Platz behaupten will. Sie ist gar nicht geeignet für den Lebenskampf. Mein Mann und ich haben uns heimlich immer an ihrer zärtlichen Gemütsart gefreut. Wir konnten ja bisher die Hände über sie breiten, nichts Rauhes und Böses durfte an sie heran. Aber nun, wenn ich nicht mehr bin, steht sie einsam, schutzlos im Leben, hier in fremdem Land, in dem sie sich mit ihrer Art nie zurechtfinden wird. Sie würde hier zugrunde gehen, ich fühle es.

Und da habe ich in meiner Angst und Not an Euch gedacht, an Dich, Vetter Theo, den ich als einen edlen, gütigen Menschen kenne. Ich hörte, daß Ihr noch in Berndorf wohnt. Erbarmt Euch meines Kindes, lieber Theo, liebe Martha. Ich habe keine Zeit mehr, erst bei Euch anzufragen, ob ich Euch Winnifred ins Haus schicken darf, ich tue es, weil ich mir keinen andern Rat weiß. Einer Sterbenden letzte Bitte fleht um Eure Hilfe! Winnifred hat eine sehr sorgfältige Erziehung genossen und scheut sich vor keiner Arbeit. Könnt Ihr sie nicht in Eurem Hause gebrauchen, so verhelft ihr zu einer Stellung, in der sie Familienschutz und Anschluß findet, vielleicht als Gesellschafterin oder dergleichen. Sie ist sehr musikalisch und hat alles gelernt, was sie in solcher Stellung braucht. Ich will mit dem beruhigenden Gedanken den letzten Schritt ins dunkle Nichts gehen, daß Ihr barmherzig sein werdet.

Winnifred ist neunzehn Jahre alt. Sie hat mir versprechen müssen, gleich nach meinem Tod nach Deutschland zu reisen, unter dem Schutz eines Freundes meines Mannes, des

Kapitäns Karst, der sie auf seinem Dampfer mitnehmen will. Sie wird Euch herzlich dankbar sein für alles, was Ihr für sie tun werdet. Ich bitte Euch, laßt sie einige Zeit wenigstens in Berndorf bleiben, bis sich ein anderes sicheres Unterkommen für sie findet. Seid gütig und großherzig. Des Himmels reichster Segen wird es Euch lohnen.

Dieser Brief soll erst nach meinem Tod an Euch abgehen, er soll Euch melden, daß ich nicht mehr am Leben bin. Winnifred wird also bald nach diesem Schreiben bei Euch eintreffen. Zürnt ihr nicht, falls sie Euch ungelegen kommt. Ich habe ihr die Überzeugung beigebracht, daß Ihr sie gern aufnehmen werdet auf einige Zeit. Sonst hätte sie sich nicht zu Euch gewagt. Erbarmt Euch – ich will mit dem Glauben an Eure Güte und mit dem heißen Wunsch, daß sie Euch gesegnet wird, die Augen schließen.

Lebt wohl, Gott mit Euch auf allen Wegen.

Eure Kusine

Maria Hartau,
geb. Freiin Berndorf.«

Lutz sah sinnend vor sich hin, als er den Brief zu Ende gelesen hatte. Armes Ding! – Sie wird in Berndorf nicht auf Rosen gebettet sein, dachte er. Er sah auf die Uhr. Eine Stunde hatte er noch Zeit, ehe er ins Laboratorium ging. Schnell beendete er sein Frühstück, um den Brief seiner Mutter zu beantworten.

Diese Antwort lautete:

»Liebe Mutter!
Herzlichen Dank für Deinen lieben Brief. Beiliegend erhältst Du auch das Schreiben von Maria Hartau zurück. Es freut

mich, daß Du Dich entschlossen hast, Winnifred Hartau bei Dir aufzunehmen.

Ob sie uns erwünscht kommt oder nicht, ist zweitrangig. Sie ist eine Hilflose und uns verwandt, also besteht für mich kein Zweifel, daß wir ihr eine Heimat bieten müssen. Was dann weiter mit ihr geschehen soll, werden wir sehen. Man muß sie erst kennenlernen.

Bitte teile mir nur mit, wann sie eingetroffen ist und welchen Eindruck sie macht. Vielleicht freut sich Käthe auf eine junge Gefährtin. Und wenn sie bescheidene Ansprüche hat, die wir erfüllen können, dann läßt es sich wohl einrichten, daß sie für immer bleibt. Sie kann Dir ja ein wenig zur Hand sein.

Doch das können wir noch besprechen. Ostern komme ich auf vierzehn Tage heim. So lange wird das Laboratorium geschlossen. Dann können wir auch über andere Dinge reden.

Momentan stecke ich in wichtigen Arbeiten, von denen ich Dir berichten will, wenn ich heimkomme. Es wird Dich interessieren. Deshalb habe ich jetzt keine Zeit, ausführlich zu schreiben. Grüße Käthe herzlich und auch Onkel Rudolf. Laßt Euch durch seine Grillen nicht so sehr gegen ihn einnehmen. Er ist doch ein guter, edler Mensch, mit dem ich mich viel besser stehen würde, wenn er mir von Dir nicht immer als Erbonkel vorgehalten würde. Das reizt mich geradezu, ihm schroff gegenüberzustehen, damit ich nicht in den Verdacht der Erbschleicherei komme, dazu habe ich kein Talent.

Mit herzlichen Grüßen

Dein treuer Sohn Lutz.«

Als er mit diesem Brief fertig war, begab er sich ins Laboratorium.

II

Lutz von Berndorf hatte unterwegs den Brief an seine Mutter zur Post gegeben.

Mit Eifer machte er sich dann an seine Arbeit. Wie immer war er ganz bei der Sache. Er blieb auch über die Mittagszeit im Laboratorium, weil er in dieser Pause an einer Erfindung arbeitete, die er gemacht hatte und die sein Geheimnis war. Durch den Diener ließ er sich das Essen holen, damit er nicht fortzugehen brauchte, nahm schnell seine Mahlzeit ein und begab sich wieder an seine Arbeit.

Er war in diese so vertieft, daß er sich überrascht aufrichtete, als der Diener zu ihm trat und sagte:

»Herr Doktor, ich sollte Sie daran erinnern, daß Sie heute pünktlich Schluß machen müssen, weil Sie bei Exzellenz Blümer eingeladen sind.«

Lutz sah dem anderen einen Moment geistesabwesend ins Gesicht. Dann richtete er sich auf und lachte: »Ach so, Leimert! Richtig! Ich danke Ihnen, helfen Sie mir, die Gläser in Ordnung zu bringen. Wie spät ist es denn?«

Er sah auf die Uhr und nickte. »Ich komme noch zurecht.«

Schnell ordnete er alles Nötige auf seinem Arbeitsplatz, und wenige Minuten später schritt er seiner in der Nähe gelegenen Wohnung zu. Diese bestand aus zwei behaglich eingerichteten Zimmern, die ihm die Witwe eines Rechnungsrats vermietet hatte. Das Dienstmädchen öffnete ihm mit freundlichem Gesicht die Wohnungstür. »Ich habe schon alles zurechtgelegt, Herr Doktor«, sagte es.

Er nickte ihr lächelnd zu. »Sie sind wirklich eine Perle, Berta. Bitte, sagen Sie Frau Rat, ich hätte gern noch eine Tasse Tee und einige belegte Butterbrote, ehe ich gehe.«

Berta ging, um den Auftrag auszurichten, und Lutz betrat seine Zimmer.

Schnell machte er Toilette. Der Ankleidespiegel warf seine schlanke, vornehme Erscheinung zurück. Auf der sehnigen, kraftvollen Gestalt saß ein Kopf, den man nicht leicht übersehen konnte. Das gebräunte Gesicht hatte markante, ausdrucksvolle Züge. Um den schmallippigen Mund lag ein Zug, der Energie und Entschlossenheit verriet, und die tiefliegenden Augen, über denen sich die schöne gedankenvolle Stirn wölbte, sahen voll Klugheit und Wärme ins Leben.

Meist war er ernst und nachdenklich gestimmt. Er hatte nicht die sonnige Heiterkeit, die über Menschen liegt, denen eine glückliche, sorglose Jugend beschert wurde. Die Verschiedenheit seiner Eltern, ihr wenig harmonisches Verhältnis zueinander, hatte Schatten auf seine Entwicklung geworfen und ihn ernst und reif über seine Jahre gemacht. Aber wenn zuweilen sein Gesicht von einem Lächeln erhellt wurde, bekam es etwas Unwiderstehliches. Und dann hingen der Frauen Augen sehnsüchtig an ihm.

Er war aber Damen gegenüber sehr zurückhaltend. So, wie sein Vater verheiratet gewesen war, mochte er es um keinen Preis sein. Das stand fest bei ihm. Und deshalb wollte er vorsichtig sein bei der Wahl einer Lebensgefährtin. Ob sie reich oder arm war, war ihm nicht wichtig; ihm war die Hauptsache, daß eine Frau sein Wesen harmonisch ergänzte. Jedenfalls teilte er durchaus nicht den Wunsch seiner Mutter, auf jeden Fall eine reiche Frau heimzuführen.

Als er seinen Anzug beendet hatte, trat er in sein Wohnzimmer. Dort hatte die Perle Berta schon den Tisch sauber gedeckt, und Frau Rat brachte ihm eigenhändig den gewünschten Imbiß. Sie bemutterte den jungen Herrn, der schon seit einigen Jahren bei ihr wohnte, gern ein wenig.

»Sie bemühen sich selbst, Frau Rat«, sagte Lutz mit der Liebenswürdigkeit, die der Ausdruck seines innersten Wesens war.

Die alte Dame nickte lächelnd. »Ich will bei dieser Gelegenheit meine alten Augen ein wenig an Ihnen erfreuen, Herr Doktor. Die jungen Damen werden wieder ihr Herz festhalten müssen, wenn sie Ihnen gegenüberstehen.«

Lutz lachte. »Wollen Sie mich eitel machen, Frau Rat?«

»Ach, ich glaube, es gibt keinen Menschen, der weniger Anlage zur Eitelkeit hat als Sie. Wie stolz muß Ihre Frau Mutter auf Sie sein«, sagte die alte Dame, seine Tasse mit Tee füllend.

Er schüttelte den Kopf. »Sie irren, meine Mutter ist gar nicht stolz auf mich. Jedenfalls ist sie oft herzlich unzufrieden mit mir.«

»Aber sicher nicht im Ernst, das glaube ich Ihnen nicht, obwohl ich Sie als einen sehr wahrhaften Menschen kenne. Aber nun will ich Sie nicht länger stören, guten Appetit, Herr Doktor.«

Die alte Dame ging hinaus, und Lutz verzehrte nun mit gutem Appetit den verlockend servierten Imbiß.

Dann warf er seinen Mantel um, nahm Handschuhe und Zylinder und verließ seine Wohnung. Unten rief er ein Auto an und traf einige Minuten später in der Villa von Exzellenz Blümer, eines Freundes seines Vaters, ein.

Hier herrschte schon ein lebhaftes, festliches Treiben. Exzellenz Blümer führte ein großes Haus, wozu ihn seine Stellung berechtigte und verpflichtete. Seine Gattin, eine feinsinnige, geistreiche Frau, und seine Tochter, eine bildhübsche junge Dame, die seit kurzer Zeit mit einem jungen Offizier, einem Freund von Lutz, verlobt war, begrüßten ihn bei seinem Eintritt herzlich.

Auch Exzellenz Blümer trat hinzu. »Willkommen, lieber Herr von Berndorf – oder muß ich Herr Doktor zu Ihnen sagen? Am liebsten sagte ich wie früher, wenn ich in Berndorf zu Gast war, lieber Lutz zu Ihnen.«

»Darum möchte ich bitten, Exzellenz, es wird mir immer eine Auszeichnung sein.«

»Na schön, lieber Lutz, bleiben wir dabei.«

»Sie haben sich in letzter Zeit sehr rar gemacht, Herr Doktor«, schalt Ihre Exzellenz liebenswürdig.

»Ich hatte viel Arbeit und konnte mich nicht freimachen, so gern ich auch gekommen wäre.«

»Immer fleißig! Das ist recht, aber die Jugend will auch ihr Recht haben. Und heute abend sollen Sie sich amüsieren«, erwiderte der Hausherr.

»Zu diesem Zweck werde ich Herrn von Berndorf jetzt entführen«, sagte die Tochter des Hauses und legte ihre Hand auf den Arm des jungen Mannes. »Kommen Sie, Herr Doktor, bis mein Verlobter kommt, will ich mich Ihnen in alter Freundschaft widmen.«

Lutz verneigte sich lächelnd. »Mit großer Freude vertraue ich mich Ihrer Führung an, gnädiges Fräulein. Ist Egon noch nicht hier?«

Egon von Tressen war der Verlobte der jungen Dame.

»Nein – denken Sie, so eine Niedertracht von seinem Vorgesetzten, ausgerechnet heute abend hat er bis 8 Uhr Dienst. Aber in spätestens einer Viertelstunde wird er hier sein. So lange will ich mich Ihnen widmen.«

»Das ist außerordentlich liebenswürdig.«

Sie gingen plaudernd davon in die anstoßenden Festräume.

»Ich will Sie heute einer jungen Dame vorstellen, Herr von Berndorf, die Sie noch nicht kennen – ein neuer Stern an unserm Gesellschaftshimmel, der alle andern überstrahlt.«

»Das dürfen Sie Egon nicht hören lassen, gnädiges Fräulein. Als sein Freund muß ich protestieren. Einen Stern wird dieser neue Stern nicht überstrahlen, nämlich den, der mir jetzt so freundlich das Geleit gibt.«

»Ach, wie galant, Herr Doktor! Das haben Sie wundervoll gesagt. Aber ich fühle mich nicht getroffen. Und ganz ernsthaft, die junge Dame, der ich Sie vorstellen will, ist das schönste Mädchen, das ich kenne. Es ist die junge Baroneß Glützow, eine ehemalige Pensionsfreundin von mir, die gegenwärtig einige Monate in Berlin bleibt. Eine bekannte Dame, Frau von Sucher, die mit ihrer verstorbenen Mutter befreundet war, hat sie eingeladen, um sie in die Gesellschaft einzuführen. Sie lebt sonst in ziemlich freudlosen Verhältnissen bei ihrem grilligen alten Papa, der eines Leidens halber als Major seinen Abschied nehmen mußte. Sie hat hier nicht wenig Aufsehen erregt. Die Verehrer umschwärmen sie, obwohl es bekannt ist, daß sie keinerlei Vermögen besitzt. Das will doch viel heißen, nicht wahr?«

»Ich wage nicht zu widersprechen, gnädiges Fräulein, und gestehe, daß ich furchtbar neugierig bin auf den neuen Stern.«

»Scherzen Sie nicht so leichtsinnig, sonst ereilt Sie das Geschick, und Sie müssen dann den schönen Stern umflattern wie die Motte das Licht.«

»Ein verlockendes Gleichnis, ich werde mir hoffentlich nicht die Flügel verbrennen.«

»Seien Sie froh, wenn es nur die Flügel kostet, und geben Sie auf Ihr Herz acht.«

Sorglos lächelnd drückte Lutz die Hand aufs Herz.

»Ich werde es festhalten.«

Sie sahen sich an und lachten.

Suchend flog der Blick der jungen Dame umher. Sie betraten soeben den großen Festsaal. Hier herrschte ein lebhaftes geselliges Treiben. Diener wanden sich durch die Gruppen der Gäste, geschickt große Tabletts mit Erfrischungen herumreichend. Scherzen und Lachen tönte ihnen entgegen.

Zielsicher steuerte Fräulein von Blümer auf eine Gruppe junger Herren zu, die sich um eine junge Dame scharten, die in einem Sessel unter dem großen Spiegel saß: die Baroneß Sidonie von Glützow.

»Liebe Siddy, du gestattest, Herr Doktor von Berndorf bittet um die Ehre, dir vorgestellt zu werden«, sagte Anni von Blümer, vor ihr stehenbleibend.

Die Baronesse blickte interessiert auf. Anni von Blümer hatte ihr bereits viel von diesem ausgezeichneten jungen Mann erzählt; von seinen Charaktereigenschaften sowohl als auch von seinen Wildenauer Erbaussichten.

Und sie hatte nicht geahnt, daß Baroneß Siddy hauptsächlich von dem Umstand Notiz genommen hatte, daß Dr. von Berndorf Gutsbesitzer und Erbe eines fürstlichen Besitzes sei, denn das war für sie die Hauptsache.

Interessiert richtete sie sich deshalb aus ihrer graziös lässigen Haltung empor und sah mit großen Augen zu dem jungen Mann auf.

Und was waren das für wundervolle, rätselhafte Augen! Lutz stand wie geblendet von soviel Schönheit und Liebreiz und sah die junge Dame an wie eine Offenbarung, wie ein holdes Wunder.

Wahrhaftig, Baroneß Siddy Glützow war ein Wesen von sinnbetörender Schönheit.

Lutz war momentan fassungslos, dieser vollendeten Anmut und Lieblichkeit gegenüber. Sein Herzschlag schien auszusetzen, und er war blaß vor Erregung geworden.

»Die schöne Melusine!«

Hatte ihm das jemand zugeflüstert, oder wurde diese Bezeichnung im Moment in seinem Empfinden geboren wie eine instinktive Warnung?

Langsam ebbte sein Blut zum Herzen zurück. Er faßte sich gewaltsam, um nicht aufzufallen, und verneigte sich vor ihr wie vor einer jungen Königin. Er sprach auch einige Worte mit ihr, aber er wußte nicht, was er sagte. Sein ganzes Wesen war in einem Aufruhr, wie es ihm nie zuvor geschehen war.

Baroneß Siddy war eine sehr kluge junge Dame und sich ihrer Schönheit und ihres gefährlichen Zaubers bewußt. Sie merkte sehr wohl den Eindruck, den sie auf den jungen Mann machte. Und er gefiel ihr sehr, abgesehen davon, daß ein fürstliches Erbe verklärend hinter ihm stand. Wohlgefällig sah sie an seiner ranken, schlanken Gestalt empor, die einen so vornehmen, bedeutenden Eindruck machte.

Sie war in Berlin, um eine gute Partie zu machen – um jeden Preis. Zu diesem Zweck hatte sie sich von Frau von Sucher einladen lassen, weil sich in dem kleinen märkischen Städtchen, in dem sie mit ihrem Vater wohnte, keine Gelegenheit zu einer solchen fand. Zwar hatte sie schon einen ihrer Verehrer zur Verwirklichung ihrer Absicht in Aussicht genommen. Es war ein Herr von Solms, dessen Vater ein enormes Vermögen und den erblichen Adel durch die Güte eines von ihm gebrauten Bieres verdient hatte. Aber dieser Herr von Solms war ein gewöhnlich aussehender Mensch mit etwas albernem Wesen, der ihr widerwärtig war. Trotzdem hatte sie ihn an ihren Triumphwagen gefesselt. Er wich nicht von ihrer Seite und stand auch jetzt in seiner unvorteilhaften Plumpheit neben ihrer leuchtenden Schönheit.

In dem Moment, wo Lutz von Berndorf vor ihr auftauchte, sanken sofort die Chancen des Herrn von Solms. Trotzdem war die Baronesse aber nicht gesonnen, ihn ganz fallenzulassen.

Sie überlegte, daß es auf alle Fälle ratsam sei, zwei Eisen im Feuer zu haben. Und während sie das überlegte, plauderte sie mit ihrem weichen hellen Stimmchen so lieb und reizend mit Lutz, daß er vollends rettungslos dem Bann ihrer bezaubernden Persönlichkeit verfiel.

Mit einer ihm sonst fremden, fast schlaffen Ergebung fühlte er, daß er seinem Schicksal heute abend begegnet sei, einem Schicksal, das er hinnehmen mußte. Aus dem Bann dieser perlmutterartig schimmernden Nixenaugen konnte er sich nie mehr lösen, so lange sie ihn festhalten wollten.

Wo blieb jetzt sein Wille, vorsichtig zu sein? Er hatte alles über ihrem Anblick vergessen, den ganzen Abend wich er nicht von ihrer Seite, und auch Herr von Solms folgte dem schönen Mädchen wie ein Schatten.

Dessen Anwesenheit verdroß Lutz, er erschien ihm wie eine Dissonanz neben der Baronesse. Und ärgerlich wandte er sich einige Male zur Flucht, nur um diesen Menschen nicht mehr neben ihr sehen zu müssen. Aber wie magnetisch angezogen kehrte er immer wieder zu der Baronesse zurück und wurde dann mit einem Blick und einem Lächeln belohnt, das ihm ein ganz unsinniges Glücksempfinden einflößte.

Wie dieser Abend verging, was er getan und gesagt hatte, das wußte er später nicht mehr. Es war wie ein Rausch, der ihn gefaßt hatte. Und er kam erst wieder zur Besinnung, als er nicht mehr im Bereich von Siddys Augen weilte. In der Nacht, als er endlich Schlaf gefunden hatte, träumte er von Nixen und rätselhaften Zauberwesen. Und als er am Morgen erwachte, fühlte er nur eins – eine brennende Sehnsucht nach dem Anblick des schönen Mädchens. Jetzt versäumte er keine gesellige Gelegenheit, um sie so oft wie möglich wiederzusehen. Und es ergab sich, daß er fast täglich mit ihr zusammentraf.

Dabei wurde er blaß und nervös, er, der sonst Nerven von Stahl zu haben schien. Seine Arbeit fesselte ihn nicht mehr. Er mußte sich Gewalt antun, um bei ihr auszuharren. Immer war es wie ein rastloses Fieber in seiner Brust, das erst wich, wenn er die Geliebte wiedersah, wenn sie ihn bezaubernd und verheißungsvoll anlächelte und mit ihm sprach.

Aber seltsam war es, daß er jedesmal, wenn er ihr gegenübertrat, zuerst das sonderbare Empfinden hatte, als wehe ihm etwas Feuchtes, Kühles entgegen. Vielleicht lag das an dem nixenhaften Eindruck, den sie machte und den sie immer noch unterstrich durch die von ihr so bevorzugten grünlich schimmernden Schleiergewänder, die freilich ihrer Schönheit den rechten Rahmen gaben. Eines Tages hörte Lutz, wie ein Herr aus der Gesellschaft die Baroneß Glützow »die schöne Melusine« nannte.

Er stutzte, es fiel ihm ein, daß er selbst sie bei sich so genannt hatte, als er ihr im ersten Augenblick gegenüberstand. Aber dann lächelte er. War es nicht natürlich, daß man sie mit einem schönen Zauberwesen verglich? Selbstverständlich sah er in ihr das Ideal seiner Träume und stattete sie in seinem Herzen mit allen Vorzügen und Tugenden aus, die ihm an einer Frau liebenswert erschienen.

Baroneß Siddy war klug und hatte die Absicht, Lutz von Berndorf für alle Zeit zu fesseln. Deshalb gab sie sich Mühe, ihm zu gefallen. Sie verstand sich so zu geben, wie er sie haben wollte, und spielte ihm allerliebste kleine Komödien vor.

Sicher war, daß ihr Lutz mit seiner vornehmen Erscheinung, mit seiner imponierenden Männlichkeit besser gefiel als je vorher ein Mann. Es löste ein gewisses eitles Behagen in ihr aus, daß sie auch diesen Mann zur Strecke gebracht hatte. Und es war bei ihrer Veranlagung viel, daß sie ihm den Vorzug gab vor Herrn von Solms. Denn dieser war bereits im sicheren Besitz eines nach Millionen zählenden Vermögens, während, wie sie glaubte, Lutz zwar sehr wohlhabend war, aber ein fürstliches Vermögen erst nach dem Tod seines Onkels erwarten konnte. Zur Beruhigung hatte sie aber in Erfahrung gebracht, daß dieser Onkel herzleidend war und sicher kein langes Leben haben würde.

»Er steht mir gut zu Gesicht, Herr von Solms kleidet mich nicht«, hatte die Baronesse eines Tages zu Frau von Sucher gesagt, als sie mit dieser über ihre Verehrer sprach. Und das brachte sie so drollig heraus, daß Frau von Sucher lachen mußte, obwohl sie es nicht gern sah, daß ihre Schutzbefohlene nach beiden Seiten kokettierte.

»So machen Sie doch ein Ende, Siddy, und entscheiden Sie sich für Dr. von Berndorf«, sagte sie.

Siddy zuckte die Achseln und streichelte dann schmeichelnd die Hände der alten Dame.

»Nur noch ein Weilchen Geduld, liebste Vizemama. Die Sache ist noch nicht spruchreif, sie soll es erst werden.«

»Aber Sie können doch wenigstens Herrn von Solms klarmachen, daß er nichts zu hoffen hat.«

Die Baronesse tippte lächelnd die Fingerspitzen gegeneinander. »Und wenn dann Herr von Berndorf doch nicht ernst macht mit seiner Werbung? Nein, so unklug werde ich nicht sein. Erst wenn ich mich mit Dr. von Berndorf verlobt habe, ist es Zeit, Herrn von Solms aufzugeben. Sie kennen doch das Gleichnis von dem Sperling in der Hand und der Taube auf dem Dach.«

Mit einem seltsamen Blick sah Frau von Sucher ihre Pflegebefohlene an. »Sie sind unheimlich klug, liebe Siddy, zu klug für Ihre Jugend.«

Es lag ein leiser Tadel in diesen Worten, den Siddy indessen ignorierte.

Inzwischen hatte sich die Baronesse bei Anni von Blümer gründlich über Lutz von Berndorfs Verhältnisse erkundigt.

Anni gab ihr auch bereitwillig Auskunft, soweit sie selbst unterrichtet war. »Warum bewirtschaftet aber Herr von Berndorf sein Gut nicht selbst, weshalb hat er studiert?« fragte Siddy eines Tages.

»Weil er eben mehr Lust zum Studium hatte. Seine Mutter ist übrigens eine hervorragend tüchtige Landwirtin, die Berndorf gut verwaltet. Soviel ich gehört habe, will sich Herr von Berndorf später selbst ein chemisches Laboratorium auf seinem Grund und Boden bauen und dann nur die Oberleitung seiner Besitzungen in die Hand nehmen.«

»Oh – du meinst, wenn sein Onkel gestorben ist?«

»Dann oder früher, das weiß ich nicht genau. Jedenfalls ist er ein kluger, bedeutender Mensch, sonst hätte ihn Professor Hendrichs nicht zu seinem ersten Assistenten gemacht. Mein Vater glaubt, daß Dr. von Berndorf eines Tages eine Kapazität in seinem Beruf sein wird. Er soll auch eine Erfindung gemacht haben.«

Das letztere interessierte Siddy weniger. Ihr war die Hauptsache, daß sie über die Vermögensverhältnisse des jungen Mannes orientiert war. Sie war nun sicher, daß Lutz von Berndorf die gewünschte glänzende Partie war, und ließ all ihre Minen springen, um ihn zu einer Werbung zu veranlassen. Lutz war sehr bald zu der Überzeugung gelangt, daß er sein Lebensglück nur in einer Verbindung mit Baroneß Siddy finden würde. Er glaubte, sie schon so gut zu kennen, daß er ohne weiteres um sie angehalten hätte. Und er tat es nur noch nicht, weil er meinte, er dürfte sie nicht mit seiner stürmischen Leidenschaft überrumpeln, sondern müsse ihr Zeit geben, ihn kennenzulernen, Vertrauen zu ihm zu fassen und sich klar zu werden, ob sie ihm angehören wolle. Außerdem hielt er es für seine Pflicht, seine Mutter von seinem Vorhaben, sich mit Baroneß Glützow zu verloben, zu unterrichten.

Daß Baroneß Siddy auf seine Werbung mit einem Nein antworten würde, befürchtete er nicht. Ohne arrogant zu sein, mußte er sich eingestehen, daß ihm ihr ganzes Wesen deutlich verriet, daß er auf sie einen ähnlichen Eindruck gemacht hatte wie sie auf ihn. Das sagten ihm ihre Augen, ihr Lächeln, der weiche, zärtliche Ton ihrer Stimme – ihr ganzes Wesen. Daß dies alles nur ein wohlberechnetes Spiel war, ahnte er nicht. So beschloß er also, Ostern, wenn er daheim seinen Urlaub verbrachte, mit seiner Mutter zu sprechen und, sobald sich diese etwas beruhigt hatte, nach Berlin zurückzukehren, um Siddys Hand anzuhalten und sie dann seiner Mutter vorzustellen.

III

Der große Luxusdampfer »Urania« befand sich auf der Reise zwischen New York und Hamburg auf offener See. Er war seinem Bestimmungsort Hamburg schon bedeutend näher als seinem Auslaufhafen.

Das Wetter war ruhig und klar, kaum ein Lüftchen regte sich, und das Meer spielte nur in ganz leichten Wellen. Und wenn um die Mittagszeit die Märzsonne intensiv auf das Deck des Dampfers brannte, war es warm wie im Sommer, und die Passagiere promenierten ohne Überkleider auf der breiten Deckpromenade. Sogar die empfindlichsten alten Herrschaften hielten nach Tisch ihre Siesta in einem windgeschützten Eckchen auf Deck. Der Tee wurde von den meisten nachmittags noch im Freien genommen. Es war um die fünfte Stunde des Nachmittags, der Tee wurde soeben serviert. Plaudernde Gruppen saßen zusammen, und die Schiffsmusik konzertierte.

Etwas abseits von dem buntbewegten Treiben stand an der Reling eine schlanke junge Dame in schlichter Trauerkleidung. Sie stützte den Kopf in die Hand und sah mit großen traurigen Augen über das Meer.

Niemand bekümmerte sich um die Einsame, deren bescheidenes Äußeres auffallend gegen den Toilettenluxus der anderen weiblichen Passagiere der ersten Klasse abstach. Einige Herren hatten versucht, im Verlauf der Reise sich der jungen Dame zu nähern, weil ihre schlanke Gestalt auch in den schlichten Trauerkleidern attraktiv wirkte. Aber wenn sie das blasse Antlitz hob und seltsam scheu und ängstlich mit traurigen Augen emporblickte, dann verging ihnen die Lust, sich weiter mit ihr zu beschäftigen.

Man wußte, daß die junge Dame unter dem Schutz des Kapitäns Karst, der die »Urania« führte, reiste. Sie nahm mit ihm die Mahlzeiten ein, und er bemühte sich sichtlich, sie aufzuheitern und zu ermuntern. Und dann huschte zuweilen ein schattenhaftes Lächeln über ihr Antlitz.

Auf ihren Wunsch machte sie aber der Kapitän mit niemand bekannt, und wenn sich jemand besonders neugierig bei dem Kapitän nach der jungen Dame erkundigte, so sagte er nur:

»Sie ist eine Waise, die kürzlich ihre Mutter verloren hat und nun zu Verwandten nach Deutschland reist.«

Als die junge Dame etwa eine halbe Stunde bewegungslos an der Reling gestanden hatte, trat Kapitän Karst zu ihr heran und legte sanft die Hand auf ihren Arm.

»Wieder in traurige Gedanken versunken, liebe Winnifred? Kommen Sie, wir wollen jetzt gemeinsam den Tee einnehmen und ein wenig plaudern. Ich habe jetzt ein halbes Stündchen Zeit für Sie.«

Winnifred Hartau sah zu dem blonden Hünen auf. Ihre tiefblauen Augen leuchteten klar und rein wie ein Bergsee, und um den feingeschnittenen Mund zuckte ein dankbares Lächeln.

»Sie sind so gütig, Herr Kapitän. – Ich freue mich darüber.«

Er nahm ihren Arm und führte sie fort. »Dort drüben habe ich ein Tischchen für uns in die Sonne rücken lassen. Ich möchte doch gern, daß Sie auf der Überfahrt frischere Farben bekommen.«

»Oh, ich fühle mich sehr wohl, Herr Kapitän, ich bin ja jung und gesund. Nur – Sie wissen ja – ich kann es noch nicht verwinden, daß ich sobald nach dem Vater auch die geliebte Mutter hergeben mußte.«

Er schob ihr einen Sessel zu, und nachdem sie sich niedergelassen hatte, nahm auch er Platz.

»Ja, ja, Kind, das Schicksal ist hart mit Ihnen umgesprungen. Aber der liebe Gott wird schon wissen, warum. Sie wissen doch, was Ihre liebe Mutter kurz vor ihrem Ende gesagt hat: Nicht verzagen, meine Winnifred, mein Segen ist bei dir auf allen Wegen.«

Winnifred nickte mit feuchten Augen. »Ich will auch nicht verzagen, lieber Herr Kapitän.«

»Das ist schön. So – und nun langen Sie tapfer zu.«

Es wurde ihnen Tee und der dazugehörige delikate Imbiß, der auf den eleganten Dampfern als Zwischenmahlzeit eingenommen wird, serviert.

Winnifred mußte tüchtig zugreifen, dafür sorgte der Kapitän. Sie tat es in ihrer schüchternen, etwas unsicheren Art. Kapitän Karst hatte ihr die Überfahrt auf diesem Luxusdampfer dadurch ermöglicht, daß er sie als seinen Gast betrachtete.

Er war in New York so oft bei Winnifreds Eltern eingeladen gewesen, daß es ihm Freude machte, sich gewissermaßen revanchieren zu können. Der Kapitän war der einzige Mensch, der Winnifreds Eltern in all den Jahren freundschaftlich nahegestanden hatte. Als diese vor zwanzig Jahren nach Amerika gingen, waren sie auf dem Dampfer mit Kapitän Karst zusammengetroffen. Er war ein Jugendfreund von Winnifreds Vater und damals noch nicht zum Kapitän avanciert. Das junge Paar, das sein Glück schwer hatte erkaufen müssen und sich in Amerika eine bescheidene Existenz gründen wollte, hatte Karst viel nützliche Winke in bezug auf die neue Heimat zu danken. Da er immer Fühlung mit ihnen behalten, hatte er Winnifred sozusagen aufwachsen sehen, und die Freundschaft für ihren Vater, die Verehrung, die er ihrer Mutter zollte, hatten sich als warme Teilnahme auf die Tochter übertragen.

Gern hatte er Frau Maria Hartau vor ihrem Tod versprochen, Winnifred auf seinem Dampfer mit nach Deutschland zu nehmen und sie im Auge zu behalten, bis sie bei ihren Verwandten die erhoffte Aufnahme fände.

Er sah nun lächelnd zu, wie Winnifred sich die guten Sachen schmecken ließ.

»So, das ist richtig, tüchtig essen und trinken hält Leib und Seele zusammen. Und nicht mehr verzagt sein, Winnifred«, sagte er.

Sie lächelte zu ihm auf. »Was ich an meinen Eltern verloren habe, wissen Sie besser, als ich es Ihnen sagen kann.«

Er nickte. »Das weiß ich. Ihre Eltern waren zwei selten gute, feinfühlige Menschen. Nur für den Lebenskampf eigneten sie sich nicht – und vollends nicht für Amerika. Drüben muß man großes Geschrei von sich machen und rücksichtslos seine Ellenbogen gebrauchen, wenn man sich durchsetzen will. Das konnte Ihr Vater nicht, Winnifred. Was meinen Sie, welchen Erfolg er gehabt hätte mit seinen Bildern, wenn er die Reklametrommel kräftig gerührt hätte.«

»Das hätte Vater nie getan!«

»Leider nicht. Er hat seine schönsten Bilder um einen Spottpreis an einen Kunsthändler verkauft, der ein Heidengeld dafür bekommen hat. Während Ihre Eltern kaum genug zum Leben hatten, ist der Kunsthändler an Ihrem Vater ein reicher Mann geworden.«

Winnifred strich sich mit einer hilflosen Gebärde einige widerspenstige Löckchen aus der Stirn.

»Ich konnte Vater so gut verstehen, wie es Mutter auch tat.

Seine Kunst war ihm zu heilig, als daß er sie durch Reklame hätte entweihen können. Es hat ja auch immer für uns gereicht, was Vater verdiente. Daß er so früh sterben würde, konnten wir nicht ahnen, er war gesund und kräftig, bis ihn das böse Fieber ergriff. Und wir hofften immer noch, daß Vater auch ohne Reklamerummel die ihm gebührende Anerkennung finden würde.«

»Oh – ihr weltfremden Menschen! Das wäre ja nicht einmal in unserm lieben Vaterland möglich gewesen, viel weniger drüben im Land der Bombenreklame. Wie oft habe ich Ihren Vater vergebens aufgestachelt, von sich reden zu machen. Er ließ es sich ruhig gefallen, daß der Kunsthändler seinen Kunden erklärte, der Maler Hartau sei in Deutschland eine Berühmtheit, und es sei ihm nur möglich, dessen Bilder zu einem hohen Preis zu beziehen. Statt dessen saß der Maler Hartau einige Straßen entfernt von der Kunsthandlung in seinem kleinen kahlen Atelier und erhielt eine Bagatelle für seine Bilder. Als ich diesem Schwindel eines Tages zufällig auf die Spur kam, habe ich meinem alten Freund Hartau zugeredet wie einem kranken Kind, das Medizin nehmen soll, er möge dem Kunsthändler auf die Bude rücken und die Geschichte an die Öffentlichkeit bringen, was ihm schnell zu seinem Recht verhelfen würde. Aber er war nicht dazu zu bewegen. Wissen Sie, was er mir geantwortet hat, Winnifred?«

Sie lächelte über seinen Eifer. »Nein, ich weiß es nicht.«

»Nun, so will ich es Ihnen sagen. Er hat mir geantwortet: Der Kunsthändler war der einzige Mensch, der mir meine Bilder abkaufte und es mir dadurch ermöglichte, für meine Familie zu sorgen. Ohne ihn wären wir dem Elend preisgegeben gewesen. Soll ich nun so undankbar sein, ihm Schwierigkeiten zu machen, weil er ein besserer Geschäftsmann ist als ich? Nein, lieber Freund, das kannst du nicht von mir verlangen. Ich unternehme nichts gegen den Mann. – Sehen Sie, Winnifred, das war die Absicht Ihres Vaters, und weiß Gott, man mußte ihm dafür noch gut sein, wenn man in seine guten, ehrlichen Augen hineinsah.«

Winnifreds Augen leuchteten. »Ja, Vater war ein seltener Mensch. Aber Mutter teilte seine Ansicht. Die Eltern behaupteten immer, Vater bekäme seine Bilder noch besser bezahlt als in Deutschland.«

Kapitän Karst machte eine abwehrende Bewegung. »Ach, Ihre Mutter, Winnifred, die hätte ja um alle Schätze der Welt Ihren Vater nicht merken lassen, daß sie es Ihretwegen gern gesehen hätte, wenn er mehr Geld für seine Bilder bekommen hätte. Dazu hatte sie ihn viel zu lieb. Es hätte ihn ja betrüben können. Diese bewundernswerte Frau war der selbstloseste, opferfreudigste Mensch, den ich je kennengelernt habe. Überhaupt – diese beiden Menschen waren beneidenswert, weil einer den andern gefunden hatte. Solch eine Harmonie, so ein Aufgehen ineinander ist eine Seltenheit. Aber geschäftstüchtig waren sie beide nicht. Und deshalb stehen Sie nun ohne jede Mittel in der Welt, arme Winnifred. Aber reden wir nicht mehr darüber, es ist nichts daran zu ändern. Und jedenfalls ist es für Sie das beste, daß Sie nach Deutschland zu Ihren Verwandten gehen. Sie sind zu sehr die Tochter Ihrer Eltern, als daß Sie sich auf sich selbst gestellt im Lebenskampfe behaupten könnten. Sie sind auch so ein sensitives Gemüt, Sie kleines weichmütiges Fräulein. Hoffentlich finden Sie in Berndorf eine gute Aufnahme.«

Winnifred seufzte. »Meine Mutter war davon überzeugt. Ich will mich ja auch gern dort nützlich machen und mein Brot nicht umsonst essen. Auf so einem großen Gut braucht man viele Hände, und ich arbeite gern. Sehr schmerzlich ist es mir, daß Sie mir die Nachricht mitbrachten, daß der Vetter meiner Mutter, Theo von Berndorf, schon seit Jahren tot ist. Man hat wohl seinen Namen mit dem des anderen Vetters meiner Mutter, des Herrn von Wildenau, verwechselt. Dieser wurde uns als tot gemeldet, und wie Sie sagten, lebt er noch.«

»So ist es. Ich brachte das erst vor meiner letzten Reise in Erfahrung und konnte es Ihrer Mutter nicht mehr mitteilen. Aber die Witwe Theo von Berndorfs lebt ja mit ihren Kindern noch in Berndorf. Sie wird den Brief Ihrer Mutter erhalten haben und Sie erwarten.«

»Hoffentlich ist sie auch so gut und edel, wie mir meine Mutter ihre Vettern schilderte. Sie hat sich mit beiden sehr gut verstanden, ehe sie die Heimat verließ. Ganz fest war sie überzeugt, daß ihre Vettern sie nicht verdammt haben, weil sie ihrem Herzen folgte. Jedenfalls muß ich aber trotz des Todes Theo von Berndorfs versuchen, ob man mich in Berndorf aufnehmen will.«

Der Kapitän sah nachdenklich aus. »Hm! Sollte es nicht der Fall sein, liebe Winnifred, dann kommen Sie sofort zu uns. Wir haben freilich in unserm Häuschen an der Elbe nicht gerade viel Platz, da wir, meine Frau und ich, fünf Kinder haben – lauter Mädels, die noch zu Hause sind. Aber für Sie findet sich schon noch ein Plätzchen, Sie kleines Schwälbchen. Und dann werden wir weitersehen. Also keine Bange, wenn es in Berndorf wider Erwarten nicht klappen sollte. Ich habe Ihrer Mutter mein Wort gegeben, Ihnen meinen Schutz angedeihen zu lassen, so lange Sie ihn nötig haben. Und mein Wort habe ich noch immer gehalten.«

Winnifred faßte nach seiner Hand.

»Lieber guter Herr Kapitän, ich kann Ihnen nie genug

danken, daß Sie meiner Mutter diese Beruhigung mit ins Grab gaben.«

Gerührt sah der blonde Hüne in ihr stilles, blasses Gesicht, dessen feine, liebliche Reize sich erst enthüllten, wenn man lange genug hineinsah.

»Sie haben viel verloren an Ihren Eltern, Winnifred.«

Das junge Mädchen nickte. »Es wird wohl nie wieder so viel Glück für mich geben, wie ich es im Zusammenleben mit meinen Eltern empfand. Die Erinnerung daran wird mir immer ein Paradies sein, aus dem mich niemand vertreiben kann. Was auch immer mein Los in Zukunft sein wird, in diesen Erinnerungen werde ich die Kraft finden, alles Schwere, das mir noch beschieden sein wird, zu ertragen.«

Er sah sie gutmütig an. »Ihre Kraft liegt, wie die Ihrer Eltern, im geduldigen Ertragen aller Widerwärtigkeiten, nicht im Handeln. Wie Ihre Mutter bei dieser Veranlagung die Kraft gefunden hat, damals mutig mit Ihrem Vater in die weite Welt zu gehen, ist mir immer ein Rätsel geblieben.«

Winnifred lächelte – ein schönes, klares Lächeln, das sie wunderbar verschönte. »Sie hat ihn eben geliebt.«

»Ja, ja, und in der Liebe werden Frauen ihres Schlages zu Heldinnen, wenn sie auch sonst noch so zaghaft sind. Hoffentlich gestaltet sich Ihre Zukunft glücklicher und sorgloser. Und versprechen Sie mir, immer von Zeit zu Zeit über Ihr Ergehen Nachricht zu geben, auch wenn Sie gute Aufnahme in Berndorf finden.«

Sie reichte ihm die Hand. »Das verspreche ich Ihnen gern. Es wird mir immer eine Freude sein, zuweilen von dem besten, treuesten Freund meiner Eltern Nachricht zu bekommen.«

»Das sollen Sie, ich wünsche Ihnen, daß Sie in Berndorf

liebevolle Aufnahme finden. Für so zarte Gemüter wie Sie ist immer das Leben im Schoß der Familie das beste. Sie gehören nicht in das laute Treiben der Lebenskämpfer. Dort können Sie sich nur Wunden holen. Ein bescheidenes Plätzchen findet sich sicher bei Ihren Verwandten für Sie.«

Winnifred seufzte. »Ich werde mit dem allerbescheidensten zufrieden sein. Gott mag mir helfen, daß ich es finde. Wann werden wir in Hamburg eintreffen, Herr Kapitän?«

»Übermorgen in der dritten Nachmittagsstunde. Sie machen mir die Freude, mich erst zu meiner Familie zu begleiten. Meine Frau und meine Töchter werden sich freuen, Sie kennenzulernen. Erzählt habe ich ihnen schon viel von Ihnen und Ihren Eltern. Und meine fünf Flachsköpfe – meine Mädels sind alle blond, viel heller blond als Sie – werden Sie schon ein wenig aufheitern. Ich denke, Sie bleiben erst mal bei uns, bis Sie Nachricht von Ihrer Frau Tante aus Berndorf bekommen, ob man Sie aufnehmen will.«

Unsicher sah Winnifred ihn an. »So lange soll ich Ihnen zur Last fallen?«

Lachend schüttelte er den Kopf. »Zur Last fallen Sie uns sicher nicht. Wenn es auch eng wird in unserm Häuschen, wir rücken ein wenig zusammen.«

Dankbar sah sie ihn an. »Ich nehme Ihr Anerbieten nur zu gern an, Herr Kapitän. Ihre Schuldnerin bleibe ich ja doch für alle Zeiten. Nie kann ich Ihnen vergelten, was Sie für mich tun.«

»Nun schweigen Sie mal still. Davon reden wir nicht. Wir wollen nicht auf ein Quentchen abwiegen, wer zu danken hat. Ich bin Ihren Eltern viel schuldig geworden und freue mich, daß ich ein wenig abtragen kann. Vorläufig sind wir noch nicht einmal quitt. Und jetzt ruft es mich wieder auf meinen Posten. Sie müssen sich nun allein behelfen bis zum Abendessen. Lassen Sie sich die Zeit nicht lang werden.«

Sie schüttelte den Kopf. »Ich langweile mich nie, wenn ich allein bin.«

»Ja, ja, dann befinden Sie sich auch in bester Gesellschaft. Also auf Wiedersehen!«

»Auf Wiedersehen, Herr Kapitän!«

Sie reichten sich die Hände und trennten sich.

Die »Urania« war in Hamburg angekommen, und nachdem sie sich all ihrer Passagiere entledigt und der Kapitän seine Befehle erteilt hatte, verließ er mit Winnifred den Dampfer.

Sie wurden von fünf lustigen, frischen jungen Damen begrüßt, die sich einander außerordentlich ähnelten. Sie trugen dunkelblaue Kleider mit weißen Halskragen und ebensolche windsichere Mützen, unter denen die flachsblonden Haare teils in Hängezöpfen, teils in damenhaften Frisuren hervorsahen. Nach einem aufregenden Durcheinander, während dem die fünf Flachsköpfe mit ihrem hünenhaften Vater einen unentwirrbaren Knäuel bildeten, schaffte der Kapitän sich lachend Platz und umarmte und küßte seine Sprößlinge der Reihe nach, wobei es aber durchaus nicht ruhig abging.

Winnifred stand blaß und verschüchtert hinter dem Kapitän, und nie war sie sich seit dem Tod ihrer Eltern so einsam und verlassen vorgekommen wie beim Anblick dieser zärtlichen Gruppe.

Endlich war die Begrüßung vorüber. Die verschobenen Mützen wurden auf den Flachsköpfen zurechtgerückt, und der Kapitän nahm Winnifred bei der Hand.

»Nun laßt euch erst mal meinen Schützling vorstellen, Kinnings« sagte er. »Dies ist Fräulein Winnifred Hartau, von der ich euch viel erzählt habe, und dies, liebe Winnifred, sind meine Töchter, meine Orgelpfeifen, wie ich sie nenne, die Mally, die Annerose, die Lotte, die Leni und das Nestküken, die Hanna, nun nehmt mal Fräulein Winnifred in eure Mitte und führt sie nach Hause. Sagt Mutting einen schönen Gruß, und in einer Stunde wäre ich auch daheim. Sorgt dafür, daß es unser Gast recht behaglich hat, und heitert ihn ein wenig auf.«

»Jawohl, Vating, das wird gut besorgt. Aber bleib nicht länger aus als eine Stunde.«

»Nein. Auf Wiedersehen, ihr Kroppzeug!« Und Winnifreds Hand fassend, fuhr der Kapitän warm und herzlich fort: »Nun gehen Sie mit Gott den ersten Weg auf deutscher Erde, liebe Winnifred. Ihre Eltern werden im Geist bei Ihnen sein.«

Sie preßte seine Hand wie im Krampf. »Ich danke Ihnen für dies Geleitwort, lieber Herr Kapitän«, sagte sie mit feucht schimmernden Augen.

»Na, na, nur keine Tränen, Winnifred. Immer Kopf hoch, Sie sind ja nun im Vaterland, wohin sie von Rechts wegen gehören. Nun los, Kinnings, ich habe noch zu tun.«

Zutraulich faßten Mally und Hanna, die älteste und die jüngste der Schwestern, Winnifred unter den Arm und zogen sie mit sich fort. Und die fünf munteren Mädchen plauderten so lieb und vergnügt mit Winnifred, daß sie gar nicht anders konnte, als in den frohen Ton mit einzustimmen.

In dem hübschen freundlichen Hause des Kapitäns Karst wurde Winnifred von dessen Gattin herzlich willkommen geheißen. Zum behaglichen Nachmittagskaffee, der schon verheißungsvoll durch das Haus duftete, war im Wohnzimmer bereits der Tisch einladend gedeckt. Ein köstlicher brauner Riesennapfkuchen stand mitten darauf zwischen den großen Tassen.

Unterwegs hatten die Schwestern schon darum gestritten, in wessen Zimmer Winnifred zur Nacht logieren sollte. Mally hatte das kleinste Schlafzimmer für sich allein, je ein größeres wurde von Annerose und Lotte und von Leni und Hanna benutzt, der Umstand, daß in Anneroses und Lottes Zimmer der meiste Raum war, gab für diese den Ausschlag und verhalf ihnen zum Siege. Im Triumph führten sie Winnifred in ihr Zimmer, damit sich diese ein wenig auffrischen konnte.

Die Zimmer im Kapitänshause waren klein und niedrig. Winnifred wunderte sich, daß all die großen kräftigen Menschen darin Raum hatten. Sie empfand sehr wohl, daß sich diese lieben guten Menschen Beschränkung auferlegten, um sie so behaglich wie möglich unterzubringen. Zu den Hausbewohnern gehörte noch ein ebenfalls sehr großes und kräftiges Dienstmädchen und ein altes Faktotum, ein ehemaliger Matrose, der durch einen Sturz auf dem Schiff ein lahmes Bein bekommen und den der Kapitän in seinem Haus angestellt hatte. Er hielt den Garten in Ordnung, putzte Kleider und Stiefel, trug Feuerung herbei und machte sich überall nützlich. War der Kapitän auf seinen Fahrten, dann hielt er als einziger Mann treulich im Haus Wacht, denn es lag etwas abseits an der Elbe, und es war gut, daß es unter männlichem Schutze stand.

Kurze Zeit nachdem Winnifred das Haus betreten, saß sie zwischen den Flachsköpfen mit Frau Kapitän Karst am Tisch. Vor ihr stand eine Tasse, gefüllt mit köstlich duftendem Kaffee mit Rahm, und ein Teller mit leckeren Kuchenschnitten.

Mit heimlichem Staunen sah sie, wie der Riesennapfkuchen zusammenschmolz. Die fünf Blondköpfe stellten ihren Mann. Und sie nötigten Winnifred herzlich, es ihnen gleichzutun.

Als der Kapitän nach Hause kam, wurde die große Kaffeekanne noch einmal gefüllt und ein zweiter Napfkuchen von gleichen Dimensionen wie der erste aufgetragen. Das Schmausen begann von neuem. Auch Winnifred mußte noch einmal zulangen, und ihre Tasse wurde frisch gefüllt.

Kapitän Karsts Augen strahlten in väterlichem Stolz.

»Das habe ich mir gleich gedacht, Winnifred, daß vor meinen Flachsköpfen Ihre Betrübnis nicht standhält. Die lassen keine Traurigkeit aufkommen in ihrer Nähe«, sagte er.

So wohl sich Winnifred aber auch in dem freundlichen Haus am Elbestrand zwischen all den lieben Menschen fühlte, sagte sie sich doch, daß sie die gebotene Gastfreundschaft nicht länger als unbedingt nötig annehmen durfte.

Noch an demselben Tag bat sie den Kapitän, an ihre Verwandten in Berndorf ihre Ankunft melden zu dürfen und anzufragen, ob ihr Kommen genehm sei.

Er meinte, das habe noch Zeit, aber sie ließ sich nicht abhalten, es sogleich zu tun.

Der Brief, in dem sie Frau von Berndorf ersuchte, ihr in ihrem Hause ein Asyl zu gewähren, wurde noch am selben Abend abgeschickt.

IV

Frau Martha von Berndorf kam von einem Ritt über die Felder heim, und nachdem sie ihr Reitpferd einem Knecht übergeben hatte, ging sie ins Haus.

Das Berndorfer Gutshaus war ein langgestrecktes Gebäude, ohne jeden architektonischen Schmuck. Rechts und links von der Eingangspforte waren hölzerne Veranden angebracht, und im Sommer schmückten diese blühende Blumen. Das gab dann der Fassade ein freundliches Aussehen. Jetzt aber, wo der April begonnen hatte, fehlten die Blumen noch, und wenn nicht die sauberen Gardinen und die hell blinkenden Fenster gewesen wären, hätte das graue Gebäude wohl recht unfreundlich ausgesehen.

Im Innern war es aber sehr behaglich, wenn auch nicht kostbar eingerichtet. Gut erhaltene alte Möbel standen festgefügt auf ihrem angestammten Platz und gaben den Zimmern ein wohnliches Aussehen.

Frau von Berndorf nahm sich nicht die Zeit zum Umkleiden. Erst machte sie einen Inspizierungsgang durch die Wirtschaftsräume im Souterrain, um zu sehen, ob alles in Ordnung war. Dann betrat sie die nach dem Gutshof hinausliegenden Zimmer im Parterre, die eben frisch tapeziert wurden, und kontrollierte, wie weit die Handwerker mit ihrer Arbeit gekommen waren. Sie war nicht befriedigt und machte daraus keinen Hehl. In ihrer energischen Art drückte sie ihr Mißfallen aus.

»Das geht alles viel zu langsam, auf diese Weise werden Sie nicht zur festgesetzten Zeit fertig. Sie müssen sich mehr sputen. Diese Woche müssen die Zimmer unbedingt fertig werden, am Sonntag soll alles in Ordnung sein. So habe ich es mit

Ihrem Meister vereinbart, und Sie müssen sich danach richten«, sagte sie kurz angebunden.

Dabei entging ihren scharfen Augen nicht, daß eine große Anzahl geleerter Bierflaschen in einer Zimmerecke unter Tapetenresten versteckt standen. Sie wirbelte mit ihrer Reitpeitsche die Tapetenreste beiseite und rief die Mamsell herbei, um ihr den Kopf zu waschen.

»Wozu haben Sie den Tapezierern soviel Bier gegeben, Mamsell? Sie sollen wohl im Rausch von der Leiter fallen? Da brauche ich mich nicht zu wundern, daß die Leute nicht vorwärtskommen. Bier macht träge. Zum Abendessen mögen die Leute meinetwegen eine Flasche Bier haben, am Tag aber sollen sie Kaffee oder Wasser trinken, wie ich Ihnen bereits gesagt habe. Warum halten Sie sich nicht an meine Worte?«

»Die Arbeiter wollten eben Bier haben, gnädige Frau«, erwiderte die junge Mamsell etwas schnippisch.

Frau von Berndorf fuhr auf. »Wollten? Hier hat niemand etwas zu wollen als ich. Merken Sie sich das gefälligst. Es fällt mir auf, daß Sie sich seit einiger Zeit das Vergnügen machen, meine Anordnungen zu übergehen. Das verbitte ich mir. Entweder Sie befolgen meine Befehle, oder wir sind geschiedene Leute. Verstanden?«

Die Mamsell war noch nicht lange in Berndorf angestellt und hatte zuvor eine Stellung bekleidet, auf der sie nach eigener Willkür hatte schalten und walten können. Die strenge Zucht in Berndorf behagte ihr nicht, und als Frau von Berndorf sich jetzt abwandte, schnitt sie eine verächtliche Grimasse hinter ihr her. Sie bemerkte nicht, daß Frau von Berndorf das in einem Spiegel sah. Rasch wandte sie sich um, und es half der Mamsell nichts, daß sie schnell wieder ein unbewegtes Gesicht zeigte.

Scharf und kalt sah die Herrin in das Gesicht der Mamsell. »Sie sollten zum Theater gehen, Mamsell, da können Sie Grimassen schneiden. Heute ist der erste April, am ersten Mai können Sie gehen. Ich kann keine Leute brauchen, die es am nötigen Respekt fehlen lassen.«

Nach diesen Worten wandte sie sich ruhig um und ging die Treppe zum ersten Stock hinauf.

Es war ihr selbst unangenehm, daß sie die Mamsell entlassen mußte, die flink und anstellig war. Aber Unbotmäßigkeiten duldete sie nie bei ihrer Dienerschaft, sie hielt streng auf Zucht und Ordnung. Nichts hätte sie dazu bringen können, die Mamsell länger in ihrer Stellung zu belassen.

Frau von Berndorf öffnete oben im ersten Stock schnell die Tür zum Zimmer ihrer Tochter. Diese lag, in einen Roman vertieft, auf dem Diwan und rauchte eine verbotene Zigarette. Sie war so in ihre Lektüre vertieft, daß sie die Mutter gar nicht eintreten hörte.

Ohne ein Wort zu sagen, klemmte Frau von Berndorf die Reitpeitsche unter den Arm, faßte mit einer Hand das Buch, in dem ihre Tochter las, und mit der andern nach der Zigarette. Die letztere flog zum Fenster hinaus. Das Buch wurde einer Prüfung unterzogen.

Zum Glück für Käthe war es keine verbotene Lektüre. Aber trotzdem sah die Mutter zornig auf ihre Tochter hinab, die sich erschrocken aufrichtete.

»Schämst du dich nicht, Käthe? Hast du gar nichts zu tun, als am hellen Morgen Romane zu lesen und Zigaretten zu rauchen?«

Ein wenig verlegen lachte Käthe und ordnete ihren Hausanzug. Sie war ein bildhübsches Geschöpf mit dunklen Augen und schwarzem, lockigem Haar, das im Nacken mit einer

Schleife zusammengebunden war. Ihr Teint gemahnte an die Haut eines Pfirsichs.

Wenn Frau von Berndorf für einen Menschen eine Schwäche empfand, so war es für ihre Tochter, und das wußte Käthe sehr wohl. Schelmisch schmollend sah sie zur Mutter auf.

»Ach, Mama, hast du mich erschreckt! Ich habe dich gar nicht kommen hören. Nur das Schlußkapitel in diesem Roman wollte ich gern noch lesen. Er ist so spannend.«

Frau von Berndorf sah nach der Uhr, die in einem festen Lederarmband um das Handgelenk geschnallt war.

»Jetzt ist es bereits neun Uhr. Deine Mutter reitet schon seit ziemlich drei Stunden über die Felder. Und du bist noch nicht einmal mit deiner Morgentoilette fertig. Schnell, zieh dein Kleid an. Es gibt doch wirklich Arbeit genug im Haus.«

»Aber Mama, du willst doch nicht, daß ich mir die Hände verderbe.«

»Es gibt auch Arbeit, wobei man sich die Hände nicht verdirbt. Sieh dir meine an, sind sie nicht tadellos? Und ich arbeite von früh bis spät –«

Käthe fiel der Mutter um den Hals. »Ach, Mama, du bist eben in allen Dingen ein bewundernswerter Ausnahmemensch, und dir nachzueifern ist schwer.«

Käthe wußte ganz genau, daß sie damit ihre auf ihre Tüchtigkeit eitle Mutter entwaffnete. Sie war eine schlaue, wenig ehrliche Natur und hatte von ihrer Mutter den berechnenden Charakter, aber nicht deren Tüchtigkeit geerbt. Käthe hatte einen großen Hang zur Trägheit.

Ihre Mutter übersah jedoch die meisten ihrer Fehler oder hielt sie zum Teil für Tugenden. Nur über Käthes Trägheit zankte sie oft, weil sie selbst eine fleißige, tatkräftige Frau war. Was sie ihrer Tochter an schlimmen Eigenschaften selbst vererbt hatte, hielt sie für Vorzüge.

Schnell versöhnt, zupfte sie Käthe am Ohr. »Nun mach dich schnell fertig. Du sollst gewiß keine schwere Arbeit verrichten, die einer jungen Dame deines Standes nicht zukommt. Aber mancherlei ist für dich zu tun. Übrigens hatte ich eben Ärger. Ich habe Mamsell kündigen müssen, sie benahm sich mir gegenüber frech.«

»So eine unverschämte Person. Arme Mama, hast du dich sehr geärgert?«

Ihre Mutter richtete sich straff auf zu ihrer stattlichen Höhe. »Solcher Ärger läuft gottlob an mir ab. Das Unangenehme ist nur, daß man wieder eine neue Mamsell suchen muß. Wenn ich nur einmal eine wirklich zuverlässige Person finden würde, auf die man sich unbedingt verlassen könnte. Aber jetzt will ich mich umkleiden. Sorge inzwischen dafür, daß das Frühstück für uns bereit ist, wenn ich hinunterkomme.«

Käthe hatte ein Kleid übergeworfen, und die Mutter nestelte es ihr zu.

»Das will ich tun, Mama, ich habe auch Hunger.«

»Und auf den nüchternen Magen mußtest du Zigaretten rauchen. So ein Unsinn, Käthe. Das verdirbt den Teint und den Magen. Wo hast du übrigens die Zigaretten her?«

»Von Lutz, Mama.«

»Wie? Lutz hat dir Zigaretten zum Rauchen gegeben?«

»O nein, so nett ist er nicht zu mir. Er hat nur einen Kasten voll davon stehenlassen, als er Weihnachten hier war. Die habe ich einfach beschlagnahmt. Da stehen sie.«

Frau von Berndorf faßte schnell danach. »So, und jetzt beschlagnahme ich sie. Zigarettenrauchen ist eine Passion, die man gern den Männern überlassen soll.«

»Aber es sieht so graziös aus, wenn eine Frau Zigaretten raucht. Die Komtesse Lersen raucht auch, und die Herren finden das entzückend.«

Frau von Berndorf lachte seltsam. »Du bist ein Dummerchen, Käthe, so etwas finden die Herren nur entzückend bei Frauen, die sie nicht heiraten wollen. Merk dir das und zieh eine Lehre daraus. Die Komtesse Lersen mußt du dir nicht zum Vorbild nehmen. Die bleibt ganz sicher sitzen mit ihren extravaganten Passionen. Wenn du dir solche zulegen willst, warte zum mindesten, bis du verheiratet bist. Wenn du einen reichen Mann geheiratet hast, dann kannst du dir alles gestatten.«

Käthe warf einen selbstgefälligen Blick in den Spiegel. »Das will ich mir merken, Mama. Und im Grunde bin ich ganz zufrieden, wenn ich nicht zu rauchen brauche. Ein Genuß ist es nicht für mich.«

»Das kann ich mir denken. Pralinés schmecken dir besser.«

»Gibst du mir welche, Mama?« schmeichelte Käthe.

»Als Belohnung wohl, du Faulpelz?«

»Nein, Mama, als Entschädigung für die beschlagnahmten Zigaretten.«

»Nun gut, heute nach Tisch sollst du welche haben, jetzt frühstücken wir erst.«

Damit ging Frau von Berndorf hinaus.

Käthe nahm schnell ihr Buch und las den Schluß des Romans. Dann stellte sie sich vor den Spiegel und zupfte an ihren Locken. Dabei studierte sie allerhand Mienen ein, machte von ihren schönen, etwas zu dreisten Augen Gebrauch, wiegte sich in den Hüften und drehte sich nach allen Seiten, um ihre sehr schöne schlanke Gestalt zu bewundern. Zufrieden lächelte sie sich zu und ging dann hinab. Eine Viertelstunde später saßen Mutter und Tochter beim Frühstück. Gleich darauf wurde die Posttasche gebracht, und diese enthielt unter anderem den Brief von Winnifred Hartau. Als ihn Frau von Berndorf gelesen hatte, ließ sie die Hand mit dem Brief sinken und sah ihre Tochter an.

»Also sie ist bereits in Deutschland eingetroffen, diese Winnifred Hartau. Dies Schreiben von ihr ist in Hamburg aufgegeben.«

Käthe sah ihre Mutter mit einer kleinen Grimasse an. »Ach – im Grunde ist das eine sehr fatale Angelegenheit, Mama.«

Die Mutter nickte. »Sehr fatal. Diese sogenannte Nichte kommt mir äußerst ungelegen. Was soll man mit ihr anfangen?«

Käthe las Winnifreds Brief. Dann sagte sie: »Warum bleibt sie nicht bei diesem Kapitän Karst, der ein Freund ihrer Eltern war? Uns ist sie schließlich doch ganz fremd.«

»Sicher. Aber du siehst, sie tituliert mich Tante, und wir können nicht gut anders, als sie, vorläufig wenigstens, in Berndorf aufzunehmen, zumal es Lutz so haben will.«

Käthe zuckte die Achseln. »Lutz kann das gut wollen – er ist weit vom Schuß und braucht sich nicht mit dieser unliebsamen Verwandten herumzuquälen.«

»Was soll ich nur mit ihr anfangen? Unnütze Brotesser können wir hier nicht gebrauchen. Ich habe ohnedies schon Sorgen genug.«

Nachdenklich sah Käthe vor sich hin. Dann richtete sie sich plötzlich auf. »Ich habe eine Idee, Mama.«

»Nun?«

»Wie wäre es, wenn du dir in dieser Winnifred eine zuverlässige Stütze anlerntest? Sie könnte die Obliegenheiten der Mamsell übernehmen, und du hättest mit einem Mal eine

Persönlichkeit, die dich entlasten kann. Da du der Mamsell ohnedies gekündigt hast, sparst du dir dadurch die Mühe, eine neue zu suchen.«

Sinnend stützte die Mutter den Kopf in die Hand. »So unklug ist dein Vorschlag nicht, Käthe. Das ließe sich bedenken. Man müßte ihr gleich zu Anfang begreiflich machen, daß man sie ohne Gegenleistung hier nicht gebrauchen kann. Das wäre die beste Lösung. Aufnehmen müssen wir sie doch, und sie kann uns dafür die Mamsell ersetzen. Das klügste ist, man sagt ihr das ganz offen, damit sie gleich weiß, unter welchen Bedingungen sie bleiben kann. So werden auch unklare Verhältnisse vermieden.«

»Das ist auch meine Meinung. Es wird da auch ein gewisser Abstand markiert zwischen uns und ihr.«

»Ganz recht. Und die Dienerschaft wird sie trotzdem respektieren und nicht gemeinsame Sache mit ihr machen. Das ist immer gut. Auf diese Weise erziehe ich mir eine Vertrauensperson –, und ich brauche ihr kein Gehalt zu zahlen. Man muß allen Dingen die günstigste Seite abzugewinnen suchen. Also werde ich gleich heute noch an sie schreiben, sie soll sofort kommen. Dann kann ich sie anlernen, solange Mamsell noch da ist, so daß sie nach deren Abgang sogleich für sie einspringen kann.«

Mutter und Tochter beendeten danach befriedigt ihr Frühstück und überlegten, daß die arme Verwandte sehr gut Käthes abgelegte Kleider tragen könne, damit man nichts Neues für sie anzuschaffen brauche. So sparte man das Gehalt für die Mamsell und hatte für Winnifred keine Ausgaben.

Nach einer Weile sagte Frau von Berndorf zu ihrer Tochter:

»Du könntest auch wieder einmal nach Wildenau hinüberreiten, um Onkel Rudolf zu besuchen und dich nach seinem Befinden zu erkundigen.«

Käthe zog ein Mäulchen. »Muß das sein, Mama?«

»Gewiß, wie kannst du nur noch fragen, Käthe!«

»Ach, Mama, er ist so furchtbar unliebenswürdig und hat immer allerlei an mir auszusetzen. Ein Vergnügen ist es nicht, mit ihm zusammenzutreffen.«

»Das weiß ich selbst. Aber man muß ihn nehmen, wie er ist. Dafür ist er ein Erbonkel. Die dürfen so unliebenswürdig sein, wie sie wollen.«

»Ich finde, er tyrannisiert uns alle, sogar dich.«

Frau von Berndorf seufzte. »Ja, er ist weiß Gott kein angenehmer Verkehr. Unter dem Vorwand, ehrlich seine Meinung zu sagen, bildet er sich mehr und mehr zum Familienschreck aus. Aber du siehst, daß auch ich mir geduldig alles gefallen lasse. Wir müssen ihn mit freundlicher Miene ertragen, wenn er auch noch so unausstehlich ist, sonst enterbt er uns.«

»Kann er denn das überhaupt, Mama? Wir sind doch seine einzigen Verwandten?«

»Das wohl, aber er kann sein Hab und Gut auch anderen Menschen hinterlassen – vorausgesetzt, daß er sich nicht an das Versprechen gebunden fühlt, das er Papa gegeben.«

»Das Versprechen, daß Papa Wildenau von ihm erben soll?«

»Ja, Papa ist leider vor ihm gestorben, und man weiß nicht, ob er uns, als Papas Erben, dies Versprechen halten wird.«

»Oh, er wird schon, Mama.«

»Hoffentlich, ich lasse ihn ja zuweilen fühlen, daß ich das Versprechen auch über Papas Tod hinaus für gültig halte. Aber so sehr ich mich auch bemüht habe, ihn zu bewegen, mir dies Versprechen zu wiederholen, er tut es nicht, sondern hüllt sich stets in Stillschweigen.«

»Ja, ja, er will uns seine Macht fühlen lassen. Aber zu fürchten brauchen wir doch nichts. Schließlich hat er doch so viel Familiensinn, daß er sein Vermögen und seinen Besitz nicht an fremde Menschen kommen läßt.«

Frau von Berndorf zuckte die Achseln. »Immerhin müssen wir alles tun, uns ihm angenehm zu machen. Lutz ist in diesem Punkt unvernünftig. Obwohl er im Grunde mit Onkel Rudolf sympathisiert, zeigt er es ihm nie, damit er um Gottes willen nicht den Anschein erweckt, als trachte er nach seinem Erbe. Deshalb müssen wir, du und ich, doppelt liebenswürdig sein, wenn es uns auch noch so schwerfällt.«

»Ich bin natürlich vernünftig, Mama, und zeige Onkel immer ein liebenswürdiges Gesicht, wenn er auch noch so unausstehlich ist. Und selbstverständlich reite ich auch nach Wildenau hinüber.«

»Gut. Du bist meine verständige Tochter. Sage Onkel Rudolf, ich lasse ihn herzlich bitten, Sonntag mittag bei uns zu speisen. Ich möchte ihm gern die neu tapezierten Zimmer zeigen, um zu hören, ob ihm die Tapeten gefallen.«

»Aber, Mama, es ist doch gleichgültig, ob sie ihm gefallen, wenn wir sie nur schön finden.«

»Natürlich ist es gleichgültig, aber man muß sich immer den Anschein geben, als gäbe man etwas auf seine Ansichten.«

»Er wird allerlei daran auszusetzen haben.«

»Selbstverständlich. Aber da die Tapeten schon festgeklebt sind, ist das nicht schlimm.«

Käthe lachte. »Du bist furchtbar klug, Mama, und ich kann noch viel von dir lernen.«

Das hörte die Mutter gern, aber sie ging nicht weiter darauf ein. »Ich muß nun an meine Arbeit gehen, Käthe, und du mach dich fertig, daß du nach Wildenau kommst.«

»Soll ich Onkel Rudolf etwas von Winnifred Hartau sagen?«

Frau von Berndorf überlegte und schüttelte dann den Kopf. »Nein – er erfährt zeitig genug von ihr, wenn sie hier ist und ich ihre Stellung uns gegenüber schon festgesetzt habe. Sonst will er möglicherweise dazwischenreden, und das paßt mir nicht.«

Käthe erhob sich. »Also auf nach Kanossa! Dafür bekomme ich aber auch einen Karton Pralinés.«

Die Mutter lachte. »Du machst doch diesen Weg in deinem eigenen Interesse, Käthe, denn Onkel Rudolf soll dir doch auch etwas vererben. Oder ist dir das nicht wichtig?«

Käthe reckte ihre schlanke, biegsame Gestalt und lachte schelmisch. »Ich heirate doch auf alle Fälle einen reichen Mann, Mama.«

»Hoffentlich, aber auch dann ist ein reiches Erbe nicht zu verachten, das dir eine gewisse Unabhängigkeit gewährleistet. Ich habe dir aber Pralinés versprochen, und nach Tisch erhältst du sie. Jetzt mach dich auf den Weg.«

Eine halbe Stunde später ritt Käthe durch den Wald nach Wildenau hinüber. Es dauerte eine gute Stunde, bis sie an die Wildenauer Parkmauer kam. Schloß Wildenau war ein imposantes Gebäude im Stil der Spätrenaissance. Es lag inmitten eines herrlichen alten Parkes. Rudolf von Wildenau, der Letzte seines Geschlechts, war seit fünfzehn Jahren Witwer. Seine Frau war schon nach fünfjähriger Ehe gestorben, und zwar, als sie einen toten Sohn geboren hatte. An diesem traurigen Ereignis war ein Sturz seiner Gattin schuld gewesen. Sie war auf der von gefrorenem Schnee bedeckten Freitreppe ausgeglitten und zu Fall gekommen.

Rudolf von Wildenau hatte seine Frau so sehr geliebt, daß

er sich nie hatte entschließen können, ihr eine Nachfolgerin zu geben. Er lebte seit dem Tod seiner Frau sehr zurückgezogen in seinem schönen großen Schloß und sah außer seinen Verwandten in Berndorf nur wenig Menschen.

Mit seinem Vetter Theo von Berndorf hatte ihn eine ehrliche Freundschaft verbunden, und dieser war fast täglich in Wildenau gewesen. Weniger oft fuhr Herr von Wildenau nach Berndorf. Mit Frau Martha stand er auf gespanntem Fuß. Ihr kalter, berechnender Charakter stieß ihn ab. Er wußte, daß sein Vetter Theo unsagbar unter der Herzenskälte seiner Frau litt. Seine eigene Gattin war ein liebevolles, sanftes Geschöpf gewesen, das ihn sehr glücklich gemacht hatte und ihm das Ideal einer Frau verkörperte. Gegen Frau Marthas Art hatte er eine starke Abneigung, wenn er auch ihre Tüchtigkeit und Energie anerkennen mußte. Doch diese Tugenden liebte er beim Mann, nicht bei der Frau. Nur seines Vetters wegen ertrug er Martha. Mit Käthe und Lutz kam Rudolf von Wildenau nicht viel zusammen; er konnte junge Menschen in seinem Herzeleid nicht um sich sehen, ohne an seine getäuschten Hoffnungen erinnert zu werden. So kam er den Kindern des Vetters nicht sonderlich nahe.

Theo von Berndorf hatte in ehrlicher Freundschaft versucht, seinen Vetter Rudolf aus seiner abgeschiedenen Einsamkeit zu locken, ihn mit dem Leben wieder auszusöhnen. Uneigennützig hatte er sogar, zum Entsetzen seiner erbgierigen Frau, versucht, den Vetter zu einer zweiten Heirat zu bewegen. Als er dies das erste Mal in Gegenwart seiner Frau tat, traf ihn aus deren Augen ein zorniger Blick, der ihm Schweigen gebot. Diesen Blick hatte Rudolf bemerkt. Ein seltsam bitteres Lächeln hatte seinen Mund umspielt.

»Du brauchst keine Angst zu haben, Martha, ich verheirate mich nicht zum zweiten Mal«, hatte er gesagt. Und zu Theo gewendet hinzugefügt: »So einen uneigennützigen Rat kannst nur du mir geben, Theo.«

Erstaunt hatte dieser ihn angesehen. »Wie meinst du das, Rudolf?«

»Laß nur, es freut mich, daß du erst so fragen mußt. Deine Frau aber wird schelten, wenn ihr allein seid. Du hast wohl nicht bedacht, daß ihr meine einzigen Verwandten seid?«

Theo von Berndorfs Stirn hatte sich jäh gerötet. »Rudolf, du glaubst doch nicht, daß wir, um dich beerben zu können, wünschen würden, daß du bis ans Ende deiner Tage einsam bleibst? Du, der du in den besten Mannesjahren stehst? Niemand würde sich mehr freuen als ich, wenn dir in einem neuen Eheglück Vaterfreuden beschieden wären.«

Da hatte ihm Rudolf die Hand gereicht. »Ja, du, mein lieber Theo, du würdest dich freuen. Ich weiß es. Aber ich würde niemals den Mut finden, eine zweite Ehe einzugehen; ich komme nicht über mein Unglück hinweg. Der Himmel hat es nicht gewollt, daß mir ein Erbe geboren wurde, ich muß mich bescheiden. Ich werde schwerlich alt, denn mein Herz ist krank. Und du, Theo, sollst nach meinem Tod Herr in Wildenau sein. Dies zur Beruhigung deiner Frau, damit sie dich nicht mit Vorwürfen quält wegen deiner Uneigennützigkeit, die mir wohltut.«

So hatte diese kleine Szene damals geendet. Aber wider Erwarten war Theo von Berndorf vor seinem herzleidenden Vetter gestorben, der trotz dieses Leidens noch recht rüstig schien, zu rüstig für Frau Marthas Wünsche. Diese hoffte nun zwar, das Versprechen Rudolfs übertrage sich nach Theos Tod auf seine Angehörigen, aber sie hatte doch immer eine geheime Sorge, daß es anders kommen könne. Ihre größte

Angst war freilich gewesen, daß sich Rudolf von Wildenau doch noch einmal verheiraten könne, und sie hatte folglich darüber gewacht, daß ihm kein liebenswertes weibliches Wesen zu nahe kam. Jetzt war sie über diese Sorge hinaus, denn Rudolf war inzwischen fünfundvierzig Jahre alt geworden, und sie glaubte nicht mehr daran, daß er noch einmal heiraten würde.

Als Käthe ihr Pferd vor der imposanten Freitreppe halten ließ, die der verstorbenen Freifrau von Wildenau verhängnisvoll gewesen war, kam ein Diener herbei und half ihr aus dem Sattel. Ein anderer führte sie durch die große Schloßhalle und durch eine Anzahl vornehm und gediegen eingerichteter Räume. Endlich öffnete er eine Tür und ließ sie eintreten in einen großen hellen Raum, der besonders behaglich eingerichtet war und von Herrn von Wildenau als Wohnzimmer benutzt wurde.

Der Hausherr saß fröstelnd am Kamin, in dem noch ein helles Feuer brannte. Obwohl das Schloß neben allem neuzeitlichen Komfort auch Zentralheizung bekommen hatte, wurden in einigen intimeren Räumen noch die Kamine extra geheizt.

Herr von Wildenau sah der hübschen jungen Dame keineswegs sehr erfreut entgegen. Sie ging schnell auf ihn zu und reichte ihm lächelnd die Hand.

»Guten Tag, liebes Onkelchen, wie geht es dir? Ich hielt es nicht mehr aus vor Sehnsucht nach dir, ich mußte wieder einmal nach dir sehen«, sagte sie schmeichlerisch.

Aber ihre Stimme war ohne Wärme, und in ihren Augen lag ein kalter Glanz.

Rudolf von Wildenau hatte ihre Hand erfaßt und ließ sie schnell wieder los. Ein seltsam sarkastisches Lächeln huschte über sein edel gebildetes Gesicht. Er strich langsam und bedächtig den graumelierten, ganz kurz gehaltenen Spitzbart.

»So, so, du hattest Sehnsucht nach mir? Es ist doch merkwürdig, Käthe, wie sehr du deiner Mutter gleichst. Von Tag zu Tag tritt das deutlicher hervor. Von deinem Vater hast du nicht eine Spur von Ähnlichkeit geerbt, weder innen noch außen«, sagte er mit einer etwas belegten Stimme, wie sie Menschen haben, die wenig sprechen.

Käthe ließ sich in einen Sessel ihm gegenüber gleiten, den er ihr anwies.

»Ja, Onkelchen, ich glaube, ich gleiche Mama in allem sehr. Nur so klug bin ich nicht wie sie.«

Er sah sie sonderbar an. »Du bist aber auf dem besten Wege und hast schon einen recht bemerkenswerten Anfang gemacht.«

Käthe lachte. »Ach, Onkelchen, du mußt heute sehr guter Laune sein, da du mir Komplimente machst.«

Wieder traf sie ein seltsamer Blick. »Du irrst – Komplimente sind das nicht. Ich konstatiere nur eine bedauerliche Tatsache.«

»Eine bedauerliche Tatsache? Ist es bedauerlich, wenn man klug ist?«

Um seinen Mund spielte wieder das sarkastische Lächeln. »Ja, in meinen Augen ist es bedauerlich, so klug zu sein, wie deine Mutter es ist und wie auch du zu werden versprichst. Hauptsächlich bei Frauen liebe ich diese Klugheit nicht.«

Käthe drohte schelmisch mit dem Finger. »Onkelchen, Onkelchen, du beliebst zu scherzen.«

»Nein, ich scherze nicht«, sagte er mit bitterem Ernst.

»Oh, dann gehörst du wohl zu den rückständigen Männern, die es nicht leiden mögen, wenn Frauen klug und tüchtig sind?«

Jetzt sah Rudolf von Wildenau sehr spöttisch aus. »Nehmen wir an, daß ich zu diesen rückständigen Männern gehöre. Aber ich will dir eine Erfrischung bringen lassen. Bitte, sage dem Diener, was du gern haben möchtest.«

Er klingelte, und Käthe nannte dem Diener, als er eintrat, ihre Wünsche. Bis der Diener die Erfrischung brachte und das Zimmer wieder verlassen hatte, sprachen sie nur über das Wetter. Dann sagte Käthe, immer mit dem gleichen liebenswürdigen Lächeln:

»Mama läßt dich bitten, nächsten Sonntag mit uns in Berndorf zu Mittag zu speisen. Sie möchte gern von dir hören, ob dir die Tapeten in den neutapezierten Zimmern gefallen.«

»Gut, ich werde kommen. Sag deiner Mutter, daß ich für die Einladung danke. Ob mir die Tapeten aber gefallen, kann euch doch gleichgültig sein. Ich wohne ja nicht in den Zimmern.«

»Aber du sollst dich darin behaglich fühlen, Onkel.«

»Nun, da die Zimmer bereits tapeziert sind, wenn ich hinüberkomme, läßt sich doch nichts daran ändern, auch wenn sie mir nicht gefallen.«

»Oh, dann würde Mama aber untröstlich sein!«

»Meinst du?«

»Sicher.«

»Ja, wenn ihr so viel daran liegt, daß mir die Tapeten gefallen, dann hätte sie sie mir zeigen müssen, ehe sie festgeklebt wurden.«

Ein leises Rot stieg in Käthes Gesicht. »Daran hat Mama nicht gedacht. Der Einfall ist ihr sicher nicht gekommen.«

Rauh lachte Herr von Wildenau auf. »Und deine Mutter ist

doch sonst eine so kluge, umsichtige Frau. Nun, lassen wir das. Ich habe eben mit Vergnügen gemerkt, daß du erröten kannst. Ich glaubte, du hättest das ganz verlernt.«

Unsicher sah ihn Käthe an. »Du bist immer so seltsam, Onkel Rudolf.«

»Ja, ja, ich weiß, ich bin ein sehr unliebenswürdiger und unbequemer Onkel, der es gar nicht versteht, seiner reizenden Nichte etwas Angenehmes zu sagen.«

Sie lächelte schelmisch, ihren Ärger verbeißend. »Jetzt eben hast du mir aber doch etwas Angenehmes gesagt. Ich kann mir nicht denken, daß es eine junge Dame gibt, die es nicht gern hört, wenn sie reizend genannt wird.«

»Oh, was wahr ist, muß wahr bleiben. Hübsch genug bist du. Man könnte dir gut sein, wenn man wüßte, daß dein Inneres mit deinem Äußeren harmoniert.«

»Glaubst du, das sei bei mir nicht der Fall?«

»Ich glaube, daß ich durch deine Augen recht gut bis ins Herz hinein sehen kann«, sagte er langsam, sie scharf fixierend.

Da schoß ihr wieder, stärker als zuvor, die Röte ins Gesicht. Und schnell von dem gefährlichen Thema ablenkend, fragte sie: »Wie geht es dir heute, Onkelchen? Bist du wohler als das letzte Mal?«

Er strich die Hände aneinander, als friere er. In den jungen Augen glaubte er zu lesen, was er in den Augen ihrer Mutter schon oft gelesen hatte: die Ungeduld, daß er noch nicht ans Sterben dachte. Sein Gesicht bekam einen müden, schlaffen Ausdruck.

»Es geht mir nicht besser und nicht schlechter als sonst. Ich bin nur noch eine Ruine, aber Ruinen werden oft alt.«

Käthe wendete ihre Augen ab. Es lag etwas in seinem

Blick, das sie nicht ertragen konnte. »Du wirst dich sicher im Sommer wieder erholen, Onkelchen, wenn du nur erst wieder mehr im Freien sein kannst, in der Sonne.«

Er unterdrückte einen Seufzer. »Wir werden sehen. Habt ihr Nachricht von Lutz?«

»Ja, er kommt Ostern auf vierzehn Tage heim. So lange hat er Ferien. Aber nun will ich dich nicht länger stören, Onkelchen. Du kommst also Sonntag nach Berndorf?«

»Ja, ich werde mich einfinden. Sag deiner Mutter eine schöne Empfehlung, und ich würde die neuen Tapeten auf jeden Fall bewundern.«

Käthe erhob sich und verabschiedete sich ziemlich hastig.

Er sah ihr mit einem unbeschreiblich traurigen Blick nach. »Da ist der Wurm schon in der Blüte. Schade! Es scheint nichts von meines guten alten Theo ehrlicher Art auf seine Kinder übergegangen zu sein. Auf seine Tochter sicher nicht. Über Lutz bin ich mir noch nicht recht klar. Er ist sehr verschlossen und wünscht mir jedenfalls nicht näherzutreten. Des reichen Erbes glaubt er sicher zu sein. Aber wenn er darauf rechnet, dann dürfte er sich verrechnen wie seine Mutter und seine Schwester. Keiner von den drei Menschen steht mir innerlich so nahe, daß ich ihn nach meinem Tod, auf den man gierig lauert, hier in Wildenau als Herrn sehen möchte. Lieber fremde Menschen!«

So dachte er und sah düster vor sich hin.

Käthe aber atmete draußen erleichtert auf. Sie ließ sich ihr Pferd vorführen und ritt davon.

V

Winnifred Hartau hatte ein kurzes Briefchen von Frau von Berndorf bekommen. Sie teilte ihr mit, daß sie in Berndorf erwartet würde, und sie möge am nächsten Tage den Frühzug benutzen. Sie treffe dann nachmittags um drei Uhr auf der nächstgelegenen Station ein, wo sie ein Wagen erwarten werde. Alles Weitere wolle man mündlich besprechen, nur soviel wolle man ihr schon mitteilen, daß sie in Berndorf bleiben könne, wenn sie bescheiden in ihren Ansprüchen sei.

Winnifred atmete auf. Es klang weder Wärme noch Herzlichkeit aus diesen Zeilen, aber das verlangte sie auch nicht von der noch ganz fremden Tante. Die Hauptsache war, daß man sie in Berndorf aufnehmen wollte. Bescheiden wollte sie ganz gewiß sein.

Erfreut zeigte sie Kapitän Karst den Brief. Billigerweise konnte er vorläufig für seinen Schützling nicht mehr verlangen. So wurde für den nächsten Morgen Winnifreds Abreise festgesetzt.

Die fünf Flachsköpfe, die Winnifred schnell in ihre jungen Herzen geschlossen hatten, überboten sich nun, ihr noch etwas zuliebe zu tun. Und am nächsten Morgen gab ihr die ganze Familie das Geleit zum Bahnhof.

Die Mädels stopften Winnifred Schokolade, Bücher und Zeitungen in die Ecke ihres Wagenabteils und drückten ihr Blumen in den Arm.

Winnifred bekam feuchte Augen. Diese lieben, herzenswarmen Menschen waren ihr teuer geworden in der kurzen Zeit. Sie versprach mit bebender Stimme, fleißig zu schreiben und zu berichten, ob sie gut aufgenommen worden sei in Berndorf.

Der Kapitän drückte Winnifreds Hand warm in der seinen. »Wenn es nicht gehen will, Winnifred, dann verzagen Sie nicht. In unserem Häuschen ist immer für Sie ein Schlupfwinkelchen bereit. Ich hoffe aber, Sie finden gute Aufnahme, denn Sie müssen ja allen Menschen lieb werden. Gott mit Ihnen, kleine Winnifred, und tapfer den Kopf hoch und die Zähne zusammen. Es wird alles gutgehen.«

Winnifred nickte und schluckte die aufsteigenden Tränen hinunter.

Noch ein letztes Händeschütteln, dann setzte sich der Zug in Bewegung. Winnifred sah aus dem Fenster und winkte zurück. Die Flachsköpfe liefen ein Weilchen mit dem Zuge um die Wette und warfen ihr Kußhände zu.

Und dann war sie allein, ganz allein im Vaterland ihrer Eltern. Das Herz krampfte sich ihr zusammen. Eine heftige Angst vor der Zukunft stieg in ihr auf, eine Angst, die sie schüttelte wie ein Fieber. Nein, sie war nicht tapfer, sondern hilflos und verzagt.

In ihrer Herzensangst betete sie still vor sich hin um Kraft und Mut. Und da wurde sie ein wenig ruhiger. Zaghaft sah sie sich nach ihren Mitreisenden um. Zwei ältere und eine jüngere Dame teilten mit ihr das Abteil. Sie nahmen wenig Notiz von ihr. Da wandte sie sich ab und sah zum Fenster hinaus. Ihre Augen flogen über das weite Flachland. Dann fuhr der Zug durch Waldungen, die noch kahl und blattleer waren. Es hatte in der Nacht geregnet, und die Tropfen hingen an den Zweigen. Aber die Sonne stieg warm und hell empor. Das war Winnifred wie ein Trost. Auf den Feldern, an denen der Zug dann vorüberrollte, arbeiteten die Landleute. Wie ein Traum erschien es Winnifred, daß sie nun in Deutschland sei.

Schließlich wurde sie müde von allem Sehen und schloß

die Augen. Wie in einem Halbtraum dämmerte sie dahin. Und da war ihr, als sitze ihre Mutter neben ihr und fasse ihre Hand.

»In meiner Heimat wartet ein Glück auf dich, mein Kind – verzage nicht!«

Winnifred schrak auf und sah wirr um sich. Hatte nicht die liebe, warme Stimme der Mutter diese Worte zu ihr gesprochen? Sich ermunternd, sah sie zur Seite, wo im Traum die Mutter neben ihr gesessen hatte. Da war niemand.

Die beiden alten Damen in ihrem Abteil hatten ein Gespräch begonnen, und die jüngere Dame lachte ein wenig spöttisch über Winnifreds verwirrtes Gesicht.

Diese lehnte sich in ihre Ecke zurück und schloß die Augen wieder. Ach, nur wenigstens im Traum bei der geliebten Mutter sein, deren treue Hand sie nie mehr fassen, deren Stimme nie mehr tröstende Worte zu ihr sprechen würde.

Schneller als sie gedacht, verging die Zeit, und gegen drei Uhr erreichte sie ihre Bestimmungsstation.

Die Tante hatte ihr den Wagen und die Livree des Kutschers beschrieben, und sie fand ohne große Mühe den Wagen am Ausgang des Bahnhofes. Allen Mut zusammennehmend, trat sie an denselben heran und fragte den Kutscher, ob er aus Berndorf sei. Daß es freundlicher gewesen wäre, wenn die Tante sie selbst vom Bahnhofe abgeholt hätte, kam Winnifred nicht in den Sinn. Das erwartete sie gar nicht.

Der Kutscher rückte ein wenig an seinem Hut.

»Ich bin aus Berndorf und soll Fräulein Hartau abholen«, sagte er.

»Das bin ich, kann ich mein Gepäck gleich mitnehmen?«

»Ja, das können Sie. Geben Sie man Ihren Gepäckschein einem Kofferträger, damit er die Sachen an den Wagen bringt.

Ich kann die Pferde nicht allein lassen, und ein Diener ist nicht mitgekommen. Die gnädige Frau hat gesagt, das Fräulein wird sich schon selbst helfen.«

Das tat Winnifred denn auch, und bald war alles zur Abfahrt bereit. Die Gäule setzten sich in Bewegung. Es waren keine edlen Tiere, sondern ein Paar ausrangierte, klapprige Pferde, die sonst im Berndorfer Stall das Gnadenbrot bekamen. Sie trotteten gemächlich auf der Landstraße dahin.

Winnifred vergaß alles über dem Anblick der herrlichen Landschaft, die sich vor ihren Augen ausbreitete. Wie wunderschön mußte es hier sein, wenn erst die Wälder grünten und die Blumen blühten. Ihr war, als sei ihr diese Gegend nicht neu, das waren die Berge, die Wälder, von denen ihr die Mutter erzählte – ach so oft, und da drüben rauschte der Fluß, von dem sie auch gesprochen hatte.

Ein herber würziger Duft stieg aus der Erde, und der Waldboden war schon ganz grün. An den Bäumen wollten die Blattknospen ihre Hülle sprengen, und die Vögel sangen, als riefen sie den Frühling herbei.

Als der Wagen vor dem Berndorfer Gutshaus still hielt, wurde Winnifred nicht, wie sie gehofft hatte, von der Tante empfangen. Ein Hausmädchen kam ihr entgegen und meldete ihr, die gnädige Frau sei momentan geschäftlich verhindert, sie zu empfangen, und das gnädige Fräulein mache einen Besuch in der Nachbarschaft. Fräulein Hartau möge ihr in das für sie bestimmte Zimmer folgen. Um fünf Uhr würden die Herrschaften sie dann beim Tee erwarten und sie begrüßen.

Winnifred fand dabei nichts Befremdliches. Sie folgte dem Mädchen durch den Hausflur, der ein weites Viereck bildete und von dem rechts und links ein Gang durch das Haus führte. Im Hintergrund befand sich eine breite Treppe. Diese Treppe wurde Winnifred emporgeführt. Im ersten Stock ging es einen langen Gang entlang, und am Ende desselben öffnete die Dienerin eine Tür und ließ Winnifred eintreten.

Es war ein mäßig großes, einfach eingerichtetes Zimmer.

Immerhin machte es einen freundlichen, sauberen Eindruck. Aber Winnifred mußte daran denken, daß die Flachsköpfe im Hause des Kapitäns bei ihrer Ankunft alle Zimmer mit Blumen geschmückt hatten. Hier zeigte nicht die kleinste armseligste Blüte, daß sie willkommen sei. Man hatte wohl gar nicht daran gedacht. Getreulich hatte sie die Blumen, die ihr die Flachsköpfe zum Abschied geschenkt hatten, mit nach Berndorf gebracht. Sie waren halb verwelkt, und die Köpfe hingen. Aber es waren doch Blumen, die ihr in Herzlichkeit geboten worden waren. Da keine Vase vorhanden war, legte sie die Blumen sorgsam in den mit Wasser gefüllten Waschkrug. Vielleicht erholten sie sich wieder.

Inzwischen waren ihre Koffer heraufgeschafft worden, und die Dienerin fragte, ob sie dem gnädigen Fräulein irgendwie behilflich sein könnte.

Winnifred dankte. Sie bat nur um ein Gefäß, in das sie ihre Blumen stellen könne. Das wurde ihr gebracht, und dann verschwand das Mädchen und ließ Winnifred allein.

Sie sank mit einem tiefen Seufzer in den Sessel am Nähtisch. Ihr umflorter Blick flog hinaus, bis zu den Bergen, die in der Ferne die Landschaft begrenzten, und sie hatte ein Gefühl, als brauche sie ihre Koffer gar nicht erst auszupacken.

Man wird mich wohl nicht lange hierbehalten. Ich fürchte, ich bin nicht sehr willkommen, dachte sie beklommen. Und wieder stieg die Angst vor der unbekannten Zukunft in ihr empor. Sie faltete die Hände auf dem schmalen Nähtisch und ließ die Stirn darauf sinken. So saß sie eine Weile mit geschlossenen Augen.

Aber da war ihr wieder, als höre sie die Stimme ihrer Mutter sagen: »In meiner Heimat wartet ein Glück auf dich!«

Sie richtete sich empor.

Nein, nur nicht gleich verzagen, weil man sie nicht mit Blumen und großer Herzlichkeit empfing. Vielleicht ging doch alles ganz gut, vielleicht machte sie sich unnötig das Herz schwer.

Sie erhob sich und begann einige Sachen auszupacken, die sie nötig brauchte. Dann wusch sie sich Gesicht und Hände, vertauschte ihr Reisekleid mit einem hübschen, einfachen Kleid aus schwarzem feinen Wollstoff, das an ihrer jugendschönen schlanken Gestalt in weichen Falten herabfloß, und ordnete das sehr reiche und natürlich gelockte Haar, dessen satter Goldton sich reizvoll von dem tiefen Schwarz der Kleidung abhob. Dieses herrliche Haar, das in zwei dicken Flechten um ihren Kopf lag, und die klaren tiefblauen Augen waren Winnifreds größte Schönheiten. Sonst bestach sie nicht gleich durch ihr Äußeres, zumal jetzt, da sie vor Unruhe und Erregung sehr blaß war.

Als sie mit ihrem Anzug fertig war und noch ein wenig im Zimmer aufgeräumt hatte, erschien die Dienerin wieder und meldete, die gnädige Frau erwarte sie unten im Wohnzimmer, wo der Tee eingenommen würde. Sie möge ihr dahin folgen.

Winnifred tat das mit klopfendem Herzen, und wenige Minuten später stand sie vor der Tante und der Kusine.

Die beiden Damen saßen bereits am Teetisch. Käthe sah der blassen, stillen Erscheinung mit dreister Neugier, ihre Mutter mit kritisch scharfen Blicken entgegen.

Frau von Berndorf schien von der Musterung befriedigt. Sie reichte Winnifred mit einem kühlen Lächeln die Hand.

»Wir haben Sie noch nicht begrüßen können, da wir abgehalten waren, und wollen das jetzt nachholen. Seien Sie willkommen in Berndorf. Bitte, nehmen Sie Platz. Dies ist meine Tochter Käthe.«

Winnifred beugte sich über die Hand der Tante und führte sie an ihre Lippen.

»Ich danke Ihnen sehr, gnädigste Tante, daß Sie mir gestattet haben, nach Berndorf zu kommen«, sagte sie bescheiden.

Frau Martha sah sofort, daß dieses junge, schüchterne Ding weiches Wachs in ihren Händen sein würde. Winnifred mißfiel ihr nicht. Ihre bescheidene Erscheinung war nicht unangenehm und nicht anspruchsvoll. Trotz der schlichten Kleider eignete ihrer Person eine Vornehmheit, die gleichsam von innen heraus leuchtete. Aber das war kein Fehler. Gegebenenfalls brauchte man sich dieser Verwandten nicht zu schämen, und man hatte doch nicht nötig, viel Rücksicht auf sie zu nehmen.

»Da Sie allein in der Welt stehen und eine Verwandte meines verstorbenen Mannes sind, war es selbstverständlich, daß wir Sie aufnehmen mußten. Ich will Ihnen aber gleich sagen, daß wir keineswegs in glänzenden Verhältnissen leben. Leicht ist es uns also nicht, Ihnen für dauernd Aufnahme zu gewähren, und ich sage Ihnen ganz offen, daß es nur möglich sein wird, wenn Sie sich im Haus so nützlich machen, daß ich eine Stütze an Ihnen habe und eine andere weibliche Hilfe im Haushalt entbehren kann.«

Winnifreds Herz krampfte sich zusammen, nicht wegen dieser Worte, sondern wegen des kalten Tons, in dem sie gesprochen wurden, und wegen der kühlen, neugierigen Blicke, mit denen sie von Tante und Kusine gemustert wurde. Sie fühlte instinktiv, daß diese beiden Frauen ihr ohne jedes warme Empfinden gegenübersaßen.

Aber sie zwang tapfer in sich nieder, was sie bedrücken wollte. Ich muß mir erst ein wenig Liebe verdienen und kann nicht verlangen, daß sie mir gleich entgegengebracht wird, dachte sie. Und laut fuhr sie fort: »Ich mache mich sehr gern nützlich, gnädige Tante. Gern nehme ich jede Arbeit auf mich. Ich bin gesund und kräftig und habe gelernt, einen Haushalt zu führen, da meine Mutter krank war. Ganz gewiß will ich mein Brot bei Ihnen nicht nutzlos essen. Das würde mich nur bedrücken. Wenn Sie mir nur gestatten wollen, im Schutz Ihrer Familie zu leben, damit ich nicht ohne Stütze und Halt bin. Ich bin leider nicht sehr tapfer und nicht gewöhnt, im Lebenskampf zu stehen. Bitte, geben Sie mir Arbeit, gnädigste Tante, gleichviel welcher Art. Sie sollen sich nicht über mich zu beklagen haben, und ich will Ihnen durch Fleiß und Willigkeit meine Dankbarkeit beweisen.«

Das hörte Frau Martha gern, und etwas wie ein kühles Wohlwollen gegen die junge Dame, deren Arbeitskraft sie gehörig ausnutzen und für deren Wohltäterin sie sich dabei noch ansehen konnte, stieg in ihr auf.

»Dann werden wir hoffentlich gut miteinander auskommen. Aber wir wollen doch das lästige Sie aus unserem Verkehr streichen, wir sind ja verwandt miteinander, wenn auch nicht sehr nahe. Nennen Sie mich Tante Martha, ich werde Sie Winnifred nennen. Das ist übrigens für uns ein recht fremd klingender Name.«

»In Amerika ist er nicht selten. Ich bin nach meiner Patin, einer Amerikanerin, so genannt worden.«

»Nun, wir werden uns schon daran gewöhnen. Bitte, lang

doch zu, Winnifred. Du kannst dich nachher von Käthe in Berndorf herumführen lassen, damit du dich zurechtfinden lernst. Du und Käthe, ihr braucht natürlich auch das verwandtschaftliche Du.«

Winnifred sah bittend zu Käthe hinüber. »Willst du mir das gestatten, Kusine Käthe?« fragte sie schüchtern.

Käthe zwang sich zu einem konventionellen Lächeln. »Natürlich, Winnifred. Hast du eine gute Reise gehabt?«

»Oh, ich danke, eine sehr gute Reise. Die ›Urania‹ ist ein wundervoller Luxusdampfer. Kapitän Karst verschaffte mir freie Überfahrt als sein Gast.«

Das interessierte Käthe. Sie wurde etwas lebhafter. Winnifred mußte ihr von dem Leben und Treiben auf dem Dampfer erzählen.

Sie atmete heimlich auf, als Tante und Kusine ein wenig freundlicher wurden.

Ich war töricht und verzagt, sie werden mich mit der Zeit schon ein wenig liebgewinnen, wenn ich nur alles tue, was in meinen Kräften steht, um ihnen zu gefallen, dachte sie in ihrem bescheidenen Sinn.

Als man den Tee eingenommen hatte, erhob sich die immer tätige Hausfrau. »Also du führst Winnifred in Berndorf herum, Käthe. Heute dispensiere ich dich noch von jeder Arbeit, Winnifred. Du mußt auch erst deine Sachen auspacken und dich einrichten. Morgen früh gebe ich dir dann Anweisung, was du zu tun hast. Wir stehen sehr zeitig auf, deshalb mußt du auch früh zu Bett gehen. Du wirst ja viel lernen müssen, aber mit gutem Willen geht alles.

Am ersten Mai entlasse ich unsere Mamsell, und an deren Stelle hoffe ich in dir eine zuverlässige Stütze zu finden. Du scheinst klug und intelligent zu sein. Da wirst du schnell alles begreifen. Und an Arbeit wird es dir nicht fehlen; ich arbeite auch von früh bis spät.«

»Oh, das ist mir recht, Tante Martha, du brauchst mich nicht zu schonen.«

Das hätte Winnifred nicht zu sagen brauchen. Frau Martha hatte durchaus nicht diese Absicht. Im Gegenteil, sie wollte sich alle ihre Kräfte dienstbar machen.

Käthe führte Winnifred nun in Berndorf herum, zeigte ihr das Haus, den Gemüse- und Obstgarten, die Scheunen, Ställe und Wirtschaftsräume. Winnifred wirbelte ein wenig der Kopf, und sie mußte dabei Käthe unaufhörlich von Amerika erzählen und von ihrer Überfahrt. Aber sie tat es bereitwillig, weil sie merkte, daß Käthe ein wenig ihre kalte Zurückhaltung verlor. Warm und herzlich wurde diese auch jetzt nicht, das lag nicht in ihrer Art. Und doch hätte es in ihrer Macht gelegen, der armen, verwaisten Kusine das Herz frisch und froh zu machen, wenn sie ihr nur ein wenig Zuneigung gezeigt hätte.

Ehe Winnifred an diesem Abend schlafen ging, schrieb sie noch an Kapitän Karst: »Lieber Herr Kapitän! Es ist alles gutgegangen. Sie brauchen sich nicht mehr um mich zu sorgen. Ich darf in Berndorf bleiben. Heute schreibe ich Ihnen nur, daß ich gut aufgehoben bin. Später erfahren Sie mehr über mich und Berndorf. Es liegt in einer wundervollen Gegend.

Bitte, grüßen Sie herzlich und innig Mally, Annerose, Lotte, Leni und Hanna, und Ihrer lieben Frau Gemahlin küsse ich die Hand. Ihnen allen nochmals meinen innigsten Dank. Ich werde Ihrer immer in Liebe und Verehrung gedenken.

Ihre
dankbare Winnifred Hartau.«

Diesen Brief gab sie am nächsten Morgen mit zur Post. Zeitig am Morgen war sie aufgestanden, guter Vorsätze voll. Sie hatte gleich selbst ihr Zimmer in Ordnung gebracht. Daß sie eine Bedienung hier nicht in Anspruch nehmen dürfe, erschien ihr selbstverständlich. Ihren flinken, geschickten Händen war es auch ein leichtes, Ordnung zu halten. Sie war nicht gewöhnt, sich bedienen zu lassen.

Als sie hinunterkam, trat ihr im Flur Tante Martha schon im Reitkleid entgegen.

»Ich muß nachher auf die Felder, Winnifred. Du kannst gleich eine Tasse Kaffee mit mir nehmen, und dann bringe ich dich zur Mamsell, die dich in allen Dingen anlernen kann. Verbitte dir aber energisch alle unangebrachten Vertraulichkeiten, zu denen Mamsell sehr geneigt ist. Du mußt den Dienstboten gegenüber sofort eine gewisse Respektstellung einnehmen, damit sie dir gehorchen, wenn ich nicht anwesend bin. Nur so habe ich eine Stütze an dir.«

»Gewiß, Tante Martha, und ich hoffe, dich zufriedenzustellen.«

»Das hoffe ich auch. Mamsell hat sich mit der Dienerschaft zu sehr eingelassen. Das darf nicht sein. Und du mußt immer den Leuten mit gutem Beispiel vorangehen und selbst tüchtig zugreifen, wo es nötig ist. Das tue ich auch. Nur damit kann man den Dienstboten imponieren.«

Sie nahmen eine Tasse Kaffee und Butterbrote als erstes Frühstück ein.

»Sollte ich irgendwelche Auskunft in deiner Abwesenheit brauchen, kann ich mich wohl an Käthe wenden, Tante Martha?« fragte Winnifred.

»Käthe ist noch nicht wach, sie steht erst später auf; sie ist ein wenig zart und braucht viel Schlaf. Du wirst sie erst beim zweiten Frühstück sehen, wenn ich schon zurück bin. Und dann – Käthe kann dir auch in hauswirtschaftlichen Dingen keine Auskunft geben. Sie versteht nicht viel davon. Eine junge Dame ihres Standes pflegt sich nur wenig im Haushalt zu betätigen, sie hat anderweitig zu tun. Halte dich nur vorläufig an die Mamsell, wenn du etwas wissen willst.«

Winnifred ahnte nicht, daß Tante Martha ihr durch diese Worte zu verstehen geben wollte, daß zwischen ihr und der Freiin Käthe von Berndorf ein großer Unterschied bestehe, der respektiert werden mußte. Ganz unbefangen antwortete Winnifred:

»Es ist gut, Tante Martha.«

Diese sah prüfend über Winnifreds Erscheinung. »Du hast dich passend angezogen. Die große Arbeitsschürze, die du über dein Hauskleid gebunden hast, ist bei der Tätigkeit im Haushalt nötig. Ich sehe, du gehst mit Verständnis an deine Aufgabe heran. Also beim zweiten Frühstück sehen wir uns wieder, und dann besprechen wir weiter, was nötig ist.«

Winnifred war froh, daß die Tante mit ihr zufrieden war. Diese führte sie nun hinunter in die Wirtschaftsräume und übergab sie der Mamsell.

»Machen Sie Fräulein Hartau mit all Ihren Obliegenheiten bekannt, und zeigen Sie ihr alles, was sie wissen muß, da sie in Zukunft Ihre Tätigkeit hier verrichten soll«, sagte sie. Dann verabschiedete sie sich kurz von Winnifred und ging davon, um auf die Felder zu reiten.

Die Mamsell sah ihr mit schnippischer Miene nach. Dann wandte sie sich an Winnifred.

»Na, auf Rosen werden Sie hier auch nicht gebettet sein, Fräulein Hartau. Die Gnädige faßt niemand mit Glacéhandschuhen an, und Sie sollen ja nur eine arme Verwandte von ihr sein. Schofel, daß man Sie zur Mamsell machen will. Das paßt der Gnädigen, daß Sie Ihnen kein Gehalt zu zahlen braucht. Sie ist knauserig. Unsereins kann gehen, wenn es ihr nicht mehr paßt.«

Winnifred richtete sich straff auf. »Wir wollen an die Arbeit gehen, Mamsell, und nur über die Arbeit sprechen«, sagte sie ruhig und bestimmt.

Die Mamsell zuckte die Achseln. »Gott, mir kann es ja recht sein, ich gehe am 1. Mai. Aber das muß ich doch sagen, schön finde ich es nicht von der Gnädigen, daß sie unsereins hinausgrault, bloß weil sie ihre Nichte wie einen Dienstboten arbeiten lassen will. Fräulein Käthe sitzt den ganzen Tag herum und liest Romane und stibitzt mir Mandeln und Rosinen aus der Speisekammer. Sehen Sie ihr nur auf die Finger. Wenn was fehlt, kommt es sonst auf Sie. Na – und Sie mit Ihren feinen weißen Händen, Sie sind doch nicht an so schwere Arbeit gewöhnt. Da – sehen Sie meine an: hart und rot. Man muß ja immerfort aus dem Nassen ins Trockene und umgekehrt. Jetzt geht es auf den Sommer zu, da geht es noch an. Aber im Winter, wo man ewig zwischen warm und kalt hin und her jagt, da springt einem die Haut auf, daß man vor Schmerzen nicht schlafen kann. Und von fünf Uhr morgens bis neun Uhr abends immerzu auf den Beinen, daß man nicht zur Besinnung kommt – nein, das schickt sich nicht für so ein feines Fräulein. Das ließe ich mir an Ihrer Stelle nicht gefallen. Die Gnädige ist geizig und will mein Gehalt sparen.«

Winnifred biß sich auf die Lippen. Die Worte der Mamsell waren ihr unsagbar peinlich und machten ihr doch zugleich das Herz schwer. Nicht, daß sie viele Arbeit haben sollte, bekümmerte sie, das wünschte sie sich. Aber daß sie hier sozusagen mit den Dienstboten auf eine Stufe gestellt wurde, bedrückte sie. Sie ließ sich jedoch nichts anmerken.

»Ich ersuche Sie nochmals, nur von der Arbeit mit mir zu reden. Wir versäumen sonst nur die Zeit. Und ich mag nicht länger solche Worte hören.«

Die Mamsell machte ihr schnippisches Gesicht. »Na ja, wer dumm ist, muß geprügelt werden, mir kann es gleich sein«, brummte sie vor sich hin. Aber sie ging nun wirklich an die Arbeit und zeigte Winnifred, was zu tun war. Das war freilich nicht wenig. Die Mägde mußten beim Melken beaufsichtigt werden, Winnifred mußte die schwere Milchkanne, die ihr zugetragen wurde oder die sie selbst herbeiholen mußte, in große Kühlbottiche entleeren. Und über jede Kanne wurde genau Buch geführt. Nach dem Melken wurden die großen Milchsatten vom vorigen Tag abgerahmt und neue Satten zur Gewinnung des Rahms in den Kühlkammern aufgestellt.

Viele Milchkannen wurden zum Verkauf in der nahen Stadt auf Wagen verladen und mußten auch gebucht werden. Dann gab es Eier zu sammeln, zu zählen und zu notieren. Nach dem Viehfutter mußte gesehen werden, damit nichts verschwendet wurde und die Tiere doch zu ihrem Recht kamen. Und die Mahlzeiten für Herrschaft und Dienstboten mußten bestimmt werden.

Dann galt es, in Speisezimmer und Vorratsräumen nach dem Rechten zu sehen und die Wäscheschränke zu beaufsichtigen. Alles, was verbraucht wurde und was zur Stadt sollte, wurde genau gebucht.

So ging es weiter. Winnifred sah in eine ganz neue Welt. Der Kopf schwirrte ihr, und sie hatte Angst, daß sie etwas übersehen oder versäumen könnte. Leicht würde es ihr nicht werden, das ihr zugewiesene Amt zu verwalten, aber es mußte gehen. Nur um Gottes willen Tante Martha keinen Anlaß zur Unzufriedenheit geben. Sie nahm sich zusammen und sagte sich zum Trost, daß Mamsell ja auch nur ein Mensch sei und doch alles leisten konnte. So mußte sie mit gutem Willen ihre Aufgabe auch bewältigen lernen. Sie hatte ja noch vier Wochen Zeit bis zum Abgang der Mamsell, und bis dahin würde sie sich schon eingearbeitet haben.

Als Winnifred mit Tante Martha und Käthe beim zweiten Frühstück saß, fühlte sie sich schon so müde, als läge ein ganzer Tag hinter ihr. Aber sie ließ sich nichts anmerken und berichtete der Tante auf deren Wunsch, was sie schon alles getan hatte. Als diese befriedigt nickte, war sie sehr froh.

Gleich nach dem Frühstück ging es weiter. Ohne Unterlaß mußte sie treppauf, treppab, aus der Küche in den Garten, aus den Ställen in die Vorratskammern hasten. Kaum hatte sie Zeit, die Mahlzeiten einzunehmen.

Nie war Winnifred ein Tag so lang geworden wie dieser, und als endlich der Abend kam und sie sich zurückziehen konnte, sank sie wie zerschlagen auf ihr Lager und schlief sofort ein.

Sie erwachte erst wieder, als am frühen Morgen an ihre Tür geklopft wurde. Da erhob sie sich rasch, machte sich fertig und begann ihr neues Tagewerk. Wieder ging es wie gestern ohne Unterlaß von einer Arbeit zur andern. Aber heute ging es schon etwas besser. Todmüde ging sie aber auch diesen Abend zu Bett.

Der nächste Tag war ein Sonntag, und man erwartete Rudolf von Wildenau zu Gast.

Auch am Sonntag gab es ein gut gerütteltes Maß an Arbeit für Winnifred. Aber kurz vor Tisch schickte Tante Martha sie auf ihr Zimmer mit der Weisung, sich ein besseres Kleid anzuziehen, man erwarte Herrn von Wildenau, und dem sollte sie vorgestellt werden. Der Name Rudolf von Wildenau war Winnifred nicht fremd. Er war ihrer Mutter an Stelle von Theo von Berndorf als tot gemeldet worden, und bei dieser Todesnachricht hatte die Mutter traurig gesagt: »Müssen alle guten Menschen so früh sterben? Er und mein Vetter Theo waren die einzigen meiner Verwandten, die mich nicht verdammt haben, weil ich meinem Herzen folgte.« Winnifred war nun voll heimlicher Erwartung, welchen Eindruck dieser Vetter ihrer Mutter auf sie machen würde. Daß er ebenfalls mit ihr verwandt war, schien Tante Martha nicht zu beachten. Sie sprach mit Winnifred von ihm wie von einem fremden Menschen.

Und Winnifred ahnte nicht, daß Tante Martha ihr wahrscheinlich die Aufnahme in Berndorf versagt hätte bei der Überlegung, daß Rudolf von Wildenau ebenfalls mit Winnifred verwandt war. Vielleicht war es Winnifreds Glück, daß sie nichts davon erwähnte, als ihr die Tante mitteilte, daß Herr von Wildenau mit ihnen speisen würde. Winnifred war gerade erst auf ihr Zimmer gegangen, um sich umzukleiden, als unten der Wagen mit Herrn von Wildenau vorfuhr. Frau von Berndorf empfing ihn schon im Hausflur. Sie hatte ein schönes schwarzes Seidenkleid angelegt und sah sehr stattlich aus.

»Guten Tag, lieber Rudolf, wie sehr freue ich mich, dich zu sehen. Du siehst ja, gottlob, brillant aus, und ich hoffe, daß dein letztes Unwohlsein völlig behoben ist«, sagte sie, ihm die Hand reichend.

»Guten Tag, Martha. Mir geht es gut, und ich hoffe, daß es auch dir so gut geht, wie du aussiehst«, erwiderte er höflich.

»Danke, die Arbeit erhält mich frisch, lieber Rudolf. Bitte, tritt ein. Darf ich dir gleich die tapezierten Zimmer zeigen?«

»Wenn es sein muß.«

»Ich gebe viel auf deinen Geschmack.«

Er lächelte spöttisch. »Ja, ja, ich weiß.«

Und pflichtschuldigst betrachtete er die Tapeten und fand sie wirklich geschmackvoll und zu den Möbeln passend gewählt. Dann führte ihn die Hausfrau ins Wohnzimmer, wo ihn auch Käthe in einem festlichen weißen Kleide mit betonter Liebenswürdigkeit begrüßte.

Man nahm Platz.

»Es dauert noch ein Viertelstündchen, bis wir zu Tisch gehen können, Rudolf. Wir plaudern wohl inzwischen ein wenig, wenn es dir recht ist.«

»Gut, plaudern wir, Martha. Was gibt's für Neuigkeiten?«

»Nicht eben viel. Daß ich Mamsell entlassen muß, interessiert dich sicher nicht.«

»Offen gestanden, nein.«

»Aber vielleicht interessiert es dich, daß wir eine neue Hausgenossin bekommen haben, die du bei Tisch kennenlernen sollst.«

»Eine neue Hausgenossin?«

»Ja, eine junge Verwandte von uns, von deren Existenz wir freilich bisher keine Ahnung hatten. Vor einiger Zeit schrieb mir eine Kusine von Theo, eine Frau Maria Hartau, einen Brief – oder vielmehr schrieb sie ihn an Theo, von dessen Tod sie nicht gehört hatte. Ich vergaß, dir davon zu erzählen, es hätte dich wohl auch wenig interessiert.«

Herr von Wildenau hatte bei dem Namen »Maria Hartau« gestutzt. Nun sagte er nachdenklich:

»Maria Hartau! Ist das nicht die geborene Freiin Maria von Berndorf?«

»Ganz recht, sie ist ja vor langen Jahren mit dem Maler Hartau durchgegangen, weshalb sich die ganze Familie von ihr losgesagt hatte.«

Rudolf von Wildenau sah versonnen vor sich hin. »Die ganze Familie? Nun, einige Ausnahmen wird es wohl gegeben haben. In unseren Kreisen gilt es ja freilich oft mehr als ein Verbrechen, wenn ein Mensch seinem Herzen folgt. Theo und ich, wir haben uns trotzdem nicht von ihr losgesagt, obwohl wir nie mehr von ihr gehört haben. Sie ist ja meine Kusine so gut wie die Theos.«

Frau von Berndorf stutzte. »Eine Kusine von dir?«

»Ja, natürlich, da die Wildenaus mit den Berndorfs verwandt sind.«

»Ach richtig, daran hatte ich nicht gleich gedacht.«

»Also Maria Hartau hat an euch geschrieben?«

In Frau Marthas Augen war ein unruhiges Licht. Sie hatte nachdenklich vor sich hingesehen. Die Verwandtschaft zwischen Winnifred und Rudolf von Wildenau paßte ihr nicht. Sie richtete sich auf. »Ja, du kannst ja den Brief lesen, wenn es dich interessiert.«

»Ich bitte darum.«

Sie holte den Brief aus ihrem Schreibtisch und reichte ihn ihm. Während er las, überlegte sie sich, ob es Ursache zur Beunruhigung für sie geben könne, daß Winnifred mit dem Wildenauer verwandt war. Aber sie beruhigte sich. Er würde ja keinesfalls daran denken, ihretwegen sein Testament zu ändern. Hatte er es doch ganz sicher schon vor langer Zeit zugunsten ihres Gatten gemacht. Und da dieser gestorben war, traten ohne weiteres seine Erben in seine Rechte ein.

Rudolf von Wildenau hatte den Brief gelesen. Kein Zug in seinem Gesicht verriet, was er dabei empfand. Es blieb unbeweglich.

»Also deinen Worten nach ist die Tochter Maria Hartaus bereits in Berndorf eingetroffen, und du hast ihr Aufnahme gewährt?« fragte er.

»Ja, was soll man tun? Man kann sie doch nicht ihrem Schicksal überlassen. Da sie schon unterwegs war, als dieser Brief eintraf, konnte ich ihr auch nicht schreiben, daß sie lieber drüben bleiben sollte. Und nun sie einmal in Deutschland ist, müssen wir uns ihrer auch annehmen. Was würden sonst die Leute sagen?«

Es zuckte um seine Lippen. »Ja, richtig, was würden die Leute sagen. Wäre sie drüben in Amerika geblieben, hätte sie ruhig untergehen können, kein Hahn hätte danach gekräht, und niemand hätte danach gefragt, daß ihre Mutter eine geborene Berndorf war. Hier aber würde das alle Welt erfahren, und das wäre doch peinlich.«

Bei aller Klugheit merkte Frau Martha nicht, daß leiser Hohn aus seinen scheinbar ganz sachlichen Worten sprach.

»Es freut mich, daß du in diesem Punkt einer Ansicht mit mir bist, lieber Rudolf. Es ging tatsächlich nicht anders, wir mußten sie aufnehmen. Und sie ist nun am Donnerstag bei uns eingetroffen. Du wirst sie gleich kennenlernen.«

Rudolf von Wildenau sah gedankenverloren vor sich hin. Er rief sich das Bild Maria von Berndorfs in seine Erinnerung zurück. Sie war ein vornehmer, ehrlicher Mensch gewesen, keine große Schönheit, aber ein feines, sympathisches Geschöpf. Er hatte immer gern mit ihr geplaudert und sich an ihren klugen Worten gefreut. Sie war nur zwei oder drei Jahre jünger gewesen als er, während Theo mindestens zehn Jahre älter war als er. Aber sie hatten immer alle drei zusammengehalten, als die einzigen in der ganzen Familie, die eine freie Meinung und einen ehrlichen Willen hatten. Und dann hatte er eines Tages von Theo gehört, daß Maria gegen den Willen ihrer Familie an dem Maler Hartau festhielt und ihm in die weite Welt gefolgt war. Gerade zu jener Zeit war er glücklicher Bräutigam gewesen. Er weilte fern bei seiner Braut, als sich Marias Schicksal entschied. Und er hatte erst nach seiner Rückkehr alles von Theo erfahren. Sie billigten beide Maria das Recht zu, ihrem Herzen zu folgen. Gern hätten sie einen brieflichen Verkehr mit ihr unterhalten, trotz dem Verdammungsurteil der Familie. Aber Maria ließ nichts von sich hören, und so hatte man ihre Spur verloren.

Über sein eigenes Glück und die später folgenden Schicksalsschläge hatte er Maria vergessen. Jetzt wurde die Erinnerung an sie wieder mächtig, und mit warmem Interesse, wie er solches schon lange nicht mehr für einen Menschen gefühlt hatte, sah er Winnifred entgegen.

Der Brief Marias hatte verwandte Saiten in seiner Brust berührt. Ihr Herz war krank geworden, als sie den geliebten Gatten verlor, für den sie alles aufgegeben hatte. Er, der seinem geliebten Weibe nachgetrauert hatte mit der ganzen Tiefe seines Empfindens, konnte diese Frau verstehen. Ob ihre Tochter ihr ähnlich war, ob diese auch so ein großes, reiches Herz besaß und so warm und innig fühlen konnte?

Etwas wie ungeduldige Erwartung war in ihm.

Als nach einer Weile Winnifred erschien, in dem hübschen schlichten Kleidchen, das sie am ersten Tag in Berndorf getragen hatte, mit schüchterner Miene und einem hilflosen Lächeln um den blassen Mund, richtete sich Rudolf von Wildenau unwillkürlich etwas in seinem Sessel empor. Ihr Lächeln schien um Verzeihung zu bitten, daß sie ungerufen in dies Haus gekommen war.

Mit scharfen, forschenden Augen sah er zu ihr hinüber, und als ihre Augen in die seinen trafen, da flutete es warm zu seinem Herzen. Der flehende Blick dieser klaren tiefblauen Augen rief etwas in ihm wach, was lange in seiner Brust geschlafen hatte – ein Gefühl von Wärme und Herzlichkeit. Aber er sank sofort wieder in seine Lage zurück und heuchelte Gleichgültigkeit, weil er einen blitzschnellen lauernden Blick in den Augen von Mutter und Tochter sah, die ihn scharf beobachteten.

»Du gestattest, lieber Rudolf, daß ich dir unsere neue Hausgenossin vorstelle, dies ist Winnifred Hartau.«

Rudolf von Wildenau reichte Winnifred die Hand. Seine Augen blickten ruhig, und seine Haltung war formell, aber Winnifred fühlte einen festen, warmen Druck seiner Hand. So hatte ihr in Berndorf noch niemand die Hand gereicht. Sie sah zu ihm auf mit ihrem schüchternen bittenden Blick, und in ihre feinen weichen Züge stieg ein leichtes Rot.

»Es freut mich, Sie kennenzulernen. Ich habe Ihre Mutter gekannt, Sie gleichen ihr sehr. Ihre Mutter war eine Kusine von mir so gut wie von Theo von Berndorf, und wir waren gut Freund. Hat sie Ihnen nie von mir gesprochen?«

So sprach er zu ihr, ganz ruhig und sachlich, aber er gab ihre Hand mit einem abermaligen warmen Druck frei, und für einen Moment nur leuchtete es in seinen Augen auf.

Zaghaft forschte sie in seinen Zügen. Dies Aufleuchten der Augen und der warme Druck seiner Hand wollten seinen konventionellen Ton Lügen strafen.

»Ja, meine Mutter hat mir oft von Ihnen gesprochen wie von allen ihren Verwandten, nur wärmer und inniger, so, wie sie auch von Onkel Theo sprach. Aber – sie hatte gehört, daß alle ihre Verwandten, außer Onkel Theo, nicht mehr am Leben seien.«

»Nun, was mich anbelangt, so war sie damit falsch unterrichtet, wie Sie sehen. Allerdings lebe ich schon seit Jahren weltabgeschieden in Wildenau und kann sehr wohl für die Welt draußen als ein Toter gelten.«

»Es freut mich sehr, daß Sie noch am Leben sind, Herr von Wildenau«, erwiderte Winnifred mit ihrer lieben weichen Stimme. Und diese Worte waren ehrlich gemeint und keine Phrase, das fühlte er. Es wurde ihm wohlig warm ums Herz.

Aber er verriet nichts von seinem Empfinden, wußte er doch, daß Winnifred bei Frau Martha und Käthe sofort in tiefste Ungnade fallen würde, wenn diese merkten, welches Interesse sie ihm abnötigte. Dafür kannte er Mutter und Tochter zu genau. Es entging ihm auch nicht, wie scharf sie ihn beobachteten.

So sagte er nach einer Weile im Laufe der Unterhaltung nur ruhig zu Winnifred: »Sie brauchen mich aber nicht so förmlich mit Herr von Wildenau anzureden, liebe Winnifred. Ich bin ein Vetter Ihrer Mutter, und wenn Sie Frau von Berndorf Tante Martha nennen, so verdiene ich unbedingt den Namen Onkel Rudolf. Und auch das verwandtschaftliche Du finde ich zwischen uns am Platze. Meinst du nicht auch, liebe Martha?«

Frau Martha war das Betonen dieser Verwandtschaft gar nicht recht. In ihrem Innern regte sich schon der Wunsch, daß Winnifred nie nach Berndorf gekommen wäre. Aber nun war sie einmal da, und sie jetzt fortzuschicken, nachdem sie mit Onkel Rudolf bekannt geworden war, ging nicht an. So hieß es gute Miene zum bösen Spiele machen.

»Natürlich, Rudolf, es ist das einfachste im Verkehr, selbst unter weitläufigen Verwandten. Und wenn es dir recht ist, daß dich Winnifred Onkel Rudolf nennt, so kann es mir auch recht sein.«

Herr von Wildenau verneigte sich mit leisem Lächeln. »Meine Verwandtschaft mit Winnifred ist allerdings um einen Grad weitläufiger als mit euch, aber ich hoffe, sie läßt mich trotzdem als Onkel gelten. Man muß dann im Verkehr nicht so rücksichtsvoll sein, und ich liebe die Bequemlichkeit.«

Mit diesen Worten suchte er Frau Marthas Bedenken abzulenken. Er wandte sich dann lächelnd an Winnifred.

»Und du mußt mir dann auch das Du schenken.«

»Gern, wenn du es erlaubst, Onkel Rudolf.«

Es gefiel Frau Martha nicht, trotz aller Vorsicht, die Herr von Wildenau walten ließ, daß dieser sich so viel mit Winnifred beschäftigte.

»Wir wollen nun zu Tisch gehen«, sagte sie hastig.

Rudolf von Wildenau erhob sich und bot Frau Martha artig den Arm, um sie zu Tisch zu führen. Käthe und Winnifred folgten. Und Käthe sah mit kalten, feindlichen Augen in Winnifreds Gesicht. Es paßte ihr nicht, daß Onkel Rudolf sich eingehender mit dieser Kusine befaßte als mit ihr, obwohl sie sonst froh war, wenn er sie nicht zuviel in Anspruch nahm.

Bei Tische beschäftigte sich aber Onkel Rudolf klugerweise möglichst wenig mit Winnifred, um ihr nicht zu schaden. Er sprach nur ab und zu einige höfliche Worte mit ihr.

Winnifred fühlte sich sehr zu Onkel Rudolf hingezogen, viel mehr als zu Tante Martha und Käthe. Und wenn zuweilen sein Blick verstohlen den ihren traf, dann hatte sie ein Gefühl, als sei sie mit einem Male nicht mehr so verlassen auf der Welt.

Aber etwas in Onkel Rudolfs Wesen weckte eine unverstandene leise Unruhe in ihr. Das waren seine sarkastischen und spöttischen Ausfälle gegen Tante Martha und Käthe. Sie sah zuweilen ganz erschrocken zu ihm hinüber, wenn er besonders ausfallend wurde, und sie wunderte sich, daß Mutter und Tochter sich das ruhig gefallen ließen und ihm gegenüber immer liebenswürdig und sanft blieben. Heute bei Tisch hörte Winnifred auch zum ersten Mal von Lutz von Berndorf sprechen und erfuhr erst jetzt, daß sie auch einen Vetter hatte. Seine Mutter sprach davon, daß er Ostern auf vierzehn Tage heimkommen würde.

»Hat er denn deinen Herzenswunsch noch immer nicht erfüllt, Martha?« fragte Onkel Rudolf mit leisem Spott.

»Welchen Herzenswunsch meinst du denn, Rudolf?« fragte Frau Martha mit sanftem Lächeln.

»Nun, daß er sich mit einer reichen jungen Dame verlobt. Du hast es ihm doch oft genug zu verstehen gegeben, daß er dir diesen Gefallen tun soll. Und er wird ja wohl nicht abgeneigt sein.«

Frau Martha seufzte. »Bis jetzt hat er mir diesen Wunsch leider nicht erfüllt, und ich bin sehr in Sorge, ob er es jemals tun wird. Du bist im Irrtum, wenn du meinst, Lutz sei nicht abgeneigt. Lutz ist ja, leider Gottes, viel zu sehr Idealist, und ich bin im Gegenteil noch immer in Angst, daß er recht unvernünftig wählen könnte.«

Erstaunt sah er sie an. »Dein Sohn ein Idealist? Das ist mir neu. Er macht mir den Eindruck, als sei er ein außerordentlich vernünftiger junger Mann.«

»Ach, du kennst ja Lutz gar nicht, Rudolf, du bist ja nie viel mit ihm zusammengekommen. Er ist mein Sorgenkind.«

Forschend sah er sie an. »Wirklich, bist du unzufrieden mit

ihm? Ich halte ihn für eine kühl abwägende nüchterne Natur. Ist er nicht sehr nach dir geraten?«

Sie schüttelte ehrlich bekümmert den Kopf. »Leider nicht. So manche glänzende Partie hätte er schon machen können und hat doch nicht zugegriffen, weil er, wie er mir schrieb, die betreffenden jungen Damen nicht lieben könne. Er ist viel mehr nach Theo geraten als nach mir. Nur zielbewußter und energischer ist er, als sein Vater war. Deshalb kann man ihn auch nicht beeinflussen.«

Ein Lächeln spielte um Herrn von Wildenaus ausdrucksvollen Mund. »Ja, ja, energisch war mein guter Theo gar nicht, dafür warst du es um so mehr. Und er ließ sich nur zu viel von dir beeinflussen. Wenn das dein Sohn nicht tut, kann es nur ein Vorteil für ihn sein. Ein Mann muß wissen, was er will.«

»Wenn er aber etwas Unvernünftiges will?«

»Was vernünftig und was unvernünftig ist, das kommt sehr auf die Auffassung an. Jedenfalls sind mir deine Enthüllungen über den Charakter deines Sohnes sehr interessant. Daraufhin muß ich ihn mir doch einmal genauer ansehen. Es sollte mich freuen, wenn er wirklich einige Ähnlichkeit mit seinem Vater hätte.«

Frau Martha fühlte sehr wohl den leisen Stich. »Willst du noch von dieser Speise nehmen, Rudolf?« lenkte sie ab.

Er dankte.

Frau Martha hob die Tafel auf, und Winnifred zog sich zurück, um an ihre Arbeit zu geben. Sie hatte noch viel zu tun, obwohl es Sonntag war.

Frau Martha hielt sie auch nicht zurück. Und Winnifred kam nicht wieder zum Vorschein, obwohl Herr von Wildenau darauf wartete. Fragen wollte er absichtlich nicht nach ihr. Erst als er sich dann verabschiedete, etwa eine Stunde nach Tisch, sagte er wie beiläufig:

»Ich möchte mich auch von Winnifred verabschieden. Wo ist sie denn geblieben?«

»Sie hat noch zu tun, Rudolf. Du weißt ja, daß ich unsere Mamsell entlassen muß, und ich werde eine neue gar nicht engagieren. Winnifred soll mir im Haushalt zur Hand gehen.«

In den Augen des alten Herrn blitzte es auf. »Ach – du bist doch eine eminent kluge Frau. Das hast du wieder famos ausgedacht. Auf diese Weise sparst du die Mamsell und kannst dich doch zugleich als edle Wohltäterin fühlen.«

Diesmal klang so unverkennbar beißender Hohn aus seinen Worten, daß sie sie nicht ignorieren konnte. »Aber Rudolf, wie denkst du dir das? Wir können doch bei unsern schwierigen Verhältnissen in Berndorf nicht im großen Stil Gastfreundschaft üben. Dazu sind wir selbst zu arm. Und Winnifred wünscht es vernünftigerweise, sich nützlich zu machen. Es muß ihr doch lieber sein, etwas dafür zu leisten, daß sie hier eine Heimat findet, als wenn sie uns als unnütze Last auf der Tasche läge«, sagte sie etwas erregt.

Ein sonderbarer Blick aus seinen Augen streifte sie. »Du magst recht haben, es wird ihr bitter sein, das Gnadenbrot essen zu müssen, und sie will es sich wohl lieber ehrlich verdienen.«

»Ja, das hat sie mir auch gesagt.«

»Nun, so viel Zeit wird sie aber doch wohl haben, daß ich mich von ihr verabschieden kann. Ich möchte nicht unhöflich sein.«

»Aber natürlich! Du mußt nicht denken, daß ich zuviel von ihr verlange. Geh, Käthe, rufe Winnifred herbei.«

Käthe verschwand, hinter dem Rücken des Onkels eine

Grimasse schneidend. Dieser trat mit Frau Martha in den Hausflur hinaus. Da sah er Winnifred aus dem Souterrain heraufkommen. Ihr Gesicht war von Arbeitseifer gerötet. Sie hatte in der Eile vergessen, die große Wirtschaftsschürze abzulegen, und verlegen rieb sie an ihren Händen, die sie eben erst gewaschen hatte, um die Arbeitsspuren zu tilgen. Weil Käthe zur Eile trieb, hatte sie sich nicht Zeit genommen, die Hände genügend zu trocknen.

»Ich wollte dir nur Lebewohl sagen, Winnifred. Habe ich dich gestört?« fragte Rudolf von Wildenau.

Sie sah schnell zu ihm auf, mit dem aufkeimenden Vertrauen, das er ihr einzuflößen begann. »O nein, nicht gestört, ich kann ja nachher weiterarbeiten«, erwiderte sie mit einem Lächeln, das ihn rührte.

»Heute ist doch Sonntag, da soll der Mensch nicht arbeiten«, scherzte er.

»In einem so großen Haushalt muß auch am Sonntag gearbeitet werden. Das geht ja gar nicht anders, sonst kämen Menschen und Tiere nicht zu ihrem Recht.«

»Du arbeitest wohl gern?«

Sie nickte energisch. »O ja, ich wäre sehr unglücklich, wenn ich mich hier nicht nützlich machen könnte.«

Er faßte ihre Hand und sah darauf nieder. Es war eine schmale, feingeformte Hand, die sorgsame Pflege verriet. Noch hatte ihr die rauhe Arbeit nichts anhaben können. Sein Blick flog über die Schürze. Anscheinend wurden der jungen Dame hier Arbeiten zugemutet, die Dienstboten zu verrichten hatten.

Armes Ding, dachte er mitleidig, aber er sagte dann ganz ruhig und höflich: »Also auf Wiedersehen, Winnifred. Du wirst mich doch bald einmal in Wildenau besuchen?«

Fragend sah Winnifred zu Tante Martha hinüber. »Ich weiß doch nicht, Onkel Rudolf, ob ich Zeit dazu haben werde.«

Er wandte sich nach Frau Martha um. »So viel wird Winnifred doch nicht zu tun haben?«

»Gewiß nicht, wir können ja dieser Tage einmal nach Wildenau hinüberkommen, wenn ich mich freimachen kann. Du weißt, ich habe jetzt im Frühjahr kaum eine Minute für mich.« Mit diesen Worten wollte Frau Martha ihm zu verstehen geben, daß sie mehr arbeiten müsse als Winnifred. Außerdem gefiel es ihr nicht, daß diese nach Wildenau kommen sollte.

Rudolf von Wildenau merkte das sehr wohl. Aber er gab sich den Anschein der Unbefangenheit. »Ich will dich auch jetzt nicht bemühen, Martha. Winnifred kann ja vielleicht in dieser Woche mit Käthe hinüberkommen. Käthe hat ja immer Zeit. Und nächsten Sonntag seid ihr dann alle drei bei mir zu Mittag meine Gäste. Sonntags kannst du wohl abkommen. Ist es dir recht?«

Eigentlich war es Frau Martha gar nicht recht. Sie hätte am liebsten jedes weitere Zusammentreffen zwischen Rudolf und Winnifred vereitelt, wenn sie nur gewußt hätte, wie sie es machen sollte. Aber sie konnte jetzt nichts andres tun, als zu sagen:

»Es ist mir recht, Rudolf«, wie immer ihm gegenüber sehr liebenswürdig.

»Gut – also wollen wir festsetzen, daß Käthe und Winnifred am Mittwoch nachmittag nach Wildenau kommen. Ich schicke mein Auto herüber, denn du wirst jetzt deine Pferde nötig haben. Auch am Sonntag lasse ich euch im Auto holen. Auf Wiedersehen also in Wildenau.«

Damit drückte Rudolf von Wildenau noch einmal fest und warm Winnifreds Hand, und als diese ihn erfreut mit ihren klaren Augen anstrahlte, wurde ihm wieder ganz warm ums Herz.

Winnifred huschte mit einem leisen »Auf Wiedersehn!« die Treppe hinab, und Käthe und ihre Mutter gaben Onkel Rudolf das Geleit zu seinem Auto.

Nach einem kurzen, höflichen Abschied fuhr er davon. Mutter und Tochter sahen ihm nach.

»Was er für ein Aufhebens von ihr macht, Mama. Uns hat er freiwillig sein Auto noch nicht angeboten«, sagte Käthe pikiert.

Frau Martha zog die Stirn zusammen. »Wie ich das nur außer acht lassen konnte, daß er mit ihr verwandt ist. Er hätte gar nichts von ihrer Existenz erfahren dürfen. Ich wollte, ich könnte sie entfernen. Aber dazu ist es nun zu spät.«

VI

Winnifred war vom frühen Morgen bis zum späten Abend angestrengt tätig. Die ungewohnte und nicht leichte Arbeit stellte große Anforderungen an ihre Kräfte. Aber sie klagte nicht, unermüdlich hastete sie hin und her und auf und ab. Am Mittwoch hatte sie sich doppelt sputen müssen, um mit Käthe nach Wildenau fahren zu können. Käthe war sehr unliebenswürdig zu ihr gewesen. Frau Martha hatte ihrer Tochter die Weisung gegeben, sie möge aufpassen, daß Onkel Rudolf nicht viel mit Winnifred allein sei und sich nicht soviel mit ihr beschäftige.

Aber Käthe hatte das nicht verhindern können und war wütend gewesen, daß der Onkel kaum von ihr Notiz nahm, während er sich fast ausschließlich mit Winnifred unterhielt. Obwohl er dabei anscheinend formell blieb, konnte er es nicht ganz verhindern, daß seine warme Sympathie für Winnifred durchleuchtete. Und Käthe berichtete ihrer Mutter von seiner Liebenswürdigkeit Winnifred gegenüber. Frau Martha belegte sich im stillen mit allerlei unschmeichelhaften Titeln wegen ihrer Unklugheit, dieses Mädchen bei sich aufgenommen zu haben.

Am nächsten Sonntag holte das Auto die drei Damen pünktlich ab. Mutter und Tochter zeigten sich der bescheiden auf dem Rückplatz sitzenden Winnifred gegenüber sehr wenig liebenswürdig. Sie hatten einen sehr frostigen Ton für die Ärmste, die ganz verzagt dieser Kälte gegenüber war.

Sie atmete auf, als man vor der Freitreppe des Wildenauer Schlosses hielt. Winnifred fand es herrlich und hatte ganz begeistert ihren Hamburger Freunden darüber geschrieben. Wie ein Märchenschloß erschien es ihr, in dem ein gütiger Zauberer wohnte. Denn Onkel Rudolfs Gegenwart schützte sie vor dem kalten, unfreundlichen Wesen von Mutter und Tochter. In seiner Gegenwart zeigten sie sich sehr liebenswürdig. Und er sah zuweilen so lieb und warm in ihre Augen, drückte ihr so herzlich die Hand und hatte am Mittwoch beim Abschied leise zu ihr gesagt: »Wenn du einmal Rat und Hilfe brauchst, Winnifred, so vergiß nicht, daß ich dein Onkel bin, der ein Anrecht hat, dich zu schützen.«

Diese Worte hatte sie in ihrem Herzen fest verwahrt, sie waren ihr ein Trost. Den heutigen Sonntag fand sich auch, von Onkel Rudolf herbeigeführt, zuweilen Gelegenheit zu einem kurzen Alleinsein mit ihm. Da sagte er ihr liebe, gute

Worte und streichelte ihr einmal sanft über das Haar. Sie merkte aber sehr wohl, daß er in Tante Marthas Gegenwart mit Absicht kühler und förmlicher zu ihr war. Wenn sie auch den Grund hierfür nicht wußte, so sagte sie sich doch, daß er einen solchen haben müsse.

Auf der Heimfahrt von Wildenau waren Tante Martha und Käthe geradezu eisig ihr gegenüber, und sie fragte sich ängstlich und unruhig, ob sie unbewußt etwas getan oder unterlassen habe, was sie hätte erzürnen können. Sie konnte aber nicht darauf kommen. –

So gingen nun die Tage bis zum Osterfest dahin, bis zum Rand angefüllt mit anstrengender Arbeit für Winnifred. Sie hatte sich schnell und geschickt in ihren neuen Pflichtenkreis eingelebt. Frau Martha staunte über ihre Arbeitskraft und ließ es sich gern gefallen, daß Winnifred ihr mancherlei abnahm. Aber kein Wort des Lobes oder der Anerkennung kam über ihre Lippen. Als müsse es sein, so nahm sie alles hin. Und Winnifred war noch froh, daß sie sich nicht unzufrieden zeigte.

So kam der Ostersonnabend heran. Mit doppeltem Eifer arbeitete Winnifred. Es ging ihr alles noch viel leichter als sonst von der Hand. Wurden doch festliche Vorbereitungen getroffen, die teils dem Osterfest, teils dem Kommen des eigentlichen Herrn von Berndorf galten.

Das wußte Winnifred nun schon, daß Berndorf Lutz gehörte und daß seine Mutter seinen Besitz nur verwaltete. Käthe hatte ihr das in einer Anwandlung von Mitteilsamkeit erzählt und ihr auch verraten, daß Lutz von ihrem Hiersein wisse und daß er selbst gewünscht habe, sie möge in Berndorf Aufnahme finden.

»Du freust dich wohl sehr auf das Kommen deines Bruders, Käthe?« hatte Winnifred bei dieser Gelegenheit gefragt.

Käthe hatte die Achseln gezuckt. »Warum soll ich mich darüber freuen?«

»Ach, es muß doch herrlich sein, einen Bruder zu haben!«

Spöttisch hatte Käthe gelacht. »Ach weißt du, Brüder sind meist nicht sehr liebenswürdig, und ich verstehe mich mit Lutz sehr wenig. Wir sind sehr verschiedene Naturen, und er ist doch zwölf Jahre älter als ich und war in den letzten zehn Jahren immer nur in den Ferien zu Hause.«

Da hatte Winnifred die Hände aufs Herz gedrückt.

»Ach, Käthe, du weißt wohl gar nicht, wie glücklich du bist, daß du außer deiner Mutter noch einen Bruder hast. Stündest du so allein wie ich auf der Welt ...«

Sie konnte nicht weiterreden, ihre Stimme brach, und sie lief schnell davon.

Achselzuckend sah ihr Käthe nach.

Sentimental ist sie auch noch, dachte sie, als sei das ein Verbrechen. Winnifred war in den Garten geeilt und hatte Blumen gepflückt. Nun füllte sie die Vasen damit. Das tat sie aus freiem Antrieb. Es gab ja so viele Blumen draußen im Garten, Himmelsschlüssel, Krokus und Anemonen. Und es sah so festlich aus. Das mußte den Vetter freuen, wenn er heimkam.

Als Frau Martha diesen Blumenschmuck sah, schalt sie über die Zeitverschwendung.

»Wozu das, Winnifred? In wenigen Tagen sind die Blumen verwelkt. Und du hast eine Menge Zeit verbraucht, um die Blumen zu pflücken und zu ordnen«, sagte sie ungehalten.

»Es war nur gut gemeint, Tante Martha, es soll festlich aussehen, wenn dein Sohn heimkommt«, erwiderte Winnifred.

Frau Martha zuckte die Achseln. »Das hättest du dir sparen können, es ist bei uns nicht Sitte.«

Das wußte Winnifred sehr wohl, und gerade darum hatte sie gedacht, der Blumenschmuck müsse den Vetter erfreuen.

»Verzeih, Tante Martha. Und meine Arbeit, die ich versäumte über den Blumen, hole ich bestimmt heute abend nach.«

Ohne zu antworten, ging Frau von Berndorf davon. Sie wußte sehr wohl zu schätzen, welch tüchtige Stütze sie an Winnifred hatte. Unermüdlich huschte das schlanke Mädchen im Hause hin und her, und immer war es pünktlich und zuverlässig, wie es eben eine bezahlte Persönlichkeit nicht sein konnte. Aber Frau Martha hütete sich, das auszusprechen. Winnifred mochte sich nur erkenntlich dafür zeigen, daß man sie in Berndorf aufgenommen hatte.

Auf das Osterfest freute sich Winnifred sehr. Onkel Rudolf würde am ersten Ostertag in Berndorf speisen, und für den zweiten Feiertag waren sie alle nach Wildenau gebeten. Darauf freute sie sich am meisten, denn in Wildenau war es herrlich. Das stolze Schloß gefiel ihr ebensosehr wie der wundervolle Park. Und Onkel Rudolf hatte ihr erlaubt, überall herumzugehen und sich alles zu betrachten.

Und dann freute sie sich auch, weil Lutz von Berndorf kam. Sie überlegte, ob sie ihm wohl danken durfte, daß er ihre Aufnahme in Berndorf gestattet hatte. Würde sie den Mut finden, ihm das zu sagen?

Heute nachmittag erwartete man ihn. Beim Tee würde sie ihm wohl dann vorgestellt werden. Die Zeit bis dahin verging ihr sehr langsam, obwohl sie von einer Arbeit zur andern hasten mußte.

Der Wagen war schon längst fort zum Bahnhof. Käthe fuhr mit, um den Bruder abzuholen. Endlich war Winnifred so weit fertig, daß sie sich zum Tee ein anderes Kleid anziehen konnte. Statt der großen Arbeitsschürze band sie ein zierliches weißes Schürzchen über das hübsche schwarze Kleid.

Mit glühenden Wangen stand sie vor dem Spiegel und strich noch einmal glättend über ihr Haar. Sie hatte sich sehr beeilen müssen, daß alles zur Zeit fertig war. Nun flogen ihr die Hände, als sie noch dies und das an ihrem Anzug ordnete. Aber sie sah reizend aus mit den lebhaft geröteten Wangen und den glänzenden Augen. Dank der guten Luft, der frischen Milch und der gesunden Lebensweise hatte ihre Gesundheit bei der schweren Arbeit nicht gelitten, sondern sich im Gegenteil gekräftigt. Jetzt hörte sie unten den Wagen vorfahren. Sie eilte hinaus auf den Gang bis zur Treppe und lugte vorsichtig über das Geländer hinweg. Und da sah sie gerade, wie Lutz von Berndorf aus dem Wagen stieg und seiner Schwester ritterlich heraushalf.

Ihr Herzschlag stockte, sie hielt den Atem an, damit nichts ihre Anwesenheit verriet. Niemand durfte wissen, daß sie auf der Lauer stand, um einen Blick auf den Vetter zu werfen.

Er gefiel ihr noch viel besser als sein Bild.

Sie sah, wie er auf seine Mutter zueilte, die ihm im Hausflur entgegenkam. Er begrüßte sie artig und küßte ihr die Hand, aber Winnifred wollte es scheinen, als fehle dieser Begrüßung auf beiden Seiten die rechte Wärme und Herzlichkeit.

Nun hörte sie auch zum ersten Mal seine Stimme, ein warmes, sonores Organ, das sich ihr seltsam ins Herz schmeichelte.

Sie hörte ihn sagen: »Ich will nur den Reisestaub abschütteln, Mama, dann komme ich gleich wieder herunter. Ich treffe dich doch im Wohnzimmer?«

Da floh Winnifred erschrocken davon, denn die Zimmer ihres Vetters lagen im ersten Stock auf der entgegengesetzten Seite des Hauses, wo das ihre lag.

Sie hatte gerade die Tür ihres Zimmers erreicht, als sie auch schon seinen Schritt auf der Treppe vernahm.

Hastig trat sie in ihr Zimmer ein und schloß hinter sich ab. An der geschlossenen Tür blieb sie stehen, die Hände fest auf das rebellisch klopfende Herz gepreßt, und lauschte den verklingenden Schritten.

Weshalb klopfte ihr Herz so unsinnig stark und laut? Warum zitterten ihr die Knie, so daß sie sich setzen mußte? Wie töricht von ihr, sich so zu erregen. Was war es nur, das sie empfand? Furcht vor dem Vetter – oder Freude? Sie wußte sich keine Antwort zu geben.

Drüben fiel seine Tür ins Schloß. Nun war er in seinen Zimmern, die sie selber in Ordnung gebracht und mit Blumen geschmückt hatte. Ob er sich über die Blumen freute, ob er sie überhaupt bemerkte? Oder ob er auch so wenig Sinn dafür hatte wie Mutter und Schwester?

Nun war es ganz still draußen. Sie huschte aus dem Zimmer und eilte hinunter. Tante Martha rief schon nach ihr. Sie sollte den Tee bereiten.

Als Lutz von Berndorf seine Zimmer betrat, fiel sein erster Blick auf die mit Frühlingsblumen gefüllten Vasen, die den Schreibtisch, den Tisch und den Kaminsims zierten. Er stutzte. Das war etwas Neues. Ganz bestimmt wußte er, daß man ihm sonst niemals Blumen zum Willkommen aufgestellt hatte, daß dieser liebliche Brauch weder von Mutter noch von Schwester geübt wurde. Wer mochte ihm heute diese Blumen hingestellt haben?

Es schien ihm wie eine freundliche Vorbedeutung für sein Vorhaben, der Mutter mitzuteilen, daß er sich verloben wolle.

Seine Gedanken flogen davon, zu Siddy von Glützow, die seinem Herzen so unsagbar teuer geworden war, daß er sich nur mit Schmerzen auf kurze Zeit hatte von ihr losreißen können.

Erregt hatte er sie bei ihrem letzten Zusammentreffen gefragt, ob er sie nach seiner Rückkehr wiederfinden werde, ob sie nicht inzwischen heimkehren werde zu ihrem Vater.

Da hatte sie ihn zärtlich lockend mit ihren Nixenaugen angeblickt. »Liegt Ihnen viel daran, daß Sie mich wiederfinden, Herr Doktor?« hatte sie ihn schelmisch gefragt.

»Alles liegt mir daran, gnädigste Baroneß, denn wenn ich wiederkomme von zu Hause, dann will ich Ihnen eine Frage vorlegen, von deren Beantwortung mein ganzes Lebensglück abhängen wird«, hatte er erregt hervorgestoßen, während er ihre Hände an seine Lippen gepreßt hatte.

Ihre Augen hatten verheißungsvoll in die seinen geleuchtet, um sie dann wie in holder Scham niederzusenken.

»Dann darf ich ja nicht fort, dann muß ich warten, bis Sie zurückkommen. Mein alter grilliger Vater muß noch ein Weilchen allein bleiben«, hatte sie leise geantwortet.

»Dank – innigsten Dank, diese Worte gelten mir als ein glückverheißendes Versprechen, teuerste Baroneß.«

Dann hatte er sich losgerissen von ihrem Anblick und war wie berauscht davongestürmt. Und seine Seele flog auch jetzt voll Verlangen zu der Geliebten.

Er ahnte ja nicht, daß sie in ihm nur den ersehnten reichen Freier sah, der ihr Tür und Tor öffnen sollte zu einem glänzenden Wohlleben.

Sobald sich eine passende Gelegenheit ergab, wollte Lutz mit seiner Mutter sprechen, wollte ihr sagen, daß er sein Herz an ein armes Mädchen verloren habe, von dem er nicht lassen würde und das er bald heimführen wolle.

Ein wenig bangte ihm vor der Erklärung, aber nicht seinetwegen, aber der Mutter wegen. Sie hatte sich so fest in den Kopf gesetzt, daß er ein reiches Mädchen heimführen müsse, und würde außer sich sein, wenn sie erfuhr, daß Siddy arm war wie eine Kirchenmaus. Aber es half nichts, sie mußte sich fügen. Er konnte ihr diese Enttäuschung nicht ersparen. Sie sah für ihn sein Glück in einer reichen Partie und konnte ihm nicht nachfühlen, daß es ein herrlicher Gedanke für ihn war, aus eigner Kraft der Geliebten ein sorgloses Leben zu schaffen. Gottlob, die Aussicht dazu lag vor ihm.

Seine Augen strahlten. Er barg sein Gesicht in den kühlen, frischen Frühlingsblumen, die ihm entgegendufteten. Dann richtete er sich straff auf und begann seine Reisekleider abzulegen und sie mit einem eleganten, gutsitzenden Hausanzug zu vertauschen.

In wenigen Minuten war er fertig. Lächelnd zog er zum Schluß eine der Blumen, eine weiße, leuchtende Anemone, aus dem Strauß auf dem Tisch und befestigte sie im Knopfloch. Wer ihm auch die Blumen als Willkommen hier aufgestellt hatte, er wollte zeigen, daß er davon Notiz genommen hatte.

Dann ging er hinunter ins Wohnzimmer. Dort fand er Mutter und Schwester und am Teetisch ein schlankes blondes Mädchen im schwarzen Kleid mit einer weißen Schürze – eine Fremde. Das mußte wohl Winnifred Hartau, die amerikanische Kusine sein. Er hatte die ganze Zeit nicht mehr an sie gedacht, galt doch all sein Sinnen und Denken nur Siddy.

Erst Käthe hatte ihn auf der Fahrt wieder an die unbekannte Kusine erinnert, als sie davon gesprochen hatte, daß sie seit einigen Wochen in Berndorf weile.

Er hatte Käthe gefragt: »Wie gefällt sie dir, Käthe?«

Darauf hatte diese achselzuckend geantwortet: »Ach, sie ist langweilig.«

Und nun sah er sie vor sich stehen, eine anspruchslose, bescheidene Erscheinung, die doch einen vornehmen, sympathischen Eindruck machte und an der ihm nur etwas besonders auffiel – das wundervolle goldglänzende Haar, das in seltener Pracht und Fülle den feinen Kopf zierte.

Als seine Mutter ihn mit ihr bekannt machte, fiel ihm noch etwas auf in dem jäh erblaßten Gesicht der jungen Dame, der die Erregung alles Blut zum Herzen getrieben hatte, das waren die tiefblauen großen Augen, die so seltsam hilflos und herzbewegend zu ihm aufsahen.

Seinem ritterlichen Empfinden nachgebend, faßte er schnell ihre Hand und hielt sie mit einem warmen Druck fest. Gütig und herzlich sah er sie an und sagte freundlich:

»Ich kann Sie erst jetzt in Berndorf willkommen heißen, Kusine Winnifred, aber es soll dafür doppelt herzlich geschehen. Ich hoffe und wünsche, daß Sie sich wohl fühlen in Berndorf und daß es Ihnen soviel wie möglich die Heimat ersetzt.«

Ach, wie drangen der armen, verschüchterten Winnifred diese Worte so warm und belebend ins Herz. Plötzlich kam es über sie wie ein Heimatgefühl, zum ersten Mal, seit ihr Fuß über die Schwelle dieses Hauses geschritten war. In ihre Wangen strömte das Blut zurück, ihre Augen feuchteten sich und strahlten glücklich zu ihm auf. Und mit herzbewegender Innigkeit antwortete sie:

»Ich danke Ihnen für diese lieben, guten Worte, Vetter Lutz, und dafür, daß Sie mir gestatten, hierzubleiben.«

Wie ein Zauber wirkte seine Anwesenheit auf sie. Mit einem Mal war alle Furcht, alle Bangigkeit aus ihrer Seele gewichen. Sie fühlte instinktiv in ihm einen Schutz, einen Halt, und das machte sie glücklich.

Und nun erblickte sie die leuchtende Anemone in seinem Knopfloch. Das freute sie so sehr, daß ihr Herz bis zum Halse hinaufschlug.

»Haben Sie sich schon ein wenig eingewöhnt in Berndorf?« fragte er herzlich.

»O ja, ich finde mich schon gut zurecht«, erwiderte sie.

Man nahm nun am Teetisch Platz. Winnifred füllte die Tassen, wie sie es nun schon gewohnt war, mit dem selbstbereiteten Tee und reichte sie herum. Sie versorgte alle mit Sahne und Zucker und bot Toasts und kleine Kuchen an. Dann erst bediente sie sich selbst und nahm in bescheidener Haltung am Tisch Platz.

Es fiel Lutz auf, daß die Mutter Winnifred verschiedene Fragen vorlegte, aus denen hervorging, daß diese im Haushalt sehr tätig war.

Nun wußte er auch, wer die Blumen auf sein Zimmer gestellt hatte. Er wollte sich Gewißheit darüber verschaffen und fragte, wer sein Zimmer so freundlich mit Frühlingsblumen geschmückt hatte.

An Winnifreds leisem Erröten merkte er schon, ehe er Antwort bekam, daß er richtig vermutet hatte.

»Das ist Winnifred gewesen«, sagte seine Mutter.

Er sah zu Winnifred hinüber. »Lassen Sie sich dafür danken, Kusine, ich habe mich sehr über die Blumen gefreut. Sie fielen mir gleich bei meinem Eintritt auf. Wie Sie sehen, habe ich mich dankbar mit einer dieser Blumen geschmückt.«

Frau Martha und Käthe lächelten ein wenig spöttisch, zogen dann aber Lutz schnell in ein anderes Gespräch.

In Winnifreds Herzen sang und klang es aber wie Festtagsgeläut. Sie war glücklich darüber, daß sie dem Vetter eine kleine Freude bereitet hatte. Und während er in seiner ruhigvornehmen und doch so warmen, herzlichen Art mit Mutter und Schwester plauderte, sah sie verstohlen immer wieder in sein charaktervolles Gesicht. Er gefiel ihr sehr. Alles an ihm berührte sie sympathisch, und sie öffnete ihr junges Herz weit, um ihm Einlaß zu gewähren. In ihrer Unerfahrenheit und Herzensunschuld glaubte sie, es sei ein warmes, verwandtschaftliches Gefühl, das sie ihm entgegenbrächte.

Als der Tee eingenommen worden war, stellte Winnifred, wie sie das immer tat, das Geschirr auf ein Tablett und trug es hinaus. Es war nicht mehr als die nötigste Dienerschaft im Hause, und so war Winnifred auch dies Amt wie viele andre zugefallen, als müsse es so sein.

Lutz sprang auf und öffnete ihr die Tür, und als sie verschwunden war, sagte er zu seiner Mutter:

»Muß das Winnifred tun, Mama?«

Sie sah ihn mit kühler Überlegenheit an. »Warum soll sie es nicht, Lutz? Sie muß sich im Haus nützlich machen. Ich habe dir ja schon mitgeteilt, daß wir unnütze Brotesser in Berndorf nicht gebrauchen können.«

Es zuckte in seinem Gesicht. »Es ist mir peinlich, Mama, mich von ihr bedienen zu lassen. Auch Käthe sollte sich das nicht gefallen lassen. Ich hätte es netter gefunden, wenn Käthe uns den Tee bereitet hätte, statt daß sie unbeschäftigt sitzenblieb und sich bedienen ließ von unserm Gast.«

»Ach, hast du wieder einmal etwas auszusetzen an mir, Lutz«, maulte Käthe.

»Ich wundere mich nur, daß du dich von unserm Gast bedienen läßt, statt selbst mit zuzugreifen.«

Frau von Berndorf hob die Hand, ehe Käthe etwas erwidern konnte. »Ich bitte dich, Lutz, verrenne dich nicht wieder in haltlose Ideen. Winnifred ist nicht unser Gast. Dauergäste zu bewirten, sind wir nicht in der Lage. Sie hat nur unter der Bedingung Aufnahme finden können, daß sie sich dafür nützlich macht. Und wenn ich es für richtig finde, daß sie solche Arbeiten übernimmt, kannst du es ruhig geschehen lassen«, sagte sie energisch.

»Verzeih, Mama, ich will durchaus nicht in deine Bestimmungen eingreifen. Die junge Dame wird sich ja, soviel ich beurteilen kann, gern im Haus nützlich machen, und dagegen habe ich natürlich auch nichts einzuwenden. Sie muß aber die Überzeugung haben, daß dies ihr freier Wille und kein Zwang ist, darf nicht die Empfindung haben, daß sie durch ihre Arbeit quasi den Aufenthalt in unserm Hause bezahlt. Und keinesfalls kann ich zusehen, daß sie mich bedient, das ist mir peinlich einer Dame gegenüber.«

Frau Martha zuckte die Achseln. »Du bist wie immer überempfindlich. Und nochmals – laß es ruhig meine Sorge sein, was ich Winnifred zumuten darf und was nicht.«

Er verbeugte sich. »Wie gesagt, ich wollte durchaus nicht in deine Bestimmungen eingreifen.«

Seine Mutter ging auf ein andres Thema über.

Winnifred erschien nicht wieder, sie war wieder an ihre Arbeit gegangen, denn es gab noch viel zu tun für sie. Jetzt kam gleich die Melkzeit heran, und dabei war sie besonders stark in Anspruch genommen. Die Mamsell machte es sich auf ihre

Kosten sehr bequem, und Winnifred mußte schon in allen Dingen für sie einspringen.

Lutz hatte noch ein halbes Stündchen mit Mutter und Schwester geplaudert. Dann hatte sich die Mutter zurückgezogen, um einige Geschäfte zu erledigen, und Käthe ging auf ihr Zimmer, um sich in einen neuen Roman zu vertiefen.

So war Lutz sich selbst überlassen bis zum Abendessen. Er nahm seinen Hut und wollte einen Spaziergang durch den heimatlichen Wald machen.

Als er über den Gutshof ging und eine Weile in dessen Mitte stehenblieb, um seine Blicke herumschweifen zu lassen, sah er plötzlich Winnifred, die ihre große Arbeitsschürze angelegt hatte, mit zwei schweren, gefüllten Milchkannen aus dem Kuhstall kommen und zur Kühlkammer hinübergehen. Er stutzte, und seine Stirn zog sich finster zusammen, als er sah, wie sich die schlanke Gestalt unter der Last beugte. Sie sah ihn nicht, da sie sorgsam auf die Kannen achten mußte, daß kein Tropfen von der Milch verschüttet wurde. Eine Weile stand Lutz wie erstarrt und schaute ihr fassungslos nach, wie sie in den Kühlräumen verschwand. Einige Mädchen in hochgesteckten Kleidern folgten ihr, ebenfalls Milchkannen schleppend.

Da schoß das Blut in sein Gesicht. Mit schnellen Schritten eilte er zu den Kühlräumen hinüber und trat ein. Winnifred hob gerade eine der Kannen empor, um sie in einen der Kühlbottiche zu entleeren.

Mit zwei Schritten war er an ihrer Seite und nahm ihr die Kanne aus den Händen.

»Was tun Sie da, Winnifred?« fragte er, sie fast zornig ansehend.

Sie erschrak und sah scheu und ängstlich zu ihm auf. »Meine Arbeit verrichte ich, Vetter Lutz«, sagte sie beklommen.

»Ihre Arbeit? Das kann doch unmöglich Ihre Arbeit sein, die schweren Milchkannen zu tragen und zu heben. Dazu sind die Mägde da, das ist keine Arbeit für eine Dame wie Sie.«

Verlegen strich Winnifred sich ein widerspenstiges Löckchen aus der Stirn. Die Mägde, die ihr gefolgt waren, hatten ihre Krüge abgesetzt und waren wieder in den Kuhstall gegangen.

»Die Mägde werden allein nicht damit fertig.«

»Dann ist doch Mamsell noch da.«

»Sie hat andre Arbeit. Wegen des Osterfestes ist viel zu tun.«

»Das mag sein, wie es will, aber Sie dürfen solche Arbeit nicht tun, Winnifred. Wenn das Mama sehen würde, wäre sie sicher sehr böse.«

Winnifred senkte scheu die Augen. Sie wußte sehr wohl, daß er sich in einem Irrtum befand. Tante Martha hatte ganz gewiß nichts dagegen, wenn sie den Mägden Arbeit abnahm. Aber sie hatte das Gefühl, daß Vetter Lutz das nicht wissen dürfe. Sicher ahnte er nicht, daß sie für die Mamsell einspringen mußte.

Seine zornigen Augen hatten sie erst erschreckt, aber nun wurde sie köstlich ruhig. Sie fühlte, daß sein Zorn nicht ihr galt, sondern nur dem Umstand, daß sie so schwere Arbeit tun mußte. Das war also eine Art von Fürsorge, und es tat ihr wohl. Aber um keinen Preis hätte sie ihm verraten, daß sie auf Geheiß seiner Mutter die schwere Arbeit verrichtete.

»Ich bitte Sie, Vetter Lutz, mit Tante Martha nicht darüber zu sprechen«, sagte sie leise. »Ich kann diese Arbeit gut verrichten, denn ich bin gesund und kräftig und – es ist eben viel zu tun. Außerdem ist es doch selbst mein Wunsch, mich hier nützlich zu machen.«

»Sie dürfen auf keinen Fall solche Arbeit verrichten, die den Dienstboten zukommt. Das dulde ich nicht. Wenn Sie unbedingt arbeiten und sich nützlich machen wollen, gibt es wohl Leichteres und Passenderes für Sie. Ich bitte Sie, das nicht wieder zu tun. Die Kannen sind so schwer, dazu sind Sie zu zart. Mama würde Sie schelten, und deshalb will ich ihr nichts davon sagen. Aber Sie müssen mir versprechen, diese Kannen nie wieder zu schleppen.«

Sie atmete auf. Das konnte sie ihm ja versprechen. Die Kannen mußte sie nicht unbedingt tragen. Er durfte nicht mit Tante Martha sprechen, denn sie hatte das Gefühl, daß er sehr zornig werden würde, wenn er erfuhr, daß ihr solche Arbeit aufgetragen war. Und sie wollte um keinen Preis daran schuld sein, daß er sich mit seiner Mutter erzürnte.

»Ich verspreche es Ihnen, Vetter Lutz.«

Da nickte er ihr lächelnd zu. »Geben Sie mir die Hand darauf.«

Sie reichte ihm die Hand. Er sah auf diese kleine gerötete Hand herab, die Spuren harter Arbeit trug und sich auch rauh anfühlte. Er erschrak. Hatte sie schon immer so rauhe Hände gehabt? Aber nein – an den Fingernägeln sah er, daß die Hände sorgsam gepflegt waren, und sie waren wohl rauh, aber nicht hart, als seien sie schwere Arbeit seit langem gewöhnt. Ein unbeschreibliches Gefühl beschlich ihn. War seine Vermutung doch richtig, nutzte man hier die Hilflosigkeit des jungen Dings aus, um sie Magddienste verrichten zu lassen?

Er beschloß, Winnifred zu beobachten und auf ihre Tätigkeit achtzugeben. Bestätigte sich sein Argwohn, dann wollte er der Mutter klarmachen, daß er nicht wünsche, daß Winnifred sich durch harte Arbeit ihr Brot verdiente. Mit einem langen Druck ließ er ihre Hand frei.

Armes kleines Ding, wie verschüchtert sie mich ansieht, dachte er. Und laut fuhr er fort:

»Begleiten Sie mich auf einem Waldspaziergang, Winnifred?«

In ihren Augen leuchtete das Verlangen, aber sie schüttelte den Kopf.

»Ich kann jetzt nicht fort hier; da die Mamsell abgehalten ist, muß ich die Milchkrüge notieren.«

Er wußte, daß dies nötig war, und dagegen hatte er nichts einzuwenden.

»Dann muß ich wohl auf Ihre Gesellschaft verzichten. Aber Wort halten – keine Kannen mehr tragen.«

»Ich halte Wort.«

»Dann auf Wiedersehen, Winnifred!« sagte er warm und herzlich.

Ihre Augen strahlten auf, so daß ihn die Schönheit dieser reinen klaren Augen überraschte.

»Auf Wiedersehen, Vetter Lutz.«

Sie wartete, bis seine Schritte verhallt waren, dann fuhr sie in ihrer Beschäftigung fort. Nur Kannen trug sie nicht mehr, wie sie es versprochen hatte.

Und es war eine Feiertagsstimmung in ihrer Seele. So leicht und frei war ihr ums Herz, daß sie hätte singen und jauchzen mögen. Wie gefeit gegen alle Unbill des Schicksals kam sie sich vor, weil Lutz sich gütig um ihr Wohlergehen sorgte, weil er ihr ein wenig Teilnahme gezeigt hatte – und weil er eben hier war in Berndorf.

VII

Lutz trat nun seinen Spaziergang an, aber in etwas bedrückter Stimmung. Er wollte seine sehnsüchtigen Gedanken zu der Geliebten schicken, aber ihr Bild zerfloß ihm in verschwommenen Zügen, er konnte es nicht festhalten. Statt dessen sahen ihn ein paar tiefblaue Mädchenaugen mit einem verschüchterten, hilflosen Blick an.

Armes kleines Ding – ich fürchte doch sehr, sie wird es hier nicht gut haben. Und ich kann leider jetzt so wenig für sie tun. Mama hat wirklich viel Sorgen, und ich kann ihr nicht noch mehr aufpacken. Aber es soll bald besser werden, und dann wird auch für die arme kleine Winnifred etwas geschehen.

So dachte er. Und merkwürdigerweise dachte er auf seinem Spaziergang viel mehr an Winnifred als an Siddy.

Als er nach Hause kam, sah er Winnifred gerade mit einem großen Korb, der mit Eiern gefüllt war, im Hause verschwinden. Er eilte ihr nach, um ihr den Korb abzunehmen, als er aber den Hausflur betrat, sah er sie vor seiner Mutter stehen und hörte diese sagen:

»Gib aber acht, Winnifred, daß die Datumsstempel auf den Eiern klar erkennbar sind, sie dürfen nicht verwischt werden.«

Und ehe er etwas sagen konnte, verschwand Winnifred schon mit den Eiern im Souterrain.

Er trat zu seiner Mutter und zog die Stirn in Falten.

»Du solltest nicht dulden, Mama, daß Winnifred so schwere Sachen trägt. Zu solchen Arbeiten ist doch die Mamsell da.«

Frau von Berndorf sah ihren Sohn kalt und ruhig an.

»Sie ist ja gesund und kräftig und wird sich nicht Schaden tun. Mamsell ist anderweitig beschäftigt, und den Dienstboten kann ich die Eier nicht anvertrauen, es würden zu viele gestohlen oder zerbrochen. Wenn die Mamsell verhindert ist, müßte ich also diese Arbeit tun, und ich meine, was ich ohne Besinnen tun würde, dazu ist auch Winnifred nicht zu schade.«

Damit hatte sie jeden andern Einwand abgeschnitten. Lutz sah ein, daß er Winnifred nicht von einer Arbeit losbitten könne, die seine Mutter selbst tun würde. Trotzdem wurde er das unbehagliche Gefühl nicht los, daß seine hilflose Kusine ausgenutzt wurde, um andre Arbeitskräfte zu sparen.

Er trat nun mit seiner Mutter ins Wohnzimmer. Sie plauderten eine Weile über Wirtschaftsangelegenheiten. Dann zeigte Frau Martha ihrem Sohn die neutapezierten Zimmer und erstattete ihm Bericht, was sie für diese und ähnliche Arbeiten bezahlt hatte. Sie seufzte dabei.

»Die Reparaturen sind teurer geworden, als ich glaubte. Nun heißt es wieder sparen und sparen, Lutz. Es will nie ausreichen, was ich aus dem Gut herauswirtschafte, obwohl ich von früh bis spät auf dem Posten bin. Und doch muß es reichen – noch eine Hypothek können wir nicht aufnehmen. Man plagt sich ohnedies nur für die Zinsen.«

Er faßte ihre Hand. »Arme Mama, du hast viel Sorge und Mühen.«

Sie zuckte die Achseln. »Es läßt sich nicht ändern. Bevor uns nicht ein besonderer Glücksfall zu Geld verhilft, müssen wir krummliegen. Ein Loch stopft man zu, das andere reißt man auf. Wenn ich nicht die Hoffnung auf Onkel Rudolfs Erbe hätte, dann wäre ich schon längst verzagt.«

»Aber, liebe Mama, wie kannst du nur mit diesem Erbe

rechnen? Wer weiß, wie das alles kommt. Onkel Rudolf ist doch ein Mann in den besten Jahren. Er kann sich doch wieder verheiraten und eine Familie gründen.«

Sie fuhr erregt auf. »Wie kannst du nur so ruhig von einer solchen Möglichkeit sprechen? Ich darf gar nicht daran denken. Und gottlob ist das auch nicht zu befürchten. Er hat längst mit dem Leben abgeschlossen, denn ein Herzleiden zwingt ihn, jede Erregung zu vermeiden. Nein, nein, das fürchte ich nicht. Und sonst haben wir doch nichts zu fürchten, nicht wahr? Er hat doch Papa versprochen, ihm Wildenau zu hinterlassen.«

»Aber Papa starb vor ihm.«

»Ganz gleich, so fällt das Erbe auf Papas Nachkommen, das ist doch klar.«

»Verzeih, Mama, für so selbstverständlich halte ich es nicht. Papa war ihm ein lieber Freund, abgesehen davon, daß er sein Vetter war. Ihn wollte er nach seinem Tod in Wildenau als Herrn sehen. Aber uns steht er ganz anders gegenüber, ich möchte sagen feindlich.«

»Weil du gar nicht verstehst, dich ihm angenehm zu machen. Sei doch ein wenig nett zu ihm.«

Lutz' Stirn zog sich zusammen. »Ich habe kein Talent zum Erbschleicher, Mama.«

Sie zuckte ärgerlich die Achseln. »Du bist mehr als unvernünftig.«

»Liebe Mama, daran wollen wir nicht mehr rühren.«

»Aber bedenke doch, was sollte aus uns werden, wenn er uns enterbte? Mit Berndorf wird es doch von Jahr zu Jahr schlechter.«

»Beunruhige dich nicht wegen der Zukunft, Mama, wir werden nicht am Hungertuch nagen. Ich habe meine Pläne, wie ich in Zukunft unsern Finanzen aufhelfen kann. Pläne, die baldigst verwirklicht werden sollen. Auch für Käthe hoffe ich dann besser sorgen zu können.«

Frau Marthas Augen glänzten erwartungsvoll. Sie glaubte, Lutz sei im Begriff, eine reiche Heirat zu machen. Anders konnte und wollte sie seine Worte nicht deuten. Hätte ihr Lutz gesagt, wie er seine Zukunft aufbauen wollte, so hätte sie nur ärgerlich mit den Achseln gezuckt. Sie hatte sich schon überlegt, ob sie ihm sagen solle, daß sie Befürchtungen hege, Onkel Rudolf könne Winnifred ebenfalls als Erbin mit ins Auge fassen, und daß es vielleicht besser sei, sie zu entfernen auf irgendeine unverfängliche Art. Aber sie wußte, daß er keinesfalls deshalb in eine Entfernung der Kusine willigen würde. Es war besser, sie behielt diese Befürchtung für sich, damit sie im Notfalle unbehindert handeln konnte. Jetzt beschäftigte sie vor allem die Andeutung ihres Sohnes auf eine bessere Zukunft. Da aber in diesem Moment Käthe eintrat, konnten sie nicht weiter über diese Angelegenheit reden. Frau Martha legte nur die Hand auf den Arm ihres Sohnes und sagte bittend:

»Laß mich nicht lange auf die Erklärung deiner Pläne warten, Lutz.«

Er küßte ihr die Hand. »Nein, Mama, sobald sich in diesen Tagen für uns eine ungestörte Stunde findet, sollst du alles wissen. Ich habe Wichtiges mit dir zu besprechen.«

Da war sie ganz fest überzeugt, daß Lutz endlich ihren Herzenswunsch erfüllen würde, eine reiche Heirat zu machen. Sicher wollte er mit ihr über seine bevorstehende Verlobung sprechen. Damit traf sie ja wohl das Richtige – nur daß seine Verlobung so gar nicht ihren Beifall finden würde.

Beim Abendessen sah Lutz Winnifred wieder. Sie hatte ihr Arbeitskleid mit einem besseren vertauscht, so, wie sie zur Teestunde gekleidet gewesen war. Nun saß sie mit niedergeschlagenen Augen ihm gegenüber. Er mußte immer wieder zu ihr hinübersehen. Sie machte einen verschüchterten Eindruck, und das tat ihm weh. Er wollte sie aufheitern und sprach sie immer wieder an. Dann hob sie die scheuen Augen zu ihm auf, und zuweilen irrte ein hilfloses Lächeln um ihren Mund. Sein Blick fiel wieder und wieder auf die kleinen schlanken Hände, die so rot und rauh erschienen. Er hätte sie mitleidig streicheln mögen. Und warmes Mitleid lag in seinem Blick, wenn er sie ansah.

Als sie sich nach Tisch erhob und gleich wieder verschwinden wollte, vertrat er ihr den Weg.

»Wollen Sie sich schon wieder zurückziehen, Winnifred?«

Sie sah unsicher und ängstlich zu Tante Martha hinüber, deren Gesicht einen steinernen Ausdruck zeigte.

»Ich möchte sehr gern mit Ihnen plaudern, Vetter Lutz, aber heute abend habe ich wirklich keine Zeit, es ist noch so viel zu tun.«

»Nun, ein Stündchen zum Ausruhen werden Sie doch wohl haben, Käthe kann Ihnen ja nachher bei Ihrer Arbeit helfen.«

Hilflos sah Winnifred nach Tante Martha hinüber. Diese richtete sich steif in ihrem Sessel empor.

»Laß Winnifred jetzt gehen, Lutz, ihr könnt ja morgen plaudern. Es gibt wirklich noch viel zu tun, und du mußt schon mit meiner und Käthes Gesellschaft fürliebnehmen. Geh nur, Winnifred!«

Diese huschte schnell hinaus.

In etwas kriegerischer Stimmung sah Frau Martha zu ihrem Sohne empor.

»Ich muß dich nochmals bitten, Lutz, nicht andere Bestimmungen zu treffen als ich, bezüglich dessen, was in der Wirtschaft getan werden muß.«

Er sah seine Mutter forschend an. »Ich kann mir nicht helfen, Mama, ich habe das Gefühl, als würde Winnifred über Gebühr angestrengt. Wiederholt habe ich sie heute bei schwerer Arbeit gesehen, die ihr unbedingt nicht zugemutet werden dürfte.«

Unmutig warf sie den Kopf zurück. »Du kommst immer wieder auf dies leidige Thema zurück, mein Sohn. Ich erkläre dir deshalb kurz und bündig, daß Winnifred in Zukunft die Mamsell ersetzen muß, die ich am ersten Mai entlasse.«

Lutz fuhr auf. »Mama!«

Kühl und ruhig sah sie ihn an. »Was denn, mein Sohn?«

»Das kann ich nicht zulassen, Mama, auf keinen Fall. Es hieße die Notlage Winnifreds in unerhörter Weise ausnützen und sie auf das Niveau eines Dienstboten herabzudrücken.«

Sie zuckte die Achseln. »Wenn dir das nicht paßt, dann muß ich, so leid es mir tut, Winnifred den Aufenthalt in Berndorf versagen. Ich habe dir wiederholt erklärt, daß wir keine unnützen Brotesser hier brauchen können. Wir haben kaum für uns genug. Willst du also, daß ich Winnifred fortschicke?«

Er fuhr sich aufgeregt über die Stirn. Und daß er machtlos war, Winnifred eine andere Stellung in seinem Hause zu verschaffen, peinigte ihn.

»Davon kann keine Rede sein. Sie soll in Berndorf eine Heimat haben«, sagte er heiser.

»Nun gut, so kann es nur auf die Weise geschehen, wie ich es geordnet habe. Was willst du auch? Sie ist ja ganz zufrieden mit ihrem Los.«

Er dachte an Winnifreds verschüchtertes Wesen. Das war sicher kein Ausdruck von Zufriedenheit. Aber er sah ein, daß er momentan nichts weiter für sie tun konnte. Weil er aber nicht ruhig genug war, weiter über dies Thema zu sprechen, ließ er es fallen und sprach von etwas anderem.

Aber er mußte immerfort an Winnifred denken. Der Gedanke an sie verscheuchte sogar den an Siddy. Eine Stunde saß er noch mit Mutter und Schwester zusammen. Dann zogen sich die Damen zurück, um sich zur Ruhe zu begeben.

Lutz fühlte sich unfähig, jetzt schon schlafen zu gehen. Er nahm seinen Hut und ging ins Freie, um sich noch ein wenig müde zu laufen. Es war ein herber, frischer Aprilabend. Der Himmel stand dunkelblau mit Milliarden von Sternen besät über ihm, und der Mond spendete Licht genug, um Weg und Steg zu erleuchten.

Über eine Stunde lief er im Freien umher und bedachte seine Zukunft. Sein Plan, hier in Berndorf auf eigenem Grund und Boden ein Laboratorium zu bauen und seine Erfindung zu verwerten, die er noch geheimhielt, stand fest bei ihm. Aber er brauchte zum Bau dieses Laboratoriums ein nicht unbeträchtliches Kapital und wußte noch nicht, wie er sich das beschaffen sollte. Berndorf war mit Hypotheken schon überlastet; weitere konnte er nicht mehr aufnehmen. Und andere Sicherheiten hatte er nicht zu bieten. Von fremden Menschen würde er das Geld schwerlich erhalten. Aber er hatte an Onkel Rudolf gedacht. So peinlich es ihm auch war, gerade ihn um ein Darlehn zu bitten, wollte er es doch tun, denn er war der einzige, an den er sich wenden konnte. Er hoffte auch, ihn anhand seiner Ausführungen zu überzeugen, daß dieses Geld nicht verloren sein würde. War der Onkel auch ein galliger, sarkastischer alter Herr, so würde er doch vernünftigen Erwägungen zugänglich sein. Ein nobler, vornehmer Charakter war er jedenfalls, und Lutz hoffte darum, keine Fehlbitte zu tun.

Jedenfalls mußte er das Geld beschaffen, denn nur so konnte er seine Zukunft aufbauen. Da er ein armes Mädchen heimführen wollte, mußte er darauf sinnen, Mittel zu einem standesgemäßen Leben flüssig zu machen. Er hatte sich ausgedacht, daß er mit Siddy in Berndorf wohnen würde. Ganz schlicht und bescheiden mußten sie im Anfang ihr Leben einrichten. Siddy, so meinte er, würde sich gern und willig darein fügen. Sie war ja als armes Mädchen an ein anspruchsloses Leben gewöhnt. Raum genug war in seinem Vaterhaus. Er wollte sich mit ihr im rechten Flügel einrichten, Mutter und Schwester konnten im linken Flügel bleiben. Und dort fand sich auch Platz für Winnifred.

Sogar in seine Zukunftspläne nahm er die Sorge um Winnifred mit hinüber. Und er empfand wärmer für sie als für seine eigene Schwester. War er nur erst für immer in Berndorf, dann wollte er schon dafür sorgen, daß es Winnifred leichter hatte. Siddy mußte sich ihrer annehmen, sie hatte ja ein gutes, zärtliches Herz, wie er glaubte, war nicht kaltsinnig und nüchtern wie Mutter und Schwester.

Er malte sich alles sehr schön aus und dachte daran, wieviel Glück und Behagen, wieviel Licht und Wärme Siddy um ihn schaffen würde. Siddy und auch Winnifred, die sein Zimmer so reizend mit Blumen geschmückt hatte. Oh, sie würden so gut miteinander harmonieren, seine schöne, strahlende Siddy und die kleine amerikanische Kusine mit ihren lieben klaren Augen und dem reizenden hilflosen Lächeln. Siddy und Winnifred würden sein Vaterhaus mit Licht und Wärme füllen bis in die dunkelsten Ecken. Und er wollte schaffen und arbeiten von früh bis spät, um ihnen ein sorgloses Leben zu bereiten. Dann nahm er auch der Mutter alle Sorgen ab, und sie würde zufrieden sein und nicht mehr nach dem Erbe Onkel Rudolfs trachten, was ihn immer so bedrückte und verstimmte. Mochte dann Onkel Rudolf sein Hab und Gut hinterlassen, wem er wollte. Es sollte ihn nicht kümmern und die Mutter auch nicht.

So spann er seine Gedanken und merkte gar nicht, daß er sich dabei mindestens ebensoviel mit Winnifred wie mit Siddy beschäftigte. Als er endlich von seinem nächtlichen Spaziergang heimkehrte, sah er das Haus still und dunkel vor sich liegen. Nur im Souterrain waren noch zwei Fenster erleuchtet. Das sah er aber erst, als er um eine Gebüschgruppe bog. Er wußte, daß diese Fenster zur Bügelstube gehörten. War da noch jemand wach, da doch sonst im Haus alles schlief? Oder hatte man vergessen, das Licht zu löschen? Er ging dicht an das Haus heran. Die Fenster der Bügelstube standen offen. Und als er Einblick gewinnen konnte, sah er am Bügelbrett Winnifred Hartau bei emsiger Arbeit stehen.

Das Lampenlicht streute goldene Funken über das herrliche Haar, dessen Pracht jetzt erst richtig zur Geltung kam. Ihr von der Arbeit gerötetes Gesicht beugte sich nieder, und die kleinen roten Hände mühten sich mit dem Bügeleisen und einem duftigen weißen Stoff.

Er trat an das offene Fenster heran. »Guten Abend, Winnifred! Sie sind ja noch immer bei der Arbeit. Es ist bald Mitternacht und Sie stehen noch hier am Bügelbrett, während alles im Hause schon schläft.«

Sie war schreckhaft zusammengezuckt und sah nun mit großen Augen zu ihm hinüber. »Ach – Sie sind es, Vetter

Lutz! Ich glaubte, Sie seien längst zur Ruhe gegangen. Bin ich erschrocken! Ich dachte, ich wäre ganz allein noch wach.«

»Ich hatte einen Spaziergang gemacht. Aber nun sagen Sie mir, müssen Sie so spät noch arbeiten? Hatten Sie nicht Zeit, Ihr Kleid am Tage zu bügeln, wenn Sie es durchaus selbst tun wollten?«

Sie errötete und sah betreten auf das Kleid herab, an dem sie sich mühte. Und ehe sie antworten konnte, fuhr er schon fort.

»Aber nein, da fällt mir ein, daß Sie doch Trauer tragen. Dieses weiße Kleid ist schwerlich für Sie bestimmt.«

Sie setzte ihre Arbeit fort, um ihn nicht ansehen zu müssen. »Nein, es ist nicht für mich bestimmt.«

»Aber für wen denn sonst?«

Sie wußte vor Verlegenheit nicht, was sie antworten sollte.

»Ich bin ja gleich fertig, Vetter Lutz. Weil heute so viel zu tun war, kam das Hausmädchen nicht dazu, das Kleid zu bügeln. Käthe braucht aber morgen das Kleid, und Tante Martha muß frische Blusen haben. Deshalb bin ich noch an der Arbeit.«

Seine Stirn rötete sich jäh. »Deshalb sind Sie noch an der Arbeit, jetzt um Mitternacht. Und für meine Mutter und Schwester müssen Sie solche Arbeit tun? Liebe Kusine, Sie können sich gar nicht denken, wie sehr es mich bedrückt, daß man Sie dergleichen tun läßt. Das ist unerhört. Ich habe heute schon mancherlei gesehen, was man Ihnen aufgebürdet hat. Das aber geht zu weit. Ich kann und will nicht dulden, daß Sie Arbeiten verrichten, die man besser den Dienstboten überläßt. Morgen früh rede ich mit meiner Mutter darüber, das muß anders werden.«

Winnifred stellte erschrocken das Bügeleisen hin und kam mit ausgestreckten Händen an das Fenster heran. Ihre Augen sahen groß und angstvoll zu ihm auf.

»Ach, bitte, tun Sie das nicht, Vetter. Ich würde über alle Maßen unglücklich sein, wenn Sie sich meinetwegen mit Ihrer Mutter erzürnten. Um Gottes willen, tun Sie das nicht. Es macht mir ja gar nichts, ich tue ja alles so gern, und es macht mich froh, daß ich die Mamsell ersetzen kann, daß Tante Martha diese Ausgabe spart. So weiß ich doch, daß ich wirklich nützen kann. Verstehen Sie mich doch, Vetter, ich weiß, daß Tante Martha sparen muß. Wie sollte mir da zumute sein, müßte ich hier nur nutzlos mein Brot essen. Dann hätte ich doch nicht das kleinste Recht, hier zu sein – und müßte wieder fort.«

Er sah unverwandt in ihr erregtes Gesicht. Eine tiefe Rührung malte sich in seinen Zügen. Er faßte ihre Hand und streichelte sanft und erbarmend darüber hin.

»Ihre armen, armen Hände, Winnifred. Ich sehe es ihnen an, daß sie solche Arbeit nicht gewöhnt waren. Und es würde sich schon andere Arbeit hier für Sie finden, die Ihnen auch das Gefühl der Daseinsberechtigung geben würde. Ich finde es unverantwortlich von Mama, daß sie es duldet, daß Sie so schwere Arbeit tun.«

Ein blasses Lächeln huschte um ihren Mund. »Nein, nein, so müssen Sie das nicht ansehen, Vetter. Tante Martha erfüllt nur meinen Wunsch, wenn sie mir viel Arbeit gibt. Drüben in Amerika lernt man, daß keine ehrliche Arbeit schändet. Meine Hände sind nur verzärtelt und werden sich schon gewöhnen.«

Er hielt ihre Hand noch immer fest. »Aber begreifen Sie nicht, Winnifred, daß mich das bedrückt?«

»Das soll es nicht. Bitte, bitte, ändern Sie nichts daran. Ich wäre sehr unglücklich, wenn Tante Martha Verdruß durch mich hätte. Wenn Sie mir eine Wohltat erweisen wollen, dann lassen Sie alles ruhig gehen, wie es ist.«

Ihre ganze ängstliche Art verriet ihm, wie sie sich vor seiner Mutter fürchtete.

»Arme kleine Winnifred. Sie binden mir die Hände mit Ihrer Angst. Und das schlimmste ist, daß ich nicht einmal weiß, wie ich Ihnen jetzt helfen soll. Setze ich jetzt auch durch, daß man Ihnen solche Arbeit nicht zumutet, so tut man es sicher wieder, wenn ich fort bin, und ich verschlimmere nur Ihre Lage.«

Seine warmen teilnahmsvollen Worte fielen wie ein Lichtstrahl in ihre Seele. Sie atmete tief auf, als sei ihr die Brust zu eng. »Es ist ja nicht schlimm, wirklich nicht.«

»Doch, es ist sehr schlimm. Wenn meine Schwester morgen unbedingt ein weißes Kleid anziehen wollte, konnte sie es selbst bügeln, wenn die Dienstboten keine Zeit hatten. Käthe liegt ohnedies den ganzen Tag faul herum. Das müssen Sie nicht unterstützen. Ich werde doch mit Mama darüber sprechen müssen. Aber erschrecken Sie nicht, es wird so geschehen, daß ich mich nicht mit ihr erzürne und daß man ganz sicher Ihnen die Schuld nicht beimessen kann.«

»Daß man nur meine Anwesenheit nicht noch mehr als bisher als eine Last empfindet.«

»Wer soll so ein törichtes Empfinden haben? Ich für meinen Teil – ich freue mich herzlich, daß Sie hier sind, Winnifred. Mir ist zumute, als sei es diesmal viel freundlicher zu Hause. Schon als ich Ihre Blumen in meinem Zimmer stehen sah, wurde ich froh. Ich muß Ihnen ganz offen sagen, meistens fürchte ich mich vor dem Nachhausekommen. Doch das soll nun alles anders werden. Und eins verspreche ich Ihnen, Winnifred, wenn ich auch jetzt Ihr Los nicht bessern kann, bald soll es geschehen. Haben Sie nur noch ein Weilchen Geduld. Ich gedenke in einigen Monaten für immer nach Berndorf zu kommen. Dann werde ich bestimmt dafür sorgen, daß sich Ihr Leben hier freundlicher gestaltet. Vielleicht habe ich dann ein Amt und eine Arbeit für Sie, wobei Sie sich sicher nicht unnütz vorkommen. Meine Mutter ist eine harte Frau, und ich habe selbst schmerzlich darunter gelitten, ehe ich mich damit abfand. Ich weiß, ich fühle es, daß auch Sie leiden. Aber es soll anders werden, darauf gebe ich Ihnen mein Wort.«

Ach, wie klopfte Winnifred das Herz bei seinen guten, warmen Worten. Sie vergaß alle Unbill ihres Lebens, und er ahnte nicht, welch ein heißes Glücksgefühl er durch seine Teilnahme in ihrem jungen Herzen auslöste. Daß er für immer nach Berndorf kommen würde, erfüllte sie mit inniger Freude und mit einer Glückseligkeit, über die sie sich keine Rechenschaft gab.

»Lieber Vetter, ich danke Ihnen, danke Ihnen herzlich für Ihre guten Worte, für Ihre Fürsorge. Das tut mir wohl – ich – ich –«

Sie konnte nicht weitersprechen, die Tränen stürzten ihr aus den Augen, und sie floh in die Tiefe des Zimmers zurück und barg ihr Gesicht in den Händen. Die schlanke Gestalt erbebte vor verhaltenem Schluchzen.

Er stand eine ganze Weile stumm und sah auf das weinende Mädchen. Am liebsten wäre er zum Fenster hineingesprungen, um sie zu trösten. Aber er fühlte, daß er sie dadurch nur noch mehr beunruhigen würde. Er wartete eine Weile, bis sie sich zu fassen begann. Dann sagte er herzlich:

»Beruhigen Sie sich, liebe Kusine, und gehen Sie nun endlich zur Ruhe. Sie müssen ja todmüde sein. Wir finden wohl noch Gelegenheit, weiter über das alles zu sprechen.«

Da zwang sie sich zur Ruhe und kam wieder näher. »Verzeihen Sie die dummen Tränen, Vetter, aber seit dem Tod meiner Eltern hat noch niemand so lieb und herzlich zu mir gesprochen, wie Sie es getan haben. Früher war ich in dieser Beziehung sehr verwöhnt, meine Eltern liebten mich zärtlich. Ihre Teilnahme hat mich so fassungslos gemacht. Ich danke Ihnen herzlich dafür. Und um mich sorgen Sie sich nicht, jetzt soll mir alles noch viel leichter werden. Sind Sie erst für immer in Berndorf und kann ich Ihnen durch andere Arbeit besser nützen, soll es mich freuen. Noch mehr werde ich mich freuen, wenn Sie zuweilen ein gutes Wort für mich haben, dann ist alles gut. Das ist das einzige, was mir hier fehlt. Alles andere ist leicht zu ertragen.«

Er nickte ihr lächelnd zu. »Ich muß den Dingen jetzt ihren Lauf lassen, bis ich mein bleibendes Domizil in Berndorf aufschlage. Bis dahin Geduld. Und nun schnell zur Ruhe – gute Nacht, Winnifred.«

»Gute Nacht, Vetter. Ich bin mit meiner Arbeit auch fertig.«

»Ich will doch für alle Fälle hier draußen warten, bis Sie das Licht hier auslöschen und es in Ihrem Zimmer anzünden. Ich fürchte, Sie arbeiten sonst doch noch.«

Da flog ein Lächeln über ihr Gesicht, das er sehr reizend fand.

»Nein, nein, ich bin wirklich fertig. Gute Nacht, Vetter – und nochmals innigen Dank.«

Sie reichte ihm die Hand, und er drückte sie warm und herzlich.

Gleich darauf erlosch das Licht in der Bügelstube, und nach wenigen Minuten wurde oben Winnifreds Zimmer erleuchtet. Da ging auch Lutz ins Haus.

VIII

Der erste Ostertag war sonnig und warm, ein echter Frühlingstag. Im Berndorfer Gutshaus duftete es nach herrlichen Sachen, man merkte, daß ein Festmahl bereitet wurde und daß Festkuchen gebacken waren. Lutz hatte Winnifred nur flüchtig am Frühstückstisch gesehen. Sie war bald wieder hinausgeschlüpft an ihre Arbeit. Er wunderte sich, wie frisch und blühend sie heute aussah und wie hell ihre Augen glänzten. Man merkte ihr keinerlei Müdigkeit an.

Um die Mittagszeit kam Herr von Wildenau und begrüßte seinen Neffen in seiner sarkastischen Art.

»Da ist der Herr Doktor! Guten Tag, Lutz. Wie geht es dir?«

»Danke, Onkel Rudolf. Ich hoffe, es geht dir ebenfalls gut.«

»Davon wollen wir lieber nicht reden. Hast du denn nun endlich deiner Mutter die frohe Botschaft mitgebracht, auf die sie schon so lange wartet?«

»Was für eine Botschaft meinst du, Onkel?«

»Nun, daß du endlich einen Goldfisch geangelt hast.«

Lutz sah dem Onkel fest und scharf in die Augen. »Ich angle überhaupt nicht, Onkel Rudolf, und am wenigsten Goldfische. Im übrigen ist das wohl eine Angelegenheit, die nur meine Mutter und mich angeht«, sagte er abweisend.

»Gut pariert, mein Sohn! Ich nehme alles zurück!«

»Aber, Lutz, wie kannst du nur Onkels freundlicher Teilnahme gegenüber so schroff und abweisend sein«, sagte Frau Martha mahnend.

»Ich habe nichts von freundlicher Teilnahme gemerkt. Wenn Onkel Rudolf das zum Ausdruck bringen wollte, hat er sich im Ton vergriffen.«

»Aber Lutz«, rief seine Mutter erschrocken.

Herr von Wildenau sah mit einem unbeschreiblichen Blick von der Mutter auf den Sohn. »Deine Mutter hat Angst, daß du den sogenannten Erbonkel erzürnst«, spottete er.

Lutz richtete sich hoch auf. »Diese Angst teile ich nicht!«

Bitter und höhnisch lachte der Onkel. »So sicher bist du deiner Sache?«

Groß und ernst sah ihn Lutz an. »Ich bedaure dich von Herzen, Onkel Rudolf, du mußt schlimme Erfahrungen mit den Menschen gemacht haben. Aber bitte, tritt ein, hier im Hausflur ist Zugluft, du könntest dich erkälten.«

Der Onkel erwiderte den Blick seines Neffen in gleicher Weise. Und zum ersten Mal sah er in dessen Augen etwas, das ihn irremachte in seiner Meinung, daß Lutz im Innern seiner Mutter gleiche und wie sie und seine Schwester gierig auf seinen Tod warte.

»Also gehen wir hinein«, sagte er.

Im Wohnzimmer wurde er auch von Käthe begrüßt, die das von Winnifred in der Nacht gebügelte Kleid trug, was Lutz mit Ingrimm bemerkte.

Rudolf von Wildenau sah sich suchend um. »Wo ist denn Winnifred?«

»Sie wird gleich hier sein, sie hat nur noch etwas zu tun.«

Der alte Herr sah Lutz seltsam an. »Natürlich wieder bei

der Arbeit. Ob Sonntag, ob Wochentag, man jagt das Kind von einer Arbeit zur andern. Hast du eine Ahnung, Lutz, was diese kleine amerikanische Kusine für eine leistungsfähige Kraft ist? Deine Mutter hat einen guten Griff mit ihr getan.«

Lutz stieg die Röte in die Stirn. Er verstand den sarkastischen Vorwurf in den Worten des Onkels, aber er konnte natürlich nicht darauf eingehen. Zum Glück trat in diesem Augenblick Winnifred ein und meldete, daß man zu Tisch gehen könne.

Herr von Wildenau begrüßte sie mit einem warmen Blick und Händedruck und mit den formellen Worten: »Guten Tag, Winnifred, wie geht es dir?«

»Ich danke dir, Onkel Rudolf, mir geht es gut. Und du siehst heute gottlob besser aus als neulich.«

Er sah auf ihre gerötete Hand herab, die sich so rauh anfühlte. »Es läßt sich darüber streiten, Winnifred, es geht mir im Grunde sozusagen miserabel. Mein Aussehen trügt, ich hatte vorletzte Nacht einen schlimmen Anfall meiner Herzkrämpfe.«

Voll inniger Teilnahme sah Winnifred zu ihm auf. »Armer Onkel Rudolf, und dabei warst du so allein.«

Dem alten Herrn wurde wieder ganz warm ums Herz. Er sagte sich, es müsse sehr schön sein, so ein liebes sanftes Wesen um sich zu haben, wenn man sich krank fühlte, ein Wesen, das voll Teilnahme war und nicht gierig auf seinen Tod wartete. Aber er sagte nur leichthin: »Ich bin es gewöhnt.«

»Nun wollen wir aber zu Tisch gehen. Darf ich bitten, Rudolf«, unterbrach die Hausfrau dieses ihr unangenehme Gespräch.

Herr von Wildenau reichte ihr höflich den Arm. »Wie du befiehlst, Martha.«

Bei Tisch kam eine leidlich angeregte Unterhaltung zustande. Rudolf von Wildenau stellte seine sarkastischen Ausfälle ein. Das geschah nach dem bittenden Blick von Winnifred. Diese lieben jungen Augen übten einen seltsamen Einfluß auf ihn aus. Je öfter er mit Winnifred zusammenkam, desto lieber wurde sie ihm. Er hätte sie gern von Berndorf in sein einsames Schloß geholt, einesteils, um sie in angenehmere Verhältnisse zu bringen, andernteils, um dieses liebe, sanfte Menschenkind um sich zu haben. Aber er wußte, daß er diesen Wunsch nicht aussprechen durfte, ohne Winnifred die grimmigste Feindschaft von Tante und Kusine zuzuziehen.

Daß Lutz einen warmen, herzlichen Ton für Winnifred hatte, fiel ihm auf und veranlaßte ihn, seinem Neffen mehr Aufmerksamkeit zu schenken. Aber auch das entging seinen scharfen Augen nicht, daß Winnifred zu Lutz aufsah wie zu einem Menschen, zu dem sie Vertrauen hatte – und der ihr sehr teuer war.

Seine Aufmerksamkeit galt also beiden jungen Menschen, ohne daß er es sich anmerken ließ.

Heute verließ Winnifred das Speisezimmer nicht gleich nach Tisch. Tante Martha hatte ihr erlaubt zu bleiben. Sie wollte vermeiden, daß Rudolf sich darüber aufhielt, daß Winnifred zuviel arbeiten müsse.

Im stillen ärgerte sie sich, daß er sich mehr als nötig mit Winnifred beschäftigte. Noch mehr ärgerte sie aber der Ton, den Winnifred dem Onkel gegenüber anschlug. Er war ihr zu warm, zu herzlich, zu schmeichlerisch, wie sie es nannte. Sie glaubte, Winnifred wollte sich bei ihm einschmeicheln. Weil sie sich selbst in erbschleicherischer Absicht um ihn mühte, glaubte sie das auch von Winnifred.

Nach Tisch bereitete Winnifred auf einer kleinen Maschine

selbst den Mokka und servierte dann die gefüllten Tassen. Käthe saß faul in einem Sessel und sah ihr zu, aber Lutz trat zu ihr und bot ihr scherzend seine Hilfe an. Und als sie errötend lächelnd abwehrte, plauderte er so warm und herzlich mit ihr, daß Rudolf von Wildenau aufhorchte. So hatte er Lutz noch mit niemand sprechen hören. Zwischen ihm und Mutter und Schwester herrschte immer ein kühler Ton. Und er selbst hatte bisher immer auf Kriegsfuß mit Lutz gestanden, soweit es die Höflichkeit zuließ. Deshalb überraschte es ihn, daß Lutz so warm und herzlich sprechen konnte.

Und als sich Lutz jetzt freundlich lächelnd zu Winnifred hinabneigte, fiel es ihm zum ersten Mal auf, daß Lutz viel mehr seinem Vater glich als seiner Mutter und daß seine Augen jetzt den Ausdruck hatten, den er in den Augen seines Vaters so oft gesehen hatte – den Ausdruck warmer Herzensgüte.

Länger als sonst verweilte Herr von Wildenau heute in Berndorf. Er ließ sich dann sogar überreden, bis nach dem Abendessen zu bleiben. Nur bat er, sich jetzt zu einer kurzen Siesta zurückziehen zu dürfen.

Das wurde ihm bereitwillig gestattet.

»Du kannst in meinem Zimmer ruhen, Rudolf, da stört dich kein Laut«, sagte Frau Martha. »Käthe kann dich hinüberbegleiten und es dir behaglich machen.«

Aber er stützte sich auf Winnifreds Arm. »Laß nur, Käthe, bleib du nur sitzen. Winnifred kann mich betreuen. Sie tut es gern.«

»Ich doch auch, liebes Onkelchen«, schmeichelte Käthe, ihren Ärger verbeißend.

»Ja, ja, ich weiß, wie gern du es tun würdest. Aber Winnifred tut es auch gern, nicht wahr?«

»Gewiß, Onkel Rudolf«, erwiderte Winnifred harmlos und führte ihn davon.

Frau Martha sah den beiden nach mit einem unruhig flimmernden Blick. Dann sagte sie langsam mit schwerer Betonung:

»Ich glaube, es wäre besser gewesen, wenn Winnifred nicht nach Berndorf gekommen wäre. Es will mir nicht gefallen, daß Onkel Rudolf ein so großes Interesse für sie an den Tag legt.«

Lutz sah sie fragend an. »Warum will dir das nicht gefallen?«

Sie blickte sich vorsichtig um, dann sagte sie halblaut und erregt: »Begreifst du das nicht? Winnifred ist doch auch mit ihm verwandt. Man kann nicht vorsichtig genug sein. Wenn er nun ein Testament zu ihren Gunsten machte.«

Finster zog er die Stirn zusammen. »Das wäre der armen Waise wohl zu gönnen, Mama.«

Ärgerlich fuhr sie auf. »Du bist doch ein unglaublich unvernünftiger Mensch. Ich glaube, du wärst imstande, ruhig zuzusehen, wenn dir dies Mädchen das ganze reiche Erbe vor der Nase wegschnappte.«

Er wandte seine Augen von der Mutter ab, das habgierige Funkeln ihrer Augen war ihm unerträglich. »Sie ist bedürftiger als wir, Mama. Du weißt, daß ich nie mit diesem Erbe gerechnet habe und nie damit rechnen werde.«

»Weil du leider Gottes überhaupt nicht rechnen kannst, wie es dein Vater auch nicht konnte. Sonst lebten wir jetzt in andern Verhältnissen.«

Lutz erhob sich jäh und trat an das Fenster. »Laß Vater ruhen, Mama, ich bekenne mich freudig zu seiner Art.«

Sie zuckte höhnisch die Achseln. »Ich habe an deinem Vater so wenig eine Stütze gehabt, wie ich an dir eine haben werde.«

Er lehnte die Stirn an die kühle Fensterscheibe – und schwieg.

Winnifred hatte Onkel Rudolf in das Zimmer der Tante begleitet. Er nahm dort in einem bequemen Lehnstuhl Platz, und sie legte ihm sorglich Kissen in den Rücken und deckte ihn mit einer warmen Decke zu.

»Ist es so behaglich, Onkel Rudolf, oder willst du noch ein Kissen haben?«

»Nein, ich brauche keins mehr, ich sitze sehr gut. Es ist doch netter, wenn du mich umsorgst, als wenn es mein alter Kammerdiener tut, von Käthe gar nicht zu reden. Nun wünsche ich nur noch, du setzest dich ein wenig zu mir und plauderst mit mir, bis mich der Schlaf ankommt. Ich hoffe doch, daß du Zeit hast?«

»Ja, Onkel Rudolf, heute habe ich nichts zu tun bis zur Melkzeit.«

»Aber dann mußt du auf den Posten?«

»Ja.«

»Was bist du für eine tüchtige kleine Wirtschafterin geworden. Ich staune, daß du dich in alles so leicht gefunden hast. Das ist doch alles Arbeit, die du früher nie getan hast?«

Sie lächelte heiter. Heut war ihr das Herz so leicht und froh. »Nein, solche Arbeit habe ich nie getan. Aber sie ist auch gar nicht schwer zu erlernen, wenn man nur Kräfte hat.«

Er faßte ihre Hand und sah darauf nieder. Und dann sagte er langsam: »Wenn Maria Hartau wüßte, was ihre Tochter hier arbeiten muß. Als ich deine Hände das erste Mal sah, waren sie fein und weiß. Wie weh würde es deiner Mutter tun, könnte sie sie jetzt sehen.«

Sie zog jäh ihre Hand zurück, und mühsam unterdrückte sie die aufsteigenden Tränen.

Er sah, daß sie nicht sprechen konnte. Da fuhr er leise fort: »Die Königstochter Gudrun mußte am Meeresstrand Wäsche waschen und bekam auch so rote, rauhe Hände. Aber sie wurden später wieder weiß und fein.«

Sie hatte sich gefaßt und lächelte wieder. »Ich bin aber keine Königstochter, Onkel Rudolf, sondern ein armes kleines Bürgermädchen. Du kannst mir glauben, es ist mir unangenehm, daß meine Hände so rauh und rot geworden sind. Aber so sorgsam ich sie auch pflege, ich muß sie zu oft waschen, und da wird die Haut in rauher Luft spröde.«

»Arme kleine Winnifred«, sagte er voll Erbarmen.

Ihr Herz klopfte, das hatte Lutz gestern abend auch zu ihr gesagt. Sie sah mit einem großen, feuchten Blick zu seinem Bild hinüber, das auf dem Schreibtisch seiner Mutter stand. Und ihr Blick blieb wie gebannt daran hängen. Und wie ein Leuchten brach es aus ihren Augen. Das sah Onkel Rudolf, und er sah auch, daß dies Leuchten Lutz' Bild galt. Nachdenklich sah er sie an, als sie sagte:

»Ich bin gar nicht zu bedauern, Onkel Rudolf. Und wenn ich nur Hautcreme genug hätte, dann würde ich meine Hände bald wieder in Ordnung haben. Aber gute Cremes sind so teuer, dazu habe ich kein Geld.«

»Dem ist leicht abzuhelfen. Ich werde dir eine Sendung bestellen. Das wirst du doch von deinem alten Onkel annehmen.«

Ein schelmisches Lächeln huschte über ihr Gesicht. »Einen alten Onkel Rudolf kenne ich nicht. Du bist noch so jung.

Aber ich glaube, ich darf es doch annehmen und werde dir sehr dankbar sein. Es ist so häßlich, rote rauhe Hände zu haben.«

»Gut, dem soll abgeholfen werden. Ach, Kind, ich möchte gern mehr für dich tun. Warum hat deine liebe Mutter nur nicht den Einfall gehabt, dich zu mir nach Wildenau zu schicken. Ich könnte sehr wohl so eine liebe junge Pflegerin brauchen.«

»Du weißt doch, Onkel Rudolf, daß meiner Mutter gesagt worden war, du seist gestorben.«

»Richtig. Ich möchte aber wohl wissen, ob du gern zu mir gekommen wärst.«

Sie sah ihn groß und offen an. »O ja, du bist so lieb und gut; freilich – freilich nur zu mir. Für Tante Martha und Käthe hast du oft harte Worte, und heute auch für Vetter Lutz.«

»Hm! Und das magst du nicht leiden. Du siehst mich dann immer so unruhig und bittend an.«

»Es tut mir weh, weil es mir dein Bild trübt.«

»Tut es das?«

Sie nickte. »Ja, dann muß ich manchmal denken, ob du wohl Freude daran hast, andere Menschen zu quälen. Und dann bin ich traurig. Weißt du, es ist so wunderschön, wenn man weiß, daß ein guter Mensch in unserer Nähe ist, dem man so recht von Herzen vertrauen kann.«

Er sah nachdenklich vor sich hin, dann sah er sie seufzend an. »Gute Menschen sind rar, und ich kann es dir nachfühlen, daß du Sehnsucht nach einem solchen hast. In unserer Nähe ist aber keiner.«

Da zeigte Winnifred leicht errötend auf das Bild des Vetters. »Doch, Onkel Rudolf, der da, das ist einer.«

Er sah sie forschend an, und obwohl sie dunkelrot wurde, hielt sie seinen Blick aus. »Meinst du?« fragte er.

»Ich fühle es, er ist gut. Und du bist es auch, obwohl du manchmal böse Worte sprichst. Die kommen nicht aus deinem Herzen und tun dir selber weh.«

Er streichelte ihre Hand und ließ sie los. »Du hast kluge, helle Augen, Winnifred. Und glaube es ruhig, dir bin ich gut, weil du auch ein guter Mensch bist. Und Lutz muß ich mir daraufhin doch einmal näher ansehen. Das habe ich mir angewöhnt in meiner Einsamkeit. Du hast hübsch mit mir geplaudert. Ich hoffe, es war nicht das letzte Mal.«

Sie rückte noch einmal sorglich an der Decke und den Kissen und ging still hinaus.

Als sie ins Wohnzimmer trat, stand Lutz noch am Fenster, und seine Mutter und Schwester saßen am Kamin.

»Wo bleibst du so lange, Winnifred?« fragte Käthe scharf.

»Onkel Rudolf wollte noch ein wenig mit mir plaudern, bis er schläfrig würde«, erwiderte Winnifred unbefangen.

Lutz hatte sich schnell umgewandt. Der Unmut, der noch auf seinen Zügen lag, verschwand schnell. Er schob Winnifred einen Sessel hin. »Nehmen Sie Platz, Winnifred, Sie sind gewiß müde, da Sie gestern abend so lange gearbeitet haben.«

Sie schüttelte den Kopf und sah errötend zu ihm auf. »O nein, ich bin gar nicht müde.«

»Wirklich nicht?«

»Nein!«

»Wie wäre es dann mit einer kleinen Promenade durch den Wald? Es ist so herrliches Wetter, und Sie kommen so wenig heraus.«

»Ja, es ist wunderschön draußen. Ich möchte wohl in den Wald gehen.«

»Also dann kommen Sie, Winnifred. Käthe, begleitest du uns?«

»Nein, ich habe keine Lust, Spaziergengehen ist langweilig.«

»Ich möchte wohl wissen, ob es etwas auf der Welt gibt, was dir nicht langweilig erscheint.«

»Ach weißt du, Lutz, wenn ich wie du die ganze Zeit in Berlin leben könnte, wo man tausend Vergnügen hat, dann würde ich mich auch nicht langweilen.«

Lutz wandte sich von seiner Schwester ab. »Du hast wohl auch keine Lust, spazierenzugehen, Mama?«

Frau von Berndorf schüttelte den Kopf. »Offen gestanden, nein.«

»Erlaubst du, daß ich mitgehe, Tante Martha?« fragte Winnifred.

»Ja, ja, geh nur, aber bleib nicht zu lange aus. Zum Tee seid ihr wohl zurück, denn nach dem Tee ist Melkzeit.«

»Es wird ja wohl auch einmal ohne Winnifred gemolken werden können«, sagte Lutz schroff.

»Nein, nein, ich bin schon zur rechten Zeit zurück, Tante Martha«, sagte Winnifred schnell.

Und sie ging nun mit Lutz in den hellen, lachenden Frühlingstag hinein und hatte das ganze Herz voll Feiertagsstimmung.

Sie plauderten beide sehr angeregt. Lutz verstand es, Winnifreds Scheu zu besiegen und sie zum Sprechen zu bringen.

Und er staunte, welche reichen Geistesgaben, welch ein tiefes Seelenleben sich ihm offenbarte. Er sah oft seltsam gefesselt in ihr belebtes Gesicht, in ihre klaren schönen Augen hinein. Und er freute sich, daß sie ihm so vertrauend entgegenkam.

Sie erzählte ihm von ihren Eltern, von dem Leben, das sie mit ihnen geführt hatte in inniger Gemeinschaft, und zeigte ihm die Schätze, die diese in ihrem innersten Sein sorglich aufgespeichert hatten.

Dann berichtete sie von ihrer Überfahrt, von dem kurzen Aufenthalt in Kapitän Karsts Hause. Die fünf Flachsköpfe schilderte sie so lebhaft und naturgetreu, daß er sie vor sich zu sehen meinte. Auch von dem Riesennapfkuchen und den blumengeschmückten Zimmern sprach sie in warmer Dankbarkeit.

»Das war wohl freilich ein anderer Empfang, als er Ihnen hier zuteil wurde? Hier ist Ihnen sicher niemand warm und herzlich entgegengekommen«, sagte er.

Sie antwortete nicht gleich. Ihre Lippen zuckten. Lügen wollte sie nicht. Erst nach einer Weile sagte sie halblaut: »Ich konnte einen andern Empfang nicht erwarten, ich bin ja im Grunde eine Fremde, ein lästiger Eindringling. Und ich muß mir erst ein wenig Liebe zu verdienen suchen.«

»Aber Sie fühlen sich unglücklich hier, nicht wahr?«

Sie wurde sehr rot. »Ich bin doch wenigstens nicht bei fremden Menschen. Ich hatte namenlose Angst, daß ich ganz allein würde im Leben stehen müssen. Ich bin leider gar nicht tapfer.«

»Oh, ich glaube im Gegenteil, daß Sie sehr tapfer sind. Wie sie sich mit Ihrem schweren Schicksal abgefunden haben, ist bewundernswert. Die Tapferkeit besteht nicht nur im Handeln, sondern auch im Dulden. Und von der letzten besitzen Sie sehr viel.«

»Mein Schicksal ist nicht so schwer, wie Sie glauben. Im Anfang – ja, da war es oft schlimm. Aber jetzt geht es mir gut. Ich weiß, daß ich nützen kann und – dann habe ich doch liebe Menschen gefunden.«

»Liebe Menschen?«

Sie nickte. »Ja, Sie und Onkel Rudolf.«

»Onkel Rudolf? Gehört der wirklich zu den lieben Menschen?«

»Ja, ganz gewiß.«

»Verzeihen Sie, aber davon habe ich noch nicht viel gemerkt.«

»Man muß ihn nur erst richtig kennen. Ich habe schnell herausgefunden, daß er gut ist, wenn er es auch nicht zeigen will. Mir scheint, Sie und er, Sie kennen sich beide gar nicht richtig, sonst würden Sie einander herzlich zugetan sein.«

»Sie mögen recht haben. Aber zwischen ihm und mir steht etwas – ein Argwohn. Und der läßt uns nicht zusammenkommen. Ich weiß sehr wohl, daß er im Grunde ein edler Mensch ist. Aber lassen wir ihn jetzt. Mich rechnen Sie also auch zu den lieben Menschen?«

Sie sah zu ihm auf und wurde rot unter seinem lächelnden Blick. »Ja, Sie sind der liebste Mensch, den ich kenne.«

Sie wußte gar nicht, mit welcher Inbrunst und Innigkeit sie das sagte. Es rührte ihn. Und er sagte sich, daß Winnifred Hartau in ihrer unschuldigen Unerfahrenheit allerdings nicht in den offenen Lebenskampf gehörte. Wie leicht hätte sie an schlechte Menschen geraten können, die ihre Unerfahrenheit ausbeuteten. Wenn sie in Berndorf auch nicht auf Rosen gebettet war, so war sie doch wenigstens vor ernsten Gefahren in Sicherheit.

Dieser Gedanke hatte etwas sehr Beruhigendes für ihn.

Winnifred sah nun nach der Uhr und mahnte an die Heimkehr. Onkel Rudolf würde wach sein und die Gesellschaft seines Neffen genießen wollen. Und sie selbst mußte zur rechten Zeit auf ihrem Posten sein, in Kuhstall und Milchkammer, weil die Mamsell heute Urlaub hatte.

»Und wann werden Sie Urlaub haben, um auch einmal Ihrem Vergnügen nachzugehen?« fragte er, seine Stirn in Falten ziehend.

Sie sah hell und froh zu ihm auf. »Morgen habe ich den ganzen Tag frei und darf mit nach Wildenau hinüber.«

»Und das nennen Sie ein Vergnügen?«

Sie nickte strahlend. »In Wildenau ist es wunderschön. Onkel Rudolf hat mir erlaubt, im ganzen Schloß und im Park herumzustreifen. So herrliche alte Schlösser gibt es in Amerika nicht. Ich freue mich sehr auf morgen, auch weil Sie mit in Wildenau sein werden.«

»Mein Gott, Winnifred, was sind Sie für ein bescheidenes Gemüt.«

Sie schüttelte lächelnd den Kopf. Was wußte er davon, wie groß für sie die Freude war, in seiner Gesellschaft sein zu dürfen, die Gewißheit zu haben, daß er sich freundlich mit ihr beschäftigen würde.

Sie traten nun den Heimweg an und kamen gerade zur Teestunde zurecht. Onkel Rudolf hatte ein Stündchen ganz fest geschlafen und behauptete, daran sei der Umstand schuld, daß ihm Winnifred so sorglich Behagen verschafft habe. Er war entschieden gut gelaunt und vermied jeden sarkastischen Ausfall, um Winnifred zufriedenzustellen. Dieses kleine, unscheinbare, schüchterne Mädchen übte einen selten starken Einfluß auf ihn aus. Ganz still verschwand Winnifred um die Melkzeit aus dem Zimmer, um ihre Pflicht zu erfüllen, und erschien erst zum Abendessen wieder. Und da fühlten Onkel Rudolf und Lutz plötzlich, wie sie ihnen gefehlt hatte. Ihre Stimmung belebte sich nach ihrem Erscheinen sichtlich, obwohl Winnifred wenig sprach, und auch nur, wenn sie angeredet wurde.

Gleich nach dem Abendessen brach dann Onkel Rudolf auf. Seit langer Zeit war er heute das erste Mal so lange unter Menschen gewesen, und er wunderte sich selbst, daß es ihm nicht zuviel geworden war.

»Wir sehen uns also morgen in Wildenau. Auf Wiedersehn«, sagte er, als er sich von ihr verabschiedete.

»Auf Wiedersehn, Onkel Rudolf, ich freue mich sehr«, erwiderte sie froh.

Und als sie dann zur Ruhe ging, hatte sie das Gefühl, daß ein schöner, herrlicher Tag hinter ihr lag und daß morgen sicher ein noch schönerer werden würde. Auch das Wetter versprach gut zu werden.

Winnifred und Käthe hatten sich zurückgezogen, und Mutter und Sohn befanden sich noch allein im Wohnzimmer.

»Bist du müde, Mama, oder hast du noch Zeit und Lust, eine wichtige Angelegenheit mit mir zu besprechen? Es ist noch gar nicht spät.«

Frau Martha hatte absichtlich dies Alleinsein mit ihrem Sohn herbeigeführt. Sie wollte endlich erfahren, was er ihr zu sagen habe.

»Ich bin gar nicht müde, Lutz, und stehe ganz zu deiner Verfügung. Was hast du mir zu sagen?«

Lutz zögerte noch eine Weile, als er sich der Mutter gegenüber niedergelassen hatte. »Es fällt mir ein wenig schwer, Mama, die richtigen Worte zu finden«, sagte er etwas verlegen.

Sie sah ihn lächelnd an. »Ach, Lutz, ich habe schon eine frohe Ahnung. Laß mich nicht länger warten. Nicht wahr, du willst mir mitteilen, daß du dich verlobt hast, oder wenigstens verloben willst.«

Er atmete tief auf, dann sah er sie fest an. »Ja, Mama, du hast es erraten, ich habe die Absicht, mich zu verloben, und habe das letzte entscheidende Wort nur noch nicht gesprochen, weil ich mit dir erst vorher davon sprechen wollte.«

Sie beugte sich freudig erregt vor. »Ich hatte gleich eine Ahnung, Lutz, als du von einer Verbesserung unserer Verhältnisse sprachst. Nun sag, mit wem willst du dich verloben?«

Er wußte sehr wohl, daß sie sich bezüglich dieser Verbesserung in einem Irrtum befand. »Die junge Dame, der mein Herz gehört und von der ich mich geliebt weiß, ist die Baronesse Sidonie Glützow, die Tochter des Majors a. D. von Glützow.«

»Ah, also eine Dame aus guter alter Familie. Das freut mich sehr, Lutz. Du scheinst also doch vernünftig gewesen zu sein in der Wahl einer Lebensgefährtin. Wenn auch die Hauptsache ist, daß die zukünftige Herrin von Berndorf Vermögen hat, so ist es mir doch lieb, daß sie aus altadligem Geschlecht stammt. Die Berndorfs haben immer in dieser Beziehung gut gewählt. Ein Berndorf hat ja sogar eine Prinzessin heimgeführt, das war freilich zu den Glanzzeiten des Geschlechts. Hoffentlich kommen diese Zeiten wieder.«

Lutz biß die Zähne zusammen und richtete sich straff auf. »In bezug auf das Vermögen meiner Auserwählten muß ich dich enttäuschen, Mama. Baroneß Siddy ist arm, ganz arm.«

Frau Martha fuhr jäh empor, und ihr Gesicht erblaßte. »Lutz, das kann doch dein Ernst nicht sein! Das wirst du mir doch nicht antun? Du willst mich nur erschrecken.«

»Nein, Mama, es ist, wie ich sage. Die junge Dame ist ohne jedes Vermögen.«

Sie tastete auf den Lehnen ihres Sessels herum.

»Aber du sagtest doch, es würden nun bald bessere Zeiten für Berndorf kommen. Und ich hoffte zu hören, daß du eine reiche Partie machen würdest.«

»Du hast mich falsch verstanden, Mama. Auf bessere Zeiten hoffe ich allerdings, aber die will ich auf andere Weise schaffen. Ich will dir sagen, wie. Höre mich an. In dieser Stunde sollst du erfahren, daß ich eine Erfindung gemacht habe, die mich voraussichtlich bald in die Lage versetzen wird, viel Geld zu verdienen. Ich muß mir nur erst ein gewisses Kapital verschaffen, um mir auf Berndorfer Gebiet ein Laboratorium zu bauen.«

Scharf und schneidend lachte seine Mutter auf.

»Schätze, die im Monde liegen! Du bist ein haltloser Phantast, mein Sohn. Statt Geld zu schaffen, wirst du Geld zusetzen. Das hat mir noch gefehlt. Mit solchen Erfindungen setzt man sich immer in die Nesseln.«

»Ich würde dir solche Mitteilungen nicht machen, Mama, wenn ich meiner Sache nicht sicher wäre. Soweit solltest du mich doch kennen, daß du wissen müßtest, daß ich in solchen Dingen kein Phantast bin. Du kannst mich ruhig gewähren lassen.«

Frau Martha sprang auf. »Nein, das werde ich nicht tun. Ich protestiere ganz energisch gegen solche Hirngespinste. Geld aufzunehmen, um ein Laboratorium zu bauen, das heißt uns völlig ruinieren. Und eine arme Frau heimzuführen, bist du nicht in der Lage. Ich verbiete dir darum, dich in solch aussichtslose Sachen zu verstricken. Du kannst nur eine reiche Frau heimführen, dann magst du zu deinem Vergnügen ein Laboratorium bauen. Zur Verbindung mit einem armen Mädchen verweigere ich meine Zustimmung.«

Sie bebte an allen Gliedern vor Erregung. Auch Lutz erhob sich. Er hatte diese Szene kommen sehen und sich davor gefürchtet. Aber sie fand ihn auch gewappnet.

»Ich habe im voraus gewußt, daß du meine Eröffnung so aufnehmen würdest, und weil ich eine schmerzliche Erregung für dich voraussah, habe ich mich davor gefürchtet, aber nur deshalb. Ich bitte dich, beruhige dich und glaube mir, daß ich dir jede Aufregung erspart hätte, wenn es möglich gewesen wäre. Aber so darfst du auch in einer Erregung nicht mit mir sprechen. Ich bin kein törichter, unmündiger Knabe, der sich von seiner Mutter etwas verbieten läßt, sondern ein Mann, der weiß, was er will. Ich habe mir alles reiflich überlegt, und was du auch sagen magst, Siddy von Glützow wird meine Frau. Bitte erspare dir und mir alles weitere.«

Frau Martha krampfte in ohnmächtigem Grimm die Hände zusammen. »Das soll ich geschehen lassen, ich soll ruhig zusehen, wie du uns vollends ruinierst, so daß wir eines Tages als Bettler von Berndorf ziehen müssen? Nein, nein, niemals. Soviel Recht wird deine Mutter wohl haben, dich vor einem unüberlegten, törichten Schritt zu bewahren.«

»Nein, Mama, selbst wenn dieser Schritt ein törichter wäre, könntest du mich nicht zwingen, ihn zu unterlassen. Aber ich bin fest überzeugt, daß meine Erfindung gut einschlagen und mir viel Geld bringen wird. Ich könnte sie ohne weiteres für eine ziemlich hohe Summe an ein anderes Unternehmen verkaufen, aber das will ich nicht. Ich will sie selbst ausnutzen, weil mir das viel mehr Geld einbringen wird. Und in der Verbindung mit Baroneß Glützow sehe ich mein Lebensglück und werde es mir ganz sicher nicht von dir aus den Händen winden lassen. Ich bin ein Mann und stehe selbst für das ein, was ich tue. Es tut mir leid, daß ich dir Unruhe und

Aufregung bereiten muß, aber ändern kannst du an meinem Entschluß nichts.«

Kraftlos sank Frau Martha in den Sessel. In ihres Sohnes Antlitz las sie eine so feste eiserne Entschlossenheit, daß sie fühlte, sie konnte nicht dagegen ankommen.

»Das ist mein Tod«, stöhnte sie aufseufzend.

Er faßte ihre Hand. »Beruhige dich doch, Mama.«

Sie riß empört ihre Hand aus der seinen. »Wie kann ich mich beruhigen, wenn ich sehe, daß du unsern Untergang herbeiführst?«

»Ich sage dir ja, daß ich im Gegenteil eine Verbesserung unserer Lage herbeiführen will.«

Sie lachte spöttisch auf. »Dadurch, daß du neue Schulden machst, um einem Hirngespinst nachzujagen, und dadurch, daß du dich mit einer armen Frau belastest.«

»Bitte, höre mich erst einmal ruhig an, ehe du von Hirngespinsten sprichst. Ich will dir meinen Plan ausführlich auseinandersetzen.«

Und er berichtete klar und übersichtlich von seiner Erfindung. Durch chemische Zusammensetzung wertloser Substanzen, die er in beliebigen Mengen überall kostenlos erhalten konnte, hatte er ein Präparat hergestellt, das, unter Ackererde gemischt, dem Boden doppelte oder gar dreifache Erträgnisse abzuringen vermochte – auch dem schlechtesten Boden. Aber er konnte seine Mutter nicht überzeugen.

»Es sind Hirngespinste, nichts weiter«, beharrte sie.

Er schüttelte den Kopf. »Du irrst, Mama, ich will dir den Beweis liefern, daß meine Erfindung hält, was ich verspreche. Ich habe sie selbstverständlich erst ausprobiert, ehe ich dir davon sprach und ehe ich mich dazu entschlossen habe, meine Zukunft und die eure darauf zu gründen. Ich habe dir ein Quantum meines Präparates mitgebracht. Lasse es unter die Erde verschiedener Gartenbeete mischen und bepflanze die Beete sonst genau so wie die andern, in wenigen Wochen wirst du schon den Erfolg sehen. Ich bin meiner Sache ganz sicher und bitte dich, mir zu vertrauen. Dann wird es dir wohl leichter werden, mir deine Einwilligung, deinen Segen zu geben zu meiner Verbindung mit Baroneß Glützow.«

Aber so leicht ergab sich seine Mutter nicht. Sie glaubte nicht an eine erfolgreiche Erfindung ihres Sohnes und wehrte sich gegen seine Verbindung mit einem armen Mädchen. Aber an der Ruhe und Energie ihres Sohnes prallten ihre Einwände, ihr Widerspruch ab. Zum ersten Mal sah sie ein, daß der Kopf ihres Sohnes härter, sein Wille fester war als der ihre. Trotz seiner idealen Anschauungen war er ein ganzer Mann, den sie nicht beherrschen konnte, wie sie seinen Vater beherrscht hatte. Und wenn Lutz auch nicht erreichte, daß sie andern Sinnes wurde, so mußte sie sich doch ins Unvermeidliche fügen. Als sie das erkannte, als sie merkte, daß all ihr Widerstand fruchtlos war, sank sie kraftlos in ihren Sessel zurück und sah starr vor sich hin. »Nun fehlt nur noch, daß Onkel Rudolf uns sein Erbe entzieht, dann ist das Elend da. Du wirst dich – uns alle – auch das Mädchen, das du heimführen willst, ins Unglück stürzen«, sagte sie tonlos.

Er beugte sich über sie und nahm ihre Hand in die seine. »Glaube das nicht, Mama, sei doch ein wenig zuversichtlich. Ich gebe jetzt sogleich meine Stellung bei Professor Hendrichs auf und komme, sobald ich frei bin, nach Berndorf, um den Bau des Laboratoriums zu beginnen. Der wird über Sommer fertiggestellt. Vor Weihnacht noch kann der Betrieb beginnen, und inzwischen bereite ich alles vor, sende an alle Fachzeitschriften meine Artikel, die das Präparat bekannt und darauf aufmerksam machen. Zunächst gebe ich kleine Quantitäten zur Probe ab, und wer diese Proben versucht hat, wird dann große Mengen bestellen. Bald werde ich mein Unternehmen vergrößern können, und wir werden auch Versuche im großen in Berndorf machen und den Ertrag wesentlich erhöhen. Auch Onkel Rudolf muß in Wildenau Versuche machen, ich werde ihn für meine Erfindung interessieren. Der Nutzen liegt schon beim ersten Versuch so klar auf der Hand, daß alles einschlagen muß. Sag deinen Sorgen Valet, Mama, und sag mir ein gutes Wort, daß du meine Braut freundlich als Tochter aufnehmen willst.«

Sie schüttelte den Kopf. »Ich kann nicht – kann nicht. Alles will mir unter den Händen zerbrechen. Laß mich jetzt gehen, ich muß allein sein, muß diesen Schlag zu verwinden suchen.«

Da hielt er sie nicht mehr. Es war besser, sie kam erst mit sich selbst zurecht. Morgen konnte er dann hoffentlich in Ruhe weiter mit ihr sprechen. Und hatte sich der Sturm gelegt, wollte er nach Berlin fahren und sich Siddys Jawort holen. Dann wollte er sie seiner Mutter zuführen als seine Braut.

IX

Frau Martha hatte eine sehr schlechte Nacht hinter sich. Ihre kalte, herrschsüchtige Natur litt unter dem Bewußtsein, sich dem Willen des Sohnes fügen zu müssen, mehr als unter den Sorgen, die auf sie einstürmten. Sie grollte ihm, daß er so fest und ruhig auf seinem Willen beharrte, und sah tatsächlich der Zukunft mit sorgenvollen Augen entgegen.

An den Erfolg der Erfindung glaubte sie nicht. Sie nahm nur an, daß sie Geld verschlingen würde. Und daß der Sohn eine arme Frau ins Haus brachte, erschien ihr als ein großes Unglück. Nun blieb ihr nur noch die Hoffnung auf des Onkels Erbe. Aber auch in diese Hoffnung schlichen sich ängstliche Zweifel. Es gefiel ihr nicht, daß Winnifred Onkel Rudolf soviel Interesse abnötigte, und sie überlegte, daß es notwendig sei, sie aus seiner Nähe zu entfernen.

Aber wie sollte das geschehen? Lutz würde es nicht leiden, und auch Onkel Rudolf würde sich dagegen zur Wehr setzen, wenn sie nicht einen wirklich triftigen Grund dafür anführte. Sie zergrübelte sich den Kopf nach solch einem Grunde, und endlich kam ihr ein erlösender Einfall. Wenn Lutz wirklich die Baronesse Glützow zu seiner Frau machte und mit ihr für immer in Berndorf wohnen wollte, dann war eben kein Platz mehr für Winnifred im Haus. So ungern sie auch auf diese wirklich tüchtige Stütze verzichtete, mußte sie sich doch sagen, es sei besser, sich ohne sie zu behelfen, als sich in ihr eine ernste Gefahr für ihre Erbaussichten heranzubilden. Sie wollte gleich in der nächsten Zeit Schritte tun, um für Winnifred fern von Berndorf ein anderes Unterkommen zu finden. Vielleicht konnte man sie als Gesellschafterin oder in ähnlicher Stellung unterbringen. Man würde sich dabei den

Anschein geben, Winnifreds Lage verbessern zu wollen, damit sie nicht länger so schwere Arbeit tun müsse. Sie dachte an ihre Freundin, Frau von Hellern, die als Witwe eines hohen Staatsbeamten in Dresden lebte und in der dortigen Gesellschaft viel galt. Dieser Freundin hoffte sich Frau Martha später zu bedienen, um Käthe in die vornehmen Dresdner Kreise einzuführen, damit sie dort eventuell eine glänzende Partie machen konnte. Frau Martha hatte sich Frau von Hellern vor Jahren einmal verpflichtet und rechnete auf ihre Dankbarkeit. So konnte sie ihr jetzt vielleicht den Gefallen tun, für Winnifried in der Dresdner Gesellschaft eine gute Position ausfindig zu machen. Dann konnte man noch großes Wohlwollen heucheln, und Winnifred kam aus dem Weg. Vielleicht war es sogar zu ihrem Glück. Das sollte man jedenfalls Onkel Rudolf plausibel machen, falls er Einwände haben würde. Dann war Winnifred weit vom Schuß und konnte kein Unheil mehr anrichten.

Natürlich mußte man in dieser Angelegenheit klug vorgehen. Niemand durfte etwas von ihrem Vorhaben merken, damit man sie nicht hindern konnte. Erst wenn geschehen war, was geschehen mußte, wollte sie darüber reden. Und wenn Winnifred erst fort war, würde Onkel Rudolf sie hoffentlich bald vergessen.

Über all diese unerfreulichen Gedanken kam Frau Martha wenig zum Schlaf. Ziemlich müde und verstimmt erhob sie sich am andern Morgen, und beim Frühstück zeigte sie sich schweigsam und verschlossen. Im Lauf des Vormittags kam es zwischen ihr und ihrem Sohn wieder zu einer erregten Debatte. Sie versuchte noch einmal alles, ihn von seinem Vorhaben abzubringen. Aber es gelang ihr nicht. Sie mußte sich fügen, und Lutz teilte ihr mit, daß er in der nächsten Woche seine Braut nach Berndorf bringen würde, um sie ihr vorzustellen. Bis dahin wollte er ihr Zeit geben, sich mit dem Gedanken vertraut zu machen.

Gegen zwölf Uhr fuhr man dann gemeinsam nach Wildenau hinüber. Winnifred saß Lutz mit strahlenden Augen gegenüber, und es war ihm eine wahre Erholung, in ihr liebes Gesicht zu blicken. Denn Mutter und Schwester schmollten mit ihm. Käthe hatte von der Mutter gehört, daß der Bruder sich an ein armes Mädchen »verplempert« hätte, das bald in Berndorf seinen Einzug halten würde. Das behagte Käthe nicht. Und da die Mutter mit ihm grollte, tat sie es auch.

Er nahm wenig Notiz davon. Aber Winnifreds Anwesenheit war ihm doch eine Wohltat.

In Wildenau wurden die Berndorfer von dem Schloßherrn in der großen Halle empfangen. Wie immer war Rudolf von Wildenau sorgfältig und vornehm gekleidet, und er paßte mit seiner hohen aristokratischen Erscheinung sehr wohl in die feudale Umgebung. Noch heute war Rudolf von Wildenau eine beachtenswerte, stolze Erscheinung, wenn er auch seines Leidens wegen etwas müde, lässige Bewegungen hatte.

Er grüßte Winnifred mit einem warmen, herzlichen Blick, den Frau Martha auffing. Das festigte ihren Entschluß, Winnifred so bald wie möglich zu entfernen.

In dem Speisesaal des Schlosses war die Tafel festlich gedeckt, und die Diener standen erwartungsvoll neben den Türen, um sofort zu servieren, sobald die Herrschaften an der Tafel Platz genommen hatten. Der Reichtum des Hauses kam heute so recht zur Geltung. Alles Gerät war kostbar, die Diener gut geschult, die Speisen vortrefflich zubereitet und die Weine von auserlesener Güte. Frau Martha sah das alles mit sehnsüchtigen Augen an. Wenn doch Wildenau erst den Berndorfs gehörte. Dann wäre ja alles gut gewesen, dann mochte Lutz eine arme Frau heimführen und Erfindungen machen, soviel er wollte. Aber Rudolf von Wildenau sah heute so gar nicht aus, als sei sein Ende nahe. Er schien wohler und frischer als seit langer Zeit.

Und das gefiel ihr gar nicht.

Bei Tisch wollte keine rechte Stimmung aufkommen, obwohl der Hausherr anscheinend sehr gut gelaunt war und gar keine Ausfälle machte.

Es war ausgemacht, daß man bis zum Abend in Wildenau bleiben sollte. Onkel Rudolf wollte auf diese Weise Winnifred einen wirklich freien Tag schaffen. Und sie genoß auch diesen Feiertag mit allen Sinnen.

Nach Tisch wurde der Mokka im anstoßenden Gartensaal serviert. Hier war Winnifred noch nicht gewesen. Mit großen, bewundernden Augen sah sie sich in dem schönen Raum um. Inmitten desselben stand ein kostbarer Flügel. Winnifred trat näher und betrachtete ihn mit seltsam sehnsüchtigen Augen. Ihre Hände strichen wie scheu liebkosend darüber hin. Das sah Herr von Wildenau. Lächelnd blickte er sie an.

»Du siehst den Flügel an, Winnifred, als lockte es dich, auf ihm zu spielen. Oder irre ich mich? Bist du musikalisch? Ich habe das Empfinden, als müßtest du es sein. Und ich wäre gerade in der Stimmung, ein wenig Musik zu hören.«

Mit leuchtenden Augen sah Winnifred zu ihm hinüber.

»Ich habe zu Hause viel mit meiner Mutter zusammen musiziert.«

»Oh, ich entsinne mich, deine Mutter war eine Künstlerin auf dem Klavier, und sie besaß auch eine wundervolle Altstimme. Ich habe ihr oft mit Andacht zugehört. Singst du auch?«

»O ja, ich habe viel gesungen, obwohl ich nur bei meiner Mutter Gesangsunterricht hatte. Meine Stimme ist nicht so groß und kräftig, wie die meiner Mutter war, und ich singe Mezzosopran, der allerdings ziemlich dunkel gefärbt ist.«

»Da machen wir ja eine erfreuliche Entdeckung. Ich hatte keine Ahnung, daß du musizieren kannst. Du wirst uns doch hoffentlich die Freude machen, uns eine Probe deines Könnens zu geben. Ich liebe Hausmusik sehr und habe früher selber fleißig musiziert, jetzt tue ich es seit langem nicht mehr. Käthe hat mir zuweilen vorgespielt, aber ich glaube, sie tut es nicht gern.«

Käthe erhob sich auffallend schnell und trat an den Flügel. »Du brauchst doch nur zu wünschen, Onkel Rudolf, dann spiele ich dir gern vor, soviel du willst.«

»Schön, um so besser, dann höre ich von euch beiden Vorträge. Aber nun laß uns zuerst einmal Winnifred hören. Sie sieht aus, als könne sie es nicht erwarten, den Flügel zu probieren.«

Winnifred errötete. »Ich habe so lange keine Gelegenheit gehabt zu musizieren und muß gestehen, daß es mich lockt. Aber –«, sie sah auf ihre Hände herab, die von der schweren Arbeit etwas steif waren, »ich weiß nicht, ob es gutgehen wird, meine Finger sind etwas ungelenk geworden.«

Und sie bewegte die Finger, als wolle sie deren Beweglichkeit prüfen.

»Wir werden keine strengen Kritiker sein, Winnifred. Sie können unbesorgt spielen und singen«, sagte Lutz.

Sie setzte sich lächelnd an den Flügel, den Herr von Wildenau von einem Diener hatte öffnen lassen.

»Ich will versuchen, ob es noch geht mit dem Musizieren«, sagte sie und spielte kleine Läufe und Triller.

Und dann blätterte sie in den Noten, die auf dem Notenschrank neben dem Flügel lagen.

»Was soll ich spielen, Onkel Rudolf? Ich sehe, du hast eine große Auswahl an Noten und herrliche Sachen. Beethoven, Chopin, Schumann und Schubert – auch Grieg, mein besonderer Liebling, ist vorhanden.«

»Wir überlassen dir die Wahl, Winnifred. Auf diese Weise lernen wir deinen Geschmack kennen.«

Winnifred suchte einige Blätter heraus und begann dann ohne Zögern das *Allegro moderato* aus der h-Moll-Sinfonie von Schubert. Überrascht richteten sich Onkel Rudolf und Lutz auf, als unter den kleinen geröteten Mädchenhänden der wundervolle Flügel zu singen und zu klingen begann, als wenn ihm eine Seele eingehaucht wäre. Winnifreds Anschlag war weich und zart und doch voll und kräftig, wo es not tat. Ihr Spiel war künstlerisch bedeutend und sehr beseelt und ausdrucksvoll. Die süßen Töne des Allegro füllten den hohen Raum mit einem Wohlklang ohnegleichen.

Lutz sah nicht minder überrascht in Winnifreds Antlitz wie Onkel Rudolf. Es hatte, während sie spielte, einen ganz andern Ausdruck. Das war nicht mehr das kleine schüchterne Mädchen mit den scheuen, ängstlichen Augen. Es schien alles von ihr abgestreift zu ein, was wie ein Bann auf ihr lag, seit sie ihre Eltern verloren hatte. Unter den Tönen ihrer Hände wachte ihre Seele auf. Die Augen blickten groß und strahlend, der feine Mund war von einem entzückenden Lächeln umspielt, als freue sie sich selbst der langentbehrten Musik. Und das Gesicht bekam einen reiferen, bedeutenderen Ausdruck, es leuchtete von innen heraus. Über diese junge Dame, die hier am Flügel saß, konnte man nicht hinwegsehen, das war eine Persönlichkeit, die über ihre Umgebung hinauswuchs. In ihrer Musik offenbarte sich ein stolzer, freier Geist, eine tiefe, reiche Seele.

Staunend sahen die beiden Herren diese wundersame Veränderung, als trauten sie ihren Augen und Ohren nicht. Und über Lutz kam eine heiße, tiefe Beschämung, daß seine Mutter dieses Mädchen Magddienste verrichten ließ.

Er sah die Mutter an. Fühlte sie nicht selber, daß sie sich an Winnifred verging? Aber er nahm auf dem kalten, unbewegten Gesicht der Mutter nichts wahr als ein leises Staunen, und Käthe saß gelangweilt da. In diesen kalten, flachen Frauenseelen weckten Winnifreds Klänge keinen Widerhall. Aber zu seinem Staunen sah er in Onkel Rudolfs Augen einen feuchten Schimmer. Der war ergriffen wie er selbst. Und das berührte ihn angenehm.

Winnifred war zu Ende mit dem Allegro und ließ die Hände sinken. Wie aus einem schönen Traum erwachend, sah sie sich um und atmete tief auf. Und dann sagte sie in ihrer alten schüchternen Weise: »Darf ich noch weiterspielen? Der Flügel ist wundervoll!«

Onkel Rudolf richtete sich auf aus seiner Versunkenheit und trat zu Winnifred heran. Ganz leise und zart nahm er ihre Hand und führte sie an seine Lippen.

»Wer hätte in der kleinen scheuen Winnifred eine solche Künstlerin vermutet«, sagte er bewegt.

Sie errötete bis in die Haarwurzeln. »Ach, Onkel Rudolf, ich habe recht schlecht gespielt, meine Finger sind heute so ungelenk.«

Er sah auf ihre Hand herab. »Ja, das glaube ich dir. Solche Hände dürften nichts tun als musizieren. Spiele weiter, wenn du uns erfreuen willst. Ich glaube nicht, daß wir müde werden, dir zuzuhören.«

Und Winnifred spielte danach Beethoven und Chopin in gleich vollendeter Weise. Eine atemlose Stille herrschte im Saal.

»Willst du uns nun auch ein Lied singen, Winnifred? Ich bin auf weitere Überraschungen gefaßt«, sagte der Hausherr nach einer Pause.

Winnifred sah zu Lutz hinüber, und als sie merkte, daß seine Augen mit einem seltsam staunenden, fragenden Blick auf ihr ruhten, klopfte ihr Herz voll Unruhe. Es war, als fragten sie seine Blicke:

›Wer bist du? Ich habe dich bisher nicht gekannt.‹

Sie atmete tief auf. Ihre Töne hatten zu ihm gesprochen, hatten ihm alles erzählt, was sie ihm nicht sagen wollte und nicht sagen durfte. Ob sie würde singen können vor diesen fragenden Männeraugen? Ob sie ihm nicht zuviel von ihren Empfindungen verraten würde mit ihren Liedern?

»Ich will versuchen zu singen, Onkel Rudolf, aber versprich dir bitte nicht zuviel«, sagte sie zögernd.

Onkel Rudolf strich sanft über ihren Scheitel. »Singe nur, Winnifred.«

Frau Martha hatte gesehen, daß er ihr die Hand küßte, und sah nun auch, daß er ihr Haar streichelte.

Sie muß fort, so bald wie möglich, dachte sie außer sich. Sie fühlte, daß jede Stunde, die Winnifred noch in Gesellschaft von Onkel Rudolf verbrachte, die Gefahr vergrößerte.

Der Hausherr ließ sich in seinen Sessel gleiten. Winnifred suchte ein Notenblatt heraus und legte es vor sich hin. Sie begann das Vorspiel, und dann setzte ihre Stimme ein, so lieblich und süß, so dunkel und voll und weich mit natürlichem Wohllaut und so einschmeichelnd und zu Herzen gehend, daß Lutz wie ein Träumer dasaß. Seine Seele schwebte auf den Klängen dieses Liedes von Grieg zu der fernen Geliebten. Winnifreds Gesang löste ein unbeschreibliches Empfinden in ihm aus, es erwachte eine Sehnsucht in ihm nach etwas Herrlichem, Wunderbarem, das er bisher nicht gekannt hatte und das ihn in seinen Bann zog. Und weil er nicht wußte, wohin mit diesem mächtigen Empfinden, schickte er es zu dem Mädchen, das er liebte und von dem er sich mit gleicher Innigkeit wiedergeliebt glaubte.

Als das Lied verklungen war, herrschte eine Weile tiefstes Schweigen. Es wurde schließlich durch Frau Marthas kalte, nüchterne Stimme unterbrochen, unter deren hartem Klang Winnifred und die beiden Herren wie unter einem grellen Mißton zusammenzuckten: »Du bist ja wirklich eine kleine Künstlerin, Winnifred. In der Tat, du hast sehr hübsch gespielt und gesungen. Ich hatte keine Ahnung, daß du so musikalisch bist.«

Winnifreds feine Lippen zuckten leise. Was wußte die Tante überhaupt von ihr? Sie strich sich über die Stirn und erhob sich. Wie liebkosend fuhr ihre Hand noch einmal über den Flügel.

»Willst du nun spielen, Käthe?« fragte sie in ihrer bescheidenen Art.

Käthe saß grollend auf ihrem Platz. Sie hatte Winnifred nie leiden mögen, aber jetzt war sie ihr geradezu verhaßt, weil sie sich von ihr in den Schatten gedrängt sah. Das kränkte ihre Eitelkeit. Sie wußte sehr wohl, daß sie nicht annähernd so gut spielen konnte wie Winnifred, aber sie brachte es nicht über sich, ihr ein anerkennendes Wort zu sagen.

Lutz war emporgeschreckt, als seine Mutter sprach. Er meinte, stundenlang den weichen süßen Tönen lauschen zu können. Wie eine Wohltat hatten sie sich in sein Herz geschmeichelt.

Er erhob sich und trat zu Winnifred heran. »Sie haben uns köstlich beschenkt, Winnifred, und wir stehen wie Bettler vor Ihnen«, sagte er warm und bewegt. Scheu sah sie zu ihm auf.

»Sie müssen mich nicht beschämen, Vetter, sonst wage ich nie mehr vor Ihnen zu musizieren. Mein bescheidenes Können ist nicht so hohen Lobes wert«, sagte sie in ehrlicher Bescheidenheit.

Er sah wieder mit dem suchenden Blick in ihre Augen, als wolle er ihre Art völlig ergründen.

»Wissen Sie wirklich nicht, daß Sie uns einen großen, seltenen Genuß geboten haben?«

Verlegen schüttelte sie den Kopf. »Ich habe bisher mit meinem Spiel und meinem Gesang nur meine Eltern erfreut. Zuweilen haben auch einige vertraute Freunde meiner Eltern zugehört, aber das waren entweder sehr schlichte Menschen oder größere Künstler als ich. Und da hat niemand viel Aufhebens von meinem Spiel und Gesang gemacht. Meine Mutter überragte uns alle. Sie war eine wirkliche Künstlerin, und oft hat man sie bestürmt, Konzerte zu geben. Das tat sie aber nicht. Sie hatte eine unbezwingliche Scheu, vor fremden Menschen zu musizieren, und die habe ich auch. Was ich kann, habe ich von meiner Mutter gelernt, und nie habe ich ihre Leistungen erreichen können. Sie spielte und sang, daß man nicht wußte, ob man jubeln oder weinen sollte.«

Onkel Rudolf war zu ihnen getreten. »Das weiß man auch bei deinem Spiel und Gesang nicht, Winnifred. Und es sollte mich herzlich freuen, könnte ich oft Gelegenheit haben, dich zu hören.«

Frau Martha fand, daß Winnifred viel zuviel im Mittelpunkt des Interesses stand, und um abzulenken sagte sie, sich an den Schloßherrn wendend:

»Lieber Rudolf, ich möchte mit dir über eine besondere Angelegenheit sprechen. Willst du mich anhören?«

Der alte Herr lächelte fein. Er hatte sehr wohl Frau Marthas verdrießliche Unruhe bemerkt. Sonst hätte er wohl darüber eine seiner sarkastischen Bemerkungen gemacht, aber heute tat er das nicht. Er ging auf ihre Worte ein, um sie nicht noch mehr gegen Winnifred einzunehmen.

»Was ist das für eine Angelegenheit, Martha? Hoffentlich hast du mir etwas Angenehmes zu sagen.«

»Leider nicht. Ich muß dir mitteilen, daß Lutz im Begriff ist, eine sehr große Torheit zu begehen.«

Lutz wandte sich rasch zu seiner Mutter um. »Mama!« rief er mahnend. Sie zuckte die Schultern. »Nun, was denn? Onkel Rudolf muß es ja doch erfahren.«

»Gewiß, aber bitte, laß es mich selbst aussprechen.«

»Nun, wenn du es Onkel Rudolf auch noch so günstig darzustellen versuchst, eine Torheit bleibt es doch.«

Onkel Rudolf und Winnifred sahen forschend zu Lutz hinüber. Dieser richtete sich auf.

»Ich werde es weder günstig noch ungünstig darstellen, Mama, sondern nur die einfache Tatsache melden. Mama nennt es eine Torheit, Onkel Rudolf, daß ich mein Herz an ein armes Mädchen verloren habe und es heimzuführen gedenke. Ich habe die Absicht, mich mit der Baroneß Sidonie von Glützow zu verloben.«

Niemand achtete in diesem Moment auf Winnifred, nur Onkel Rudolf sah zu ihr hinüber und bemerkte, daß sie mit erblaßtem, starrem Gesicht in einen Sessel sank und mit niedergeschlagenen Augen regungslos sitzenblieb. Das gab ihm zu denken. Aber im Moment konnte er sich nicht weiter mit ihr beschäftigen, da ihn Mutter und Sohn in Anspruch nahmen.

Onkel Rudolf sah forschend und prüfend in Lutz' Gesicht. »Also du willst den Herzenswunsch deiner Mutter, eine reiche Partie zu machen, nicht erfüllen, Lutz?« fragte er ohne alle Schärfe im Ton.

»Nein! Ich kann und will mich nicht verkaufen. Mein Herz hat für ein armes Mädchen gesprochen, und ich werde es heiraten. Es tut mir leid, Mama eine Enttäuschung bereiten zu müssen, aber in dieser Angelegenheit muß man nur auf sich selbst hören. Ich kann Mama nicht helfen, sie muß sich darein fügen.«

Mit einem seltsamen Blick sah ihn der Onkel an. »Das ist allerdings eine große Enttäuschung für deine Mutter.«

»Du kannst dir denken, Rudolf, daß ich außer mir war«, warf Frau Martha erregt ein. »Aber all mein Reden hat nichts genützt, Lutz nimmt keine Vernunft an. Er ist von einer bejammernswürdigen Starrköpfigkeit.«

Herr von Wildenau sah Lutz noch immer mit dem forschenden Blick an. »Das hätte ich dir allerdings nicht zugetraut, Lutz«, sagte er nun langsam.

Lutz zog die Stirn unmutig zusammen. Er glaubte Mißbilligung aus den Worten des Onkels zu hören. »Ich bitte dich, Onkel, mich in keiner Weise beeinflussen zu wollen. Es würde zu nichts führen, mein Entschluß steht fest. Gern hätte ich die Angelegenheit unter vier Augen mit dir besprochen, da Mama jedoch die Sache zur Sprache brachte, mußte ich darauf eingehen. Trotzdem bitte ich dich nun doch um eine Unterredung ohne Zeugen. Ich habe noch etwas mit dir zu besprechen.«

»Ich stehe dir, wenn du willst, sogleich zur Verfügung. Bitte, begleite mich in mein Arbeitszimmer.«

Die Herren erhoben sich und entschuldigten sich bei den Damen.

»Ihr macht vielleicht inzwischen einen Spaziergang durch den Park oder zeigt Winnifred die Teile des Schlosses, die sie noch nicht besichtigt hat«, wandte sich der Schloßherr an die Damen.

Winnifred fuhr aus ihrer Erstarrung auf und sah zu ihm empor mit einem matten, wehen Blick. Sie hatte das Verlangen, mit ihrem unverstandenen Schmerz allein zu sein.

»Ich finde mich allein im Schloß zurecht, Onkel Rudolf, Tante Martha und Käthe sollen sich nicht bemühen. Sie kennen ja alles schon«, sagte sie tonlos.

Er sah voll Mitleid in die erloschenen Augen, in das blasse Gesicht mit dem feinen Schmerzenszug um den Mund.

Sollte das arme Kind ihr Herz wirklich so schnell an Lutz verloren haben? Dann kann es mir doppelt leid tun, dachte er. Und er begriff, daß sie allein sein wollte. »So geh nur, Winnifred«, sagte er und nickte ihr zu.

Dann nahm er Lutz mit hinaus.

Winnifred erhob sich. »Gestattest du, Tante Martha, daß ich mich im Schloß umsehe?«

Diese winkte hastig ab. »Ja, ja – geh nur.«

Da ging auch Winnifred hinaus und ließ Mutter und Tochter allein, die nun Gelegenheit hatten, ihren wenig schönen Gefühlen Luft zu machen.

Langsam wanderte Winnifred durch die Räume des Schlosses. Aber ihre Augen sahen wenig von der Pracht und Schönheit um sie her. Sie hatte ein Gefühl, als sei in ihrem Innern plötzlich alles erstarrt, als läge ihr Herz tot und steinern in der Brust.

Sie trat in einem der hohen, weiten Räume an das Fenster und lehnte ihre Stirn dagegen.

Was quält mich nur so namenlos? Warum hat mich die Eröffnung, daß Vetter Lutz sich verlobt, so bedrückt? Habe ich denn etwas anderes von ihm gewollt als ein wenig Teilnahme und Freundlichkeit? Das kann er mir doch auch gewähren, wenn er verlobt oder verheiratet ist. Warum tut mir das Herz so weh, wenn ich daran denke, daß er eine junge Frau heimführen wird? Und warum kann ich mich seines Glücks nicht freuen? Vater im Himmel – was ist mir Lutz? so fragte sie sich mit aufgestörtem unklaren Empfinden. Langsam ging sie weiter, wie im Traume. Und in einem Zimmer blieb sie gedankenverloren vor einem Kunstwerk stehen. Es war eine Skulptur, die zwei Menschen, Mann und Weib, in inniger Umarmung darstellte, das Werk eines großen Künstlers. Die Liebe zweier Menschen war in idealster und vollkommenster Weise dargestellt.

Winnifreds Augen weiteten sich plötzlich, als sie den Sinn dieses Werkes erfaßte. Ein Zittern flog über sie hin, und ein helles Licht fiel in ihre Seele. Wie ein Schleier wurde es von ihrem Denken und Empfinden fortgezogen. Mit einem Mal erkannte sie sich selbst und was sie für Lutz empfand.

Dunkle Röte flog über ihr Antlitz. Sie barg es in den Händen und sank vor dem Bildwerk in einen Sessel, weil sie ihre Füße nicht mehr trugen. So saß sie – wie lange, wußte sie selbst nicht –.

X

Rudolf von Wildenau hatte an seinem Schreibtisch Platz genommen und wies Lutz sich gegenüber einen Sessel an. »Nun sprich, Lutz, was hast du mir zu sagen?« Lutz atmete tief auf. Es kam ihn schwer an, seine Bitte in Worte zu fassen. »Ich will es kurz machen, Onkel Rudolf«, sagte er trotzdem entschlossen. »Du hast gehört, daß ich mich mit einem armen Mädchen verloben werde. Ob du, wie meine Mutter, der Ansicht bist, daß dies eine Torheit ist, weiß ich nicht. Ich weiß nur, daß ich liebe und nicht anders handeln kann. Dabei habe ich aber unsere Lage durchaus nicht vergessen. Ich weiß, daß Berndorf bis an die Grenzen seines Wertes mit Hypotheken belastet ist, weiß, daß Mama schwere Sorgen hat und trotz ihres Fleißes nicht mehr herauswirtschaften kann als die Hypothekenzinsen und den knappen Lebensbedarf. Ich würde daher etwas bange in die Zukunft blicken und mich bedenken, das Los einer geliebten Frau an das meine zu knüpfen, wenn ich nicht begründete Hoffnung hätte, daß ich in Zukunft nicht nur auf den Ertrag von Berndorf angewiesen sein würde. Und diese Hoffnung, Onkel Rudolf, sollst du mir verwirklichen helfen, darum will ich dich bitten.«

Rudolf von Wildenau richtete sich mit einem Ruck empor. Das immer in ihm wache Mißtrauen wuchs gewaltig. Sein Gesicht war starr und steinern. »Ach, du meist, ich soll dir die Versicherung geben, daß dir eines Tages Wildenau gehören wird?« fragte er in beißendem Hohn.

Lutz schüttelte heftig den Kopf. »Nein, das meine ich ganz gewiß nicht. Ich will dich nicht lange im unklaren lassen. Willst du mir ein größeres Kapital leihen?«

Wieder zuckte es höhnisch in Herrn von Wildenaus Zügen.

»Also du willst sozusagen eine Abschlagszahlung auf das sehnlich erwartete Erbe, damit du nach deinem Wunsch heiraten kannst?« fragte er höhnisch.

Lutz' Stirn rötete sich. »Du sollst mich nicht noch mehr demütigen, Onkel Rudolf, da ich schon als Bittender vor dir stehe, was mir keineswegs leicht wird. Ich denke nicht daran, dich beerben zu wollen, habe nie daran gedacht.«

»Nicht? Rechnest du nicht seit Jahren damit, wie es deine Mutter und deine Schwester tun?«

»Ganz gewiß nicht; es peinigt mich, daß meine Mutter und meine Schwester sich an ein Versprechen klammern, das du meinem Vater gegeben hast. Ich weiß, daß dieses Versprechen hinfällig ist, und ich wünsche dir, wie es mein Vater gewünscht hat, daß du deinen Besitz eigenen Kindern hinterlassen kannst, wozu es ja noch nicht zu spät ist; andernfalls kannst du dein Erbe hinterlassen, wem du willst, ich rechne gewiß nicht damit.«

Gespannt sah Onkel Rudolf in Lutz' Gesicht, in seine blitzenden Augen hinein. »Also du würdest nicht enttäuscht sein, wenn ich dir sage, daß ich tatsächlich die Absicht habe, mein Hab und Gut anderweitig zu vererben, und daß ich mich euch gegenüber nicht an ein Versprechen gebunden fühle, das ich nur deinem Vater persönlich machte, weil er mein liebster Freund war. Nur ihm gönnte ich mein Erbe, deiner Mutter und Käthe stehe ich im Herzen fremd gegenüber, und du hast ja selbst dafür gesorgt, daß du mir entfremdet wurdest.«

Lutz nickte. »Mit Absicht hielt ich mich dir möglichst fern und zeigte mich dir kalt und schroff. Nicht, weil ich, wie du einmal durchblicken ließest, zu sicher war, daß du uns doch dein Erbe hinterlassen würdest, sondern weil es mich störte, von dir vielleicht als Erbschleicher angesehen zu werden. Wäre ich das, müßte ich vor mir selber und vor dem Andenken meines Vaters erröten. Ich gebe dir jetzt mein Manneswort, daß ich nie daran gedacht habe, dich zu beerben, und nie daran denken werde. Hinterlasse du dein Hab und Gut, wem du willst. Ich muß dir offen gestehen, daß dies Erbe nicht den Wert für mich hat, an den du zu glauben scheinst. Ich hoffe, mir selbst ein Vermögen zu erwerben durch ehrliche Arbeit, und ich gehöre zu den Männern, für die nur Selbsterworbenes Wert hat, die nur glücklich sind über das, was sie sich selbst geschaffen haben. Deshalb wäre auch eine reiche Frau, nur weil sie reich ist, kein Glück für mich. Ich will auf meine eigene Kraft bauen.«

Rudolf von Wildenau sah seinen Neffen an, als sähe er ihn heute zum ersten Mal. »Ist das dein Ernst, Lutz? Bedenke dich wohl, ich frage dich jetzt, ob du mich ohne Vorbehalt von dem Versprechen entbindest, das ich deinem Vater gab?«

Lutz lächelte. Und mehr als alle Worte überzeugte dies Lächeln den Onkel. »Ich habe dich nicht davon zu entbinden, Onkel Rudolf, mir hast du kein Versprechen gegeben, und ich weiß, daß auch mein Vater nie auf dies Versprechen gebaut hat. Er hoffte, daß du doch noch einmal, ein zweites Mal, heiraten und eine Familie gründen könntest. Mein Vater ist vor dir gestorben, damit war dein Versprechen hinfällig geworden. Wie gesagt, verfüge über deinen Besitz, wie du willst. Und ich hoffe noch immer, da du noch in den besten Jahren bist, daß du noch einmal heiraten wirst.«

»Und das würde dir wirklich keine schmerzliche Enttäuschung bereiten?« fragte der Onkel noch immer wie im Zweifel.

»Nein! Ich gebe dir mein Ehrenwort, daß ich es dir von Herzen gönnen würde, wenn die Tage der Einsamkeit für dich ein Ende nähmen. Du würdest dann vielleicht mit weniger Bitterkeit und Mißtrauen den Menschen gegenüberstehen, die dir gern näherkommen möchten. Ich will meine Zukunft auf eigene Kraft bauen und bin viel zu stolz, nach fremdem Besitz zu trachten. Ich hoffe, du verlierst nun den beschämenden Verdacht gegen mich, und bin froh, daß ich mir das einmal von der Seele sprechen konnte. Nun komme ich nochmals auf meine Bitte zurück. Leih mir ein Kapital –« er nannte den Betrag –, »damit will ich den Grundstein legen für meine Zukunft und zugleich für die meiner zukünftigen Frau, meiner Mutter und meiner Schwester. Ehe du dich entscheidest, will ich dir erklären, wie ich das Geld verwenden will und was ich für Zukunftspläne habe.«

In Onkel Rudolfs Augen lag ein warmer Glanz. »Lutz, mir scheint, ich habe dir wirklich viel abzubitten.«

Klar und sachlich berichtete Lutz nun, was er seiner Mutter bezüglich seiner Erfindung eröffnet hatte, und zum Schluß bat er den Onkel, mit seinem Präparat Versuche auf seinem eigenen Grund und Boden anzustellen und ihm später zu bescheinigen, was für Erfolge er damit erzielt habe.

Aufmerksam hatte Herr von Wildenau zugehört. Als Lutz nun zu Ende war, fragte er interessiert: »Und du hast selbst schon Versuche mit diesem Präparat angestellt?«

»Ja, Onkel Rudolf, Versuche, deren Erfolge mich selbst überraschten und meine Erwartungen weit übertrafen. Mein Präparat kann in beliebigen Mengen zu den billigsten Preisen hergestellt werden, und die Versuche, die ich damit machte, sind, wie gesagt, überraschend ausgefallen. Ich habe selbst gestaunt. Ein Irrtum ist ausgeschlossen. Ich hoffe in wenigen Jahren mein Unternehmen zur vollsten Blüte zu bringen, denn die Nachfrage steigt mit den Erfolgen. In Berndorf werde ich außerdem die ersten größeren Versuche anstellen, und ich hoffe, dem ererbten Besitz dadurch zu neuer Blüte zu verhelfen. Wenn ich bei meinem Präparat für mich selbst auch nur einen bescheidenen Gewinn in Anrechnung zu bringen gedenke, werde ich doch bald die Mittel haben, das Unternehmen zu vergrößern, und ich hoffe, mit der Zeit ein reicher Mann zu werden, ganz abgesehen von dem ideellen Erfolg.«

Rudolf von Wildenau überlegte nicht lange. Die Ausführungen seines Neffen interessierten ihn, und er verlangte danach, ihm zu helfen.

»Gut, du bekommst den gewünschten Betrag, Lutz. Und sobald ich einen befriedigenden Versuch mit deinem Präparat gemacht habe, steht dir auch eine größere Summe zur Verfügung.«

Lutz atmete tief auf und drückte ihm die Hand.

»Ich danke dir, Onkel Rudolf.« Dieser sah mit warm leuchtenden Augen zu dem jungen Mann auf.

»Es freut mich – freut mich sehr, Lutz, dich kennenzulernen, wie es eben geschehen ist. Du bist doch Blut von deines Vaters Blut, du hast aber einen stärkeren Willen als er. Daß ich dich bisher verkannt habe, daran bist du selbst schuld, weil du dich mir nie gezeigt hast, wie du bist. Deine Gründe zu diesem Verhalten muß ich aber billigen. Ich habe dich nicht ermutigt, mir näher zu kommen. Man wird so mißtrauisch und verbittert, wenn man weiß, daß es Menschen in unserer Nähe gibt, die auf unsern Tod lauern. Ich hoffe, wir werden beide in Zukunft nachholen, was wir versäumt haben.«

»Ich will das gern tun, Onkel Rudolf, denn deine Versicherung, daß du nicht daran denkst, in uns deine Erben zu sehen, macht mich dir gegenüber frei. Aber nun zu den Bedingungen, unter welchen du mir das Darlehn gibst, das ich dir in einigen Jahren hoffe zurückzahlen zu können.«

Onkel Rudolf hob abwehrend die Hand. »Das eilt mir nicht. Ich interessiere mich für deine Erfindung und möchte dir auch einen Beweis meines erwachten Wohlwollens geben. Du sollst das Geld zinsfrei bekommen, bis du in der Lage bist, es mir zurückzuzahlen. Die Versuche mit deinem Präparat mache ich sofort. Wann willst du mit dem Bau des Laboratoriums beginnen?«

»Laß dir nur erst danken für deine Hilfe, Onkel Rudolf. Dann will ich dir sagen, daß ich umgehend mit dem Bau beginnen werde. Sobald ich nach Berlin zurückkehre, spreche ich mit Professor Hendrichs. Er wird mich, hoffe ich, schnellstens freigeben.«

»Und wann willst du heiraten?«

Lutz' Augen leuchteten auf. »Wenn ich das Jawort der Baroneß erhalten habe, bespreche ich gleich mit ihr den Termin unserer Hochzeit.«

»Kennst du sie schon lange?«

»Seit Wochen erst, aber mir ist, als hätte ich sie schon immer gekannt!«

»Und du bist überzeugt, daß du gut gewählt hast? Verliebte sind blind, Lutz. Ich hoffe, du hast dir eine Frau erwählt, die zu dir paßt und die vor allen Dingen ein warmes Herz hat. Vergiß nicht, was dein Vater in seiner Ehe gelitten hat.«

»Ich vergesse es nicht, Onkel Rudolf. Nicht um alle Schätze der Welt möchte ich eine solche Ehe, wie sie mein Vater geführt hat. Siddy Glützow ist nicht nur schön, sie hat auch ein sanftes, zärtliches Gemüt. Du wirst sie in der nächsten Woche kennenlernen. Ich hole sie auf einen oder zwei Tage nach Berndorf, um sie euch vorzustellen.«

Herr von Wildenau sah sinnend vor sich hin. Er hätte es viel lieber gesehen, wenn Lutz sein Herz an Winnifred Hartau verloren hätte, die allem Anschein nach ihrem Vetter mit wärmerer als verwandtschaftlicher Liebe gegenüberstand. Aber daran war ja nicht zu denken. Er reichte Lutz die Hand.

»Nun, ich wünsche dir von Herzen Glück, mein lieber Junge. Und in Zukunft wollen wir anders als bisher zusammenstehen. Vielleicht würde es mir jetzt leid tun, daß ich beschlossen habe, meinen Besitz einem andern Erben zu hinterlassen. Aber jener andere Mensch ist nicht wie du imstande, sich selbst eine sichere Zukunft zu bereiten.«

Lutz sah ihn fest an.

»Wenn ich dich bitten darf, so nimm Mama jetzt diese Hoffnung nicht. Gerade jetzt, da sie wegen meiner Erfindung und meiner bevorstehenden Heirat so sehr in Sorge ist, würde sie doppelt schwer an dieser Enttäuschung tragen. Laß mich erst so weit sein, daß sie Erfolge bei mir sieht, daß ich ihr die schwersten Sorgen abgenommen habe, dann wird sie es leichter tragen.«

»Nun, wie du willst. Also diese Angelegenheit ist erledigt. Nun möchte ich noch etwas mit dir besprechen. Weißt du, daß man Winnifred Hartau in deinem Haus wie einen Dienstboten hält, daß man ihr die schwersten und gröbsten Arbeiten zumutet?«

Jäh rötete sich die Stirn des jungen Mannes. »Leider habe ich diese Entdeckung selbst gemacht. Und ich hatte mit Mama schon verschiedene heftige Auseinandersetzungen deswegen. Leider ohne Erfolg. Auch mit Winnifred habe ich schon darüber gesprochen. Ich sagte ihr, daß ich nicht dulden wollte, daß ihre Hilflosigkeit so unerhört ausgenutzt würde. Aber sie war ganz außer sich, als ich ihr sagte, daß ich mit Mama darüber sprechen wollte. Sie bat mich dringend, es nicht zu tun. Das arme Ding glaubt, sich ihr Brot auf diese Weise verdienen zu müssen. Auf ihre Bitten hin und um Mama nicht gegen sie einzunehmen, hatte ich mich schon entschlossen, mit einer Änderung ihrer Lage zu warten, bis ich für immer in Berndorf bin. Aber seit ich sie heut am Flügel gesehen, seit ich ihrem Spiel und ihrem Gesang gelauscht habe, ist mir klar geworden, daß man sich unerhört an ihr versündigen würde, wenn man die Dinge länger so gehen läßt.«

Herr von Wildenau nickte. »Das freut mich, Lutz. Ich fürchtete schon, du seiest mit dieser Art, Wohltaten zu erweisen, einverstanden. Weißt du, daß deine Mutter keine neue Mamsell engagieren will und daß Winnifred alle Arbeiten einer solchen verrichten soll?«

»Ja, ich hörte es und war empört. Aber Mama gibt nichts auf meinen Protest und verbittet sich alle Einmischungen in ihre Bestimmungen. Nun werde ich aber, wenn es nötig ist, als Herr auf Berndorf ein Machtwort sprechen, selbst auf die Gefahr hin, Mama zu verletzen.«

»Bravo, damit tust du recht. Es freut mich aber, daß du von Winnifred eine so gute Meinung hast.«

»Die beste, Onkel Rudolf. Sie ist ein liebes, rührend hilfloses Geschöpf mit einer stillen, feinen Seele. Für den Lebenskampf taugt sie freilich nicht. Sie wird sich überall Wunden holen. Deshalb muß man die Hände über sie halten, muß ihr Halt und Stütze geben.«

Nachdenklich nickte der Onkel vor sich hin. »Ja, das muß man tun. Es freut mich, daß du sie richtig erkannt hast und – es ist schade, schade ...«

Er brach ab.

»Was ist schade, Onkel Rudolf?«

Dieser winkte ab. Er hatte sagen wollen: Es ist schade, daß du dein Herz schon anderweitig vergeben hast. Winnifred wäre eine passende Frau für dich gewesen.

Er sprach es aber nicht aus, sondern antwortete: »Es ist schade, daß deine Mutter so wenig Verständnis für Winnifred hat. Doch nun geh zu den Deinen zurück, Lutz, ich folge dir in wenigen Minuten. Ich will nur erst meine Medizin nehmen.«

»Du fühlst dich doch hoffentlich nicht ernstlich unwohl?«

Herr von Wildenau zuckte die Achseln. »Es geht einmal besser, einmal schlechter, und eines Tages wird es schnell mit mir zu Ende sein. Ich mußte über dich lächeln, als du mir vorhin sagtest, ich sei in den besten Jahren, und mir rietest, noch einmal zu heiraten.«

»Nun ja, Onkel Rudolf, du bist fünfundvierzig Jahre alt, das ist kein Alter für einen Mann.«

»Für einen gesunden Mann, nein. Aber für mich, Lutz? Da wir heute bei Bekenntnissen sind, will ich dir heute auch eins machen. Die Ärzte geben mir im günstigsten Falle noch zwei Jahre zu leben, länger nicht.«

Erschrocken sah ihn Lutz an. »Onkel Rudolf!«

Dieser nickte: In seinem Antlitz lag ein Ausdruck stiller Größe. »Es ist so, Lutz, die Ärzte wollten es mir erst nicht sagen, bis ich darauf drang, mit dem Hinweis, daß ich vor meinem Ende noch mancherlei zu erledigen hätte. Da sagten sie es mir. Ein Jahr bleibt mir noch bestimmt – mein Leiden läßt sich ziemlich genau berechnen – und ein zweites wahrscheinlich. Darüber hinaus nichts! Ich war schon so ziemlich reisefertig und glaubte, alles getan zu haben, was ich zu tun hatte. Jetzt hat mir aber das Leben plötzlich eine Aufgabe gestellt, und die möchte ich noch erfüllen und mich an ihrer Erfüllung freuen. Damit hoffe ich, mir einen Abgang zu verschaffen, und deshalb nehme ich so gewissenhaft die Medizin, die mir das zweite Jahr noch sichern soll.«

Erschüttert sah ihn Lutz an, und sein Antlitz wurde blaß vor Ergriffenheit. Da drückte ihm der Onkel die Hand.

»Es tut mir wohl, Lutz, daß dich meine Worte erschrecken und traurig stimmen. Ich glaubte, es gäbe nur noch Menschen, die auf meinen Tod lauern. Nun weiß ich plötzlich zwei, die es nicht tun, das macht mich reich.«

Und Lutz mit einem stillen Lächeln zunickend, ging er davon. Er war ein Mensch, der das Leben schon überwunden hatte und lächeln konnte über das Erschrecken des jungen, gesunden Mannes vor dem Tod.

Langsam begab er sich in den andern Schloßflügel, wo sein Schlafzimmer lag. Dort befand sich die Medizin, die er nehmen wollte. Es war ihm lieb, daß er noch einige Minuten allein sein konnte, die Unterredung mit Lutz hatte ihn doch erregt. Es war freilich eine frohe Erregung. Daß Lutz der Sohn seines Vaters war und dessen Charakter geerbt hatte, freute ihn. Tatkraft und Energie waren mütterliches Erbteil, aber das konnte er gut gebrauchen. Sein Vater war anders geartet, deshalb war er zerbrochen an der kaltsinnigen Herrschsucht seines Weibes. Lutz würde sich zu behaupten wissen im Kampf mit seiner Mutter.

Langsam schritt der Schloßherr auf weichen Teppichen durch lange Zimmerreihen. Plötzlich blieb er wie gebannt stehen und sah betroffen auf ein seltsames Bild. Vor dem Kunstwerk, das die Liebe zweier Menschen darstellte, lag Winnifred zusammengesunken in einem Sessel und barg, wie von tiefstem Schmerz überwältigt, das Gesicht in den Händen.

Er wollte auf sie zugehen, sie trösten und aufrichten, aber da stockte sein Fuß. Nein, sie durfte nicht wissen, daß ihr Schmerz einen Zeugen gehabt hatte, nicht jetzt durfte sie das wissen. Das würde sie unfrei machen ihm gegenüber. Und das durfte nicht sein. Er wollte sich das Vertrauen dieses jungen Geschöpfes erwerben, weil er es liebgewonnen hatte wie ein eigenes Kind, das ihm der Himmel versagt hatte.

Man muß die Hände über sie halten, Lutz hat recht, dachte er.

Und leise, um nicht von ihr bemerkt zu werden, ging er auf Umwegen weiter, bis er sein Schlafzimmer erreichte.

Als die Berndorfer Herrschaften an diesem Abend wieder zu Hause angelangt waren, bat Lutz seine Mutter abermals um eine Unterredung. Und da teilte er ihr zuerst mit, daß Onkel Rudolf ihm das erbetene Kapital zinsfrei überlassen würde und seinem Unternehmen volles Vertrauen entgegenbringe. Frau Martha wußte nicht, ob sie sich darüber freuen oder ärgern sollte. Da sie aber mit Lutz noch grollte, heuchelte sie Gleichgültigkeit der Gekränkten.

Lutz ließ sich dadurch aber nicht beirren und kam nun auf Winnifred zu sprechen Es war ihm aufgefallen, daß diese sehr blaß und bedrückt von ihrem Rundgang durch Schloß Wildenau zurückgekommen und auch nicht wieder heiter geworden war. Immer wieder hatte er sie besorgt ansehen müssen und hatte vergeblich gewartet, daß ihr reizendes Lächeln sich noch einmal zeigen, daß ihre Augen mit warmem Vertrauen in die seinen blicken würden. Es kam ihm nicht zum Bewußtsein, daß er sehnlichst darauf wartete und daß ihm etwas fehlte, als es nicht geschah. Ihre traurigen Augen sahen matt und ohne Glanz an ihm vorbei. Als er sie kurz vor der Heimfahrt leise fragte, weshalb sie so traurig sei, war eine jähe Röte in ihr Gesicht geschossen, und sie hatte ihn so scheu und erschrocken angesehen, als sei sie auf einem schlimmen Unrecht ertappt worden. »O nein, ich bin nicht traurig«, hatte sie geantwortet.

»Jetzt waren Sie nicht ehrlich, Winnifred«, hatte er zu ihr gesagt.

Da war ein Zittern über sie hingeflogen, und sie hatte hilflos und verwirrt die Hände zusammengekrampft. Er hatte sie nicht weiter quälen wollen.

Sicher ist ihr beim Musizieren zum Bewußtsein gekommen, wie traurig sich ihr Leben in Berndorf gestaltet hat. Das soll und muß anders werden, hatte er gedacht.

Und nun wollte er ihre Sache bei der Mutter führen. »Ich möchte noch einmal mit dir über Winnifred sprechen, Mama! Onkel Rudolf hat mich heute gefragt, ob ich wüßte, daß sie bei uns wie ein Dienstbote gehalten würde. Ich habe ihm zugesagt, mit dir darüber zu sprechen, daß dies in Zukunft nicht mehr geschieht. Ich bitte dich nun nochmals, entbinde Winnifred von den schweren Arbeiten. Es muß wieder eine Mamsell ins Haus, wir können Winnifred keinesfalls an Stelle einer solchen beschäftigen. Das Gehalt für die Mamsell erhältst du von mir. Wir dürfen Onkel nicht erzürnen.«

Die letzten Worte hatte er mit Berechnung gewählt.

Zu seinem freudigen Erstaunen ging seine Mutter sogleich

auf seine Wünsche ein. Er glaubte, weil sie Onkel Rudolfs Mißfallen nicht erregen wollte. In Wahrheit leiteten Frau Martha andere Erwägungen.

Daß sie die Absicht hatte, Winnifred von Berndorf zu entfernen, verriet sie mit keinem Wort. Das wollte sie diplomatisch einfädeln und erst davon reden, wenn Winnifred das Haus schon verlassen hatte.

»Ich sehe selbst ein, Lutz, daß ich mich in bezug auf Winnifred vergriffen hatte. Als ich sie heute musizieren hörte, wurde mir das klar. Du kannst beruhigt sein, Winnifreds Finger sollen nicht durch schwere Arbeit ungelenk werden. Das wäre ja Sünde. Wer weiß, wie sie ihre Kunst einmal verwerten kann. Ich bin doch kein Unmensch und werde sie auf andere Weise beschäftigen. Ich will mir überhaupt ihr Wohl in jeder Weise angelegen sein lassen, verlaß dich darauf und sage das auch Onkel Rudolf. Gleich heute schreibe ich nach einer neuen Mamsell. Ich will mir überlegen, wie sich das alles günstig für Winnifred arrangieren läßt.«

Erfreut küßte Lutz seiner Mutter die Hand. Aus welchem Grund sie auch immer Winnifreds Lage verbessern wollte, die Hauptsache war, daß es geschah. Er war so froh darüber, als wäre ihm selbst etwas Gutes widerfahren.

Am andern Morgen, als Winnifred wie gewöhnlich nach dem Frühstück in den Wirtschaftsräumen verschwinden wollte, sagte Frau Martha, sie zurückhaltend, sehr freundlich: »Laß das, Winnifred, diese Arbeit ist nichts für dich, ich habe es eingesehen. Du wirst deine Hände für deine Musik geschmeidig erhalten müssen. Ich werde anderweitig für dich sorgen. Deine Kenntnisse und Fähigkeiten stellen dich auf einen andern Platz. Bitte, komm jetzt mit in mein Arbeitszimmer, du kannst mir helfen, Briefe zu schreiben und allerlei

Eintragungen in die Bücher zu machen. Das schadet deinen Händen nicht.«

Winnifred sah erstaunt auf, und als sie Lutz erblickte, dessen Gesicht strahlte, wußte sie, wem sie diese Vergünstigung zu danken hatte. Sie wollte auf ihn zugehen, aber auf halbem Weg blieb sie stehen und wandte sich scheu von ihm ab.

Still folgte sie Tante Martha in ihr Arbeitszimmer.

Lutz sah ihr lächelnd nach. Er hatte sehr wohl bemerkt, daß sie ihm danken wollte, und glaubte, sie habe es nur unterlassen, weil seine Mutter zugegen war.

Nun wird sie bald wieder ein frohes Gesicht machen, dachte er.

Aber Winnifred war es heute gleichgültig, was sie für Arbeit tun mußte. Ihr armes Herz wollte nicht wieder zur Ruhe kommen. Sie hätte viel lieber die schwerste, niedrigste Arbeit getan, wenn sie damit hätte den Schmerz aus ihrer Seele bannen können, der davon Besitz ergriffen hatte und der stärker und tiefer war als alle andern Schmerzen, die sie bisher erlitten hatte.

Eine stumpfe Ergebung kam über sie. Sie wehrte sich nicht gegen diesen Schmerz. Aber als sie dann in Tante Marthas Arbeitszimmer saß und über die Lohntabellen hinweg, die sie schrieb, auf das Bild von Lutz sah, das auf dem Schreibtisch stand, kam ihr plötzlich ein Gedanke, der sie aus ihrer schmerzvollen Versunkenheit emporschrecken ließ.

War es nicht ein schlimmes Unrecht von ihr, daß sie traurig war darüber, daß Lutz ein großes Glück gefunden hatte? War es nicht schlecht von ihr, ihm dieses Glück nicht freudig zu gönnen, ihm, der so gut zu ihr war? Wieviel schlimmer würde es sein, wenn sie ihn so unglücklich wüßte, wie sie es war.

Das half ihr wunderbar über ihren Kummer hinweg. An diesem Gedanken richtete sie sich auf. Er gab ihr Kraft und Mut, sich selbst zu überwinden und ihr Leid zu tragen.

Und als sie ihn bei Tisch wiedersah, lag eine stille, sanfte Verklärung auf ihren Zügen. Und sie konnte wieder lächeln.

Dies Lächeln war freilich nicht von Schmerzen frei, aber Lutz freute sich, es auf ihrem Gesicht zu sehen, wie man sich nach trüben Regentagen über die Sonne freut.

Und als er nach Tisch eine Weile mit ihr allein war, sagte er warm und herzlich, ihre Hand fassend: »Nun werde ich Sie gottlob nicht mehr bei schwerer Arbeit sehen, die Ihnen nicht zukommt, Winnifred.«

Sie ließ ihre leise bebende Hand in der seinen ruhen und hatte das Gefühl, als müsse sie vergehen. Aber sie lächelte tapfer zu ihm auf.

»Das danke ich Ihnen, Vetter Lutz. Wenn Sie sich nur deshalb nicht mit Ihrer Mutter erzürnt haben.«

»Nein, nein, Mama hat gestern nach Ihrer künstlerischen musikalischen Leistung selbst eingesehen, daß Sie falsch beschäftigt wurden. Ich brauchte nicht viel zu sagen. Aber ich freue mich sehr. Nun werde ich doch etwas mehr Ihre Gesellschaft genießen können, wenn Sie nicht mehr von einer Arbeit zur andern jagen müssen. Und heute abend singen Sie uns wieder ein paar Lieder. Sie glauben nicht, wie sehr mich Ihr Spiel und Ihr Gesang entzückt haben. Stundenlang hätte ich Ihnen zuhören mögen.«

Ein feines Rot lag auf ihrem Antlitz, und sie vermochte zu lächeln. »Das wäre Ihnen sicher zuviel geworden.«

»Nein, sicher nicht. Warten Sie nur, Winnifred, es soll überhaupt viel besser für Sie werden, in allen Dingen. Sie sollen aufleben und froh und heiter sein, wenn ich erst mit meiner jungen Frau in Berndorf lebe, dann soll alles anders werden.«

Sie schlug wie tief erschrocken die Augen nieder. Aber er bemerkte es nicht und malte sich in leuchtenden Farben aus, wie lieb und herzlich Siddy, seine Siddy, zu ihr sein würde und wie sie alle drei zusammenhalten wollten.

»Sie und Siddy müssen gute Freundinnen werden, Winnifred. Denn Käthe paßt so wenig zu Ihnen, wie sie zu Siddy passen wird. Und Mama versteht Menschen Ihres Schlages auch nicht. Ach, Winnifred, ich freue mich auf die Zukunft. Glauben Sie mir, ich habe oft schmerzlich gelitten unter der Gefühlskälte von Mutter und Schwester. Warmblütige, warmherzige Menschen frieren in solcher Atmosphäre. Deshalb tun Sie mir so leid. Ich weiß, was es heißt, mit einem warmen Herzen hier zu leben. Warten Sie nur, es soll alles besser werden. Meine junge Frau wird Licht und Wärme mit sich bringen, und das soll uns guttun.«

Und während er das sagte, mußte er doch plötzlich daran denken, daß es ihn immer so seltsam kühl und feucht anwehte, wenn er zu Siddy trat. Es war, als fliege ein leiser Schauer über ihn hin, und ärgerlich über sich selbst strich er über seine Stirn.

Winnifred sah still und gefaßt zu ihm auf. Durfte sie sich beklagen, da er wie ein treuer Bruder für sie sorgte? Durfte sie da kleinlich ihre Schmerzen messen?

Sie reichte ihm die Hand.

»Ich freue mich sehr, Ihre Braut kennenzulernen«, sagte sie freundlich.

Er lächelte.

»Oh, Sie werden staunen, Winnifred. Siddy ist ein bewundernswert liebes und schönes Geschöpf. Beim ersten Sehen hat sie mein ganzes Herz genommen, auf den ersten Blick. Ich hätte nie geglaubt, daß es eine Liebe auf den ersten Blick gibt.«

Er ahnte nicht, wie grausam er war. Und sie lächelte so tapfer zu seinen Worten, daß er es nicht wissen konnte. Dann erzählte er ihr von seinen Zukunftsplänen, und sie hörte aufmerksam zu. Sie freute sich sehr, daß Onkel Rudolf ihm das nötige Geld gab und daß er sich mit diesem ausgesprochen und verständigt hatte.

»Er glaubt mir nun wenigstens, daß es mich nicht nach seinem Erbe gelüstet«, sagte er.

Sie sah ihn mit großen Augen an.

»Hat er das früher nicht geglaubt?«

»Nein, er hielt mich für einen Erbschleicher.«

»Oh, dann hat er Sie nicht gekannt.«

»Sie trauen mir eine so niedrige Denkungsweise nicht zu, Winnifred, nicht wahr?«

Heftig schüttelte sie den Kopf. »O nein, niemals. Sie sind ein guter, edler Mensch.«

Er lächelte. »Daß ich Sie nur nicht enttäusche«, scherzte er.

Da lächelte sie auch. »Das glaube ich nicht.«

»Ich bin so froh«, fuhr er fort, »daß Sie in Berndorf sind, Winnifred. So habe ich doch einen Menschen hier, mit dem ich von allem reden kann, was mir das Herz bewegt. Mir ist, als seien Sie mir schon lange bekannt, als gehörten Sie zu mir durch Bande des Blutes. Und so ist es ja auch. Wenn Sie jetzt nicht hier wären, wüßte ich nicht, wie ich diese Tage aushallen sollte. Ist es nicht seltsam, daß Sie mir so viel mehr sind als meine Schwester, obwohl ich Sie doch erst seit einigen Tagen kenne?«

Wie einem schmerzlichen Glück lauschte sie seinen Worten. »Ja, Vetter Lutz, es ist seltsam.«

»Nicht wahr, Winnifred, Sie sind mir doch auch ein wenig zugetan?« fragte er, ahnungslos, wie es in ihr aussah.

Sie neigte nur das Haupt, sprechen konnte sie nicht.

XI

Frau Martha hatte sogleich nach dem Osterfest an ihre Freundin, Frau von Hellern, nach Dresden geschrieben und sie gebeten, sie möge sich bemühen, möglichst bald eine günstige Stellung für eine junge Verwandte ausfindig zu machen. Sie berichtete von Winnifreds Verhältnissen und hob hervor, daß sie sehr musikalisch sei, wundervoll Klavier spiele und singe.

Frau von Hellern hatte sogleich geantwortet, sie werde sich gern bemühen und hoffe, bald den Wunsch der Freundin erfüllen zu können.

Nun wartete Frau Martha ungeduldig auf Antwort.

Winnifreds Stellung im Hause hatte sich mit einem Schlag völlig verändert. Sie ging nie mehr mit der großen Arbeitsschürze umher und durfte auch keine schweren Arbeiten verrichten. Eine neue Mamsell war bereits engagiert. Onkel Rudolf wunderte sich im stillen, daß Frau Martha so schnell zur Einsicht gekommen war. Er hatte ein unklares Gefühl, als hätte diese plötzliche Sinnesänderung einen besonderen Anlaß, mühte sich aber vergebens, den wahren Grund zu finden. Irgend etwas schien nicht zu stimmen. So schnell änderte Frau Martha sonst ihre Vorsätze nicht.

Winnifred durfte jetzt sogar musizieren, so oft sie Lust hatte, durfte mit Lutz spazierengehen und plaudern, soviel sie wollte.

Damit bezweckte Frau Martha jetzt vor allen Dingen, daß Winnifred nicht mehr der Gegenstand des Mitleids für Onkel Rudolf war und daß sich sein Interesse für sie nicht vertiefte.

Wie sehr er sie schon ins Herz geschlossen hatte, ahnte sie nicht. Sonst wäre sie außer sich gewesen.

Als eines Tages eine große Sendung von feinen Hautcremes und ähnlichen kosmetischen Mitteln für Winnifred eintraf, die Onkel Rudolf für sie bestellt hatte, waren diese Mittel kaum mehr notwendig. Sie verrichtete jetzt keine Arbeit mehr, die ihren Händen schadete.

Lutz konstatierte mit inniger Befriedigung, daß die kleinen schlanken Mädchenhände wieder fein und zart aussahen. Es tat ihm nun nicht mehr weh, darauf niederzusehen. Das tat er gern, wenn sie am Flügel saß und ihre Finger im anmutigen Spiel über die Tasten glitten. Er beschäftigte sich überhaupt auffallend viel mit Winnifred, war immer in ihrer Nähe und hatte stets etwas mit ihr zu besprechen und Gedanken mit ihr auszutauschen. Und immer mehr staunte er über ihre reichen Geistesgaben.

Auch Onkel Rudolf beteiligte sich oft an solchen Gesprächen, und auch er erkannte mehr und mehr, welch ein wertvoller Mensch Winnifred war.

Inzwischen war Lutz' Urlaub bis auf wenige Tage verstrichen. Er hatte inzwischen allerlei Vorbereitungen getroffen zur Verwirklichung seiner Zukunftspläne. Und nun wollte er nach Berlin reisen, sich Siddys Jawort holen und sie seinen Angehörigen vorstellen. Dann wollte er mit ihr nach Berlin zurückkehren.

Frau Martha hatte zwar noch verschiedene Male versucht, ihren Sohn von der »unvernünftigen« Heirat abzubringen, aber es war ihr nicht gelungen. Und da auch Onkel Rudolf auf seiner Seite stand, mußte sie sich, wenn auch grollend und widerwillig, fügen.

Und so reiste Lutz nach Berlin.

Er hatte in den ersten Tagen nicht geglaubt, daß er seine Sehnsucht nach Siddys Anblick so lange würde ertragen können, und er war auch überzeugt, daß es nicht geschehen wäre, wenn er nicht mit Winnifred wenigstens hätte von ihr sprechen können. Während der Bahnfahrt flogen seine Gedanken in seltsamer Unruhe zwischen Siddy und Winnifred hin und her. Fast mußte er zumeist an Winnifred denken. Und als er dann endlich Siddy gegenüberstand, empfand er stärker und deutlicher als je zuvor, wie es ihm kühl und seltsam von ihr entgegenwehte. Nie war ihm das eigenartig Nixenhafte ihrer Persönlichkeit mehr zum Bewußtsein gekommen als jetzt. Wieder trug sie ein Kleid aus zartem lichtgrünen Stoff, das dieses Nixenhafte noch mehr unterstrich.

Aber es währte nur wenige Minuten, dann war Lutz wieder vollkommen im Bann ihrer Schönheit. Sie spielte so meisterhaft die zärtlich Liebende, die in heißer Sehnsucht auf ihn gewartet hatte, daß er in hastiger feuriger Art seine Werbung vorbrachte und sie bat, seine Frau zu werden.

Baroneß Siddy hatte mit dieser Erklärung gerechnet, und da sie gewiß war, eine glänzende Partie zu machen, zögerte sie keinen Augenblick, ihm ihr Jawort zu geben. Und weil er ihr sehr wohl gefiel, war es ihr nicht schwer, überzeugend die glückliche Braut zu spielen.

Lutz war glückselig und dankte ihr in zärtlichen Worten für ihre Liebe.

Siddy rief nun Frau von Sucher herbei, in deren Haus sie lebte, und stellte ihr Lutz als ihren Verlobten vor.

Lutz fiel es nicht auf, daß Frau von Sucher so besonders

das große Glück betonte, das Siddy sich errungen hatte. Er ahnte auch nicht, daß dies Glück von Siddy zahlenmäßig berechnet worden war. Frau von Sucher war jedenfalls in ihrem Innern mehr von Siddys als von ihres Verlobten Glück überzeugt, denn sie hatte Siddy mehr kennengelernt, als ihr lieb sein konnte. Nachdem der erste Glücksrausch abgeebbt war, sagte Lutz zu seiner Braut:

»Du kannst dir denken, Siddy, daß es mich drängt, dich meinen Angehörigen zuzuführen. Man erwartet uns morgen in Berndorf. Darf ich depeschieren, daß wir kommen? Frau von Sucher hat vielleicht die große Güte, uns als Ehrendame zu begleiten?«

Der Baronesse war es sehr lieb, daß sie sich in Berndorf umsehen konnte. Sie willigte sofort ein.

»Ich freue mich natürlich, deine Mutter und Schwester kennenzulernen – und deinen Onkel. Frau von Sucher begleitet uns sicher, wenn ich sie darum bitte.«

»Ich danke dir für deine Bereitwilligkeit, liebste Siddy. Aber zuerst werde ich nun zu deinem Vater reisen müssen, damit ich ihn in aller Form um deine Hand bitten kann. Wird er mir sein Kleinod anvertrauen wollen, oder werde ich einen schweren Stand mit ihm haben?«

Es hatte seltsam unruhig in Siddys Antlitz gezuckt.

»Genügt es nicht, Lutz, wenn wir telegraphisch um Papas Einwilligung bitten?«

Er schüttelte den Kopf. »Nein, Siddy, ich bin es deinem Vater schuldig, mich ihm erst vorzustellen und ihn über meine Verhältnisse zu orientieren.«

Sie schmollte zärtlich. »Ach, was haben unsere Verhältnisse mit unserer Liebe zu tun? Es will mir gar nicht gefallen, daß du mich schon wieder allein lassen willst.«

Er küßte sie entzückt. »Glaubst du nicht, daß ich viel lieber bei dir bleiben möchte? Ich halte es aber unbedingt für nötig, daß ich persönlich mit deinem Vater spreche. Wird er mir gutwillig sein Jawort geben?«

Siddy sah ein, daß sie ihn nicht zurückhalten konnte, ohne seinen Argwohn zu wecken. Und so fügte sie sich.

»Ach, Lutz, Papa ist ein sehr grilliger alter Herr, mit dem gar nicht gut auszukommen ist. Er nimmt alles so schrecklich schwer und tragisch. Aber natürlich wird er dir sein Jawort geben; er hängt nicht sehr an mir. Weißt du, am liebsten möchte ich gar nicht mehr zu ihm in die enge kleine Stadt zurückkehren. Papa braucht mich nicht, er hat seine Bücher, seinen Stammtisch. Ich bin ihm doch nur im Weg. Und Frau von Sucher gestattet mir hoffentlich, bei ihr zu bleiben bis zu unserer Hochzeit.«

Er streichelte zärtlich und teilnahmsvoll ihre Hände. »Meine arme Siddy, du sollst bald eine liebe Heimat haben. Deine Worte machen mir Mut, dich zu bitten, den Termin für unsere Hochzeit nicht lange hinauszuschieben.«

Sie sank freudig errötend an seine Brust. »Ich folge dir, wann du es willst«, sagte sie leise und zärtlich.

Daß Siddy zu Hause bei ihrem Vater ein ziemlich freudloses Leben geführt hatte, entsprach der Wahrheit. Aber es lag nur an ihr. Sie sehnte sich nach großen, glänzenden Verhältnissen, die er ihr nicht bieten konnte und die sie nun in Berndorf zu finden hoffte.

Aus irgendeinem Grund mußte es ihr unangenehm sein, daß Lutz ihren Vater aufsuchte, doch wagte sie nicht mehr, dagegen zu reden, da es der feste Entschluß ihres Verlobten war, mit ihm zu sprechen. Die Baronesse hatte bisher auch den andern ernsthaften Freier, Herrn von Solms, klug hingehalten. Er merkte es in seiner Beschränktheit nicht, daß sie ihn nur in Reserve hielt. Da sie Lutz ihr Jawort gegeben hatte, mußte Herr von Solms erfahren, daß er keine Hoffnung hatte. Er würde außer sich sein, denn Siddy hatte ihm entschieden auch Hoffnung gemacht. Aber das machte ihr keine Beschwerden. Mochte er sich damit abfinden, wie er wollte. Für sie galt immer, nur das zu tun, was ihr Vorteil brachte.

Lutz fuhr also noch an demselben Tag in die nahe gelegene, kleine märkische Stadt, in der Siddys Vater wohnte.

Ein Gefühl der Rührung beschlich ihn, als er die schmale Treppe zu der bescheidenen Wohnung des Barons emporstieg.

Ein älteres, mürrisches Dienstmädchen öffnete ihm die Tür und bestätigte ihm, der Herr Major sei zu Hause. Sie führte ihn in ein enges kleines Empfangszimmer.

Da er ziemlich lange warten mußte, ehe der Baron sich umgekleidet hatte, vertrieb er sich die Zeit damit, sich in dem kleinen Raum umzusehen. Er war in der stillosen Zeit der Muschelmöbel eingerichtet; mit maschinengestickten Übergardinen und Möbelbezügen aus steingrünem Tuch. Eine verschönernde Hand, sicher die Siddys, hatte sich vergeblich bemüht, mit Kissen, Decken und Nippes etwas Stimmung in den Raum zu bringen.

Lutz fühlte sich sehr glücklich in dem Bewußtsein, daß er Siddy doch eine schönere und angenehmere Umgebung würde bieten können, wenn er ihr auch vorläufig nur ein bescheidenes Los bereiten konnte. Später sollte ihre Schönheit schon den richtigen Rahmen erhalten. Sein umherschweifender Blick wurde plötzlich gefesselt durch ein in einen Goldrahmen gefaßtes Ölgemälde, es war etwa einen halben Meter hoch und nicht ganz so breit. Er sprang auf und trat vor das Bild hin, das in sehr günstiger Beleuchtung an der Wand hing.

Mit einem seltsamen Empfinden hafteten seine Augen auf diesem Gemälde. Es stellte Siddy dar in einem durchscheinenden wassergrünen Schleiergewand, mit entblößten Schultern und Armen. Sie saß auf einem moosbewachsenen Stein an einer Quelle, die ihr Wasser in ein breites Becken aus weißgrauem Granit ergoß. Die Arme hatte sie erhoben und bastelte mit den Händen an ihrem rotgoldenen Haar, das gelöst über den Nacken und die rechte Schulter herabfiel.

Das Bild war meisterhaft gemalt. Aus dem schönen weißen Antlitz sprühten die grünen hellen Augen faszinierend, und um den roten Mund lag das sinnbetörende Lächeln, das Lutz so gut kannte.

Im Hintergrunde des Bildes stand, noch ganz skizzenhaft gehalten, unter dunklen Bäumen, die Gestalt eines Ritters, dessen Augen sehnsuchtsvoll nach dem schönen Frauenbild sahen, nach dem er seine Hände verlangend ausstreckte. Alles Licht auf dem Bild konzentrierte sich auf die schöne Frauengestalt, die mit packender Naturtreue gemalt war.

Unter dem Bild stand, mit einem feinen Pinsel in leuchtend roter Farbe eingesetzt: »Die schöne Melusine.«

Lutz wußte nicht, was ihm beim Anblick dieses Bildes die Brust zusammenpreßte. Auch von ihm wehte ihm etwas wie eine feuchte Kühle entgegen, so daß er fröstelnd zusammenschauerte. Er dachte an den Abend, da er Siddy zum ersten Mal gesehen und sie bei sich so genannt hatte, wie sie auf diesem Bild bezeichnet wurde. Er wußte nicht, daß ihn damals sein Instinkt gewarnt hatte, wie er ihn immer warnte, wenn er ihr entgegentrat. Nur das wußte er jetzt, daß er eifersüchtig war auf den Maler, der Siddy so hatte malen, der die gelöste rotgoldene Haarpracht hatte bewundern dürfen, die er nur in Flechten geordnet gesehen hatte.

Durch eine seltsame Ideenverbindung erschien ihm neben diesem bezaubernden Frauenbild das Winnifred Hartaus, so wie er sie an jenem Abend spät am Bügelbrett gesehen, mit gesenktem Kopf, auf das die Lampe goldene Lichter streute. Er wußte nicht, wie er plötzlich auf Winnifred kam. Vielleicht weil er ihr Haar bewundert hatte, das vielleicht noch schöner war als diese rotgoldene, über die weißen Arme fallende Flut. Und er fühlte etwas wie Sehnsucht nach der kleinen schüchternen Winnifred und ihren süßen Liedern. Aber dann raffte er sich auf und wurde sich bewußt, daß er wie ein haltloser Träumer vor diesem Bild stand.

In demselben Augenblick wurde die Tür geöffnet, und ein hagerer, weißhaariger Herr trat ein, der sich beim Gehen leicht auf einen Stock stützte. Er machte entschieden einen aristokratischen Eindruck, wenn auch sein Anzug weder neu noch modern war. Er bemerkte, daß Lutz hastig von dem Bild zurücktrat, und es zuckte wie Wetterleuchten in seinen dunklen Augen. Die beiden Herren begrüßten sich durch eine stumme Verneigung.

»Was verschafft mir die Ehre Ihres Besuchs, Herr von Berndorf?« fragte der Baron, Lutz einen Sessel anweisend und sich selbst niederlassend.

Lutz ging ohne Umschweife auf sein Ziel los und brachte seine Werbung vor, dem alten Herrn zugleich mitteilend, daß seine Tochter ihm ihr Jawort bereits gegeben hatte.

Ruhig hörte Baron Glützow zu. Seine Augen hefteten sich forschend auf das Gesicht des jungen Mannes. Und als dieser zu Ende war, antwortete er mit einer seltsam starren Miene: »Wenn meine Tochter Ihnen ihr Jawort gegeben hat, dann bin ich überzeugt, daß sie über Ihre Verhältnisse genügend informiert ist und daß ihr dieselben zusagen. Ich brauche mich also nicht danach zu erkundigen, wie das andere Väter im Interesse ihrer Töchter tun müssen. Im übrigen ist Siddy ohnedies mündig, und ich habe nicht dreinzureden. Somit gebe ich Ihnen hiermit meine Einwilligung, die ja, wie ich mit meiner Tochter stehe, nur eine leere Form ist. Ich wundere mich, offen gestanden, daß Sie sich erst zu mir bemühten. Sie hätten meine Einwilligung telegraphisch erhalten können. Siddy hat Ihnen doch sicher einen solchen Vorschlag gemacht.«

Es lag eine seltsam bittere Traurigkeit in den Worten des alten Herrn.

Lutz sah ihn betroffen an. »Allerdings wollte mich Siddy veranlassen zu depeschieren, aber – ich hielt es für besser, mich Ihnen vorzustellen und persönlich meine Bitte vorzubringen.«

Mit düsterem Blick sah der alte Herr zu ihm hinüber. »Ich bin überzeugt, daß Sie jedem Vater als Schwiegersohn willkommen sein würden, Herr von Berndorf, und es ist sehr ehrenwert von Ihnen, daß Sie sich nicht abhalten ließen, zu mir zu kommen. Bei dieser Gelegenheit haben Sie ja wohl auch dieses Bild kennengelernt. Ich sah Sie vor demselben stehen, als ich eintrat.«

Bei diesen Worten zeigte der Baron mit seinem Stock auf das Bild der schönen Melusine.

Lutz verneigte sich. »Allerdings – ich sah das Bild, und es berührte mich sonderbar. Es ist sicher das Werk eines sehr talentvollen Künstlers. Wie kam er dazu, Siddy in dieser Weise zu malen?«

Der alte Herr seufzte und zuckte die Achseln. »Sollten Sie

noch nicht bemerkt haben, daß das Äußere meiner Tochter den Vergleich mit der sagenhaften seelenlosen Melusine herausfordert? Ich habe sie von vielen Seiten so nennen hören –, und weiß Gott –, zuweilen habe ich sie selbst so bei mir nennen müssen. Wie der Maler dazu kam, sie so zu malen, das weiß ich nicht. Ich weiß nur, daß dieser vielversprechende junge Künstler sich unsterblich in meine Tochter verliebt hatte, wie sich schon viele in sie verliebt haben. Bei ihm ging es aber wohl tiefer als bei den andern, denn – er überlebte es nicht, daß sie ihm nicht angehören wollte –, weil er ein armer unbekannter Künstler war, der kaum genug Brot für sich hatte.«

»Er starb?« fragte Lutz, eigenartig berührt von den Worten des alten Herrn.

»Ja – er starb. Eines Tages wurde dieses Bild hier abgegeben – mit einem Brief für meine Tochter. Der Brief, den ich öffnete, weil meine Tochter nicht zu Hause war, enthielt nichts als ein kurzes Gedicht. Und wenige Stunden später erfuhr ich, daß sich der Maler in derselben Stunde, da dies Bild hier eintraf, erschossen hatte. Hat Ihnen Siddy nicht davon gesprochen?«

Lutz hatte ein Gefühl, als lege sich etwas lähmend auf seine Sinne. »Nein, sie hat mir nicht davon gesprochen, es ist ihr wohl peinlich, sich daran zu erinnern.«

Der Baron lächelte sonderbar, ein starres, wehes Lächeln. »Oh –, sie hat sehr gute Nerven, meine Tochter!«

Lutz fuhr ein Schauer über den Rücken bei diesen Worten. Er raffte sich auf. »Herr Baron, wie ich Siddy kenne, wird ihr diese Erinnerung sehr schmerzlich sein. Für jede feinfühlige Frau ist es ein bedrückender Gedanke, wenn sie eine Liebe nicht erwidern kann, die ihr entgegengebracht wird. Und vollends, wenn diese Liebe den Mann in den Tod treibt. Aber vielleicht irren Sie sich auch, vielleicht hat dem Maler etwas anderes die Waffe in die Hand gedrückt, mit der er seinem Leben ein Ende machte.«

Der alte Herr erhob sich. Die Hand, die sich auf die Krücke des Stockes stützte, zitterte. »Warten Sie einen Moment, Herr von Berndorf. Da Sie zu mir gekommen sind, um als ehrlicher Mann um die Hand meiner Tochter anzuhalten, muß ich, wenn ich ein ehrlicher Mann bleiben will, ganz offen und wahr in dieser Angelegenheit sein. Das halte ich für meine Pflicht. Und wenn ich auch meiner Tochter dadurch in Ihren Augen schaden müßte, es ist mir doch unmöglich, diese Angelegenheit zu verschleiern. Sie könnten mir sonst eines Tages einen Vorwurf daraus machen, daß ich nicht offen gewesen sei.«

Damit verließ der alte Herr das Zimmer, Lutz in bedrückter Stimmung zurücklassend. Als der Baron nach wenigen Minuten zurückkehrte, hielt er ein Papier in der Hand. Das reichte er Lutz.

»Dies ist das Schreiben, das damals mit dem Bild abgegeben wurde. Ich habe es ihr nie gezeigt, um sie zu schonen. Schließlich ist sie mein Kind – mein einziges –, und so fremd sie mir auch geworden ist, ich liebe sie sehr –, war ihr vielleicht ein allzu schwacher Vater. Sie aber müssen das Gedicht lesen.«

Lutz entfaltete das Papier und sah darauf nieder.

Er las:

»Wenn sie dein Auge erblickt,
Die schöne Melusine,
Wirst du berückt, verzückt,
Durch ihre lächelnde Miene.
Doch bringt sie den Tod dem Toren,
Der sich an sie verloren.«

Lutz fuhr auf. »Das ist die Ausgeburt einer kranken Phantasie, Herr Baron.«

Der alte Herr seufzte tief auf. »Möglich! Die Erklärung, wie das alles zusammenhängt, wird Ihnen ja meine Tochter geben, wenn Sie danach fragen, ich mußte Ihnen nur mitteilen, was ich selbst darüber weiß.«

Lutz zwang gewaltsam das aufsteigende Unbehagen in sich nieder. Er las das Gedicht einige Male durch und prägte es sich ein, dann sagte er aufatmend:

»Nein, Herr Baron, ich werde Siddy nicht nach dieser Angelegenheit fragen, wenn sie nicht selbst davon spricht. Ich möchte keinesfalls quälende Erinnerungen in ihr wecken. Wie das auch alles zusammenhängt, auf jeden Fall ist Siddy unschuldig an dem Tod dieses Mannes. Ich kann ja verstehen, daß sich ein Mensch, der sie liebt und keine Gegenliebe findet, ein Leid antun kann. Sie ist so schön, so liebenswert. Und ich bin sehr glücklich, daß sie mir angehören will.«

Baron Glützow nickte vor sich hin, als habe er nichts anderes erwartet. »Mögen Sie so glücklich bleiben, Herr von Berndorf. Ich habe getan, was ich für meine Pflicht hielt. Wie Sie meine Eröffnung auffassen, ist Ihre Angelegenheit.«

Lutz las nochmals das Gedicht durch und gab es dem Baron zurück. »Ich danke Ihnen jedenfalls, Herr Baron. Aber ich würde Ihnen raten, auch dieses Bild in Verwahrung zu nehmen und es vor Ihrer Tochter zu verbergen, damit sie durch den Anblick desselben nicht schmerzlich berührt wird.«

Der Baron sah nach dem Bild hinüber. »Siddy hat gewünscht, daß dies Bild hier hängenbleibt, sie hat selbst den Platz ausgewählt. Ich hätte es längst vernichtet, aber es ist ihr Eigentum, und sie gefällt sich auf diesem Bild.«

Auch das sagte der alte Herr mit einem sonderbaren Ausdruck. Aber Lutz wurde mit einem Male das Herz wieder ganz leicht und frei. Er lächelte. »Sehen Sie wohl, Herr Baron, Siddy ist ganz unschuldig an dem Tod des jungen Malers, sonst würde sie das Bild nie mehr sehen wollen. Einen besseren Beweis ihrer völligen Schuldlosigkeit gibt es nicht.«

Der Baron verneigte sich nur. Er kannte seine Tochter besser, als Lutz sie kannte, und wußte, daß sich ihre Eitelkeit durch dieses Bild geschmeichelt fühlte. Auch daß ein Mann für sie in den Tod gegangen war, schmeichelte ihr, und sie hatte keine Träne des Bedauerns um diesen Mann geweint, obwohl sie ihn durch ihre herzlose Koketterie in den Tod getrieben hatte. Siddys Vater wußte, daß seine Tochter keine Seele, kein Herz hatte, daß nur ein grenzenloser Egoismus ihr ganzes Sein regierte. Er hatte dies unter tausend Schmerzen erkennen müssen und sich endlich damit abgefunden wie mit etwas Unabänderlichem. Der Mann, der seine Tochter heimführen wollte, tat ihm leid, aber er konnte ihm nicht mehr sagen, als er schon gesagt hatte. Seiner Pflicht als Ehrenmann war er nachgekommen. Mehr durfte niemand von ihm fordern.

Lutz brachte nun seine Bitte vor, der Baron möge darein willigen, daß die Hochzeit bereits am 15. Juli stattfinden würde. Der Baron gab ohne Vorbehalt seine Einwilligung. Auch dazu, daß Siddy bis zu ihrer Vermählung bei Frau von Sucher bleiben würde. Daß die Hochzeit in Berndorf gefeiert werden sollte, war dem Baron recht.

Sonst hatten sich die beiden Männer nichts mehr zu sagen. Lutz wollte den nächsten Zug nach Berlin benutzen, und der Baron hielt ihn nicht zurück.

Sie verabschiedeten sich in großer Höflichkeit, aber ohne

besondere Wärme. Als Lutz aus dem Haus ins Freie trat, atmete er tief auf, als müsse er eine Last von sich werfen.

Schnell begab er sich zum Bahnhof und erreichte im letzten Moment den abfahrenden Zug. Er warf sich in eine Ecke seines Abteils und schloß die Augen. Noch einmal durchlebte er im Geist die letzte Stunde, aber die rechte Glückseligkeit über sein Verlöbnis wollte sich nicht wieder einstellen. Das seltsame Gedicht ließ ihn nicht los. Es klang unaufhörlich in dem Rollen der Räder, und er mußte es vor sich hin sagen:

Wenn sie dein Auge erblickt,
Die schöne Melusine,
Wirst du berückt, verzückt,
Durch ihre lächelnde Miene.
Doch bringt sie den Tod dem Toren,
Der sich an sie verloren.

Es quälte ihn – und doch kam er nicht los davon.

Aber all sein Unbehagen war mit einem Mal verflogen, als er Siddy nach seiner Rückkehr wieder in den Armen hielt. Sie war reizender und verführerischer denn je und neckte sich mit ihm wie ein mutwilliges Kind, und als er sie einmal ernst und forschend ansah, fragte sie schelmisch: »Hat dich mein grilliger alter Papa angesteckt, Lutz. Sieh, das fürchtete ich, deshalb wollte ich dich nicht zu ihm lassen. Er nimmt alles furchtbar schwer und grübelt ohne Unterlaß über fruchtlose Dinge. Man kann nicht froh sein in seiner Gegenwart. Weil er selbst glücklos ist, erstirbt alles Glück in seiner Nähe, und seine Gegenwart lag immer wie ein Alp auf mir, obwohl ich ihm sehr gut bin.«

Er merkte nicht, daß sie ihn dabei unruhig und lauernd beobachtete. Er sah eine Weile gedankenverloren vor sich hin und sagte dann wie geistesabwesend:

»Ja, er ist ein wenig sonderbar, der alte Herr.«

In ihren Augen blitzte es auf. Sie ahnte, was der Vater mit Lutz gesprochen hatte. Nicht ohne Absicht hatte sie ihn von der Reise zurückhalten wollen.

»Leider hat Papa seit seiner Verabschiedung zuviel Zeit zum Grübeln, und er beißt sich mit seinen Gedanken zuweilen in eine Sache fest, von der er nicht wieder loskommt. Da war zum Beispiel vor zwei Jahren etwa ein junger Maler in unserer kleinen Stadt, der sehr viel Talent hatte. Er wollte mich durchaus malen, wie er mich auf einem Kostümfest gesehen hatte, als Melusine. Ich gestattete es ihm schließlich und saß ihm einige Male zu dem Bild. Aber ich merkte dann, daß er mir Gefühle entgegenbrachte, die ich nicht erwidern konnte, und da bin ich nicht mehr zu den Sitzungen gegangen. Das Bildchen ist auch nicht ganz fertig geworden, er hat es mir zugesandt.«

So erzählte Siddy anscheinend ganz harmlos. Lutz atmete auf. »Ich sah das Bild, Siddy.«

Sie sah ihn lächelnd an. »Nicht wahr, es ist ein hübsches Bild? Ich habe mich sehr darüber gefreut. Aber ich wollte dir ja von Papas grundlosen Grübeleien erzählen. Also denke dir, der arme junge Maler hatte oft melancholische Stunden, er litt an einer unheilbaren Krankheit und sagte mir, sie werde ihn eines Tages veranlassen, seinem Leben ein Ende zu machen. Ich hielt das nicht für einen ernsthaften Entschluß. Wie konnte ich so etwas glauben, er war ja dann wieder ganz vernünftig und vergnügt, wenn seine Leiden ihm keine Beschwerden machten. Nun denke dir mein Erschrecken, als ich erfuhr, daß er tatsächlich seinem Leben ein Ende gemacht hatte. Der Umstand aber, daß er mir kurz vor seinem Tod das Bild zusandte, hat meinem armen Papa den Wahn gebracht, er habe sich meinetwegen erschossen. Gott sei Dank wußte ich ganz genau, daß ihn nur seine unheilbare Krankheit in den Tod getrieben hatte. Aber ich konnte Papa nicht überzeugen, und er verbeißt sich eigensinnig in diese törichte Idee.«

Siddy wußte ganz genau, daß die unheilbare Krankheit, die den jungen Mann in den Tod getrieben hatte, seine Leidenschaft für sie und der Gram, daß sie herzlos mit ihm gespielt hatte, gewesen war. Sie wußte auch, daß ihr Vater die Wahrheit kannte, und fürchtete, daß er in seinem starren Ehrbegriff Lutz diese Wahrheit enthüllt haben könnte. Deshalb hatte sie sich das Märchen von der unheilbaren Krankheit des Malers zurechtgelegt.

Und sie merkte sehr wohl die erlösende Wirkung, die dieses Märchen auf Lutz hatte. Er zog sie plötzlich in seine Arme und küßte sie, bis sie beide atemlos waren. Jetzt erst, da sie ihm durch ihren klugen, wenn auch erlogenen Bericht die Ruhe wiedergegeben hatte, fühlte er, wie unruhig er gewesen war.

XII

Am nächsten Tage reiste das Brautpaar mit Frau von Sucher als Ehrendame nach Berndorf.

Auf dem Bahnhof wartete heute der beste Landauer, und der Kutscher hatte seine beste Livree angelegt. Das hatte Lutz so bestimmt. Und Winnifred hatte, ohne daß ihr etwas gesagt worden wäre, das ganze Haus mit Blumen geschmückt und dafür gesorgt, daß die Braut des Vetters einen möglichst freundlichen Eindruck von Berndorf bekam. Sie wollte Lutz damit eine Freude machen.

Wie ihr bei diesen Vorbereitungen zumute war, wußte nur sie allein. Aber tapfer hatte sie sich bezwungen.

Da weder Tante Martha noch Käthe etwas taten, um der jungen Braut einen freundlichen Empfang zu bereiten, wollte Winnifred das möglichste tun.

Dabei lag ihr freilich das Herz wie ein Stein in der Brust. Am liebsten wäre sie weit, weit fortgelaufen, nur um Lutz nicht an der Seite seiner Braut zu sehen. Aber sie mußte natürlich bleiben. So nahm sie ihr Herz tapfer in ihre Hände und stand, blaß bis in die Lippen, aber gefaßt und ruhig am Fenster, als der Wagen vorfuhr.

Frau von Berndorf und ihre Tochter bequemten sich nun doch, die Gäste zu empfangen und gingen hinaus. Im Hausflur fand die Begrüßung und die Vorstellung statt. Auf Winnifred achtete niemand, bis Lutz sich ihrer erinnerte und sie herbeiholte, um sie seiner Braut vorzustellen. Sie sah sein glückstrahlendes Gesicht und zwang ein Lächeln in das ihre.

»Kommen Sie schnell, Winnifred, meine Braut will Sie kennenlernen. Ich habe ihr viel von Ihnen erzählt, und sie will Ihnen gern eine Freundin werden.«

Da ging sie mit ihm, und als er das Zittern ihrer Hand spürte, dachte er mitleidig und ahnungslos: Das arme liebe Ding, wie verschüchtert es doch ist. Ich glaube wirklich, sie fürchtet sich vor Siddy.

Als sie beide das Zimmer betraten, in dem sich Tante Martha und Käthe mit Frau von Sucher und Siddy befanden, blitzte es in den Augen Siddys spöttisch auf. Was war das für ein unbeholfenes linkisches Mädchen, das nach ihres Verlobten Wunsch ihre Freundin werden sollte.

Er ist ein Phantast, der gute Lutz, und ich werde ihm, wenn wir erst verheiratet sind, mancherlei Torheiten abgewöhnen müssen. Es ist schon reichlich genug, daß seine Schwester und seine Mutter in Berndorf sind. Diese amerikanische Kusine ist vollständig überflüssig, man wird sie auf irgendeine Weise loswerden müssen.

So dachte sie bei sich. Dabei begrüßte sie aber Winnifred mit bezaubernder Liebenswürdigkeit.

Winnifred sah wie gebannt in das schöne Gesicht Siddys. In atemlosem Staunen und rückhaltloser Bewunderung blickte sie zu ihr auf. Oh, wie war sie schön! So hinreißend schön, daß ihr alle Herzen zufliegen mußten. Kein Wunder, daß Lutz sie so sehr liebte.

Mühsam quälte sich Winnifred einige Worte ab. Siddy bemerkte lächelnd den Eindruck, den sie auf Winnifred machte, und das söhnte sie wieder ein wenig mit der Anwesenheit der jungen Dame aus.

Da Winnifred sehr still war und sich ungefragt nicht an der Unterhaltung beteiligte, war Siddys Urteil über sie schnell fertig.

»Völlig unbedeutend.«

Die Damen wurden zunächst auf ihre Zimmer geführt, und eine Stunde später saß man bei Tisch. Siddy nahm alles, was sie sah, mit scharfen, kritischen Augen in sich auf. Daß ihre künftige Schwiegermutter und Schwägerin ihr nicht viel Sympathie entgegenbrachten und sie nicht mit Begeisterung aufnahmen, hatte sie gleich gemerkt. Aber das bedrückte sie keineswegs, es war ihr zu unwichtig. Etwas anderes beschäftigte sie viel mehr. Sie fand, daß die Wirklichkeit sehr hinter ihren Erwartungen zurückblieb bezüglich der Berndorfer Verhältnisse. Das Leben wurde hier anscheinend durchaus nicht, wie sie gehofft hatte, im großen Stil geführt. Es hatte alles einen wenig glänzenden Zuschnitt. Und das nüchterne graugetönte Gutshaus, die keineswegs feudale Einrichtung und der ganze, ziemlich bescheidene Haushalt enttäuschten sie.

Sie war allerdings zu klug, um sich das anmerken zu lassen, aber es mißfiel ihr sehr.

Am Nachmittag fuhr Lutz dann mit ihr nach Wildenau hinüber, um einen Besuch bei Onkel Rudolf zu machen und Siddy vorzustellen. Und als sie das herrliche imposante Schloß und den wundervollen Park sah, als sie dann durch die mit gediegener Pracht ausgestatteten Räume ging und die zahlreiche Dienerschaft bemerkte, da zweifelte sie nicht mehr daran, daß sie wirklich eine glänzende Partie machte. Das war wirklich ein fürstlicher Besitz, wie ihr Annie von Blümer gesagt hatte.

Daß Herr von Wildenau keinen andern Erben hatte als seine Berndorfer Verwandten, hatte ihr Frau Martha auf geschickt gestellte Fragen bestätigt.

Rudolf von Wildenau kam der Braut seines Neffen sehr artig entgegen. Er sah forschend und prüfend in das schöne Gesicht und mußte es bewundern.

Siddy übertraf sich selbst ihm gegenüber an bezaubernder Liebenswürdigkeit. Sie versuchte sich sogleich bei ihm einzuschmeicheln. Er nahm das lächelnd auf, und da er nicht ahnen konnte, daß sie die Absicht hatte, in Zukunft Herrin von Wildenau zu werden, nahm er ihre Liebenswürdigkeit für eine ihm erwiesene Artigkeit, der er freilich keinen allzu großen Wert beilegte.

Er versprach jedoch gern, am Abend nach Berndorf hinüberzukommen, um mit seiner neuen Verwandten zusammen zu sein.

In Gedanken versunken, sah er dann dem Brautpaar nach, als es wieder davonfuhr.

Ein schönes, glänzendes Geschöpf – aber Winnifred wäre mir für Lutz als Gattin wünschenswerter. Irgend etwas, das ich nicht bezeichnen kann, gefällt mir nicht an der jungen Dame. Sie flößt mir, trotz ihres bezaubernden Lächelns, ein Gefühl von Kälte ein. Hoffentlich hat Lutz mit dieser Verlobung nicht eine Torheit begangen –, eine andere, als seine Mutter meint.

Siddy war auf der Rückfahrt nach Berndorf in wahrhaft blendender Stimmung.

»Dein Onkel Rudolf ist ein reizender Herr, eine vornehme Erscheinung. Aber er ist jünger, als ich glaubte. Ist er wirklich so leidend, wie deine Mutter sagte?« fragte sie vorsichtig sondierend.

»Ja, Siddy, er ist sehr leidend, viel mehr als jemand ahnt. Dir kann ich ja sagen, was er mir eröffnet hat. Seine Lebenszeit ist voraussichtlich nur noch von kurzer Dauer. Die Ärzte geben ihm höchstens eine Lebensfrist von zwei Jahren. Aber bitte, sprich mit niemand darüber, auch mit Mama nicht.«

Das Aufblitzen in Siddys Augen entging ihm. In zwei Jahren werde ich also Herrin dieses fürstlichen Besitzes sein, dachte sie triumphierend. Aber sie sagte mit einem mitleidigen Ausdruck: »Ach, der Ärmste, wie schrecklich muß es für ihn sein, diese Gewißheit zu haben.«

»Ja, er tut mir herzlich leid, zumal er wenig Glück im Leben gehabt hat. Und man muß ihn bewundern, er erträgt sein Schicksal mit einer stillen Größe.«

»Er ist sehr nett zu dir.«

»Ja, wir harmonieren jetzt gottlob sehr gut miteinander.«

Gern hätte Siddy noch weitergefragt, um sich über die Erbaussichten ihres Verlobten genau zu informieren. Aber sie wollte nicht den Anschein erwecken, als hätte das Interesse für sie. Daß Lutz nur aus Liebe geheiratet werden wollte, wußte sie, und sie behandelte ihn so, daß er es glauben mußte.

Lutz begann nun seiner Braut zu erzählen, daß er Professor Hendrichs um seine Entlassung bitten und nach Berndorf übersiedeln wollte.

»Warum hast du eigentlich studiert, Lutz? Wäre es nicht besser gewesen, du hättest als Landwirt dein Gut selbst verwaltet?« fragte Siddy.

Er faßte lächelnd ihre Hand. »Als ich meine Studien begann, lebte mein Vater noch, er starb ja erst, als ich bereits meinen Doktor gemacht hatte. Ich hoffte, er würde viel länger leben, und Berndorf hat an einem Herrn genug. Außerdem ist Chemie mein Steckenpferd, zumal im Zusammenhang mit der Landwirtschaft. So überließ ich meiner Mutter bisher gern das Regiment auf Berndorf.«

»Aber der eigentliche Herr von Berndorf bist du?«

»Ja, mein geliebtes Herz. Und du wirst nun bald die Herrin von Berndorf sein. Das ist freilich vorläufig kein glänzendes Los, aber ich hoffe, dir bald ein glänzenderes bieten zu können. Habe nur ein wenig Geduld.«

Zwei Jahre, dachte Siddy bei sich. Aber laut sagte sie, innig seine Hand drückend:

»Ich wünsche mir kein glänzenderes Los, als von dir geliebt zu werden, mein Lutz.«

Entzückt küßte er ihre Hand und sagte ihr liebe, zärtliche

Worte. Dann erzählte er ihr, daß er auf Berndorfer Boden ein Laboratorium bauen wollte, um eine Erfindung auszunutzen.

Siddy ahnte nicht, daß Lutz auf eine Verbesserung seiner Lage durch diese Erfindung rechnete. Das wäre ihr eine unsichere Aussicht gewesen.

Schelmisch legte sie ihm die Hand auf den Mund. »Laß uns doch nicht von materiellen Dingen reden, Lutz. Dies kurze Alleinsein können wir doch wahrlich anders ausnutzen.«

Er zog sie an sich, und seine Augen leuchteten zärtlich in die ihren. »Du hast recht, Siddy. Was auch kommen mag, wir haben uns und unsere Liebe.«

»Und das ist uns genug«, flüsterte sie wie selbstvergessen.

Es fiel ihr wirklich nicht schwer, die zärtlich Liebende zu spielen. Soviel sie für einen Mann empfinden konnte, ja überhaupt für einen Menschen, soviel gab sie Lutz. Es war nur leider sehr wenig und reichte nur so weit, wie ihr Egoismus nicht in Frage kam. Winnifred sah vom Fenster aus das Brautpaar zurückkommen, sah Siddys strahlendes Gesicht und das zärtliche Leuchten in des Vetters Augen. Da preßte sie die Hände aufs Herz, als müßte sie es zur Ruhe zwingen.

Wenn sie ihn nur glücklich macht, dann ist alles, alles gut, dachte sie.

Lutz sah sie am Fenster stehen und winkte ihr lächelnd zu. Er machte Siddy auf Winnifred aufmerksam, und diese winkte ebenfalls zu ihr hinauf.

Aber Winnifred hätte weinen mögen, weil sie nichts Warmes und Herzliches für Siddy empfinden konnte, die doch so freundlich zu ihr war. Sie schämte sich dessen in der Unschuld ihres Herzens.

Am Abend kam Rudolf von Wildenau nach Berndorf, und es herrschte bei Tisch eine ziemlich angeregte Stimmung. Siddy verstand es, selbst die steife Abwehr Frau Marthas und Käthes kindisches Grollen zu besiegen, und war so entzückend in ihrem scheinbaren glücklich-bräutlichen Übermut, daß sie alles mit fortriß.

Auch auf Winnifreds blassem Gesicht erschien zuweilen ein Lächeln, und wenn Lutz das sah, erschien ihm sein Glück noch viel größer und strahlender. Es war, als gehöre es zu seinem Glück, zu seiner Zufriedenheit, daß Winnifred heiter war. Und er gab sich Mühe, sie heiter und fröhlich zu machen.

Nach Tisch versuchte er zwischen Siddy und Winnifred ein wärmeres Verhältnis anzubahnen. Winnifred ging ihm zuliebe darauf ein, und Siddy wollte sich liebenswürdig zeigen. So plauderte sie mit der Eleganz der Weltdame, die sich gütig mit einem schlichten Kinde vom Land verständigen will.

Lutz merkte, daß Siddy Winnifred einschätzte, wie er selbst es zu Anfang getan hatte, als ein unbedeutendes, schüchternes Geschöpf. Um Winnifreds Wesen besser zu offenbaren, bat er sie, zu musizieren.

Auch Onkel Rudolf, der nie genug Winnifreds Spiel und Gesang lauschen konnte, unterstützte ihn in seinen Bitten.

In Winnifreds Gesicht stieg eine helle Röte, sie hatte ein Gefühl, als bringe sie keinen Ton heraus, als Siddy mit ihren grünlich schimmernden Augen zu ihr herübersah, als wolle sie sagen: Was werden wir da für eine Dilettantin zu hören bekommen?

Siddy war selbst eine exzellente Klavierspielerin, und sie nahm sich vor, sich nach »Winnifreds Geklimper« hören zu lassen. Ihres Triumphes gewiß, nickte sie Winnifred lächelnd zu:

»Ich freue mich, Sie zu hören, liebe Winnifred.«

Es klang ein wenig gönnerhaft, und um Rudolf von Wildenaus Lippen zuckte es wie ein leises Spottlächeln. Er hatte Siddy den ganzen Abend scharf beobachtet, und je länger er ihr gegenübersaß, desto weniger gefiel sie ihm. Sie erschien ihm etwas unnatürlich in ihrem Wesen, ihre Liebenswürdigkeit hatte nichts Selbstverständliches. Und in die grünen Augen trat zuweilen ein blitzähnliches Leuchten, das ihm zu denken gab.

Winnifred spielte nun einige Piecen von Grieg, Chopin und Mendelssohn und sang einige Lieder von Schumann und Grieg. Diese Lieder lagen ihrer Stimme besonders gut. Und während sie musizierte, war wieder aus dem kleinen scheuen Mädchen eine Persönlichkeit geworden, die den ganzen Kreis beherrschte und an derem beseelten durchgeistigten Antlitz aller Augen wie gebannt hingen. Aus Siddys Antlitz verschwand zu Onkel Rudolfs heimlichem Vergnügen der überlegene gönnerhafte Ausdruck und machte einem ungläubigen Staunen Platz. Frau von Sucher nahm die Lorgnette vor die etwas kurzsichtigen Augen, als müsse sie sich überzeugen, daß wirklich das scheue kleine Mädchen von vorhin am Flügel saß. Lutz' Augen hingen wie im glückseligen Träumen an dem Antlitz der Sängerin, und Onkel Rudolf lehnte sich zurück und trank den süßen Wohllaut der weichen dunklen Stimme in sich hinein. Selbst Tante Martha und Käthe waren gefesselt, und draußen auf der Veranda lauschten heimlich die Dienstboten.

Winnifred hatte sich selbst vergessen. Ihre Seele sprach in diesen Tönen von ihrem Leid, von ihrer stillen Resignation, von dem heißen Wunsch um das Glück des einen Menschen, der ihrem jungen Herzen in so kurzer Zeit so viel geworden war.

Endlich stand Winnifred vom Flügel auf. Siddy und Frau von Sucher applaudierten lebhaft. Da Siddy fand, daß man sich nun genug mit Winnifred Hartau beschäftigt hatte, ließ sie sich am Flügel nieder und brillierte mit einem Vortrag. Ihre Technik war glänzend, die Läufer und Triller perlten leicht und graziös unter ihren Händen hervor, aber ihrem Vortrag fehlte die Seele, das Tiefinnerliche, das Winnifreds Leistungen so wirksam machte, man empfand nichts bei ihrem Vortrag. Trotzdem machte man ihr natürlich von allen Seiten Komplimente, die sie mit einem liebenswürdigen Lächeln aufnahm.

Nachdem Siddy ihr Spiel beendet hatte, begab man sich in das Nebenzimmer. Winnifred blieb zurück, um die Noten fortzuräumen und den Flügel zu schließen.

Onkel Rudolf trat zu ihr. »Laß dir danken, Winnifred. Du hast mich wieder beglückt durch dein Spiel und deinen Gesang. Deine Lieder kommen aus dem Herzen und gehen zum Herzen. Ich wollte, ich könnte dich immer um mich haben. Dann müßtest du mich viel öfter mit deiner Musik erfreuen.«

Lächelnd sah Winnifred zu ihm auf. »Macht dir mein Musizieren wirklich einiges Vergnügen, Onkel Rudolf? Baroneß Siddy hat so viel besser gespielt als ich. Sie beherrscht den Flügel meisterhaft.«

»In der Technik unstreitig. Aber die Technik allein macht nicht die Musik. Wie gefällt dir die Braut deines Vetters Lutz?«

Winnifred atmete tief auf. Ihre Augen sahen groß und starr vor sich hin.

»Oh, sie ist sehr schön. Glaubst du, Onkel Rudolf, daß sie ihn glücklich machen wird?«

Er sah sie forschend an. »Möchtest du denn, daß er mit ihr glücklich wird?«

In ihren Augen lag ein Glanz, der wie Verklärung wirkte.

»O ja, er soll glücklich sein, er ist so gut, er verdient es.«

»Du hältst ihn für einen guten Menschen?«

»Für den besten, den ich kenne. Zweifelst du daran, Onkel Rudolf?«

»Nein, jetzt nicht mehr.«

»Ach, das freut mich. Wüßtest du, wie gut er zu mir gewesen ist von Anfang an. Er hat nicht Ruhe gegeben, bis mir Tante Martha alle schwere Arbeit abnahm, weil er glaubte, es werde mir zuviel. Ganz erschrocken war er, als er mich einmal Milchkannen tragen und am Bügelbrett stehen sah. Ich hatte solche Angst, er würde sich deshalb mit seiner Mutter erzürnen. Aber gottlob, es ging ohne Unfrieden vorüber. Und Tante Martha ist jetzt so rücksichtsvoll mir gegenüber. Das alles danke ich Lutz. Ich habe es jetzt eigentlich viel zu leicht und habe nicht mehr das Empfinden, daß ich wirklich nützen kann. Tante Martha will mich fast gar nichts mehr tun lassen und hat auch eine neue Mamsell engagiert.«

Herr von Wildenau sah nachdenklich vor sich hin. Wieder fragte er sich, was Frau Martha damit bezweckte, daß sie Winnifred jetzt so schonungsvoll behandelte. Ein Ausfluß von Güte war es nicht, daran glaubte er auf keinen Fall.

Dahinter steckt etwas, dachte er wieder. In diesem Moment trat Frau Martha schnell ins Zimmer und sah scharf und forschend auf die beiden.

»Kommt ihr nicht herüber?« fragte sie.

»Wir waren eben im Begriff, Martha. Ich habe mich nur bei Winnifred bedankt für ihr schönes Spiel und ihren herrlichen Gesang.«

»Ja, sie spielt und singt wunderschön. Es ist eigentlich schade, daß solch ein herrliches Talent in unserm stillen Berndorf verkümmern soll. Winnifred hätte viel Geld verdienen können, wenn sie Konzerte veranstaltet hätte.«

Herr von Wildenau wunderte sich über diese rückhaltlose Anerkennung. Lächelnd sah er Winnifred an. »Nun – wie denkst du darüber, Winnifred? Hast du auch die Aversion deiner Mutter geerbt, mit deinen musikalischen Leistungen in die Öffentlichkeit zu treten?«

Erschrocken streckte Winnifred die Hände aus. Sie wurde ganz blaß. »Ich würde sterben vor Angst, wenn ich mich vor einer Menge fremder Menschen hören lassen sollte«, sagte sie erregt.

Da nickte ihr Onkel Rudolf zu. »Nein, du gehörst nicht auf das Konzertpodium; es wäre schade.«

»Das ist aber eine irrige Ansicht, Rudolf. Winnifreds Talent dürfte nicht brachliegen. Ich muß immer daran denken, daß sie damit vielleicht ihr Glück machen könnte. Aber nun wollen wir hinübergehen zu den andern«, sagte Frau Martha.

Nach zweitägigem Aufenthalt reiste Lutz mit seiner Braut und Frau von Sucher nach Berlin zurück.

Gleich am Tage danach begab er sich zu Professor Hendrichs und bat um seine baldmögliche Entlassung. Diese Bitte begründete er durch die Eröffnung seines Vorhabens.

Der Professor ging liebenswürdig auf sein Gesuch ein. »Ich will Ihnen nicht im Weg stehen, lieber Doktor. Sogleich werde ich mich nach einem Nachfolger für Sie umsehen. Er wird bald zu finden sein. Dann sind Sie sofort frei«, sagte er.

Das war Lutz sehr lieb. Er traf nun eifrig seine Vorbereitungen zur Übersiedlung nach Berndorf.

All seine freie Zeit widmete er seiner Braut. Und von Tag zu Tag zog ihn Siddy fester in ihren Bann. Zwar gab ihm zuweilen irgend etwas in Siddys Verhalten zu denken, und wieder und wieder überfiel ihn zuweilen sogar in den zärtlichsten Momenten das seltsame Kältegefühl, das von ihr ausstrahlte, aber sie ließ ihm nie Zeit, darüber nachzudenken.

Herr von Solms, Siddys anderer Verehrer, war durch die Nachricht von ihrer Verlobung sehr niedergeschmettert worden. Aber nachdem er sich einige Tage zurückgezogen hatte, tauchte er wieder auf und folgte Siddy abermals wie ihr Schatten. Sie hielt ihn wie mit magnetischen Banden fest, er konnte nicht von ihr loskommen, obwohl sie ihn ziemlich schlecht behandelte.

Lutz fiel dieser »Schatten« seiner Braut unangenehm auf, und er bat sie, den Verkehr mit Herrn von Solms abzubrechen. Aber Siddy lächelte schelmisch.

»Lieber Lutz, du wirst doch nicht eifersüchtig sein? Ich habe diesem Menschen deutlich genug klargemacht, daß er hier überflüssig ist. Aber er merkt es nicht. Und da er zu den Bekannten von Frau von Sucher gehört und ich ihn, als ihren Gast, nicht brüskieren darf, muß ich mir schon seine Gesellschaft gefallen lassen. Angenehm ist sie mir nicht.«

Damit mußte sich Lutz zufriedengeben. Warum Siddy Herrn von Solms nicht energischer den Laufpaß gab, wußte sie selbst nicht. Es lag eben in ihrer Art, möglichst viele Männer vor ihren Triumphwagen zu spannen, und da Herr von Solms trotz seiner Blödigkeit als reicher Freier von vielen andern Damen begehrt wurde, machte es ihr Vergnügen, ihn festzuhalten.

Schnell hatte Professor Hendrichs einen Nachfolger für Lutz gefunden, und dieser wollte nun sofort nach Berndorf übersiedeln, um den Sommer über den Bau des Laboratoriums ausführen zu lassen. Bis zu seiner Hochzeit dachte er mit der Hauptarbeit fertig zu sein, und nach der Rückkehr von der Hochzeitsreise hoffte er, das Laboratorium in Betrieb setzen zu können.

Es kam ihn schwer an, sich jetzt von Siddy zu trennen, und sie gab sich den Anschein, als würde ihr der Abschied furchtbar schwer. Sie schalt auf das dumme Laboratorium, das ihr den Liebsten entführe!

Ihr zärtlicher Unwille machte ihn glücklich, und er tröstete sie nach Kräften. Schließlich sagte sie seufzend: »Wir müssen vernünftig sein, Lutz, es hilft nichts. Was sein muß, das muß sein, und ich will dir mit meinen Klagen nicht das Herz schwermachen. Hoffentlich vergeht die Zeit der Trennung schnell. Ich werde in dieser Zeit meine Ausstattung besorgen, damit mir die Tage schneller vergehen.«

Sie besprachen nun noch mancherlei. Siddy sollte bestimmen, wie sie ihre Zimmer eingerichtet haben wollte, und sie war ziemlich bescheiden in ihren Wünschen, weil sie damit rechnete, daß der Aufenthalt in Berndorf nur ein Provisorium und Wildenau erst ihre wirkliche Residenz sein würde. Sie sprach aber nie mit Lutz davon, daß sie auf das Erbe von Wildenau rechnete. So wußte er nichts davon und freute sich nur ihrer Genügsamkeit. Auch von Winnifred sprach er immer wieder mit ihr. Er zeigte sich sehr besorgt um sie, wie ein liebevoller Bruder, und bat seine Verlobte, sich gut mit ihr zu stellen.

»Sie soll immer in Berndorf bleiben«, sagte er.

Siddy langweilte dieses Thema sehr. »Immer?« fragte sie zweifelnd.

»Gewiß, Siddy, sie hat sich unter unsern Schutz begeben, und Berndorf soll ihr eine Heimat sein.«

Mit einem Lächeln sah Siddy zu ihm auf. »Aber Lutz, doch nur bis zu einer gewissen Zeit?«

»Wie meinst du das?«

»Nun, eines Tages wird sie sich doch, wie auch deine Schwester Käthe, verheiraten.«

»Verheiraten?«

Lutz fragte es fast bestürzt. Daran hatte er noch nie gedacht, daß Winnifred sich verheiraten könnte.

»Aber Lutz, das ist doch so natürlich. Weshalb staunst du so sehr? Ach – ich weiß, du meinst, weil sie ein armes Mädchen ist. Nun, bin ich das nicht auch und habe doch einen herzlieben, törichten Mann gefunden, der mich heimführen will?«

Er küßte ihr innig die Hand und wußte selbst nicht recht, weshalb ihm der Gedanke an eine Verheiratung Winnifreds so unangenehm war.

»Du hast recht, Siddy, und liebenswert genug ist Winnifred auch, aber sie wird in Berndorf wenig Gelegenheit haben, mit heiratsfähigen Herren zusammenzukommen.«

»Oh, dafür laß mich nur sorgen, Lutz. Wir werden ihr Gelegenheit dazu verschaffen. Soll ich großmütig sein und meinen Anbeter, Herrn von Solms, nach Berndorf einladen? Man könnte ein wenig Schicksal spielen und Winnifred dadurch eine glänzende Partie verschaffen.«

Diese Worte sprach Siddy halb ernst, halb schelmisch. Aber über das Gesicht ihres Verlobten glitt ein Schatten.

»So etwas solltest du auch im Scherz nicht aussprechen,

Siddy. Wie kannst du glauben, daß Winnifred mit ihrem reichen Geist und ihrem tief innerlichen Wesen einem Menschen wie Solms die Hand reichen würde?«

Es zuckte ein wenig spöttisch um ihren Mund. »Vergiß doch nicht, Lutz, daß er ein mehrfacher Millionär ist. Ich glaube kaum, daß Winnifred da widerstehen könnte.«

Unmutig schüttelte er den Kopf. »Du kennst sie eben nicht. Dazu wäre sie ebensowenig imstande wie du.«

Schon wollte Siddy sagen: Wenn sie ihn ausschlüge, wäre sie eine Närrin. Aber da fiel ihr plötzlich ein, daß sie damit aus ihrer Rolle fallen würde. Sie biß sich auf die Lippen und schmiegte sich an ihn. »Ach, du dummer Lutz, merkst du denn nicht, daß ich scherze?«

Da zog er sie fest an sich. »Liebling, auch im Scherz mag ich so etwas nicht von dir hören.«

»Du hast recht, Lutz, solche Scherze sind nicht schön. Aber ich dachte ernsthaft daran, daß man Winnifred und auch deiner Schwester Gelegenheit geben muß, mit jungen Herren zusammenzukommen. Ich bin doch selbst viel zu glücklich als deine Braut, als daß ich Winnifred und Käthe nicht ein gleiches Glück gönnen sollte.«

Da war er schnell versöhnt. Aber er mußte darüber nachdenken, wie es sein würde, wenn Winnifred sich verheiraten würde. Der Gedanke daran verursachte ihm Unbehagen.

»Also wie alle glücklichen jungen Frauen möchtest du die Ehestifterin für andere spielen?« neckte er Siddy, sich gewaltsam von dem störenden Gedanken losreißend.

Sie nickte lächelnd. »Ich möchte versuchen, ob ich dabei eine glückliche Hand habe.«

»Das wirst du ganz bestimmt, Siddy, in allen Dingen hast du eine glückliche Hand.«

Ihre Nixenaugen strahlten zu ihm auf, und er war wieder völlig in ihrem Bann.

Seit Lutz mit seiner Braut wieder von Berndorf abgefahren war, hatte Winnifred tapfer mit ihrem Schmerz gerungen. Aber trotzdem fürchtete sie sich namenlos vor der Zeit, da Lutz seine junge Frau nach Berndorf bringen würde.

Manchmal fragte sie sich, ob es nicht besser sei, von Berndorf fortzugehen, damit sie verwinden lernte, was sie quälte. Aber dann dachte sie daran, daß sie der sterbenden Mutter versprochen hatte, nur von Berndorf fortzugehen, wenn man sie fortschickte. Auch fürchtete sie sich sehr vor der Welt da draußen. War denn nicht auch alles besser, als für immer von Lutz getrennt zu sein? Wieviel unglücklicher wäre sie, wenn sie ihn nie mehr sähe.

In all ihrem Kummer hatte sie aber doch etwas, worauf sie sich freute, das war die Zeit, wo Lutz vor seiner Verheiratung in Berndorf sein würde. Er hatte sich für Mitte Mai angesagt. Da seine Hochzeit auf den 15. Juli festgesetzt war, blieben also acht Wochen, die er ohne Siddy in Berndorf verbringen würde. Und auf diese Zeit freute sie sich wie auf ein großes Glück. An das, was nachher kam, wollte sie nicht mehr denken, bis es soweit war.

Inzwischen hatte Frau Martha wieder und wieder mit Schrecken bemerkt, wie warm das Interesse Onkel Rudolfs an Winnifred wurde. Es war wirklich die höchste Zeit, sie zu entfernen, wenn nicht alles verloren sein sollte. Und nach eifrig gepflogener Korrespondenz hielt sie denn auch eines Tages ein erlösendes Schreiben von Frau von Haller in der Hand, die ihr mitteilte, es sei ihr gelungen, eine vorzügliche Stellung für Fräulein Hartau ausfindig zu machen. Sie könne sogleich als Gesellschafterin einer Dame aus der hohen Aristokratie engagiert werden, deren Gatte, ein bekannter Diplomat, viel in Geschäften an auswärtigen Höfen weile. Seine Gemahlin sei darum viel allein und verlange eine junge Gesellschafterin aus guter Familie, mit vorzüglicher Erziehung und vor allem mit großen musikalischen Fähigkeiten. Die Baronin Senden, so hieß diese Dame, sei selbst musikalisch, veranstalte öfter Hauskonzerte und empfange viele berühmte Künstler bei sich. Es dürfte also Fräulein Hartau nicht leicht wieder eine ähnliche günstige Stellung geboten werden, und sie werde viel Anregung und Förderung für ihre Talente haben. Außerdem sei die Stellung eine sehr angenehme, und Frau von Berndorf möge sofort Nachricht senden, ob Fräulein Hartau das Engagement annähme. In diesem Falle möge sie so schnell wie möglich zu Frau von Haller nach Dresden kommen, die sie dann zur Baronin Senden bringen werde.

Frau Martha war sehr beglückt durch dieses Schreiben. Sie las es am Frühstückstisch. Zu gleicher Zeit war ein Brief von Lutz gekommen, der seine Ankunft für nächsten Montag meldete.

Winnifred muß schon aus dem Hause sein, wenn Lutz kommt, sonst redet er mir drein. Und niemand darf vorher ahnen, daß sie fortgeht, damit sie niemand daran hindern kann. Ich werde erst wieder ruhig sein, wenn dieses Mädchen fort ist.

Gleich nach dem Frühstück bat sie Winnifred, mit in ihr Arbeitszimmer zu kommen. Das geschah jetzt sehr oft, da Winnifred schriftliche Arbeiten für Frau Martha zu machen hatte, so daß sie nichts Auffallendes dabei fand. Ahnungslos folgte sie der Tante.

Als sie allein waren, faßte diese mit einem liebenswürdigen Lächeln die Hand der jungen Dame. »Liebe Winnifred, ich habe dir eine sehr erfreuliche Mitteilung zu machen. Bitte, nimm Platz.«

Mit ziemlichem Staunen sah Winnifred in das lächelnde Gesicht der Tante. So freundlich war sie noch nie zu ihr gewesen.

Gehorsam nahm sie Platz. »Was hast du mir zu sagen, Tante Martha?« fragte sie mehr beklommen als erfreut.

Frau Martha setzte sich ihr gegenüber auf einen Diwan.

»Das sollst du hören, Kind, ein großes Glück ist dir beschieden. Ich muß etwas zurückgreifen, um dir alles zu erklären. Also, seit ich dich das erste Mal in Wildenau musizieren hörte, hatte ich das Empfinden, daß es eine Sünde wäre, dein Talent hier in Berndorf verkümmern zu lassen. Es darf nicht sein. So gern ich dich hier behalten würde, es ginge ja nur an, wenn ich den Posten der Mamsell unbesetzt gelassen hätte. Du weißt, daß wir jeden Pfennig sparen müssen. Und so anspruchslos und bescheiden du auch bist, der Unterhalt eines Menschen kostet Geld. Ich sah ja ohne weiteres ein, daß du zu schade bist für die Arbeit, die ich dir zumuten mußte, schon ehe Lutz mit mir davon sprach. Aber, was sollte ich tun? Ich wußte nicht, wie ich es auf die Dauer ändern sollte. Aber endlich kam mir eine erlösende Idee: Ich setzte mich deinetwegen mit einer befreundeten Dame in Verbindung und bat sie, sich in ihrem Bekanntenkreis nach einer besonders günstigen und für dich passenden Position umzusehen. Und zu meiner großen Freude macht sie mir nun heute die Mitteilung, daß sie etwas ganz hervorragend Günstiges gefunden hat. Das ist genau das, was ich für dich suchte. Eine äußerst angenehme, deinen Fähigkeiten entsprechende

Stellung in einem vornehmen Haus, unter dem Schutz einer Dame der höchsten Aristokratie. Du kannst von großem Glück sagen, daß sich dir so etwas bietet. Hier, bitte, lies diesen Brief der Frau von Haller, daraus wirst du zur Genüge ersehen, wie herrlich du aufgehoben sein wirst. Man könnte dich beneiden um das gesellige, anregende Leben, das du führen wirst.«

Winnifred war sehr bleich geworden und faßte nach dem Brief. Die Buchstaben tanzten ihr vor den Augen, und nur mit Aufbietung aller Willenskraft vermochte sie ihn endlich zu lesen.

Als es geschehen war, ließ sie die Hand mit dem Brief sinken. Sie erfaßte nur eins – daß sie fort sollte aus Berndorf, aus Lutz' Nähe, hinaus in die fremde, kalte Welt.

Es half nichts, daß sie sich sagte, es sei vielleicht gut, wenn sie künftighin nicht mit Lutz und seiner Frau zusammen leben müsse. Es tat ihr weh, unsagbar weh, daß sie von Berndorf verbannt sein würde, obwohl sie nicht viele gute Stunden hier erlebt hatte.

Ob Lutz davon wußte, daß seine Mutter sich um eine Stellung für sie bemühte? Aber nein, nein, Lutz hatte ja immer davon gesprochen, daß sie für immer in seinem Haus bleiben sollte. Nein, Lutz wußte nichts. Er würde es auch nicht gern sehen, daß man sie fortschickte. Aber was half das? Sie mußte ja doch gehen.

»Nun, Winnifred, du bist ja ganz sprachlos über diesen Glücksfall? Was sagst du dazu?«

Diese Worte der Tante rissen sie aus ihrer Erstarrung. Sie richtete sich auf, blaß bis in die Lippen und mit wehem Herzen. Aber sie verfügte über eine große Selbstbeherrschung. »Du hast dir viel Mühe gemacht, Tante Martha, und es ist sehr freundlich von dir, daß du mir eine so gute Stellung verschafft hast. Ich danke dir«, sagte sie tonlos.

In Frau Marthas kalten Augen leuchtete es auf. »Es ist wirklich ein seltener Glücksfall, Winnifred. Du nimmst also natürlich diese Stellung an?«

Ein kurzes Zögern, dann neigte Winnifred bejahend den Kopf. »Ja, Tante Martha, ich nehme sie an. Ich sehe ein, daß ich euch zur Last falle. Verzeihe nur, daß ich es so lange getan habe.«

Frau Martha wurde noch liebenswürdiger. »Davon kann ja keine Rede sein, mein liebes Kind. Natürlich müssen wir jetzt leider doppelt mit jedem Pfennig rechnen, da Lutz nun auch noch eine arme Frau ins Haus bringt. Es tut mir wahrhaftig leid, daß ich dich fortschicken muß, aber es geht nicht anders. Vielleicht können wir dich später zurückrufen, wenn bessere Zeiten für Berndorf kommen.«

»Ich danke dir jedenfalls, Tante Martha, daß du mich so lange aufgenommen hast.«

»Ach, das ist gern geschehen. Deine Mutter sprach ja in ihrem Brief auch davon, daß du wenigstens so lange hier bleiben könntest, bis sich eine Stellung für dich gefunden haben würde. Wer weiß, ob du da nicht dein Glück machst.«

Winnifreds Lippen zuckten. »Ich muß sehr froh über diese Stellung sein, Tante Martha.«

»Nicht wahr? Du wirst gute Aufnahme finden, und Frau von Haller wird dir ihren Schutz angedeihen lassen. Im Winter kommt dann Käthe nach Dresden zu Frau von Haller. Da seht ihr euch wieder. Und wie gesagt, wenn andere Zeiten für Berndorf kommen, holen wir dich zurück.«

Winnifred konnte daran nicht glauben. Sie hatte das Gefühl, daß sie nie wiederkommen würde, wenn sie einmal fort war. »Und wann soll ich diese Stellung antreten, Tante Martha?« fragte sie.

»Natürlich sofort. Du hast ja den Brief gelesen. Ich werde an Frau von Haller depeschieren, daß du annimmst und – sagen wir – übermorgen eintriffst.«

Winnifred zuckte leicht zusammen. »Übermorgen?« entfuhr es erschrocken ihren Lippen.

»Ja, am Sonnabend also.«

Winnifred war wie vernichtet. Sie wußte, daß Lutz erst am Montag heimkam. Wenn sie schon am Sonnabend reiste, dann sah sie ihn gar nicht wieder, konnte nicht einmal Abschied von ihm nehmen.

Tante Martha beobachtete sie scharf. »Nun, ist dir das nicht recht?« fragte sie.

»Doch, es ist mir recht, Tante Martha, nur hätte ich gern von Vetter Lutz Abschied genommen und ihm noch einmal für alle Güte gedankt.«

»Das kannst du schriftlich tun. Man darf die Baronin Senden nicht warten lassen. Dresden liegt ja auch nicht aus der Welt, und wir sehen uns zuweilen. Jedenfalls darfst du jetzt nicht zögern, damit dir diese gute Stellung nicht verlorengeht.«

Schlaff sanken Winnifreds Hände herab. »Ja, du hast recht. Ich werde also übermorgen reisen.«

»Ich freue mich, daß du so vernünftig bist. Du sollst sehen, es wird dir in Dresden gefallen. Wirklich, Kind, ich freue mich, daß du so gut untergebracht bist. Sonst hätte ich dich auch keinesfalls fortgehen lassen. Also ich depeschiere an Frau von Haller, und du kannst gleich beginnen zu packen, damit du das in aller Ruhe erledigen kannst.«

»Es ist gut, Tante Martha. Aber du erlaubst doch, daß ich

heute nachmittag oder morgen nach Wildenau fahre, um Onkel Rudolf Lebewohl zu sagen?«

Das wollte jedoch Frau von Berndorf auf jeden Fall verhindern. »Das möchte ich nicht, Kind. Du weißt doch, Onkel Rudolf ist krank und muß vor jeder Erregung behütet werden. Abschiednehmen ist aber immer mit Aufregungen verknüpft. Ich kann nicht dulden, daß Onkel Rudolf einer solchen ausgesetzt wird. Es ist besser, du ersparst ihm und dir diesen Abschied. Du kannst ja auch für ihn ein Briefchen hinterlassen, in dem du ihm Lebewohl sagst. Vor Sonntag kommt er nicht nach Berndorf, und so ist eine nochmalige Begegnung zwischen euch ausgeschlossen. Das ist gut für ihn, nicht wahr, du willst doch seine Gesundheit nicht gefährden?«

Nein, das wollte Winnifred nicht. Aber bei all ihrer Unerfahrenheit und Harmlosigkeit fiel es ihr doch auf, daß Tante Martha sie weder mit Lutz noch mit Onkel Rudolf zusammentreffen lassen wollte. Wollte die Tante verhindern, daß Lutz oder Onkel Rudolf sie vielleicht zurückzuhalten versuchten? Aber da brauchte sie keine Angst zu haben. Nicht um alle Schätze der Welt wäre sie in einem Hause geblieben, in dem sie sich lästig wußte. So bescheiden sie auch war, das ließ ihr Stolz nicht zu.

Sie richtete sich entschlossen auf. »Es ist gut, Tante Martha, ich werde also auch von Onkel Rudolf nur schriftlichen Abschied nehmen.«

Befriedigt atmete Frau Martha auf. »Recht so, Winnifred, du bist ein gutes, vernünftiges Kind. Und nun laß mich allein.«

Damit war Winnifred entlassen. Langsam, mit schweren Schritten, begab sie sich in ihr Zimmer.

XIII

Tante Martha und Käthe waren bei der Mittagstafel äußerst liebenswürdig zu Winnifred.

»Du kannst lachen, Winnifred, ich beneide dich um das amüsante gesellige Leben in Dresden. Wahrhaftig, ich möchte gleich mit dir tauschen, denn in Berndorf ist es so schrecklich langweilig«, sagte Käthe. Und sie war dabei nicht einmal unehrlich.

Sie plauderte lebhafter als sonst mit Winnifred und sprach davon, wie sehr sie sich darauf freute, im Winter auch nach Dresden zu kommen.

Winnifred hatte sich gefaßt, wenn sie auch zum Erbarmen blaß und unglücklich aussah.

Nach Tisch bat sie, sich zurückziehen zu dürfen. Sie wollte ausführlich an Kapitän Karst schreiben, dem sie ja versprochen hatte, über alles Wichtige in ihrem Leben Nachricht zu geben.

Die Tante erlaubte es gern. »Du kannst über deine Zeit verfügen, wie du willst, Winnifred. Wir sehen uns bei den Mahlzeiten wieder.«

So ging Winnifred auf ihr Zimmer und schrieb an Kapitän Karst. Sie hatte gestern morgen von Malli Karst ein liebes, drolliges Briefchen bekommen. Die fünf Flachsköpfe wechselten getreulich ab, eine nach der andern durfte an Winnifred schreiben, und diese hatte jeden der Briefe gern beantwortet.

So wußte sie, daß Kapitän Karst am nächsten Tag von einer Reise über den Ozean zurückkehrte und einige Tage in Hamburg sein würde.

Es wurde ein langer ausführlicher Brief, den sie schrieb. Es tat ihr wohl, wenigstens über Äußerlichkeiten sich aussprechen zu dürfen.

Als sie mit diesem Brief fertig war, nahm sie ihren Hut und ging ins Freie. Sie hatte Kopfweh und verlangte nach einem Spaziergang. Da man ihr keine Arbeit aufgetragen hatte, blieb ihr Zeit genug. Ihre wenigen Habseligkeiten waren in einigen Stunden zusammengepackt, und morgen blieb ihr noch so viel Zeit. Sie wollte in den Wald gehen und Abschied nehmen von den Stellen, die ihr liebgeworden waren.

Ganz mechanisch schlug sie die Richtung nach Wildenau ein. Und als sie sich dessen bewußt wurde, blieb sie auf diesem Weg. Wenigstens wollte sie das Schloß noch einmal liegen sehen, in dem sie so liebe und frohe Stunden verlebt hatte und wo sie ein Herz wußte, das in warmem Wohlwollen für sie schlug.

Sie kannte eine Stelle im Wald, wo sich ein Ausblick auf Schloß Wildenau bot. Es war eine Waldlichtung, auf die ein breiter Weg mündete, an dessem Ende das Schloß lag. Schnell schritt sie aus, denn sie wollte zur Teestunde zurück sein, damit ihre Entfernung nicht auffiel. Sie sah nach der Uhr und berechnete den Weg. Es blieb ihr Zeit genug. Sie konnte sogar ein halbes Stündchen an jener Stelle rasten.

Als sie am Ziel angelangt war, sank sie auf einen gefällten Baumstamm nieder, der am Rand der Waldlichtung lag. Von hier aus hatte sie einen herrlichen Ausblick. Wie eine Fata Morgana lag das Schloß vor ihr. Die Fenster blitzten im Sonnenschein.

Mit großen, sehnsüchtigen Augen sah sie auf das malerische imposante Gebäude. Sie mußte daran denken, daß Onkel Rudolf gesagt hatte, er möchte sie immer bei sich haben. Hätte ihr Tante Martha nicht erlauben können, zu ihm zu gehen? Dann war sie auch aus Berndorf fort und mußte doch nicht in die Fremde. Und warum wollte Tante Martha nur nicht, daß sie sich von Onkel Rudolf verabschiedete? Würde dieser Abschied wirklich schädlich für ihn sein?

Wie mit Zaubermacht zog es sie hinüber nach Wildenau. Sie war sicher, Onkel Rudolf würde sie halten. Mußte sie tun, was Tante Martha von ihr forderte? Durfte sie nicht versuchen, ob Onkel Rudolf ihr eine Heimat in Wildenau geben wollte? Unwillkürlich kamen ihr Tränen.

So sehr war sie in ihrem Schmerz vertieft, daß sie die nahenden Schritte nicht vernahm, die ohnedies kaum auf dem weichen Waldboden zu hören waren.

Zwischen den Bäumen hervor trat Onkel Rudolf, leicht auf seinen Stock gestützt. Das schöne Wetter hatte ihn zu einer Ausfahrt veranlaßt und ihm sogar zu einem Spaziergang in den Wald Lust gemacht. Seinen Wagen hatte er drüben am Weg halten lassen und war ausgestiegen, um ein Stück zu promenieren. Und nun hörte er ein wehes, jammervolles Schluchzen, ging diesen Tönen nach und erblickte plötzlich Winnifred, ganz in ihrem Schmerz aufgelöst.

Er trat erschrocken auf sie zu und legte mit einem mitleidigen Blick die Hand auf ihre Schulter.

»Winnifred, warum weinst du denn so trostlos?« fragte er gütig.

Sie zuckte erschrocken zusammen und hob das tränenüberströmte Gesicht zu ihm empor.

»Ach, Onkel Rudolf, du?« stieß sie hervor und suchte sich zu fassen. Rudolf von Wildenau ließ sich neben ihr nieder und ergriff ihre Hand. »Willst du mir nicht sagen, was dich so haltlos weinen macht?«

Sie trocknete hastig ihre Tränen. »Ach, mein Gott, es ist

nichts – gar nichts; Tante wird schelten, daß ich so weit nach Wildenau zu gegangen bin. Ich ahnte ja nicht, daß du unterwegs seist. Und ich wollte doch nur Schloß Wildenau noch ein letztes Mal liegen sehen.«

Er stutzte. »Ein letztes Mal?«

Sie faßte erschrocken nach dem Mund, als könne sie das Wort noch zurückhalten. »Ach – das hätte ich nicht sagen dürfen. Du darfst dich ja nicht aufregen; Tante sagt, es sei dir schädlich, und deshalb wollte sie mir nicht erlauben, Abschied von dir zu nehmen.«

»Abschied? Wie meinst du das? Weshalb willst du denn Abschied nehmen?«

Angstvoll sah sie ihn an. »Bitte, frag mich nicht, ich weiß ja nicht, was ich sagen soll, sagen darf. Du darfst um Gottes willen nicht aufgeregt werden.«

Forschend sah er sie an. »Du mußt mir jetzt alles sagen, Winnifred, es wird mich nicht aufregen. Nur wenn du mir etwas verschweigst, könnte das der Fall sein. Also, warum weinst du, und was soll das heißen, daß du nicht Abschied von mir nehmen sollst? Ich muß es wissen.«

Sie atmete zitternd auf. Wieder wollten die Tränen hervorstürzen. Aber sie bezwang sich und sagte leise:

»Ich muß fort von Berndorf, Onkel Rudolf; Tante Martha kann mich nicht brauchen, ich bin überflüssig und lästig. Sie hat eine Stellung für mich gesucht und gefunden. Übermorgen früh soll ich abreisen nach Dresden. Und ich war so traurig, weil Tante Martha mir nicht erlauben wollte, von dir und von Lutz Abschied zu nehmen. Nur brieflich sollte ich das tun.«

Rudolf von Wildenaus Augen blitzten zornig auf. »Oh, nun weiß ich endlich, was hinter Marthas scheinbarer Güte und Milde dir gegenüber steckte. Mein armes Kind! Also sie will dich fort haben von Berndorf? Nun, ich weiß ganz genau, weshalb du ihr im Weg bist. Aber ihr kluger Plan soll ihr nicht gelingen.«

Unsicher sah sie zu ihm auf. »Was meinst du, Onkel Rudolf?«

Er sah eine Weile schweigend vor sich hin, dann sagte er gedankenverloren. »Wie klug sie ist. Aber diesmal war sie zu klug.«

»Onkel Rudolf, was meinst du nur?«

Er streichelte ihre Hand. »Sie wollte nicht, daß ich von deinem Fortgehen erführe, weil sie ganz genau wußte, daß ich es nicht zulassen würde.«

»Aber sie hat doch darüber zu bestimmen, ob ich in Berndorf bleiben darf oder nicht.«

»O nein, darüber hat doch in erster Linie Lutz zu bestimmen. Und weil sie wußte, daß er dich nicht fortlassen würde, solltest du gehen, ehe er heimkam. Sie meint, daß an einer vollzogenen Tatsache nichts zu ändern gewesen wäre. Aber auch damit hätte sie sich geirrt. Und wenn in Berndorf kein Platz für dich ist, in Wildenau ist genug. Der Himmel, der über arme Waisen wacht, hat es wohl gefügt, daß ich heute Lust auf eine Ausfahrt und einen Waldspaziergang hatte. Beruhige dich, meine arme kleine Winnifred, du sollst nicht unter fremde Menschen. Längst hätte ich dich schon gern zu mir genommen, ich wollte nur nicht böses Blut machen. Aber nun man dich fortschickt, ist der Weg zu mir frei. Du kommst zu mir nach Wildenau.«

Winnifred schoß das Blut ins Gesicht. »Onkel Rudolf!« rief sie in freudigem Erschrecken. Aber dann erlosch der Glanz in ihren Augen. »Ach nein, es wird nicht gehen, Tante Martha wird sehr böse sein.«

»Ja, das wird sie. Und sie wird Himmel und Hölle in Bewegung setzen und vor nichts zurückschrecken, um ihr Ziel zu erreichen. Aber es soll ihr nicht gelingen!«

»Was für ein Ziel meinst du?«

Er streichelte ihre Hand. »Sie will verhüten, daß du mir noch lieber wirst und daß ich dich in meinem Testament bedenke.«

Mit großen, erschrockenen Augen sah sie ihn an. »Das ist es? Ach, Onkel Rudolf, das brauchte sie doch nicht zu fürchten.«

Er lächelte warm und herzlich und streichelte ihr Haar; der Hut war ihr entfallen und lag auf dem Boden.

»Kleine Winnifred, was weißt du von der Welt und den Menschen? Sie muß es allerdings fürchten, denn du bist so gut mit mir verwandt wie sie. Und außerdem bist du mir sehr lieb geworden. Weißt du das nicht?«

Mit leuchtenden Augen sah sie ihn an. »Ach, Onkel Rudolf, das habe ich mit inniger Freude gefühlt. Du und Lutz, ihr habt mich ein wenig liebgewonnen. Und das danke ich euch von ganzem Herzen.«

»Und hast du uns auch ein wenig liebgewonnen, mich und Lutz?«

Eine glühende Röte schoß in ihr Gesicht, aber sie sagte ehrlich: »Ja, ich habe euch lieb.«

Er streichelte ihre Hand. »Und du hast Vertrauen zu mir?«

Sie nickte ernsthaft.

»Ja, Onkel Rudolf, schrankenloses Vertrauen.«

»Willst du also dein Geschick in meine Hände legen, Winnifred, willst du alles tun, was ich von dir fordere, zu deinem Wohle von dir fordern muß, wenn ich dir eine sichere Heimat bieten, dich vor Gefahr behüten will?«

In zagender Hoffnung sah sie ihn an.

»Ach, Onkel Rudolf, wie gern will ich alles tun. Sage mir, was ich tun soll.«

Er dachte eine Weile nach. Dann faßte er wieder ihre Hand und sah sie fest an.

»Winnifred, ich muß dich zuvor etwas fragen, was du mir offen und ehrlich beantworten mußt, auch wenn es dir unzart scheinen will. Ich weiß, die Beantwortung dieser Frage wird dir schwer werden. Aber ich muß Antwort haben.«

»Frage nur, Onkel Rudolf.«

»So sage mir, Kind, ob ich recht gesehen habe, wenn ich zu bemerken glaubte, daß – du dein Herz an Lutz verloren hast?«

Sie errötete jäh und senkte das Haupt, zu antworten vermochte sie nicht. Da strich er sanft und leise über ihr Haar.

»Nein, du brauchst mir nicht zu antworten, Winnifred. Ich weiß nun, daß ich recht gesehen habe. Aber mein armes Kind, du weißt doch, daß Lutz verlobt ist und im Juli heiraten wird, weißt, daß es für deine Neigung keine Hoffnung gibt.«

Sie schluckte krampfhaft die aufsteigenden Tränen nieder.

»Ich weiß alles, Onkel Rudolf, und ich habe nie irgendwelche Hoffnungen gehegt. Das ist so über mich gekommen, ich weiß nicht, wie. Unter seiner Güte, seiner Teilnahme ist das erwacht, ohne daß ich es hindern konnte. Ich mußte ihm mein ganzes Herz schenken. Aber niemand – ach, niemand darf das wissen außer dir. Versprich es mir.«

»Ich verspreche es dir, und glaube mir, ich hätte mich nicht in das Geheimnis deines Herzens gedrängt, wenn nicht von der Gewißheit über diesen Punkt abhängen würde, was ich tun will, um deine Zukunft sicherzustellen.«

Sie schüttelte den Kopf. »Das verstehe ich nicht.«

Er lächelte. »Das glaube ich dir. So leicht ist das alles nicht zu verstehen. Ich habe seit einigen Tagen einen Plan mit mir herumgetragen, und nun steht er fest bei mir. Also höre zu, Winnifred, und erschrick nicht, wenn dir sonderbar erscheint, was ich dir sagen will. Vor allen Dingen laß dir eins gesagt sein: Ich habe dich liebgewonnen, wie ein Vater wohl sein Kind liebhat. Von diesem Standpunkt sollst du alles auffassen, was ich dir zu sagen habe. Tante Marthas Vorgehen zwingt mich, ohne lange Vorbereitung mit meinem Plan herauszukommen. Willst du mir aufmerksam zuhören?«

»Ja, Onkel Rudolf.«

»Nun wohl. Also, es stand schon lange, ehe du hierher kamst und ehe ich eine Ahnung von deiner Existenz hatte, bei mir fest, daß ich Tante Marthas und Käthes erbschleicherische Berechnungen durchkreuzen würde. Sie lauern auf meinen Tod, Kind, und deshalb war ich bissig und höhnisch gegen sie, was dir so sehr mißfiel.«

Winnifred erblaßte. »Ach, mein Gott!«

Er nickte. »Das erschreckt dich, Kind, du kannst es nicht begreifen, daß sie auf meinen Tod lauern, weil sie mich beerben wollen. So kurz auch meine Lebensdauer bemessen ist, ich lebe ihnen zu lange. Aber sie sollen umsonst lauern. Nicht sie werden meine Erben sein, sondern du, die ich herzlich liebe und deren lauteren, reinen Sinn ich kennenlernte, um mich daran zu erquicken.«

Winnifred war erschrocken zusammengezuckt. »Onkel Rudolf!« rief sie ängstlich und beklommen.

Er legte die Hand auf ihren Arm. »Warum erschrickst du?«

»Lieber Onkel Rudolf, wie käme ich dazu, dich zu beerben? Das darfst du nicht tun! Käthe sagte mir doch, du habest ein Versprechen gegeben, daß sie deine Erben sein würden.«

»Das ist nicht wahr. Ich versprach nur Käthes Vater, dem ich in herzlichster Freundschaft zugetan war, er solle nach mir Herr auf Wildenau werden; da er vor mir starb, ist dies Versprechen hinfällig.«

»Aber dann würde ich sie berauben, wenn du mich zu deiner Erbin machen würdest.«

»Nein, das würdest du nicht, sie würden ganz sicher nicht meine Erben werden.«

»Auch Lutz nicht, der dich liebt und den du liebst?«

»Nein, auch Lutz nicht. Um ihn sorge dich aber nicht. Ihm werde ich anders helfen, damit er sich ein eigenes Vermögen erwirbt, das ihn mehr beglücken wird als ein ererbtes. Mit ihm habe ich mich ganz offen ausgesprochen und dabei zu meiner Freude erkannt, was er für ein Prachtmensch ist. Er weiß, daß ich einen andern Erben für meinen Besitz im Auge habe, und er, das glaube mir, wird sich herzlich freuen, daß du meine Erbin sein wirst.«

Winnifred atmete tief auf. »Das sieht ihm ähnlich, er ist so gut und großherzig.«

»Ja, das ist er. Und ich muß dir gestehen, ich hätte es gern gesehen, wenn aus dir und Lutz ein Paar geworden wäre. Dann hätte ich euch gemeinsam mein schönes Wildenau hinterlassen. Aber er hat anders gewählt, und ich fürchte, nicht sehr gut. Doch er ist ein Mann und wird sich sein Schicksal zimmern. Du aber bist ein hilfloses Kind, und Lutz hat selbst gesagt, daß wir unsere Hände über dich breiten wollen. Das will ich tun. Und ich weiß, daß es sehr nötig sein wird. Denn wenn Tante Martha erfährt, daß du meine Erbin sein wirst, wenn ich dich nun zu mir nach Wildenau nehme, dann wird sie dich mit ihrem Haß verfolgen. Ich kenne sie. Nichts würde sie unversucht lassen, dir das Erbe streitig zu machen. Sicher würde sie nach meinem Tod versuchen, einen Prozeß gegen dich anzustrengen, dich möglicherweise der Erbschleicherei anklagen und dir keinen Frieden lassen. Das alles habe ich mir reiflich überlegt. Sie würde, wie ich sie kenne, auch nicht davor zurückschrecken, wenn ich dich jetzt nach Wildenau holte, deinen Ruf anzutasten, weil ich noch kein Greis bin. Vor allen ihren Nachstellungen muß ich dich behüten. Und das kann ich nur auf eine Weise. Dieser eine Weg wäre mir aber versperrt, wenn ich nicht wüßte, daß dein Herz einem Mann gehört, dem du nicht angehören kannst, also wenn ich nicht sicher wäre, daß du deine Freiheit nicht aufsparen willst für einen Mann, den du liebst.«

Unruhig fragend sah Winnifred ihn an. »Was du sagst, ist alles so sonderbar, so bedrückend, Onkel Rudolf. Es rührt mich sehr, daß du dich meiner so liebevoll annehmen willst, wenn ich mich auch vor Tante Marthas Zorn fürchte. Wie soll ich dir nur danken für deine Güte?«

»Du sollst mir dadurch danken, daß du mir die kurze Spanne Zeit, die mir noch zum Leben bleibt, mit Licht und Wärme füllst. Du sollst immer um mich sein, mir deine süßen Lieder singen, die mir eine so köstliche Ruhe ins Herz zaubern, sollst mich wie eine liebe Tochter hegen. Und wenn ich sterbe, soll mir deine liebe Hand die Augen zudrücken.«

Sie faßte erschrocken nach seiner Hand. »O nein, gehe nicht von mir, du bist ja jetzt der einzige Mensch, den ich liebhaben darf. Wie gern möchte ich bei dir bleiben und dich liebevoll pflegen. Aber du sagst ja selbst, Tante Martha würde es nicht leiden, und ich fürchte mich vor ihr.«

Mit festem Druck faßte er ihre beiden Hände und sah sie

groß und ernst an. »Ich sagte dir ja, einen Weg gibt es, du müßtest eben so zu mir kommen, daß sie es dir nicht wehren könnte und daß sie dir auch nach meinem Tod nichts anhaben könnte. Du wirst erschrecken, wenn ich dir sage, was ich meine, aber du brauchst es nicht. Nur um dir für alle Fälle Ruhe und Sicherheit zu verschaffen, ein geschütztes Heim, eine sorgenlose Zukunft, nur deshalb habe ich daran gedacht – erschrick nicht –, dich zu meiner Frau zu machen.«

Winnifred zuckte zusammen und wurde totenbleich. »Onkel Rudolf! Nein – um Gottes willen, das kann nicht sein. Du weißt doch, ich liebe einen andern. Wie könnte ich mit dieser Liebe im Herzen deine Frau werden!«

Er lächelte. »Armes Kind, nun hast du dich doch erschreckt. Denkst du wirklich, dein kranker alter Onkel könnte noch Freiersgedanken haben? Nur dem Namen und dem Gesetz nach sollst du meine Frau heißen, damit dir niemand deine Rechte streitig machen kann oder dich aus meiner Nähe verdrängen. In Wirklichkeit sollst du mir nur eine liebe Tochter sein, nicht mehr, nicht weniger. Sieh, Kind, jetzt gehört dein Herz Lutz, und du wirst es sobald keinem andern Mann schenken. Geschieht dies später, wenn du diese erste Liebe einmal überwunden hast, dann bin ich nicht mehr am Leben, und du bist frei für ein neues Glück. Zwei Jahre habe ich nach ärztlichem Ausspruch höchstens noch zu leben. Diese zwei Jahre sollst du mir schenken von deinem jungen Leben und mir damit reichlich lohnen, was ich für dich tue. Als meine liebe Frau sollst du meine Einsamkeit teilen, weil ich Geselligkeit nicht vertragen kann. Dafür steht dir nach meinem Tod das Leben offen. Du bist dann reich und unabhängig, und niemand kann dir streitig machen, was ich dir hinterlasse. Sieht mein Vorschlag nun noch immer so erschreckend für dich aus, mein armes Kind?«

Winnifred war abwechselnd blaß und rot geworden. Sie sah Onkel Rudolf unsicher an. Aber seine klaren ruhigen Augen nahmen ihr alle Scheu.

»Das kommt alles so überraschend, Onkel Rudolf, ich weiß wirklich nicht, was ich dir antworten soll. Es klingt alles so verlockend. Wie gerne würde ich bei dir bleiben, dich hegen und pflegen, wie ich es meiner lieben Mutter getan. Aber ob ich dareinwilligen darf, deine Frau zu werden, wenn auch nur dem Namen nach, das weiß ich in diesem Moment nicht. Ich muß das erst zu fassen versuchen.«

Er streichelte ihr Haar. »Ich verstehe deine Unruhe, deine Beklommenheit. Mache dir nur erst in aller Ruhe klar, daß ich es herzlich gut mit dir meine und daß du friedlich und reinen Herzens meinen Vorschlag annehmen kannst. Es bleibt zwischen uns alles, wie es war. Ich bleibe dein alter Onkel Rudolf, du mein liebes Kind. Nur der Welt gegenüber soll es anders aussehen.«

Sie faltete die Hände und drückte sie ans Herz. »Was aber wird Lutz dazu sagen, was wird er von mir denken, wenn ich deine Frau heißen würde? Müßte er nicht annehmen, daß mich niedrige Motive zu einem solchen Schritt bewogen hätten; würde er mich nicht verachten? Ach, Onkel Rudolf, seine Verachtung ertrüge ich nicht.«

»Darüber sei ganz ruhig; er kennt dich besser, als du glaubst, und wird dir nichts Unedles zutrauen. Und außerdem werde ich ihm alles sagen, was ich dir jetzt gesagt habe. Er soll wissen, daß es nur eine Maßnahme ist zu deinem Schutz, daß ich dir meinen Namen gebe. Und er wird alles verstehen und billigen. Dafür bürge ich dir. Du sollst nicht in einem falschen Licht vor ihm stehen. Und wie du dich nun auch entscheiden wirst, du kannst dir ruhig alles überlegen, keinesfalls gebe ich zu, daß du diese Stellung annimmst. Das sollst du aber nicht mit Tante Martha auskämpfen, es würde dir zuviel Unruhe und Aufregung bringen. Ich muß dich deshalb schnellstens vor ihrem Zorn in Sicherheit bringen. Wir müssen da wohl oder übel zu einer List greifen. Sie darf nicht ahnen, daß wir uns gesprochen haben. Ich werde alles ordnen, ohne daß du Unannehmlichkeiten hast.«

Sie faßte seine Hand und preßte sie fest zwischen den ihren. »Du bist so gut, so gut zu mir, wie verdiene ich nur soviel Liebe!«

»Dadurch, daß du bist, wie du bist, kleine Winnifred. Hat nun der Gedanke, daß du vor der Welt meine Frau heißen sollst, ein wenig von seinem Schrecken verloren?«

Sie seufzte tief auf. »Ach, lieber Onkel Rudolf, so wie du es hinstellst, hat es keine Schrecken. Ich wäre geborgen in deinem Schutz, dürfte bei dir sein und wäre auch, woran ich nicht denken mag, über deinen Tod hinaus in Sicherheit, in einer lieben schönen Heimat. Was könnte es Schöneres für mich geben! Ich werde nie einen andern Mann lieben als Lutz, nie einem andern angehören. Deshalb könnte ich ruhig Jahr um Jahr bei dir leben, wenn dich mir der Himmel noch länger erhalten sollte, als du fürchtest. Mich würde nichts von deiner Seite fortlocken, so glücklich wie ich überhaupt sein könnte, würde ich in Wildenau sein. Und ich müßte nicht hinaus in den Lebenskampf, vor dem ich mich so fürchte. Ich bin ein solcher Hasenfuß!«

Er lächelte gütig. »Und doch eine kleine Heldin, Winnifred. Nein, du sollst nicht in den Lebenskampf hinaus mit deiner stillen, feinen Seele, die so leicht verletzt ist. Ich will jetzt noch gar kein bindendes Versprechen von dir fordern; du sollst dich erst in Gedanken vertraut machen mit meinem Vorschlag. Jetzt wollen wir erst noch besprechen, was zunächst geschehen muß. Also du verschweigst Tante Martha, daß wir uns getroffen haben. Du sagst ihr auch noch nicht, daß du die Stellung nicht antreten willst; du reist übermorgen ruhig ab, schreibst aber vorher einen Brief an Tante Martha. Diesen Brief gibst du dem Kutscher mit nach Berndorf, wenn er dich zur Bahn gebracht hat. Verstehst du mich?«

»Ja, Onkel Rudolf.«

»Nun gut. In diesem Brief teilst du Tante Martha mit, daß du die Stellung nicht annehmen willst, obwohl du Berndorf verlassen hättest, wo du überflüssig warst. Du wolltest in Zukunft selbst über dein Schicksal entscheiden und – du würdest dich vorläufig in das Haus des Kapitän Karst begeben.«

Winnifred horchte auf. »Zu Kapitän Karst?«

»Ja, Winnifred. Du hast mir erzählt, wie freundlich man dich dort aufgenommen hat und daß die ›Flachsköpfe‹ mit dir im Briefwechsel stehen.«

»Ja, ich habe auch heute an den Kapitän geschrieben, daß ich nach Dresden in Stellung gehe.«

»Ist der Brief schon fort?«

»Nein, er sollte erst heute abend in die Posttasche kommen.«

»Gut, du brauchst ihn nun nicht mehr abzuschicken. Ich werde heute noch an den Kapitän depeschieren, daß man dich für einige Zeit dort aufnehmen soll, und werde einen Brief folgen lassen, worin ich die Gründe dafür angebe. Du wirst also dort auf jeden Fall erwartet werden und bist dann vorläufig in Sicherheit. Du hinterläßt auch einen Abschiedsbrief an Lutz, in dem du ihm mitteilst, er möge sich nicht um dich sorgen, du wärst in sicherer Hut, und er werde bald alles Nähere erfahren. Denn Lutz muß über dich beruhigt sein, nicht wahr?«

Sie nickte aufatmend. »Ja, er würde sich in seiner Güte um mein Schicksal beunruhigen, und das darf nicht sein.«

»Ganz recht. Also du reist dann über Dresden nach Hamburg. Du bekommst in Dresden sofort Anschluß. Und warte – hier nimm dies Geld an dich, das ich bei mir habe, damit du nicht in Verlegenheit kommst.«

Er zog seine Brieftasche hervor und gab ihr das Geld. Sie nahm es, sich willenlos in alles fügend, und ein Lächeln huschte über ihr Gesicht.

»Ich danke dir, Onkel Rudolf, ich würde auf das Geld angewiesen sein, das mir Tante Martha für die Reise gibt, und damit käme ich wohl nur bis Dresden.«

Lächelnd nickte er ihr zu. »Also steck das Geld sorgfältig zu dir. Und nun weiter. Am Sonntag fahre auch ich nach Hamburg und treffe mit dir bei Kapitän Karst zusammen. Tante Martha teile ich mit, daß ich in wichtigen Geschäften auf einige Wochen verreisen muß. Da sie nicht ahnt, daß ich von deiner Abreise weiß, wird sie keinen Argwohn schöpfen. So kann sie sich doch den Anschein geben, als sei nur meine Abwesenheit schuld, daß du dich nicht von mir verabschieden konntest, und wie ich sie kenne, wird sie das sicher tun wollen. Also weißt du nun, was du zu tun hast?«

»Ja, Onkel Rudolf.«

»Gut. Und bis wir uns wiedersehen, hast du Zeit und Ruhe gehabt, dir meinen Vorschlag reiflich zu überlegen. Wir besprechen dann alles mit dem Kapitän, dem alten Freund deiner Eltern. Und willigst du ein, dann reiche ich gleich in Hamburg das Aufgebot ein, und wir lassen uns trauen. Eine

Ziviltrauung genügt. Die gibt dir vor dem Gesetz alle Rechte. Von der Kirche wollen wir diese Scheinehe nicht sanktionieren lassen. Damit sollst du dein frommes Gemüt nicht beschweren. Findest du nach meinem Tod einen Mann, dem du angehören willst, dann kannst du reinen Herzens mit ihm vor den Altar treten. Ist dir nun alles klar?«

»Ja, Onkel Rudolf, klar ist mir alles, und ich fühle, daß ich unbedenklich alles tun kann, was du von mir forderst. Du würdest mich zu keinem Unrecht verleiten wollen«, sagte sie bewegt.

Er küßte sie auf die Stirn. »Nein, meine kleine Winnifred, darüber kannst du ruhig sein. Ich werde mir doch den reinen Brunnen nicht trüben, an dem ich mich laben will. Doch nun geh nach Hause zurück, damit Tante Martha wegen deiner Abwesenheit nicht Verdacht schöpft. Wie ich sie kenne, wird sie keine Ruhe mehr haben, bis du aus dem Haus, aus meiner Nähe bist.«

Sie erhoben sich beide. Noch einmal schärfte er ihr ein, was sie zu tun hatte, und dann trennten sie sich mit einem festen, warmen Händedruck.

Frau von Berndorf und ihre Tochter saßen schon beim Tee, als Winnifred ins Wohnzimmer trat. Sie hatte hastig ihren Hut abgelegt und ihren Anzug geordnet, ehe sie eintrat.

»Wo bleibst du denn so lange, Winnifred? Ich fand dich nicht auf deinem Zimmer. Bist du ausgewesen?« fragte Frau Martha, unruhig und mißtrauisch in ihr Gesicht blickend.

Winnifred wandte sich schnell ab und füllte ihre Tasse. »Ich war ein wenig draußen im Wald, Tante Martha. Es war so schönes Wetter, und morgen komme ich vielleicht doch nicht mehr dazu. Hoffentlich habe ich nichts versäumt?«

Ihre scheue, ängstliche Art fiel zum Glück nicht auf. Frau Martha lehnte sich befriedigt zurück.

»Nein, du hast nichts versäumt. Ich wunderte mich nur, daß du nicht da warst. Ich habe, wie du siehst, frische Waffeln backen lassen, die du so gern ißt.«

Diese Rücksicht auf Winnifreds Wünsche war etwas ganz Neues, und sie konnte sich auch nicht darüber freuen. Sie dankte aber und langte zu.

Nach dem Tee fragte sie, ob sie nicht noch Arbeit bekommen könnte; ihre Sachen seien morgen schnell gepackt. Aber Tante Martha war heute die Güte selbst.

»Nein, nein, du sollst nichts mehr tun und ganz deinen Wünschen leben, bis du abreist. Vielleicht musizierst du ein wenig mit Käthe. Heute abend, wenn ich mit meiner Arbeit fertig bin, plaudern wir dann noch ein Stündchen zusammen.«

Winnifred fühlte sich fast bedrückt durch diese auffallende Güte. Sie kam sich falsch und unwahr vor, weil sie nichts von dem Zusammentreffen mit Onkel Rudolf sagen durfte. Aber er hatte ihr Stillschweigen zur Pflicht gemacht.

Auch Käthe zeigte sich heute in ihrem besten Licht, und es wurde Winnifred immer schwerer, ihr Geheimnis zu hüten. Sie war froh, als dieser Tag zu Ende war und sie sich in ihr Zimmer zurückziehen konnte.

Und es drängte sie, noch heute abend den Abschiedsbrief an Lutz zu schreiben, ihr war, als müsse ihr dann leichter ums Herz werden.

Sie schrieb:

»Lieber Vetter Lutz! Wenn Sie diesen Brief erhalten, werde ich Berndorf verlassen haben. Ihre Mutter wünscht es, weil sie für mich keine Verwendung mehr hat und ich überflüssig bin. Tante Martha hat mir deshalb eine Stellung nach Dresden verschafft, und wie ich heute ihren Worten entnahm, eine sehr gute Stellung, für die ich dankbar sein müßte. Ich wollte sie auch antreten, aber dann bin ich zu einem andern Entschluß gekommen. Nicht aus mir selbst, ich habe mich leiten lassen. Näheres darüber werden Sie später erfahren. Ich hoffe und wünsche von Herzen, daß dann mein Tun und Lassen Ihre Billigung findet und Sie mich verstehen werden. Sonst wäre ich sehr betrübt. Um alles in der Welt möchte ich von Ihnen nicht falsch beurteilt werden, denn meine Seele ist voll von Dankbarkeit für alle Güte, mit der Sie mir immer begegnet sind. Sie dürfen niemals glauben, daß Sie sie einer Unwürdigen geschenkt haben. Und mir ist ein wenig bange vor dem, was ich tun will. Es geschieht nicht aus mir selbst, sondern unter einem andern gütigen Einfluß. Ich darf Ihnen aber heute noch nichts darüber mitteilen. Nur sollen Sie wissen, daß eine starke treue Hand mein Schicksal lenkt und daß ich in Zukunft vor Not und Sorge geschützt sein und eine sichere Heimat haben werde.

Ich reise vorläufig nach Hamburg zu Kapitän Karst. Bis sich mein Schicksal anderweitig entscheidet, bin ich dort gut aufgehoben. Dann hören Sie von mir, und ich hoffe, Sie wiederzusehen. Gott mag geben, daß Sie dann ebenso herzlich und gütig zu mir sind wie bisher. Ich bitte Sie sehr, den Inhalt dieses Briefes niemand mitzuteilen, er ist nur für Sie bestimmt.

Für jetzt leben Sie wohl und behalten Sie in gutem Andenken Ihre Sie herzlich grüßende

Kusine Winnifred.«

Sie las den Brief noch einmal durch; er klang ihr steif und kalt. Aber sie hatte Angst, zuviel von ihrem Empfinden zu verraten, und wagte nicht, so herzlich zu schreiben, wie es sie drängte.

Sie schloß den Brief, siegelte ihn und schrieb seinen Namen darauf. Und sie beschloß, ihn lieber nicht in Berndorf zurückzulassen, denn sie hatte einmal bemerkt, daß Käthe einen an Lutz gerichteten Brief zu öffnen versucht hatte. Es war darum besser, der Brief wurde erst in Hamburg zur Post gegeben. Dann kam er an, wenn Lutz schon in Berndorf war, und er nahm ihn, wie sie wußte, selbst aus der Posttasche.

Auch an Tante Martha schrieb sie gleich noch. Dieser Brief sollte vom Kutscher nach ihrer Abreise überbracht werden. Er war erheblich kürzer.

XIV

Winnifred hatte Berndorf verlassen. Tante Martha und Käthe waren bis zu ihrer Abreise auffallend freundlich zu ihr gewesen. Nun war nur noch ein letzter Schein von Unruhe in Frau Martha, daß Winnifred auf dem Weg zum Bahnhofe nicht etwa mit Onkel Rudolf zusammentreffen möge. Diese Unruhe verlor sich aber, als der Kutscher vom Bahnhof zurückkehrte und ihr berichtete, das Fräulein sei abgereist. Auf ihre Frage, ob sie unterwegs jemand getroffen habe, schüttelte der Kutscher den Kopf.

Nein, getroffen habe sie niemand, aber einen Brief habe sie ihm gegeben für die gnädige Frau.

Er nahm den Brief aus dem Futter seines Hutes, wo er ihn plaziert hatte, und übergab ihn seiner Herrin.

Diese riß das Kuvert auf, neugierig, was ihr Winnifred

noch mitzuteilen habe. Sie las den Brief durch und zog die Stirn zornig zusammen.

»Das hat man für seine Güte«, sagte sie empört.

»Was denn, Mama?« fragte Käthe.

Ihre Mutter warf ihr zornig den Brief zu.

»Winnifred dankt für die gute Stellung, die ich ihr mit soviel Mühe verschafft habe. Sie geht lieber nach Hamburg zu Kapitän Karst, wo sie gleich hätte bleiben sollen.«

Käthe las den Brief ebenfalls und zuckte die Achseln. »Warum ärgerst du dich, Mama, das ist doch sehr gut für uns.«

»Gut? Wie meinst du das?«

»Aber Mama«, sagte Käthe mit einem schlauen Gesicht, »begreifst du denn nicht, daß wir sie auf diese Weise ein für alle Mal loswerden? Jetzt haben wir doch einen Grund, uns von ihr loszusagen. Ihre Undankbarkeit veranlaßt dich, jede Gemeinschaft mit ihr aufzuheben. Wenn dir jetzt Lutz dazwischenkommen will, kannst du doch ordentlich auftrumpfen.«

Frau Marthas Miene erhellten sich. »Du hast recht, Käthe, wahrhaftig, von diesem Standpunkt aus betrachtet hat sie uns einen großen Gefallen getan. Das werde ich gleich benützen. Ich schreibe ihr sofort, daß ihre Undankbarkeit mich veranlaßt, jeden Verkehr mit ihr abzubrechen, daß sie für uns nicht mehr vorhanden ist. Du hast einen sehr guten Gedanken gehabt.«

Käthe lächelte schlau. »Ist er eines Lohnes wert, Mama?«

»Unbedingt!«

»Dann schenke mir den weißen Sommerhut, der mir so gut gefiel bei der Modistin in der Stadt und der dir zu teuer war.«

»Nun gut, den sollst du haben, den hast du dir verdient. Bestelle ihn dir.«

»Danke, Mama.«

Frau Martha ging in ihr Arbeitszimmer, um an Winnifred zu schreiben, daß sie sich ein für alle Mal von ihr lossage.

So! Befriedigt legte sie die Feder hin. Das glatte, kalte »Martha von Berndorf« unter dem Brief mochte Winnifred zeigen, daß sie nun eine Fremde für sie war.

Danach schrieb sie noch gleich an Frau von Haller.

Als am nächsten Morgen ein aus Wildenau eintreffender Bote Frau von Berndorf einen Brief Onkel Rudolfs überbrachte, der ihr meldete, der Schloßherr habe unaufschiebbarer Geschäfte wegen plötzlich verreisen müssen und bedauere, deswegen heute nicht zu Tisch nach Berndorf kommen zu können, atmete Frau Martha tief auf. Vor dem heutigen Zusammentreffen mit Rudolf von Wildenau hatte sie sich ein wenig gefürchtet. Diese Meldung kam ihr sehr gelegen, so gelegen, daß sie sich gar nicht wunderte, daß er gegen seine Gewohnheit verreiste. Nun brauchte sie sich doch nicht zu entschuldigen, daß Winnifred, ohne Abschied von ihm genommen zu haben, Berndorf verlassen hatte. Er konnte nun annehmen, daß sie ihm wegen seiner Abwesenheit nicht hatte Lebewohl sagen können. Bis er zurückkam, hatte er Winnifred wohl schon ein wenig vergessen, und alles regelte sich ohne Aufregung. Nun galt es nur noch, Lutz auf gute Manier beizubringen, daß Winnifred fort war. Aber er hatte zum Glück jetzt den Kopf so voll mit seinen Bauplänen und seiner Liebe, daß er die Angelegenheit wohl auch nicht genau untersuchen würde. Er würde sie hinnehmen, wie man sie ihm darstellte.

Als Lutz am Montag eintraf, erfuhr er von seiner Mutter so ganz nebenbei, daß Winnifred fort sei. Aber er nahm es durchaus nicht so auf, wie sie es wünschte und hoffte. Er schrak zusammen und sah seine Mutter forschend und unruhig an: »Winnifred fort? Wie meinst du das, Mama?«

Sie zuckte die Schultern und zeigte ein gleichgültiges Gesicht. »Mein Gott, Lutz, wie soll ich das meinen? Sie ist eben fort. Ich hatte es gut mit ihr im Sinn. Weil ich ihr ein besseres Leben schaffen wollte, als ich es ihr bieten konnte, hatte ich ihr durch Frau von Haller eine glänzende Stellung als Gesellschafterin der Baronin Senden verschafft, in deren musikalischem Salon Winnifreds Können zur rechten Geltung gekommen wäre. Du mußt den Brief von Frau von Haller sehen. Und sie sagte auch sogleich zu und sollte am Sonnabend in Dresden eintreffen. Ich melde Frau von Haller ihre Ankunft, alles ist in schönster Ordnung – da bringt mir der Kutscher, der sie zur Bahn gefahren, dieses Briefchen. Lies es, mein Sohn, und du wirst sehen, was für eine undankbare Person diese Winnifred ist. Mir solche Unannehmlichkeiten zu machen! Aber ich habe ihr gleich nach Hamburg geschrieben, daß ihre Undankbarkeit das Tischtuch zwischen uns ein für alle Mal zerschnitten hat.«

Lutz war das Blut in die Stirn getreten. Nun fuhr er auf. »Mama, das hättest du nicht tun dürfen«, stieß er hervor.

In seinem Herzen war ein sonderbar schmerzliches Gefühl. Er hatte sich sehr auf das Wiedersehen mit Winnifred gefreut, hatte sich ausgemalt, wie ihre Augen aufstrahlen würden, wenn er sie wiedersähe.

Er las den Brief Winnifreds an seine Mutter, und eine unruhige Sorge erfüllte ihn. Was hatte man ihr getan, daß sie so fortging? Sicher hatte ihr die Mutter in unzarter Weise begreiflich gemacht, daß sie ihr lästig sei. Er wußte ja auch, wie sie sich vor fremden Menschen fürchtete. Sie hatte wohl nicht gewagt, der Mutter, solange sie hier war, zu widersprechen, und hatte deshalb geschrieben, daß sie lieber nach Hamburg gehe.

Mit finsteren Augen sah er seine Mutter an. »Nein, Mama, das hättest du nicht tun dürfen. Du weißt doch, daß ich wünschte, Winnifred sollte hier für immer eine Heimat haben.«

Sie richtete sich schroff empor. »Wir konnten sie nicht gebrauchen, wenn sie sich nicht nützlich machen sollte. Das weißt du. Jetzt, da du gar eine arme Frau heimführen willst, die noch dazu ziemlich anspruchsvoll zu sein scheint, wird es noch knapper als bisher zugehen. Du hast ja keine Ahnung, was ich für Sorgen habe.«

Seine Lippen zuckten. »Diese Sorgen werde ich dir jetzt abnehmen, Mama.«

Sie lachte bitter auf. »Abnehmen? Du hast mir noch ein gutes Teil mehr aufgepackt. Ich weiß sehr gut, was ich getan habe, als ich Winnifred von Berndorf entfernte.«

»Da hätte sich doch ein anderer Ausweg finden lassen. Ich bin überzeugt, bei Onkel Rudolf hätte Winnifred sofort Aufnahme gefunden, wenn du ihn darum gebeten hättest.«

Sie machte eine bezeichnende Gebärde nach der Stirn. »Traust du mir wirklich eine solche Unklugheit zu, Lutz? Du bist noch viel unvernünftiger, als ich es für möglich hielt.«

Er sah sie groß an. »Ich verstehe dich nicht, will dich nicht verstehen.«

»Aber du sollst es tun, sollst begreifen, daß diese Winnifred eine Gefahr für uns war. Ich habe dich schon einmal darauf aufmerksam gemacht, daß Onkel Rudolf eine beängstigende Vorliebe für dieses Mädchen an den Tag legt. Sie mußte ihm aus den Augen, damit er sie vergißt.«

Lutz sah sie mit einem fast drohenden Blick an. »Deshalb hast du Winnifred fortgeschickt? Nur um sie aus Onkels Nähe zu bringen?«

»Nun, und wenn es so wäre? Denkst du, ich sollte ruhig zusehen, wie dieses hereingeschneite Mädchen uns um unsere Erbaussichten bringt?«

Lutz sah seine Mutter seltsam an. Es schwebte ihm auf der Zunge, ihr zu sagen, daß sie sich keine Hoffnungen auf das Erbe machen dürfe, daß Onkel Rudolf anders darüber verfügen würde. Aber er sprach es nicht aus. Doch mußte er sich plötzlich fragen, ob Onkel Rudolf wohl Winnifred gemeint hatte, als er von einem andern Erben sprach. Und wenn das der Fall war, wie mußte es dann auf den Onkel wirken, daß man Winnifred von Berndorf entfernt hatte.

Ohne auf die Worte seiner Mutter zu achten, fragte er rauh: »Und was sagt Onkel Rudolf dazu, daß Winnifred fort ist?«

»Er weiß es noch nicht. Ich hatte gestern keine Gelegenheit, mit ihm zu sprechen, denn er teilte mir mit, daß er einige Zeit in Geschäften verreisen müsse.«

In Gedanken versunken starrte Lutz vor sich hin. Dann stieß er plötzlich eine hastige Entschuldigung hervor und ging hinaus. Er war nicht imstande, dies Thema länger ruhig mit seiner Mutter zu besprechen. Ruhelos ging er in seinem Zimmer auf und ab. Seine Gedanken weilten bei Winnifred, nicht bei seiner Braut, von der er sich nach einem schmerzlichen Abschied losgerissen hatte. Er sah Winnifred im Geiste vor sich, wie sie traurig und verzagt sein Haus verlassen hatte. Ihm war, als müsse er zu ihr eilen, sie trösten und beruhigen, ihr seine Hilfe angedeihen lassen.

Was sollte er tun?

Er hatte auf diese Frage noch keine Antwort gefunden, als ihm die Posttasche gebracht wurde, in der Winnifreds Brief lag, den diese in Hamburg für ihn aufgegeben hatte.

Er öffnete ihn hastig und überflog den Inhalt. Aus ihren Zeilen glaubte er entnehmen zu dürfen, daß er sich nicht um sie zu sorgen brauchte. Er atmete auf.

Was sie von dem fremden gütigen Einfluß schrieb, erschien ihm wie eine Bestätigung seiner heimlichen Ahnung, daß Onkel Rudolf die Hand im Spiel hatte. Vielleicht wußte er von ihrer Abreise, ohne daß seine Mutter es ahnte. Vielleicht hatte er es verhindert, daß Winnifred die Stellung annahm. Diese Vermutung, überhaupt der ganze Brief beruhigten ihn wunderbar. Wer so schrieb, wie sie es tat, hegte keine Sorge für die Zukunft. Als er später bei Tisch wieder mit seiner Mutter zusammentraf, war er ganz ruhig. Sie sah ihn fragend an: »Nun, Lutz, hast du dir nun überlegt, daß ich richtig gehandelt hatte, auch in deinem Interesse?«

Er blickte sie ernst an. »Ich will hoffen, Mama, daß du nicht zu bereuen brauchst, was du getan hast. Es steht mir nicht zu, dir Vorwürfe zu machen, zumal dadurch nichts mehr geändert werden kann. Billigen kann ich nicht, daß du Winnifred entfernt hast. Und ich sage dir nochmals, baue nicht zu fest auf Onkel Rudolfs Erbe. Er kann seinen Besitz vermachen, wem er will.«

»Nein, das kann er eben nicht. Ich werde ihn halten an seinem Versprechen. Als er es deinem Vater gab, gab er es indirekt auch uns.«

»Das Versprechen wurde ungültig, als Vater starb.«

»Das ist deine Ansicht, aber nicht die meine. Ich würde jedenfalls jedes Testament anfechten, das uns nicht zu seinen Erben einsetzt. Wenn er sich verheiratet und somit natürliche

Erben hätte, wäre das etwas anderes. Dann hätten ihm eben seine Frau oder seine Kinder nähergestanden. Aber da er Witwer geblieben ist und keine Verwandten hat als uns, ist es sozusagen seine Pflicht, uns zu seinen Erben einzusetzen. An diese Winnifred hat kein Mensch gedacht, und ich wäre eine Törin, wollte ich zusehen, wie sie sich bei Onkel Rudolf lieb Kind macht.«

»Du hältst für richtig, was du dir wünschst, Mama. Aber du würdest tatsächlich nichts ändern können, wenn er Winnifred zu seiner Erbin machte.«

»Oh, das wollten wir sehen, da gäbe es einen Kampf bis aufs Messer. Aber es braucht ja nicht dazu zu kommen. Deshalb habe ich Winnifred eben entfernt. Es war berechtigte Selbsthilfe.«

Er lehnte sich mit blassem Gesicht zurück. »Es geschah gegen meinen Willen, und ich bedaure es tief, daß du dich zu diesem Schritt gegen die arme Waise hinreißen ließest. Und nun laß uns nicht mehr davon sprechen.«

»Wie du willst. Ich bedaure ebenso tief, daß du so wenig vernünftig bist und mir kein Verständnis entgegenbringst. Es wäre das Ende für uns, wenn Onkel Rudolf uns nicht zu seinen Erben machte.«

»Das mußt du nicht fürchten. Ich hoffe bald in der Lage zu sein, dir deine Sorgen abnehmen zu können.«

Sie zuckte die Achseln.

»Einen herrlichen Anfang hast du damit gemacht, als du dich mit der armen Baronesse verlobtest und Geld aufnahmst, um Hirngespinsten nachjagen zu können.«

Er blieb ganz ruhig. »Hast du mein Präparat, wie ich dich bat, in die Erde verschiedener Gartenbeete mischen lassen?« fragte er.

»Ja, das habe ich getan.«

»Nun, und das Resultat bis jetzt?«

»Ich habe noch gar nicht nach den Beeten gesehen. Es ist ja doch Unsinn.«

»Ich bitte dich, Mama, begleite mich nach Tisch zu den Beeten!«

Sie wollte abwehren, aber er ließ nicht nach mit Bitten, bis sie mit ihm ging.

Und mit Staunen mußte Frau Martha trotz ihrer ablehnenden Stimmung zugeben, daß die mit dem Präparat zubereiteten Beete ganz außerordentlich gegen die andern abstachen. Die Pflanzen auf diesen waren doppelt so stark und kräftig wie die auf den andern.

Sie wollte ihren Augen nicht trauen. Überzeugen ließ sie sich aber auch jetzt nicht.

»Es ist ein Zufall, nichts weiter«, sagte sie.

Lutz aber richtete sich mit zufriedenem Lächeln auf.

»Du wirst aufhören zu zweifeln, ich bin meines Erfolgs sicher«, sagte er ruhig.

Und mit fester Zuversicht begann er sein Werk. Von früh bis spät war er selbst auf dem Bauplatz, den er für sein Laboratorium ausgewählt hatte. Es war ein Stück Feld, das fast brach gelegen hatte, weil der Boden steinig und hart war. Die Lage, dicht an der Straße zum Bahnhof, war besonders günstig.

Die Arbeit lenkte Lutz von allen andern Gedanken ab. Aber wenn er nach Hause kam, erschien ihm alles kalt und leer. Winnifred fehlte, die bei seinem letzten Aufenthalt daheim so viel Wärme um sich verbreitet hatte. Deshalb hielt er sich nur zu Hause auf, wenn es gar nicht zu umgehen war.

Und jeden Abend fast schrieb er ein zärtliches Briefchen an seine Braut. Das allein machte ihm das Herz warm und die

Hoffnung auf die Zeit, da Siddy bei ihm sein würde. Mit seiner Mutter und seiner Schwester tauschte er nur Höflichkeiten. Sie stießen ihn ab durch ihre Kälte.

Siddy beantwortete pflichtschuldigst alle Briefe ihres Verlobten, aber sie tat es in einer flüchtigen, spielerischen Art. Sie gab ihm zwar zärtliche Namen und sandte ihm verschwenderisch »Tausende von Küssen«, aber auf seine innersten Gedanken ging sie nicht ein, wie es Winnifred getan hatte. Deshalb mußte er wohl so viel an sie denken. Gewiß machten ihn Siddys Briefe glücklich, es kam ihm auch kaum recht zum Bewußtsein, daß ihm etwas daran fehlte, aber bis zu seinem innersten Sein drangen ihre zärtlich schmeichlerischen Worte nicht.

XV

Wie das erste Mal war Winnifred auch jetzt im Haus des Kapitäns Karst herzlichst aufgenommen worden. Das Telegramm und der Brief Herrn von Wildenaus waren schon vorher eingetroffen, und so wußte man, daß Winnifred in Berndorf keine bleibende Stätte gefunden hatte.

Sie mußte dem Kapitän ausführlich erzählen, was geschehen war, und er hörte aufmerksam zu. Als sie ihm dann Mitteilung machte von Onkel Rudolfs Plan, sie vor dem Gesetz und der Welt zu seiner Frau zu machen, damit ihr niemand sein Erbe streitig machen konnte, sah er sie forschend an.

»Ja, meine liebe Winnifred, darüber müssen Sie nun freilich selbst entscheiden. Angenommen, daß Ihr Onkel Rudolf von den besten Absichten geleitet wird, müssen Sie doch wissen, ob Sie sich an seiner Seite wohl fühlen können und ob Ihnen diese Fessel nicht eines Tages drückend sein wird. Sie können sich verlieben, denn Sie sind jung und haben ein warmes Herz in der Brust. Und wenn Sie dann gebunden sind, dann bereuen Sie vielleicht.«

Da faßte sie seine Hand. »Lieber Herr Kapitän, der Fall, von dem Sie sprechen, ist bereits eingetreten. Mein Herz hat gesprochen, aber für einen Mann, dem ich nie werde angehören können, weil er einer andern gehört. Onkel Rudolf weiß das. Und er ist der einzige Mensch, dem ich sonst noch zugetan bin außer Ihnen allein. Er ist der einzige, der zu mir gehört, der es gut mit mir meint und dem ich schrankenlos vertraue. In seinem Schutz werde ich mich sicher fühlen, und nie werde ich von ihm fortverlangen.«

»Hm! Ja, dann in Gottes Namen, Kind, dann ist nichts dagegen einzuwenden. Und wenn ich Ihr eigner Vater wäre oder es ginge um einen meiner Flachsköpfe, ich könnte nicht anders als sagen: ›Greif zu mit beiden Händen!‹«

Da war Winnifred zufrieden, und ihre letzten Bedenken waren geschwunden. Die Flachsköpfe staunten, als sie von Winnifreds bevorstehender Heirat hörten, und stellten Hunderte von Fragen, die sie lachend beantworten mußte.

Winnifred fühlte sich wieder sehr behaglich im kleinen Haus des Kapitäns.

Am andern Tag langte Onkel Rudolf in Hamburg an. Er hatte mit seinem Kammerdiener im Hotel Wohnung genommen und traf um die Kaffeestunde im Haus des Kapitäns ein. Ob er wollte oder nicht, er mußte auf dem Sofa Platz nehmen und mithalten. Und zum ersten Mal hörte Winnifred den Onkel herzlich lachen, als die Flachsköpfe ihm ihre närrischen, drolligen Fragen vorlegten.

Dann hatte er eine lange Unterredung mit dem Kapitän und Winnifred. Das Resultat war, daß Winnifred ohne Säumen Onkel Rudolfs Frau werden und ihn nach Wildenau begleiten sollte.

Inzwischen war der Brief Tante Marthas angekommen, in dem sie so energisch das Tischtuch zwischen sich und Winnifred zerschnitt. Winnifred wurde rot und blaß und reichte mit zaghaftem Blick Onkel Rudolf den Brief. Der las ihn durch und lächelte ingrimmig. »Nun glaubt sie ihrer Sache ganz sicher zu sein. Sie wird sich wundern«, sagte er.

Gleich am nächsten Tag bestellte er das Aufgebot und blieb in Hamburg, bis die Ziviltrauung zwischen ihm und Winnifred stattfinden konnte.

Am Tag vor der Trauung schrieb er einen ausführlichen Brief an Lutz. Diesen Brief sandte er sogleich ab, er sollte am Tag der Trauung in Berndorf sein. In zartester, liebevollster Weise hatte Rudolf von Wildenau alles geordnet, und Winnifred hatte immer das beglückende Gefühl, daß er wie ein treuer Vater für sie sorgte. Sie dankte es ihm mit schrankenloser Innigkeit.

Nach der Trauung speiste das seltsame Ehepaar in dem vornehmen Hotel in einem reservierten Zimmer mit dem Kapitän und seiner Familie. Der Kapitän und der langjährige treue Kammerdiener des Herrn von Wildenau waren die Trauzeugen gewesen. Das Menü war mit Rücksicht auf die Flachsköpfe sehr inhaltsreich gewählt, und sie schwelgten in auserlesenen Genüssen. Aber sie fanden doch, daß es keine richtige echte Hochzeit sei, die man feierte, obwohl sie alle fünf für den vornehmen, durchaus nicht alt wirkenden Bräutigam schwärmten.

Als Herr von Wildenau beim Dessert die Flachsköpfe einlud, im Spätsommer auf einige Wochen nach Wildenau zu kommen, gab es großen Jubel. Rudolf von Wildenau lachte abermals herzlich auf.

»Man vergißt über soviel Frische und Munterkeit, daß man ein alter, kranker Mann ist. Es war ein guter Gedanke von dir, Winnifred, mich um diese Einladung zu bitten.«

»Wird es dir auch nicht zuviel Unruhe bringen, Onkel Rudolf?« fragte sie.

Er mußte lächeln, weil sie ihn auch jetzt noch so selbstverständlich »Onkel Rudolf« nannte. Aber er sagte nichts. Mochte sie das ruhig beibehalten wie bisher. In der Einsamkeit von Wildenau fragte kein Mensch danach, und schließlich hatte sich ja auch nichts in ihrem Verhältnis geändert, nur daß Winnifred jetzt Frau von Wildenau hieß, woran sie sich noch gar nicht gewöhnen konnte.

Nach dem Festmahl fuhr Winnifred wieder mit der Familie Karst nach Hause, während Onkel Rudolf im Hotel blieb. Am nächsten Morgen reiste er mit seiner jungen Frau nach Wildenau.

Nun sich Winnifred auf der Heimreise befand, klopfte ihr das Herz doch bänglich in der Brust. Sie vertraute Onkel Rudolf an, wie sehr sie sich vor Tante Martha und Käthe fürchtete und auch vor dem Zusammentreffen mit Lutz, davor vielleicht am meisten. Er tröstete sie und nahm ihr mit klugen gütigen Worten alle Angst und Sorge aus dem Herzen. »Lutz weiß bereits alles, Winnifred, er wird dir nicht anders als sonst entgegenkommen. Und seine Mutter und seine Schwester sollen dir nicht zu nahe treten, dafür bin ich da.«

Sie sah ihn unruhig an. »Wirst du dich aber auch nicht aufregen, wenn es zu einer Auseinandersetzung kommt?«

Er schüttelte lächelnd den Kopf. »Laß nur alle Sorgen fahren, kleine Winnifred, und sei vergnügt und froh, wie du es mit den Flachsköpfen warst. Mit Tante Martha werde ich schon ohne alle Aufregung fertig. Der Umstand, daß du meine Frau bist, wird ihr zur Genüge klarmachen, daß sie nichts zu hoffen hat. Das erspart mir alle Weiterungen, und das ist gut so. Auf einen langen Krieg mit Frau Martha möchte ich mich nicht einlassen, und du solltest auch davor bewahrt bleiben. Deshalb griff ich zu dem Gewaltmittel dieser Scheinehe. Daran wird ihr Widerstand zerschellen. Also tapfer, kleine Winnifred, und Kopf hoch!«

»Schilt mich nur, Onkel Rudolf, daß ich so ein Hasenfuß bin!«

Lächelnd schüttelte er den Kopf. »Ich werde mich hüten, dann läufst du mir davon«, scherzte er.

Sie nahm schnell seine Hand, und ehe er es hindern konnte, preßte sie schnell ihre Lippen darauf. »Du lieber guter Mensch, das tue ich ganz sicher niemals.«

Erschrocken zog er die Hand zurück. »Was tust du, Winnifred, da muß ich wirklich schelten.«

Sie schob ihre Hand unter seinen Arm und lehnte sich vertrauend an seine Schulter. »Ich kann dir ja nicht mit Worten danken für alles, was du mir Gutes tust.«

»Es braucht keines Dankes, Kind. Was ich für dich tue, geschieht nur, um mir selbst zu genügen.«

Am Spätnachmittag trafen sie in Wildenau ein. Und als Winnifred am Arm ihres Mannes den Fuß über die Schwelle setzte, sagte er warm und herzlich: »Gott segne deinen Eingang, Winnifred. Mögen dir in deinem neuen Heim nur glückliche Stunden beschieden sein.«

Winnifred drückte seinen Arm. Sprechen konnte sie nicht. Sie war blaß und ergriffen.

Sonst verlief ihr Einzug in Wildenau ruhig und still. Nichts deutete darauf hin, daß sich das Verhältnis der beiden Menschen zueinander geändert hatte. Nur stellte Rudolf von Wildenau seinen Untergebenen Winnifred als ihre Herrin vor.

Lutz hatte den Brief seines Onkels in der Posttasche gefunden, als er mit Mutter und Schwester am Frühstückstisch saß. Als er die Handschrift erkannte, sah er zuerst nach dem Poststempel und nickte vor sich hin, als wollte er sagen: Das dacht' ich mir doch!

Hastig öffnete er und las, was trotz allem eine Überraschung für ihn war, an die er nicht gedacht hatte. Als er an die Stelle kam, wo es hieß »Ich bin Winnifred gefolgt, und morgen wird sie mir standesamtlich angetraut. Und wenn Du diese Zeilen in Händen hältst, ist es wohl bereits geschehen« – ließ er den Brief sinken und starrte beinahe entgeistert vor sich hin. Winnifred Onkel Rudolfs Frau! Ihm war, als müsse er aufspringen und das auf irgendeine Weise zu verhindern suchen ...

Er las das eben Gelesene noch einmal, und nun begriff er erst, daß es sich in Wahrheit nur um eine Scheinehe handle, um Winnifreds Erbansprüche vor jedem Einwand sicherzustellen.

Er atmete auf, wie von einer Last befreit, und wußte doch eigentlich nicht, warum.

Er las nun weiter:

»Gleich nach der Trauung werde ich mein notariell bereits aufgesetztes Testament unterschreiben, das Winnifred zu meiner Universalerbin macht. Ihr soll Wildenau mit allem lebenden und toten Inventar gehören und die Hälfte meines

Barvermögens. Wie ich über die andere Hälfte verfügt habe, werde ich Dir gelegentlich persönlich mitteilen.

Hätte ich Winnifred in Berndorf sicher gewußt, würde ich diese Ehe überhaupt nicht geschlossen haben. Es wäre mir überhaupt lieber gewesen, Du hättest Winnifred als Gattin heimgeführt. Dann hätte Wildenau Euch gemeinsam gehört. Aber Du hast anders gewählt, und es muß auch so gut sein.

Ich stelle es Dir anheim, Deine Mutter von dem Geschehenen in Kenntnis zu setzen. Ich weiß, daß Dir damit eine schwere Aufgabe zufällt. Ist sie Dir zu schwer, überlasse es mir, sie von allem zu unterrichten.«

Lange sah Lutz gedankenvoll auf den Brief herab. Seine Augen starrten immerfort auf die Stelle: »Es wäre mir überhaupt viel lieber gewesen, Du hättest Winnifred als Gattin heimgeführt.« Er konnte nicht davon loskommen.

Wenn ich Siddy nicht gekannt hätte, wenn ich sie nicht so namenlos liebte, dann hätte mir Winnifred wohl als Frau gefallen können. Sie versteht mich so gut, sie würde mir eine ideale Lebensgefährtin geworden sein; natürlich nur, wenn ich sie lieben würde und sie mich wiedergeliebt hätte.

Diesen Gedanken schob er aber plötzlich von sich. Ein anderer grub sich in sein Gehirn.

Was würde Mutter zu dieser Nachricht sagen?

Er sah zu ihr hinüber. Sie hatte sich, ahnungslos, welcher Schlag ihr drohte, in ihre Geschäftskorrespondenz vertieft. Lange ruhte sein Blick auf ihren harten, kalten Zügen. Fast wollte ihn Mitleid mit ihr überkommen. Sie würde schwer an dieser Enttäuschung tragen, sehr schwer. Und er konnte sie ihr nicht ersparen. Sie würde ihm eine furchtbare Szene machen, aber obgleich er sich davor fürchtete, dachte er doch nicht daran, es Onkel Rudolf zu überlassen, ihr diese Eröffnung zu machen. Niemand sollte Zeuge sein, wie seine Mutter diese Nachricht aufnahm.

Er faltete den Brief langsam zusammen und griff nach einem Schreiben seiner Braut. Es enthielt wie immer oberflächliches zärtliches Geplauder und einen Bericht, was für Toiletten sie sich für ihre Aussteuer angeschafft und über verschiedene Vergnügungen, die sie mitgemacht hatte, und von den Aufmerksamkeiten, die ihr erwiesen wären, hauptsächlich von Herrn von Solms.

Sonderbar, heute mißfiel ihm die oberflächliche, spielerische Art ihrer Mitteilungen. Sie verursachte ihm direkt Unbehagen. Aber seine Gedanken kehrten schnell zu dem andern Gegenstand zurück. Er steckte den Brief zu sich und sah wieder zu seiner Mutter hinüber. Sie war eben mit der Korrespondenz fertig geworden und sah ihn fragend an.

»Hattest du wichtige Post, Lutz?«

Er atmete tief auf. »Ja, Mama. Ich bekam ein Schreiben von Onkel Rudolf.«

Erstaunt sah sie ihn an. »Von Onkel Rudolf?«

»Ja, Mama, und ich möchte mit dir über den Inhalt dieses Schreibens sprechen, möchte es dir zu lesen geben. Aber laß uns bitte in dein Arbeitszimmer gehen. Ich möchte allein mit dir sein.«

Käthe erhob sich mit einem mürrischen Gesicht. »Ich kann ja gehen. Hab dich nur nicht so wichtig, Lutz. Was du weißt, werde ich wohl auch wissen dürfen.«

»Du sollst es auch wissen, Käthe, aber erst muß ich mit Mama darüber sprechen.«

Achselzuckend verließ Käthe das Zimmer.

Frau von Berndorf sah ihren Sohn sehr unruhig und forschend an. Sie bemerkte sehr wohl, daß er ihr etwas Wichtiges zu sagen hatte.

»Nun sprich, Lutz, du hast mir doch nichts Unangenehmes zu berichten?«

Er biß die Lippen zusammen. Dann richtete er sich entschlossen auf.

»Doch, Mama. Für dich wird es etwas sehr Unangenehmes sein. Ich bitte dich, sei gefaßt und wappne dich. Was Onkel Rudolf mir mitteilt, wird dir eine bittere Enttäuschung bringen.«

Sie erblaßte leicht, richtete sich aber straff, wie kampfbereit, auf. »Ohne Umschweife, Lutz. Ich liebe es nicht, schlimme Nachrichten teelöffelweise zu schlucken. Sage schnell und ohne Schonung, was du mir zu sagen hast«, stieß sie heiser hervor.

Er neigte sich zu ihr und faßte ihre Hand. »Liebe Mama – deine Hoffnung auf das Erbe Onkel Rudolfs ist zerstört.«

Sie zuckte zusammen und wurde noch bleicher. Aber als weise sie jede Möglichkeit von sich, rief sie schroff: »Unsinn!«

Sich zur Ruhe zwingend, forderte sie dann ungestüm: »Schnell, schnell, martere mich nicht lange. Was hast du mir zu sagen?«

Er strich sich über die Stirn. »Nun denn, Mama, Onkel Rudolf hat sich verheiratet.«

Als sei ein Blitz vor ihr niedergeschlagen, so saß Frau Martha da. Wie ein Steinbild war sie anzusehen, aus dem die Augen feurig herausglühten.

»Was sagst du?« preßte sie endlich zwischen den Zähnen hervor.

»Onkel Rudolf hat sich verheiratet und seine junge Frau zu seiner Universalerbin eingesetzt.«

Mit zitternden Händen tastete sie um sich.

»Das ist doch – das kann doch nicht möglich sein«, kam es wie ein Keuchen aus ihrer Brust.

»Es ist wahr, Mama, fasse dich!«

Sie knirschte mit den Zähnen. »Der Elende! Der Elende!« schrie sie auf, wie in höchster Wut.

»Mama, wie kannst du das sagen. Das ist doch sein Recht!«

»Oh, das tat er nur, um mich bis ins Innerste zu treffen. Er heiraten – er – der Kranke, jetzt noch – wo ich alle Gefahr vorüber glaubte, jetzt tut er mir das an.«

Lutz atmete gepreßt. »Nun laß dir noch sagen, wen er geheiratet hat.«

»Nun?« stieß sie hervor und bohrte ihre Augen in die seinen.

»Winnifred Hartau ist seine Frau geworden.«

Da sprang sie auf und schlug sich mit den Fäusten an die Stirn. Ein Schrei, der entsetzlich klang, brach aus ihrer Brust.

»Das also – meine Ahnung – meine Ahnung! Hab' ich es doch gefühlt, vom ersten Tag an, daß mir durch dieses scheinheilige Geschöpf Gefahr droht. Hätte ich sie doch auf die Straße gestoßen, mit den Hunden hinausgehetzt, ehe sie Unheil anrichten konnte.«

Aufgeregt lief Frau Martha hin und her, schlug mit den Fäusten auf die Möbel und knirschte mit den Zähnen. Und als ihr alles das keine Erleichterung brachte und der ohnmächtige Grimm sie zu ersticken drohte, fiel sie plötzlich mit einem zornigen Aufschrei in einen Sessel und stieß eine Flut wilder Verwünschungen aus.

An den Kamin gelehnt, stand Lutz schweigend der Mutter

gegenüber. Sein Gesicht verriet das Entsetzen über den Anblick, den sie ihm bot. Als sich die erregte Frau gar nicht beruhigen wollte, trat er plötzlich mit harten, festen Schritten zu ihr heran, faßte ihre Hand mit einem fast rauhen Griff und sah ihr ernst und streng in die Augen.

»Nun ist es genug, Mutter. Jetzt mußt du dich fassen. Ich will dich nicht länger mehr so sehen, weil ich nicht vergessen möchte, daß du meine Mutter bist«, sagte er hart und laut.

Da fuhr sie auf und ballte die Hände gegen ihn. »Ach, du, du – mit deiner lammherzigen Gelassenheit! Verstehst du denn nicht, daß mich der Zorn umbringt gegen diese Heuchlerin, diese infame Kreatur, diese Erbschleicherin?«

»Du beschuldigst Winnifred zu Unrecht. Sie verdient keine dieser schlimmen Bezeichnungen. Sie ist nichts als ein armes hilfloses Geschöpf, das angstvoll nach einem Rettungsanker griff, als es abermals heimatlos werden sollte. Ohne deine Härte wäre sie vielleicht nie dazu gekommen, dieses Angebot anzunehmen. Hier, lies seinen Brief an mich, dann wirst du alles verstehen. Und nun kein Wort der Anschuldigung gegen Winnifred. Ich dulde es nicht mehr, daß du sie schmähst. Deiner Erregung habe ich viel zugute gehalten. Nun ist es aber genug. Ich mag meine Mutter nicht länger so würdelos sehen.«

Seine Worte blieben nicht wirkungslos. Zum ersten Mal beugte sich diese herrschsüchtige Frau unter einen stärkeren Willen. Mit aller Kraft zwang sie den Sturm in sich nieder. Sie faßte nach dem Brief, den er ihr gab. Während sie ihn las, lachte sie einige Male heiser und schneidend auf, und ehe sie damit zu Ende war, warf sie den Brief zusammengeballt auf den Teppich.

Wenn ich sie töten könnte, mit meinen Händen würde ich sie erwürgen, dachte sie zähneknirschend. Aber sie sprach es nicht aus. Weil sie sich nicht beherrschen konnte, stürzte sie aus dem Zimmer und warf die Tür krachend hinter sich ins Schloß.

Lutz lauschte hinaus. Er hörte, daß die Mutter ihr Zimmer aufsuchte. Auch die Tür dieses Zimmers flog krachend zu.

Aufatmend hob er den Brief empor, glättete ihn und steckte ihn zu sich. Seine Stirn war finster zusammengezogen, und seine Augen blickten in schmerzlichem Zorn.

Da kam Käthe herein. »Lutz, was ist mit Mama? Sie hat sich in ihr Zimmer eingeschlossen und stöhnt und schreit, es ist fürchterlich anzuhören. Was ist denn geschehen?«

Er fuhr sich über die Stirn. »Mama ist erregt. Ich habe ihr mitteilen müssen, daß Onkel Rudolf sich wieder verheiratet hat.«

Käthe stutzte betroffen. Dann lachte sie schrill und häßlich auf.

»Verheiratet? Er ist wohl irrsinnig geworden? Ein Mensch, der alle Tage sterben kann. Das kann doch nicht wahr sein, Lutz?«

»Doch, es ist wahr. Er hat sich mit Winnifred Hartau verheiratet, um sie zu seiner Erbin zu machen. So, nun weißt du, was geschehen ist. Und hoffentlich wirst du es ruhiger tragen als Mama.«

Ein häßlicher Ausdruck trat in Käthes hübsches junges Gesicht. »Oh, wie schlau diese Winnifred gewesen ist! Fängt sich einfach den alten Narren, der lieber an sein Ende denken sollte. Nun kann ich Mamas Zorn verstehen. Aber damit läßt sich leider nichts ändern. Jetzt soll mir Onkel Rudolf aber noch mal kommen mit seiner spöttischen Art, jetzt werde ich ihm dienen. Nichts lasse ich mir mehr von ihm gefallen. Jetzt lohnt es doch nicht mehr«, sagte sie gehässig.

Lutz faßte sie bei den Schultern und schüttelte sie. »Schäme dich, Käthe.«

»Warum sollte ich mich schämen?«

»Weil du nur zu Onkel Rudolf freundlich warst, damit er dir etwas vererben sollte. Recht ist dir geschehen, daß du dich umsonst bemüht hast.«

Sie sah ihn schnippisch und trotzig an.

»Nun, du wirst ja trotz aller Bravheit und Tugendhaftigkeit jetzt ebenfalls leer ausgehen. Das geschieht dir recht.«

Groß und stumm sah er sie an, so daß sie seinen Blick nicht ertragen konnte. Dann verließ er das Zimmer und begab sich auf seinen Bauplatz.

An dem Abendessen nahm Frau Martha heute nicht teil. Nur Käthe leistete dem Bruder bei Tisch Gesellschaft. Aber gleich nach dem Essen erhob sich Lutz und ging auf sein Zimmer, um Siddy von dem, was sich ereignete, Mitteilung zu machen, daß Onkel Rudolf Winnifred geheiratet, um ihre Zukunft sicherzustellen und ihr als seiner Universalerbin in Wildenau eine dauernde Heimat zu geben. »Was nun den sonstigen Inhalt Deines Briefes anlangt«, fuhr er fort, »so bin ich gewiß nicht auf Herrn von Solms eifersüchtig. Aber ich sehe es nicht gern, daß er täglich in Deiner Gesellschaft ist und Dir in seiner faden Weise den Hof macht, als seist du völlig frei. Ich finde ihn nicht nur blöde, sondern auch ziemlich unverschämt, und Du solltest keine Aufmerksamkeiten von ihm entgegennehmen. Das soll kein Tadel sein, Liebling, aber Du wirst mich verstehen und ihn in seine Schranken zurückweisen.«

Dann schloß er mit den Versicherungen seiner Liebe und Treue und der Hoffnung Ausdruck gebend, seine geliebte Braut bald wiederzusehen. Allein – es lag kein heiterer Ausdruck auf seinen Zügen, als er den Brief schloß und ihn in die Posttasche legte.

XVI

Als Winnifred einige Stunden in Wildenau weilte, kam ein Bote von Berndorf und brachte ihr von Lutz einen Strauß roter Rosen und dazu ein Schreiben.

Sie öffnete es mit erregt zitternden Händen und las:

»Gestatten Sie mir, Ihnen von ganzem Herzen Glück zu wünschen zu Ihrer Vermählung mit Onkel Rudolf. Nun weiß ich Sie doch geborgen und in Sicherheit. Das macht mich froh. In den nächsten Tagen, sobald ich mich einige Stunden freimachen kann, komme ich nach Wildenau, um meine Glückwünsche persönlich zu wiederholen und um Sie zu fragen, ob Winnifred von Wildenau mir ebenso herzlich zugetan bleibt, wie es Winnifred Hartau war. Ich küsse Ihnen verehrungsvoll die Hand.

Ihr getreuer Vetter Lutz.«

Winnifred drückte die Hand mit dem Brief ans Herz und barg das erglühende Antlitz in den Blumen, die von ihm kamen. Eine schwere drückende Last fiel von ihrem Herzen. Wußte sie nun doch, daß Lutz ihr nicht zürnte, daß er ihr keine verächtlichen Motive für ihre Handlungsweise unterschob.

Der Bote hatte zugleich einen Brief an Onkel Rudolf abgegeben. Winnifred brachte ihm denselben. Mit leuchtenden Augen zeigte sie ihm die Blumen und den Brief von Lutz.

»Nun bist du wohl endlich ruhig und zufrieden, weil dir Lutz so geschrieben hat und du seine Blumen in den Händen hältst?« fragte er lächelnd.

Sie atmete tief auf und setzte sich auf ein Sesselchen zu seinen Füßen. In kindlicher Zärtlichkeit schmiegte sie ihre Wange an seine Hand.

»Ich wäre sehr unglücklich gewesen, wenn er mir gezürnt hätte.«

Er strich ihr das Haar aus der Stirn.

»Nun wollen wir sehen, was er mir mitzuteilen hat.«

Nachdem er den Brief geöffnet hatte, las er den Inhalt vor.

»Lieber Onkel Rudolf! Vielen Dank für Deinen lieben Brief, und auch Dir meinen herzlichsten Glückwunsch. Wenn auch Eure Ehe nur eine Scheinehe sein soll, so bin ich doch gewiß, daß in Eurer Gemeinschaft innigste Harmonie ist. Und Winnifred wird Dir Deine Tage lieb und angenehm machen. Sie hat das echt weibliche Talent, Harmonie um sich zu schaffen und Licht und Wärme zu geben. Ich gönne es Dir von Herzen, daß Du nun nicht mehr einsam bist, wenn mir Winnifred auch hier sehr fehlt. Ich hoffe, ich darf oft zu Euch kommen und mich ein wenig an Eurem Herd erwärmen, denn in Berndorf ist es jetzt kälter als je.

Mama hat die Kunde von Eurer Verheiratung schlimmer aufgenommen, als ich glaubte. Sie ist noch nicht damit fertig, und ich bitte Dich, komme jetzt nicht nach Berndorf. Auch Winnifred darf keinesfalls herüberkommen. Ich möchte jetzt um jeden Preis eine Begegnung zwischen Euch und Mama vermeiden.

Bald komme ich zu Euch, und ich freue mich auf ein gemütliches Plauderstündchen und – auf Winnifreds Musik. Auf Wiedersehen!

Herzlichst
Dein Neffe Lutz.«

Der alte Herr sah auf, als er zu Ende war, und seine Augen leuchteten.

»Er hat die Feuerprobe bestanden, Winnifred, er ist ein ganzer Mann mit einem ehrlichen Herzen.«

Winnifreds Augen strahlten. Sie errötete.

»Ich freue mich, daß du so von ihm sprichst, Onkel Rudolf, ich habe es gleich beim ersten Sehen gewußt, daß er gut und edel ist. Und nicht wahr, du hilfst ihm, daß er nicht in Sorgen untergeht?«

Er nickte lächelnd. »Sei ganz ruhig, Winnifred. Soweit er meine Hilfe braucht, ist sie ihm gewiß. Aber wahrhaft glücklich wird er nur, wenn er sich selbst sein Schicksal zimmern kann. Und das wird er tun. Nur eins macht mir Sorge um ihn: Ich fürchte, er hat sich seine Lebensgefährtin nicht viel vorsichtiger gewählt als sein Vater. Seine schöne Braut scheint mir ein Blender zu sein.«

Winnifred preßte die Hände zusammen. »Davor möge ihn das Schicksal behüten!«

»Ich wünschte es auch. Vielleicht irre ich mich.«

Zwei Tage später kam Lutz nach Wildenau. Es war an einem Sonntag nachmittag. Den ganzen Vormittag hatte er fleißig an seinen Plänen gearbeitet und wollte sich nun ein paar Erholungsstunden gönnen.

Seine Mutter und Schwester gingen noch immer mit finsteren Gesichtern umher und grollten ihm, daß er nicht mit in ihre Entrüstung über Winnifred einstimmte.

Er ließ sich nicht beirren.

Und am Sonntag nach Tisch sagte er ruhig: »Ich fahre nach Wildenau hinüber.«

Seine Mutter sah ihn zornig an, erwiderte aber nichts. Käthe jedoch sagte schnippisch: »Viel Vergnügen bei dem jungen Paar!«

Er antwortete gar nicht darauf und verließ das Zimmer.

Schon auf der Fahrt nach Wildenau wurde ihm freier und leichter ums Herz. Und als er dort ankam, wurde er von Onkel Rudolf und Winnifred so warm und herzlich begrüßt, daß er das Gefühl hatte, als falle alles Quälende und Drückende von ihm ab.

Er verlebte einige schöne harmonische Stunden mit dem Onkel und Winnifred. Ein Gefühl der Rührung beschlich ihn, wenn er hörte, wie Winnifred ihren Gatten so selbstverständlich »Onkel Rudolf« nannte. Das dokumentierte zur Genüge, daß sich ihr Verhältnis in keiner Weise geändert hatte.

Und diese Gewißheit erfüllte ihn mit einem sonderbar befriedigten, befreiten Gefühl.

Eine jungfräuliche Frau, mußte er denken, als er sie ansah. Als Winnifred dann auf den Wunsch der beiden Herren musizierte, saß er in wohliges Behagen eingesponnen in einem Sessel und sah nach der schlanken weißen Gestalt hinüber, auf deren jungem Haupt die schweren goldenen Flechten wie eine natürliche Krone lagen.

Man möchte immer hier sitzen, sie ansehen und ihr zuhören, dachte er. Und er empfand gar nicht, daß seine Braut momentan ganz aus seinem Denken und Empfinden verbannt war.

Nach dem Musizieren plauderten die drei Menschen wieder und freuten sich ihres geistigen und seelischen Gleichklanges. Es wurden auch ernste und tiefgründige Themen berührt. Winnifred verlor alle Scheu und bot willig alle Schätze ihres reichen Seelen- und Geisteslebens.

Sie selbst gab sich mit großer Inbrunst dem Zauber dieser Stunden hin. Wie herrlich erschien es ihr, daß Lutz bei Onkel Rudolf und ihr saß und sie nach Herzenslust mit ihm plaudern konnte. Höher verstiegen sich die Wünsche ihres Herzens nicht. Es erschien ihr so traumhaft schön, wie sich jetzt ihr Leben gestaltet hatte, daß sie nach einem Mehr keinerlei Verlangen trug.

Lutz blieb bis nach dem Abendessen und versprach gern, bald wiederzukommen. Und er hielt dies Versprechen. Fast jeden Abend kam er nach verrichtetem Tagewerk auf ein Stündchen, und damit er auf den Weg nicht zuviel Zeit verwenden müsse, schickte ihm Onkel Rudolf immer sein Automobil. Da war er in kurzer Zeit am Ziel.

Mit einiger Unruhe berichtete er, daß er auf sein letztes Schreiben an Siddy, in dem er ihr die Vermählung seines Onkels gemeldet hätte, noch keine Antwort erhalten habe. Sonst kamen ihre kleinen flüchtigen Briefchen fast täglich an. Es machte Lutz unruhig, und er ließ andere Briefe folgen, in denen er fragte, weshalb er keine Nachricht erhielt. Er fragte, ob sie krank sei. Sie möge ihm sofort telegraphische Nachricht senden, er sei in Sorge.

Onkel Rudolf und Winnifred suchten ihn zu beruhigen. Aber der Onkel hatte nachdenklich aufgehorcht, als ihm Lutz erzählte, welchen Inhalt der Brief gehabt hatte, auf den er keine Antwort bekam.

Auf seine dringenden Bitten bekam Lutz endlich ein Schreiben. Aber es war nicht von Siddy, sondern von Frau von Sucher. Sie teilte Lutz mit, daß die Baronesse einige Tage unpäßlich gewesen sei und daß er sich noch einige Tage gedulden möge. Unter diesen Brief hatte Frau von Sucher noch eine sehr flüchtige Bemerkung gekritzelt:

»Es wäre gut, wenn Sie selbst kommen könnten, Herr von Berndorf.«

Lutz zeigte dieses Schreiben am Abend Winnifred und Onkel Rudolf.

»Ich begreife das nicht, wenn Siddy nur unpäßlich ist, konnte sie mir doch selbst einige Zeilen schreiben. Hat sie euch einen Glückwunsch gesandt?«

»Nein, Lutz, das ist nicht geschehen«, erwiderte der Onkel, seinen Neffen besorgt ansehend. »Vielleicht hat deine Braut schlimmes Kopfweh. Da pflegt man nicht zum Schreiben aufgelegt zu sein. Jedenfalls ist es das klügste, du folgst dem Rat der Frau von Sucher und fährst nach Berlin. Dann kannst du dich selbst von dem Befinden deiner Braut überzeugen und bist die Sorge los.«

»Vor Sonntag kann ich nicht abkommen, aber Sonntag reise ich«, erwiderte Lutz.

Winnifred und Onkel Rudolf suchten ihn zu beruhigen, und es gelang ihnen auch.

Am Sonnabend abend war Lutz wieder in Wildenau. Er hatte noch immer keine Zeile von Siddy erhalten, und seine Reise nach Berlin war fest beschlossene Sache. Angemeldet hatte er sich aber dort nicht.

Als die beiden Herren eine Weile allein waren, sagte Onkel Rudolf:

»Ich wollte schon immer mit dir darüber sprechen, Lutz, wie ich in meinem Testament über die andere Hälfte meines

Barvermögens verfügt habe, die Winnifred nicht zufallen wird. Doch ich will es verschieben bis nach deiner Rückkehr. Heute bist du mit deinen Gedanken doch nur bei deiner Braut.«

Lutz lächelte ein wenig zerstreut. »Ich muß wirklich eingestehen, Onkel, daß ich über Siddys Zustand sehr in Unruhe bin. Sie muß kränker sein, als sie mich wissen lassen will. Sicher hat Frau von Sucher die Bemerkung, daß ich kommen solle, ohne ihr Wissen gemacht. Siddy will mir wohl die Sorge um ihren Zustand sparen. Aber die Ungewißheit ist quälender als eine schlimme Gewißheit. Ich kann sie nicht länger ertragen.«

»Das kann ich dir nachfühlen.«

Als Winnifred nach einer Weile zurückkam, sagte Lutz bittend: »Bitte, singen Sie mir einige Lieder, Winnifred. Unter Ihrem Gesang gehen immer alle meine Sorgen zur Ruhe.«

Sie errötete und sah fragend zu ihrem Gatten hinüber. Er nickte ihr zu. »Du weißt, ich bin immer in der Stimmung, deine Lieder zu hören.«

Da trat sie an den Flügel und sang ihre schönsten Lieder, sang sie mit ihrer ganzen Seele, mit all dem süßen Zauber, der in ihrer weichen Stimme lag.

Lutz fühlte, wie sich seine Unrast verlor. Wie so oft schon gab er sich mit ganzer Seele diesem reinen edlen Genuß hin. Die hohen Fenstertüren, die aus dem Zimmer ins Freie führten, standen weit offen. Die laue linde Luft des Frühsommerabends drang ins Zimmer und trug den Duft der Blumen herein, Flieder und Jasmin standen in vollster Blüte. Und am Himmel stand der Mond inmitten hellglänzender Sterne und warf sein mildes Licht auf die gesegnete Erde. Nachdem Winnifred ihre Lieder beendet hatte, trat sie auf die Terrasse hinaus. Sie stand da wie ein liebliches Bild, vom hellen Mondlicht umflossen.

Mit einem gütigen Blick sah Herr von Wildenau zu ihr hinüber. »Wie sie aufblüht in den neuen, sorglosen Verhältnissen. Findest du sie nicht sehr verändert, Lutz?« fragte er.

Auch dieser hatte seinen Blick auf Winnifred ruhen lassen. Er neigte das Haupt. »Ja, sie ist wie eine Knospe, die ihre Hülle sprengte und sich nun in aller Lieblichkeit entfaltet.«

Sinnend sah Rudolf von Wildenau in Lutz' gebräuntes, charaktervolles Gesicht. Wie schade, daß er es zu spät erkennt, dachte er.

Lutz erhob sich und trat zu Winnifred hinaus. »Sie träumen in den Vollmondzauber hinaus, Winnifred. Wissen Sie nicht, daß dies gefährlich ist?« scherzte er.

Sie schrak leise zusammen und sah zu ihm empor. »Wahrhaftig, Vetter, ich habe ein wenig geträumt. Aber sehen Sie nur, wie wundervoll die Landschaft im Mondlicht liegt. Und da drüben steigen Nebel auf und hüllen die Ferne in ein leichtes Schleiergewand. Ein Gleichnis vom Leben. Dicht vor uns ist alles klar und hell wie die Gegenwart, und die Zukunft liegt verschleiert.«

»Möchten Sie einen Blick in die Zukunft tun?«

Sie schüttelte heftig den Kopf. Ein leiser Seufzer entfloh ihrer Brust. »Nein – o nein! Die Gegenwart ist so schön. Ich möchte sie festhalten. Die Zukunft kann mir nichts Schöneres und Lieberes bringen.«

»Das klingt fast wie Resignation, und dazu sind Sie noch zu jung, Winnifred. Das Leben liegt vor Ihnen.«

Sie sah mit einem seltsamen Blick zu ihm auf, der ihn fast schmerzlich berührte. »Es kann mir nie Schöneres bieten als jetzt. Das ist nicht Resignation, sondern Überzeugung.«

Sie trat still an Lutz vorüber in das Zimmer zurück und ging zu ihrem Gatten. Liebevoll breitete sie eine leichte Decke über seine Knie. »Es wird kühl, Onkel Rudolf, du darfst dich nicht erkälten.«

Er nickte ihr lächelnd zu. »Es ist so schön, ein liebes Töchterchen zu haben, Winnifred.«

Lutz hatte ihr nachgesehen und wußte nicht, was es war, was ihn heute so seltsam an Winnifred berührte. Eine jungfräuliche Frau, dachte er wieder, als müsse er mit dieser Bezeichnung ihr Wesen erschöpfen.

Er vergaß alle Unruhe über Siddy und setzte sich mit einem Gefühl köstlichen Friedens zu den beiden Menschen, die ihm lächelnd entgegensahen.

Und während sie plauderten, sah Lutz Winnifred an. Sie hat etwas an sich, das Traurige froh und Kranke gesund machen kann, dachte er.

Am andern Tage fuhr Lutz nach Berlin. Gleich vom Bahnhof aus begab er sich zur Wohnung der Frau von Sucher. Als er klingelte, öffnete ihm eine Dienerin und sah ihn sichtlich überrascht und verlegen an.

Er ließ sich Frau von Sucher melden. Die Dienerin verschwand mit seiner Karte und kam nach einer Weile noch verlegener zurück. Sie meldete ihm, er möge einige Minuten warten, Frau von Sucher werde sogleich erscheinen.

Seine Unruhe steigerte sich. Als er den Korridor passiert hatte, sah er einen Herrenhut am Garderobenständer hängen. Er hatte eine eigenartige Form und Farbe. Diese Art Hüte pflegte Herr von Solms zu tragen. Und er glaubte auch dessen hell krähende Stimme gehört zu haben und ein leises girrendes Frauenlachen – Siddys Lachen.

Beides war verstummt, als ihn die Dienerin verlassen hatte. Es herrschte jetzt eine lautlose Stille in der Wohnung. Und Frau von Sucher ließ ziemlich lange auf sich warten. Er ahnte nicht, daß sie mit Siddy und Herrn von Solms eine kleine Auseinandersetzung hatte und daß sie ratlos war, was sie Lutz sagen sollte.

Endlich erschien sie. Lutz eilte ihr entgegen in brennender Ungeduld und faßte ihre Hand, die er an seine Lippen zog.

»Gnädigste Frau, befreien Sie mich von meiner Unruhe und Sorge. Wie geht es Siddy?«

Frau von Sucher biß sich auf die Lippen wie in unmutiger Verlegenheit und bat ihn, Platz zu nehmen.

»Mein lieber Herr Doktor, Sie brauchen nicht in Unruhe und Sorge um Siddys Befinden zu sein. Sie ist auf dem Wege der Besserung. Ich bedauere, daß Sie die Sorge hierher getrieben hat, zumal Sie Siddy jetzt nicht empfangen kann. Sie – ja, sie ist noch etwas leidend und im Negligé.«

Er sah sie unruhig an. »Gnädige Frau, verheimlichen Sie mir nichts. Ist Siddy wirklich nicht ernstlich krank?«

»Nein, nein – gewiß nicht. Nur – sie hat starkes Kopfweh und hat das Haar aufgelöst. Wie gesagt, es ist nichts von Bedeutung, und in einigen Tagen wird sie wieder wohl sein und Ihnen dann selbst wieder Nachricht geben.«

»So soll ich sie nicht sehen? Nicht wenigstens auf einige Minuten? Ich kann so nicht wieder abreisen, gnädige Frau, ich muß Siddy sehen.«

Unschlüssig sah Frau von Sucher vor sich hin, und dann sah sie ihn mit einem Blick an, in dem sich ein peinliches Unbehagen spiegelte.

»Momentan – Sie begreifen, sie ist nicht frisiert.«

Lutz hatte ein Gefühl, als schnürte ihm etwas die Kehle

zusammen. Seine Braut solle krank sein, im Negligé und mit gelöstem Haar, und doch war ihm gewesen, als hätte er sie mit Herrn von Solms plaudern hören. Er richtete sich plötzlich straff auf:

»Gnädige Frau, ich werde in einer Stunde noch einmal wiederkommen. Dann aber muß ich unbedingt meine Braut sprechen, wenn auch nur auf einige Minuten. Ich kann nicht wieder abreisen, ohne sie gesehen zu haben.«

Nun richtete sich auch Frau von Sucher plötzlich straff empor, und in ihr Gesicht trat ein entschlossener Ausdruck. »Also gut, Herr Doktor, kommen Sie in einer Stunde wieder. Ich werde dafür sorgen, daß die Baronesse Sie dann empfängt.«

Lutz neigte dankend das Haupt, verabschiedete sich und ging. Als er den Korridor passierte, fiel ihm auf, daß der auffallende Herrenhut vom Garderobenständer verschwunden war. Ihm war auch gewesen, als hätte er kurz vorher die Korridortür öffnen und schließen hören.

Eilig lief er die Treppe hinab und sah sich auf der Straße um. Und da erblickte er einen übertrieben elegant gekleideten Herrn, der den bewußten Hut trug, in einiger Entfernung auf dem Fußsteig. Er bog soeben um die nächste Straßenecke, und Lutz hätte schwören mögen, daß es Herr von Solms gewesen sei.

Hatte er recht gesehen, so war Herr von Solms in der Wohnung der Frau von Sucher gewesen, und dann hatte er auch mit Siddy geplaudert, mit seiner Braut, die so krank war, daß sie ihm nicht schreiben, und die ihn nicht empfangen konnte, weil sie im Negligé war und das Haar gelöst hatte.

Wie von Sinnen eilte Lutz hinter dem eleganten Herrn her. Aber als er um die Ecke bog, sah er ihn nicht mehr. Nur ein

Automobil fuhr davon, und über den Rand desselben schwebte der auffallende Herrenhut. In einer unbeschreiblichen Verfassung verbrachte Lutz die nächste Stunde.

Frau von Sucher war inzwischen zu Siddy in ihren kleinen Salon getreten. Diese saß in halb liegender Stellung in ein verführerisches lichtgrünes Negligé gehüllt, auf einem Diwan, und ihre rotgoldenen Haare fielen ihr über Nacken und Schultern herab.

»Ist er fort?« fragte sie Frau von Sucher, sich aus ihrer lässigen Pose halb aufrichtend.

Frau von Sucher sah sie ernst und streng an. »Ja, Ihr Verlobter ist fortgegangen, Siddy. Und wie ich sehe, ist gottlob auch Herr von Solms gegangen. Ich muß Ihnen sagen, das war eine sehr peinliche und unangenehme Stunde für mich. Erst finde ich Sie bei meinem Nachhausekommen von einem Besuch in dieser durchaus nicht empfangsfähigen Toilette in Gesellschaft des Herrn von Solms, und dann muß ich Ihrem Verlobten gegenüber peinliche Ausreden gebrauchen.«

Siddy lächelte kindlich bezaubernd. »Nicht zanken, liebe teure Vizemama. Die Dienerin, die mir Herrn von Solms meldete, hatte mich wohl mißverstanden. Sie sollte mir nur seine Blumen überreichen, statt dessen ließ sie ihn selber herein. Und er war bei meinem Anblick so närrisch vor Entzücken, daß ich ihn nicht gleich wieder los wurde. Und wie ich Ihnen schon sagte, er hat mir keine Ruhe gelassen. Ich mußte ihm versprechen – aber das wissen Sie ja. Nun bitte, sagen Sie mir, ist Herr von Berndorf wirklich fort?«

»Ja, aber er kommt in einer Stunde wieder. Er will Sie unbedingt sehen und sprechen, und ich habe es ihm versprochen.«

Ein unzufriedener Ausdruck lag auf Siddys Gesicht. »Das

ist mir sehr, sehr unangenehm. Was soll ich ihm nur sagen, Vizemama?«

Frau von Sucher sah sie fest und streng an. »Die Wahrheit, Siddy! Das sind Sie ihm wenigstens schuldig. Ich muß Sie dringend ersuchen, dies falsche Doppelspiel aufzugeben. Es ist mir überaus peinlich, wider meinen Willen darin mitzuwirken. Ich möchte meine Behausung nicht zum Schauplatz einer Unredlichkeit gemacht sehen. Wenn Sie wirklich Ihre Verlobung mit Doktor von Berndorf auflösen wollen, um sich mit Herrn von Solms zu verbinden, so ist das Ihre Angelegenheit. Aber dann verlange ich von Ihnen, daß Sie Herrn von Berndorf die Wahrheit sagen. Ich spiele diese mir aufgezwungene Rolle nicht mehr weiter.«

Siddy sprang auf und umarmte schmeichlerisch die erzürnte Frau. »Liebste Vizemama, nicht schelten.«

Frau von Sucher schob sie aber leise abwehrend von sich. »Ich habe den ehrlichen Willen, Siddy, Ihnen durch die Einladung zu mir Gelegenheit zu geben, eine gute Partie zu machen, weil ich einst mit Ihrer Mutter innig befreundet war. Es ist ja auch klar, daß Herr von Berndorf nach der überraschenden Verheiratung seines Onkels keine glänzende Partie mehr ist, wenn ich auch sicher bin, daß er Ihnen allzu große Sorgen fernhalten würde. Sie wollen nun die Konsequenzen dieser Verbindung nicht auf sich nehmen und haben sich einen andern Freier gesichert, der Ihnen mehr zu bieten hat an äußeren Gütern des Lebens. Ich wüßte an Ihrer Stelle freilich ganz sicher, daß ich trotz allem lieber an der alten Verbindung festhalten würde, denn Herr von Solms kann Herrn von Berndorf in keiner Beziehung das Wasser reichen. Doch das ist Ihre Sache. Sie müssen aber unter allen Umständen jetzt Herrn von Berndorf alles sagen. Ich fürchte, er hat gehört, daß Sie andern Besuch hatten, und ich will nicht noch einmal als Lügnerin vor ihm stehen müssen.«

Siddy nagte an der Unterlippe. Dann warf sie den Kopf zurück. Sie fand, daß sie sich nun genug hatte ausschelten lassen.

»Gut, ich werde ihn empfangen. Verzeihen Sie, daß ich Ihnen Ungelegenheiten machte. Ich werde Herrn von Berndorf sagen, daß Sie gegen Ihren Willen Ausflüchte gebrauchen mußten.«

»Ich werde ihm das lieber selber sagen, sobald er zurückkommt. Nun machen Sie bitte Toilette, damit Sie Herrn von Berndorf empfangen können.«

Als Lutz eine Stunde später zurückkam, in einer unbeschreiblichen Stimmung, wurde er sofort zu Frau von Sucher geführt.

Sie sah in sein blasses zuckendes Gesicht, in seine unruhigen Augen hinein und atmete gepreßt auf.

»Mein lieber Herr Doktor, bitte, nehmen Sie Platz. Siddy wird gleich hier sein. Ehe sie mit ihr sprechen, will ich Ihnen aber ein Geständnis machen, das mich sehr bedrückt. Ich habe Ihnen die Unwahrheit geschrieben und gesagt, als ich Ihnen mitteilte, daß Siddy krank ist. Sie ist nicht krank, sie ist es nicht gewesen.«

Er stutzte und sah sie unsicher an. »Nicht krank? Aber weshalb dann das alles? Ich fühle, hier geht etwas vor, was man mir verbirgt«, stieß er rauh hervor.

Sie sah ihn teilnahmsvoll an. »Siddy wird Ihnen gleich alles selbst sagen, Herr Doktor. Es kommt mir nicht zu, Ihnen darüber Auskunft zu geben. Ich möchte mich nur in Ihren Augen zu entschuldigen versuchen. Ich habe Sie nur deshalb im unklaren gelassen, weil ich hoffte, Siddy würde sich eines Besseren besinnen. Meine Hoffnung war vergebens. Jedenfalls seien Sie versichert, daß ich Ihnen nicht in böser Absicht die Wahrheit verschwieg, sondern weil ich hoffte, Ihnen einen Schmerz ersparen zu können. Das wollen Sie bitte bedenken, wenn Sie erst alles wissen.«

Lutz war noch bleicher geworden. »Gnädige Frau, ich weiß nicht, was ich Ihnen antworten, weiß nicht, was ich hoffen und fürchten soll. Ich habe das Gefühl, als würde mir der Boden unter den Füßen fortgezogen. Bitte, sagen Sie mir eins: War Herr von Solms vorhin bei meiner Braut? Hat Sie ihn empfangen, während sie mich abweisen lassen wollte?«

Sie sah peinlich berührt auf ihre Hände herab. »Ich kann Ihnen darauf nicht antworten. Sie werden gleich klarsehen, Herr Doktor. Und da Sie danach kaum in der Stimmung sein werden, noch mit mir zu sprechen, will ich mich gleich verabschieden. Bitte, verzeihen Sie mir, daß ich wider Willen an einer Komödie Ihnen gegenüber teilnehmen mußte, ich bedaure, daß ich es getan habe. Leben Sie wohl.«

Damit erhob sich Frau von Sucher, und ehe Lutz noch etwas erwidern konnte, schloß sich die Tür hinter ihr.

Lutz starrte diese Tür an, als sei er nicht Herr über seine Gedanken. Er wußte nicht, was er denken und fühlen sollte, hatte nur das Empfinden, daß etwas Furchtbares, Unerhörtes drohend auf ihn zukam. Ehe er sich mühsam gefaßt hatte, öffnete sich die Tür wieder und auf der Schwelle erschien, schöner als je, wieder in einem wassergrünen Gewand, Baroneß Siddy.

Von seiner Erregung getrieben, trat er schnell auf sie zu, faßte ihre Hand mit jähem Griff und sah sie durchdringend an.

»Was soll das alles heißen, Siddy? Weshalb hast du mich glauben machen, daß du krank seist, weshalb hast du mir nicht geschrieben?« stieß er rauh und heiser hervor.

Sie zog die Stirn kraus. »Laß meine Hand los, du tust mir weh«, sagte sie langsam.

Wie Eiseskälte wehte es ihm aus diesen Worten entgegen, und kalt und grausam blickten ihn die grünen Augen an, die ihn sonst so betörend angestrahlt hatten.

Das Sonnenlicht, das durch das Fenster fiel, ließ ihr rotgoldenes Haar wie einen Feuerkranz um ihr Haupt wallen, was einen seltsamen Kontrast bot zu der eisigen Kälte, die von ihr ausstrahlte.

Er ließ ihre Hand los und trat einen Schritt zurück.

»Siddy!«

Wie ein Schrei brach ihr Name über seine Lippen.

Sie richtete sich hoch auf und streifte langsam den Verlobungsring von ihrer Hand. Den legte sie vor ihn auf den Tisch.

»Ich bedaure, Ihnen mitteilen zu müssen, Herr Doktor von Berndorf, daß ich die Verlobung mit Ihnen auflöse.«

Nach dem Vorausgegangenen konnten Lutz diese Worte kaum noch überraschen. Er zuckte zwar zusammen, blieb aber äußerlich seltsam ruhig. In seinem Gesicht straffte sich jeder Muskel, und die Zähne bissen sich wie im Krampf aufeinander.

»Wollen Sie mir die Gründe für Ihre Handlungsweise anführen, Baronesse?« sagte er hart und kalt.

Niemand konnte ihm anmerken, wie tief er getroffen war.

Sie stützte sich leicht auf die Lehne eines Sessels.

»Ich löse diese Verlobung auf, weil ich sie unter falschen Voraussetzungen geschlossen habe. Ich habe geglaubt, Sie seien reich und der Erbe von Wildenau. Ganz offen gestehe ich Ihnen, daß ich mich vor nichts mehr fürchte als vor einer Zukunft, in der ich, wie bisher, ängstlich mit dem Pfennig rechnen muß. Ich will heraus aus dieser kleinlichen Misere, will leben, genießen, auf den Höhen des Lebens wandeln. Diese Hoffnung erfüllt sich mir, wie ich nun weiß, nicht an Ihrer Seite. Ich war schon enttäuscht, als ich die schlichten Verhältnisse in Berndorf kennenlernte. Aber da hoffte ich noch auf das Erbe Ihres Onkels. Da sich dieser wieder vermählt hat, gehen Sie dieses Erbes verlustig. Mich würde an Ihrer Seite ein Leben erwarten, wie ich es um keinen Preis weiterführen möchte. Ich würde Sie und mich unglücklich machen, wollte ich Ihnen mein Wort halten und Ihre Frau werden. Deshalb habe ich den Mut zur Wahrheit und sage Ihnen, daß ich mich von Ihnen löse. Bitte, geben Sie mich frei und suchen Sie mich zu vergessen.«

Kein Zug in seinem Gesicht hatte sich verändert. Nur seine Augen brannten in heißer, zorniger Verachtung. »Und Ihre Liebe, Baroneß, von der Sie mir soviel gesprochen hatten?« fragte er in bitterm Hohn.

Sie zuckte die Achseln. »Ich habe Sie gern gehabt, und es tut mir leid, Ihnen weh tun zu müssen. Aber einer Liebe, die sich bis zur Selbstvernichtung opfert, bin ich nicht fähig. In kleinen, sorgenvollen Verhältnissen will ich nicht leben, ich brauche Glanz und Reichtum, um mich glücklich fühlen zu können. Seien Sie vernünftig und sehen Sie ein, daß es das beste ist, wenn wir uns trennen.«

Er richtete sich mit einem Ruck empor. Die Erinnerung war in ihm emporgestiegen an die Unterredung, die er mit ihrem Vater gehabt hatte.

Jetzt verstand er plötzlich alles, was der alte Herr gesagt und angedeutet hatte. Wie eine heimliche Warnung hatte es durch seine Worte geklungen, als er ihm die Geschichte des Bildes der schönen Melusine erzählt hatte. Und hatte ihn sein Instinkt nicht selbst gewarnt, jedesmal, wenn er in ihre Nähe kam und es ihm kalt entgegenwehte? »Die schöne Melusine« hatte er sie im ersten Moment genannt. Und »die schöne Melusine« hatte sie der junge Künstler auf seinem Bild genannt. Sie war auch ihm als das Urbild der seelenlosen Wassernixe erschienen. Und sie hatte ihn in den Tod getrieben. Ja, jetzt wußte er es, daß sie ihn mit ihrer Erzählung belogen hatte, daß der Maler nicht Hand an sich gelegt, weil er an einer unheilbaren Krankheit gelitten. Ihretwegen war er gestorben, wie ihr Vater ihm gesagt hatte.

Ihm war, als würde ein Schleier von seinen Augen gezogen, er sah sie jetzt in ihrer wahren Gestalt, sah in ihre grausamen, seelenlosen Augen hinein, in das kalte Gesicht, das jetzt durch kein verführerisches Lächeln verschönt wurde.

Sein Schweigen verursachte ihr Unbehagen, sie mochte einen Eklat fürchten. »Ich bitte Sie, seien Sie vernünftig, Herr von Berndorf«, sagte sie noch einmal.

Da sah er sie kalt und verächtlich an. »Fürchten Sie nichts, Baronesse, ich werde nicht zu Ihren Opfern gehören wie der junge Maler, der Sie als Melusine gemalt hat. Ihr Gewissen, wenn Sie eins haben, wird nicht durch einen zweiten Selbstmord belastet werden. Männer meines Schlages sterben nicht an der Treulosigkeit eines Weibes, dazu ist mir mein Leben zu wert. Sie sind frei.«

Er streifte seinen Verlobungsring vom Finger und steckte den ihren zu sich. Dann verneigte er sich formell und verließ das Zimmer.

Er vernahm noch ihr erleichtertes Aufatmen und biß die Zähne fest aufeinander. Aufrecht schritt er an der Dienerin vorüber, nachdem er Hut und Paletot genommen hatte, und aufrecht verließ er die Wohnung der Frau von Sucher.

Aber draußen im Treppenhaus, als er ganz allein war, lehnte er einen Moment die Stirn an die kalte Mauer und schloß die Augen. Aber nur einen Moment ließ er sich gehen, dann gab er sich einen Ruck, preßte die Lippen fest aufeinander und ging die Treppe hinunter.

XVII

Lutz hatte seiner Mutter nach seiner Heimkehr ruhig und beherrscht davon Mitteilung gemacht, daß seine Verlobung mit Baroneß Glützow aufgelöst war.

Sie atmete auf. »Gottlob, daß du wenigstens in diesem Punkt zur Vernunft gekommen bist. Nun uns Wildenau verloren ist, wäre deine Heirat mit einem armen Mädchen heller Wahnsinn gewesen«, sagte sie.

Er sah aus einem müden, abgespannten Gesicht mit brennenden Augen auf sie hinab.

»Du irrst dich, Mutter, ich bin nicht zur Vernunft gekommen. Baroneß Glützow war so vernünftig, unsere Verlobung aufzuheben, da ich keine Aussicht mehr habe, Herr von Wildenau zu werden.«

Sie sah einen Moment forschend zu ihm auf. »Damit hat sie allerdings mehr Vernunft bewiesen, als ich ihr zugetraut hätte. Du wirst ihr das vielleicht noch danken.«

»Unsere Ansichten über diesen Punkt gehen weit auseinander, Mama. Ich bitte dich, laß uns nicht mehr davon reden. Vorläufig bin ich nicht imstande dazu.«

Damit ging er hinaus.

Nach Wildenau vermochte er vorläufig nicht zu gehen. Er fürchtete die teilnahmsvollen Augen Onkel Rudolfs und Winnifreds. Vor ihnen war er sich seiner Fassung nicht sicher.

Onkel Rudolf und Winnifred warteten einige Tage vergeblich auf ihn und wurden schließlich unruhig, als er nichts von sich hören ließ.

»Es wird ihm doch nichts zugestoßen sein, Onkel Rudolf?« fragte Winnifred und faßte seine Hand, als brauche sie einen Halt.

Er strich ihr liebevoll über das Haar. »Gib dich nicht solch törichten Gedanken hin, Winnifred. Wäre ihm etwas zugestoßen, hätten wir längst Nachricht. Vielleicht ist er noch in Berlin. Laß uns noch bis morgen warten. Hat er bis morgen mittag keine Nachricht gesandt, dann fahre ich auf seinen Bauplatz hinüber und sehe mich nach ihm um.«

Aber noch ehe dieser Tag verstrich, traf ein Schreiben von Lutz ein, in dem er rückhaltlos alles ihm Widerfahrene darlegte.

Eine Weile sah Rudolf von Wildenau auf die Zeilen seines Neffen nieder. Im Grunde überraschte ihn ihr Inhalt nicht. Dann ließ er Winnifred rufen.

»Es ist eine Botschaft von Lutz gekommen, Winnifred.«

Ihr Gesicht wechselte die Farbe. Schnell war sie an ihres Gatten Seite. »Warum ist er nicht selber gekommen?«

Er reichte ihr den Brief. »Lies selbst, was er mitzuteilen hat.«

Sie sank in einen Sessel an seiner Seite und las. Ihr Antlitz spiegelte ihre Empfindungen wider. Er sah sie forschend an und dachte:

Man soll niemals Vorsehung für einen Menschen spielen. Meint man es auch noch so gut und glaubt man es noch so klug anzufangen, schließlich ist es doch nicht gut und richtig gewesen. Nun wäre es doch wohl besser, Winnifred wäre nicht meine Frau geworden. Vielleicht findet sich Lutz im Herzen jetzt zu ihr.

Und die Sorge wollte in ihm aufsteigen, daß er eines Tages dem Glück zweier geliebter Menschen im Wege stehen könne. Aber dann lächelte er still vor sich hin, nein, im Weg würde er einem solchen Glück gewiß nicht stehen. Auch wenn er wider Erwarten der Ärzte länger am Leben blieb, würde er ganz sicher einen andern Weg finden zur Vereinigung dieser beiden Menschen, falls sie zueinander strebten.

Winnifred hatte den Brief zu Ende gelesen und sah nun bleich und fassungslos zu ihm auf.

»Onkel Rudolf – ach, Onkel Rudolf, wie unglücklich wird er sein! Es ist sicher viel schlimmer, als er uns zeigen will«, stieß sie mit verhaltener Stimme hervor und warf sich trostsuchend in seine Arme.

Er nahm sie wie ein Kind auf seinen Schoß und streichelte ihre Wangen. »Denke nicht daran, was er jetzt leiden muß, mein liebes Kind, sondern daran, welchem Unglück er entronnen ist. Wunden wie die, die er jetzt erlitten hat, vernarben schnell. Er ist jung, und wir werden ihm nach Kräften helfen, daß er über diese Enttäuschung hinwegkommt, nicht wahr?«

Sie sah ihn mit feuchten Augen an. »Der Ärmste! Wie weh sie ihm getan hat.«

Lächelnd und gerührt streichelte er ihre Hand. »Denkst du nur an seine Schmerzen? Du hast doch auch um ihn gelitten.«

Sie machte eine abwehrende Bewegung. »Was liegt an mir?

Solange ich ihn glücklich wußte, trug ich meine Schmerzen leicht.«

»Du liebe, feine Seele. Er hat recht, es ist eine Wohltat, zu wissen, daß es Frauen von deiner Art gibt.«

Sie saßen lange beisammen und schwiegen. Er sah in ihr blasses Gesicht, das einen feinen Leidenszug hatte und aus dem die Augen schmerzvoll herausschauten. Und dann sagte er plötzlich: »Tut es dir nun leid, da Lutz frei ist, daß du meine Frau geworden bist?«

Sie schrak auf und sah ihn betroffen an. Dann schüttelte sie ruhig das Haupt. »Wie kommst du darauf, Onkel Rudolf, Lutz wird niemals etwas anderes in mir sehen als seine Kusine.«

»Und wenn nun doch? Wenn sich sein vereinsamtes Herz jetzt dir zuwenden würde? Das beste Heilmittel gegen eine unglückliche Liebe ist eine neue Liebe. Was dann, Winnifred?«

Sie nahm seine Hand zwischen ihre beiden und drückte sie an ihre Wange. »Laß uns nicht solche Fragen an das Schicksal stellen, Onkel Rudolf. Der liebe Gott wird alles fügen, wie es gut ist. Und du, mein geliebter zweiter Vater, wirst dafür sorgen, daß deine Winnifred freien Herzens und sich selbst getreu neben dir gehen kann. Mein Vertrauen zu dir ist schrankenlos, ich weiß mein Schicksal in treuester Hut bei dir, was auch kommen mag.«

Da strich er zart über ihre Wange. Seine Augen leuchteten hell und froh. »Dessen darfst du gewiß sein, Winnifred. Sei du nur immer offen, wahr und klar zu mir, damit ich erkennen kann, was not tut. Versprich es mir in dieser Stunde, daß du es mir ehrlich sagen wirst, wenn die lose Fessel, die uns verbindet, drückend für dich werden sollte.«

Sie drückte fest und warm seine Hand. »Ich verspreche es dir, damit du ruhig bist. Und ich werde dies Versprechen halten.«

Er nickte zufrieden.

»So ist es gut, meine kleine Winnifred. Und nun wollen wir dem Kommenden klaren Auges entgegengehen.«

Einige Wochen vergingen. Mit rastlosem Eifer hatte Lutz sich in seine Arbeit gestürzt. Der Bau des Laboratoriums schritt vor, und die mit seinem Präparat gedüngten Versuchsbeete zeitigten Resultate, die selbst Lutz' Mutter allmählich Interesse abzunötigen begannen.

Mit aller Kraft und Selbstbeherrschung suchte Lutz den Schmerz über die große, ihm widerfahrene Enttäuschung zu überwinden. Als er nach einigen Wochen erfuhr, Siddy habe sich mit Herrn von Solms verlobt, spielte nur noch ein verächtliches Lächeln um seine Lippen. Und an diesem Tag fühlte er sich endlich wieder imstande, nach Wildenau zu gehen.

Mit verständnisvoller Teilnahme kam man ihm hier entgegen, so daß alles Peinliche vermieden wurde. Man sprach kein Wort von seiner Entlobung und von dem, was damit zusammenhing, aber man ließ ihn fühlen, daß er verstanden wurde und daß man ihm helfen wollte, über seine Enttäuschung hinwegzukommen.

Nachdem man plaudernd den Tee eingenommen hatte, als sei Lutz erst gestern dagewesen, entschuldigte sich Winnifred. Sie wollte in der Küche Weisung geben, daß ein Gast am Abendessen teilnahm. »Sie sollen extra gut bewirtet werden, Vetter Lutz, dafür will ich selbst sorgen«, sagte sie, ehe sie hinausging.

Nun waren die beiden Herren allein. »Also der Versuch

mit deinem Präparat schlägt glänzend an, Lutz. Winnifred und ich besichtigen fast täglich die Entwicklung der Pflanzen auf den Versuchsbeeten. Ich glaube wirklich, du wirst bald ein gemachter Mann sein«, sagte Herr von Wildenau, sogleich ein unverfängliches Thema anschlagend.

Lutz nickte. »Ich bin überzeugt, daß mein Unternehmen den gewünschten Erfolg haben wird.«

»Und was sagt deine Mutter jetzt dazu?«

»Sie will noch nicht eingestehen, daß der Erfolg sie überrascht. Aber ich sehe sie jeden Tag verstohlen zu den Beeten gehen.«

»Wie ist ihre Stimmung sonst, hat sie sich noch immer nicht über das Fehlschlagen ihrer Hoffnung beruhigt?«

»Wir sprechen nicht darüber. Sie zürnt mir, daß ich zu euch halte, und spricht nur das Nötigste mit mir. Wenn ich ihr nur die Überzeugung beibringen könnte, daß meine Erfindung uns aus allen Sorgen reißen wird. Sie glaubt es nicht, und fast tut sie mir leid. Sie ist in dieser Zeit um Jahre gealtert.«

Herr von Wildenau sah nachdenklich vor sich hin. Dann richtete er sich lächelnd auf.

»Nun, mein lieber Lutz, ich will dir eine Eröffnung machen, die du deiner Mutter übermitteln kannst und die sie hoffentlich – zumal nach ihrer jetzigen völligen Verzagtheit – wieder aufrichten wird. Ich versprach dir, mitzuteilen, wie ich über die andere Hälfte meines Barvermögens testiert habe, die Winnifred nicht zufallen wird. Davon habe ich dir bereits einen Teil geliehen, er ist von heute an dein Eigentum.«

Lutz fuhr auf: »Onkel Rudolf!«

Der alte Herr legte ihm die Hand auf den Arm. »Es ist nur, damit du deiner Mutter sagen kannst, daß diese Schuld getilgt ist. Doch nun höre weiter, ohne mich zu unterbrechen. Außer dieser Summe wird dir noch nach meinem Tod die Hälfte des Kapitals zufallen, über das ich bisher nicht verfügt hatte. Die andere Hälfte bestimme ich für Käthe. Ein Fünftel davon will ich ihr eventuell gern schon bei Lebzeiten aussetzen, im Falle einer etwaigen Vermählung. Diese Summe mag ihr als Aussteuerbeitrag gelten. Sehr gern bin ich auch bereit, dir schon jetzt zur Erweiterung deines Unternehmens so viel von deinem Erbe zu überantworten, wie du haben willst. Denn ich verspreche mir etwas von deinem Projekt, und du kannst gleich größer beginnen.«

Lutz strich sich über die Stirn und faßte dann Onkel Rudolfs Hand. »Nicht meinetwegen erfüllt mich das, was du mir sagtest, mit Freuden – mit Ausnahme des Umstandes, daß du meinem Unternehmen so großes Vertrauen entgegenbringst –, sondern hauptsächlich meiner Mutter wegen. Ich kann ihr dann alle Sorgen abnehmen. Sie ist ja doch meine Mutter, und wenn auch unsere Wesensart verschieden ist, so bekümmert es mich doch sehr, sie leiden zu sehen. Meiner Mutter wegen laß dir innig und herzlich danken.«

Rudolf von Wildenau sah mit ernsten und gütigen Augen in sein Gesicht. »Du bist ein Prachtmensch, Lutz, und ich freue mich an dir. Je mehr ich dich kennenlerne, desto lieber wirst du mir. Aber du brauchst mir nicht zu danken. Auch wenn du mir ebensowenig Sympathie einflößen würdest wie deine Mutter und Schwester, hätte ich nicht anders testiert. Ich glaubte es deinem Vater, meinem alten Freund, schuldig zu sein, daß ich euch nicht leer ausgehen lasse. Also eröffne deiner Mutter, was ich dir mitgeteilt habe, und wenn sie sich dann von ihrem Groll gegen Winnifred und mich so weit erholt hat, daß sie wieder in Verkehr mit uns treten will, kann sie gern zu uns kommen. Deinetwegen wollen wir ihr freundlich begegnen. Und ich werde ihr dann sagen, daß sie ihrem tüchtigen Sohn etwas Vertrauen entgegenbringen soll, obwohl er – Gott sei Dank – ein Idealist ist. Deine Sorte Idealismus, der mit einem energischen Willen und frischer Tatkraft gepaart ist, kann sich jedermann wohl gefallen lassen. Bewahre ihn dir, mein lieber Lutz, denn ohne ihn entgöttern wir unsere schöne Welt und machen sie grau und nüchtern.«

»Du kannst unbesorgt sein, Onkel Rudolf. Obwohl meinem Idealismus eben erst eine herbe Enttäuschung beschieden wurde, so ist er doch nicht zugrunde gegangen. Im übrigen möchte ich dir mitteilen, daß die Baronesse Glützow in einer heutigen Berliner Zeitung ihre Verlobung mit Herrn von Solms, einem geistig sehr minderwertigen Millionär, bekanntgibt. Das hat mir über diese Enttäuschung hinweggeholfen. Jetzt bin ich endgültig mit ihr fertig.«

»Das freut mich herzlich, mein lieber Lutz. Danke dem lieben Gott, daß du sie erkannt hast, ehe es zu spät für dich war. Und wenn ich Winnifred erzähle, daß du so gefaßt und ruhig darüber urteilst, dann wird ihr ein Stein vom Herzen fallen. Sie hat sich bittere Sorge um dich gemacht.«

Lutz sah den Onkel an und atmete tief auf. »Der Gedanke an Winnifred hat mir geholfen, aus diesem Schiffbruch meine Ideale zu retten. Ich habe mir gesagt, so lange es Frauen gibt wie sie, so lange gibt es auch noch Ideale.«

Rudolf von Wildenau nickte lächelnd. »Nicht wahr, es ist gut, daß wir Winnifred hier haben. Du und ich, wir brauchen sie.«

»Ja, Onkel Rudolf. Das Herz wird mir warm, wenn ich an sie denke. Ich habe sie sehr vermißt, solange ich nicht hier war. Mir ist jetzt Wildenau viel mehr eine Heimat als Berndorf.«

»Es soll dir immer eine Heimat sein, Lutz, komm zu uns, so oft du kannst. Wir werden uns immer freuen, das weißt du.«

Als jetzt Winnifred wieder eintrat, sahen ihr die beiden Herren lächelnd entgegen. Sie blickte in Lutz' Augen, und ein helles Rot trat in ihr Gesicht.

»Ach, Vetter, Sie lächeln, wie mich das freut«, sagte sie herzlich.

Er führte ihre Hand an seine Lippen. »Ich lächle, weil ich mich an Ihnen freue, Winnifred.«

Da wurde sie noch röter, setzte sich neben Onkel Rudolf und faßte seine Hand.

Noch an demselben Abend teilte Lutz seiner Mutter mit, was ihm Onkel Rudolf über sein Testament gesagt hatte. Und nachdem sie hatte fürchten müssen, daß ihre Kinder ganz leer ausgehen würden, dünkte es sie ein doppelt großes Glück, daß sie wenigstens die Hälfte von Onkel Rudolfs Barvermögen haben sollten.

Sie weinte vor freudiger Erregung. Und Lutz hatte seine Mutter sehr selten weinen sehen.

Frau Marthas Groll gegen Winnifred und Onkel Rudolf besänftigte sich nun mehr und mehr. Und am nächsten Sonntag entschloß sie sich, mit Käthe nach Wildenau zu fahren und ihren Frieden mit Rudolf von Wildenau und seiner jungen Frau zu machen. Sie sah ein, daß es, wie die Dinge nun einmal lagen, das beste war.

Herr von Wildenau und Winnifred machten es ihr auch sehr leicht und kamen ihr entgegen, als sei nichts vorgefallen. Käthe fügte sich ebenfalls klug in die veränderte Situation, und Lutz atmete erleichtert auf, daß sich die elektrische

Spannung zwischen Wildenau und Berndorf gefahrlos entladen hatte. Es herrschte nun wieder ein verwandtschaftlicher Verkehr zwischen hüben und drüben, der zwar auch jetzt nicht besonders innig war, aber doch von friedlicher Stimmung ausging ...

Mehr als ein Jahr war vergangen. Lutz' Erfindung hatte den gewünschten Erfolg, er dachte bereits ernstlich an eine Vergrößerung seines Unternehmens. Und für alle seine Gedanken und Pläne fand er bei Onkel Rudolf und Winnifred Verständnis.

Noch war er sich nicht bewußt geworden, daß sich sein Gefühl für Winnifred im Laufe der Zeit völlig verwandelt hatte. Er dachte nicht darüber nach, was ihn mehr und mehr zu ihr zog. Er wollte keine Gewißheit darüber haben.

Aber da kam wieder ein düfteschwerer Sommerabend, an dem Winnifred ihre süßen Lieder sang. Und als er sein Auge in trunkenem Entzücken auf ihr ruhen ließ, erkannte er zum ersten Mal, daß er anders als sonst für sie empfand –, daß er sie liebte, wie der Mann das Weib seiner Herzenswahl liebt.

Es war nicht das stürmische, leidenschaftliche Empfinden, das ihn einst, blind gegen alle Warnungen, zu Siddy gezogen hatte. Seine Liebe zu Winnifried war ein tiefes Gefühl, aus innigster Wertschätzung geboren und gewachsen an der Erkenntnis ihres reinen Herzens, ihres tiefinnerlichen Seelenlebens.

Diese Erkenntnis ließ ihn erschrecken, so sehr, daß er einige Zeit hindurch Wildenau mied. Er wagte es nicht mehr, Winnifred zu begegnen. Aber stärker als alle seine Bedenken erwies sich schließlich doch seine Sehnsucht nach ihr, und eines Tages fand er doch wieder den Weg zu Onkel Rudolfs Haus.

Als er ankam, saß Winnifred allein auf der Terrasse. Sie kam ihm hastig entgegen und sah ihn mit Angst und Sorge an. In ihrer Unruhe um ihn verriet sie mehr von ihrem eigenen Empfinden, als sie es bisher getan.

»Sie blieben so lange fern, Lutz, was ist Ihnen geschehen?« fragte sie mit halberstickter Stimme.

Da faßte er ihre Hand und zog sie erregt an die Lippen. Und sie sahen sich an. Weltvergessen ruhten ihre Blicke ineinander. Sie fühlten plötzlich beide, daß sie geliebt wurden, wie sie selber liebten, daß ihre Herzen sich in sehnsüchtiger Unrast suchten.

»Nichts ist mir geschehen, Winnifred, nur – ich konnte nicht kommen – ich – ach, gottlob, daß ich Sie endlich wiedersehe, Winnifred. Wie ich mich nach Ihrem Anblick gesehnt habe«, stieß er erregt hervor.

Sie erzitterte, und er fühlte es. Noch immer hielten sie sich bei den Händen und sahen sich an mit großen, flammenden Augen.

Sie ahnten nicht, daß Onkel Rudolf sie beobachtete. Er saß am Fenster seines Zimmers in einem Lehnstuhl und hatte ein wenig geschlafen. Er war jetzt so oft müde. Sein Zustand verschlimmerte sich mehr und mehr, und trotz Winnifreds aufopfernder Fürsorge schritt er seiner Auflösung entgegen.

Als er jetzt die beiden jungen Menschen einander gegenüberstehen sah, selbstvergessen Auge in Auge versunken, da flog ein mattes Lächeln über sein Gesicht.

Und als eine Weile später Lutz bei ihm saß, nachdem Winnifred hinausgegangen war, da sagte Lutz, während seine Augen nicht wie sonst ruhig und offen in die seinen blickten:

»Onkel Rudolf, ich kann in nächster Zeit nicht mehr so oft nach Wildenau kommen.«

Der alte Herr sah ihn forschend an, dann sagte er ruhig, fast heiter: »Ich hoffe doch, daß du kommen wirst, Lutz, das, was du meinst, braucht dich nicht abzuhalten, und ich möchte deine Besuche nicht missen. Ich habe dir etwas zu sagen, Lutz.«

Dieser fühlte sich mit der Erkenntnis seiner Liebe zu Winnifred dem Onkel gegenüber nicht so frei wie sonst. »Bitte, sprich, Onkel Rudolf«, bat er.

Der alte Herr sah ihn lächelnd an. »Es geht bald, sehr bald zu Ende mit mir, mein lieber Lutz, und du sollst täglich zu mir kommen, ich erlaube es und wünsche es. Winnifred ist ja nicht meine Frau, wenn sie auch meinen Namen trägt. Sie ist mein liebes Kind, dessen Seele offen vor mir liegt wie ein aufgeschlagenes Buch. Betrachte das, was ich dir jetzt sage, als das Vermächtnis eines Sterbenden. Ich freue mich, Lutz, daß du nun doch noch eines Tages Herr auf Wildenau wirst.«

Lutz zuckte zusammen. »Onkel Rudolf!«

»Erschrick nicht, Lutz! Ich habe herzlich gewünscht, daß es so kommen möge zwischen dir und Winnifred, wie es jetzt gekommen ist. Hätte ich es voraussehen können, hätte Winnifred nicht erst meine Frau zu werden brauchen.«

Lutz wurde sehr blaß. »Du darfst nicht denken, Onkel Rudolf – daß – daß irgendwelche Wünsche –«

Der alte Herr hob die Hand. »Sei ruhig, sage nichts. Ich freue mich, freue mich innig. Ihr seid einander wert. In der Zukunft sehe ich ein reiches, volles Glück auf Wildenau erblühen, wie es nur wenig Menschen beschieden ist. Mein Segen liegt darauf. Winnifred liebt dich, seit sie dich zuerst gesehen, ich war der Vertraute ihrer Liebe. Nur weil du einer anderen gehörtest und sie nie einem andern angehören wollte, wurde sie auf meinen Wunsch vor der Welt und dem Gesetz meine Frau, in Wahrheit mein liebes Kind. Weißt du nun, wie ich mich freue, daß dein Herz sich zu ihr gefunden, daß du erkannt hast, wo dein wahres Glück zu finden ist?«

Lutz neigte schweigend die Stirn auf Onkel Rudolfs Hand. »Onkel Rudolf, ich bin so erschüttert, ich weiß nicht, was ich sagen soll.«

»Nichts, Lutz, hab nur noch ein Weilchen Geduld. Sag mir offen und ehrlich, habe ich recht gesehen, liebst du Winnifred?«

Da sah Lutz zu ihm auf mit heißen, brennenden Augen. »Mehr als mein Leben. Nie habe ich eine Frau so geliebt wie sie. Ich weiß es erst seit kurzer Zeit – aber ich glaube, geliebt habe ich sie unbewußt schon, als ich noch an die andere gebunden war.«

»Das ist eine innige Freude für mich, Lutz. Und nicht wahr, wir beide müssen es Winnifred ganz leicht machen. Ich lege ihr Glück in deine Hände, denn die meinen sind zu schwach geworden.«

Da beugte sich Lutz und küßte seine Hand in tiefster Ergriffenheit.

Onkel Rudolf strich ihm über die Stirn. »Ich segne euren Bund, wie ein Vater den Bund seiner Kinder segnet.

Gestern habe ich mit dem Arzt gesprochen, Lutz. In wenigen Wochen, vielleicht Tagen schon, vollendet sich mein Geschick. Dann sollst du Winnifred an dein Herz nehmen. Hüte ihre weiche Seele wie einen köstlichen Schatz. Und bis dahin nichts mehr davon. Diese kurze Spanne Zeit schenkt ihr noch mir –, und du sollst dich nicht fernhalten. Deine Liebe ist kein Unrecht, denn Winnifred ist frei im Herzen. Bald wird sie es auch vor der Welt sein.«

Nicht ganz sechs Wochen nach diesem Tag, an einem hellen, klaren Sommertag, verschied Rudolf von Wildenau, als die Sonne hinter den Parkbäumen zur Ruhe ging. Lutz und Winnifred hatten ihn auf seinen Wunsch im Gartensaal auf ein Lager gebettet. Eigentlich bettlägerig war er nicht gewesen. Er brauchte nur viel Schonung bis zuletzt.

Durch die offene Tür des Saales hatte er hinaus in die sinkende Sonne gesehen. Winnifred hatte ihm ein Lied singen müssen, das war leise verklungen. Er rief sie zu sich. Lutz saß schon an seiner Seite und hielt seine Hand. Nun mußte sich Winnifred an die andere Seite setzen und seine andere Hand fassen. Und leise wiederholte er die Worte des Liedes, das Winnifred ihm auf seinen Wunsch gesungen hatte:

»Schließe mir die Augen beide,
Mit den lieben Händen zu,
Geht doch alles, was ich leide,
Unter deiner Hand zur Ruh.«

Die letzten Worte klangen nur noch wie ein Hauch. Und seine Augen weiteten sich plötzlich und sahen groß und verklärt in die Ferne.

»Elisabeth!« flüsterte er.

Das war der Name seiner verstorbenen Frau.

Winnifred sah ihn erschrocken an.

»Onkel Rudolf, lieber Onkel Rudolf!« rief sie leise.

Da faßte er wie im Krampf ihre und Lutz' Hand und legte sie mit einer matten Gebärde ineinander.

»Gedenket mein!«

Das war sein letztes Wort. Eine Weile lag er noch still und sah wieder mit dem verklärten Blick vor sich hin, als sähe er etwas Liebes, Schönes. Dann streckte er sich. Sein Haupt fiel zurück. Der Blick brach. Ein letzter Seufzer entfloh seiner Brust.

Winnifred sank schluchzend in sich zusammen, und Lutz beugte sich erschüttert über die erkaltende Hand des Mannes, der ihm so lieb geworden war.

»Winnifred, erfüllen Sie seinen letzten Wunsch, schließen Sie ihm die Augen«, bat er mit verhaltener Stimme. Da richtete sie sich weinend auf und schloß ihm sanft und liebevoll die Augen. Dann sank sie, trostlos schluchzend, an seinem Lager zusammen. Lutz ließ sie gewähren. Er ging nach einer Weile leise hinaus und sagte dem im Vorzimmer verharrenden Kammerdiener, was geschehen war.

Die junge Herrin von Wildenau lebte still und zurückgezogen nach dem Begräbnis ihres Gatten in Schloß Wildenau. Und täglich ging sie zur Gruft des Verstorbenen und schmückte sie, dankbaren, liebevollen Herzens, mit frischen Blumen.

Auf Lutz' Vorschlag hatte sie sich einige Wochen nach Onkel Rudolfs Tod die Frau und die Töchter des Kapitäns Karst eingeladen.

Die Flachsköpfe waren schon im vorigen Sommer, als Onkel Rudolf noch lebte, vier Wochen in Wildenau zu Gast gewesen und hatten diesen Aufenthalt so märchenhaft schön gefunden, daß sie nur zu gern dieser neuen Einladung Folge leisteten.

Lutz hatte sie kennengelernt und versprach sich von den fünf munteren Mädchen einen heilsamen Einfluß auf Winifreds Traurigkeit. Und dieser heilsame Einfluß blieb nicht aus.

Die Flachsköpfe blieben dieses Mal mit ihrer Mutter monatelang im Schloß und brachten sogar das Kunststück fertig, Käthe von Berndorf die Langeweile zu vertreiben.

Auch Kapitän Karst verlebte seinen kurzen Urlaub in Wildenau und freute sich des herrlichen Besitzes. Und unter dem Schutz von Frau Kapitän Karst empfing Winnifred Lutz fast täglich. Sie wußten beide ganz genau, wie es um ihre Herzen stand, aber sie sprachen es nicht aus.

Im Winter ging Winnifred mit Karsts einige Wochen nach Hamburg in das kleine, traute Häuschen. Aber dann trieb sie die Sehnsucht nach Lutz wieder heim.

Inzwischen hatte sich Käthe in Dresden, wo sie einige Monate mit ihrer Mutter bei Frau von Haller weilte, mit einem ziemlich vermögenden Offizier, einem Baron Sudnitz, verlobt, und die Hochzeit sollte um die Osterzeit in Berndorf stattfinden.

Frau von Berndorf und Käthe mochten wohl eine Ahnung haben, daß zwischen Winnifred und Lutz etwas spielte, und die Aussicht auf diese Verbindung ihres Sohnes, die ihm doch noch Wildenau sichern würde, bestimmte Frau Martha, Winnifred freundlicher zu begegnen, als diese zu hoffen gewagt hatte.

Um den geliebten Toten zu ehren, ließen die beiden Liebenden jedoch ein volles Jahr verstreichen, ehe sie ihrer Liebe Worte gaben. Es war am Todestag Onkel Rudolfs. Lutz und Winnifred waren zusammen an der Gruft gewesen und hatten sie mit Blumen geschmückt. Langsam gingen sie durch den Park zum Schloß zurück. Lutz erzählte, daß er seiner Mutter heute morgen seinen Geschäftsabschluß vorgelegt hätte und daß sie fassungslos vor Freude gewesen sei über das glänzende Resultat. Winnifred freute sich über diesen Bericht. Und dann schwiegen sie beide eine lange Zeit.

Plötzlich blieb Lutz vor Winnifred stehen, faßte ihre beiden Hände und sah ihr tief in die Augen. Ein schwerer Atemzug kam aus seiner Brust, und mit verhaltener Stimme sagte er erregt:

»Winnifred, nun laß es genug sein. Du weißt, wie innig ich dich liebe, und ich weiß, daß du mich mit gleicher Innigkeit wiederliebst. Onkel Rudolfs Segen ist bei uns. Ein Jahr lang haben wir ihn betrauert und uns einander versagt. Er würde es selbst nicht wollen, daß wir uns noch weiter quälen. Willst du mir nun endlich angehören?«

Mit feuchten Augen sah sie zu ihm auf. »Ich hab' dich lieb, Lutz, und dein Wille sei fortan der meine. Nimm mich in deine Hut, du weißt, ich brauche einen starken Willen über mir.«

Da zog er sie aufatmend fest in seine Arme. Und sie küßten einander, wie es Menschen tun, deren Seelen ineinanderfließen, die in Freud und Leid nie mehr voneinander lassen wollen. Und dann sahen sie sich mit feuchten Augen an.

»Bist du glücklich, Winnifred?«

Sie schmiegte sich an ihn. »So namenlos glücklich, wie ich es nie zu werden hoffte, obwohl meine Mutter mir im Traum, als ich das erste Mal nach Berndorf fuhr, verhieß, daß in der deutschen Heimat ein großes Glück meiner warte. Du bist dies große Glück, mein Lutz!«

Er sah entzückt in ihre tiefblauen Augen hinein und küßte das holde, weiche Lächeln von ihren Lippen.

»Du, meine Winnifred – du, mein großes, liebes Glück, wie selig bin ich, daß du mir gehörst für alle Zeiten. Bald führe ich dich heim. Darf ich?«

»Meine Sehnsucht ist bei dir, Lutz, wie die deine bei mir. Aber laß mich eine Bitte aussprechen.«

»Sprich, Liebling.«

»Laß uns in Wildenau wohnen. Nach Onkel Rudolfs

Wunsch gehört es dir und mir zusammen. In Berndorf mag deine Mutter Herrin bleiben bis an ihr Ende, ich möchte nicht nach Berndorf zurück.«

Er zog sie fest an sich.

»Das sollst du auch nicht. Deine erste Bitte an mich soll erfüllt werden. Ich tue es um so lieber, da ich weiß, daß es Onkel Rudolfs Wunsch war, daß unser Glück in Wildenau erblühen sollte. Bist du nun zufrieden?«

Sie nickte glücklich zu ihm auf. Er küßte sie mit leidenschaftlicher Innigkeit wieder und wieder.

»Laß mich nicht lange mehr warten, Winnifred. In zwei Monaten spätestens ist unsere Hochzeit, ist es dir recht?«

»Ja, mein Lutz, es soll so sein, wie du es haben willst.«

Glückselig gingen sie Hand in Hand ins Schloß zurück. Und Winnifred trat an den Flügel und sang ein jubelndes Liebeslied.

Lutz hörte ihr trunken vor Glück zu, und als sie geendet hatte, zog er sie in seine Arme.

Hedwig Courths-Mahler

Um Diamanten und Perlen

Bastei Lübbe

»Bist du fertig, Daisy? Wir wollen in den Speisesaal gehen.«

»Ja, Vater, ich habe nur auf dich gewartet.«

Mister Haller sah nach der Uhr.

»Wahrhaftig, ich bin zu spät gekommen.«

»Viereinhalb Minuten! Das ist eine Seltenheit bei dir, Vater. Zeit ist Geld!«

»Daisy, du weißt, ich bin ein Pünktlichkeitsfanatiker. Aber wenn es sich lohnt, muß man sich auch einmal davon freimachen können.«

»Also hat es sich gelohnt?« fragte Daisy.

»Die Konferenz, die ich hatte, war ein Erfolg. Die vier Minuten haben sich bezahlt gemacht. Aber nun komm, Miß Kruse wartet schon auf uns. Alles andere erzähle ich bei Tisch.«

Der Vater führte sie aus der eleganten Suite des Hamburger Hotels hinab in das Vestibül, wo nebenan der große Speisesaal lag. Hier wurden Vater und Tochter von einer alten Dame an dem für sie reservierten Tisch erwartet. Es war Miß Kruse, die Hausdame Mister Hallers. Sie war schon vor dem Tode von Daisys Mutter im Hause als Erzieherin tätig gewesen und nachher zur Repräsentantin bei Mister Haller aufgerückt. Darüber war sie fünfundsechzig Jahre alt geworden und sehnte sich danach, sich zur Ruhe zu setzen. Sie war Deutsche und hatte sich, auch dank Mister Hallers Noblesse, so viel erspart, daß sie einem ruhigen Lebensabend entgegensehen konnte. Den wollte sie in Hannover bei einer verwitweten Schwester verbringen, deren Kinder verheiratet waren.

Bei Tisch sagte Haller den beiden Damen, daß er noch am selben Abend nach Berlin fahren müsse. Seine Tochter sah ihn betroffen an.

»Heute abend noch, Vater? Wir hatten doch geplant, erst übermorgen abzureisen.«

Mister Haller zuckte lächelnd die Achseln.

»Busineß, Daisy.«

»Schon wieder?« fragte sie vorwurfsvoll.

»Es ist nicht zu ändern.«

»Und das nennst du nun ausruhen, Vater«, sagte sie liebenswürdig. Ein wenig schuldbewußt sah er sie an und meinte, sich verteidigend:

»Was willst du, dieses gute Geschäft, das mir fast keine Mühe macht, kann ich nicht aufgeben, es ist nun einmal in die Wege geleitet. Ich muß jedenfalls morgen früh in Berlin sein. Deshalb fahre ich heute abend.«

»Aber ich kann unmöglich noch heute abend reisen, Vater.«

»Sollst du auch nicht, Daisy! Du fährst, wie verabredet, übermorgen mit Miß Kruse im Auto nach Berlin. Dort erwarte ich euch im Hotel. Inzwischen sind meine Geschäfte schon erledigt, und ich verspreche dir, dann nichts Neues mehr in die Wege zu leiten. Wir sehen uns Berlin an. Miß Kruse kann Jugenderinnerungen auffrischen – sie wird allerdings viel verändert finden –, und dann kann sie nach Hannover reisen; wir müssen uns dann von ihr trennen.«

Daisy legte ihre Hände auf die der alten Dame.

»Das wird Herzweh geben, Liebste, auf beiden Seiten.«

»Sprich noch nicht davon, Kindchen. Ich mag gar nicht daran denken und weiß nicht, wie ich den Abschied von dir ertragen soll.«

»Tapfer sein, meine Liebe! Deine Neffen und Nichten werden mich dir bald ersetzen und mich in Vergessenheit bringen.«

»Das glaubst du doch selbst nicht, Daisy. Aber es hilft nichts, alles Gute kann der Mensch nicht beisammen haben. Man wird alt. Und die Sehnsucht nach meiner Schwester und ihren Kindern ist groß. Doch hoffentlich ist es mir vergönnt, recht oft von dir zu hören.«

»Das ist selbstverständlich! Von jedem Hafen, in dem wir anlegen, erhältst du Nachricht, und du schreibst mir auch, unsere Reiseroute kennst du ja. Mir fällt es sehr schwer, mich von dir zu trennen.«

»Und hast dich noch nicht nach einem Ersatz für mich umgesehen?«

»Nein, dich kann mir niemand ersetzen.«

»Du mußt aber eine Begleiterin haben, Daisy, das haben wir doch schon besprochen.«

»Well! Es soll wieder eine Deutsche sein. Ich werde mir in Berlin eine junge Dame suchen.«

»Eine junge Dame? Das geht doch nicht, Daisy.«

»Warum denn nicht?«

»Aber Kind, so allein um die ganze Welt, da mußt du schon eine ältere Person um dich haben.«

»Sei nicht so schrecklich altmodisch, Liebe, ich brauche keine Anstandsdame, ich möchte lieber ein junges, lustiges Wesen um mich haben. Später kommt dann, wenn wir verschiedene Strecken mit Vaters Motorjacht reisen, auch Mrs.

Johnston an Bord der »Regina«, und außerdem bin ich unter Vaters Schutz. Was brauche ich da noch eine Anstandsdame? Und was sollte ich auf einer so strapaziösen Reise überhaupt mit einer alten Dame anfangen? Du weißt doch, wie anstrengend für dich das Reisen ist. Und ich bin mit meinen zweiundzwanzig Jahren kein Kind mehr. Was mir fehlt, ist eine nette junge Dame, mit der ich lachen und dumme Streiche machen kann.«

Miß Kruse war in Sorge, daß es ohne sie überhaupt nicht gehen würde. Wie viele Menschen, die lange Zeit eine verantwortungsvolle Stellung eingenommen haben, hielt sie sich für unersetzlich.

»Wenn das nur gutgeht, Kind«, sagte sie mit Sorge.

»Sei nicht bange, ein Wickelkind bin ich nicht mehr. Meinst du nicht auch, Vater?«

Der alte Herr sah seine Tochter stolz und zärtlich an. »Miß Kruse ist um dich genauso ängstlich besorgt, wie es deine Mutter war; sie meint es auch sehr gut, aber sie vergißt, daß wir in einer anderen Zeit leben als damals, da sie selber jung war. Um dich ist mir nicht bange, Daisy. Sie können unbesorgt sein, Miß Kruse.«

In diesem Augenblick sah Haller am Eingang des Speisesaales den Kellner, der auf ihren Zimmern bediente. Dieser Kellner sah forschend zu Haller und den Damen herüber, markierte aber Gleichgültigkeit, als er merkte, daß Haller ihn fragend ansah, und verschwand wieder.

Haller legte seine Serviette zusammen und stand auf.

»Laßt euch nicht stören, eßt in Ruhe euren Nachtisch, ich muß mich noch zurechtmachen für die Abreise. Also, übermorgen erwarte ich dich mit Miß Kruse in Berlin. Bis dahin auf Wiedersehen.«

»Willst du nicht mit dem Auto fahren, Vater? Dann würde ich mit Miß Kruse die Bahn nehmen.«

»Nein, nein, ich treffe mich mit meinem Geschäftsfreund am Bahnhof, wir reisen gemeinsam. Und dir soll das Auto zur Verfügung stehen, es ist bequemer. Fahr aber nicht zu spät ab, damit ihr noch bei Tageslicht in Berlin ankommt.«

*

Als Haller im Lift zur ersten Etage fuhr, bemerkte er Miß Mary, die Zofe seiner Tochter, mit demselben Zimmerkellner, der vorhin im Speisesaal so forschend zu ihm herübergesehen hatte. Sie standen in einer Ecke beisammen. Die beiden trennten sich aber sofort, und die Zofe verschwand in Daisys Zimmern, während der Kellner die Treppe hinablief.

Haller schüttelte ein wenig den Kopf.

Die Zofe seiner Tochter war häßlich und der Kellner ein hübscher Mensch von der Art, die weiblichen Dienstboten gefährlich werden kann.

Der Kellner eilte die Hintertreppe hinab, die zu den Wirtschaftsräumen führte. Er trat auf den Hof hinaus, der zur Garage führte, und sah sich um. Der Hof war leer, nur neben der Tür zum Ausgang lehnte ein junger Mann, der mit Talmi-Eleganz gekleidet war. Schnell trat der Kellner an ihn heran.

»Die Sache ist in ein noch günstigeres Stadium getreten, Franz! Der Alte reist schon nachher ab und fährt mit dem Zug voraus. Die Tochter und die Gesellschafterin fahren, wie es abgemacht war, übermorgen früh mit dem Auto. Sag also Karl Bescheid, und fahr du am besten mit demselben Zug nach Berlin, in dem Mister Haller fährt. Kannst ihn noch ein bißchen beobachten. Den Schmuck nimmt die Tochter im

Auto mit, in einem ledernen Koffer mit Metallbeschlägen, etwa einen halben Meter lang, vierzig Zentimeter breit und dreißig hoch. Macht eure Sache gut, so eine Gelegenheit kommt für uns nicht so schnell wieder. Du mußt dich mit Gustav und Max auf die Lauer legen, die Stelle kennt ihr ja, wo das Ding ohne Risiko zu drehen ist. In vier Tagen komme ich nach. Ich verdufte hier. Hat's geklappt, treffen wir uns, um zu teilen, hat's nicht geklappt, muß eine andere Sache ausfindig gemacht werden. Ich halte mir die Zofe warm, die ist in mich verliebt, aus der kriege ich alles raus, was ich wissen will. Geteilt wird redlich, wie es unter Kavalieren üblich ist. Es ist so viel, daß wir ausgesorgt haben. Der Schmuck ist Millionen wert. Ich bin Kenner und habe an der Miß allerlei Prachtstücke gesehen.«

»Kann denn das Ding nicht hier im Hotel gedreht werden? Die Sache mit dem Auto hat gewisse Schwierigkeiten.«

»Mensch, frag nicht so dusselig! Wenn es hier zu machen wäre, hätte ich es gleich gedreht. Was die Sache mit dem Auto betrifft, ein bißchen Mühe macht sich schon bezahlt.«

»Und wenn es fehlschlägt?«

»Dann wißt ihr ja, wo wir uns treffen, dann muß es in Berlin anders angestellt werden. Gemacht wird die Sache auf jeden Fall. Nun los, daß du noch rechtzeitig zum Bahnhof kommst!«

Der mit Franz Angeredete begab sich ohne Zögern zum Bahnhof, aber schon an der nächsten Straßenecke gesellte sich ein anderer junger Mann zu ihm. Auch er war wie Franz und der Kellner Wilhelm Mitte Dreißig, auch er mit Talmi-Eleganz gekleidet.

Ohne sich zu begrüßen, gingen sie nebeneinander her.

»Ich fahre sofort nach Berlin, das Ding wird gedreht. Du

bleibst hier in Hamburg, Karl, falls Wilhelm dich noch braucht. Kannst dich ja ein bißchen um die Jacht kümmern – wer weiß, wofür es gut ist. Jedenfalls wartest du unsere Nachricht ab. Wilhelm kommt am Ersten nach Berlin, du aber erst, wenn du gerufen wirst.«

»Gut, Franz. Hoffentlich geht alles gut und möglichst ohne Blutvergießen.«

»Ein hoher Gewinn verlangt hohen Einsatz. Muß Blut fließen, können wir es nicht ändern. Wir sind doch keine alten Weiber.«

Karls Gesicht nahm einen wildentschlossenen Ausdruck an. »Was sein muß, muß sein.«

»Nun verschwinde, Karl, und sieh zu, daß du noch Ausweispapiere kriegst. Je mehr wir haben, desto besser.«

»Keine Sorge, es sind genug, ich bringe alles mit nach Berlin.«

Sie trennten sich, und Franz setzte seinen Weg zum Bahnhof fort. Er kam gerade dort an, als das Auto von Mr. Haller vorfuhr. Wie zufällig blieb Franz in der Nähe stehen und sah zu, wie der Kammerdiener Haller aus dem Wagen half, hörte auch noch, wie Haller dem Chauffeur zurief:

»Fahren Sie übermorgen zeitig genug ab – und nicht zu schnell mit den Damen!«

Franz war zufrieden und folgte Haller und seinem Diener. Auf dem Bahnsteig wurde Haller von einem anderen Herrn begrüßt und bestieg mit diesem ein Abteil erster Klasse. Sein Diener stieg ebenfalls mit ein. Franz hatte sich Hallers Auto genau angesehen und gehört, was er seinem Chauffeur sagte. Das bestätigte noch einmal Wilhelms Angaben.

Inzwischen hatte der Kellner einiges erledigt, hatte noch einmal in den Speisesaal gesehen und festgestellt, daß Miß

Haller noch dort saß. Eiligst lief er die Treppe hinauf und klopfte an der Tür zu dem Salon, der zwischen den Zimmern Hallers und seiner Tochter lag. Die Tür wurde sogleich geöffnet, und die Zofe von Daisy erschien.

»Miß Mary, ich hätte jetzt noch ein Weilchen Zeit, um mit Ihnen zu plaudern«, sagte er, der Zofe verliebt in die Augen sehend.

Sie sah ihn verschämt lächelnd an.

»Oh, Herr Wilhelm, ich mögen so gern mit Sie plaudern, aber meine Lady müssen gleich kommen.«

Er drängte sie in den Salon zurück und schloß die Tür hinter sich. Dann drückte er ihr einen Kuß auf den Mund.

»Keine Bange, süße Kleine, sie sitzt noch beim Dessert, ich habe soeben nachgesehen. Ein Weilchen sind wir noch ungestört, und wenn Ihre Lady uns doch überraschen sollte, gebe ich an, daß ich hier zu tun habe. Noch einen Kuß, Kleines!«

»Sie sein so liebenswürdig, Herr Wilhelm, so viele schöne Sachen, wie Sie mich sagen, hat mich noch keine Mann gesagt.«

»Die Yankees sind schön dumm, daß sie ein so reizendes Mädchen nicht zu würdigen wissen.«

»Oh, ich sein doch gar nicht schön, das wissen ich, Herr Wilhelm.«

»Aber Sie sind rassig und interessant, das ist viel mehr als schön, und Ihr Kauderwelsch ist so drollig. Ich bin ganz verrückt nach Ihnen! Wissen Sie was?«

Sie strahlte ihn verzückt an.

»Ich folge Ihnen in ein paar Tagen nach Berlin. Am Ersten gebe ich hier meine Stelle auf, ich kann ebensogut in Berlin arbeiten, da können wir doch noch eine Weile zusammensein. Wie lange wird denn Ihre Herrschaft in Berlin bleiben?«

»Ich nicht genau wissen, aber wohl eine längere Zeit als hier. Wollen Sie wirklich kommen nach Berlin?«

»Ganz gewiß, wir müssen doch noch miteinander ausgehen und auch so zusammentreffen, Sie kleines, reizendes Frauenzimmer.«

»Oh, was sein Sie lieb!«

»Wie lange bleiben Sie noch hier, Schätzchen?«

»Ich reise übermorgen früh mit die Zug nach Berlin, Herr Wilhelm.«

»Ich denke, Sie reisen mit dem Auto?« fragte er gespannt.

»O nein, ich nicht, nur meine Lady und Miß Kruse. Ich reisen mit Eisenbahn und nehmen mit das große Gepäck.«

So berichtete die Zofe harmlos. Wilhelm sah sie mit stechenden Augen an. »Ah, Sie reisen mit dem ganzen Gepäck, mit allen Koffern, groß und klein?« fragte er fast atemlos. Mary lachte.

»No, no, nur mit die große Koffer, die kleine Handgepäck werden in die Auto getan. Ihren Schmuckkoffer nehmen Miß Haller mit in die Auto, zur Sicherheit! Ich muß reisen sehr früh, weil ich sein müssen vor meine Lady in Berlin.«

Der Kellner atmete heimlich auf, nahm Mary wieder in seine Arme und küßte sie, bis sie außer Atem war. Dann sagte er wie ungeduldig:

»Wenn ich doch gleich mitfahren könnte!«

»Wonderful wären dies, Herr Wilhelm, aber es gehen nicht.«

»Nein, Schätzchen, aber bald bin ich auch in Berlin. Und nun darfst du nicht mehr so steif ›Herr Wilhelm‹ zu mir sagen, wir sagen uns du, mein Schatz, wir lieben uns doch.«

»Oh, sehr, sehr, meine liebe Schatz.«

»Jetzt muß ich gehn, auf Wiedersehn, Mary.«

»Good bye, meine liebe Wilhelm.«

Mary war allein und drückte beide Hände fest auf ihr Herz. Sie war so wenig reizvoll, die arme Mary, und von Männern nicht mit Zärtlichkeiten verwöhnt. Dieser hübsche Zimmerkellner hatte gleich Chancen bei ihr gehabt, die er nun klug zu nutzen verstand.

Als Daisy mit Miß Kruse in ihren Salon hinaufkam, fand sie an ihrer Zofe nichts Auffallendes. Sie plauderte noch ein Stündchen mit Miß Kruse und ließ sich dann von Mary helfen. Freundlich sprach sie einige Worte mit ihr und entließ sie, um sich zur Ruhe zu begeben.

Am nächsten Tag traf Daisy noch mit einigen Bekannten zusammen, die ebenfalls von Amerika herübergekommen waren. Ihr Vater hatte sie eingeladen, später auf seiner Jacht »Regina« mit ihm zu reisen. Und am übernächsten Morgen reiste sie mit Miß Kruse im Auto nach Berlin.

Daisy nahm nur einen kleinen Krokodillederkoffer mit Nickelbeschlägen ins Auto mit. Einen ebenso großen, aber anspruchslos in braunem Leder gearbeiteten Koffer hatte Miß Kruse bei sich. Diese beiden Köfferchen durfte Mary nie einpacken, das besorgten Daisy oder Miß Kruse.

Wilhelm, der Zimmerkellner, stand wartend an der Treppe, bis Miß Daisy ihren Salon verließ. Er stellte fest, daß sie das lederne Köfferchen selbst trug und es ihm nicht überließ, als er es ihr abnehmen wollte. Sie dankte kurz und entschieden, und Wilhelm war überzeugt, daß dieser Koffer den Millionenschmuck enthielt. Übersehen hatte er, daß Miß Kruse schon vorher mit dem braunen Köfferchen die Treppe hinabgegangen war. Sie fuhr nicht gern im Lift.

Völlig unbeachtet hatte die alte Dame im Auto Platz genommen, wo sie ebenso unbeachtet den unscheinbaren Lederkoffer in ein Fach unter den Rücksitz des Autos schob und dieses schnell wieder schloß. Der Verschluß schien tadellos zu funktionieren.

Gleich darauf erschien Daisy, die im Lift herabgekommen war, mit dem anderen Koffer. Sie wurde begleitet von einigen Angestellten des Hotels, alle verneigten sich vor ihr. Der Kellner war Daisy blitzschnell nach unten gefolgt und bemerkte mit Befriedigung, daß Daisy den Koffer vor sich auf den leeren Platz im Wagen stellte. Seine Komplizen würden es leicht haben, dachte er bei sich, wenn der Koffer diesen Platz behielt.

Er blieb stehen, bis das Auto abfuhr, und seine Augen bekamen einen stechenden Blick. Der Portier sah ihn von der Seite an.

»Was wollen Sie denn hier unten?«

»Aber, Herr Bauer, wenn man so gute Extratrinkgelder bekommt, lohnt sich doch eine Aufmerksamkeit gegenüber abfahrenden Gästen.«

»Machen Sie, daß Sie hinaufkommen, solche Aufmerksamkeiten sind meine Sache.«

Wilhelms Gesicht verlor das Lächeln nicht, aber er verschwand auf der Stelle.

»Widerlicher Bursche, spielt sich auf, als hätte die Miß selbst ein Auge auf ihn geworfen! Ich kann den Kerl nicht leiden, gut, daß er am Ersten geht«, sagte der Portier zum Liftboy.

»Er hat's mit der Zofe gehalten, Herr Bauer, ich habe gesehen, wie er sie geküßt hat«, berichtete der Boy.

»Na, meinetwegen, die gönne ich ihm. Schön ist sie nicht, aber schön dumm, daß sie auf so einen Kerl reinfällt!«

Während Daisy und Miß Kruse im Auto dahinfuhren, fragte Daisy leise:

»Ist der Koffer gut verstaut, Liebe?«

»Aber gewiß, Kindchen, er ist wie immer im Fach unter meinem Sitz.«

Zufrieden nickte Daisy. Sie ließ auf Reisen ihren Schmuck nicht gern aus den Augen, er stellte wirklich ein Millionenvermögen dar. Nur sie, ihr Vater und Miß Kruse wußten, in welchem der beiden Koffer der Schmuck sich befand. Die Zofe, der Chauffeur, überhaupt die Dienerschaft glaubte, der Krokodillederkoffer sei der Schmuckbehälter. In Wahrheit befand sich darin nur ihr Reisenecessaire. Daisy hatte beide Koffer in derselben Größe arbeiten lassen und den, der den kostbaren Inhalt enthielt, am unscheinbarsten, um nicht einen Dieb anzulocken. In dem schlichten braunen Lederkoffer befand sich eine aus dünnen Stahlplatten gearbeitete Kassette, in der sich der Schmuck befand.

Wie gut und nützlich diese Vorsichtsmaßregel war, das sollte Daisy an diesem Tage noch erfahren. Mary, die in ihrer naiven Harmlosigkeit dem Zimmerkellner ausgeplaudert hatte, daß ihre Lady den Schmuckkoffer bei sich trug, hätte sonst mit ihrer Schwatzhaftigkeit großes Unheil anrichten können. Schlimm genug war es ohnedies.

*

Werner Strasser hatte, nachdem er seinen Militärdienst absolviert hatte, sein unterbrochenes Studium als Ingenieur für Maschinenbau wiederaufgenommen. Doch ehe er es vollenden konnte, kam ihm abermals etwas dazwischen. Sein Vater verlor an der Börse sein Vermögen und verarmte dermaßen, daß es nicht mehr zum Nötigsten reichte. Da auch Werner keine Mittel hatte, um die letzten Semester an der Hochschule zu finanzieren, mußte er, kurz vor dem Abschluß, sein Studium aufgeben.

Sein Vater nahm sich den Verlust seines Vermögens so zu Herzen, daß er dahinsiechte und starb. Die Mutter hatte Werner schon verloren, als er kaum fünfzehn Jahre zählte.

Nach dem Tod seiner ersten Frau hatte der Vater sich wieder verheiratet. Die Stiefmutter brachte aus erster Ehe ein Töchterchen mit ins Haus. Werner verstand sich gut mit der gütigen zweiten Frau seines Vaters und liebte auch die Stiefschwester. Doch auch die Stiefmutter verlor er, nachdem sie ihm vier Jahre lang in idealer Weise die Mutter ersetzt hatte. So blieb ihm Marie-Elisabeth, seine kleine Schwester, die immer nur Marlies genannt wurde, als einziger Trost. Doch die größte Sorge bereitete ihm – nach dem Ableben des Vaters –, daß Marlies genauso mittellos war wie er.

Treu hielten die beiden Geschwister in der schweren Zeit, die dem Tod des Vaters folgte, zusammen. Sie liebten sich und suchten einander zu trösten und aufzurichten.

Sie hatten beide bei der Witwe eines früheren Angestellten von Werners Vater ein Unterkommen gefunden. Diese, eine Frau Lang, hatte ihnen eine kleine Gartenwohnung mit zwei Zimmerchen vermietet.

Werner hatte den Kopf nicht lange hängen lassen. Er war ein sehr energischer Mensch und nahm sich vor, irgendeine Stelle anzunehmen, die ihm den Unterhalt gewährte. Er hoffte, es mit zäher Sparsamkeit zu schaffen, sein Studium vielleicht doch noch zu finanzieren. Leider waren gute Stellen gerade in dieser Zeit sehr rar, und Werner mußte sich entschließen, eine weniger gute anzunehmen.

Sein Chef, Herr Dalheim, hatte eine Kolonialwarenhandlung und auf den umliegenden Dörfern und Vororten Filialen eingerichtet. Diese Filialen wurden aus dem im Berliner Zentrum liegenden Hauptgeschäft mit Waren beliefert. Werners Aufgabe bestand darin, täglich von früh bis spät in einem der Firma gehörenden Wagen von einer der Filialen zur anderen zu fahren, um zu erkunden, wie der Absatz war, was neu gebraucht wurde. Er mußte vor allem abrechnen und das Geld zum Hauptgeschäft bringen, wo er es Herrn Dalheim oder dessen Kassierer auslieferte.

Außerdem sollte er an den verschiedenen Lieferwagen, die die Waren zu den Filialen schafften, kleine Reparaturen vornehmen, wenn es nötig war, weil er, wie Herr Dalheim meinte, als studierter Ingenieur so etwas verstehen müsse. Herr Dalheim verstand es überhaupt, seine Leute bis aufs letzte zu seinem Vorteil auszunutzen. Auch sein Auto mußte Werner instandhalten, und das war nicht leicht, denn es war schon alt und hatte ständig Defekte. So verbrachte Werner oft noch den Feierabend in der Garage. Und doch geizte er mit jeder Minute, um daheim über seinen Fachbüchern sitzen zu können.

Wie gern hätte er eine andere Position angenommen, denn es war natürlich keine befriedigende Tätigkeit. Aber er war froh, überhaupt eine Stellung gefunden zu haben, und immerhin bezog er ein festes Gehalt, wovon er monatlich ein Viertel für sein Studium zurücklegte. Seufzend rechnete er immer wieder aus, daß es Jahre dauern würde, bis er so viel erspart hätte, daß er seinen Diplomingenieur machen konnte. Den Doktor verschob er auf später. Selbstverständlich arbeitete er in jeder freien Stunde, aber außer an Sonntagen blieb zu wenig Zeit, dafür sorgte schon Herr Dalheim.

Seine Stiefschwester, Marlies Rosner, legte ebenfalls die Hände nicht mutlos in den Schoß. Sie, die von Kindheit an das Leben einer sorgsam behüteten Tochter aus gutem Hause geführt hatte, lernte nun Not und Sorgen kennen. Aber sie war tapfer und wollte ihrem Bruder nicht nachstehen an Mut und Energie. Da sie leider nichts gelernt hatte, womit sie sich hätte auf eigene Füße stellen können, suchte sie alles zusammen an Wissen und Können, womit sich Geld verdienen ließ. Was sie leisten konnte, hätte vielleicht genügt, eine Stellung als Gesellschafterin oder Sekretärin auszufüllen, aber derartige Stellungen waren seltener geworden. Auch wollte sie, wenn irgend möglich, mit dem Bruder zusammenbleiben, dem einzigen Menschen, der noch zu ihr gehörte. Und so begann sie resolut, alles an Arbeit anzunehmen, was sich ihr bot. Ob sie Klavier- oder Sprachunterricht gab, soweit ihre Kenntnisse dafür ausreichten, ob sie Handarbeiten für Privatkunden oder für Geschäfte anfertigte oder Kindern Nachhilfestunden erteilte: ihr war es gleich, wenn sie nur Geld damit verdiente.

So fristete sie wenigstens ihr Leben und brauchte dem geliebten Bruder nicht zur Last zu fallen. Die beiden bedeuteten in dieser Zeit einander sehr viel. Einer half dem andern, sein Los zu ertragen. Saßen sie des Abends und an Sonntagen beieinander, suchten sie sich aufzuheitern. Im Grunde war Marlies fröhlich. Sie lachten und scherzten einander die Sorgen fort und versicherten sich, daß ihnen noch die ganze Welt offenstehe und irgendwo und irgendwann das Glück auch auf sie warte.

»Weißt du, Werner, einmal muß doch unsere Pechsträhne ein Ende haben, und dann kommt das Glück bestimmt hageldicht auf uns hernieder, wir werden uns gar nicht davor retten können«, scherzte Marlies, wenn sie merkte, wie Werner sich abmühte, vorwärtszukommen.

Eines Tages kam Marlies sehr frohgemut nach Hause. Sie hatte einen guten Verdienst gefunden und behauptete, dies sei der Anfang der Besserung ihrer Lage.

Die ehemalige Lieferantin der Familie Strasser, die einen Grünkramkeller besessen hatte, war durch ihre Schlauheit reich geworden und fuhr im eigenen Auto spazieren. Sie hatte an diesem Tage ihr Auto vor einem Juwelierladen halten lassen, um einen Schmuck abzuholen. Und da war gerade Marlies Rosner vorbeigegangen. Frau Biernuske hatte Marlies angesprochen. Ganz verblüfft hatte diese die aufgedonnerte Dame angestarrt, und Frau Biernuske hatte dies geschmeichelt.

»Ja, ja, Fräulein Rosner, Sie staunen wohl, in was für einer feinen Kluft ich hier vor Ihnen stehe? Sehen Sie, man hat's ja, da steht mein Auto, jawohl, das gehört mir, feine Marke, hat zwanzigtausend gekostet. Aber, daß ich Ihnen mal wiedersehe, freut mir. Wie geht es Ihnen denn jetzt?«

Marlies hatte erst einen roten Kopf bekommen, weil die Vorübergehenden sie und Frau Biernuske anstarrten, aber dann hatte der Humor gesiegt.

»Bei uns ist alles andersherum gegangen, Frau Biernuske, wir sind sehr arm geworden. Vater ist darüber gestorben, mein Bruder und ich müssen uns so durchschlagen.«

»Nee, nee, wie is das bloß möglich! Und dabei sehen Sie noch immer so vornehm aus wie früher, wenn Sie Äpfel und Birnen bei mich kauften. Ja ja, die Vornehmheit, die muß einem sozusagen angeboren sein«, sagte Frau Biernuske einsichtsvoll. »Was tun Sie denn nun, um Ihnen durchzuschlagen?«

Marlies hatte schlicht und ungeschminkt berichtet. Gutmütig nahm Frau Biernuske Marlies' Hand in die ihre.

»Nee, nee, wenn ick mir so denke, Ihr Herr Bruder, so'n feiner Mann! Jotte doch, wenn der mal in meinen Keller kam und sagte: ›Frau Biernuske, Sie möchten wieder von den guten Reinetten raufschicken‹ – Jotte doch, wie'n Graf hat er da ausgesehn, und so freundlich dabei! Und jetzt bei Dalheim? Nee, nee, das tut mir doch zu leid. Aber sagen Sie mal, Fräulein Marlies – ich darf Ihnen doch so nennen, wo wir so gute Bekannte sind. Ihre Eltern haben mir manchen Groschen zu verdienen gegeben, als ich noch in Grünkram machte, nun könnte ich Ihnen doch was zu verdienen geben.«

»Das wäre sehr nett von Ihnen, Frau Biernuske, aber was könnte ich für Sie tun, um mir Geld zu verdienen?«

»Na, das werde ich Ihnen gleich auseinanderposamentieren, wenn Sie mit hier in den Laden reinkommen. Ick fahre Ihnen dann nach Hause, und unterwegs setze ich Ihnen auseinander, was ick für Sie zu tun habe.«

So geschah es. Frau Biernuske sagte Marlies, daß sie ihr täglich einige Unterrichtsstunden in »Vornehmheit« geben sollte.

»Wissen Sie, Kindchen, vor Ihnen geniere ick mir nich, es ist doch keine Schande, wenn man nich alles so machen kann wie vornehme Damen, so richtig lerne ick das auch nie. Aber so een bißchen könnten Sie mich schon aufmöbeln, damit ick in die feinen Restaurants gehen kann, daß die Kellner sich nich gegenseitig in die Rippen stoßen und die feinen Damens so von oben herab gucken. Für mein Leben gern gehe ick in feine Lokale, aber das dußlige Anstarren ärgert mir. Sie könnten mir doch so'n bißchen aufklären, nich? Wenn Sie jeden Tag zwei Stunden zu mir kämen? Beim Essen könnten Sie mir dann gleich die Manieren und so beibringen. Ick bezahlte es Ihnen gut, und das Essen haben Sie dann auch umsonst. Na?«

Da war eine Gelegenheit, auf ehrliche Weise Geld zu verdienen – und täglich ohne Unkosten eine gute kräftige Mahlzeit einzunehmen, das zählte für sie. Auch meinte sie Humor genug zu besitzen, um sich über Frau Biernuskes gelegentliche Taktlosigkeiten hinwegzusetzen. Kurzum, sie hatte das Anerbieten angenommen. Mit Lachen hatte sie alle Bedenken ihres Bruders in den Wind geschlagen und schon am nächsten Tag ihr Amt angetreten.

Allerdings war es schwerer, als sie es sich gedacht hatte, Frau Biernuske den nötigen »Benimm« beizubringen. Ihre Taktlosigkeiten, wenn sie auch nicht bösartig waren, trieben Marlies oft das Blut in das Gesicht. Aber sie hatte die Sonntage frei und konnte mit Werner zusammensein. Fragte Werner dann, wie es gehe, beschwerte sie sich nie. Mit warmherzigem Humor schilderte sie die diversen Entgleisungen ihrer schon recht bejahrten Schülerin.

Werner wußte trotzdem sehr wohl, daß Marlies bei diesen »Anstandsstunden« so wenig auf Rosen gebettet war wie er bei der Firma Dalheim.

Es war an einem Dienstagabend, als Werner nach schwerem Tagewerk die vier Treppen im Gartenhaus zu ihrer kleinen Wohnung hinaufstieg. Es war ein warmer Märztag gewesen und er müde vom langen Umherfahren.

Marlies begrüßte ihn wie immer mit einem frohen Lächeln.

»Du kommst heute spät, Werner?«

»Ich hatte wieder mal eine Reparatur an dem alten Karren. Der tut es bald nicht mehr, aber Dalheim will sich nicht dazu bequemen, ein neues Auto anzuschaffen.«

»Wenn es nur nicht einmal ganz den Geist aufgibt, wenn

du weit draußen bist. Aber nun komm, Werner, jetzt vergessen wir allen Ärger. Heute gibt es allerlei Delikatessen.«

Er hatte ihr einen herzhaften Kuß gegeben und strich ihr über das Haar.

»Laß sehen, was du Tausendkünstlerin für ein Menü zusammengestellt hast – alle Wetter, träume ich, ist mein Auge trübe? Das ist ja Hummermayonnaise! Marlies, soll ich dich unter Kuratel stellen?«

»Aus Frau Biernuskes Speisekammer. Sie war heute besonders in Geberlaune. Als sie mir ihre bis oben gefüllte Speisekammer zeigte, nötigte sie mir eine Büchse Hummer, ein Glas Mayonnaise und eine Büchse Delikateßwürstchen auf. Das wollen wir uns nun schmecken lassen.«

»Sieht das lecker aus, Marlies! Ich verfüge nicht über den nötigen Heroismus, Madame Biernuskes Delikatessen auszuschlagen. Wie ist denn heute der Unterricht verlaufen?«

»Ach, weißt du, Werner, eigentlich ist es rührend, wie diese alte Frau sich noch müht, das zu lernen, was ihr in ihrer Jugend nicht beigebracht wurde. Daß ich oft über ihre Entgleisungen lachen muß, darf sie um Himmels willen nicht merken, denn dann wäre es mit unserer Freundschaft aus. Bewundernswert ist doch, wie diese schlichte Frau es verstanden hat, die Chancen zu nützen und sich einen so großen Reichtum zu erwerben. Wenn unser guter Papa nur ein wenig von ihrer Schlauheit besessen hätte, dann wäre er nicht arm geworden.«

»Die Schlauheit allein macht es nicht, Marlies. Papa hätte sich weniger mit Gewissensskrupeln abgeben müssen, hätte nicht so fest an den beständigen Wert seiner Aktien glauben dürfen, wie er es in seiner strengen Rechtlichkeit getan hat. Aber gönnen wir Madame Biernuske neidlos ihren Reichtum.«

Marlies wurde ernst.

»Ich möchte gern etwas mit dir besprechen, Werner. Meinst du nicht, daß ich Frau Biernuske einmal fragen sollte, ob sie dir nicht ein Darlehen geben könnte, damit du dein Studium beenden kannst?«

Werners Gesicht, dieses energische, klare Gesicht mit der gedankenvollen Stirn, den warmblickenden grauen Augen und dem ausdrucksvollen Mund wurde sehr ernst.

»Sie wird wie alle, bei denen ich angeklopft habe, lieber darauf verzichten, ihr Geld für eine ungewisse Sache auszugeben.«

»Du bist ihr aber doch sicher, Werner.«

»Kleine Marlies, das sagst du. Aber welche Garantie kann ich denn bieten, daß ich das Geld eines Tages verdiene und zurückzahlen kann? Wenn mir etwas passierte, ich zu Schaden käme – man weiß so etwas nicht vorher –, wer sollte dann meine Schulden tilgen? Ich habe in diesem Sinne keine Sicherheit zu bieten, und deshalb wird Madame Biernuske keine Lust haben, ihr gutes Geld zu riskieren.«

»Ich werde es trotzdem einmal versuchen, mehr als nein sagen kann sie nicht. Ich habe schon eine ganze Weile diesen Plan erwogen, wollte dir nur keine falschen Hoffnungen machen.«

»Hoffnung will ich gar nicht erst in mir groß werden lassen. Frau Biernuske hätte es in ihrem Leben nicht so weit gebracht, wenn sie ihr Geld in ungewisse Unternehmungen gesteckt hätte.«

»Vielleicht hat sie mal eine schwache Stunde. Sie hält sehr viel von dir. Auch mich hat sie gern auf ihre Art. Ich muß einen Tag abpassen, an dem sie guter Laune ist. Gerade jetzt darf ich ihr nicht damit kommen. Du weißt, sie läßt sich eine

Villa bauen und komfortabel einrichten. Das kostet natürlich Geld, und sie feilscht mit dem Architekten um jeden Groschen, obwohl sie es nicht nötig hat. Sie bezieht die Villa in nächster Zeit. Dann riskiere ich es auf alle Fälle.«

»Du bist ein lieber Kerl, Marlies, und ich will dir gar nicht ernsthaft widersprechen, es wäre für mich ein großes Glück, mein Studium zu beenden.«

»Es bleibt dabei, Werner, ich riskiere es.«

»Schön wäre es, Marlies, denn in meiner Stellung bei Dalheim quäle ich mich. Er preßt mich aus wie eine Zitrone. Man wird dumpf und stumpf dabei. Ich will dich nicht entmutigen – aber ich fürchte, daß nur eine Demütigung für dich herauskommt.«

»Ach, Werner, sie kann mich nicht demütigen. Wenn sie nicht auf meinen Wunsch eingeht, war es eben ein vergeblicher Versuch, tut sie es aber, dann – dann gebe ich ihr einen Kuß.«

»Das nenne ich Heroismus, Marlies! Aber nun wollen wir vorläufig nicht mehr daran denken. Erzähle mir ein wenig, was ihr heute getrieben habt in der ›Anstandsstunde‹.«

»Erst sind wir zu ihrer Villa gefahren. Da habe ich einige kleine Malheurs verhindern können. Denke dir, der Architekt wollte Frau Biernuske einen Empiresalon aufschwatzen, der in irgendeiner Möbelhandlung seit Jahren den Speicher ziert, weil er einfach scheußlich ist. Und heute hatte er die Frechheit, mir, als Frau Biernuske nicht zugegen war, zuzuflüstern, ich möge sie überreden, den Empiresalon zu kaufen, es solle mein Schaden nicht sein. Fünf Prozent von der Kaufsumme sollten mir gehören. Ich habe ihn nur von oben bis unten angesehen und stehenlassen. Dann habe ich Frau Biernuske gesagt, daß dieser Salon scheußlich sei und überhaupt nicht zu ihr passe. Der Architekt sah mich an, als wolle er mich vergiften. Aber Frau Biernuske ist mir fast um den Hals gefallen, weil ich ihm so energisch entgegengetreten bin. Sie sagte nachher ganz begeistert: ›Nee, nee, Fräulein Marlieschen, wie Sie den fertiggemacht haben, det war Klasse!‹ – Wahrscheinlich habe ich mir damit die Hummermayonnaise verdient, Werner, und die ist mir lieber als die fünf Prozent vom Architekten.«

»Bravo, Marlies!«

»Das war doch selbstverständlich, Werner. Anschließend sind wir dann zur Schneiderin gefahren, und da konnte ich neues Unheil verhindern. Frau Biernuske wollte sich partout ein erdbeerfarbenes Seidenkleid arbeiten lassen, was bei ihrer Fülle und ihrem Alter katastrophal ausgesehen hätte. Die Schneiderin hatte ihr schon abgeraten, aber sie beharrte nun mal auf der Erdbeerfarbe. Ich erklärte ihr, daß sie darin unmöglich aussehen würde. Schweren Herzens hat sie dann auf das Erdbeerfarbene verzichtet, sie läßt sich in dieser Farbe nun einen Morgenrock schneidern. Nachher sind wir in ihre Wohnung zurückgekehrt und haben zusammen gespeist, wobei ich ihr zum hundertsten Male gezeigt habe, wie man Fisch essen muß und wie man eine Orange zerlegt. Das Menü war übrigens wieder vorzüglich, und ich fürchte, ich werde mit der Zeit Fett ansetzen.«

»Es ist mir eine Freude, Marlies, daß du jetzt wieder so frisch und gesund aussiehst, dank den Fleischtöpfen von Madame Biernuske.«

»Ich werde auch nichts von all den guten Sachen an mir vorbeigehen lassen, werde lieber auf Vorrat essen. Denn wenn sie meiner nicht mehr bedarf, dann wird wieder Schmalhans Küchenmeister sein. Dann ist es immer noch Zeit, an die schlanke Linie zu denken.«

»Recht so! Ich bin Frau Biernuske von Herzen dankbar, daß sie dich so gut herausgefüttert hat. Hoffentlich braucht sie dich noch recht lange, denn wir sind leider nicht in der Lage, einen solchen Verdienst auszuschlagen.«

»Man gewöhnt sich daran, Werner. Aber ich fürchte, eines Tages wird sie einsehen, daß alles vergeblich ist. Dann wird sie mich entlassen. Nun, dann muß es auch wieder ohne sie gehen. – Aber nun haben wir so viel von mir gesprochen, nun kannst du mir auch erzählen, wie es dir im Laufe des Tages ergangen ist.«

»Es war zu ertragen, Marlies, ich werde mich doch nicht von dir beschämen lassen. Ein Vergnügen ist es nicht, den ganzen Tag herumzujagen und mir in allen Filialen den Ärger aufbürden zu lassen. Und dann wieder ein Defekt am Auto! Der Chef wetterte natürlich los, weil ich nicht rechtzeitig zur Abrechnung da war. Er gibt sich immer den Anschein, als mache ich die Karre zu meinem Vergnügen kaputt. Ein lieber Mensch, der Herr Dalheim – kein Wunder, wenn die Angestellten ihn hassen! Aber lassen wir das, Marlies, ich will dir damit nicht das Leben schwermachen. Ich bete nur im stillen, daß mich der Himmel nicht die Geduld verlieren läßt. Denn wenn ich Herrn Dalheim einmal mit gleicher Münze heimzahlen würde, wäre ich sofort entlassen. Und wie schwer es ist, eine Stelle zu finden, das wissen wir doch.«

Marlies streichelte seinen Arm, und die Bitterkeit verschwand aus seinen Zügen. Er lächelte sie an, und bald waren sie wieder guter Laune.

*

Am nächsten Morgen hatte Werner die am weitesten entfernte Filiale aufzusuchen. Dazu mußte er gut eine Stunde fahren. Es war fast Mittag geworden, ehe er sich auf den Weg machen konnte. Bei der nächsten Filiale hatte er ebenfalls einige Stunden zu tun, und so war es fast fünf Uhr, als er endlich heimfahren konnte. Er fuhr durch einen dichten Tannenwald und freute sich des leisen Frühlingsahnens, das in der Luft lag. Da versagte plötzlich das Auto wieder den Dienst. Ärgerlich sprang er heraus, untersuchte den Schaden und fand zu seiner Freude, daß es nur eine Kleinigkeit war. Schnell war alles in Ordnung gebracht, und da ihm dabei sehr warm geworden war, setzte er sich eine Weile im Walde nieder und sah dem Spiel der Sonnenstrahlen zu. Er lachte vor sich hin, als er sich ausmalte, was wohl Herr Dalheim sagen würde, wenn er ihn hier bei süßem Nichtstun erwischen würde.

Fast eine Viertelstunde hatte er seinem gestrengen Chef gestohlen, eine Viertelstunde, die bestimmend für sein ganzes ferneres Leben sein sollte. Gerade richtete er sich wieder auf und wollte losfahren, als die herrliche Waldesstille durch das Geräusch eines Schusses gestört wurde. Gleich darauf klang der laute, verzweifelte Aufschrei einer Frau an sein Ohr. Das war ein Hilferuf!

Mit einem Satz sprang er in seinen Wagen. Die hilferufende Frau mußte noch ein ganzes Stück entfernt im Walde sein, anscheinend drüben auf der großen Fahrstraße.

Es war bei Werner Strassers Wesensart selbstverständlich, daß er der Frau so schnell wie möglich zu Hilfe kam, zumal sich der Aufschrei noch einige Male wiederholte. Er griff nach seinem Browning, der ihn auf seinen oft recht einsamen Fahrten immer begleitete, und machte ihn schußfertig. Je näher er der Fahrstraße kam, desto deutlicher wurden die angstvollen

Rufe. Und als er sie endlich erreichte, sah er mitten auf der Straße ein Auto ziemlich haltlos hin und her schleudern, sah eine Dame aufrecht im Wagen stehen, die sich mühte, über den Chauffeur hinweg das Steuer zu ergreifen. Eine ältere Dame saß neben ihr und schrie immer wieder auf. Eilig fuhr er darauf zu, denn es konnte jeden Augenblick ein Unglück geschehen.

Als er näher gekommen war, sah er, daß der Chauffeur, über den sich die stehende Dame beugte, blutüberströmt vornübergesunken war und mit seinem Körper das Steuerrad bedeckte. Ohne lange zu überlegen, hielt Werner seinen Wagen an und sprang heraus. Dann stellte er sich in Bereitschaft, und als das Auto dicht an ihm vorüberfuhr, sprang er auf, riß den Schlag neben dem Chauffeur auf und brachte erst einmal den Wagen zum Stehen.

»Was ist geschehen?« fragte er die junge Dame, die blaß wie der Tod, aber mit fest zusammengepreßten Lippen hinter dem verwundeten Chauffeur stand.

»Wir sind überfallen worden. Drei Männer versperrten uns den Weg und forderten unseren Chauffeur auf, anzuhalten. Der Chauffeur hielt jedoch nicht, verlangsamte nur das Tempo und rief ihnen zu, Platz zu machen, sonst würde er sie über den Haufen fahren. Da sprang der eine der Männer von der Seite auf, beugte sich in den Wagen und griff nach einem kleinen Koffer, der hier auf dem Sitz stand. Unser Chauffeur wollte das verhindern, aber da schoß einer der beiden anderen Männer auf ihn und bedrohte uns. Alle drei verschwanden dann mit dem geraubten Koffer im Wald. Der Wagen fuhr führerlos, gottlob in langsamem Tempo, weiter. Ich weiß nicht Bescheid mit der Führung eines Wagens. Sie, mein Herr, scheinen so etwas zu können.«

Werner hatte verwundert in das blasse, aber entschlossene

Gesicht der Dame gesehen, er merkte an ihrer Aussprache, daß sie Engländerin oder Amerikanerin war.

»Gewiß, gnädiges Fräulein.«

»Dann helfen Sie uns. Ich bitte Sie dringend, fahren Sie uns zu der nächsten Sanitätswache, damit der Chauffeur Hilfe erhält!«

Werner sah zu seinem Wagen hinüber. Daisy Haller fing diesen Blick auf und sagte schnell:

»Ich ersetze Ihnen gern, was Ihnen abhanden kommen sollte. Nun fahren Sie bitte sofort los, nicht nur, damit der Chauffeur Hilfe bekommt. Ich fürchte auch, daß die Räuber zurückkommen und uns noch einmal überfallen. Wir müssen schnell von hier fort.«

»Die kommen nicht wieder, sie werden mit ihrer Beute längst das Weite gesucht haben.«

»Sie werden sicher zurückkehren, wenn sie merken, daß sie nicht die richtige Beute erwischt haben. Der Überfall galt meinem Koffer – sie haben aber nur einen Necessairekoffer erbeutet, in dem sie wohl die Juwelen vermuteten. Bitte, bitte, mein Herr, fahren Sie, so schnell Sie können. Jede Minute kann neue Gefahr bringen.«

Werner hatte inzwischen den Chauffeur behutsam auf den andern Platz gehoben.

»Das ist schon für den Verwundeten nötig. Er lebt noch und muß so schnell wie möglich in Behandlung. Setzen Sie sich hin, ich fahre Sie schnell zur nächsten Sanitätswache, die, wie ich weiß, eine Viertelstunde entfernt ist.«

Damit nahm Werner hinter dem Steuer Platz und brachte das Auto in Gang, noch einen letzten Blick auf seinen verlassenen Wagen werfend.

Unter anderen Umständen hätte es ihm Freude gemacht,

einen so schönen Wagen zu steuern. Aber die Sorge um den Chauffeur und die Sicherheit der Damen ließ ihn nur an Schnelligkeit denken. Denn er sagte sich, daß er den Damen nicht helfen konnte, wenn die Räuber zurückkamen. Einer gegen drei, das ist unter so schwierigen Verhältnissen aussichtslos.

Daisy hatte sich neben die halb ohnmächtige Miß Kruse gesetzt, der sie liebevoll zuredete. Daisy selbst hatte nicht einen Moment die Geistesgegenwart verloren, sie hatte die Räuber ruhig gewähren lassen. Als sie nach dem Koffer faßten, rief sie dem Chauffeur zu:

›Weiterfahren – es muß möglich sein!‹

Aber daß der Chauffeur den Koffer dem Dieb entreißen wollte, das wurde ihm zum Verhängnis. Daisy hatte dem Chauffeur ja nicht sagen können, daß der Schmuckkoffer wohl geborgen unter Miß Kruses Sitz war. Ohne ihre Vorsicht mit dem Vertauschen der Koffer wäre den Räubern der Streich gelungen. So hatten sie nichts als ihr Necessaire erbeutet.

Freilich, hätte Werner nicht eingegriffen, wäre das Auto nach kurzer Zeit entweder gegen einen Baum gefahren oder in den Graben gestürzt. Jedenfalls sahen die beiden Damen in Werner ihren Lebensretter.

Daisy sorgte sich sehr um den Chauffeur. Der arme Mensch hatte seine Treue schwer büßen müssen. Wenn nur die Wunde nicht tödlich war!

Der Wagen erreichte in schnellster Fahrt die Vorstadt. Die Gegend wurde langsam belebter, und die Vorübergehenden starrten neugierig auf den blutüberströmten Mann im Auto. Ein Polizist hielt den Wagen an. Werner sagte ihm, daß man zur nächsten Sanitäts- und Polizeiwache wollte.

Da gab der Beamte den Weg frei und erteilte Auskunft wegen des Weges. In weiteren fünf Minuten war die Polizeiwache erreicht. Der Chauffeur wurde in das Zimmer der Sanitätswache getragen. Während er untersucht und verbunden wurde, mußten Werner und die beiden Damen ihre Personalien angeben und ein Verhör über sich ergehen lassen. Sofort wurde eine Streife hinter den Räubern hergeschickt.

Der Arzt hatte bei dem Chauffeur einen Streifschuß konstatiert, der den Stirnknochen an der rechten Seite verletzt hatte. Auf Daisys Wunsch wurde er sofort in das naheliegende Krankenhaus gebracht. Und dann bat Daisy Werner Strasser mit einem flehenden Blick, er möge sie und Miß Kruse zu dem Hotel fahren, wo sie von ihrem Vater erwartet würde.

Werner bedachte sich nicht lange, Herr Dalheim würde ohnedies sehr ungehalten sein. Und Daisys schöne flehende Augen machten ihm das Herz warm, er konnte ihre Bitte nicht abschlagen. Wenn er daran dachte, daß dieses junge, schöne Geschöpf jetzt vielleicht verstümmelt unter dem umgestürzten Auto läge, wenn er nicht für eine Viertelstunde seine Pflicht vergessen und sich eine Ruhepause gegönnt hätte, dann erschien es ihm gleichgültig, was Herr Dalheim zu alldem sagen würde.

»Ich bringe Sie selbstverständlich zu Ihrem Hotel, meine Damen«, sagte er.

Und er bat den Polizeibeamten, nach seinem Wagen zu sehen, wenn man den Tatort untersuchte. Er werde sich später erkundigen, ob sie ihn gefunden hätten.

Dann setzte er sich wieder an das Steuer des Wagens und fuhr zum Hotel der Damen.

Als diese ausstiegen, bemerkte Werner, daß sie aus einem Fach unter dem Sitz einen hellbraunen kleinen Lederkoffer herausholten, den Miß Kruse an sich nahm. Das Fach hatte sich geräuschlos geschlossen, und es war nicht zu sehen, wie es geöffnet werden konnte.

Ein Geheimfach also – und sicher der Behälter für den richtigen Schmuckkoffer.

Daisy war hastig in das Vestibül des Hotels geeilt, ohne ein Wort mit Werner zu wechseln. Sie wollte unbedingt erst einmal ihren Vater sehen und ihm berichten. Miß Kruse drückte Werner mit überströmenden Augen die Hand und nannte ihn ihren Lebensretter. Er wurde ganz verlegen und wehrte ab. Daß die junge Dame ohne ein Wort davonlief, verdachte er ihr nicht, sie war sicher noch zu aufgeregt, um lange mit ihm zu reden.

Ruhig fragte er den am Eingang stehenden Portier, wo die Hotelgarage sei, und brachte den Wagen dahin. Niemand kümmerte sich zunächst um ihn. Als er den Wagen in der Garage abgeliefert hatte, ging er ruhig seines Wegs, obgleich er gern noch einmal in die schönen braunen Augen von Miß Haller gesehen hätte. Für ihn mußte das kleine Abenteuer erledigt sein, bis auf das sicher nicht angenehme Nachspiel mit Herrn Dalheim.

Er wußte von den beiden Damen nur, daß die jüngere die Tochter eines Deutschamerikaners und die ältere ihre Begleiterin war. Auch die Namen hatte er auf der Polizeiwache bei der Feststellung erfahren: Die schöne junge Dame hieß Miß Daisy Haller. Das würde das einzige bleiben, was er von ihr wußte – so glaubte er. Und daß sie ihm so gefallen hatte, daß er sie hatte bewundern müssen, weil sie die Ruhe nicht verloren und sich so liebevoll besorgt um die alte Dame bemüht hatte. Auch für den verwundeten Chauffeur hatte sie die besten Anordnungen getroffen.

Während er jetzt zur Haltestelle der Straßenbahn schritt, mußte er immerfort an Daisys blasses, entschlossenes Gesicht denken und an jedes Wort, das sie gesagt hatte. So sehr war er in seine Gedanken vertieft, daß er fast überfahren worden wäre. Nun schalt er sich selber ärgerlich einen Träumer und wehrte die Gedanken an die schöne Frau ab. Er sagte sich ironisch, daß es wohl besser sei, daran zu denken, was Herr Dalheim beginnen würde, wenn er hörte, daß Werner ohne das Auto zurückkam.

Er wurde, wie er vorausgesehen, sehr ungnädig empfangen.

»Wo treiben Sie sich so lange herum? Ich warte seit Stunden auf Sie! Was ist das für eine laxe Art, meine Geschäfte zu erledigen!« fuhr er Werner an.

Dieser mußte denken: Es wird noch dicker kommen. Aber der Ton seines Chefs trieb ihm das Blut in die Stirn.

»Verzeihen Sie, Herr Dalheim, ich hatte eine Abhaltung«, sagte er, so ruhig er konnte.

»Abhaltung? Was heißt hier Abhaltung? Natürlich privater Natur, denn in Geschäften haben Sie doch so spät nichts mehr zu tun.«

»Nein, es hatte mit Ihren Geschäften nichts zu tun.«

»Dachte ich mir doch! Aber ich habe Sie nicht angestellt, Herr, daß Sie während der Geschäftsstunden Ihren Privatunterhaltungen nachgehen, das ist eine Schlamperei, die ich nicht dulde, verstanden? Wo ist der Wagen? Sie kamen doch zu Fuß?«

»Ich weiß es nicht.«

Herr Dalheim drehte sich mit einem Ruck herum und starrte Werner mit seinen kalten, hervorstehenden Augen an.

»Was heißt das? Sie wissen es nicht?«

»Nein, er ist mir abhanden gekommen.«

»Abhanden gekommen? Herr – was ist das für eine Rede? Er kann Ihnen doch nicht unter den Füßen weggestohlen worden sein, das wollen Sie doch nicht behaupten?«

Werner hatte die Zähne zusammengebissen, er sah sehr blaß aus.

»Nein, das will ich nicht behaupten. Ich mußte ihn am Rande der Landstraße stehenlassen, habe es aber bei der Polizei schon gemeldet und muß abwarten, ob er wieder herangeschafft wird.«

Nun war es ganz aus mit Herrn Dalheims Geduld. Er war ein sehr cholerischer Herr. Wütend fuchtelte er vor Werners Gesicht herum.

»Das ist ja unerhört, das ist unglaublich! Mein teures Auto einfach auf der Landstraße gelassen! Wer soll Ihnen das glauben, Herr? Wahrscheinlich haben Sie es verkauft und wollen das Geld unterschlagen. Da kommen Sie aber bei mir nicht durch! Ich entlasse Sie auf der Stelle, und das restliche Gehalt zahle ich Ihnen natürlich nicht. Solche Leute kann ich nicht in meinem Geschäft brauchen!«

»Mäßigen Sie sich, Herr Dalheim – diese Beleidigungen lasse ich mir nicht gefallen. Der Verlust ist von mir selbst bei der Polizei gemeldet worden. Wenn das Auto sich nicht findet, bin ich natürlich haftbar. Mehr als den Betrag eines Monatsgehalts ist das Ding nicht wert. Sie haben mich entlassen, und das ist mir recht. Einem Menschen wie Ihnen kann ich nicht mehr dienen, keinem Menschen, der an meiner Ehrlichkeit und Ehrenhaftigkeit zweifelt. Ich habe Ihnen nie Veranlassung gegeben, mir zu mißtrauen. Ich gehe jetzt lieber, denn noch ein solches beleidigendes Wort von Ihnen, und ich vergesse mich. Guten Abend!«

Damit ging Werner schnell hinaus. Herr Dalheim schimpfte wütend hinter Werner her. Es war ihm gar nicht ernst gewesen, Werner zu entlassen, denn er wußte sehr wohl, was er ihm wert war.

*

Werner trat sehr niedergeschlagen den Heimweg an. Seine Stellung war ganz gewiß keine beneidenswerte gewesen, aber er hatte damit wenigstens sein Brot verdient, jeden Monat etwas für sein Studium zurücklegen können. Nun stand er wieder vor dem Nichts, bekam für den vergangenen Monat kein Gehalt, wenn das Auto nicht wiedergefunden wurde.

Marlies kam ihm schon besorgt entgegen, weil er so sehr spät kam, und sah erschrocken in sein blasses Gesicht.

»Werner, um Gottes willen, was ist geschehen?«

Er atmete schwer. »Ich bin entlassen, Marlies, fristlos entlassen«, sagte er heiser.

»Wie ist denn das gekommen, Werner?« fragte sie leise, sanft über seinen gebeugten Kopf streichelnd.

Er faßte ihre Hände, sah zu ihr auf und berichtete schlicht und einfach, was geschehen war. Sie hörte aufmerksam zu, und als er geendet hatte, sagte sie erregt:

»Aber, Werner, weil du zwei Frauen, die in großer Gefahr waren, zu Hilfe kamst, hat er dich entlassen? Warum hast du Herrn Dalheim nicht einfach gesagt, warum du das Auto stehengelassen hast.«

»Meinst du, das hätte mich bei ihm entschuldigt? Ich habe nur sein Interesse zu wahren, wenn ich das nicht tue, bin ich unbrauchbar für ihn. Als er mich verdächtigte, eine unehrenhafte Handlung begangen zu haben, hätte ich ihn fast ins Gesicht geschlagen. Du kannst dir nicht denken, was ich mir von diesem Mann alles habe bieten lassen, nur immer in der Angst, meine Stelle zu verlieren. So schlimm das ist – eine Erleichterung ist es für mich doch. Dieser Dalheim ist ein Leuteschinder schlimmster Sorte. Hoffentlich wird wenigstens das Auto gefunden, damit ich die mir zustehenden zweihundert Mark noch bekomme. Ich will gleich jetzt noch einmal zur Polizeistation und mich erkundigen, ob die Streife es gefunden hat. Ich wollte dir nur Bescheid sagen, damit du dich nicht beunruhigst.«

»Werner, verzage nicht! Wer weiß, wofür es gut ist. Der liebe Gott kann dich doch nicht strafen wollen für eine gute Tat. Jedenfalls spreche ich jetzt bald mit Frau Biernuske. Nächsten Sonnabend siedelt sie in ihre Villa über, und sobald sie zur Ruhe gekommen ist, frage ich sie, ob sie dir zweitausend Mark leihen will.«

»Liebes gutes Kind, ich wage gar nicht daran zu denken, daß deine Bitte bei ihr Gehör findet.«

»Willst du nicht erst etwas essen, Werner?«

»Nein, nein, jetzt nicht. Ich esse erst, wenn ich wieder nach Hause komme. Wenn du eher zu Bett gehen solltest, stelle mir etwas auf mein Zimmer.«

»Auf keinen Fall gehe ich zu Bett, ehe du heimkommst.«

Werner fuhr hinaus in die Vorstadt zu der Polizeiwache. Dort erfuhr er, daß der Wagen verschwunden sei. Aber ein Stück tiefer im Wald hatte man den eleganten krokoledernen Necessairekoffer gefunden, allerdings in einem üblen Zustand. Die Räuber hatten den Koffer aufgebrochen, und als sie entdeckt hatten, daß ihnen nicht der Millionenschmuck, sondern nur ein wertloses Necessaire in die Hände gefallen war, hatten sie in ihrer Wut all die hübschen eleganten Sachen zerstört. Da all diese Gegenstände Daisys Namenszug trugen, hatten sie wohl eingesehen, daß sie nichts davon zu Geld machen konnten. Anscheinend waren sie, nachdem sie ihren Irrtum bemerkten, nochmals zu der Stelle zurückgekehrt, wo sie ein zertrümmertes Auto vermuteten, in dem vielleicht der richtige Schmuckkoffer zu finden war. Sie hatten aber nur das alte Auto vorgefunden und sich damit schnell in Sicherheit gebracht. Werner war sehr bedrückt, daß er den Wagen nicht wiederbekam, aber keinen Moment dachte er daran, Miß Haller an ihr Versprechen zu erinnern, ihm das Auto zu ersetzen. Der Beamte beruhigte ihn. Es seien Polizeihunde auf die Spur der Verbrecher gesetzt worden, und die Nachforschungen gingen weiter.

»Vielleicht bekommen wir die Vögel doch noch, und dann wird hoffentlich auch Ihr Wagen gefunden. Wenn nicht, so wird der reiche Amerikaner Ihnen sicher eine anständige Belohnung aussetzen, denn Sie haben schließlich seinen Damen das Leben gerettet – und den Schmuck obendrein«, sagte er.

»Für solch einen Dienst lasse ich mich nicht bezahlen. Es ist mir Belohnung genug, daß ich helfen konnte. Können Sie mir vielleicht sagen, wie es dem Chauffeur geht?«

»Es besteht begründete Hoffnung, daß er mit dem Leben davonkommt und völlig wiederhergestellt wird. So wurde telefonisch aus dem Krankenhaus berichtet.«

Werner dankte und entfernte sich. Das Bewußtsein, Miß Haller vor Schlimmem bewahrt zu haben, half ihm doch ein wenig über seine schlechte Stimmung hinweg. Jede gute Tat trägt ihren Lohn in sich selbst.

Er fuhr nach Hause und berichtete seiner Schwester alles, was er in Erfahrung gebracht hatte. Marlies drückte ihm die Hände.

»Sei nicht mehr traurig, Werner. Laß es dir eine Freude sein, daß du geholfen und wahrscheinlich auch dem Chauffeur das Leben gerettet hast. Komm, jetzt mußt du was essen, und dann erzählst du mir noch einmal, wie alles geschah. Du mußt mir auch Miß Haller beschreiben. Ist sie hübsch?«

»Hübsch? Ich glaube, das ist zu wenig gesagt. Marlies, sie ist sehr schön, und trotz der gefährlichen Situation blieb sie ruhig und beherrscht. Die alte Dame in ihrer Begleitung, die wohl einen kleinen Nervenschock hatte, wurde von ihr sehr liebevoll getröstet und beruhigt. Du hast recht, Marlies, es ist mir eine Freude, daß ich helfen konnte, wenn es mich auch meine Stellung kostet.«

Er sah gedankenverloren vor sich hin, während er etwas zu sich nahm. Dann erzählte er ihr alle Einzelheiten, auch davon, daß die Damen vor dem Hotel aus einem Fach unter dem hinteren Autositz den vermutlich richtigen Schmuckkoffer herausgeholt hatten.

»Du sagst, er war unscheinbar?«

»Ein ganz schlichter brauner Lederkoffer.«

»Dieses Äußere wird wohl mit Absicht gewählt worden sein. Aber woher mögen die Räuber nur gewußt haben, daß in dem Auto ein Juwelenkoffer war? Auf den allein hatten sie es doch wohl abgesehen.«

»Sicher hatten sie es darauf abgesehen, und sie haben wohl gewußt, daß die junge Amerikanerin gerade um diese Zeit die ziemlich einsame Straße passierte. Das muß eine vorbereitete Sache gewesen sein. Vielleicht hat man sie schon von Hamburg aus verfolgt.«

Am liebsten hätte Werner sich aufgemacht, um seinerseits die Verbrecher zu verfolgen, nicht nur, weil sie auch sein Auto entwendet hatten ...

Als Daisy Haller in großer Aufregung das Vestibül des Hotels betreten hatte, um nach ihrem Vater zu fragen, kam er gerade im Lift herab. Und ehe der Portier noch Auskunft geben konnte, eilte sie ihm schon entgegen und berichtete mit fliegendem Atem, was geschehen war.

Mr. Haller war fassungslos. Erschrocken tastete er mit zitternden Händen an den Armen seiner Tochter entlang, als müsse er sich überzeugen, daß sie heil und unversehrt vor ihm stehe. Er vermochte nicht zu sprechen.

»Du mußt sogleich mit mir hinauskommen, Vater, unser Retter hat uns hierhergefahren und sitzt draußen im Auto. Ohne sein energisches Eingreifen würde ich nicht vor dir stehen. Sieh nur die arme Miß Kruse, sie ist noch ganz aufgelöst vor Angst.«

Noch immer zitternd, trat Mr. Haller zu Miß Kruse. Diese war kraftlos in einen Sessel gesunken, starrte halb geistesabwesend vor sich hin und hielt Daisys Juwelenkoffer umklammert. Ihr Hut war schiefgerutscht.

»Ich bin halb tot, Mr. Haller, halb tot«, stieß sie hervor.

»Daß ich nicht bei euch war!« stammelte er.

»Du hättest sicher auch nicht helfen können, Vater. Aber nun komm, sage unserm Retter, wie dankbar wir ihm sind und daß wir alles vergelten werden. Auch seinen Wagen müssen wir ihm ersetzen, er wird ihn wohl kaum wiederbekommen.«

Sie zog den Vater mit sich fort durch die Drehtür.

Als sie auf die Straße hinaustraten, war das Auto mit Werner Strasser verschwunden. Betroffen fragte Daisy den Portier nach seinem Verbleib. Dieser, der annahm, daß Werner der Chauffeur sei, berichtete, der Chauffeur sei zur Garage gefahren.

Vater und Tochter begaben sich sofort dorthin. Da stand zwar säuberlich abgeliefert das Auto, aber von seinem Fahrer keine Spur. Der Garagenwächter gab an, daß der Herr das Auto hier hereingefahren habe und sofort davongegangen sei.

Betroffen starrte Daisy ihren Vater an.

»Er verschmäht unsern Dank, Vater«, sagte Daisy etwas beklommen.

Mr. Haller fand jetzt seine Haltung wieder.

»Es scheint so, Daisy. Was war er für ein Mensch?«

»Entschieden ein Gentleman, obwohl er auf der Polizeiwache angab, daß er irgendwo angestellt sei. Er machte einen sehr guten Eindruck, unbedingt ein gebildeter Mann. Wie vornehm seine Gesinnung ist, siehst du daraus, daß er nicht mit unserm Dank gerechnet hat.«

»Aber ich werde dem Retter meiner Tochter meinen Dank nicht vorenthalten. Er hat mich auf ewig zu seinem Schuldner gemacht. Du sagst, er hat auf der Polizei seine Personalien angeben müssen?«

»Ja, Vater, ich weiß aber nur noch, daß er Werner mit Vornamen hieß«, sagte Daisy.

»Well, dann werde ich ihn finden. Heute abend dürfte es allerdings zu spät sein. Und nun komm, Daisy, laß uns zu Miß Kruse zurückgehen, die Ärmste ist nicht wenig erschrocken.«

»Sie hat unaufhörlich um Hilfe geschrien, während ich keinen Laut herausbrachte. Ihr Schreien hat aber gottlob den Retter herbeigerufen.«

Sie kehrten nun in das Vestibül zurück. Da saß Miß Kruse noch immer, den Juwelenkoffer an sich pressend, als wolle sie ihn mit ihrem Leben verteidigen. Als Vater und Tochter besorgt auf sie einredeten, vermochte sie nicht zu antworten. Sie war von all dem Schreien stockheiser geworden.

Sie begaben sich nun auf ihre Zimmer. Haller hatte für sich und seine Tochter zusammenhängende Zimmer belegt, die durch einen Salon verbunden waren. Daisys Zofe Mary war bereits eingetroffen, nicht ahnend, was ihre Schwatzhaftigkeit angerichtet hatte. Sie hatte schon ausgepackt und half ihrer Lady beim Umkleiden. Entsetzt hörte sie von dem Unfall der Damen, aber nicht ein Gedanke kam ihr, daß ihr geliebter Wilhelm an diesem Überfall beteiligt sein könnte.

Als die Damen sich ein wenig erfrischt hatten, trafen sie im Salon mit Haller zusammen. Dieser hatte inzwischen den Juwelenkoffer eigenhändig an der Stelle in Sicherheit gebracht, wo er in Hotels immer seinen Platz fand, nämlich in einem sehr großen und schweren Koffer, in dem ein Stahlfach eingebaut war. Durch eine sinnreiche Vorrichtung konnte dieser Koffer überall festgeschraubt werden, sein Verschluß war diebessicher. Nur Haller, Daisy und Miß Kruse wußten davon.

Nach einem ausführlichen Bericht von Daisy sagte ihr Vater nachdenklich:

»Es ist wohl anzunehmen, daß die Verbrecher schon von Hamburg aus auf unserer Fährte waren. Wenn dein Necessaire nicht wie ein Juwelenkoffer ausgesehen hätte, wären die Räuber nicht mit ihm als einziger Beute abgezogen. Du siehst, wie gut es ist, wenn die Dienerschaft nicht Bescheid weiß, wo sich dein Schmuck befindet. Wenn sie nichts wissen, können sie auch unbedacht nichts ausplaudern. Ich bin gespannt, ob die Polizei sie erwischt, fürchte aber, daß dies nicht der Fall ist. Sie hatten genügend Zeit, ihre Spur zu verwischen. Morgen früh werde ich mich auf der Polizeiwache erkundigen. Im Krankenhaus möchte ich gleich noch einmal anrufen, um zu hören, wie es unserm Chauffeur geht. Der arme Mensch muß für seine Treue bitter büßen.«

»Ja, Vater, und er hätte sie vielleicht mit dem Leben bezahlen müssen, wenn uns nicht so schnell ein Retter erschienen wäre, der ihn in ärztliche Behandlung gebracht hat. Du kannst dir nicht denken, wie schrecklich mir zumute war, als ich hinter dem bewußtlosen Chauffeur stand und nicht wußte, wie ich den Wagen zum Stehen bringen konnte.«

Haller telefonierte mit dem Krankenhaus und erhielt zu seiner Befriedigung eine erfreuliche Nachricht über den Zustand seines Chauffeurs. Immerhin, so wurde ihm mitgeteilt, werde einige Zeit vergehen, bis der Patient wiederhergestellt sei.

»Wir müssen uns wohl nach einem andern Fahrer umsehen, Daisy«, sagte er zu seiner Tochter.

Daisy hatte eben wieder sehr intensiv an ihren Retter gedacht und sich sein interessantes, energisches Gesicht mit den warmen grauen Augen ins Gedächtnis gerufen. Es hatte etwas in diesen Augen gelegen, was sie mit Ruhe und Sicherheit erfüllte. Als er sich auf das führerlose Auto geschwungen und sie angesehen hatte, war mit einem Mal alle Angst und Unruhe von ihr gewichen. So gütig waren seine Augen, trotz aller Energie, die daraus leuchtete.

Die verwöhnte Dollarprinzessin hatte bisher den Männern gegenüber nur ein Gefühl der Überlegenheit gehabt. Bei ihrem Retter kam dieses Gefühl nicht auf. Und zum ersten Mal hatte sie gedacht, wie schön es für sie sein müßte, in jeder Beziehung zu einem Mann aufsehen zu können.

Was fiel ihr nur ein, daß sie schwärmerisch eines Mannes gedachte, den sie kaum kannte! Der nur ganz flüchtig in ihr Leben getreten war. Wohl war sie ihm dankbar, aber – was kam ihr nur in den Sinn, daß sie sich so intensiv mit ihm beschäftigte? Vielleicht war er arm, da er bei einer Firma angestellt war? Warum sollte ihr Vater ihm nicht mit einer Summe Geldes eine Freude machen?

Doch gegen diesen Gedanken empörte sich plötzlich ihr ganzes Empfinden. Nein, sie konnte nicht glauben, daß dieser ritterliche junge Mann für den ihr geleisteten Dienst Geld annehmen würde. Er nahm es ganz sicher nicht! Warum hätte er sich sonst so schnell entfernt, ohne ihren Dank abzuwarten? Es war kein Zweifel, daß er ein Gentleman in des Wortes wahrer Bedeutung war. Sie schämte sich, daß sie so schnell davongelaufen war, ohne ihm zu danken. Aber das konnte sie ja zum Glück wiedergutmachen, er mußte ja irgendwie zu finden sein.

Haller fuhr am nächsten Morgen zuerst zum Krankenhaus, wo sein Chauffeur lag. Er fand diesen bei Bewußtsein, wenn auch ziemlich geschwächt durch den Blutverlust. Haller dankte ihm, auch im Namen seiner Tochter, sehr herzlich.

In einem Taxi fuhr er dann weiter zur Polizeiwache. Hier erfuhr er, daß ein Polizeihund die Spur der Verbrecher zwar aufgenommen, aber an einem Flußlauf verloren habe. Natürlich werde man alles versuchen, sie dingfest zu machen.

Darauf fragte Mr. Haller nach dem Namen des Retters seiner Tochter. Er erfuhr Namen und Adresse.

»Sie wollen sicher dem jungen Mann eine Belohnung zukommen lassen, aber das dürfte vergeblich sein. Als er gestern abend hier war und sich nach seinem Auto erkundigte, war er sehr niedergeschlagen darüber, daß wir es noch nicht gefunden hatten. Ich sagte ihm, Sie würden ihn schon für den Dienst belohnen, den er Ihrer Tochter erwiesen habe. Doch er meinte stolz und abweisend, er lasse sich nicht bezahlen für Dienste, die er einer Dame erwiesen habe.«

Nachdenklich hörte Haller das an und sagte: »Ich danke Ihnen für diese Mitteilung, die mich davor bewahrt, den Retter meiner Tochter zu beleidigen. Ich werde hoffentlich einen Weg finden, meine Dankesschuld abzutragen, ohne ihn zu verletzen.«

Darauf fuhr Haller zu dem Dalheimschen Geschäft und ließ den Besitzer um eine Unterredung bitten.

Dalheim sah neugierig auf die Karte, die ihm Haller hereingeschickt hatte, und ließ den Besucher sogleich kommen.

»Verzeihen Sie die Störung, mein Herr«, begann Haller, »ich bin nur gekommen, Sie zu bitten, mir eine Unterredung mit Herrn Werner Strasser, der bei Ihnen angestellt ist, zu gestatten.«

Dalheim bekam einen roten Kopf.

»Den habe ich gestern abend entlassen, kurz und bündig entlassen! Er hat mein Eigentum verschlampt, vielleicht sogar veruntreut. Ein Auto, das ich ihm für geschäftliche Fahrten zur Verfügung stellte, hat er nicht heimgebracht. Es sei ihm abhanden gekommen – das war alles, was ich auf meine Fragen aus ihm herausbrachte. Abhanden gekommen! Das kennt man schon. Man weiß doch, wie es junge Leute treiben. Aber so haben wir nicht gewettet! Er muß mir das Auto ersetzen, sein Gehalt habe ich zunächst einbehalten. Er will immer noch hoch hinaus, weil er angeblich studiert hat und vorher Offizier gewesen ist. Man sollte sich überhaupt nicht mit solchen Leuten einlassen. Haut tief beleidigt ab, statt mich um Entschuldigung zu bitten und darum, daß ich ihn behalte. Er ist natürlich zu stolz dazu, weil er mal einen reichen Vater hatte.«

Haller war nicht zu Wort gekommen. Er erschrak, als er vernahm, welche Unannehmlichkeiten dem Retter seiner Tochter erwachsen waren. Bewunderung für den jungen Mann, der seine rettende Tat verschwiegen hatte, trotz der ungerechten Beschuldigungen, erfüllte Haller. Sein Interesse an Werner Strasser nahm zu.

»Sie haben Herrn Strasser entlassen, weil er Ihnen Ihr Auto nicht abgeliefert hat? Sonst liegt nichts gegen ihn vor?« fragte er.

»Ist das etwa nicht genug?«

»Ich möchte nur wissen, ob das der einzige Grund für seine Entlassung war?«

Brummig mußte Herr Dalheim zugeben, daß Strasser sonst seine Pflicht erfüllt hätte, nur immer gleich empfindlich gewesen sei, wenn man mal in der Hitze des Gefechts ein Wort zuviel sagte.

Darauf berichtete Haller kurz und sachlich, wie es dazu gekommen war, daß Werner Strasser den Wagen nicht zurückgebracht hatte. Zum Schluß fragte er den ziemlich verblüfften Dalheim:

»Was kostet das Auto? Ich bezahle es Ihnen selbstverständlich sofort.«

Dalheim witterte ein gutes Geschäft, und kurzentschlossen forderte er für das alte, kaum noch verwendbare Auto den Preis, den es neu gekostet hatte. Ohne mit der Wimper zu zucken, händigte Haller ihm einen Scheck über diese Summe aus und sagte mit einem feinen Lächeln: »Ich hoffe, Sie tragen es nun Herrn Strasser nicht mehr nach, daß er, um Menschenleben zu retten, Ihr Eigentum im Stich gelassen hat.«

Ohne die geringste Verlegenheit nahm Dalheim den Scheck. Aber er beeilte sich, wenigstens zu versichern:

»Natürlich nicht, Mr. Haller! Ich habe Ihnen ja gleich gesagt, er ist ein ausgezeichneter junger Mann, nur sehr empfindlich. Meinetwegen soll er seine Stellung wiederbekommen, man ist ja kein Unmensch. Ich werde es ihm gleich mitteilen.«

Haller sah den »Ehrenmann« mit einem seltsamen Blick an.

»Bitte, wollen Sie es mir überlassen, das Herrn Strasser mitzuteilen. Ich werde mich mit ihm in Verbindung setzen.«

»Wie Sie wünschen, Mr. Haller! Bitte sagen Sie ihm, daß ich ihm nichts nachtragen und ihn wieder einstellen werde. Gestern abend ist der Gaul mit mir durchgegangen. Ich werde froh sein, wenn ich ihn wieder bei mir habe, denn er ist ein selten verläßlicher Mann.«

Mit einem unbeschreiblichen Ausdruck im Gesicht nahm Haller seinen Hut, nachdem er sich Werners Adresse notiert hatte, und ging.

Jedenfalls hatte das, was er über Werner gehört, einen sehr guten Eindruck auf ihn gemacht.

Eigentlich wollte er gleich zu Werner Strasser gehen, doch er überlegte, daß es dem jungen Mann vielleicht unangenehm sein könnte, wenn er ihn in seinem sicher sehr bescheidenen Logis aufsuchte. So entschloß er sich, ins Hotel zurückzukehren und von dort an Werner Strasser zu schreiben.

Wie fast jeden Tag fand er auf seinem Schreibtisch einen Stoß Post vor. Er hatte jetzt mehr Post zu erledigen als früher, weil er alles selbst machen mußte; denn seinem früheren Sekretär hatte er einen guten Posten in seinem Aktienunternehmen verschafft. Doch nun sah er ein, daß er ohne einen Sekretär auf die Dauer nicht auskommen würde. Es war ihm zwar unangenehm, sich an einen neuen Menschen zu gewöhnen, aber er würde wohl in den sauren Apfel beißen müssen.

Energisch schob er die aufgestapelte Post beiseite und setzte sich hin, um an Werner Strasser zu schreiben.

Sehr geehrter Herr!

Gern hätte ich Sie heute persönlich aufgesucht, um Ihnen herzlich zu danken, daß Sie meiner Tochter und meiner Hausdame zu Hilfe gekommen sind. Ich sehe in Ihnen den Lebensretter meines einzigen Kindes. Da ich nicht weiß, ob Ihnen mein Besuch angenehm ist, frage ich an, ob ich kommen darf oder ob Sie mich lieber im Hotel aufsuchen wollen. Ich muß Sie unbedingt sprechen, weil ich auch noch eine Nachricht für Sie habe. Bitte sagen Sie dem Überbringer dieses Briefes, wie Sie es halten wollen.

Auch meine Tochter, die sehr betrübt war, daß Sie sich so schnell entfernt hatten, möchte Ihnen danken. Ich lasse keine Absage gelten, das sage ich Ihnen mit aller Entschiedenheit. Kommen Sie nicht zu mir, so suche ich Sie auf.

Ihr von Herzen dankbarer

Gerhard Haller

Diesen Brief ließ er sofort durch einen Expreßboten befördern. Dann suchte er seine Tochter auf, die mit Miß Kruse im Salon war, und berichtete ihr alles.

In Daisys Gesicht stieg eine dunkle Röte, als ihr der Vater das Gespräch mit Dalheim fast wörtlich wiederholte.

»Wie peinlich, Vater, daß Herr Strasser so bitter dafür büßen mußte, daß er uns zu Hilfe kam! Welch seltsamer Mensch er ist, daß er all das über sich ergehen ließ, ohne sich nur mit einem Wort zu rechtfertigen.«

»Ja, das zeigt ihn von einer sehr für ihn einnehmenden Seite. Seine Gesinnung schien diesem Herrn Dalheim unangenehm zu sein, was mich nicht wundernimmt, da er von Vornehmheit keine Ahnung hat. Ein recht unangenehmer Mann, muß ich sagen.«

»Wie sollen wir das nur alles wiedergutmachen, Vater? Es geht doch nicht an, daß er für seine edle Tat einen so schlechten Lohn erhält.«

»Sei beruhigt, Daisy, ich werde schon einen Weg finden, ihn vor Schaden zu bewahren. Irgendwie muß ihm doch beizukommen sein, wenn er auch noch so empfindlich ist. Ich hoffe, ihm mit der nötigen Diplomatie zu begegnen. Überlaß das nur mir, mein Kind. Dieser Mann hat mir den größten Dienst geleistet, und ich bin noch nie einem Menschen etwas schuldig geblieben.«

Miß Kruse hatte mit glänzenden Augen zugehört und sagte nun aufseufzend:

»Ob ich ihm vielleicht ein Kissen sticke? Wenn er so empfindlich ist, dann nimmt er es mir vielleicht übel, wenn ich ihm ein Zigarettenetui schenke.«

Daisy fiel der alten Dame um den Hals.

»Laß ihn nur erst hier sein, Kruselein, dann werde ich schon diplomatisch herausbringen, was ihm lieber ist.«

Damit war Miß Kruse einverstanden.

*

Werner Strasser war zu Hause, als Hallers Bote bei ihm eintraf. Mit seltsamen Gefühlen las er den Brief und reichte ihn dann Marlies.

»Lies das, Marlies, und sage mir, was ich tun soll.«

Als Marlies gelesen hatte, sah sie mit großen Augen zu ihm auf.

»Du mußt natürlich zu ihm gehen, Werner. Hier können wir ihn nicht empfangen, zumal seine Tochter ihn sicherlich begleiten würde, um dir ebenfalls zu danken.«

Er runzelte die Stirn.

»Es bedarf doch keines Dankes für eine so selbstverständliche Sache. Das ist mir peinlich, Marlies.«

»Aber Werner, bedenke doch, wie peinlich es erst Mr. Haller und seiner Tochter sein muß, daß sie dir ihren Dank noch nicht abstatten konnten. Du willst sie doch nicht mit diesem beschämenden Gefühl herumlaufen lassen.«

»Von dieser Seite habe ich es noch gar nicht gesehen. Also gut, ich werde Mr. Haller aufsuchen. Unangenehm ist mir nur, daß ich mir große Dankesreden gefallen lassen muß. Hoffentlich machen sie es kurz und schmerzlos.«

»Außerdem schreibt er, daß er eine Nachricht für dich habe.«

»Richtig, vielleicht hat er mir etwas über das verschwundene Auto mitzuteilen. Er ist sicher schon auf der Polizeistation gewesen. Sollte es gefunden worden sein, würde mir ein Stein vom Herzen fallen.«

Und so beantwortete Werner Hallers Brief:

Sehr geehrter Mr. Haller!

Für Ihr Schreiben danke ich ergebenst. Ich bitte Sie sehr, nicht mehr darüber zu reden, daß ich Ihnen, oder vielmehr Ihrem Fräulein Tochter, einen kleinen Dienst erweisen konnte. Jeder andere, der zufällig des Weges gekommen wäre, hätte das auch getan. Das bedarf keines Dankes. Da es mir aber widerstrebt, Ihren Wunsch, mich zu sprechen, nicht zu erfüllen, werde ich mir erlauben, morgen vormittag gegen 11 Uhr bei Ihnen vorzusprechen. Ich hoffe, mich bei dieser Gelegenheit davon überzeugen zu können, daß Miß Haller keine Folgen der großen Aufregung mehr verspürt. Sollte Ihnen diese Zeit nicht genehm sein, so bitte ich Sie, eine andere zu bestimmen.

Mit ergebenster Empfehlung

Ihr Werner Strasser

Als er den Boten mit dem Brief weggeschickt hatte, überkam Werner doch eine leise Erregung. Er sollte Daisy Haller wiedersehen!

Marlies merkte, daß er nicht so ruhig war, wie er scheinen wollte, aber sie verlor kein Wort darüber. Ganz heimlich regte sich bei ihr der Wunsch, daß dieser Mr. Haller Werner helfen könne. Das hätte Sie aber nicht auszusprechen gewagt; sie wußte, Werner wäre außer sich gewesen.

Am nächsten Morgen machte sich Werner also auf den Weg zum Hotel. Als er dort nach Mr. Haller fragte, wurde ihm gesagt, daß dieser ihn bereits erwarte.

Der Lift brachte ihn in die erste Etage, und gleich darauf stand er im Salon Haller gegenüber.

Lebhaft kam ihm der alte Herr entgegen und faßte seine Hände. So standen sie sich eine Weile wortlos gegenüber, Hand in Hand, Auge in Auge. In Werners Gesicht stieg unter Hallers eindringlichem Blick helle Röte.

Endlich sagte der alte Herr mit warmer Herzlichkeit:

»Sie möchten nicht, daß ich mich bei Ihnen bedanke, doch ich kann mich unmöglich daran halten, Herr Strasser. Meine Tochter bedeutet mir so viel, daß mich jedes Ungemach, das sie treffen könnte, zehnfach trifft. Sie haben sie durch Ihre Hilfe vor Schlimmem bewahrt, wahrscheinlich sogar ihr das Leben gerettet – und dafür soll ich Ihnen nicht einmal danken dürfen?«

»Es freut mich, Mr. Haller, daß es mir vergönnt war, Ihnen großes Leid zu ersparen«, antwortete Werner. »Doch meine Hilfe war selbstverständlich. Jeder andere Mann hätte genauso gehandelt.«

»Sie müssen mir schon gestatten, das zu bezweifeln. Nicht jeder hätte das getan. Es war immerhin ein Wagnis für Sie, es hätte auch schlimm ausgehen können, als Sie auf den schleudernden Wagen sprangen.«

Werner lächelte. »Ich habe schon ganz andere Kunststückchen vollbringen müssen, Mr. Haller.«

»Das mag sein. Aber nicht jeder hätte die Geschicklichkeit besessen, hätte vielleicht auch nicht über die nötigen Kenntnisse verfügt. Noch weniger hätte jeder andere sein Auto im Stich gelassen, um meiner Tochter zu Hilfe zu kommen.«

Werner rang mit seiner Verlegenheit. »Ich bitte trotzdem sehr darum, Mr. Haller, nicht so viel Aufhebens davon zu machen. Ich hätte auch anderen Menschen in Not geholfen.«

Mit jedem Wort fand Haller größeres Wohlgefallen an dem jungen Mann. Seine geschärfte Menschenkenntnis verriet ihm, daß er hier einem Menschen mit wirklich vornehmer Gesinnung gegenüberstand, dessen Tatkraft und Tüchtigkeit ungewöhnlich erschienen. Es reizte ihn, diesen Mann noch besser kennenzulernen. Er sagte daher scheinbar harmlos:

»Lassen Sie uns erst einmal Platz nehmen. Hier sind Zigarren und Zigaretten, es wäre mir ein Vergnügen, ein wenig mit Ihnen zu plaudern. Hoffentlich haben Sie Zeit?«

»Ich stehe zu Ihrer Verfügung.«

Die Herren zündeten sich eine Zigarette an, und dann fragte Haller so nebenbei:

»Ich hoffe, Sie hatten wenigstens keine Unannehmlichkeiten dadurch gehabt, daß Sie Ihre Zeit versäumten und das Auto im Stich lassen mußten?«

»Ich denke, sie werden es noch finden. Sicher haben es die Verbrecher genommen. Im übrigen ist das Auto schon sehr alt, es waren dauernd Reparaturen nötig. Gerade hatte ich wieder eine Panne, als mich der auf Ihren Chauffeur abgefeuerte Schuß und die Hilferufe der alten Dame aufscheuchten.«

Es blitzte in Hallers Augen auf. Er hatte daran denken müssen, welchen Preis Dalheim für den alten Wagen gefordert hatte. Und nun die Aussage dieses jungen Mannes!

»Sie haben das Auto selbst repariert? Verstehen Sie etwas davon?«

»Ich bin gelernter Ingenieur, und wenn ich auch mein Studium kurz vor dem Abschluß aufgeben mußte, so wäre es doch schlimm, wenn ich nicht so viel gelernt hätte, daß ich solche Reparaturen ausführen kann.«

»Darf ich fragen, welcher Art die Stellung ist, die Sie bekleiden? Es wundert mich, daß Sie Reparaturen ausführen müssen.«

»Es gehört sicher nicht zu dem, was meine Stellung vorschrieb – aber danach fragte mein Chef nicht.«

Und er berichtete, was er im Hause Dalheim zu leisten gehabt hatte, ohne zu verraten, daß er entlassen worden war. Als er mit seinem Bericht fertig war, sagte der alte Herr:

»Mir scheint, Sie sind da nicht in einer Ihren Kenntnissen und Fähigkeiten entsprechenden Stellung, Herr Strasser.«

»Und doch war ich froh, diese Stellung zu erhalten, als ich vor dem Nichts stand. Man darf nicht wählerisch sein, weil es heutzutage keine großen Wahlmöglichkeiten gibt.«

Eine Weile sah der alte Herr stumm in Werners Gesicht.

Dann nahm er plötzlich, über den Tisch greifend, seine Hand und sagte bewegt:

»Und trotzdem haben Sie sich ohne weiteres rausschmeißen lassen, ohne auch nur ein Wort zu Ihrer Verteidigung zu sagen?«

»Mr. Haller!« rief Werner fast abweisend.

»Nein, nein, weisen Sie mich nicht stolz zurück, weil ich mich in Ihre Angelegenheiten mische, die mich anscheinend nichts angehen. Doch irgendwie gehen sie mich schon etwas an. Sie haben Ihre Stelle, die Ihnen immerhin wertvoll war, verloren. Ich will offen sein: Gestern vormittag suchte ich Sie in Ihrer Firma, und da ich Sie dort nicht fand, sprach ich mit Herrn Dalheim selbst. Er war erst sehr schlecht auf Sie zu sprechen, aber nachdem ich ihm das Auto bezahlt hatte, wurde er menschlicher. Übrigens hat er sich den Wagen so bezahlen lassen, als sei er ganz neu gewesen.«

»Das ist unerhört, er war noch nicht einmal den fünften Teil mehr wert!«

»Nun, lassen wir das! Ich habe Dalheim richtig eingeschätzt und wußte, daß er ein Bombengeschäft machen wollte. Ich hielt es außerdem für meine Pflicht, ihm mitzuteilen, weshalb Sie das Auto stehenließen. Kurzum, er läßt Ihnen ausrichten, daß Ihnen die Stelle bei ihm wieder offensteht. Er bequemte sich auch, einzugestehen, daß er Sie ungern verlieren würde, da Sie sehr zuverlässig seien, er habe übereilt gehandelt. Ich erbot mich, Ihnen mitzuteilen, daß Ihrer Weiterarbeit nichts im Wege steht.«

Werner konnte sich sehr gut ausmalen, wie Dalheim über ihn hergezogen war und daß er erst andere Saiten aufgezogen hatte, als Haller ihm den Wucherpreis bezahlt hatte.

»Ich danke Ihnen für diese Nachricht, Mr. Haller. So froh

es mich auch machen sollte, daß ich diese Stelle wieder annehmen könnte – ich kann nicht. Dalheim hat mich verdächtigt, sein Eigentum veruntreut zu haben. Schon oft hat er mich bis an die Grenzen des Erträglichen gedemütigt. Was er mir vorgestern abend sagte, macht es mir völlig unmöglich, zu ihm zurückzugehen. Würde er mich noch einmal in dieser Weise beleidigen, könnte ich nicht für mich garantieren.«

Wieder sah der alte Herr in Werners Gesicht. Dann nickte er aufatmend.

»Recht haben Sie, das gefällt mir. Überhaupt gefallen Sie mir sehr. Dalheim ist ein großer Tor, daß er einen Mann wie Sie nicht mit allen Mitteln zu halten versucht. Ganz offen: Drüben in Amerika kämen Sie mit Ihren Grundsätzen nicht weit – drüben hätte ich Sie wahrscheinlich auch einen Toren genannt. Aber seit ich wieder in der alten deutschen Heimat weile, ist das deutsche Blut in mir rebellisch geworden. Ich freue mich sehr, daß mir in Ihnen ein echter deutscher Mann begegnet, dem die Ehre über alles geht. Aber nun wieder zu realen Dingen: Mir ist klar, daß Sie um Ihre Stellung gekommen sind, weil Sie meiner Tochter beigestanden haben. Und das bringt mich noch tiefer in Ihre Schuld. Indes ...«

Er konnte nicht weitersprechen, denn Daisy trat in den Salon.

»Erst jetzt höre ich, Vater, daß mein Retter bei dir ist. Verzeih, wenn ich störe, aber ich darf keine Minute länger warten, ihm zu danken.«

Sie reichte Werner mit einem Aufleuchten ihrer schönen braunen Augen die Hand.

»Sie sind uns vorgestern davongelaufen. Als ich meinen Vater herbeigeholt hatte, um ihn zu bitten, Ihnen auch seine

Dankbarkeit zu bezeugen, waren Sie spurlos verschwunden. Das machte mich sehr traurig. Es war wirklich nicht richtig von Ihnen, daß Sie uns mit so vollem Herzen zurückließen.«

»Soeben habe ich schon Ihrem Herrn Vater gesagt, daß zuviel Aufhebens um eine selbstverständliche Sache gemacht wird.«

»Sie irren sehr! Mein Leben, meine Gesundheit – mein Schmuck, den Sie mir auch erhielten, nicht zu vergessen – meine Begleiter, denen Sie auch das Leben retteten –, dies alles sind so kostbare Dinge, daß sie unseres Dankes bedürfen.«

»Wenn Sie mich doch nicht so sehr beschämen wollten«, sagte Werner verlegen, ohne seine Augen von ihrem reizenden Gesicht abwenden zu können.

Wie anders war dieser Mann als alle andern Männer, die sie kannte! Seine stolze Bescheidenheit erschien ihr wie ein Wunder. Sie sah seine Verlegenheit, und das machte sie, die selbstsichere Amerikanerin, selbst ganz verlegen. Ein tiefer Atemzug hob ihre Brust, dann sagte sie tiefbewegt:

»Sie beschämen? O nein, das will ich um keinen Preis! Und wenn ich nicht mehr von meinem Dank sprechen darf, so müssen Sie mir gestatten, ihn irgendwie durch die Tat zu beweisen. Mögen Sie das, was Sie für uns getan haben, auch gering einschätzen, für uns war es viel. Alles, was ich von meinem Vater über Sie gehört habe, erfüllt mich mit Bewunderung. Das müssen Sie sich schon von mir sagen lassen.«

Diese Worte klangen so mädchenhaft und waren so tief empfunden, daß Werner sich davon ergriffen fühlte.

»Es ist aber absolut nichts an mir zu bewundern, gnädiges Fräulein, ich tat nichts als meine Menschenpflicht.«

Sie seufzte leise. »Ich sehe schon, daß ich schweigen muß,

aber warten Sie, bis Miß Kruse erscheint, ihrem Dank können Sie nicht entgehen«, sagte sie mit einem Lächeln.

Er blickte um sich, als suche er einen Weg zur Flucht, da sagte Haller:

»Ich rate dir gut, Daisy, beeinflusse Miß Kruse, daß sie ihren Gefühlen Zwang antut, wir schlagen sonst Herrn Strasser in die Flucht. Ich möchte mich noch öfter an seiner Gesellschaft erfreuen.«

Daisy strahlte ihren Vater an, dann reichte sie Werner impulsiv die Hand. »Ich verspreche es. Ich werde Miß Kruse dringend abraten, Ihnen eine Handarbeit mit den gestickten Worten: ›Meinem Lebensretter in Dankbarkeit‹ anzufertigen. Sonst laufen Sie uns vielleicht davon.«

Werner lachte herzlich, dann erkundigte er sich sehr interessiert, ob Haller nicht irgendwelche Mutmaßungen hätte, wie die Räuber auf ihre Spur gekommen seien.

»Sicher handelte es sich um ein vorbereitetes Verbrechen«, sagte er.

Haller stimmte ihm bei, konnte aber, ebensowenig wie Daisy, irgendeine Vermutung aussprechen.

Als Daisy sich dann entfernte, um Miß Kruse zu holen, sagte Werner ernst zu dem alten Herrn:

»Wenn die Räuber nicht dingfest gemacht werden, würde ich Ihnen größte Vorsicht anraten, Mr. Haller. Es ist möglich, daß sie noch auf eine andere Weise versuchen werden, zu ihrem Ziel zu kommen.«

»Das will ich nicht hoffen, aber selbstverständlich werde ich alles tun, um einen neuen Überfall zu verhindern.«

»Es wäre vielleicht gut, wenn Sie einen Detektiv engagierten.«

Haller horchte auf. Er hatte sich schon die ganze Zeit überlegt, wie er es anfangen könnte, dem jungen Mann seine Dankbarkeit zu beweisen, ohne ihn zu beschämen. Plötzlich kam ihm ein Einfall. Er wehrte hastig ab:

»Um Himmels willen, nicht so einen bezahlten Schnüffler, Herr Strasser! Diese Leute verfügen selten über den nötigen Takt, sie sind oft mehr lästig als nützlich. Aber mir kommt da ein Gedanke: Ich schäme mich seiner freilich schon im voraus. Doch erst noch etwas anderes: Würden Sie uns vielleicht einen Rat geben, wie wir am besten zu einem zuverlässigen Fahrer kommen, für die Zeit, während unser Miller im Krankenhaus liegt? Sie haben vielleicht Verbindungen.«

Werner dachte nach. Am liebsten hätte er sich selbst für diese Stelle vorgeschlagen, denn ihm mußte jede Gelegenheit, Geld zu verdienen, recht sein. Aber er wagte es nicht. Es hätte so aussehen können, als wolle er sich damit eine Belohnung erbitten.

»Chauffeure können Sie natürlich in Büros nachgewiesen bekommen, Mr. Haller, aber ob einem dort ein zuverlässiger empfohlen wird, kann man vorher nie wissen.«

»Ganz recht, darüber bin ich auch in Sorge. Wir würden uns dann doch vorläufig lieber ohne einen Chauffeur behelfen. Da Sie Ihre Stellung bei Dalheim doch nicht wieder antreten wollen und momentan frei sind, kommt mir eine Erleuchtung: Eine so zuverlässige und sympathische Persönlichkeit wie Sie finde ich so bald nicht wieder. Ich habe das Gefühl, daß ich Ihnen meine Tochter beruhigt anvertrauen könnte. Mein Auto ist zur Stelle – bitte, willigen Sie ein, Herr Strasser, bei uns als Fahrer auszuhelfen.«

Werner vermochte nicht gleich zu antworten, die Kehle war ihm vor Erregung wie zugeschnürt. Dieses Angebot Hallers reizte ihn, nicht nur weil es ihm eine Gelegenheit bot,

Geld zu verdienen, sondern auch weil er vielleicht auf Wochen hinaus täglich mit Daisy Haller zusammensein konnte.

Endlich sagte er, heiser vor Aufregung:

»Mr. Haller, dies Anerbieten ist sehr verlockend für mich. Ich würde ohne Bedenken jede Möglichkeit annehmen, Geld zu verdienen. Es würde mir außerdem ein großes Vergnügen sein, Ihr Fräulein Tochter zu fahren, selbst wenn ich es nicht bezahlt bekäme. Ungern nehme ich ein Gehalt dafür an – aber ich bin leider darauf angewiesen.«

»Sie tun uns lediglich einen großen Gefallen, Herr Strasser, und ohne Bezahlung kann ich Ihre Dienste nicht annehmen. Machen wir also gleich ein festes Gehalt aus – ich zahle Ihnen tausend Mark im Monat.«

»Das ist zuviel, Mr. Haller! Wenn ich ein so hohes Gehalt von Ihnen bekäme, sähe das aus, als nähme ich eine Belohnung an.«

»Herr Strasser, Sie sind wirklich unerlaubt bescheiden. Es fällt mir nicht ein, Ihnen eine Belohnung aufzudrängen, gegen die Sie sich zur Wehr setzen. Meinen Sie vielleicht, ich würde Ihnen eine solche Kleinigkeit anzubieten wagen? Aber wenn es Ihnen zu wenig ist, uns den Chauffeur zu ersetzen, so hätte ich auch noch mehr Arbeit für Sie. Ich komme nämlich schlecht ohne meinen Sekretär aus, den ich in Amerika zurückgelassen habe wegen meiner Unternehmungen. Könnten Sie mir vorläufig ein wenig zur Hand gehen, wenn wir gerade nicht mit dem Wagen unterwegs sind? Sie sind ein studierter Mann und besitzen die nötige Bildung. Mit der Schreibmaschine verstehen Sie am Ende auch umzugehen?«

So kam Haller, ohne Werner zu verletzen, seinem Ziel näher, diesen ungewöhnlichen Mann an sich zu fesseln.

»Ja«, erwiderte Werner ganz benommen, »ich schreibe ganz geläufig.«

»Na also! Bei Ihrer Intelligenz werden Sie mir eine tüchtige Hilfe sein, ganz davon abgesehen, daß ich Sie dann auch immer zu unserm Schutz in der Nähe weiß, falls sich die Räuber doch noch einmal an uns heranwagen sollten. Sind Sie zufrieden – nutze ich Sie nun genug – ganz nach Dalheimschem System – aus?«

»Mr. Haller – ich – ich ...«

Werner vermochte nicht weiterzureden. Der alte Herr nickte ihm lächelnd zu.

»Sie sind empört, daß ich Sie so gründlich ausnutze! Aber was wollen Sie, ich bin ein Geschäftsmann, und drüben lernt man dergleichen. Sie haben es nicht anders gewollt. Also schlagen Sie ein, vielleicht arbeiten Sie sich so gut ein, daß ich Sie bitten werde, den Sekretärsposten bei mir für immer anzunehmen. Ich hätte gern auf unserer Reise eine energische Person um mich. Wir befinden uns nämlich auf einer Reise um die Welt. Und ab und zu könnten doch Umstände eintreten, denen man in meinen Jahren nicht mehr so ganz gewachsen ist. Freilich – Sie müßten sich dann entschließen, uns auf der ganzen Reise zu begleiten. Wenn wir uns in Deutschland umgesehen haben, gedenken wir, mit meiner Jacht von Hamburg aus das westliche Europa zu umschiffen. Von Genua aus wollen wir bis Venedig, dann soll es nach Griechenland und Türkei gehen. Allerdings müßte ich erst die Gewähr dafür haben, daß Sie den Posten als mein Sekretär ausfüllen könnten. Wie ist es, hätten Sie Lust, diesen Posten anzunehmen?«

Werner schwindelte der Kopf. Er wurde blaß und rot.

»Ob ich Lust hätte, Mr. Haller? Ich glaube, es gibt keinen normalen jungen Mann, der auf so eine Frage mit nein antworten würde. Eine Reise um die Welt? Wenigen Glücklichen wird das zuteil! Aber ich weiß ja noch nicht, ob ich imstande sein werde, Ihre Ansprüche zu befriedigen. Es wäre viel zu schön, um Wahrheit zu werden.«

Haller war fest entschlossen, Werner Strasser zu engagieren, falls er die nötigen Fähigkeiten besitzen würde, woran er aber nicht zweifelte. Da war eine Gelegenheit, den Retter seiner Tochter zu belohnen – und sich zugleich selbst einen Dienst zu erweisen. Zeigte sich der junge Mann bei näherer Bekanntschaft als geschickt und tüchtig, dann hatte er, Haller, wieder einmal besonderes Glück gehabt.

Werner wagte freilich noch nicht zu glauben, daß er für diesen Posten in Frage kommen könne. Er sagte, sich zur Ruhe zwingend:

»Sie müssen sich über meine Fähigkeiten natürlich erst Klarheit verschaffen. So betrachte ich Ihr Angebot vorerst als unverbindlich. Aber Ihr Anerbieten, Ihnen und Ihrem Fräulein Tochter in jeder Beziehung zu Diensten zu sein, nehme ich mit Freuden an.«

»Es freut mich, daß wir einig geworden sind. Wie steht es mit Ihrer Unabhängigkeit, falls Sie mit uns auf Reisen gingen? Ich meine, halten irgendwelche Familienbande Sie hier fest?«

Werner dachte an Marlies. Die Trennung von ihr würde ihm sehr schwerfallen, und ihr würde es noch viel schwerer werden, allein zurückzubleiben. Aber – wenn er wirklich eine solche Stellung erhielt, konnte er auch etwas für Marlies tun, er konnte ihr das Leben leichter machen.

»Ich bin frei und unabhängig, besitze keine Angehörigen außer meine Schwester und kann Deutschland jederzeit verlassen.«

Die Herren besprachen noch Einzelheiten, dann kam Daisy mit Miß Kruse herüber. Als sie erfuhr, was ihr Vater mit Werner Strasser vereinbart hatte, flog Röte über ihr Gesicht. Aber sie sagte scheinbar ruhig:

»Das ist sehr gut. Zu Ihnen habe ich großes Vertrauen.«

Nun aber kam Miß Kruse zu Wort. Obwohl Daisy sie um Mäßigung gebeten hatte, brachte sie durch ihren Überschwang Werner in arge Verlegenheit. Er konnte sich schließlich nicht anders retten, als sich schnell zu verabschieden. Er hatte schon mit Haller vereinbart, daß er am nächsten Vormittag um 11 Uhr sein Amt antreten sollte.

Gerade als er hinausging, erschien Mary, Daisys Zofe, um ihrer Herrin etwas zu melden. Werner sah in das reizlose, sommersprossige Gesicht, das nicht unsympathisch wirkte, weil ein Paar gutmütige, blaßblaue Augen herausschauten. Es fielen ihm in diesem Gesicht hauptsächlich die Sommersprossen auf.

*

Als Werner Strasser das Hotel verlassen hatte, blieb er erst einmal aufatmend stehen. Hallers Angebot, seine und Daisys herzliche Dankbarkeit, Miß Kruses verworrenes Gestammel und die Hoffnung auf eine dauernde Besserung seiner Lage – dies alles stürmte mit einem Mal auf ihn ein. Als habe sich die Welt plötzlich verändert, schaute er um sich und holte immer wieder tief Atem. Aber dann dachte er an Marlies. Es trieb ihn, ihr das alles mitzuteilen. Aber erst wollte er doch zu Dalheim fahren. Da Haller das Auto bezahlt hatte, war Dalheim nicht mehr berechtigt, ihm sein Gehalt vorzuenthalten. Er wollte es sich abholen.

Dalheim empfing ihn mit einem jovialen Lächeln.

»Na, Strasser, Sie wollen sich wohl zur Arbeit zurückmelden? Hat Mr. Haller Ihnen gesagt, daß Ihnen Ihre Stellung wieder offensteht?«

»Ich habe nicht die Absicht, die Stellung in Ihrer Firma wieder anzunehmen. Die Verdächtigungen, die Sie gegen mich aussprachen, machen es mir unmöglich.«

»Ich war wütend und habe meine Worte nicht auf die Goldwaage gelegt. Es muß Ihnen doch genug sein, daß ich Ihnen die Stellung wieder anbiete.«

»Ich verzichte.«

Dalheim wußte sehr wohl, daß er Werner nicht mehr einschüchtern konnte.

»Was wollen Sie dann noch hier? Halten Sie mich doch nicht länger auf!«

»Ich bin gekommen, mein Gehalt und ein Zeugnis abzuholen. Da Ihnen Mr. Haller das Auto bezahlt hat, sind Sie nicht berechtigt, mir mein Gehalt vorzuenthalten.«

Mit wütender Gebärde nahm Dalheim zwei Hundertmarkscheine und legte sie vor Werner hin. Wenn dieser das Geld nicht dringend gebraucht hätte, wäre es sicher Dalheim vor die Füße geflogen. Vor sich hin brummend, schrieb Dalheim nun ein Zeugnis für Werner. Dieser las es aufmerksam durch. Jedenfalls bekam Werner das Zeugnis ausgestellt, das er verdiente.

Erregt berichtete Werner nachher Marlies, was er mit Haller und seiner Tochter besprochen und was er sonst alles erlebt hatte. Sie fiel ihm jubelnd um den Hals.

»Werner, ach Werner, gib acht, jetzt kommt eine Glücksserie, die Pechsträhne hat ein Ende! Ich fühle es, jetzt wird alles besser! Tausend Mark in einem Monat – und auch noch die Aussicht auf eine herrliche Anstellung, wie du sie nicht einmal als Ingenieur bekommen könntest!«

»Aber auch die Aussicht auf eine eventuelle Trennung von dir, Marlies«, sagte Werner und zog die Schwester in seine Arme.

Sie sah etwas ängstlich zu ihm auf, erwiderte aber tapfer:

»Daran dürfen wir nicht denken, Werner. Wenn du wirklich die Stellung als Sekretär und Reisebegleiter bei Mr. Haller bekommst, ist das ein großes Glück für dich.«

»Du hast recht, Marlies. Ich könnte endlich Geld sparen, um später mein Studium zu beenden. Nur ein Jahr so eine Stellung, dann hätte ich genug. Herrgott, Marlies, das sieht wirklich schon nach einer Glückssträhne aus! Du, heute sind wir mal leichtsinnig, heute abend führe ich dich ins Theater. Und an eine mögliche Trennung wollen wir noch nicht denken. Käme es aber dazu, dann mußt du tapfer sein. Du sollst es auch besser haben, ich werde dir einen Teil von deinen Sorgen abnehmen, um dein Leben etwas erträglicher zu gestalten. Nur noch keine Pläne machen, noch nicht fest daran glauben – die Enttäuschung wäre dann zu groß.«

Er sah versonnen vor sich hin und dachte daran, daß er jeden Tag mit Daisy Haller zusammensein würde. Wie entzückend sie ausgesehen hatte mit ihrem Lächeln, und wie sie Miß Kruses begeistertes Dankesgestammel gedämpft hatte!

Er fuhr sich über die Stirn. Marlies nahm ihre Stickerei und setzte sich dem Bruder gegenüber an das Fenster, um zu arbeiten.

Aber Werner fuhr auf und nahm ihr die Stickerei fort. »Laß das heute, Marlies, heute ist ein Feiertag für uns. Wir gehen nachher spazieren, ich führe dich in eine Konditorei.

Und abends geht es ins Theater. Unsere Glückssträhne muß doch entsprechend eingeleitet werden.«

Das geschah dann auch. Nach dem Theater gingen sie in ein gutes Restaurant zum Abendessen.

Am nächsten Morgen meldete sich Werner im Hotel pünktlich um 11 Uhr zur Stelle. Haller hatte bereits Weisung gegeben, daß das Auto gewaschen wurde. Werner begab sich zur Garage und setzte sich mit großem Vergnügen an das Steuer des schönen Wagens.

Als er vor dem Portal des Hotels hielt, kam Haller mit seiner Tochter und Miß Kruse heraus. Daisy trug ein elegantes Kostüm und sah darin entzückend aus, elegant und schick.

»Wir möchten uns Berlin ein wenig ansehen, Herr Strasser«, sagte Haller freundlich.

Er half Miß Kruse einsteigen und dann Daisy, die neben Werner Platz nahm.

Ihm wurde dabei ein wenig warm. Ein leiser feiner Duft stieg zu ihm auf, und er erinnerte sich, daß ihm dieser Duft schon einmal an ihr aufgefallen war. Er konnte es nicht verhindern, daß sein Herz rebellisch zu klopfen begann.

Daisy klopfte das Herz nicht minder heftig.

Haller und seine Tochter merkten sehr wohl, wie sicher und ruhig Werner den Wagen steuerte. Nur wenige Worte konnte Daisy mit ihm wechseln, die Fahrt durch die belebten Straßen forderte ungeteilte Aufmerksamkeit. Daisy sah, daß zuweilen Werners Gesichtsmuskeln spielten, aber seine Hand hielt das Steuer fest und ruhig. Ein eigenartiges Gefühl beschlich Daisy. So sicher und wohlgeborgen kam sie sich an Werners Seite vor, als könne ihr da keine Gefahr drohen.

Zum ersten Mal in ihrem Leben fühlte sie etwas Derartiges

für einen Mann. Wohl hatte sie zuweilen einen kleinen Flirt gehabt, viele hatten versucht, Daisy Haller zu erobern, und dieser und jener hatte ihr wohl auch ein flüchtiges Wohlgefallen eingeflößt, aber immer war der Grundzug ihres Wesens aller Welt gegenüber eine kühle Reserve gewesen. Jetzt zum ersten Mal wollte ihr diese abhanden kommen, einem Mann gegenüber, den sie erst seit einigen Tagen kannte – und der nur ein Angestellter war. Wenn sie sich auch oft hinter eine spöttische Überlegenheit flüchten wollte, die süße Unruhe, die sie überkam, wieder und wieder, wollte nicht weichen. Und schließlich gab sie ihr Sträuben auf. War der Mann neben ihr nicht ihr Lebensretter? Hatte er nicht bewiesen, daß er einen vornehmen Charakter besaß, der ihre Bewunderung verdiente? Was waren alle andern Männer, die sie kannte, gegen ihn, wenn sie sich auch einer bevorzugten Lebensstellung erfreuten. Ein Mann wie er stand über ihnen, was Charakter und Geisteshaltung betraf.

Und Werner? Er hatte bisher wenig Zeit gehabt, sich um Frauen zu kümmern. Sein Studium und die Sorgen der letzten Jahre hatten ihn gehindert, auf Liebeleien einzugehen. So war es kein Wunder, daß die schöne Deutschamerikanerin Daisy, die ihm so herzlich begegnete, einen tiefen Eindruck auf ihn machte, zumal die Umstände ihrer Bekanntschaft romantisch waren.

Werner Strasser war an diesem Tag zumute, als scheine die Sonne wärmer und heller und als sei das Leben mit einem Mal wieder besonders lebenswert.

Als sie nach dieser ersten Ausfahrt zum Hotel zurückgekehrt waren, forderte Haller Werner auf, mit ihnen das Dinner im Hotel einzunehmen.

»Nach Tisch können Sie mir dann bei der Erledigung meiner Korrespondenzen ein wenig helfen. Und nach dem Tee fahren Sie mich bitte zu einer Konferenz.«

»In diesem Aufzug kann ich doch nicht mit Damen zu Tisch gehen, Mr. Haller.«

Der alte Herr sah ihn lächelnd an.

»Ich finde nichts daran auszusetzen, aber wir haben noch eine gute Stunde Zeit bis zum Dinner. Also fahren Sie mit meinem Wagen in Ihre Wohnung, und holen Sie Ihre Sachen. Ich werde Ihnen hier im Hotel ein Zimmer anweisen lassen, in dem Sie sich jederzeit umziehen können. Ich beabsichtige, Sie sehr oft mit Beschlag zu belegen; denn Sie könnten mir viel helfen. Nun nutze ich Sie aus – dafür bin ich trotz meiner deutschen Abstammung doch zu sehr Amerikaner geworden.«

Durch solche scherzhaften Worte suchte Haller erneut zu verschleiern, daß er Werner möglichst viel Gutes tun wollte. Im übrigen wurde er ihm stets sympathischer.

Werner hätte am liebsten freudig aufgelacht. Das Glück wollte er mit allen Sinnen auskosten. Haller war es sicher eine Kleinigkeit, ihm ein Zimmer im Hotel zu mieten. So fuhr er in dem Auto nach Hause und packte mit Marlies' Hilfe schnell alles Nötige in einen Koffer. Wie froh war er, daß er seine Garderobe aus besseren Tagen gut verwahrt hatte. So konnte er sich wenigstens anständig kleiden, wenn es auch nicht der letzte Modeschrei war.

»Du siehst ja doch in allen Sachen vornehm und gediegen aus, Werner. Brauchst dich nicht zu genieren, daß sie nicht nach der neuesten Mode sind«, sagte Marlies, glückstrahlend, daß der Bruder aus der Misere des Alltags herauskam. »Ein Mann ist übrigens immer gut angezogen, wenn er *nicht* wie aus dem letzten Modejournal geschnitten aussieht.«

»In den Verdacht werde ich allerdings nicht kommen, aber Mr. Haller weiß ja, daß ich kein Krösus bin. Ich bin schon zufrieden, daß ich noch meinen Abendanzug habe. Ich habe ihn in den letzten Jahren ja schonen können, da ich nie in Verlegenheit kam, ihn zu tragen.«

Werner fuhr zum Hotel zurück, zog sich schnell um in dem Zimmer, in das ihn der Kammerdiener des Amerikaners führte, und meldete sich dann bei Haller.

Dieser sah wohlgefällig auf den schlanken, gut gewachsenen Mann.

Daisy hat recht, er ist ein Gentleman, innen und außen, dachte er bei sich.

Und die beiden Herren gingen mit den Damen zu Tisch. Werner kam sich vor wie in einem Märchen, als müsse er jeden Augenblick in die öde Wirklichkeit zurückkehren. Er saß an einem gutgedeckten Tisch, ihm gegenüber die schöne junge Daisy, die in einer Toilette aus lavendelblauem Seidenstoff wie eine Märchenfee aussah. Ihr kastanienbraunes Haar, auf dem ein rötlicher Glanz lag, umgab in reizvoller Frisur ihr lebenssprühendes Gesicht. Wie lieb sie zu der alten Dame war, wie zärtlich sie zuweilen zu dem Vater hinübersah, und – wie stolz und abweisend sie blicken konnte, wenn ein zudringlicher Blick sie von den Nebentischen streifte. Diese herbe Kühle, mit der sie Fremden begegnete, erhöhte nur den Wert ihres Verhaltens ihm gegenüber.

Wie glücklich und beneidenswert war er, daß er sich durch einen Zufall diese Herzlichkeit verdient hatte, denn nur ein glücklicher Zufall schien es ihm, daß gerade er an jenem Tag im Walde gelegen und Miß Kruses Hilferuf gehört hatte.

Vater und Tochter beobachteten ihrerseits mit Vergnügen Werners tadellose Manieren bei Tisch. Man merkte ihm bei jeder Bewegung den Mann von guter Erziehung an. Miß Kruse sah immer wieder in schwärmerischer Verehrung zu Werner hinüber, wenn sie ihre Gefühle auch nicht mehr auszudrücken wagte, aus Furcht, ihn wieder in die Flucht zu schlagen.

Werner war nun täglich mit Daisy und ihrem Vater zusammen. Jetzt kam er fast nur noch abends nach Hause und erzählte Marlies von Daisy und ihrem Vater und von allem, was mit diesen beiden Menschen zusammenhing.

Marlies blickte zuweilen ein wenig besorgt in des Bruders erregtes Gesicht, in seine leuchtenden Augen. Sie merkte bald, daß Daisy Haller einen tiefen Eindruck auf Werner machte. Und das konnte ja nur eine ganz hoffnungslose Neigung sein. Es machte ihr Sorge, aber sie sprach kein Wort darüber. Ihr war, als müsse sie den Bruder wie einen Nachtwandler behandeln. Ein unvorsichtiges Wort von ihr konnte ihn aus allen Himmeln stürzen. Zu gern hätte sie Daisy einmal gesehen, und eines Tages sagte sie das dem Bruder.

Werner dachte eine Weile nach und erwiderte dann schnell:

»Das wird sich ohne große Schwierigkeiten machen lassen, Marlies, und ich weiß auch schon, wie.«

Sie sah ihn fragend an.

»Wie könnte das geschehen?«

Er beschrieb ihr eine kleine Konditorei.

»Dort nimmst du morgen vormittag eine Erfrischung und setzt dich ans Fenster. Ich werde dann im Auto mit Miß Haller vorbeikommen und unter irgendeinem Vorwand sehr langsam fahren. Dann kannst du sie sehen. Du darfst nur nicht ungeduldig werden, wenn wir nicht pünktlich sind. Miß Haller ist eine sehr verwöhnte junge Dame und hat zuweilen Einfälle, die unsere Abfahrt verzögern.«

»Das macht nichts, ich habe genügend Zeit, bis ich zu Frau Biernuske gehen muß, bis dahin seid ihr sicher vorbeigekommen. Ich freue mich sehr, daß ich die Frau sehen kann, der du das Leben gerettet hast.«

»Aber Marlies, nun rede du wenigstens nicht mehr davon. Miß Kruse macht mich schon ganz nervös damit.«

»Das muß eine drollige alte Dame sein. Vielleicht sehe ich sie morgen ebenfalls, möglicherweise auch Mr. Haller, mit einem Wort: alle, mit denen du jetzt in so nahe Berührung kommst. Mr. Haller fährt doch auch zuweilen schon morgens mit hinaus.«

»Meist hat er am Vormittag Zusammenkünfte mit Geschäftsfreunden von drüben. Du ahnst nicht, wie viele amerikanische Geschäftsleute in Berlin sind. Denke dir, er hat auf seine Jacht mindestens zwanzig Personen eingeladen, die diese Weltreise mitmachen und während der ganzen Reise seine Gäste sind.«

»Er muß sehr reich sein.«

»O ja, und obwohl er sich von den Geschäften zum Teil zurückgezogen hat, tätigt er noch heute Abschlüsse, daß mir der Kopf schwindelt bei all den Zahlen. Es ist für mich ein Glück, daß seine Unternehmen meist mit Maschinenfabriken zu tun haben. So bin ich in der Lage, diese Geschäfte ein wenig zu verstehen, was mir naturgemäß von großem Nutzen ist. So habe ich mich schon recht gut in alles eingearbeitet, was den Posten eines Sekretärs angeht, und wenn ich sehr übermütig bin – dann wird die Hoffnung in mir wach, daß er mich als seinen Sekretär anstellen könnte, zumal er mir mit Nachsicht und Sympathie gegenübersteht.«

»Wir wollen darum beten, Werner, daß deine Hoffnung in Erfüllung geht«, erwiderte Marlies tapfer.

Er zog sie an sich und strich ihr über das Haar. Denn er wußte, wie weh ihr ums Herz war, wenn sie daran dachte, daß er sie allein zurücklassen würde. Aber er sprach nicht darüber, um ihr nicht die Fassung zu rauben.

Am nächsten Vormittag machte sich Marlies also auf den Weg zu der kleinen Konditorei. In dieser standen nur vier Tische mit je vier Stühlen. Als Marlies den Raum betrat, war nur ein einziger Gast da, ein junger, etwas unfein gekleideter Mann mit einem hübschen, verschmitzten Gesicht. Er saß an der Wand, hatte ein Glas vor sich und gab sich den Anschein, als läse er in einer Zeitung. Als Marlies am Fenster Platz genommen und eine Tasse Schokolade bestellt hatte, bemerkte sie, daß der junge Mann gar nicht in der Zeitung las, sondern immer wieder unruhig nach der Türe sah, die den Laden mit diesem Raum verband. Ganz zufällig fiel Marlies auf, daß der junge Mann eine Narbe über dem rechten Auge hatte, die sich wohl durch eine verborgene Erregung rot gefärbt hatte. Es amüsierte Marlies ein wenig, daß er immer wieder an seiner bunten Krawatte herumzog, und sie dachte: Der erwartet sicher ein Mädchen, auf das er Eindruck machen will.

Ohne jedoch weiter auf ihn zu achten, nahm auch sie eine der ausliegenden Zeitschriften und gab sich den Anschein, als vertiefe sie sich in den Inhalt. Dabei beobachtete sie aber genau den Straßenverkehr, um das Vorüberfahren des Autos nicht zu verpassen. Nach einer Weile sprang der junge Mann plötzlich auf und lief einer Dame entgegen, die durch den Laden in den Raum kam. Als sie eintrat, stellte Marlies fest, daß die anscheinend so sehnsüchtig Erwartete viel weniger hübsch, aber entschieden sympathischer wirkte als der junge Mann mit der Narbe. Ihr Gesicht war mit sehr vielen Sommersprossen bedeckt, hauptsächlich über dem Rücken der kleinen Stupsnase.

Marlies hörte den jungen Mann sagen: »Endlich, Mary, ich fürchtete schon, du würdest nicht Wort halten. Hat dich deine Lady so lange festgehalten?«

Marlies horchte interessiert. Werner hatte ihr auch Miß Mary, Daisys Zofe, genau geschildert und von ihrer Stupsnase, ihren Sommersprossen und den gutmütigen wasserblauen Augen berichtet. Das alles traf auf diese Mary hier zu. Und unwillkürlich lauschte Marlies nun auf das, was die beiden sagten. Es war doch ein seltsames Zusammentreffen, wenn wirklich Miß Daisys Zofe sich hier mit irgendeinem Liebhaber ein Stelldichein geben würde. Diese Mary war sehr nett und mit einer gewissen Eleganz gekleidet, die echter wirkte als die des jungen Mannes. Sie konnte sehr wohl die Zofe einer eleganten Dame sein. Aber was wollte sie gerade hier?

Obwohl sie fast nur im Flüsterton miteinander sprachen, konnte Marlies jedes Wort ihrer Unterhaltung verstehen. Sie hörte, wie die Dame antwortete:

»Es tun mir sehr leid, meine liebe Wilhelm, daß du haben müssen warten auf mich. Aber mein Miß Daisy haben heute so viel Zeit gebraucht zu die Toilette, ich haben nicht früher können gehen. Wenn Mr. Strasser nicht endlich wäre gekommen, um mein Lady abzuholen, ich hätte mich machen können gar nicht frei. Und dann sein auch das Weg hierher so weit von die Hotel aus.«

Marlies hätte fast laut aufgelacht. Nun war kein Zweifel mehr möglich: Die junge Dame mit den Sommersprossen war Miß Hallers Kammerzofe. Und sie gab sich hier ein zärtliches Stelldichein mit einem Liebhaber. Verstohlen sah Marlies hinter der Zeitung zu den beiden hinüber und sah, daß der junge Mann Mary mit feurigen Blicken die Hand küßte und ihr Worte zuflüsterte, die bei der seltsamen Akustik des kleinen Raumes ganz deutlich an Marlies' Ohr schlugen.

»Also, dieser Strasser war schon wieder da?« fragte der junge Mann mit der Narbe.

»Well, er kommen täglich.«

»Scheint sehr gern gesehen zu sein bei deiner Herrschaft?«

»O yes, er sein auch eine sehr schöne und liebenswerte junge Mann.«

»Mary, du wirst mir doch nicht untreu werden?«

Mary lächelte zärtlich.

»Oh, meine liebe Wilhelm, ich lieben nur dich, und Mr. Strasser sein ein Gentleman und sehen gar nicht nach mich. Aber ich haben ihn sehr gern, weil er hat meine Lady gerettet das Leben nach jene schreckliche Überfall, wo Räuber haben meine Lady seine Schmuckkassette rauben wollen. Ich habe dich doch davon erzählt, meine liebe Wilhelm, daß diese Räuber meine Lady übergefallen und das Chauffeur angeschossen haben, ganz schlimm.«

»Ja, ja, mein süßes Mädchen, das hast du mir erzählt, und es ist ja sehr gut, daß die Räuber den Schmuck nicht bekommen haben.«

»No, sie haben nicht, denn mein Lady haben ihre Schmuck zufällig an diese Tag in eine andere Koffer getan.«

Unwillkürlich sah Marlies jetzt forschend zu dem jungen Mann hinüber, und sie bemerkte, daß er, während die Zofe an ihrer Schokolade nippte, mit einem unheimlich starren Blick vor sich hinsah und daß sich die Narbe auf seiner Stirn noch stärker gerötet hatte. Sie erschrak, und unwillkürlich achtete sie nun noch genauer auf die Unterredung. Das Gesicht dieses Wilhelm hatte einen Moment einfach bösartig ausgesehen.

Als Mary nun wieder aufsah, zwang er sich zu einem etwas gequälten Lachen und sagte:

»Haha, das ist ein guter Spaß, geschieht den Räubern schon recht, daß sie so hereingefallen sind und mit langer Nase abziehen mußten!«

Harmlos vergnügt nickte Miß Mary.

»Well, sie haben gehabt nix als die Necessaire von meine Lady. Oh, es waren so süße Dinge in die Necessaire, und alles sie haben gemacht – wie sagt man?«

»Kaputt«, half Wilhelm aus.

»Oh, du weißt schon?«

Wilhelm räusperte sich etwas verlegen.

»Ja, ich habe im Hotel davon gehört, Schatz.«

»O yes, du gewesen in das Hotel? Wie sein es, erzähle mir, haben du gefunden eine Anstellung?«

»Leider nicht, Mary, es ist alles besetzt. Und ich wäre doch so gern in deiner Nähe wie in Hamburg, wo wir unsere freie Zeit so gut nutzen konnten. War das nicht schön, meine süße Mary?«

»O yes, es waren wonderful in die Vier Jahreszeiten. Es sein sehr traurig, daß du nicht auch sein kannst hier in das Hotel – ich sein so einsam, lieber Wilhelm.«

»Wie lange bleibt denn deine Herrschaft noch in Berlin, Mary?«

»Das ich nicht wissen, vielleicht nur diese Monat, es kann sein, auch länger.«

Wilhelm beugte sich wieder sehr zärtlich zu Mary. Verstohlen zu Marlies hinüberschauend, die indes scheinbar aufmerksam in ihrer Zeitschrift las, legte er den Arm um Mary.

»Ich muß dich besuchen, mein Schatz, wenn deine Herrschaft nicht da ist, ich halte es vor Sehnsucht nach dir nicht mehr aus.«

Mary wurde schon schwach, sagte aber ängstlich:

»Wenn aber jemand in die Hotel merken, daß du mich besuchst?«

»Das laß meine Sorge sein, Schatz, ich komme unbemerkt zu dir. Ich habe da einen Freund beim Hotelpersonal, der läßt mich durch den Wirtschaftshof hinein, und ich komme den Hinteraufgang hinauf, der ist ja dicht bei euren Zimmern. Du brauchst mir nur einen Wink zu geben, wenn du allein bist, dann können wir ungestört zusammensein. Ich sehne mich so sehr nach deinen Küssen, Schatz!«

»Aber wie das machen, meine liebe Wilhelm?«

Dieser lachte ein mißtönendes Lachen, das nur der verliebten Mary gefallen konnte.

»Ist doch sehr einfach, mein süßer Schatz! Wenn du allein bist, dann ziehst du die Stores in den Zimmern deiner Lady auf.«

»Wie aber wissen du, welche Fenster zu die Zimmer von meine Lady gehören?«

Nach einer verlegenen Pause sagte Wilhelm: »Aber Schatz, du kannst dir doch denken, daß ich das Hotel sehnsüchtig umkreise, und da habe ich dich am Fenster gesehen. Das dritte und vierte Fenster von der Ecke, nicht wahr, das sind die Fenster deiner Lady?«

»O yes, meine liebe Wilhelm, da haben du mir gesehen?«

»Ja doch, mein süßer Schatz«, versicherte Wilhelm ein wenig ungeduldig. Er verriet natürlich nicht, daß er in dem Hotel bereits ganz genau Bescheid wußte und die Zimmer des reichen Amerikaners bestens kannte.

»Oh, du müssen mir sehr liebhaben«, seufzte Mary selig.

»Das müßtest du eigentlich längst wissen. Also, du ziehst, sobald du allein bist, die Stores von den Fenstern deiner Lady zurück. Dann weiß ich, daß ich zu dir kommen kann. Ich will schon gut aufpassen, meine Süße, meine Sehnsucht ist groß. Wir werden dann plaudern und uns küssen, ungestörter als hier, wenn uns auch das Fräulein da drüben nicht stört. Doch wir könnten deine freie Zeit viel besser ausnützen. Ich halte mich dann immer in der Nähe des Hotels auf.«

Mary sah ihren Wilhelm selig an, sie war ihm willenlos ergeben.

»Well, es sein gut so, meine liebe Schatz, ich geben dir immer die Zeichen, wenn mein Herrschaft sein fort aus die Hotel.«

Begeistert küßte Wilhelm Marys Hand und flüsterte ihr wieder allerlei dick aufgetragene Schmeicheleien zu. Die beiden verloren sich nun ganz in verliebte Tändeleien.

Marlies war das sehr peinlich, aber die beiden schienen nicht anzunehmen, daß sie etwas von ihrem Gespräch hören konnte. Sie mußte über das Gehörte nachsinnen, und ein eigenartig beklommenes Gefühl beschlich sie. Das alles, was sie hier zufällig erlauscht hatte, mußte sie ihrem Bruder erzählen. Sie prägte es sich so genau wie möglich ein, denn ihr schien, daß es nicht ohne Bedeutung war. Dieser Wilhelm machte ihr einen wenig vertrauenerweckenden Eindruck, und sein Gesicht nahm, wenn Mary ihn nicht ansah, einen unheimlichen Ausdruck an.

Zugleich hatte sie während der ganzen Zeit aufmerksam die Straße beobachtet und jedes vorüberfahrende Auto genau angesehen. Endlich erblickte sie einen sehr eleganten Wagen, der sehr langsam vorüberfuhr. Es war der erwartete.

Im selben Augenblick hörte sie hinter sich Mary einen leisen Ruf ausstoßen.

»Oh, oh, da draußen, siehst du – meine Herrschaft – draußen in die Auto – oh – ich darf nicht von sie gesehen werden!« Und Mary machte sich ganz klein, obwohl sie von draußen bestimmt nicht zu sehen war.

Marlies sah mit großen Augen auf die schöne, elegante junge Dame an der Seite ihres Bruders. Sie sah erst sehr stolz aus, lachte dann aber, sich zu Werner wendend, und sprach über die Schulter zu den beiden anderen im Wagen.

Marlies seufzte auf. Wie reizend sie war! Es war kein Wunder, daß Werner so begeistert von ihr sprach.

Werner hatte einen raschen verstohlenen Blick zum Konditorei-Fenster geworfen und sich überzeugt, daß Marlies dort saß.

So langsam wie möglich fuhr er vorüber. Marlies hatte so noch Zeit, auch Haller und Miß Kruse zu betrachten, und freute sich, daß sie alle gesehen hatte, die zu Werner in Beziehung getreten waren. Als der Wagen ihren Blicken entschwunden war, seufzte sie leise auf. Sie dachte daran, daß Werner nun vielleicht schon bald von Berlin fortgehen und sie allein lassen würde. Aber sie zwang tapfer ihre Furcht vor der Trennung nieder. Die Hauptsache war, daß Werner sein Glück machte ... Das mußte auch für sie ein Glück sein.

An dem andern Tisch war es still geworden. Mary schwieg, als könne ihre Lady sie draußen hören, und ihr Begleiter hatte wohl auch Grund, im Verborgenen zu bleiben. Marlies erhob sich und ging, ohne einen weiteren Blick auf das seltsame Liebespaar zu werfen, hinaus in den Laden, wo sie ihre Schokolade bezahlte, und verließ die Konditorei.

Sie fuhr mit der Straßenbahn zu Frau Biernuske, denn es

war inzwischen Zeit für die »Anstandsstunde«. Sie fand diese schlecht gelaunt und nervös, weil die Einrichtung der Villa nicht zur rechten Zeit fertig zu werden drohte. Marlies wollte sie beruhigen und sagte ihr, wenn die Handwerker erst heraus seien, werde es schnell fertig sein. Frau Biernuske schimpfte aber wie ein Rohrspatz auf den Architekten, auf die Dekorateure und die Handwerker, auf die Männer im allgemeinen, die alle nicht wüßten, was richtige Arbeit sei, und sich einmal bückten, während eine Frau sich zehnmal gebückt habe. Sie gebrauchte dabei so drastische Ausdrücke, daß Marlies nur mühsam ihre Fassung bewahren konnte. Aber schließlich gelang es Marlies doch, sie zu beruhigen.

Als Marlies endlich entlassen war und den Heimweg antrat, überkam sie ein Gefühl trostloser Verlassenheit und Mutlosigkeit. Wenn Werner fort war, würde sie keinen Menschen mehr haben, mit dem sie sich aussprechen konnte, der zu ihr gehörte und sie beschützen konnte. So müde und matt fühlte sie sich, als habe das ganze Leben keinen Sinn mehr für sie. Es war eine verzagte Stimmung, wie sie auch den mutigsten und tapfersten Menschen zuweilen überfällt. Mühsam schleppte sie sich die vier Treppen zu ihrer Wohnung hinauf und nahm die Stickerei zur Hand, die sie morgen in dem Handarbeitsgeschäft abliefern mußte, das ihr zuweilen solche Aufträge gab. Mit Sehnsucht erwartete sie Werners Heimkehr. Er kam jetzt meistens spät.

Endlich hörte sie den Bruder kommen. Haller und seine Tochter wollten den Abend in Gesellschaft von amerikanischen Freunden verbringen, die in Berlin angekommen waren. Marlies freute sich sehr, daß Werner früher nach Hause kam, gerade heute, wo sie sich so verlassen gefühlt hatte. Sie sagte ihm, wie sehr ihr Daisy gefallen habe.

»Hast du sie dir genau ansehen können, Marlies?« fragte er.

»O ja, Werner, du fuhrst ja so langsam. Ist das denn nicht aufgefallen?«

»Nein, nein, ich sagte Miß Haller, daß man an dieser Stelle gut daran tue, langsam zu fahren, weil die Kreuzung etwas gefährlich sei. Damit sagte ich nicht einmal die Unwahrheit. Du hast lange warten müssen?«

»Oh, mir ist die Zeit nicht lang geworden. Werner, komm, setz dich zu mir, ich muß dir etwas Seltsames erzählen, das dich sicher interessieren wird.«

»Da bin ich aber neugierig, Marlies, du machst ein so ernstes Gesicht.«

»Also, denke dir, Werner, ich habe heute auch Miß Hallers Zofe Mary kennengelernt.«

»Miß Mary? Und wo?«

»Sie saß in derselben kleinen Konditorei, in der ich auf euch wartete.«

Werner schüttelte erstaunt den Kopf.

»Wie ist denn die ausgerechnet auf die abgelegene kleine Konditorei gekommen?«

»Sie hatte ein Rendezvous mit einem Herrn Wilhelm, und ich hatte das Vergnügen, jedes Wort ihrer Unterhaltung mit anzuhören, ob ich wollte oder nicht. Aber je länger ich darüber nachdenke, desto mehr komme ich zu der Überzeugung, daß es vielleicht eine Schicksalsfügung war.«

»Aber Marlies – du bist so feierlich –, was hat es denn für eine Bewandtnis damit?«

Marlies atmete tief.

»Werner, dieser Herr Wilhelm hatte zuweilen einen unheimlichen Ausdruck im Gesicht, wenn Miß Mary ihn gerade nicht ansah. Er hatte ein – ein Verbrechergesicht.«

»Sag mir alles, was du weißt, Marlies«, forderte Werner hastig. »Wie kommt denn Miß Mary zu dieser Bekanntschaft?«

»Sie kennt ihn schon von Hamburg her, wo er anscheinend in den ›Vier Jahreszeiten‹ angestellt war.«

Marlies erzählte das Erlauschte nun ganz ausführlich und so genau, wie sie es im Gedächtnis behalten hatte. Und noch einmal schilderte sie den finsteren Ausdruck im Gesicht von Marys Liebhaber. Als sie geendet, sah Werner eine Weile grübelnd vor sich hin und sagte dann nachdenklich:

»Diesem Herrn Wilhelm sollte man ein wenig auf die Finger sehen. Bitte beschreibe mir, was dir an dem Burschen aufgefallen ist.«

Das tat Marlies. Vor allen Dingen berichtete sie von der Narbe über dem rechten Auge.

Werner prägte sich die Beschreibung genau ein und sagte nervös:

»Du hast da vielleicht eine schwerwiegende Entdeckung gemacht, Marlies. Was für ein Zufall, daß du dieses Gespräch mit anhören mußtest! Ich danke dir, daß du mir das gesagt hast. Jetzt kann man wenigstens auf der Hut sein.«

»Du hast also auch den Verdacht, Werner, dieser Wilhelm könnte mit dem Überfall auf Miß Daisy zusammenhängen?«

»Man muß das jedenfalls in Betracht ziehen. Da die Verbrecher nicht gefaßt worden sind, hat mich schon immer die Besorgnis erfüllt, daß sie einen neuen Anschlag planen könnten. Nun mach du dir aber keine unnötigen Kopfschmerzen darüber. Ich werde über Miß Daisy und ihren Schmuck wachen.«

»Aber du versprichst mir, vorsichtig zu sein, Werner.«

»Ich verspreche es dir, Marlies! Eine Gefahr, die man kennt, ist schon halb gebannt.«

An diesem Abend fand Werner sehr spät zur Ruhe. Er saß in seinem Zimmer und dachte darüber nach, was zu Daisys Schutz zu tun sei. Der Gedanke, daß irgendeine Gefahr drohe, ließ ihn nicht schlafen. Erst als er sich einen Plan ausgedacht hatte, wie er einen eventuellen neuen Anschlag der Räuber zunichte machen könne, ging er zu Bett.

Am andern Morgen war er etwas früher vor Hallers Appartement, und die Zofe Mary sagte ihm, ihre Lady sei noch nicht mit der Toilette fertig. Werner ging also erst zu Haller, der ihn bereits erwartete.

»Wir sind gestern abend unsolide gewesen, mein lieber Strasser, und es wird wohl heute sehr spät werden, bis meine Tochter nach Ihnen fragt. Wir waren mit meinem alten Freund Steinberg zusammen, einem Deutschamerikaner wie ich. Sein Sohn war ebenfalls dabei. Er ist ein treuer Verehrer meiner Tochter. Wenn sie ihm auch schon etwa ein halbes Dutzend Körbe verpaßt hat, so besteht doch zwischen beiden ein so nettes Freundschaftsverhältnis, daß ich noch immer hoffe, er wird mein Schwiegersohn. Meine Tochter muß nur erst die Illusion verlieren, das Ideal eines Mannes zu finden, von dem sie nach Art deutscher Mädchen träumt. Ralph Steinberg wird später in Genua zu uns stoßen, um als mein Gast auf unserer Reise wenigstens für einige Zeit bei uns zu sein. Nun, wir werden sehen. Ich freue mich jedenfalls auf Ralph Steinberg. Da meine übrigen Gäste zumeist ältere Herren sind, ist mir ein wenig bange, daß Daisy die Reise zu langweilig wird. Übrigens waren wir sehr fidel gestern abend. Können Sie mir jetzt ein wenig helfen, meine Korrespondenzen zu erledigen?«

Werners Herz schmerzte, als er hörte, daß Ralph Steinberg

ein Verehrer von Daisy war und daß ihr Vater ihn gern als seinen Schwiegersohn gesehen hätte.

Jedenfalls überfiel ihn brennende Eifersucht auf Ralph Steinberg. Er mußte das natürlich alles fest in seinem Innern verschließen.

Er verneigte sich also scheinbar ruhig vor Haller und sagte dann ernst, wenn auch zögernd:

»Mr. Haller, bitte fassen Sie es nicht als Neugier auf, wenn ich Sie frage, ob die Juwelen Ihrer Tochter hier im Hotel genügend sicher verwahrt sind?«

Der alte Herr sah ihn forschend an.

»Ich kenne Sie nun schon gut genug, um zu wissen, daß Sie so eine Frage aus einem bestimmten Grund an mich richten. Vor Ihnen will ich auch kein Geheimnis daraus machen, wo sich die Juwelen befinden. Bei Ihnen ist es sicher, das weiß ich.«

Er trat dicht an Werner heran und fuhr leise fort:

»Sehen Sie diesen großen Koffer da drüben an der Wand? Er enthält ein einbruchssicheres Stahlfach, und außerdem ist er durch eine sinnreiche Vorrichtung fest am Fußboden verschraubt. Zudem ist der Koffer mit einem sicheren Schloß versehen. Nach menschlichem Ermessen ist der Schmuck also gut aufgehoben. Aber nun sagen Sie mir, was Sie zu dieser Frage veranlaßt hat?«

»Vorläufig ist es nur ein vager Verdacht, Mr. Haller, den ich noch nicht präzisieren möchte. Ich denke mir, daß Ihnen viel daran gelegen ist, die Verbrecher aufzuspüren, die die Polizei noch immer nicht gefaßt hat und die vielleicht ihr Spiel noch nicht aufgegeben haben. Ich habe einen gewissen Verdacht. Wenn es mir gelingen sollte, die Verbrecher zu entlarven, würde ich mich sehr glücklich schätzen.«

Haller sah ihn mit großen, ernsten Augen an und reichte ihm die Hand.

»Schon für diesen Wunsch bin ich Ihnen dankbar, denn es ist nicht gerade ein behagliches Gefühl, zu wissen, daß sie immer noch frei herumlaufen und vielleicht die Juwelen meiner Tochter doch noch rauben. Also sagen Sie mir, was ich tun soll.«

»Sie werden das, was ich von Ihnen verlange, wahrscheinlich nicht verstehen, aber ich bitte Sie, mich gewähren zu lassen. Was ich möchte, ist folgendes: Veranlassen Sie bitte Ihr Fräulein Tochter, daß sie ihrer Zofe, Miß Mary, sagt, sie werde mit Ihnen eine kleine Reise machen – sagen wir: übermorgen.«

»Einverstanden, es soll geschehen. Ist das alles?«

Werner mußte ein wenig lächeln, weil Haller die letzte Frage mit einem gewissen Humor vorbrachte.

»Mir fällt da ein, daß Miß Kruse übermorgen sowieso nach Hannover abreisen will. Miß Mary wird es wissen. Bitte bringen Sie ihr bei, daß Sie und Miß Haller Miß Kruse nach Hannover begleiten wollen, daß Sie mit dem Frühzug reisen und erst spätabends zurückkommen werden.«

»Well! Sonst noch etwas?«

»Ja. Miß Haller soll dann ihrer Zofe ausdrücklich für die Zeit ihrer Abwesenheit die Bewachung ihres Schmuckkoffers anvertrauen.«

Haller sah Werner durchdringend an.

»Verzeihen Sie, Herr Strasser, aber es verstößt gegen meine Prinzipien, unseren Dienstboten solche Werte anzuvertrauen.«

»Ganz richtig, Mr. Haller. Sie sollen Miß Mary nicht wirklich die Juwelen anvertrauen, sondern es soll nur der Glaube in ihr geweckt werden, daß man ihr den Juwelenkoffer zeigt. In Wahrheit wird sie nur einen Behälter, mit irgendwelchen Wertlosigkeiten gefüllt, sehen. Denn ich kann nicht garantieren, daß der fingierte Schmuckkoffer nicht wieder den Verbrechern in die Hände fällt.«

Haller sah Werner nun besorgt an.

»Das klingt, als rechneten Sie schon fest damit, daß der Versuch, die Juwelen zu rauben, wiederholt wird?«

»Ich will wenigstens für alle Fälle darauf gefaßt sein. Wenn Sie sich übermorgen früh mit Ihrem Fräulein Tochter entfernen, um angeblich nach Hannover zu reisen, schließen Sie in Miß Marys Gegenwart irgendeinen Behälter drüben in den Schrank, der im Salon der Tür Ihres Zimmers gegenübersteht. Sagen Sie ihr, daß darin die Juwelen Ihrer Tochter verwahrt sind. Sie geben Miß Mary dann den Schlüssel zu diesem Schrank in Verwahrung und erteilen ihr den Befehl, den Salon während Ihrer Abwesenheit nicht zu verlassen und sich auf keinen Fall aus dem Hotel zu entfernen.«

»Well, ist das alles?«

»Ich habe außerdem noch eine Bitte. Sie müssen mir gestatten, daß ich mich hier in Ihrem Zimmer, das ja neben dem Salon liegt, einschließe, sobald Sie das Hotel verlassen, und Sie dürfen das niemandem verraten. Ich werde mich schon früh hier einfinden und verstecken, ohne daß mich jemand bemerkt. Sie haben dann die Güte, mit Ihrem Fräulein Tochter, Miß Kruse und Ihrem Kammerdiener zum Bahnhof zu fahren. Jedermann muß glauben, daß Sie Miß Kruse nach Hannover begleiten. Am besten, Sie besteigen den Zug wirklich und verlassen ihn auf der nächsten Station mit Ihrem Fräulein Tochter wieder. Dann allerdings dürfen Sie nicht eher in das Hotel zurückkehren, bis ich Sie rufe. Sie müßten irgendwo, das können wir noch besprechen, auf meinen Anruf warten. Aber ich kann Ihnen nicht vorher sagen, wie lange das dauern wird. Wenn ich Ihnen dann nicht melden kann, daß die Verbrecher, oder wenigstens einer von ihnen, entdeckt sind, dann – dann bin ich einem Irrtum erlegen. Die Hauptsache ist, daß Miß Mary nachher sofort erfährt, daß Sie übermorgen verreisen und sie in Ihrer Abwesenheit die Juwelen bewachen soll.«

Aufmerksam hatte Haller zugehört. Nun sagte er langsam: »Wollen Sie mit alledem sagen, daß Sie der Zofe meiner Tochter mißtrauen?«

Werner schüttelte den Kopf.

»Nein, Mr. Haller, aber ich vermute, daß Miß Mary ziemlich unbedacht ist und vielleicht einmal ein Geheimnis ihrer Herrschaft ausplaudert – in absoluter Harmlosigkeit, ohne an etwas Böses zu denken.«

»Ich merke, Sie haben einen bestimmten Verdacht. Es ist wohl das beste, ich lasse Ihnen völlig freie Hand, und es soll alles geschehen, was Sie wünschen. Aber – ist es nicht besser, zu Ihrer eigenen Sicherheit, wenn Sie die Polizei einschalten, damit diese Sie in Ihrem Vorhaben unterstützt?«

»Wenn ich Hilfe brauche, werde ich sie rufen.«

»Werden Sie sich auch nicht in Gefahr begeben?«

»Wenn man darauf vorbereitet ist, kann von Gefahr kaum noch die Rede sein.«

»Es würde mich tief treffen, mein lieber Strasser, wenn Ihnen ein Leid geschähe. Bitte, seien Sie vorsichtig!«

»Sie können ganz beruhigt sein, ich lasse keine Vorsichtsmaßregel außer acht. Es würde mir aber eine große Freude sein, wenn ich Ihnen diese Bande vom Hals schaffen könnte.«

»Sie haben schon so viel für uns getan! Sobald meine Tochter fertig ist, werde ich sie einweihen. Oder besser noch, Sie tun es selbst und geben ihr die nötigen Direktiven. Inzwischen wollen wir jedoch meine Korrespondenzen erledigen.«

Die beiden Herren vertieften sich in ihre Arbeit, bis Daisy eintrat. Nachdem sie Werner und ihren Vater begrüßt hatte, sagte der letztere:

»Herr Strasser hat dir etwas zu sagen, Daisy, höre ihm gut zu.«

Sie sah fragend zu Werner auf.

»Das klingt so wichtig, Vater. Was haben Sie mir zu sagen, Herr Strasser?«

Werner brachte sein Anliegen vor. Mit blitzenden Augen hörte sie zu, und als er zu Ende war, sagte sie lebhaft:

»Ich will mich ja nicht in Ihre Geheimnisse drängen, Herr Strasser, aber mir scheint, daß meine Zofe in der Juwelenangelegenheit eine Dummheit gemacht hat und vielleicht eine neue machen will. An etwas Böses ihrerseits kann ich nicht glauben, sie war immer treu und mir sehr ergeben. Wenn Sie die Verbrecher erwischen, was ich Ihnen sehr wohl zutraue, da Sie nicht nur mutig und energisch, sondern auch klug sind, werde ich sehr froh sein. Ich habe seit jenem Überfall ständig das Gefühl, als käme noch ein Nachspiel. Wenn Sie mich davon befreiten – ach! Von Dank darf man Ihnen ja nicht sprechen.«

Werner sah sie mit einem Blick an, der sie bewegte.

»Ich will es versuchen, Miß Haller, ob es mir gelingt, weiß ich noch nicht.«

»Und ich verspreche Ihnen, blindlings alles zu tun, was Sie wünschen.«

Als sie dann in den Salon kamen, zeigte er auf einen

Schrank, direkt gegenüber der Tür, durch die sie aus Hallers Zimmer eintraten.

»In diesen Schrank, Miß Haller, bitte ich Sie, den fingierten Schmuckbehälter zu schließen«, sagte er leise.

Sie nickte ihm zu, und er bat sie, jetzt ihrer Zofe Mitteilung zu machen, daß sie übermorgen zu verreisen gedenke.

Daisy klingelte ihrer Zofe und sagte, als diese erschien:

»Mary, sehen Sie bitte nach, ob an meinem grauen Reisekostüm alles in Ordnung ist. Ich fahre übermorgen mit meinem Vater und Miß Kruse nach Hannover. Sie werden mich aber nicht begleiten. Da der Diener meines Vaters mitreist, sollen Sie hierbleiben, damit jemand Verläßliches da ist, um meinen Schmuck zu bewachen. Wir kommen erst am späten Abend zurück.«

Mary verneigte sich, ahnungslos, daß Daisy nicht die Wahrheit gesagt hatte.

Als Daisy wieder mit Werner allein war, fragte sie lächelnd:

»War es recht so?«

»Sie haben Ihre Sache sehr gut gemacht, Miß Haller.«

*

Werner saß neben Daisy am Steuer. Daisy atmete tief auf in der frischen Luft.

»Heute tut mir die Fahrt besonders gut – ich bin gestern spät zur Ruhe gekommen.«

Werner sah sie von der Seite forschend an und erwiderte:

»Ihr Herr Vater hat es mir schon gesagt, auch daß Sie sehr vergnügt gewesen sind.«

»Oh, es war lustig. Ralph Steinberg ist ein sehr guter Gesellschafter.«

»Und – Ihr treuer Verehrer, wie mir Ihr Herr Vater verriet.«

Daisy sah rasch zu ihm. Sie merkte sehr wohl, daß sich seine Stirn wie im Schmerz zusammengezogen hatte, wie seine Augen düster blickten, und – das machte ihr Freude. Ja, sie freute sich, weil sie spürte, daß Werner auf Ralph Steinberg eifersüchtig war. Denn wo Eifersucht ist, da ist auch ein anderes Gefühl, dessen Vorhandensein sie sich freilich noch nicht einmal in Gedanken eingestehen wollte. Aber daß er sich mit eifersüchtigem Gefühl quälen sollte, wollte sie nicht. Deshalb seufzte sie ein wenig, machte ein drolliges Gesicht und sagte:

»Der gute Ralph, er bildet sich ein, in mich verliebt zu sein, und will mich durchaus heiraten. Sicher wird er nicht an gebrochenem Herzen sterben, wenn ich ihn nicht heirate. Aber ebenso sicher werden wir immer gute Freunde bleiben.«

»Ist das so sicher?« fragte Werner wie im Scherz.

Aber sie hörte den tiefen Ernst dieser Frage, und obwohl ihr eigenes Herz dabei etwas unruhig wurde, sagte sie energisch:

»Todsicher!«

»Zuweilen ändert man seine Ansicht in solchen Dingen, Miß Haller«, beharrte er selbstquälerisch.

»Ich nicht!« Dies sagte sie sehr sicher.

Er wollte nicht daran denken, daß Daisy eines Tages einen andern Mann heiraten würde. Noch war anscheinend der Mann, der ihr gefährlich werden konnte, nicht in ihr Leben getreten, und damit mußte er zufrieden sein.

Daisy erzählte einiges über Ralph Steinberg, und das klang alles so sympathisch, daß Werner alle Eifersucht auf ihn vorläufig vergaß.

Die Sonne schien, Daisy saß neben ihm, er konnte ab und zu in ihr schönes Gesicht sehen, konnte sich an dem warmen Klang ihrer Stimme freuen und spürte den feinen Duft, der ihr anhaftete. Wie hätte er da nicht froh und glücklich sein sollen! Es wäre undankbar gegen das Schicksal gewesen.

Freilich dachte er auch an seinen Plan, wie er die Verbrecher unschädlich machen konnte. Wenn jener Herr Wilhelm wirklich zu der Verbrecherbande gehörte, würde er ihm in die Falle gehen, die er gerade vorbereitete.

Inzwischen hatte Mary die Gelegenheit genutzt, ihrem Wilhelm das verabredete Zeichen zu geben, denn Haller war ausgegangen, um mit seinem Freund Steinberg zusammenzutreffen. Auch sein Diener war nicht im Hotel, und so hatte Mary die beste Gelegenheit, sich mit Wilhelm ungestört zu treffen.

Es dauerte nicht lange, da kam Wilhelm die Hintertreppe herauf. Mary stand schon wartend an der Tür des Salons und zog ihn herein, die Tür schnell hinter sich zuziehend.

»Komm, meine liebe Wilhelm, hier in die Salon von meine Herrschaft seien wir ungestört eine Weile.«

Wilhelm zog sie wie in heißer Sehnsucht an sich, was ihn aber nicht hinderte, sich genau in dem Zimmer umzusehen. Nachdem er Mary herzhaft abgeküßt hatte, sagte er aufatmend:

»Ein sehr eleganter Salon! Man merkt, mein Schatz, daß deine Herrschaft sehr reich ist.«

»O yes, meine liebe Wilhelm, Mr. Haller sein eine sehr reiche Mann.«

Wilhelms Augen wanderten noch immer forschend umher.

»Wie lange werden wir heute allein sein, Schätzchen?«

»Oh, heute wohl nur kurze Zeit. Mr. Haller besuchen nur eine Freund, und auch der Diener kommen sehr bald zurück. Ich haben dich nur gerufen, um dich zu sagen, daß wir übermorgen die ganze Tag für uns haben. Meine Herrschaft reisen mit Miß Kruse nach Hannover, für eine ganze Tag, der Diener sollen reisen mit. Ich aber bleiben hier zurück.«

»Das ist ja herrlich, Schatz! Warum bleibst du denn allein zurück?«

Mary machte ein sehr bedeutendes und stolzes Gesicht. Um Wilhelm zu beweisen, was für große Stücke ihre Herrschaft auf sie hielt, plauderte sie aus, was sie hätte verschweigen sollen. Sie ahnte nicht, daß man ihr diesmal etwas anvertraut hatte in der Hoffnung, daß sie es ausplaudern würde. Ganz nahe an Wilhelms Ohr flüsterte sie:

»Ich müssen bewachen das Schmuck von meine Lady, und deshalb kann ich nicht mit dich ausgehen, meine liebe Wilhelm. Aber du kannst kommen zu mich. Wir werden sitzen in das Salon, uns haben lieb und uns erzählen alles, was wir haben auf die Herz.«

Wilhelm zog sie mit geradezu stürmischer Begeisterung an sich und küßte sie, daß ihr der Atem verging. Dabei entging ihr das unheimliche Flimmern seiner Augen. Das reizlose Mädchen, das so glücklich war, weil sie von einem Mann geliebt wurde, ahnte nicht, daß sie nur Mittel zum Zweck war und Wilhelm an ganz andere Dinge dachte als an sie. Sie fühlte nicht, daß sie schmählich betrogen wurde. Als Wilhelm sie endlich aus den Armen ließ, atmete sie tief auf, ihre blaßblauen Augen glänzten. Sie sah in diesem Moment sogar sehr hübsch aus, und Wilhelm fiel es nicht so schwer, sie immer wieder zu küssen.

»Du müssen nun gehen, meine liebe Wilhelm, damit wir nicht werden – wie sagt man? – über ... übergerascht. Schnell, gehen fort! Wir sehen uns wieder übermorgen. Oh, was werden das sein für eine schöne Tag, meine liebe Schatz!«

»Ich komme, Liebling, ich werde die Minuten zählen und an

nichts anderes denken, als daß ich bei dir sein darf, ganz ungestört. Zeitig werde ich übermorgen früh auf der Lauer liegen, bis mein Schatz mir das Zeichen mit den Stores gibt. Laß mich nicht zu lange warten! Sobald sie fort sind, eile ich zu dir.«

Noch einmal riß er sie wie in stürmischer Leidenschaft an sich, und sie lag bebend und hingegeben in seinen Armen. Dann öffnete er vorsichtig die Tür und schlich sich hinaus.

Niemand sah ihn, niemand konnte das triumphierende Leuchten seiner Augen bemerken. Er ging die Hintertreppe hinab, auf einem Weg, den ihm seine Komplizen gezeigt hatten, in den Spülraum des Hotels. Dort winkte er verstohlen einem der Geschirrspüler zu, der seinen Wink in gleicher Weise erwiderte.

Nun suchte er, sich immer wieder vorsichtig umsehend, die Garage auf. Der Garagenwächter ließ ihn ungehindert passieren, weil er wußte, daß er ein Freund des neu angestellten Autowäschers war. Dieser Autoputzer war erst seit April angestellt, er gab sich fix und anstellig, und der Garagenwächter war sehr zufrieden mit ihm.

Wilhelm fand bald seinen Freund, den Autowäscher. Er trat zu ihm heran, und gleich darauf kam auch der Geschirrwäscher, dem Wilhelm zugewinkt hatte.

»Nun schieß los, Wilhelm, was hast du rausgekriegt?« fragte der Spüler, seine geröteten Hände eifrig an der Schürze trockenreibend.

»Mensch, schrei doch nicht so, soll uns der Garagenwächter hören?«

»Der ist eben weggegangen. Nun sag schon, wie es weitergeht.«

»Jetzt wird das Ding richtig gedreht. Diesmal soll es nicht wieder schiefgehen, da könnt ihr Gift drauf nehmen.«

»Wird auch höchste Zeit, daß wir aus dem Schlamassel rauskommen.«

Wilhelm berichtete nun im Flüsterton, und als er zu Ende war, sagte Gustav, der angebliche Geschirrspüler:

»Das sieht ja sehr gut aus. Mensch, das wird ja ein Kinderspiel für dich! Ich muß sagen, daß ich es satt habe, jeden Tag von früh bis spät in dem heißen und kalten Wasser herumzuplanschen.«

»Na, meinst du vielleicht, daß es ein größeres Vergnügen ist, die dreckigen Autos blankzuputzen, in denen die reichen Leute spazierenfahren?« fragte Max.

»Schluß jetzt – bald können wir in unserm eigenen Auto spazierenfahren. Zimmerkellner spielen ist auch kein reiner Hochgenuß, und ich habe es doch tun müssen, um etwas Großes auszuspionieren. Wenn wir den Schmuck haben, ist für uns alle ausgesorgt, dann hat sich die Arbeit gelohnt. Diesmal muß es klappen, denn so eine Gelegenheit kommt nicht wieder.«

Max lachte zynisch.

»Auf ein paar Küsse mehr oder weniger darf es dir nicht ankommen, Wilhelm.«

»Hoffentlich macht die Mary keine Schwierigkeiten, kaltmachen möchte ich sie nicht.«

»Das ist deine Sache, Wilhelm. Wie du mit ihr fertig wirst, mußt du allein wissen. Den Schmuck müssen wir haben – so oder so –, da gibt's keine Schwachheiten, verstehst du?«

»Na ob! Laß gut sein, ich werde das Ding besser drehen als ihr.«

»Willst du uns vielleicht Vorwürfe machen? Können wir dafür, daß der Schmuck nicht in dem Koffer war? Das Ausspionieren war deine Sache.«

»Kein Wort mehr! Das war Pech, weiter nichts! Diesmal

soll es schon seine Richtigkeit haben, ich habe ja Zeit. Ihr habt weiter nichts zu tun, als mir die Hintertreppe freizuhalten, damit ich ungehindert passieren kann. Franz wird von mir verständigt, daß er im rechten Augenblick mit dem Auto an der Ecke wartet. Wenn ihr dann wißt, daß alles geklappt hat, könnt ihr euch dünn machen und Karl nach Hamburg telegraphieren, daß wir uns am nächsten Tag an bewußter Stelle treffen, um die Beute zu teilen.«

Sie flüsterten noch eine Weile aufgeregt miteinander, als plötzlich der Garagenwächter erschien und die Tür zur Garage weit aufriß. Ein Auto erschien.

Es war Hallers Auto, das von Werner auf seinen Platz gelenkt wurde. Dieser erblickte die drei Verschwörer, die nun eine unbefangene Miene zur Schau trugen.

Den Autoputzer kannte Werner, und Gustav wies sich durch seine Schürze als Hotelangestellter aus, aber Wilhelm war ihm eine fremde Erscheinung. Gewohnt, auf alles zu achten, sah er scharf zu ihm hinüber, während er aus dem Auto stieg.

Wilhelm hatte den Hut in der Hand und schob sich an Werner vorbei. Werner stutzte, als er in Wilhelms Gesicht blickte. Deutlich sah er die Narbe über dem rechten Auge, die jetzt, von der Erregung besonders gerötet, bemerkbar war. Scheinbar mit seinem Wagen beschäftigt, stellte Werner fest, daß dieser Mann genau der Beschreibung entsprach, die seine Schwester ihm von Marys Liebhaber entworfen hatte. Er trug anscheinend auch denselben Anzug. Das prägnanteste Merkmal war natürlich die Narbe.

Werners Verdacht gegenüber diesem Menschen verdichtete sich bis zur Gewißheit, und zugleich wurden ihm auch der Geschirrspüler und der Autowäscher sehr verdächtig.

Scheinbar nahm er von keinem der drei Notiz. Ruhig sagte er dem Wäscher, daß er den Wagen am Nachmittag wieder brauchen würde, und dann ging er davon.

Die drei blickten ihm mit schiefen, wütenden Blicken nach. Sahen sie doch in Werner den Mann, der ihnen das Auto mit der Juwelenkassette entführt hatte. Das hatten sie in Erfahrung gebracht. Ohne sein Eingreifen wären sie schon damals am Ziel gewesen.

Sie sprachen kein Wort mehr und trennten sich, da der Garagenwächter eintrat.

Werner wußte, daß er am übernächsten Tag darauf gefaßt sein mußte, nicht nur mit Wilhelm, sondern auch mit seinen beiden Kumpanen zu tun zu bekommen. Seiner Berechnung nach mußte noch ein vierter Komplize im Spiel sein. Weil er fürchtete, von den drei beobachtet zu werden, ging er zu dem Eingang des Hotels zurück und betrat das Vestibül. Aber er suchte Haller nicht auf, sondern ging zur Hintertreppe und blieb am Eingang des Geschirrspülraums stehen. Durch die Fenster der Glastür sah er die Leute drinnen bei der Arbeit, und nachdem er eine Weile verstohlen hineingespäht hatte, fand er den Geschirrspüler heraus, den er vorhin in der Garage gesehen hatte.

Werner wartete eine Weile, bis der Aufseher dieses Raumes ihn bemerkte. Er winkte ihm zu, er möge herauskommen. Der Aufseher folgte dem Wink sogleich, da er Mr. Hallers »Chauffeur« kannte. Werner fragte:

»Können Sie mir den Namen des Mannes sagen, der hinten am letzten Fenster arbeitet? Es ist ein großer, starker Mensch.«

Der Aufseher trat an die Glastür und sah in den Raum hinein. Dann kam er wieder zu Werner hinüber, der sich nicht sehen lassen wollte. »Das ist der Geschirrspüler Krause. Er ist erst seit dem ersten April hier angestellt, ich habe ihn selbst engagiert. Was ist mit ihm?«

Werner zuckte die Achseln.

»Es ist mir nur aufgefallen, daß er sich in der Autogarage aufhielt, wo er eigentlich nichts zu suchen hat.«

Der Aufseher winkte lächelnd ab.

»Da brauchen Sie sich keine Sorgen zu machen, er ist mit dem Autowäscher befreundet. Sie sind nach Berlin gekommen, um Arbeit zu finden. Sie schwatzen mal ein bißchen zusammen, sind aber beide fixe, anstellige Leute und tun ihre Pflicht.«

»Dann ist ja alles gut. Sie können sich denken, daß es mir nicht lieb wäre, wenn sich fremde Menschen etwa an Mr. Hallers Auto zu schaffen machten. Aber dann ist ja nichts zu befürchten. Ich bitte Sie, Krause nicht zu behelligen, ich möchte ihn nicht kränken.«

»Nein, nein, ich sage nichts«, erwiderte der Aufseher.

Werner hatte sich absichtlich mit einigen Angestellten des Hotels auf guten Fuß gestellt. Das war ihm jetzt zustatten gekommen. Wie der Autowäscher hieß, hatte er schon erfahren.

Werner begab sich nun zu Haller und bat ihn für einige Stunden um Urlaub. Dieser sah Werner forschend an, entsprach aber seiner Bitte, ohne eine Frage zu stellen.

*

Werner fuhr hinaus zur selben Polizeiwache, zu der er nach dem Überfall den Chauffeur gebracht hatte. Er ließ sich dem Polizeioffizier in einer wichtigen Angelegenheit melden. Dieser empfing ihn auch sofort.

»Sie wollen sich wohl erkundigen, Herr Strasser, ob Ihr

Auto noch nicht gefunden worden ist. Leider nicht. Von den Verbrechern haben wir leider ebensowenig eine Spur gefunden.«

»Ich komme aus einem andern Grund. Ich wollte Sie bitten, mir behilflich zu sein.«

»In welcher Angelegenheit?«

»Ich vermute, daß ich den Verbrechern auf der Spur bin, die Miß Hallers Auto überfallen haben.«

Der Beamte stutzte und sah Werner gespannt an. »Wollen Sie sich nicht näher erklären?«

»Verzeihen Sie, wenn ich die Sache noch für mich behalte. Ich kann mich vielleicht auch irren, glaube es aber nicht. Es erscheint mir ziemlich sicher, daß ein neuer Anschlag auf Miß Hallers Juwelen geplant wird, man will es wahrscheinlich noch einmal versuchen.«

»Aber dann ist es doch sehr wichtig und sogar Ihre Pflicht, daß Sie melden, was Sie wissen, sonst kann die Polizei nicht eingreifen.«

»Es würde mir aber Freude machen, die Angelegenheit selbst in die Hand zu nehmen. Nur möchte ich mir die Hilfe der Polizei in jedem Fall sichern, weil ich glaube, daß ich allein nur einen der Verbrecher dingfest machen könnte. Mit Hilfe der Polizei könnten aber vielleicht alle vier festgenommen werden.«

»Es sind doch wohl nur drei gewesen?«

»Wenn mein Verdacht richtig ist, woran ich kaum noch zweifle, sind sie zu viert.«

»Sie scheinen Ihrer Sache ziemlich sicher zu sein.«

»Ich kann mich auch irren. Jedenfalls möchte ich Sie dringend bitten, mir zu sagen, wie ich einige Leute von der Kriminalpolizei zur Hilfe bekommen kann.«

Der Beamte überlegte eine Weile, dann sagte er: »Ich persönlich kann nichts tun, als Ihnen einen mit der Sache beauftragten Kriminalbeamten herbeizurufen. Es kann aber eine Weile dauern, bis er hier ist.«

»Das macht nichts, ich warte gern.«

Der Beamte telefonierte nun mit der maßgeblichen Stelle, und nach etwa einer halben Stunde traf ein Kriminalbeamter ein, und sie besprachen, was alles geschehen solle. Der Beamte wollte mit einigen seiner Leute am übernächsten Tag alle Ausgänge des Hotels unauffällig bewachen und auf die Fenster von Hallers Arbeitszimmer achten. Werner beschrieb diese Fenster genau. Sobald er ein weißes Blatt Papier an die Scheibe halten würde, solle der Kriminalbeamte sofort den Geschirrspüler Krause und den Autowäscher Neßler verhaften. Waren die beiden dingfest gemacht, solle der Kriminalbeamte sich vor die Tür des Zimmers Nummer vier im ersten Stock begeben, dies war die Tür zu Mr. Hallers Salon. Kein Geräusch dürfe verraten, daß er dort sei, am besten noch mit ein oder zwei Leuten. Auf ein Klingelzeichen von Werner oder auf einen lauten, vorher verabredeten Zuruf solle der Kriminalbeamte auf jeden Fall in das Zimmer dringen, notfalls mit Gewalt.

»Ich hoffe, daß ich Ihnen dann den Haupttäter übergeben kann.«

»Sie wollen uns um keinen Preis mehr anvertrauen?«

»Nein, meine Herren! Es ist möglich, daß ich mit meinem Verdacht trotz meiner Überzeugung irre und mich restlos blamiere, aber im Interesse der guten Sache will ich das auf mich nehmen. Ich möchte Mr. Haller und seiner Tochter um jeden Preis Ruhe und Sicherheit verschaffen. Wenn wir die Verbrecher erwischen, will ich Ihnen gern Ihren Behörden gegenüber die Ehre der Festnahme gönnen. Nur Mr. Haller und seine Tochter sollen wissen, daß durch mein Verdienst die Verbrecher dingfest gemacht wurden – vorausgesetzt, es verläuft alles nach Wunsch.«

Dann verabschiedete sich Werner von den Beamten und fuhr in das Hotel zurück.

Aber er sprach kein Wort über die ganze Angelegenheit mit Mr. Haller und seiner Tochter. Auch Marlies sagte er nichts von seinem Vorhaben. Sie sollte nicht in diese Sache verwickelt werden, deshalb wollte er nicht verraten, daß sie es war, die jene Unterredung von Miß Hallers Zofe mit Wilhelm gehört hatte.

*

Es war früh am Morgen des übernächsten Tages. Daisy hatte einen kleinen Koffer mit Büchern und leeren Kartons gefüllt und ihn abgeschlossen. Nun rief sie ihre Zofe Mary und ging mit ihr in den Salon. Hier schloß sie vor Marys Augen mit geheimnisvoller Miene den Koffer in den von Werner bezeichneten Schrank.

»Meine Juwelen, Mary. Ich schließe sie in diesen Schrank – so. Und hier nehmen Sie den Schrankschlüssel an sich und verwahren Sie ihn gut. Halten Sie sich so oft wie möglich in diesem Salon auf. Wir kommen erst spätabends mit dem letzten Zug wieder heim. Sie bleiben bitte auf, bis wir kommen. Auf keinen Fall dürfen Sie das Hotel verlassen. Haben Sie alles verstanden?«

Mary versicherte, daß sie das Zimmer nicht verlassen werde. Sie band den Schlüssel zu dem Schrank an eine Schnur, die sie sich um den Hals hing, den Schlüssel in ihrem Kleidausschnitt bergend.

Werner war schon in aller Frühe in Hallers Arbeitszimmer neben dem Salon gegangen. Man hatte dies vor Mary verheimlicht und ihr gesagt, er werde heute nicht kommen, da er um Urlaub gebeten habe. In Wirklichkeit saß Werner bereits auf seinem Posten, bereit, die Tür des Zimmers von innen abzuschließen, sobald Haller es verlassen haben würde. Zwei andere Türen, die noch zu diesem Zimmer führten, hatte Werner schon von innen abgeschlossen, damit niemand das Zimmer betreten konnte, in dem er sich versteckt halten wollte.

Nachdem sich Haller leise von Werner verabschiedet hatte, trat er in den Salon und gab sich den Anschein, als schließe er von hier die Tür zu seinem Arbeitszimmer ab. In Wirklichkeit schloß es Werner von innen in demselben Augenblick ab.

Mary stand im Salon und sah, daß Haller das Zimmer abschloß, ohne zu ahnen, daß dies ein Scheinmanöver war.

Haller ging nun mit Daisy und Miß Kruse die Treppe hinunter ins Vestibül. Dort wartete schon der Diener, und er eilte hinaus, um ihnen in das wartende Taxi zu helfen, worauf er selbst in ein anderes Auto stieg und voraus zum Bahnhof fuhr.

Daß Wilhelm diese Abfahrt aus einem Hausflur gegenüber beobachtete, war selbstverständlich. Er sah befriedigt den Autos nach, überlegte aber, warum sich Haller nicht von Strasser zum Bahnhof fahren ließ. Der Gedanke an diesen Mann beunruhigte ihn einigermaßen. Er würde hoffentlich nicht im Hotel zurückgeblieben sein und sein Rendezvous mit Mary stören?

Währenddessen fuhr Mr. Haller mit den Damen zum Bahnhof, und verabredungsgemäß stiegen sie alle zusammen in den Zug am Bahnhof Friedrichstraße. Gleich nachdem sich der Zug in Bewegung gesetzt hatte, eröffnete Haller seinem Diener, daß nur er Miß Kruse nach Hannover begleiten solle. Er selbst und seine Tochter würden am nächsten Bahnhof wieder aussteigen.

Der Diener war gewöhnt, sich über nichts zu wundern, was sein Herr beschloß. Er verneigte sich und trat in das Nebenabteil zurück.

Daisy nahm mit großer Herzlichkeit von ihrer alten Erzieherin Abschied. Es gab bei ihr einige Tränen. Auch Haller verabschiedete sich nicht ohne Rührung von der langjährigen Hausgenossin, und beide versprachen, oft von sich hören zu lassen.

»Und wenn ich jemals wieder nach Deutschland komme, meine Liebe, dann besuche ich dich selbstverständlich in Hannover. Und pflege dich gut, mach dir dein Leben behaglich, und vergiß mich nicht so schnell«, sagte Daisy mit tränenerstickter Stimme.

Miß Kruse schloß sie noch einmal in ihre Arme.

»Gott behüte dich, Daisy, bleib, wie du bist, ein liebenswertes, warmherziges Menschenkind. Und alles Glück mit dir auf allen deinen Wegen! Und bitte, grüße Herrn Strasser herzlich von mir und sage ihm, es hätte mir leid getan, daß ich ihn nicht noch einmal sehen konnte.«

Bald fand sie ihre Haltung wieder, und als dann der Zug in der nächsten Vorortstation hielt, gab es noch einen letzten Kuß zwischen Daisy und Miß Kruse, einen Händedruck zwischen Mr. Haller und seiner Hausdame, dann stiegen Vater und Tochter schnell aus.

Sie begaben sich beide in einem Auto zu dem Hotel, in dem Steinberg mit seinem Sohn Ralph Wohnung genommen hatte. Die beiden Herren waren anwesend und begrüßten ihre Gäste freudig.

»So früh hätten wir so lieben Besuch noch nicht erwartet«,

sagte Ralph Steinberg, ein sympathischer Mann Anfang der Dreißig, mit frischem, energischem Gesicht und lustig blickenden Augen.

»Strapaziere dich nicht mit Komplimenten, Ralph, das ist auf nüchternen Magen zu anstrengend. Ich vermute, daß ihr, weder du noch dein Vater, schon gefrühstückt habt«, erwiderte Daisy.

Ralph nickte lachend.

»Was bist du scharfsinnig, Daisy! Wir haben wirklich noch nicht gefrühstückt und wollten das eben nachholen, als ihr uns gemeldet wurdet.«

»Wir sind gern bereit, uns von euch zum Frühstück einladen zu lassen, denn wir haben heute wenig Zeit dazu gehabt.«

»Das werden wir mit Vergnügen tun, aber sagt erst einmal, warum ihr so frühzeitig herkommt«, warf hier Ralphs Vater ein.

»Wir haben Miß Kruse zur Bahn gebracht, sie fährt nach Hannover zu ihren Verwandten.«

Ralph sah Daisy forschend an.

»Ah, daher die Tränenspuren in deinen Augen? Ich machte mir schon Hoffnung, du hättest vor Sehnsucht nach mir geweint.«

»Mein lieber Ralph, man muß in deinem Alter nicht auf so dumme Gedanken kommen«, erwiderte Daisy.

»Es soll nicht wieder vorkommen, Daisy. Also auf, wir wollen frühstücken gehen.«

»Können wir, Ralph, aber wir müssen hier im Hotel bleiben, bis wir eine wichtige Nachricht erhalten.«

»Eine wichtige Nachricht?« fragte Ralph, und auch sein Vater sah forschend auf Haller und seine Tochter.

»Wir dürfen nicht weg von hier, nicht einmal zu unserm Hotel zurück. Und ihr dürft vorläufig keine Fragen an uns richten, die wir ja doch nicht beantworten können. Nur soviel: Herr Strasser, von dem wir euch erzählt haben, hofft heute die Juwelenräuber zu entdecken. Und dabei sind wir ihm im Wege«, erklärte Haller.

Sein Freund Steinberg sah ihn etwas besorgt an.

»Bringst du diesem Strasser nicht etwas zu viel Vertrauen entgegen, Gerhard?«

Daisy fuhr auf. »Man kann ihm voll vertrauen. Ihr werdet ihn ja bald kennenlernen und uns recht geben müssen.«

»Meine Tochter spricht aus, was auch ich empfinde. Du kannst unbesorgt sein. Wenn Strasser nicht zu trauen ist, kann ich nie wieder einem Menschen trauen.«

So vergnügt sich Daisy aber auch gab, innerlich peinigte sie eine große Unruhe. Sie war in Sorge, daß Werner Strasser sich in eine große Gefahr begeben könne, und sie wartete sehnsüchtig auf den erlösenden Telefonanruf.

*

Werner saß inzwischen auf seinem Beobachtungsposten und harrte der Dinge, die da kommen sollten. Vorläufig vertrieb er sich die Zeit damit, hinter den Fenstern verborgen auf die Straße hinabzuspähen. Da sah er aber nichts Besonderes. Die Beamten waren sicherlich alle schon zur Stelle, aber sie mischten sich so harmlos unter die Passanten, daß Werner sie nicht herausfinden konnte.

Fast zwei Stunden mußte er warten. Wilhelm hatte es nicht eilig, sich zum Stelldichein mit Mary zu begeben. Er sah zu den Fenstern hinüber und mußte wohl jetzt Marys verabredetes Zeichen bemerkt haben. Daraufhin lief er sofort über die Straße zu der Ecke, um die er verschwinden mußte, um den Hintereingang zu erreichen.

Werner verfolgte ihn mit seinem Blick, soweit es ging, und da bemerkte er, daß Wilhelm einen Moment neben einem geschlossenen Auto den Schritt verhielt. Dieses Auto stand an der Straßenecke, und als Wilhelm weiterging, fuhr auch das Auto langsam noch ein Stück in die Straße hinein, so daß Werner es nicht mehr sehen konnte. Sollte dieses Auto mit den Verbrechern im Zusammenhang stehen, wurde es vielleicht gar von dem vierten Bandenmitglied gefahren, um die Beute mit dem Räuber nach der Tat wegzubringen? Gern hätte Werner einem der Kriminalbeamten noch einen Wink gegeben, daß er auf das Auto achten sollte, aber das war jetzt nicht mehr möglich. Nun galt es, Wilhelm im Auge zu behalten. Denn sicher würde dieser nun gleich drüben im Salon bei Mary auftauchen.

Werner begab sich leise auf seinen Wachtposten an der Tür. Schon am Tage vorher hatte er sich neben dem Türschloß ein kleines Loch in die Tür gebohrt, durch welches er den Schrank an der gegenüberliegenden Wand im Salon beobachten konnte. Leider konnte er außerdem nur einen ganz schmalen Ausschnitt des Zimmers übersehen. Aber hören konnte er jedes Wort, das drüben gesprochen wurde.

Es dauerte nicht lange, da hörte er drüben ein Klopfen an der Tür, und dann wurde sie geöffnet. Werner hörte, wie Mary sagte:

»Oh, meine liebe Wilhelm, wo bleiben du so lange?«

»Ach, meine Süße, ich wollte doch erst sicher sein, daß uns niemand stört. Ich habe immer noch auf diesen Herrn Strasser gewartet – wo steckt der denn? Er hat doch seine Herrschaft nicht zum Bahnhof gefahren. Sie haben ein Taxi genommen.«

»Ja, meine liebe Wilhelm, Herr Strasser haben genommen Urlaub für diese Tag, weil meine Lady und Mr. Haller ihn heute nicht brauchen. Er kommen erst morgen früh wieder in die Hotel.«

»Das trifft sich gut«, hörte Werner Wilhelm aufatmend sagen.

Danach hörte er erst leise Geräusche und dann wieder Marys Stimme, die fragte:

»Warum schließen du die Türe zu, meine liebe Schatz?«

»Aber, mein süßes dummes Kind, wir wollen uns doch nicht überraschen lassen. Hier hat jetzt niemand was zu suchen, und ich will mit meinem Schatz ungestört allein sein.«

»Oh, meine liebe Wilhelm, wie glücklich sein ich, daß wir sein werden die ganze Tag ungestört.«

Darauf folgte wohl wieder herzhaftes Abküssen. Und dann merkte Werner, daß die Klinke zu der Tür, hinter der er stand, niedergedrückt wurde.

»Ah, diese Tür ist verschlossen, dahinter liegt wohl Hallers Zimmer?« hörte Werner Wilhelm fragen.

»Ja«, erwiderte Mary, »das sein Mr. Hallers Arbeitszimmer.«

Jetzt sah Werner durch das kleine Loch in der Tür, daß Wilhelm durch den Salon zur gegenüberliegenden Tür ging. Leise schlich er an das Fenster heran und klebte das bereitgehaltene weiße Blatt Papier an die Fensterscheibe: das verabredete Zeichen für den Kriminalbeamten. Schnell und vorsichtig kehrte er wieder auf seinen Lauscherposten zurück und hörte, wie Wilhelm sagte:

»Und hier geht es in das Schlafzimmer deiner Lady, nicht wahr, Mary?«

»Yes, mein Schatz.«

»Ist das ebenfalls abgeschlossen?«

»No, das muß ich doch heute abend zurechtmachen für meine Lady.«

»Aha! Nun komm, Schatz, setz dich auf meinen Schoß. Wir wollen uns was erzählen. Also, du mußt heute den Schmuck deiner Lady bewachen? Oder hast du mir etwas vorgeflunkert?«

»O no, meine Wilhelm, es sein Wahrhaftigkeit, ich sein sehr stolz auf die Vertrauen von meine Lady.«

»Kannst du auch.«

»Dort in diese Schrank sein meine Lady ihre Juwelen.«

Da sagte Wilhelm mit einem heiseren Lachen:

»Das kannst du mir nicht weismachen, meine Süße – das glaube ich einfach nicht.«

»Oh, du müssen mich glauben, ich lügen dich doch nichts vor, mein Schatz. Da sieh doch, hier um meine Hals, an diese Schnur tragen ich die Schlüssel zu die Schrank, da sein er gut verwahrt. Und ich haben meine Lady versprochen, nicht zu gehen fort von die Schmuck.«

»Du bist ein braves Mädchen, Mary. Komm, laß dich küssen, jetzt wollen wir gar nichts mehr reden, nur immer küssen.«

Wieder mußte Werner mit anhören, wie sich das seltsame Paar da drüben küßte, Mary zärtliche Worte flüsterte und stammelte. Aber plötzlich hörte Werner, daß Mary ziemlich laut ausrief:

»Oh, oh, du tun mir so weh, nicht doch, meine liebe Schatz, nicht ...« Das andere erstarb in einem dumpfen Laut.

»Ich bin ein bißchen zu feurig, mein Schatz, komm, gib mir einen Kuß und schrei nicht so«, hörte Werner den seltsamen Liebhaber sagen.

»No, no, nicht das – was wollen du mit die Schlüssel, ich, ich ...«

Und nun erstarben Marys Worte plötzlich in einem dumpfen Röcheln. Schon wollte Werner ihr zu Hilfe eilen, da hörte er Wilhelms Stimme in völlig verändertem, hartem Ton sagen:

»Still, keinen Laut mehr, wenn dir dein Leben lieb ist! Wenn du dich ruhig verhältst, geschieht dir nichts; schreist du, mache ich dich kalt. Dann kannst du nie wieder einen Mann küssen. So, nur einen kleinen Knebel. Sieh mich nicht so angstvoll an, kleines dummes Ding. Nun noch Hände und Füße binden, zu deiner eigenen Sicherheit, damit sie nicht denken, daß du gemeinsame Sache mit mir gemacht hast. So, siehst du, nun lieg still, mein Schätzchen. Her mit dem Schlüssel!«

Werner konnte aus diesen Worten erkennen, daß Mary vorläufig keine Lebensgefahr drohte.

Angestrengt blickte er nach dem Schrank hinüber, und da sah er auch schon Wilhelm an denselben herantreten und eine zerrissene Schnur von einem Schlüssel lösen. Marys Stöhnen verstummte, anscheinend war sie ohnmächtig geworden vor Schreck.

Wilhelm schloß nun leise den Schrank auf und nahm den kleinen Koffer heraus. Im selben Augenblick schloß Werner die Tür auf und stand, den Browning schußbereit, auf der Schwelle.

»Hände hoch!«

Als sei der Blitz neben ihm eingeschlagen, zuckte der Verbrecher zusammen und wandte sich rasch um.

»Sie? Sie!« zischte er haßerfüllt und wollte sich auf Werner stürzen. Dieser hob die Waffe.

»Hände hoch – oder ich schieße!«

Mit kalter Ruhe stand Werner dem Verbrecher gegenüber, seine Augen fest auf ihn gerichtet.

Wilhelm ließ den Koffer fallen und streckte mit häßlich verzerrtem Gesicht die Hände hoch.

»Hund – du Hund!« knirschte er zwischen den Zähnen hervor, in seiner Wut über den vereitelten Raub. Hier zu seinen Füßen lag der Millionenschmuck, wie er glaubte, und er konnte ihn nicht packen und fliehen, weil dieser Mensch mit der Waffe in der Hand vor ihm stand.

Werner las ihm die Gedanken von der Stirn. Langsam, die Waffe im Anschlag, ging er Schritt für Schritt zurück zur Eingangstür, ohne den Verbrecher aus den Augen zu lassen.

Dieser folgte seinem Tun mit starrem Blick. Er ahnte, daß Werner die Eingangstür erreichen und öffnen wollte, um vielleicht Hilfe herbeizurufen. Wie aber, wenn Gustav und Max draußen auf der Schwelle standen und *ihm* zu Hilfe kommen würden? Dann hieß es, diesen Strasser zu überrumpeln und niederzuschlagen und mit den Juwelen die Flucht zu ergreifen. Wenn die Komplizen nicht draußen standen, vielleicht ahnungslos an der Treppe warteten – ob man diesen Strasser nicht einfach überrennen konnte, sobald er die Tür öffnete, um so zu versuchen, mit dem Schmuck zu entkommen?

Wilhelm war kein Neuling und ein wild entschlossener Bursche. Seine Züge waren gespannt und konzentriert, und Werner merkte sehr wohl, daß er auf der Hut sein mußte, daß ihn eine einzige winzige Unaufmerksamkeit das Leben kosten konnte. Er wußte ja nicht einmal, ob da draußen alles nach Plan gegangen war, ob wirklich die Kriminalbeamten auf der Schwelle standen, wenn er öffnete, oder ob Wilhelms Komplizen die Beamten überrumpelt hatten und nun über ihn herfallen würden. Keinen Laut konnte er von draußen vernehmen.

So standen die beiden sich gegenüber, beide in angespannter Kraft. Endlich hatte Werner die Tür erreicht und legte die linke Hand auf den Rücken, um mit derselben die Tür aufzuschließen.

Die Zähne fest zusammenbeißend und auf alles gefaßt, öffnete er die Tür, ohne sich umzudrehen oder Wilhelm aus den Augen zu lassen. Auf Wilhelms Gesicht wollte er lesen, ob Freund oder Feind hinter ihm stand. Und er sah, daß die Gesichtszüge des Verbrechers erschlafften, als die Tür geöffnet war und hinter ihm Schritte erklangen.

»Zur Stelle, Herr Strasser«, hörte er.

Werner atmete auf. Er war ein mutiger, unerschrockener Mann, aber die letzten Minuten hatten doch gewaltig an seinen Nerven gezerrt.

Das war aber nun schnell überwunden.

»Bitte, verhaften Sie diesen Mann, aber ich rate Ihnen, ihm Handschellen anzulegen. Ich habe ihn in dem Moment ertappt, als er den Schmuck aus diesem Schrank entwenden wollte.«

»Die Handschellen sind schon bereit. Also, das ist der vierte im Bunde? Eine glatte, runde Sache, Herr Strasser.«

Dann legte der Kriminalbeamte Wilhelm die Handschellen an und übergab ihn den andern Beamten, die ihn hinunterführten.

»Haben Sie wirklich alle?« fragte Werner hastig.

»Jawohl, alle. Einer spielte Chauffeur und saß, auf die Beute wartend, im Auto, das an der Straßenecke hielt. Aber er hatte Pech, daß ich ihn sah; wir sind zufällig gute alte Bekannte, er hat schon einige Jährchen hinter schwedischen Gardinen verbracht. Ich habe ihn gleich dingfest gemacht. Es gab dann auch ein richtig bewegtes Wiedersehen mit den beiden andern, und nun werden sie sich freuen, daß sie vollzählig sind. Ich denke, damit haben wir die ganze Bande erwischt, und das haben wir Ihnen, Herr Strasser, zu verdanken.«

Werner hatte seinen Browning wieder eingesteckt und beugte sich nun über die ohnmächtige Mary.

»Jetzt helfen Sie mir erst einmal, das arme, törichte Mädchen wieder zu Bewußtsein zu bringen. Ein Glück, daß der Kerl sie nicht umgebracht hat. Ein böses Erwachen wird es aber für sie sein.«

Und mitleidig erzählte Werner, was er vom Nebenzimmer aus erlauscht hatte.

»Und nun sagen Sie mir, wie Sie auf die Spur der Verbrecher gekommen sind«, bat der Kriminalbeamte.

Werner wollte auf keinen Fall, daß seine Schwester Marlies in diese kriminelle Angelegenheit verwickelt würde. Er wollte ihr etwaige Verhöre bei der Polizei ersparen und erklärte:

»Durch eine unbedachte Bemerkung dieses Mädchens, das sich ein Stelldichein mit ihrem vermeintlichen Liebhaber gab, das ich belauschte. Ich bin mir schon die ganze Zeit über sicher gewesen, daß die Bande den Anschlag auf den Schmuck wiederholen würde.«

Der Kriminalbeamte zeigte auf den noch immer am Boden liegenden Koffer.

»Und der Kerl hatte den Schmuckkoffer, diesmal den richtigen, schon erwischt und wäre damit auf und davon, wenn Sie es nicht vereitelt hätten?«

Werner lächelte.

»Nein, das ist wieder nicht der richtige! Die Verbrecher wären auch diesmal wieder die Gelackmeierten gewesen. Dieser mit Büchern gefüllte Koffer war der Speck, den ich in die Falle tat, um die Ratten zu fangen.«

»Donnerwetter! Die dummen Gesichter der Halunken hätte ich sehen mögen, als sie auch das zweite Mal hereingelegt wurden.«

Inzwischen hatten sie Mary von dem Knebel befreit, den ihr Wilhelm in den Mund geschoben hatte, und ihr die Schläfen mit kaltem Wasser benetzt. Sie kam langsam wieder zu sich und sah sich mit verstörten Augen um.

»Wilhelm?« fragte sie ganz benommen und faßte nach ihrem Hals, wo sie der sonderbare Liebhaber gewürgt hatte, als sie sich ahnungslos seinen Liebkosungen hingab.

»Na, Fräuleinchen, seien Sie froh, daß Sie mit einem blauen Auge davongekommen sind. Ihr Wilhelm ist ein Gauner, der den Schmuck Ihrer Herrin stehlen wollte und Sie als sein Werkzeug mißbraucht hat. Er hätte Sie wahrscheinlich hier liegen lassen und der Erstickungsgefahr ausgesetzt, wenn Herr Strasser ihm nicht das Handwerk gelegt hätte. Bei ihm können Sie sich bedanken, daß die Sache für Sie nicht schlimmer ausgegangen ist«, sagte der Kriminalbeamte.

Mary weinte herzzerbrechend.

»Oh, oh, diese schlechte Mensch, er haben mich gerissen die Schlüssel weg und haben mir wollen ersticken mit seine Hände. Oh – was eine schlechte Mensch!«

Sie zeigte auf die deutlich sichtbaren Male an ihrem Hals von Wilhelms würgenden Händen. Werner sah sie mitleidig an.

»Zum Glück sind Sie mit dem Leben davongekommen,

Miß Mary, aber lassen Sie sich das eine Warnung sein. Auch wären Sie in eine peinliche Lage gekommen, wenn ich nicht bezeugen könnte, daß Sie keine Ahnung von den verbrecherischen Absichten dieses Halunken hatten. Seien Sie in Zukunft vorsichtiger, und behalten Sie Geheimnisse, die Ihnen anvertraut werden, besser für sich.«

Mary barg das Gesicht in den Händen.

»Oh, ich schämen mich so sehr, ich sein so unglücklich.«

»Gehen Sie jetzt in Ihr Zimmer, Miß Mary. Ihre Anwesenheit ist nicht mehr nötig, ich bleibe hier. Mr. Haller und Ihre Lady werden bald hier sein, ich werde sie herbeirufen.«

»Ich werden meine gute Stellung verlieren, meine Lady werden mich fortjagen, ich sein so unglücklich!«

»Ich werde ein gutes Wort für Sie einlegen, aber Sie dürfen nie wieder so unvorsichtig sein.«

»Sie sein so gut zu mich, Mr. Strasser. Ich sein so voll Dankbarkeit. Nie, niemals werden ich wieder einen Menschen trauen, niemals wieder schwatzen von solche Dinge.« Schluchzend wankte Mary hinaus.

Während der Kriminalbeamte im Salon Wache hielt, telefonierte Werner mit Mr. Haller, der mit seiner Tochter und den beiden Steinbergs noch beim Frühstück saß.

Als Haller an das Telefon geholt wurde, erhob er sich schnell und folgte dem Ruf.

»Hallo, wer dort?«

»Hier Strasser, Mr. Haller ...«

»Was ist geschehen?« fragte Haller erregt.

»Ich will Ihnen nur sagen, daß hier alles in Ordnung ist. Es wäre mir lieb, wenn die Herrschaften sofort zum Hotel zurückkommen könnten, ich möchte am Telefon nicht ausführlich werden.«

»Wir kommen sofort!«

»Unser schönes Frühstück muß leider abgebrochen werden, wir müssen ins Hotel zurück«, sagte er hastig.

Daisy sah ihn mit großen, bangen Augen an.

»Was ist geschehen, Vater?«

»Das weiß ich selbst noch nicht. Strasser sagte mir nur, daß alles in Ordnung sei und wir zurückkehren möchten.«

Daisy atmete auf. Werner Strasser hatte selbst telefoniert und gesagt, daß alles in Ordnung war – ein Stein fiel ihr vom Herzen.

Vater und Tochter verabschiedeten sich von Steinbergs und fuhren im Taxi zum Hotel zurück.

Werner sah Daisys erregtes Gesicht und sagte schnell:

»Bitte, beunruhigen Sie sich in keiner Weise, dazu gibt es keinen Grund, es ist alles gut abgelaufen. Hier ist der Kriminalbeamte Bennert, der Ihnen das bestätigen wird.«

»Dank der geschickten Art von Herrn Strasser und seinem entschlossenen Eingreifen ist es uns gelungen, die ganze Bande dingfest zu machen. Er ist mit großer Umsicht und Unerschrockenheit vorgegangen und hat uns Fachleute beinahe beschämt.«

»Es war ein glücklicher Zufall, der mich hinter die Pläne dieser Verbrecher kommen ließ«, wehrte Werner ab.

Haller nahm seine Hand fest in die seine und lächelte ein wenig.

»Das weiß ich nun schon: Alles, was Sie tun, geschieht ohne Ihr Verdienst, und Sie werden auch jetzt unsern Dank zurückweisen. Aber ich brauche Ihnen wohl nicht zu sagen, daß Sie uns von einer heimlichen Unruhe und Angst erlöst haben, mich und meine Tochter.«

Daisy sagte kein Wort, nahm Werners Hand in die ihre und drückte sie in krampfhafter Erregung. Werner trieb dieser stumme Dank das Blut heiß zum Herzen, er war dadurch reich belohnt.

Der Kriminalbeamte verabschiedete sich nun mit den Worten:

»Ich muß jetzt sofort Bericht erstatten und eventuell weitere Schritte unternehmen. In solchen Fällen pflegt sich noch so mancher zu verraten, der mit den Verbrechern als Hehler oder Helfer in Verbindung steht. Ich werde in den nächsten Tagen noch einmal vorsprechen und Ihnen über den Fortgang der Dinge berichten.«

Haller wandte sich, nachdem der Kommissar gegangen war, an Werner:

»Und nun erzählen Sie uns erst einmal, was sich hier zugetragen hat«, sagte er.

Werner erzählte schlicht und sachlich, was geschehen war. Aufmerksam hörten ihm Vater und Tochter zu. Daisys Augen hingen an den seinen, und diese großen glänzenden Augen ließen sein Herz schneller schlagen.

Als er mit seinem Bericht zu Ende war, drückte Haller seine Hand.

»Sie müssen bei uns bleiben, ich lasse Sie nicht wieder weg. Ich war mir schon darüber klar, daß ich keinen besseren Sekretär bekommen könnte, aber als Reisebegleiter sind Sie uns noch viel unentbehrlicher. Wer weiß, wie nötig wir Sie noch brauchen werden.«

»Herr Strasser, mein Vater spricht mir aus der Seele, Sie dürfen uns nicht verlassen. In Ihrem Schutz werden wir uns überall sicher fühlen. Bitte, bleiben Sie bei uns«, sagte Daisy, seine Hand wieder ergreifend.

Wie sie ihn dabei ansah, das hätte Werner zu jedem Opfer bereit gemacht. Wie hätte er ein so glänzendes Anerbieten ausschlagen sollen! Er mußte seine ganze Selbstbeherrschung aufbieten, um unter ihrem Blick seine Fassung nicht zu verlieren. Mit leise bebender Stimme erwiderte er:

»Wenn Sie mich für fähig halten, diese Stelle auszufüllen, so betrachte ich das als ein großes Glück. Ich will mir Mühe geben, Ihnen so zu dienen, daß Sie Ihr Vertrauen nicht bereuen sollen.«

»Ich kenne Sie nun gut genug, um zu wissen, daß ich mir selbst den größten Dienst erweise, wenn ich Sie engagiere. Jetzt wollen wir erst einmal eine Flasche Wein zusammen trinken, die Aufregung hat mich durstig gemacht.«

Mary erschien weinend, sie machte sich selbst die heftigsten Vorwürfe und bat um Verzeihung für ihre Unbedachtsamkeit.

»Ich haben geglaubt, er sein eine ehrliche Mensch, und ich haben ihn liebgehabt. So froh war das arme häßliche Mary, daß eine Mensch ihr liebhaben. Ich werden in die Wasser gehen, wenn Lady mir nicht behalten will als ihre Zofe. Ich nie wieder einem Menschen glauben, daß er mir lieben, ich sein ja häßlich.«

Das rührte die gutherzige Daisy zu Tränen, und sie beruhigte Mary.

Am Nachmittag kam der Kriminalbeamte Bennert noch einmal ins Hotel und berichtete, daß sie die ganze Bande erwischt hätten und drei der Burschen alte Bekannte in Zuchthäusern seien. So war der Fall endlich aufgeklärt.

*

Am Abend dieses Tages machte Haller Werner den Vorschlag, ganz ins Hotel überzusiedeln. Aber Werner bat ihn, davon abzusehen, da er, solange er noch in Berlin weile, mit seiner Schwester zusammenbleiben wolle, wenigstens in seiner freien Zeit.

Als Werner an diesem Abend heimkam, wartete Marlies schon voll Unruhe auf ihn.

»Werner, ich hatte den ganzen Tag eine solche innere Unruhe, als könne dir etwas Schlimmes geschehen. Gottlob, daß du heil und unversehrt vor mir stehst!«

Er zog sie in seine Arme und sagte lächelnd:

»Ihr Frauen seid doch sehr feinfühlige Geschöpfe. Es ging heute hoch her, ich habe dir eine Menge zu erzählen. Das Beste zuerst: Mr. Haller hat mich heute als Sekretär und Reisebegleiter engagiert, und zwar unter so glänzenden Bedingungen, daß ich auch für dich ausgiebig sorgen kann. Das bittere dabei ist, daß wir uns trennen müssen, Marlies, für die Dauer der Reise, die Mr. Haller vorhat. Sobald er wieder einen festen Wohnsitz hat, werde auch ich Fuß fassen, dann lasse ich dich auf jeden Fall nachkommen.«

Marlies rang tapfer die Angst vor der Trennung in sich nieder und faßte seine Hand.

»Wie herrlich das für dich ist, Werner! Laß dir von ganzem Herzen Glück wünschen! Die Trennung darf uns nicht schrecken. Ist sie nur vorübergehend, so will ich sie um so mutiger ertragen. Ich müßte mich ja auch damit abfinden, wenn es eine Trennung für immer wäre.«

»Das soll es auf keinen Fall sein. Mich bedrückt schon schwer genug, dich auf so lange Zeit alleinlassen zu müssen.«

»Laß uns nur daran denken, Werner, daß bessere Zeiten für

dich kommen. Habe ich es nicht immer wieder gesagt? Die Glückssträhne ist da!«

»Du brauchst mir keine Komödie vorzuspielen, Marlies. So heldenhaft du dich auch benehmen kannst, ich weiß, wie es in dir aussieht. Fühle ich doch selbst, wie schwer die Trennung werden wird. Aber eines wünsche ich: daß du die Arbeit bei Frau Biernuske aufgibst!«

Marlies hatte sich bereits wieder in der Gewalt.

»Werner, denkst du vielleicht, ich lege jetzt die Hände in den Schoß, um auf deine Kosten die Prinzessin zu spielen? Daraus wird nichts.«

»Die Prinzessin? Marlies, ein Prinzessinnendasein kann ich dir leider nicht bieten, aber leichter kann und will ich dir das Leben machen. Du sollst nicht faulenzen, ich weiß, das liegt dir nicht. Aber du brauchst nur tun, was dir Spaß macht. Wir besprechen das noch im einzelnen. Frau Biernuske kannst du schon darauf vorbereiten, daß du bald nicht mehr zu ihr kommen wirst.«

Lächelnd schüttelte Marlies den Kopf.

»Laß mich nur ruhig zu ihr gehen, solange sie mich nicht selbst entläßt. Sie hat mir geholfen, als ich es bitter nötig brauchte, sie hat mich gut bezahlt.«

»Kleines tapferes Mädchen«, sagte Werner bewegt, »wenn ich dich nur mitnehmen könnte! Dann wäre mein Glück ganz ohne Schatten. Doch nun habe ich dir noch vieles andere zu erzählen.«

Marlies lauschte mit angehaltenem Atem.

»So war meine innere Unruhe doch nicht unbegründet. Wie gut, Werner, daß ich in der kleinen Konditorei die Zofe Mary mit jenem Wilhelm belauscht und es dir erzählt habe. Sonst wärst du nicht zur rechten Zeit zu Hilfe gekommen.«

»Ja, Marlies, im Grunde verdanke ich es dir, daß ich die Verbrecher fassen konnte. Ich habe aber von deiner Beteiligung zu keinem Menschen gesprochen und werde es auch nicht tun, damit man dich nicht behelligt.«

»Das ist ganz in meinem Sinne, Werner. Es wäre mir peinlich gewesen, in diese Angelegenheit verwickelt zu werden.«

Die Geschwister saßen an diesem Abend noch lange zusammen. Sie hatten viel zu besprechen und konnten kein Ende finden.

*

Als Marlies am nächsten Tag auf dem Weg zu Frau Biernuske war, hatte sie ein kleines Abenteuer. Sie wollte eine Fahrstraße überqueren, als sie sah, daß eine alte Frau, von einem Radfahrer gestreift, zu Fall kam und in Gefahr geriet, unter eine sich nähernde Straßenbahn zu kommen. Beherzt sprang Marlies hinzu, um die alte Frau aus ihrer bedrohlichen Lage zu retten.

Mit ihr war auch ein junger Herr herbeigeeilt und hob die alte Frau mit auf, die sich vor Schreck nicht zu rühren vermochte. So trugen sie die Verunglückte gemeinsam zum Bürgersteig. Halb bewußtlos lag sie in Marlies Armen. Diese mühte sich um sie.

Der Herr war stehengeblieben und sah auf Marlies hinab. Etwas in ihrem Wesen, ihrem Aussehen fesselte ihn. Mit Wohlgefallen sah er in ihr vor Eifer gerötetes Gesicht. Bewegt lauschte er ihrer Stimme. Viel Wärme und Güte bot sie auf, die Frau von ihrem Schreck zu befreien.

»Kann ich behilflich sein?« fragte der Mann nach einer Weile.

Jetzt sah Marlies zum ersten Mal in sein Gesicht. Es war

energisch, mit klugen Augen. Seine Art und seine Aussprache verrieten den Ausländer.

»Ich danke, mein Herr, aber die Ärmste scheint gottlob mit dem Schrecken davongekommen zu sein. – Nicht wahr, Mütterchen, nun ist es schon wieder viel besser, Sie denken nicht mehr an den Schrecken?«

Die alte Frau sah dankbar in Marlies' junges Gesicht. »Ach, mein liebes Fräulein, was habe ich mich erschrocken! Wenn Sie und der junge Herr nicht so schnell zugegriffen hätten, wäre ich wahrscheinlich überfahren worden«, sagte sie mit zitternder Stimme.

»Wir haben aber zugegriffen, und nun besteht kein Grund mehr zu Kümmernissen. Nicht wahr, jetzt können Sie schon wieder aufrecht stehen?«

Marlies sah lächelnd zu dem Herrn empor, und eine Weile ruhten die beiden jungen Augenpaare ineinander. Unter dem bewundernden Ausdruck in den Augen des jungen Mannes stieg eine tiefe Röte in Marlies' Gesicht. Sie wandte sich verwirrt wieder der alten Frau zu. »Werden Sie allein gehen können, Mütterchen?«

»Ach du lieber Gott, mir zittern immer noch die Knie, und ich habe noch so einen weiten Weg«, seufzte die alte Frau.

Der Herr rief schnell entschlossen ein vorüberfahrendes Taxi herbei.

»Bitte, steigen Sie ein, Sie fahren besser nach Hause«, sagte er gütig.

Erschrocken wehrte die alte Frau ab.

»Um Gottes willen, nein, ich habe für Taxifahren kein Geld.«

Er lachte gutmütig, hob, ohne auf ihren Protest zu achten, die alte Frau ins Auto und fragte:

»Wohin soll man Sie bringen?«

»Ich hab' ja kein Geld«, jammerte die alte Frau.

Marlies sah, daß der Herr ihr verstohlen einen großen Geldschein in die zitternde Hand schob. Die alte Frau sah fassungslos darauf und stammelte einen Dank.

»Wohin also?« schnitt er ihr das Wort ab.

»Albrechtstraße 4, aber das ist ja viel zuviel Geld, mein Herr, Sie haben sich wohl geirrt?« rief die alte Frau ganz fassungslos.

»Fahren Sie zu, Albrechtstraße 4«, rief er und schloß lachend die Tür.

Als er sich umwandte, sah er, daß die hilfsbereite junge Dame schon verschwunden war. Sie hatte gesehen, daß die alte Frau geborgen war, und auch bemerkt, daß der Herr ihr Geld gegeben hatte, da war sie schnell davongegangen. Zwar hatte ihr der Fremde gut gefallen, seine warmherzige Art hatte sie erfreut, aber nun war das Intermezzo beendet.

Der Fremde sah sich suchend um, er schien nicht willens zu sein, dies alles für beendet zu betrachten, soweit es die junge Dame betraf, die einen tiefen Eindruck auf ihn gemacht hatte. Schnell bog er um die Straßenecke, nur dort konnte sie verschwunden sein. Und richtig, nur wenige Schritte vor ihm, ging sie ruhig ihres Weges.

Ihr anmutiger Gang bezauberte ihn noch mehr. Er eilte ihr nach, ihm war, als dürfe er sie nicht gehen lassen, ohne zu erfahren, wer sie war. Aber ehe er sie noch erreichen konnte, verschwand sie in einem Haus. Er kam vor der Tür an, als sie sie gerade schloß und durch das Fenster noch einmal auf die Straße schaute. Wie in einem Rahmen erblickte er das reizende Gesicht, das bei seinem Anblick dunkel errötete. Er zog den Hut. Sie dankte mit einem leichten Neigen des Kopfes und verschwand.

Der Fremde stand noch lange und sah ihr nach.

Marlies eilte atemlos die Treppe zu Frau Biernuskes Wohnung hinauf. Das Mädchen, das ihr öffnete, sagte, Marlies möchte einige Minuten warten.

Verstohlen trat Marlies an ein Fenster und sah auf die Straße hinab. Dort stand immer noch der junge Herr. Er war auf die andere Seite der Straße gegangen und schaute an dem Haus empor, als suche er alle Fenster ab. Marlies konnte er nicht sehen. Sie aber sah ganz deutlich sein enttäuschtes Gesicht. Ihr Herz klopfte. Nach einer Weile ging der Herr langsam davon, sich immer wieder nach dem Haus umwendend.

Marlies war zumute, als ziehe plötzlich ein grauer Schatten über ihr Leben. Warum durfte sie nicht hinuntereilen zu dem jungen Mann? Nein, so etwas wäre nicht damenhaft gewesen. Wie oft scheitert ein Menschenschicksal daran, daß man nicht im entscheidenden Augenblick den Mut hat, etwas zu tun, was gegen den sogenannten guten Ton verstößt.

Die Begegnung mit diesem Mann war für Marlies von einschneidender Bedeutung. Sie konnte sein sympathisches Gesicht mit den gutmütigen Augen nicht vergessen – nie mehr. Auch er erinnerte sich oft an das reizende Geschöpf, das ihn mit klaren Augen angesehen hatte.

Marlies schrak erst aus ihren Gedanken auf, als Frau Biernuske eintrat und wieder mit einem Schwall von Schimpfreden begann, die ihrem Architekten galten. Heute fand sie nur schwer den nötigen Humor, um sich darüber hinwegzusetzen. Müdigkeit und Verzagtheit drückten sie nieder.

*

Zu derselben Zeit, als Marlies das kleine Abenteuer mit der alten Frau und dem Herrn hatte, saß Werner im Arbeitszimmer Mr. Haller gegenüber, Geschäftliches zu erledigen.

Während er einen eben geschriebenen Brief Haller zur Unterschrift vorlegte, sagte dieser: »Sie können jetzt einmal ein wirkungsvolles Inserat aufsetzen. Wir brauchen für Miß Kruse Ersatz. Aber meine Tochter möchte jetzt eine junge Dame zur Gesellschafterin haben. Ich halte es auch für richtiger; für eine ältere Dame ist die Reise, die wir vorhaben, einfach zu beschwerlich. Wir suchen eine junge Dame, nicht unter zweiundzwanzig und nicht über dreißig, aus guter Familie, der englischen Sprache mächtig, gesund, heiter, sympathisches Äußeres. Erwähnen Sie, daß die Gesuchte für längere Zeit mit auf Reisen gehen muß – auf Seereise, falls Seekrankheit vorhanden ist. Offerten mit Foto und so weiter ...«

Als Werner die Annonce aufsetzte, dachte er plötzlich an seine Schwester. Herrgott – das wäre eine Stellung für Marlies! Sie besaß alle geforderten Eigenschaften. Wenn Marlies diese Stellung bekommen und mit ihm zusammen auf Hallers Jacht die Weltreise antreten könnte – das wäre ja nicht auszudenken! Nein, nein – so weit ging die Glückssträhne nicht, das wäre zuviel des Guten. Ob er es wagte und Haller sagte, daß seine Schwester sich ausgezeichnet für diese Stellung eignen würde? Und daß sie sie mit tausend Freuden annähme?

Aber nein – das ging nicht, das durfte er nicht tun. Ganz gewiß würden Haller und seine Tochter ohne weiteres einverstanden sein, weil sie – wie immer – jede Gelegenheit ergreifen würden, ihm ihre Dankbarkeit zu beweisen. Aber gerade deshalb durfte er Marlies für diese Stelle nicht vorschlagen. Das hieße Dankesbeweise herausfordern. Schade, jammerschade! So eine Gelegenheit kam nicht wieder für Marlies. Gerade weil sie seine Schwester war, konnte sie nicht in Frage kommen ... Oder?

Ein Gedanke blitzte in ihm auf. Warum sollte sich Marlies nicht wie jede andere um diese Stellung bewerben? Marlies führte doch, da sie nur seine Stiefschwester war, einen andern Namen als er. Wenn sie nun, unabhängig von seinem Verhältnis zu Haller, sich um diese Stelle bewarb, als eine Fremde – wenn sie ihre Fotografie einsandte und ausgewählt wurde, ohne jede Rücksicht auf ihn? Das konnte eigentlich nicht unerlaubt sein. Niemand brauchte zu wissen, daß sie in einem verwandtschaftlichen Verhältnis zueinander standen, wenigstens vorläufig nicht. Später einmal, wenn Miß Daisy mit Marlies zufrieden war, wenn sich eine Gelegenheit fand, konnte man beichten. Wenn er die Beweggründe angab, weshalb er seine Schwester verleugnete, würden Haller und seine Tochter die kleine Komödie gern verzeihen.

Werner kam nicht mehr von diesem Gedanken los. Immer mehr machte er sich damit vertraut.

Das Inserat wurde aufgegeben. Als Werner später mit Daisy über die Reisebegleiterin sprach, forschte er sie ein wenig aus, welche Eigenschaften sie von ihr verlangte. Und er mußte sich eingestehen, daß Marlies all diese Eigenschaften besaß.

Er konnte heute die Zeit fast nicht abwarten, bis er nach Hause kam.

Als er endlich am Abend mit Marlies zusammensaß, erzählte er ihr, was für ein Inserat er heute hatte aufgeben müssen. Marlies seufzte leise auf.

»Wenn man doch solch eine Stelle bekommen könnte!«

Werner sah seine Schwester forschend an.

»Marlies, soll ich dich vorschlagen und bei Haller und seiner Tochter ein gutes Wort für dich einlegen?«

»Auf gar keinen Fall, Werner! Du darfst nicht vergessen, daß Haller und seine Tochter nur darauf warten, dir ihre Dankbarkeit zu beweisen. Sie würden mich engagieren, gleichviel, ob ich ihnen sympathisch und angenehm wäre oder nicht. Werner, es würde uns unsicher machen. Nein, so gern ich diese Stellung hätte, es geht nicht, daß ich mich als deine Schwester darum bewerbe.«

»Wir sind wieder einmal einer Meinung, Marlies. Ich wollte nur deine Ansicht hören. Aber – wenn du nun dieses Inserat lesen würdest, ohne zu ahnen, wer sich hinter der Chiffre verbirgt, würdest du dich dann darum bewerben?«

»Unbedingt, Werner.«

»Marlies, ich habe mir die Sache den ganzen Tag durch den Kopf gehen lassen. Es wäre doch wunderbar, wenn du mit mir kommen könntest, wenn ich dich nicht schutzlos und einsam hier zurücklassen müßte. Es gibt einen Weg, der es möglich macht, dich um diese Stelle zu bewerben.«

»Wie meinst du das?«

»Du dürftest dich nicht als meine Schwester zu erkennen geben. Wenn wir es nicht selbst verraten, werden Haller und seine Tochter nicht ahnen, daß wir Geschwister sind. Fällt Miß Hallers Wahl auf dich, geschieht es doch völlig unbeeinflußt durch Dankbarkeitsgefühle gegen mich. Dann nimmt sie dich, weil du ihr passend erscheinst und ihr sympathisch bist. Hast du die Stelle angenommen und Miß Haller ist – wie ich nicht bezweifle – zufrieden mit dir, könnten wir eine Gelegenheit abpassen und dann bekennen, daß wir Geschwister sind und es nur verschwiegen haben, um keine Beeinflussung auszuüben. Wir müßten uns natürlich als fremde Menschen begegnen. Aber wir wären zusammen, Marlies, ich brauchte Berlin nicht in tausend Sorgen um dich zu verlasssen.«

Marlies preßte die Hände vors Gesicht, um Werner nicht merken zu lassen, wie erregt sie war.

»Werner, der Gedanke ist viel zu schön, um wahr zu werden! So ginge es natürlich, und man würde uns später hoffentlich wegen der Täuschung nicht zürnen, da sie ja nicht unedlen Motiven entstammt.«

»Marlies, warum sollst gerade du dich nicht um diese Stelle bewerben? Du würdest dich vorzüglich dafür eignen, und Miß Haller bekäme eine Gesellschafterin, auf deren Treue und Ergebenheit sie bauen könnte.«

»Daran wollen wir noch gar nicht glauben, Werner, es wäre zuviel Glück für mich. Aber – ich tue es, ich schicke eine Bewerbung. Wenn der liebe Gott nicht will, daß wir zusammenbleiben, dann wird er Miß Hallers Wahl nicht auf mich fallen lassen. Wählt sie mich, dann ist unser Glück vollkommen.«

Marlies dachte plötzlich an den jungen Herrn mit den lustigen, guten Augen. Sie würde ihn nie, nie wiedersehen – und es war vielleicht gut so. Nichts als eine Erinnerung sollte er ihr sein.

*

Als Marlies bei Frau Biernuske ankam, stritt diese gerade mit ihrem Dienstmädchen. Sie gebrauchte die derbsten Ausdrücke, und das Mädchen blieb ihr nichts schuldig.

Marlies versuchte wieder einmal, Frau Biernuske ein wenig Manieren beizubringen, aber sie merkte, daß es vergeblich war. Ein Vergnügen war das wirklich nicht.

Als Marlies dann allein im Zimmer war und aufatmend an das Fenster trat, fuhr sie mit hochrotem Kopf zurück. Da unten stand wieder der Herr von gestern und sah angelegentlich an der Fassade des Hauses empor, jedes Fenster aufmerksam musternd. Marlies schlug das Herz bis zum Hals hinauf. Aber gleich darauf mußte sie sich einen Ruck geben, denn Frau Biernuske trat ein, und sie mußte ihren Platz am Fenster aufgeben.

Noch nie war sie so froh gewesen wie heute, daß sie sich endlich entfernen konnte. Als sie auf die Straße hinaustrat, sah sie sich unsicher um. Aber der Fremde war verschwunden. Wie hätte er auch stundenlang hier stehen sollen, um auf sie zu warten. Und eine heimliche Trauer nistete in Marlies' Herzen, daß es ihr nicht vergönnt gewesen war, diesen Herrn näher kennenzulernen.

Marlies begab sich auf den Heimweg. Zu Hause angelangt, schrieb sie, wie mit Werner besprochen, ihre Bewerbung. Sie zeigte sie am Abend ihrem Bruder, und er war zufrieden damit. Ihre Fotografie beilegend, machte Marlies den Brief fertig, um ihn am nächsten Morgen abzuschicken.

Während Marlies am Vormittag den Weg zu Frau Biernuske angetreten hatte, war Werner mit Miß Haller von einer Ausfahrt zurückgekommen. Als sie im Hotel angekommen waren, fuhr Daisy hinauf in ihre Zimmer. Sie hörte im Salon sprechen und erkannte Ralph Steinbergs Stimme.

»Ralph! Du bist noch in Berlin? Sagtest du nicht gestern, daß du heute morgen abreisen wolltest?«

Er faßte ihre Hand mit einem festen Druck:

»Daisy, ich wollte abreisen, aber – ich habe es noch um einen Tag verschoben.«

»Warum?«

»Vielleicht nur aus einer törichten Laune heraus, Daisy.«

Lachend und kopfschüttelnd sah sie ihn an.

»Du und eine Laune? Das stimmt nicht zusammen, ich wette, du hast einen bestimmten Grund, deine Abreise zu verschieben.«

»Wie gut du mich kennst! Ich hatte einen bestimmten Grund, wollte dem Schicksal Gelegenheit geben, mir einen Wunsch zu erfüllen, den es mir nur hier in Berlin erfüllen kann. Aber – das Schicksal hat diese Gelegenheit nicht ergriffen.«

»Du sprichst in Rätseln. Verstehst du das, Vater?«

Haller schüttelte ebenfalls den Kopf.

»Mir ist selbst rätselhaft zumute, ich weiß nicht wie. Sag, Daisy, warst du schon einmal richtig verliebt?«

»So indiskrete Fragen sind vormittags streng verboten«, sagte sie lachend, um ihre Verlegenheit zu verbergen.

»Ich möchte nur wissen, wie einem da zumute ist.«

Nun lachte Daisy laut auf, und auch ihr Vater mußte plötzlich einstimmen.

Mit tragischer Miene sagte Daisy anschließend:

»Und du hast vier- oder fünfmal um meine Hand angehalten und mir versichert, daß du mir gut bist.«

»Ich bin dir sehr gut, Daisy, aber so miserabel wie heute war mir noch nie zumute. Ich glaube, verliebt sein, das ist doch was anderes.«

»Das glaube ich auch, Ralph. Hast du dich etwa verliebt?«

»Das weiß ich eben nicht, Daisy. Darüber wollte ich mir bei dir Rat holen. Ich sah gestern eine junge Dame, die mir außerordentlich gefiel. Aber ehe ich noch ergründen konnte, was sie in meinem Herzen angerichtet hat, war sie entschwunden. Seitdem ist mir ganz schauderhaft zumute, weißt du, etwa so, als hätte ich etwas sehr Wertvolles verloren, was ich nie besessen habe. Kannst du dir das vorstellen?«

»Offen gesagt nein.«

»Dann wirst du mir auch das Rätsel in meinem Innern nicht lösen können. Daisy, ich konnte einfach nicht abreisen, ohne den Versuch gemacht zu haben, sie noch einmal wiederzusehen. Ich möchte sie gern fragen, ob sie mich verhext hat. Denn daß ich nicht abreise, wo ich doch der Geschäfte wegen abzureisen hätte, das ist doch ein Zeichen, daß mit mir etwas nicht ganz in Ordnung ist.«

Daisy trat auf ihn zu und legte die Hände auf seine Schultern.

»Und du willst mein treuester Verehrer sein, Ralph?« neckte sie.

In diesem Moment trat Werner ein. Er sah, daß Daisy vertraulich vor Ralph stand, hörte ihre Worte und vernahm nun auch Ralph Steinbergs Antwort:

»Das ist ja eben das Unglück, daß du nicht meine Frau werden willst. Dann wäre ich aus allen Zweifeln heraus und wüßte, wo mein Herz hingehört. Du bist schuld, wenn es haltlos umherirrt.«

Lachend erwiderte Daisy: »Und wenn ich mich jetzt bereit erkläre, deine Frau zu werden, dann bringe ich dich in die größte Verlegenheit.«

»Tu es, Daisy, dann ist alles in Ordnung.«

Daisy wandte sich lachend ab und sagte zu ihrem Vater, um vom Thema abzulenken:

»Ralph und Herr Strasser kennen sich noch nicht, Vater.«

Haller machte die beiden jungen Herren miteinander bekannt. Freimütig reichte Ralph Werner die Hand.

»Also endlich lerne ich den Helden kennen, von dessen Taten ich so viel gehört habe. Ich freue mich, und noch mehr freue ich mich, daß diese Bekanntschaft keine flüchtige bleiben wird. Ich werde ja in Genua an Bord der ›Regina‹ kommen.«

Werner sagte ebenfalls einige höfliche Worte, und dann verabschiedete sich Ralph Steinberg.

»Wie, du willst schon gehen, Ralph? Du hattest doch zugesagt, mit uns das Dinner einzunehmen, auch dein Vater wird teilnehmen«, sagte Haller.

»Ich komme rechtzeitig wieder, muß nur noch etwas erledigen«, erwiderte Ralph. Und zu Daisy tretend, flüsterte er: »Ich will noch einmal versuchen, ob ich die junge Dame nicht doch noch finden kann, nur um sie zu fragen, was sie mit meinem Herzen angestellt hat.«

Und Daisy flüsterte zurück:

»Du mußt mir aber sagen, was sie dir geantwortet hat.«

Er nickte und legte beteuernd die Hand auf das Herz.

Werner hatte bemerkt, daß Ralph und Daisy miteinander flüsterten, und wieder meldete sich Eifersucht in seinem Herzen. Er mußte sich zusammennehmen.

Daisy zog sich zurück, und Werner arbeitete mit Haller. Als dann nach etwa zwei Stunden Ralph Steinberg zurückkam, empfing ihn Daisy vorläufig allein im Salon.

»Nun, Ralph – hast du Sie wiedergesehen?«

Er schüttelte betrübt den Kopf.

»Nein, Daisy, ich habe wohl eine halbe Stunde vor dem Haus gestanden, in dem sie gestern verschwunden war, genau wie heute früh schon, aber auch diesmal habe ich sie nicht wiedergesehen. Das Schicksal will es nicht. Schade – sie hatte so wundervolle tiefblaue Augen und schönes blondes Haar, auch eine warme, liebe Stimme. Ich hätte diese Stimme so gern wiedergehört. Ich werde abreisen müssen, länger kann ich meine Geschäfte nicht vernachlässigen. Ich hoffe, du wirst recht gut mit mir sein und mich trösten, wenn wir uns in Genua wiedersehen.«

»War dies alles nur ein Scherz, Ralph, oder steckt da ein ernsthaftes Empfinden dahinter?«

Seine sonst so lachenden Augen blickten ernst.

»Es hätte eine sehr ernsthafte Sache werden können, Daisy, aber da es nicht sein soll, ist es vielleicht gut so. Man kann nie wissen, was das Schicksal mit einem im Sinn hat.«

»Es sollte mir leid tun, Ralph, wenn das Glück an dir vorbeigegangen wäre.«

So standen sie noch Hand in Hand, als Haller mit Werner wieder in den Salon trat. Schnell löste Daisy ihre Hand aus der Ralphs, aber Werner hatte es doch gesehen.

Als Werner später mit Haller unterwegs war, fragte dieser ihn:

»Wie gefällt Ihnen Ralph Steinberg, Herr Strasser?«

Werner zwang sich zu einer objektiven Antwort.

»Soweit ich es beurteilen kann, scheint er ein sehr energischer, zielbewußter Mensch zu sein, wenn er das auch hinter einem scherzenden Ton zu verbergen sucht.«

»Er wäre der richtige Mann für meine Tochter. Ich hoffe noch immer, daß aus den beiden ein Paar wird. Sie passen ausgezeichnet zusammen.«

Werner rang mit seiner Eifersucht, obwohl ihm Daisy doch gesagt hatte, daß sie Ralph Steinberg nicht heiraten würde.

Werner war das Herz heute sehr schwer. Da hatte ihm nun das Schicksal so viel Glück in den Schoß geworfen, und statt darüber froh zu sein, verzehrte er sich vor Sehnsucht. Doch er predigte sich so lange Vernunft, bis er sich leidlich wieder beruhigt hatte.

*

Daisy und ihr Vater wollten am nächsten Morgen zum Bahnhof fahren, um sich von Ralph Steinberg zu verabschieden. Werner fuhr die Herrschaften hin und wartete. Er litt wieder Höllenqualen, als er sich ausmalte, wie warm und herzlich sich Daisy von Ralph Steinberg verabschieden würde. Ein erlösendes Aufatmen hob seine Brust, als Vater und Tochter zurückkamen. Haller stieg am Hotel aus, und Daisy bat Werner, sie noch spazierenzufahren.

»Warum machen Sie ein so böses Gesicht, Herr Strasser? Sie haben sehr finster ausgesehen, gestern schon – oder sehr traurig, ich weiß es nicht.«

Nun war plötzlich all seine Unruhe verflogen. Sie hatte auf ihn geachtet – hatte nicht gleichgültig über ihn hinweggesehen, das machte ihn froh. Sie mit einem freudigen Blick ansehend, sagte er:

»Ich habe doch nur Ursache, froh und glücklich auszusehen. Miß Haller, es wäre sehr undankbar gegen das Schicksal, wenn ich mürrisch blicken wollte.«

»Nun, jetzt sehen Sie jedenfalls wieder heiter aus, und das ist gut so. Ich liebe frohe Menschen, deshalb vertrage ich mich auch so gut mit Ralph Steinberg.«

»Warum trifft Mr. Steinberg erst in Genua mit Ihnen und Ihrem Herrn Vater zusammen?«

»Er hat noch Geschäfte in Frankreich und Spanien zu erledigen. Alle Männer in Amerika haben fast nur Zeit für Geschäfte, und es ist eine große Ausnahme, daß Ralph zu einer Vergnügungsreise auf der ›Regina‹ mitkommt.«

»Er tut es sicher nur, um in Ihrer Nähe sein zu können«, sagte Werner heiser.

Daisy sah schnell zu ihm auf und lächelte.

»Nur deshalb tut er es.«

Sie freute sich, daß sich Werners Stirn bei ihren Worten zusammenzog. Sie wußte ja, daß er schnell wieder froh sein würde, wenn sie es haben wollte. Es war ihr klar, daß Werner sie nicht mit gleichgültigen Augen betrachtete, und da er ihr auch nicht gleichgültig war, freute sie sich darüber. Werner Strasser war nun einmal der Mann, der ihrem lange gesuchten Ideal entsprach. Sie sah in ihm nur den Gentleman und Kavalier, nie betrachtete sie ihn wie einen Angestellten ihres Vaters. Er war der Held ihrer Mädchenträume, sie betrachtete ihn als ihresgleichen. Noch waren ihre Gefühle für ihn nicht klar genug, daß sie sich zu Zukunftsplänen verdichten konnten. Nur eines wußte sie: Er durfte nie mehr aus ihrem Leben verschwinden, denn Daisy fühlte sich so glücklich wie noch nie.

*

Am übernächsten Tag kam Werner vormittags wieder in Hallers Salon. Er fand dort Daisy mit ihrem Vater.

»Es ist mir lieb, daß wir heute daheimbleiben, Herr Strasser, sehen Sie dort – ein Korb voller Bewerbungen auf unser Inserat! Wollen Sie mir helfen?«

Haller erhob sich. »Das ist ein guter Gedanke. Strasser kann die zahlreichen Bewerbungen durchsehen und dir bei der Auswahl helfen. Ich habe ohnedies noch eine geschäftliche Konferenz mit Steinberg und bin in einer Stunde zurück.«

Daisy sah zu Werner auf.

»Bitte, geben Sie den Korb herüber. Sehen Sie nur, diese Menge Offerten! Das wird eine gehörige Arbeit für uns. Setzen Sie sich bitte mir gegenüber. Wenn mir das eine oder andere Gesicht gefällt, legen wir die Offerte einstweilen zur engeren Wahl beiseite.«

Werner hatte Herzklopfen, nicht nur, weil er so ganz allein mit Daisy war, sondern auch vor Unruhe, wie Marlies' Offerte auf Daisy wirken würde. Scheinbar ruhig nahm er eine Offerte nach der andern aus dem Korb, holte Brief und Foto heraus und legte das Bild immer vor Daisy hin. Die Briefe las er gewissenhaft durch, bis Daisy energisch sagte:

»Nein, diese nicht, das Gesicht gefällt mir nicht.«

»Die Zeugnisse dieser Dame sind aber sehr gut«, sagte er, oder: »Dieser Brief ist recht sympathisch gehalten.« Aber sie schüttelte den Kopf.

»Briefe und Zeugnisse kommen erst in zweiter Linie in Betracht, das Gesicht ist mir die Hauptsache.«

So hatten sie schon etwa zwanzig Briefe durchgesehen, ohne daß Daisy ein Gesicht gefallen oder Marlies' Brief an die Reihe gekommen wäre.

Daisy seufzte, als der zwanzigste erledigt war. »O weh, schon zwanzig Offerten – und noch nicht *ein* Gesicht, das mir gefallen hätte. Sie sind alle häßlich, die armen Mädchen.« Daisy krauste das Näschen. »Es ist so angenehm, ein hübsches Gesicht um sich zu haben, besonders bei einem Wesen, das immer in meiner Nähe sein wird, an einem Tisch mit uns essen und mit uns zusammenleben soll. Also muß sie mir gefallen. Lassen Sie uns weitersehen! Eine wird doch wenigstens darunter sein, die mir zusagt. Oder sind Sie müde?«

»Ich bin gewiß nicht müde. Wenn Sie es wünschen, fahren wir fort.«

Wieder wurde eine Reihe Briefe erledigt, ohne daß der von Marlies an die Reihe gekommen wäre. Werner überfiel große Unruhe. Wie gern hätte er die Briefe schnell einmal durchgesehen, aber er behielt sich in der Gewalt. Reinen Gewissens wollte er später behaupten können, daß er nichts dazugetan hatte, dem Schicksal vorzugreifen.

»Das ist aber wirklich langweilig, kein einziges angenehmes Gesicht.«

»Vielleicht kommt die Überraschung zuletzt«, versuchte Werner zu scherzen.

Und wieder schnitt er Brief um Brief auf. Dann sagte Daisy plötzlich, sich interessiert aufrichtend:

»Ah, das ist ja eine Schönheit!«

Werner blickte auf von dem dazugehörigen Brief, der von einem Fräulein Melanie Sternhoff geschrieben war.

»Sehen Sie – welch ein schönes Gesicht! Bitte, geben Sie mir doch den Brief, den sie geschrieben hat.«

Werner sagte sich bedrückt, daß gegen diese Schönheit seine zwar liebreizende, aber durchaus nicht klassisch schöne Schwester nicht ankommen könne. Daisys Wahl würde wahrscheinlich auf dieses Fräulein Sternhoff fallen. Ihr Schreiben war sehr korrekt, die Zeugnisse, von denen Abschriften beigefügt waren, erstklassig.

Daisy las das alles durch, sah nochmals in das schöne Gesicht und atmete dann bedrückt. »Jetzt werden Sie mich für sehr launenhaft halten – es ist *zu* schön«, sagte sie ein wenig verzagt.

»Zu schön? Kann ein Mensch zu schön sein?«

»Ja, dieses Gesicht ist zu schön. Man friert bei so viel Schönheit. Können Sie das verstehen? Sie sieht aus, als sei sie ebenso tüchtig wie schön. Ich hätte doch so gern ein heiteres, liebes Geschöpf neben mir, mit der ich, wie ich es liebe, Spaß haben kann und die von Herzen zu lachen vermag. Das ist es, was mir an diesem schönen Gesicht fehlt. Wir wollen aber diese Offerte beiseite legen – vielleicht komme ich doch darauf zurück.«

Werner legte Brief und Bild von Fräulein Sternhoff beiseite und öffnete wieder Brief um Brief. Der dritte war endlich der von Marlies. Er reichte Daisy das Bild, den Brief brauchte er ja nicht zu lesen, da er ihn bereits kannte.

Kaum hatte Daisy einen Blick auf das Bild geworfen, als sie sich schnell aufrichtete.

»Entzückend«, rief sie, ohne den Blick von dem Bild zu lassen. »Keine klassische Schönheit, aber ein liebes Gesicht. Und in den Augen ist ein Schelm versteckt. Sehen Sie doch, Herr Strasser, finden Sie die nicht auch entzückend?«

Er verzog keine Miene. Um keinen Preis wollte er verraten, wie ihm zumute war. »Die Hauptsache ist, daß sie Ihnen gefällt, Miß Haller.«

»Sehr gefällt sie mir. Wenn das Original so reizend ist wie dies Bild, habe ich gefunden, was ich suche. Wie heißt sie denn?«

»Marie-Elisabeth Rosner.«

»Ah, auch ein hübscher Name. Zeigen Sie mir den Brief! Was schreibt sie denn?«

Sie las eifrig, was Marlies geschrieben hatte. Werner klopfte das Herz. Als Daisy den Brief gelesen hatte, sagte sie:

»Sie ist Waise, musikalisch für den Hausgebrauch. Das ist

auch wieder nett. Und sie würde sehr, sehr gern mit auf Reisen gehen. Alter dreiundzwanzig Jahre. Famos! Wir brauchen gar nicht weiterzusuchen, Herr Strasser, das ist mein Fall. Bitte schreiben Sie sofort, die junge Dame soll sich morgen früh, elf Uhr, hier vorstellen. Schicken Sie den Brief mit Expreßboten.«

Werner hätte am liebsten gejubelt, aber er fragte korrekt:

»Wünschen Sie die andern Offerten noch durchzusehen?«

Sie schüttelte sich vor Entsetzen. »Erbarmen Sie sich, ich habe mehr als genug! Etwas Besseres finde ich bestimmt nicht. Sie Ärmster, jetzt müssen Sie alle Briefe mit einigen höflichen Zeilen beantworten und die Fotos zurückschicken.«

»Das ist nicht schlimm, Miß Haller, ich kann ja Durchschläge machen, da geht es schnell. Ich lege also diese Briefe in den Korb zurück.«

»Bitte, schreiben Sie gleich, damit die junge Dame auch bestimmt morgen früh kommt. Wenn Sie den Brief abgeschickt haben, leisten Sie mir noch ein wenig Gesellschaft, bis Vater zurückkommt. Es ist langweilig, allein zu sein.«

»Ich werde mich beeilen, Miß Haller.«

Es dauerte nicht lange, da trat Werner wieder zu Daisy in den Salon.

»Nehmen wir am Fenster Platz«, sagte sie. »Sehen Sie nur, wie es regnet! Das ist ärgerlich, ich wäre gern ausgefahren. Erzählen Sie mir doch etwas aus Ihrem Leben, Herr Strasser – ich weiß so wenig von Ihnen.«

»Von mir ist nicht viel Interessantes zu berichten, Miß Haller. Ich habe eine schöne und glückliche Kindheit verlebt, mit meiner Stiefschwester. Meine Stiefmutter verstand es, mir eine gute Mutter zu sein. Vater lebte in glücklicher Ehe mit seiner zweiten Frau. Meine Stiefschwester und ich lebten wie echte Geschwister miteinander. Alles war schön und sonnig in unserem Leben ...«

Daisy sah ihn unverwandt mit ihren schönen samtbraunen Augen an.

»Von den sorgenvollen Zeiten nachher will ich besser nicht reden, Miß Haller, das ist nichts für Ihre Ohren. Es waren schlimme Jahre, sie brachten viele Enttäuschungen. Aber – nun ist mir doch die Sonne wieder aufgegangen.«

Die letzten Worte kamen mit einem Ausdruck über seine Lippen, der Daisy tief bewegte. Seine Augen hingen fest an ihr.

Zwei junge Menschenherzen, die einander entgegenstrebten und vergaßen, daß eine tiefe Kluft zwischen ihnen war.

Ganz still war es in dem Zimmer. Werner und Daisy fanden keine Worte und wurden sich dieses Schweigens nicht bewußt, weil es beredter war als tausend Worte. Sie schraken erst auf, als Haller zurückkam.

»Nun, Daisy, hast du etwas Passendes unter den Offerten gefunden?« fragte er.

»Ja, Vater. Ich möchte wissen, ob du meine Wahl gutheißt. Bitte, Herr Strasser, zeigen Sie Vater die Fotografie, die ich so gut fand.«

»Diese junge Dame hast du gewählt, Daisy?«

»Ja, Vater. Ich freue mich, daß du meine Wahl billigst.«

»Und was sagt Herr Strasser dazu?«

»Er behauptet, es sei die Hauptsache, daß die junge Dame mir gefällt.«

»Ich bitte Sie zu bedenken, Miß Haller, daß ich Sie in keiner Weise bei der Wahl beeinflußt habe. Nur deshalb habe ich, wie Sie sagen, jedes Urteil abgelehnt.«

*

Daisy erwartete um elf Uhr den Besuch von Marlies Rosner und sah ihr interessiert entgegen.

»Sie haben mir geschrieben, Fräulein Rosner, daß Sie gern die Stelle bei mir annehmen würden.«

»Ich wäre sehr glücklich, wenn Sie mir diese Stelle geben würden.«

Daisy sah wohlgefällig auf Marlies, die in einem schlichten, aber sehr kleidsamen Kostüm aus englischem Stoff und einem kleinen Hut, der ihr blondes Haar nicht verbarg, gediegen aussah.

»Ich bin entschlossen, Sie zu engagieren. Ich bekam auf mein Inserat sehr viele Offerten. Doch die Ihre hat mir am meisten zugesagt – eigentlich Ihre Fotografie, die nicht einmal sehr günstig ausgefallen ist. Sie gefallen mir noch viel besser als Ihr Bild. Und Sie würden sich entschließen, mich auf Reisen zu begleiten? Ich sage Ihnen gleich, es geht auf eine weite Reise. Wir reisen schon sehr bald auf Vaters Jacht von Hamburg ab.«

Daisy sah, wie Marlies' Augen aufstrahlten, lächelte und sagte:

»Ich hoffe, daß es wundervoll wird. Sind Sie aber auch frei und unabhängig?«

»Ja, Miß Haller.«

»Das ist gut. Ich mag keine trüben Gesichter um mich sehen, und wenn Sie Heimweh bekämen, das wäre schlimm, auch für mich.«

»Das brauchen Sie nicht zu befürchten.«

»Sie waren noch nie in Stellung?«

»Nein, es fand sich bisher nichts Passendes für mich, und ich mußte mir mein Brot mit Stundengeben und feinen Handarbeiten verdienen, seit meine Eltern mich mittellos zurückließen.«

»Sie sind sehr tapfer, das gefällt mir – wie alles an Ihnen.«

»Es macht mich sehr glücklich, daß ich Ihnen sympathisch bin. Meine Angst, ich könnte Ihnen mißfallen, war groß.«

Impulsiv reichte Daisy Marlies die Hand über den Tisch hinweg.

»Also abgemacht, ich engagiere Sie. Die Gehaltsfrage können Sie nachher mit meinem Vater besprechen, dem ich Sie vorstellen werde. Wann könnten Sie Ihre Stelle antreten?«

»Jederzeit, Miß Haller, ich bin nicht gebunden.«

»Das ist mir lieb, ich möchte Sie bald in meiner Nähe haben. Ich habe meine bisherige Gesellschafterin in diesen Tagen entlassen. Sie sehnte sich nach Ruhe und war schon an die siebzig. Ich wollte nun gern eine junge Reisegefährtin haben. Aber – auf zwei Jahre müßten Sie sich mindestens verpflichten. Falls Sie dann nicht länger bei mir bleiben wollen, erhalten Sie natürlich, wo wir auch sein werden, die Reise in Ihre Heimat vergütet.«

»Ich werde sicher nicht eher von Ihnen weggehen, als bis Sie meiner nicht mehr bedürfen.«

»Dann sind wir also einig. Halt, noch eins: Sie müssen sich natürlich für die lange Reise gut einkleiden. Es wird unterwegs nicht immer möglich sein, Ihre Garderobe zu erneuern oder zu vervollständigen. Deshalb will ich gleich meinen Vater bitten, Sie mit dem nötigen Geld zu versehen, damit Sie alle notwendigen Anschaffungen machen können. Für eine so lange Seereise, mit verschiedenem Klima unterwegs, muß man entsprechend vorbereitet sein. Wir besprechen das nachher noch, ich gebe Ihnen eine Liste, nach der ich mich selbst gerichtet habe. So, und jetzt will ich Sie meinem Vater vorstellen.«

Daisy erhob sich und öffnete die Tür zu dem Nebenzimmer.

»Willst du bitte herüberkommen, Vater?«

Haller trat ein und begrüßte Marlies, die seine Tochter ihm vorstellte.

»Ich bin mit Fräulein Rosner einig geworden, Vater. Sie nimmt die Stelle an und verpflichtet sich auf mindestens zwei Jahre. Ich bitte dich, das Gehalt festzulegen und Fräulein Rosner auch Geld anzuweisen, damit sie die notwendigen Anschaffungen für die Reise machen kann.«

Lächelnd nickte ihr der Vater zu und vereinbarte mit Marlies alles Nötige. Als er das Gehalt nannte, das sie beziehen sollte, wurde Marlies vor freudiger Überraschung dunkelrot. Sie erklärte sich bereit, schon am übernächsten Tag anzufangen, aber Daisy wehrte lächelnd ab.

»So sehr sollen Sie sich mit Ihren Vorbereitungen nicht beeilen müssen. Sagen wir von heute an am zehnten Tag. – Und nun habe ich noch eine Bitte an Sie: Ich möchte, daß wir uns beim Vornamen nennen, das ist im täglichen Umgang angenehmer.«

»Es kann für mich nur eine Auszeichnung sein.«

»Wie werden Sie gerufen – Marie oder Elisabeth?« »Ich bin immer Marlies genannt worden.«

»Marlies? Das klingt hübsch. Also, Fräulein Marlies, am zehnten Tag ab heute auf Wiedersehn! Ich werde dafür sorgen, daß ein Zimmer für Sie hier bereit ist. Ich heiße Daisy.«

»Vielen Dank für all Ihre Liebenswürdigkeit, Miß Daisy. Ich – ich bin sehr glücklich, daß Sie mich engagiert haben, und es soll stets mein Bestreben sein, mir Ihr Wohlwollen zu verdienen.«

Marlies hätte vor Glück laut aufjubeln mögen. So sehr hatte sie sich gefürchtet vor der Trennung von Werner, dem einzigen Menschen, der zu ihr gehörte. Und nun war diese Trennung nicht nötig, nun ging sie mit Werner zusammen in die weite Welt, in eine Welt voller Wunder und Herrlichkeiten, und alle Sorgen hatten ein Ende.

Erst als Marlies in ihrem Stübchen allein war, zog sie den Scheck hervor, und da erschrak sie über die Höhe der Summe. So viel Geld hatte sie noch nie in den Händen gehabt. Und das sollte sie alles für ihre Reiseausstattung ausgeben? Darüber mußte sie erst einmal mit Werner sprechen. Freilich, in Gesellschaft von Miß Daisy mußte sie immer gut gekleidet sein. – Da fiel ihr plötzlich Frau Biernuske ein. Erschrocken sah sie nach der Uhr. Es war die höchste Zeit, daß sie sich auf den Weg machte!

Frau Biernuske empfing sie, wie meist, mit sehr schlechter Laune, die sich heute gegen Marlies kehrte.

»Wat denken Sie sich denn, Fräulein Marlies! Ick habe doch noch wat anderes zu tun, als auf Ihnen zu warten.«

Marlies bekam einen roten Kopf.

»Ich bitte um Entschuldigung, daß ich mich verspätet habe, Frau Biernuske. Aber ich muß Ihnen leider sagen, daß ich Ihnen künftig nicht mehr helfen kann. Ich habe heute eine Stelle angenommen und möchte Sie bitten, mich zu verabschieden.«

Frau Biernuske starrte Marlies an. Sie schlug sich auf das Knie und sagte ziemlich fassungslos:

»Na, da schlag doch einer lang hin! Wat is denn das für 'ne Dummheit? Eine Stelle? Die hätten Sie bei mich auch haben können. Ick habe mir schon gesagt, daß et das beste wäre, wenn ick Ihnen ganz zu mir nehme. Denn brauche ick nich immer zu warten, bis Sie kommen. Geben Sie man die andere Stelle wieder auf, ick engagiere Ihnen vor dasselbe Gehalt, wat Sie dort kriegen.«

Marlies war in diesem Augenblick dem Schicksal sehr dankbar, daß sie von Daisy engagiert worden war.

»Es tut mir leid, Frau Biernuske, aber ich habe schon einen zweijährigen Vertrag abgeschlossen.«

»Aber, Fräulein Marlies, det ist doch nich Ihr Ernst? Sie werden mir doch jetzt nich im Stich lassen? Nee, nee, det machen wir rückgängig, ick gebe Ihnen monatlich noch zehn Mark mehr als die andern.«

»Ich bedaure, Frau Biernuske, aber da ist nichts mehr zu ändern – und ich will auch nichts daran ändern. Ich habe mich den Herrschaften verpflichtet, bei denen auch mein Bruder in Stellung ist. Ich erzählte Ihnen davon.«

»Wat, mit die Amerikaner wollen Sie fort, rings um die ganze Welt? Sie sind wohl nicht bei Trost? Sie wissen doch gar nich, was das für Menschen sind! Fallen Sie mal ja nich auf so wat rin! Nee, nee, Sie bleiben bei mich, wohnen mit in die feine Villa und sollen es jut haben – wie'n Kind im Haus.«

Und Frau Biernuske sah Marlies flehend an.

»Sie sind so gut zu mir, Frau Biernuske – ich danke Ihnen herzlich, aber es geht wirklich nicht, daß ich bei Ihnen bleibe.«

»Nee, nee, mir is die ganze Petersilie verhagelt, det Sie mir olles Weib alleinlassen wollen! Gerade jetzt, wo ick mir mit die neuen Dekorationen in meine Villa zurechtfinden muß. Fräulein Marlies, so'ne Reise um die Welt, det wäre ja ooch wat für mir, aber – ick kann doch nun die neue Villa nich in Stich lassen.«

So ging es noch eine ganze Weile, und als Marlies dann wirklich aufbrach, gab es noch echte Tränen bei Frau Biernuske. Sie rief Marlies nach:

»Wenn die ollen Amerikaner nich gut mit Ihnen sind, denn

kommen Sie man wieder zu mich, lassen Sie sich nur nichts gefallen.«

Marlies atmete auf, als sie den Abschied hinter sich hatte. Es war ihr schwer geworden, die arme reiche Frau ihrem Schicksal zu überlassen.

Als Marlies zu Hause war, kam Werner. Die Geschwister fielen sich in die Arme, und Marlies lachte und weinte durcheinander.

»Welch ein Glück, Werner, daß du die Referenzen über mich einholen mußtest, sonst wäre vielleicht unsere Zusammengehörigkeit an den Tag gekommen«, sagte Marlies.

»Wie bin ich froh, daß alles gutgegangen ist! Du hast nicht nur auf Miß Haller, sondern auch auf Ihren Vater einen sehr guten Eindruck gemacht.«

»Sieh nur an, Werner, diese Summe hat mir Mr. Haller für meine Reiseausstattung zur Verfügung gestellt. Das ist doch viel zuviel.«

»Es ist für Haller eine kleine Summe, und Miß Haller hat keine Ahnung, wie billig du dich ausstatten kannst. Jedenfalls mußt du anständige Garderobe für alle Gelegenheiten haben, du darfst nicht vergessen, daß du täglich in Gesellschaft von Mr. Haller und seiner Tochter und auch von ihren Gästen sein wirst. Was du übrigbehältst, gibst du Mr. Haller selbstverständlich zurück.«

»Miß Daisy hat mir eine Liste gegeben, was ich alles brauchen werde. Danach kann ich mich richten.«

»Marlies, ist Miß Haller nicht ein wundervolles Mädchen?«

»Ja, Werner, sie ist reizend und liebenswert. Das ist freilich etwas anderes, als im Dienst von Frau Biernuske zu stehen, wenn diese auch trotz allem das Herz auf dem rechten Fleck hat.«

»Gottlob, daß ich dich nicht in diesen unerquicklichen Verhältnissen zurücklassen muß! Wir wollen dankbar sein, daß unser Lebensschiff wieder flott ist.«

*

In den nächsten Tagen konnten die Geschwister ungestört ihre Reisevorbereitungen treffen. Haller und seine Tochter waren nach München abgereist. So hatten sie Zeit, ihre Zelte in Ruhe abzubrechen. Sie waren in sehr froher Stimmung.

Aber als Daisy nach acht Tagen mit ihrem Vater zurückkam, war es Werner zumute, als gehe die Sonne auf. Seine Augen sahen so glücklich in die ihren, daß sie keine Frau hätte sein müssen, um nicht zu merken, wie sehr sie geliebt wurde.

Marlies trat am nächsten Tag ihre Stelle bei Daisy an. Sie hatte sich gut und für alle Fälle ausgestattet.

Sie übergab Haller den Rest der Summe, der bei ihren Einkäufen übriggeblieben war. Sie hatte nicht mehr als die Hälfte verbraucht. Er sah sie mit einem eigentümlichen Blick an. Daß sie das restliche Geld wieder an ihn ablieferte, war für ihn ein Beweis ihrer Gewissenhaftigkeit. So sagte Haller freundlich: »Haben Sie dafür auch wirklich alles bekommen, was nötig war?«

»Ja, Mr. Haller. Miß Daisy hatte mir eine Aufstellung über alles gegeben, was ich brauchen würde.«

Der alte Herr lächelte.

»Nun, Sie haben jedenfalls sehr sparsam eingekauft.«

Dann ließ er die beiden jungen Damen allein und ging in sein Arbeitszimmer, wo Werner auf ihn wartete.

»Wir haben, glaube ich, einen guten Griff mit dem Engagement von Fräulein Rosner getan.«

Kurz bevor man zu Tische ging, fand dann in Gegenwart von Vater und Tochter die erste Begegnung zwischen Werner und Marlies statt. Die Geschwister verneigten sich formell und höflich voreinander. Werner half Marlies gewandt über die etwas heikle Situation hinweg.

*

Am vierten Mai lichtete die »Regina« die Anker und verließ den Hamburger Hafen. Schon bevor Haller an Bord war, hatten sich seine Gäste eingefunden. Es waren amerikanische Freunde. So hatte sich eine sehr nette Gesellschaft an Bord des Schiffes versammelt. Außer Mrs. Johnston, Daisy und Marlies befanden sich keine Damen an Bord, nur noch weibliche Angestellte. Die Herren waren in der Überzahl.

Die »Regina« hatte viele Luxuskabinen, die vorläufig nicht alle belegt waren. Es sollten unterwegs in verschiedenen Häfen noch weitere Gäste an Bord kommen, darunter auch Ralph Steinberg.

Mr. Haller war seinen Gästen ein außerordentlich liebenswürdiger Gastgeber, der für alle das größte Behagen schaffte. Und da die »Regina« mit allem Komfort ausgestattet war, verlief die Reise, von gutem Wetter begünstigt, sehr angenehm.

Werner und Marlies genossen jeden Tag, jede Stunde dieser wundervollen Reise mit Dankbarkeit gegenüber Haller und seiner Tochter.

*

Einige der Gäste verließen in Genua die »Regina«, andere wurden erwartet. Die Jacht blieb mehrere Tage im Hafen von Genua liegen.

Außer Ralph Steinberg wurden noch drei Herren erwartet. So herrschte auf der »Regina« ein Kommen und Gehen, und dadurch wurde die Stimmung immer wieder angeregt.

Gleich nach der Ankunft der »Regina« im Hafen von Genua fuhr Haller mit seiner Tochter und den Geschwistern zum Hotel Miramar. Dieses schöne große Hotel lag oberhalb des einstigen Dogenpalastes, an der Stelle, wo sich früher die Terrassengärten befanden. Vor dem gewaltigen Säulengang, der sich längs der Speise- und Gesellschaftsräume hinzog, waren noch Reste der terrassenförmigen Gärten mit breit ausladenden Palmen vorhanden.

Haller und seine Tochter wohnten in der ersten Etage, Marlies und Werner in der zweiten. Man hatte einen einmaligen Blick über ganz Genua und den Hafen. Marlies sah begeistert auf das wundervolle Bild. Unten, in fast gleicher Höhe mit dem Hafenkai, lag der Palazzo Principe mit schönen alten Gärten, und draußen schimmerte das blaue Meer.

Als Marlies später das Zimmer verließ und zum Fahrstuhl ging, traf sie Werner.

»Werner, hast du aus dem Fenster gesehen? Welch eine herrliche Aussicht! Wie ein Märchen ist es, daß wir alles sehen dürfen, daß wir hier in diesem vornehmen Hotel wohnen und keine Sorgen mehr haben.«

»Kleine Marlies, es ist wirklich herrlich! Und ich bin froh, daß du bei mir bist.«

Da der Korridor leer war, zog er sie schnell an sich und küßte sie. Erschrocken und ängstlich sah sie sich um.

»Wenn uns jemand sieht, Werner.«

»Keine Sorge, Marlies, du kannst dir denken, daß ich vorsichtig bin.«

»Das ist der einzige Schatten über unserem jetzt so sonnigen Dasein, daß wir eine Komödie spielen müssen.«

»Nimm es nicht so schwer! Verraten wir uns eines Tages, heißt es eben, Farbe bekennen. Ich hoffe, daß du Miß Haller dann so unentbehrlich geworden bist, daß sie sich nicht von dir trennen mag. Es freut mich, daß sie so reizend zu dir ist.«

»Sie läßt es mich in keiner Weise fühlen, daß ich von ihr abhängig bin. Wie eine Freundin ist sie zu mir. Und Mr. Haller ist immer so ritterlich, als sei ich seinesgleichen.«

»Sei noch einige Wochen tapfer, dann denke ich, daß wir es wagen dürfen zu bekennen, daß wir Geschwister sind. Inzwischen wollen wir alles tun, was in unseren Kräften steht, um ihnen zu zeigen, wie dankbar wir ihnen sind.«

Haller und seine Tochter waren noch nicht unten. So promenierten Werner und Marlies langsam im Vestibül auf und ab, betrachteten sich die Vitrinen eines Juweliers, Seidenwaren und ein Bijouteriegeschäft.

Endlich kamen auch Vater und Tochter, und die vier nahmen Platz an einem der runden Fenstertische, von denen aus man dieselbe schöne Aussicht genießen konnte wie von den Zimmern aus. Die Sonne schien heiß, aber im Teeraum war es angenehm kühl. Draußen spielte der warme Wind mit den Wedeln der Palmen.

»Können Sie sich ein schöneres Städtebild denken als dieses hier, Fräulein Marlies?« fragte Daisy.

»Wirklich nicht. Ich sprach soeben mit Herrn Strasser darüber, wie sehr wir Ihnen und Ihrem Herrn Vater zu Dank verpflichtet sind, daß wir diese Reise erleben dürfen.«

»Herr Strasser weiß, daß wir ihm mehr zu danken haben als

er uns. Ich habe Ihnen erzählt, Fräulein Marlies, was er für uns getan hat. Aber sprechen darf man nicht davon. Sehen Sie, er bekommt sofort eine rote Stirn und sieht sehr indigniert aus.«

Haller lachte harmlos. »Schnell ein anderes Thema, Strasser kann es nun mal nicht leiden, daß man von ihm spricht. Also, es hat Ihnen bisher auf unserer Reise gut gefallen, Fräulein Rosner?«

»Es ist herrlich, so viel Schönes zu sehen.«

»Freut mich, daß Sie so zufrieden sind. Zufriedene Menschen sind meist guter Laune, und ich höre es gern, wenn Sie mit meiner Tochter vergnügt sind. Das hatten wir uns ja auch erhofft.«

*

Am nächsten Tag hörten sie, daß Ralph Steinberg eingetroffen sei. Er ließ bitten, ihn zu benachrichtigen, wann sie für ihn zu sprechen seien. Haller ließ ihm sagen, er werde ihn um fünf Uhr mit seiner Tochter im Teeraum erwarten.

»Sie kommen natürlich auch zum Tee, Strasser. Sie kennen ja Steinberg schon. Und selbstverständlich auch Sie, Fräulein Rosner.«

Daisy hatte einen schnellen Blick für Werner. Sie merkte wohl, wie sich seine Stirn zusammenzog. Am liebsten hätte sie ihre Hand auf seinen Arm gelegt und zu ihm gesagt: Du brauchst nichts zu fürchten, Ralph Steinberg und ich werden nie mehr sein als gute Freunde.

Wenn er nicht selbst endlich merkte, daß sie an keinen andern Mann dachte als an ihn, mußte er sich eben mit seinen Zweifeln quälen. Einmal würde er schon fühlen, wie es um sie stand. Sie hatte Zeit, sie konnte warten. In ihrer resoluten

Art hatte sie sich über ihre Gefühle Rechenschaft abgelegt. Es stand jetzt schon bei ihr fest, daß sie eines Tages Werner Strassers Frau werden würde. Aber es hatte Zeit, es eilte ihr nicht. So, wie es jetzt war, war es wunderschön. Wenn sie in Werners Augen sah, wußte sie, daß sie geliebt wurde, so sehr er sich auch in der Gewalt zu haben glaubte. Seiner Meinung nach stand ihr Reichtum trennend zwischen ihnen. Sie wußte, daß sein Stolz mit seiner Liebe rang. Aber die Zeit würde kommen, in der er endlich begriff, daß Äußerlichkeiten kein Hindernis zwischen ihnen sein konnten. Ihrer Art lag es nicht, Schwierigkeiten zu fürchten. Wohl hatte ihr Vater andere Pläne mit ihr, er wünschte, daß sie Ralph Steinbergs Frau wurde. Aber im Ernst würde er dem Glück seines Kindes niemals hinderlich sein.

Man mußte die Dinge reifen lassen, vorläufig war das Leben schön, Werner Strasser täglich in ihrer Nähe. Alles andere würde sich finden. Daisy war sehr vernünftig, sie ließ ihre Gefühle, so tief sie auch waren, nicht mit sich durchgehen.

Im Teeraum kam ihnen Ralph Steinberg schon entgegen.

»Guten Tag, meine Herrschaften, ich melde mich pünktlich zur Stelle«, sagte er lachend.

»Willkommen, Ralph, hast du deine Geschäfte zur Zufriedenheit erledigt?« fragte der alte Herr.

»Danke, es verlief alles nach Wunsch. So zufrieden bin ich mit mir, daß ich mir eine besondere Belohnung versprochen habe. Meines Vaters Erlaubnis habe ich bereits eingeholt. Ich wünsche mir, nicht nur zu einer Mittelmeerreise, wie geplant, sondern zu der ganzen Reise der ›Regina‹ eingeladen zu werden. Bescheidenheit ist die Zierde des Jünglings.«

Haller schüttelte ihm die Hand.

»Lieber Ralph, du machst mir eine große Freude mit diesem Entschluß.«

»Und du, Daisy?« fragte Ralph.

Daisy sah Werner rasch an und merkte, daß er die Zähne aufeinanderbiß. Die Muskeln seines Gesichts spielten.

»Du weißt, Ralph, daß ich gern lustige Gesellschaft habe, und wenn du vergnügt bist, sollst du herzlich willkommen sein.«

»Daran soll es nicht fehlen, aber es sei gleich jetzt gesagt: Mein Vater hat mir die Erlaubnis zu dieser langen Reise nur unter einer Bedingung gegeben: daß ich mir eine Frau von dieser Reise mitbringe.«

Daisy machte ein tragikomisches Gesicht. Sie wollte Werner nicht auf die Folter spannen und sagte schnell:

»O weh, da außer mir und meiner Gesellschafterin nur noch Mrs. Johnston an Bord der ›Regina‹ ist – da wird dir wohl nichts anderes übrigbleiben, als eine Hottentottin oder ein Fellachenmädchen zu entführen.«

»Und du willst meine Freundin sein?«

»Aber gute Laune bringst du mit? Wir waren bisher sehr vergnügt. Fräulein Rosner macht alle meine lustigen Streiche mit.«

»Ich sei, gewährt mir die Bitte, in eurem Bunde der Dritte.«

»Angenommen!«

Ralph Steinberg begrüßte nun Werner Strasser, drückte ihm herzlich die Hand und sprach einige freundliche Worte mit ihm.

»Wie ist die Fahrt der ›Regina‹ bisher verlaufen?« fragte er interessiert.

»Ausgezeichnet! Wir hatten meist ruhige Fahrt und gutes Wetter. Nur in der Straße von Gibraltar gab es Sturm, und zwei Tage war uns nicht sehr behaglich. Aber dann war es überwunden«, berichtete Haller.

»Wer war alles an Bord?«

Der alte Herr berichtete ihm, und sie kamen schließlich in eine Unterhaltung über gemeinsame amerikanische Bekannte.

Werner konnte sich seinem eifersüchtigen Schmerz ungestört hingeben. Daisy sah immer wieder von der Seite zu ihm und lächelte verstohlen.

»Wie spät ist es, Herr Strasser?«

Er schrak aus seinem Brüten auf und sah sie an. Der Blick, mit dem sie ihn betrachtete, beruhigte ihn wunderbar. Warum befiel ihn nur immer wieder diese Angst, wenn Ralph Steinberg in ihrer Nähe war? Hatte sie ihm nicht gesagt, daß sie ihn nicht heiraten würde, daß er nur ihr Freund sei? Wenn Ralph Steinberg Daisy wirklich liebte, würde er ihr gegenüber auch ganz anders sein.

Er mußte vernünftig sein. Daisy Haller würde für ihn doch immer nur ein Stern bleiben, zu dem er aufsah. Er zwang sich zu einem Lächeln.

»Es ist fünf Minuten nach fünf Uhr.«

»Wo bleibt nur Fräulein Rosner?« fragte Daisy.

Wie gerufen erschien Marlies jetzt am Eingang des Teeraums. Schnell kam sie herbei.

»Ich bitte um Entschuldigung, wenn ich Sie warten ließ«, sagte sie hastig.

Beim Klang dieser Stimme stutzte Ralph Steinberg und wandte sich schnell um. Als er Marlies erblickte, sprang er auf und sah sie staunend an. Marlies aber wurde dunkelrot.

Daisy stellte ihr nun Ralph Steinberg vor. Dieser verbeugte sich und sagte: »Wir sehen uns heute nicht zum ersten Mal, Fräulein Rosner.«

»Allerdings, Mr. Steinberg, wir sind uns schon einmal flüchtig begegnet.«

Er merkte, daß sie verlegen war, und wollte ihr über die Situation hinweghelfen, zumal aller Augen fragend auf sie gerichtet waren.

»Diese junge Dame und ich haben uns in Berlin zusammen die Lebensrettungsmedaille verdient.«

Er erzählte, wie das gekommen war.

Daisy hatte forschend von Ralph zu Marlies geblickt, und ein feines, verstehendes Lächeln huschte um ihren Mund. Sie erinnerte sich an Ralphs Worte über eine junge Dame, die er gern wiedergesehen hätte. Sie wußte jetzt, wer es gewesen war, der einen so tiefen Eindruck auf Ralph gemacht hatte.

Auch Werner stutzte ein wenig. Marlies, die ihm doch sonst jede Kleinigkeit berichtete, hatte ihm nicht ein Wort von diesem kleinen Abenteuer erzählt. War das nicht geschehen, weil ihr die Begegnung unwichtig erschienen war, oder –? Sorge um Marlies erwachte in ihm. Er nahm sich vor, ihr zu erzählen, daß Mr. Haller in Ralph Steinberg seinen künftigen Schwiegersohn sah. Es war besser, wenn Marlies das wußte.

Marlies hatte sich schnell wieder gefaßt und nahm neben Daisy Platz. Es entspann sich zwischen Daisy, Ralph und Marlies eine lustige Unterhaltung, so daß Werner sich schnell beruhigte und nun auch leichteren Herzens mit einstimmte. Auch Haller erfrischte der Frohsinn der jungen Leute.

Ralph dachte aber trotz der lebhaften Unterhaltung darüber nach, wie es das Schicksal gefügt hatte, daß er hier diejenige wiederfand, die er vergeblich in Berlin noch einmal zu sehen versucht hatte.

*

Am übernächsten Tag stand die »Regina« wieder unter Dampf und verließ pünktlich den Hafen von Genua. Die Fahrt ging an der Küste entlang, bis das Schiff vor Venedig Anker warf.

Während dieser Etappe hatte man gutes, sturmfreies Wetter, die Stimmung an Bord war demzufolge sehr vergnügt.

Zwischen Daisy und Ralph bestand das alte freundschaftliche Verhältnis, aber die kluge Daisy merkte wohl, daß Ralph sehr gern und eifrig in Marlies' schöne tiefblaue Augen sah. Sie merkte auch, daß Marlies unter Ralphs besonders intensiven Blicken errötete. Aber das alles wurde unter Scherzen und Lachen versteckt. Werner, der als Mann nicht ein so scharfer Beobachter war, ließ sich durch Marlies' übermütiges Lachen täuschen. Ralph gegenüber enthielt sich Daisy jeder Bemerkung über ihre Beobachtungen. Nur einmal sagte sie lachend zu ihm:

»Ob es wohl noch nötig sein wird, Ralph, daß wir ein Fellachenmädchen entführen?«

Er sah sie darauf mit unschuldigem Lächeln an und meinte dann etwas nachdenklich:

»Vielleicht läßt sich das doch umgehen, Daisy, aber ich rechne jedenfalls stark auf deine Hilfe, wenn Not am Mann ist.«

»Auf mich kannst du zählen, Ralph, ich bin schließlich deine Freundin.«

Es war nachmittags gegen drei Uhr, als die »Regina« vor Venedig Anker warf. Die Lagunenstadt lag im hellen Sonnenglanz. Der Campanile überragte die Prokuratien, und am Canale Grande erhob die Kirche Maria de la Salute ihre runde Kuppel.

Die Reisegesellschaft begab sich zum Markusplatz, nachdem die »Regina« festgemacht hatte. Eine bunte Menschenmenge tummelte sich dort, viele standen da und fütterten die Tauben. Plaudernd schritten die Passagiere der »Regina« durch die Menge, hinüber zum alten Café Florian, um dort Platz zu nehmen.

Wie fast immer hatte sich Ralph Steinberg an Marlies' Seite gehalten, scheinbar harmlos lustig und dabei doch immer wieder nach einem Blick aus ihren schönen Augen haschend. Hinter ihnen schritt Daisy zwischen Werner und Mr. Johnston, und darauf folgte Haller mit einem seiner Freunde und Mrs. Johnston.

Marlies sah sich um. »Wie schön, wie einmalig ist das alles, Mr. Steinberg! Im Dogenpalast ist einst Weltgeschichte gemacht worden. Man kann sich dieses Gebäude gar nicht mit modernen Menschen bevölkert vorstellen. Da oben auf dem Altan müßten schöne Frauen in kostbaren Renaissancekostümen stehen und hinter ihnen ihre Ritter. Oder ein majestätischer Doge und seine Dame sich da oben ihrem Volke zeigen.«

Ralph hatte ihr andächtig zugehört.

»Ich kann mir denken, daß Sie wundervoll in einem solchen Kostüm aussehen würden. Und ich möchte mich gern als Ritter zu Ihrer Verfügung stellen. Ich würde sehr dekorativ wirken.«

»Das dürfen Sie mir nicht sagen, Mr. Steinberg.«

Mit dem harmlosesten Gesicht sah er sie an.

»Warum nicht?«

»Weil es mir meine Stellung verbietet, solche Komplimente anzuhören.«

»Ich mache Ihnen keine Komplimente, ich sage nur, was ich empfinde. Aber da Sie Ihre Stirn in bedrohliche Falten ziehen, will ich nicht mehr davon sprechen. Sie würden also, wenn es nach Ihnen ginge, das Passieren des Markusplatzes nur in mittelalterlichen Kostümen gestatten?«

Sie nickte lächelnd.

»Ja, dann würde es erst vollendet schön hier sein.«

»Zugegeben – manche Erscheinung hier würde sich prächtig in solchen Gewändern ausnehmen, zum Beispiel Sie, Daisy und Herr Strasser. Aber wir modernen Menschen hätten gar nicht die rechte Art, uns in diesen Kostümen zu bewegen. Wie jämmerlich würden wir in Renaissancegewändern wirken.«

»Aber schade ist es doch. Denken Sie nur, welch ein wundervolles Bild das gewesen sein muß: lange Schleppen über Treppen und durch Säulenhallen! Schade, daß ich das nicht erleben durfte!« Sie blieb etwas romantisch bei ihrer Vorstellung.

Nachdem man sich an Gefrorenem erfrischt hatte, fuhren die Jüngeren im Fahrstuhl den Campanile hinauf, um von oben das Panorama zu genießen.

Werner und Daisy standen nebeneinander an einem der Fenster, und Werner sagte leise:

»Ich hätte mir nicht träumen lassen, daß ich dieses Bild jemals wiedersehen würde.«

Daisy sah ihn fragend an.

»Haben Sie es schon einmal gesehen?«

»Ja, als ich mein Abitur zu meines Vaters Zufriedenheit gemacht hatte. Zur Belohnung machte er eine Reise nach Venedig und Florenz mit mir. Damals stand ich mit meinem Vater auch hier oben. Das waren noch schöne Zeiten!«

»Schöner als jetzt?« fragte sie leise.

Er sah sie an, konnte seinen Blick nicht wieder lösen und atmete tief.

»Nein, Schöneres als diese Stunde habe ich nie erlebt«, stieß er erregt hervor.

»Ich wäre sehr traurig gewesen, wenn Sie mir eine andere Antwort gegeben hätten«, sagte sie weich und bewegt.

Sein Gesicht wurde bleich vor Erregung, und er fuhr leise fort:

»Wissen Sie, daß Sie damit viel – sehr viel versprechen?«

»Ja, ich weiß es.«

»Miß Daisy!«

Zum ersten Male nannte er sie bei diesem Namen und erschrak selbst davor.

»Verzeihen Sie, Miß Haller, ich – ich vergaß mich«, stammelte er, ohne den Blick von ihr lassen zu können.

»Ich habe Ihnen nichts zu verzeihen. Warum soll ich zürnen, daß Sie mich so nennen?«

Sie wurden in diesem Moment gestört durch die andern, die herantraten. Sonst hätte Werner vielleicht in diesem Augenblick seine Beherrschung verloren und Daisy verraten, was sie ihm bedeutete. Aber er hatte ein Gefühl, als sei ihm der Himmel geöffnet worden. Ihre Worte hatten ihm wie eine Frohbotschaft geklungen. Und ihre Augen, diese samtbraunen Augen – wie hatten sie in die seinen geblickt? Sah eine Frau so einen Mann an, der ihr gleichgültig war?

Er war so voll Glückseligkeit, daß er sich kaum zu fassen vermochte.

*

Während Ralph mit Marlies plauderte, nicht ohne ihr wieder und wieder recht tief in die Augen zu blicken, gingen Daisy und Werner stumm nebeneinander her. Aber ihr Schweigen wurde beiden gar nicht bewußt, es war ihnen mit tausend Worten gefüllt. In dieser Stunde vermochte Werner nicht an die Scheidewand zu denken, die zwischen ihm und Daisy aufragte. Er gab sich zum ersten Mal ganz dem Glück der Stunde hin.

Auch über Daisy war ein stilles, glückliches Träumen gekommen, wie es dieses selbstsichere, klardenkende Geschöpf noch nie befallen hatte. Sie wußte, nur eines Wortes hätte es bedurft, um Werner Strasser von jeder Hemmung ihr gegenüber zu befreien. Aber sie hätte doch dieses Wort um keinen Preis ausgesprochen. Soviel sie ihm als Frau hatte verraten können, ohne sich etwas zu vergeben, hatte sie getan. Nun mußte das Weitere von ihm ausgehen. Er würde freilich noch manchen Kampf mit dem Stolz seiner Armut bestehen, der ihn daran hinderte, frisch und unverzagt die Hände nach ihr auszustrecken. Wenn seine Liebe so groß war, wie sie hoffte, dann würde er eines Tages seinen Stolz bezwingen und die Liebe siegen lassen. Bis dahin mußte sie warten. Aber dieses Warten war ihr nicht quälend und bedrückend, es war süß und verheißungsvoll und machte sie glücklich.

So schritten die drei Paare von einem Schaufenster zum andern, aus einem der Läden in den andern. Die vielen Juweliere, die unter den Prokuratien ihre Waren feilboten, hatten erlesene Schmuckstücke ausgestellt, in den Kunsthandlungen gab es antike und moderne Kunstgegenstände. Auch reizende Bijouterien von geringem Wert lockten die Käufer an.

Angeregt kehrte die Gesellschaft zur Piazetta zurück und bestieg am Molo einige der schwarzen Gondeln, deren metallbeschlagene Spitzen aus dem Wasser bis zu den Steintreppen hinaufragten.

Lachend sah Daisy auf die schwatzenden, ihre Fahrzeuge anpreisenden Gondoliere. »Die habe ich mir auch ganz anders vorgestellt, diese Gondelführer, Fräulein Marlies. Sie sehen gar nicht so romantisch aus.«

»Gondola, Signora, Gondola, Signorina!« riefen die Gondoliere, bis alle in den Gondeln verstaut waren.

In jeder der Gondeln nahmen vier Personen Platz. Wieder verstand es Ralph Steinberg, sich einen Platz an Marlies' Seite zu sichern. Daisy sah lachend zu Ralph hinüber, er schien dies Lächeln zu verstehen, denn er zeigte eine zerknirschte Miene und breitete die Arme aus, als wolle er sagen: Was kann ich dafür, daß ich gerade in diese Gondel geraten bin, es ist alles Verhängnis!

Werner und Daisy waren getrennt worden, denn Haller hatte seine Tochter neben sich gezogen. Werner stieg zu drei andern in eine Gondel. Aber seine Augen folgten Daisy unaufhörlich.

Die Gäste der »Regina« waren nach dem Dinner noch lange auf Deck. Es wollte niemand zu Bett gehen. Die Nacht war voller Schönheit. Marlies, Daisy, Werner und Ralph hatten sich Liegestühle bereitstellen lassen und saßen plaudernd beisammen. Es war aber seltsam, gleichgültige Worte kamen schwer über Lippen, die gern heiße, sehnsüchtige Liebesworte geflüstert hätten. Ein geheimnisvolles Fluidum strömte herüber und hinüber. Immer langsamer kamen die Worte, immer länger wurden die Pausen.

Drüben an Land waren die meisten Lichter erloschen. Der Mond war hinter den Gebäuden verschwunden. Auch am Lido war es dunkel geworden, nur im Osten dämmerte ein fahler Schein: das graue Licht der Frühe. Der kommende Morgen kündigte sich an.

Daisy erhob sich, sah Werner mit einem lieben klaren Blick an und sagte lächelnd:

»Schön war diese Stunde – wie ein Traum. Aber nun wollen wir zur Ruhe gehen.«

Marlies schrak empor.

»Es ist sehr spät geworden.«

Und ihr Blick begegnete Ralph Steinberg. Schließlich trennten sich die beiden jungen Paare. Ralph Steinberg hielt Marlies' Hand länger in der seinen, und die kleine Hand zuckte verräterisch.

Auch Daisys und Werners Hände fanden sich. Sie sprachen kein Wort dabei, sahen sich nur noch einmal mit großen ernsten Augen an. Ihre Hände schlossen sich fest umeinander und lösten sich nur schwer. Werner dachte an Daisys Worte:

›Schön war diese Stunde – wie ein Traum.‹

Sie wollte ihm wohl damit sagen, daß es nur ein Traum bleiben müsse, was heute ihre Herzen aufgewühlt hatte. Aber – es war Glück, daß auch sie ihn geträumt hatte. Er war noch eine Weile stehengeblieben und lauschte den leise verhallenden Schritten.

Nun wurde es ganz ruhig an Bord der »Regina«. Vier junge Menschenherzen klopften noch rebellisch, ehe der gesunde Schlaf der Jugend sie zur Ruhe brachte.

*

Am fünften Tag lief die »Regina« bereits am frühen Morgen in Richtung Triest aus. Von hier ging es weiter nach Süden, durch das Jonische Meer nach Griechenland. Und von da nach Samos und Smyrna, nach Kreta und Zypern.

Als man eines Abends im Hafen von Larnaka auf Zypern

angelegt hatte, war Marlies, die sich für das um sieben Uhr stattfindende Dinner schon umgekleidet hatte, noch ein wenig an Deck gegangen. Sie trug ein leichtes weißes Kleid, das der frische Luftzug, der nach der Hitze des Tages aufgekommen war, um ihren schlanken Körper legte. Versunken stand sie an der Reling und blickte hinüber zu den Palmen, die sich leicht im Winde wiegten.

Plötzlich hörte sie hinter sich feste männliche Schritte. Zusammenzuckend wandte sie sich um, aber nicht Ralph Steinberg erschien, wie sie zugleich gehofft und gefürchtet hatte, sondern ihr Bruder. Er trat neben sie.

»Ach, du bist es, Werner?«

»Ja, Marlies, das klingt ja fast enttäuscht. Hattest du jemand anders erwartet?« fragte er besorgt. Denn er hatte mit immer stärker werdender Unruhe beobachtet, daß Ralph Steinberg Marlies' Nähe mehr suchte, als nötig war.

Marlies war jäh errötet.

»Ich hatte niemand erwartet, Werner, erschrak nur ein wenig, weil ich in Gedanken versunken war. Miß Daisy ist noch bei der Toilette und alle andern wohl auch.«

»So können wir uns ungestört unterhalten. Sag, Marlies, ob es wohl jetzt an der Zeit wäre, Mr. Haller und seiner Tochter zu beichten, daß wir Bruder und Schwester sind?«

Marlies preßte die Hände an die Schläfen. Wie gerne hätte sie Klarheit geschaffen in dieser Frage, aber nun, da Werner anscheinend entschlossen war, befiel sie plötzlich Angst vor der Entscheidung. Wie, wenn Daisy und ihr Vater sie am Ende gar entließen?

»Warte lieber noch eine Weile.«

Weil ihn Marlies so flehend ansah, sagte er begütigend:

»Nun gut, Marlies, wir wollen uns einen Termin setzen,

den wir unter allen Umständen einhalten. Ich will noch warten, bis wir Alexandrien passiert haben und durch den Suezkanal gefahren sind. Dann spreche ich auf jeden Fall mit Mr. Haller. Länger darf ich es nicht verschieben, Marlies, denn – es ist notwendig, daß man an Bord erfährt, daß du nicht schutzlos im Leben stehst.«

Sie zuckte leise zusammen und wurde wieder rot, aber sie sagte:

»Es mag sein, Werner, obwohl ich an Bord der ›Regina‹ keines Schutzes bedarf. Hier wird mir doch niemand etwas zuleide tun.«

»Ich hoffe, daß es so ist, Marlies. Aber – du hattest doch selbst den Wunsch, unser Geheimnis möglichst bald preiszugeben. Auf einmal wünschst du eine Verzögerung?«

Lächelnd blickte sie zu ihm auf.

»Siehst du, Werner, je länger ich an Bord der ›Regina‹ bin, um so schwerer wird mir der Gedanke, plötzlich entlassen und heimgeschickt zu werden, nur weil wir die Wahrheit verschleiert haben.«

»Wie kannst du so törichtes Zeug denken, Marlies! Davon kann doch keine Rede sein. Wir taten nichts Ehrenrühriges. Haller und Miß Daisy werden uns wohl kaum zürnen, wenn ich ihnen die Motive erkläre, die uns veranlaßten, ein Geheimnis aus unserer Zusammengehörigkeit zu machen. Sei unbesorgt, du weißt, wie dankbar mir Vater und Tochter sind. Wenn ich auch sonst nicht davon reden mag, hier muß ich es zu deiner Beruhigung anführen. Also, sobald wir den Suezkanal passiert haben, rede ich.«

»Ich füge mich deiner Einsicht, Werner – aber sei jetzt still, ich höre jemand näher kommen.«

Sie sahen Ralph Steinberg, er trat zu den Geschwistern.

»Auch schon fertig? Wir haben noch zwanzig Minuten Zeit. Ich darf mich doch anschließen? Ich bin ungern allein.«

Marlies hatte einen roten Kopf bekommen. Werner half ihr über die Verlegenheit weg.

»Fräulein Rosner und ich sprachen eben über die bevorstehende Fahrt durch den Suezkanal.«

»Es ist geplant, in Alexandrien einige Tage Aufenthalt zu nehmen, um Kairo und Heluan zu besichtigen und die Pyramiden zu besuchen. Sie kommen doch sicher auch mit, Sie und Fräulein Rosner?«

»Darüber haben Mister und Miß Haller zu bestimmen.«

»Da Vater und Tochter mit von der Partie sind, werden Sie es selbstverständlich auch sein. Haller kann nicht mehr ohne Sie existieren und Miß Haller nicht ohne Fräulein Rosner.«

Es kamen nun langsam auch die andern Passagiere auf Deck, um vor dem Dinner noch etwas Luft zu schöpfen, und so ging die Unterhaltung rundum.

Die »Regina« dampfte nach acht Tagen wieder von Alexandrien ab, und das Leben und Treiben an Bord nahm einen normalen Verlauf. Während der allgemeinen Unterhaltung auf Deck fand Werner eine Gelegenheit, seiner Schwester zuzuflüstern:

»Heute abend, wenn alles zur Ruhe gegangen ist, erwarte ich dich auf Deck, ich habe etwas mit dir zu besprechen.«

Daisy, die in den letzten Tagen sehr still und in sich gekehrt gewesen war, verabschiedete Marlies bald, als sie ihren Salon aufgesucht hatte. Sie war nicht in Stimmung und schützte Müdigkeit vor.

Marlies suchte nun ebenfalls ihre Kabine auf, hüllte sich in einen dunklen Mantel und huschte auf Deck, wo sie ihren Bruder wußte.

Er erwartete sie schon und zog sie mit sich in den Schatten, da das Deck vom Mond hell erleuchtet war.

»Wenn wir auch bald unser Geheimnis preisgeben, Marlies, so will ich doch nicht, daß du mit mir zusammen gesehen wirst«, sagte er leise und erklärte, er wollte Haller und seine Tochter morgen um eine Unterredung bitten.

»Es wird wahrscheinlich erst am späten Vormittag zu einer Aussprache kommen, Marlies. Jedenfalls halte dich bereit. Ich werde dich dann rufen, und du kannst Haller und seine Tochter selbst um Verzeihung bitten, daß wir diese kleine Komödie gespielt haben.«

Marlies nickte aufatmend. Seit dem Ausflug nach Kairo, auf dem Ralph Steinberg ihr so manches gesagt hatte, was sie nicht mißverstehen konnte – und was vielleicht nur das Verlangen nach einem leichten Flirt war, da er doch eines Tages Daisys Ehemann werden würde, war sie sehr unruhig. Es würde gut sein, wenn auch er erfuhr, daß Werner ihr Bruder war. Er hatte ihn um seine Freundschaft gebeten und würde dann in ihr unbedingt die Schwester des Freundes respektieren, wohingegen er der armen, schutzlosen Gesellschafterin gegenüber leichtsinnig sein konnte.

Das Herz tat Marlies freilich trotzdem weh, wenn sie daran dachte, daß er dann nur noch höflich und formell mit ihr verkehren würde.

Als alles besprochen war, drängte Werner seine Schwester, wieder ihre Kabine aufzusuchen und sich zur Ruhe zu begeben. Es war spät geworden.

Sie ahnten beide nicht, daß sie nicht die einzigen Passagiere der »Regina« waren, die ihre Kabinen verlassen hatten. Auch

Daisy hatte sich noch nicht entschließen können, zur Ruhe zu gehen.

Ihre Liebe zu Werner war noch stärker und inniger geworden. Sie wurde von einer ungeduldigen Sehnsucht beherrscht. Nicht, daß sie an seiner Gegenliebe gezweifelt hätte – zu oft schon hatten seine Augen ihr verraten, wie es um ihn stand. So viel heimliches Sehnen lag oft in seinem Blick, daß sie sich am liebsten in seine Arme geworfen hätte. Aber – mehr als bisher konnte sie ihm nicht entgegenkommen, ohne sich als Frau etwas zu vergeben. Warum machte er der Qual kein Ende? Warum sagte er ihr nicht, daß er sie liebte und sich nach ihr sehnte? Nur weil sie die Tochter eines reichen Mannes war, weil er selbst arm war und sich in abhängiger Stellung befand? Konnte er ernstlich daran glauben, daß seiner Liebe unüberwindbare Hindernisse im Weg standen? Wie wenig kannte er ihren Vater, der doch nichts anderes wollte als das Glück seines Kindes.

Es war ihr plötzlich zu eng und zu heiß in der Kabine. Sie sehnte sich nach frischer Luft und beschloß, noch eine Weile auf Deck zu gehen. Auch sie zog einen dunklen Mantel über ihr Nachtkleid und verließ leise die Kabine, um von niemand bemerkt zu werden. Als sie oben war und im tiefen Schatten der Rettungsboote stand, sah sie plötzlich Werner und Marlies, dicht aneinandergeschmiegt, die Promenade entlangkommen.

Wie gelähmt blieb sie im Dunkel stehen. Ein beklemmendes Gefühl stieg in ihr auf. Ihr Herz klopfte stark.

Die beiden hielten sich fest bei den Händen, kamen im Mondschein daher und flüsterten miteinander. Schmerz durchzuckte Daisys Herz, auflodernde Eifersucht befiel sie wie ein Fieber. Ihr Atem wollte stocken. Sie duckte sich noch tiefer in den Schatten der Boote, um nicht gesehen zu werden. Das war der einzige klare Gedanke, den sie fassen konnte.

Ahnungslos, daß sie belauscht wurden, kamen die Geschwister näher, und Daisy konnte deutlich ihre leisen Worte verstehen.

»Nun gute Nacht, meine kleine Marlies, schlaf gut und sei frohen Mutes. Es wird alles gutgehen, und von morgen an werden wir uns ohne Scheu zueinander bekennen«, sagte Werner mit zärtlichem Ausdruck, der Daisy schmerzte.

»Gute Nacht, Werner. Ich bin so froh, daß diese wochenlangen Heimlichkeiten endlich ein Ende haben werden und ich nicht mehr verbergen muß, was du mir bist.«

Und sie schlang ganz, als wenn sie zu ihm gehörte, ihre Arme um seinen Hals.

Zärtlich strich Werner über Marlies' Haar. Dann ging sie zu ihrer Kabine.

Eine Weile noch lief er, in tiefe Gedanken versunken, auf und ab. Dann ging auch er hinab, jedes Geräusch vermeidend.

Daisy stand wie zerschmettert, die Hände fest auf das klopfende Herz gepreßt. Sie sank in sich zusammen und barg das Gesicht in den Händen. Ein Gefühl namenloser Demütigung befiel sie. Sie kam sich erniedrigt vor, denn sie wußte, daß sie Werner Strasser ihre Liebe nicht hatte verbergen können.

So lohnte er ihr diese Liebe? Er liebte Marlies und hatte mit ihr des Nachts ein heimliches Stelldichein. Marlies galten die Zärtlichkeiten seiner Liebe, das stand fest, und damit hätte sie sich abfinden müssen. Aber daß er sie so oft mit sehnsüchtigen Blicken angesehen, ihr Worte gesagt hatte, die sie glauben ließen, daß er sie liebe – das war unerhört, empörend! Warum hatte er das getan? Nur um mit ihr zu spielen, sie zu demütigen? Dann war er aber ein ganz anderer Mann als der, dem sie ihre große Liebe geschenkt hatte. Warum hatte er ihr das angetan? Deshalb also hatte er ihr deutliches Entgegenkommen nicht verstehen wollen, deshalb hatte er sie verschmäht?

Ihr Stolz mußte ihr helfen, diese Liebe und das Leid zu besiegen, das ihr jetzt zugefügt worden war.

Werner Strasser hatte eine andere lieb. Ihr galten seine Zärtlichkeiten, nach denen sie sich insgeheim gesehnt hatte. Er lachte vielleicht mit Marlies über sie.

Und Marlies hatte sie sich zur Freundin erwählt!

So wie Werner sie durch seine Blicke betrog, durch den Ton seiner Stimme, so betrog Marlies den armen Ralph. Er hatte sein Herz an Marlies gehängt, wie sie das ihre an Werner Strasser. Er würde unglücklich sein wie sie, wenn er erfuhr, daß Marlies Werner liebte. Aber – ein Mann kommt wohl leichter über eine große Enttäuschung hinweg.

Was sollte sie tun, um nicht so entsetzlich gedemütigt vor Werner zu stehen?

Sie starrte vor sich hin und wiederholte sich diese Frage immer wieder. Sie mußte ihn überzeugen, daß sie genauso mit ihm gespielt hatte wie er mit ihr, daß sie ihn so wenig liebte wie er sie.

Plötzlich kam ihr ein Gedanke, der sie emportrieb, der ihr wie eine Rettung erschien. Dieser Gedanke gab ihr Halt. Sie wußte jetzt, was sie tun mußte, um sich und Ralph vor einer unerhörten Demütigung zu bewahren.

Mit müden Schritten begab sie sich in ihre Kabine und sank, ohne den Mantel abzulegen, auf ihr Lager. Reglos lag sie so bis zum Morgen. Schlaf fand sie keinen in dieser Nacht. Alle Qualen der Eifersucht und verschmähten Liebe mußte sie erdulden. Ihr Stolz war nicht groß genug, um ihre Liebe und ihre Schmerzen zu ersticken.

Am frühen Morgen erhob sie sich und schrieb einige Zeilen an Ralph.

Lieber Ralph! Komme bitte sofort zu mir, ich habe Wichtiges mit Dir zu besprechen, Daisy.

Das Billett gab sie Mary.

»Gehen Sie zu Mr. Steinberg hinüber, Mary. Wenn er noch nicht auf ist, wecken Sie ihn. Ich lasse um Antwort bitten. Schnell, schnell, gehen Sie.«

Mary entfernte sich hastig. So erregt und nervös kannte sie ihre Lady gar nicht.

Als Daisy wieder allein war, schauerte sie zusammen. Sie hüllte sich in ein Tuch, starrte mit leeren Augen vor sich hin. Für ihre Ungeduld blieb Mary viel zu lange aus, und als diese endlich kam, sprang Daisy auf.

»Nun?«

»Verzeihung, Miß Haller, ich mußte Mr. Steinberg erst wecken. Er läßt sagen, in spätestens zehn Minuten würde er kommen.«

Daisy nickte stumm und entließ Mary.

Unruhig ging sie auf und ab.

*

Als Ralph endlich eintrat, blieb sie mit einem Ruck stehen und sah ihn fest an.

»Was ist geschehen, Daisy? So früh am Morgen bist du sonst nicht auf.«

Daisy ließ sich in einen Sessel fallen, weil ihr die Füße den Dienst versagten.

»Ich habe diese Nacht überhaupt nicht geschlafen, Ralph. Bitte, nimm Platz!«

»Du machst mich besorgt, Daisy, bist du krank?«

Sie suchte sich zu fassen und schüttelte den Kopf.

»Nein, nein, aber es ist Ungewöhnliches, was mich veranlaßt, dich so früh zu stören. Ohne Umschweife will ich reden, Ralph, denn ich bin nicht imstande, viele Worte zu machen.«

Besorgt faßte er ihre Hand und schaute sie kopfschüttelnd an. »Du bist doch krank, Daisy, du fieberst.«

»Nein, nein«, stieß sie heiser hervor. »Also höre mich an: Du hast wiederholt um meine Hand angehalten, Ralph, und ich habe dich abgewiesen. Jetzt möchte ich dich bitten, dich sofort mit mir zu verloben.«

Er zuckte zusammen und blickte sie betroffen an.

Sie sah furchtbar bleich aus, und ihre Lippen zuckten, während ihre Hände, wie im Krampf zusammengeballt, vor ihr auf dem Tisch lagen. Unsicher nahm er wieder ihre Hand.

»Daisy, ich weiß nicht, was dich plötzlich so ganz anderen Sinnes macht. Nur das weiß ich, daß etwas geschehen ist, was dich bis ins Innerste erschüttert hat. Du kommst mir vor, als wüßtest du nicht, was du tust. Ich weiß, Daisy – verzeih, wenn ich indiskret bin –, daß deine Liebe einem andern gehört. Und – auch ich habe inzwischen kennengelernt, was Liebe ist. Mein Herz gehört Marlies Rosner, und ich habe die Absicht, sie zu meiner Frau zu machen.«

»Auch dann noch, Ralph, wenn ich dir sage, daß Marlies Rosner und Werner Strasser sich lieben? Daß sie sich des Nachts verschwiegene Stelldicheins geben, daß sie sich du nennen – ›liebe kleine Marlies‹ und ›lieber Werner‹ – und daß sie sich küssen?«

»Nicht möglich!«

»Auch ich hätte es nicht geglaubt, wenn ich es nicht mit eigenen Augen gesehen, mit eignen Ohren gehört hätte.«

Mit bebender Stimme erzählte sie, was sie in der Nacht erlauscht hatte.

Die Lippen fest und hart aufeinandergepreßt, hatte Ralph zugehört. Sie ließ ihm eine Weile Zeit. Dann fragte sie heiser:

»Willst du auch jetzt noch Marlies Rosner zu deiner Frau machen?«

Er gab sich einen Ruck und sah sie an. »Niemandem außer dir hätte ich das geglaubt, Daisy. Dir muß ich es glauben, denn ich weiß, daß dich diese Erkenntnis Herzblut gekostet hat. Jetzt kann ich natürlich Marlies Rosner nicht mehr zu meiner Frau machen.«

Daisy faßte seine Hand. »Ralph, jetzt will ich deine Frau werden.«

»Das willst du nur, um deinem Stolz Genüge zu tun, um einem andern zu zeigen, daß du ihn nicht liebst.«

»Und wenn es so wäre?«

»Daisy, du weißt nicht, was du tust.«

»Ralph, hilf mir doch, du bist mein Freund! Ich vergehe vor Scham, weil ich fürchte, diese unglückliche Liebe verraten zu haben. Wenn du mich nach allem, was ich dir sagte, nicht zu deiner Frau machen willst, bitte ich dich: Laß uns wenigstens zum Schein eine Verlobung eingehen. Wir wollen diesen beiden Menschen nicht zeigen, wie tief sie uns getroffen haben. Aus ihren Reden entnahm ich, daß sie sich schon bald zu ihrer Liebe bekennen wollen, die Heimlichkeiten sollen ein Ende nehmen. Laß uns ihnen zuvorkommen, Ralph, noch heute, schon beim Frühstück, soll unsere Verlobung bekanntgegeben werden. Ich bitte dich darum! Ich kann ihnen nicht wieder in die Augen sehen, wenn ich mich nicht vor dieser namenlosen Demütigung retten kann. Bekennen wir uns als Verlobte, dann stehen wir nicht als die Beschämten da. Hilf mir, Ralph, ich bitte dich.«

Ralph erhob sich und trat zu ihr. Weil er selber litt, konnte er sie nur zu gut verstehen. Er fühlte, daß Daisy als Frau noch tiefer gedemütigt war wie er als Mann. Er war ihr Freund und wollte ihr helfen.

»Beruhige dich, Daisy, ich will alles tun, was du willst.«

»Ich danke dir – ich danke dir.«

»Wie du dich in Strasser getäuscht hast, so habe ich mich in Marlies getäuscht und muß erkennen, daß sie nicht wahr und klar gewesen sind. Aber – weshalb haben sie eine Komödie mit uns gespielt? Ich habe oft gesehen, wie dich Werner Strasser angesehen hat – bei Gott, ich habe nicht daran gezweifelt, daß er dich liebt, wie du ihn liebst. Und Marlies Rosner? Sie war streng und zurückhaltend zu mir – aber ihre Augen! Wenn solche Augen lügen können, wem soll man dann noch glauben!«

Auch Ralph starrte vor sich hin. Erst nach einer Weile raffte er sich wieder auf.

»Ich wollte, ich hätte nicht mit Werner Strasser Freundschaft geschlossen! Aber – lassen wir das. Ich werde dich also beim Frühstück als meine Braut vorstellen, Daisy. Vorher muß ich wohl bei deinem Vater um dich anhalten. Aber – ich werde dich nicht beim Wort nehmen. Du sollst frei sein, sobald du es willst. Denn jetzt, Daisy, jetzt weiß ich selbst, daß eine Ehe ohne Liebe ein Unding ist. Wir kennen uns wenigstens gut genug, um zu wissen, daß wir einander keine Enttäuschung bereiten werden. Du sollst trotz allem frei sein in deinen Entschlüssen.«

Daisy sah mit einem müden Blick zu ihm auf.

»Laß uns erst zur Ruhe kommen, Ralph, ehe wir über unsere Zukunft etwas beschließen. Jedenfalls danke ich dir von ganzem Herzen, daß du mir helfen willst. Und jetzt bitte ich dich, laß mich allein. Wenn du mit meinem Vater gesprochen hast, rufe mich.«

»Kopf hoch, Daisy, man kann über vieles hinwegkommen!«

Es brachte Daisy nicht die erhoffte Erleichterung, daß sie nun ihrem Stolz Genüge getan hatte. Sie glaubte, ein Leben ohne Werner Strassers Liebe nicht ertragen zu können.

So war sie eine Beute ihres Schmerzes, bis es an ihre Tür klopfte. Erschrocken zwang sie sich zur Ruhe. Sie rief ›Herein!‹ und nahm eine scheinbar ruhige Haltung an.

Marlies erschien und sah Daisy mit ihrem gewohnten lieben Lächeln an.

»Haben Sie etwas für mich zu tun, Daisy?«

Daisy vermochte sich kaum zu beherrschen. Eifersucht loderte in ihr. Sie hätte Marlies ins Gesicht schlagen mögen, das ihr heute falsch und verlogen erschien. Jetzt stieg Haß in ihrem Herzen gegen Marlies auf, die ihr, wie sie wähnte, das Herz Werner Strassers gestohlen hatte. Aber um sich nicht zu verraten, sagte sie scheinbar ruhig:

»Ist es schon Zeit zum Frühstück?«

»Ja, Daisy.«

»Dann gehen Sie nur vor, Marlies, ich komme gleich nach. Sie werden eine interessante Neuigkeit am Frühstückstisch erfahren. Also – bis nachher.«

Daisy brachte es fertig, mit erzwungener Heiterkeit zu

sprechen. Trotzdem fiel Marlies etwas in Daisys Wesen auf. Unschlüssig blieb sie einen Augenblick stehen.

»Hatten Sie eine schlechte Nacht, Daisy? Sie sehen so blaß aus.«

»Es ist kein Wunder, ich bin etwas erregt, das werden Sie nachher begreifen. Aber es ist eine sehr freudige Erregung. Nur die Hitze greift mich an – nun, gehen Sie – gehen Sie!«

Die letzten Worte kamen schroff und hart über ihre Lippen. Marlies erschrak und ging schnell hinaus. Draußen blieb sie eine Weile betroffen stehen. Was war mit Daisy? Sie benahm sich so ganz anders als sonst, so nervös, so zerfahren und heftig.

Langsam ging sie in das Frühstückszimmer. Sie hätte es gern gesehen, daß Daisy gutgelaunt war. Es war so wichtig für sie und Werner, daß sie ihre Beichte gut aufnahm.

Im Frühstückszimmer fand sie nur Werner. Schnell trat sie an seine Seite.

»Werner, Daisy ist heute so merkwürdig. Wollen wir unsere Eröffnung nicht noch verschieben?«

»Nein, Marlies, noch einmal schiebe ich unsere Beichte nicht hinaus.«

»Sie ist in keiner guten Stimmung, Werner. Wenn es nur gutgeht.«

»Sei doch tapfer, Marlies, es wird schon alles gutgehen.«

Er lächelte ihr ermutigend zu. Heute war er nicht so vorsichtig wie sonst, dachte nicht daran, daß die Tür zum Frühstückszimmer Fenster hatte.

In diesem Augenblick trat Haller mit Ralph ein, und wenn auch Werner schnell Marlies' Hand aus der seinen ließ, hatte Ralph doch schon von draußen gesehen, daß er sie gestreichelt hatte. Sein blasses Gesicht bekam einen härteren, kälteren Ausdruck. Er hatte soeben bei Haller in aller Form um Daisys Hand angehalten und ihm gesagt, Daisy habe seine Bewerbung angenommen.

Haller hatte erstaunt ausgesehen, wenn er sich auch freute. Erstaunt war er, daß Daisy sich so plötzlich entschlossen hatte, Ralph Steinbergs Bewerbung anzunehmen. Er hatte sich schon mit dem Gedanken vertraut zu machen versucht, daß Daisy nicht Ralph Steinbergs Frau werden wolle. Natürlich hatte er sofort seine Einwilligung gegeben. Dann war er zu seiner Tochter gegangen und hatte sie gefragt, warum sie sich so rasch entschlossen habe, Ralphs Frau zu werden.

»Aber Vater, es war doch dein sehnlichster Wunsch, daß Ralph und ich uns auf dieser Reise zusammenfinden. Nun ist dein Wunsch erfüllt.«

»Nur um mir einen Wunsch zu erfüllen, sollst du aber diese Verbindung nicht eingehen.«

»Vater, ich habe eingesehen, daß Ralph doch der passende Mann für mich ist.«

»Nun – dann ist ja alles gut, Daisy. Aber du siehst blaß aus, mein Kind. Ist dir nicht wohl?«

»Doch, Vater. Bitte, geh inzwischen ins Frühstückszimmer, ich komme gleich.«

Ralph hatte vor Daisys Tür gewartet und war dann mit Haller in das Frühstückszimmer gegangen.

Ralph verneigte sich nur, sah Marlies nicht wie sonst mit strahlender Innigkeit an.

Ihr war zumute, als sei etwas Furchtbares geschehen.

Weshalb sah Steinberg sie so kalt an, warum wandte er sich, nach diesem formellen Gruß, sofort von ihr ab?

Werner hatte nichts bemerkt. Haller besprach sofort geschäftliche Dinge mit ihm. Und dann kamen auch die andern.

Alle waren vergnügt und scherzten, nur Marlies und Ralph waren sehr still. Werner war nervös, wenn er sich auch nichts anmerken ließ, um Marlies nicht unsicher zu machen.

Endlich trat auch Daisy ein. Sie trug ein weißes Kleid aus feiner indischer Seide. Obwohl sie sehr bleich aussah, war sie schöner denn je. Werner sah mit einem aufleuchtenden Blick zu ihr hinüber. Als sein Blick jedoch in ihre glanzlosen Augen traf, sah er sie besorgt an. Sie begegnete seinem Blick, aber sie schien noch blasser zu werden und sah ihn kalt und abweisend an.

So hatte ihn Daisy Haller noch nie angesehen. Was war geschehen? Weshalb sah sie kalt an ihm vorbei, warum war sie so abweisend?

Man hatte um den Frühstückstisch Platz genommen, und als alle saßen, erhob sich Haller mit einem Lächeln.

»Meine lieben verehrten Freunde, ich habe Ihnen gleich am frühen Morgen eine freudige und mich beglückende Mitteilung zu machen. Meine Tochter Daisy hat sich mit unserm lieben Ralph Steinberg verlobt. Damit ist mir ein langgehegter Herzenswunsch in Erfüllung gegangen.«

Es entstand ein allgemeiner Tumult, und darüber blieb unbemerkt, daß Marlies und Werner erbleichend zusammengezuckt waren.

Daisy hatte sehr wohl bemerkt, daß Werner erschrocken war. Sie konnte sich das nicht erklären, dachte jedoch nur daran, die Rolle als glückliche Braut so gut wie möglich zu spielen.

Ralph Steinbergs Blick hatte groß und forschend auf Marlies geruht, als Haller seine und Daisys Verlobung bekanntgab. Und mit Erstaunen bemerkte er, daß Marlies' Gesicht leichenblaß wurde und sie die Augen wie vor etwas Schrecklichem schloß. Ihm war, als müsse er aufspringen und rufen: Es ist ja alles nicht wahr, es kann nicht wahr sein! Ich liebe dich, kleine Marlies, und du kannst nur mich lieben, sonst ist alles Lug und Trug auf dieser Welt!

Doch nun wurden er und Daisy schon mit Glückwünschen von allen Seiten bestürmt.

Werner und Marlies hatten Zeit, sich zu fassen. Sie waren froh, daß das Brautpaar lange Zeit von den andern in Anspruch genommen wurde. So konnten sie sich zur Ruhe zwingen. Jetzt erst merkten sie, wie sie die Bekanntgabe dieser Verlobung erregte.

Werner litt Höllenqualen der Eifersucht, obwohl er nicht glaubte, daß Daisy Ralph Steinberg liebte.

Obwohl Werner mit seinem eigenen Schmerz beschäftigt war, sorgte er sich doch auch um Marlies. Er hatte gemerkt, wie sie fassungslos zusammengezuckt war.

Er und seine arme Schwester standen abseits und mußten zusehen, wie sich zwei verbanden, die sich so lange nicht hatten finden wollen.

Und Marlies, wie bitter war es ihr, daß sie von Ralph Steinberg überhaupt nicht mehr beachtet wurde! Hatte er vergessen, daß er viele zärtliche Blicke für sie gehabt, manches Wort gesagt, das eine leise Hoffnung in ihr erweckt hatte?

Sie sah zu dem Bruder auf. Mitleidig blickte sie in sein blasses Gesicht. Da standen sie nun, die beiden Enterbten des Glücks, und sahen hinüber zu dem Brautpaar und den Gästen.

Leise und zaghaft stahl sich Marlies' Hand in die ihres Bruders. Er umschloß sie mit einem festen, krampfhaften Druck. Sie hielten sich beide aneinander fest in dieser Stunde und waren froh, daß sie sich hatten. Es war ihnen jetzt gleichgültig, daß sie sich verraten könnten. Hand in Hand, beide blaß bis in die Lippen und erschüttert, standen sie da und vermochten es noch nicht über sich zu bringen, dem Brautpaar einen Glückwunsch zu stammeln.

Niemand bemerkte, daß Werner und Marlies Hand in Hand dastanden, wie zusammengehörig. Nur Daisy und Ralph merkten es, und das gab ihnen Kraft, ihre Rolle gut zu spielen.

Erst als wieder etwas Ruhe eintrat, lösten sich die Hände der Geschwister. Werner trat nun zum Brautpaar. Mit heiserer Stimme stattete er seinen Glückwunsch ab. Er wurde mit konventioneller Höflichkeit entgegengenommen. Als Daisy ihre Hand für einen Moment in die Werners legte und er sie schmerzerfüllt ansah, da hätte sie laut aufschreien mögen.

Auch Marlies kam mit zaghaften Schritten heran und quälte sich einige Worte ab. Ihre Stimme klang farblos, und als Ralph sie so vor sich sah, mit dem rührend blassen Lächeln und den tief umschatteten Augen, da hätte er sie am liebsten in seine Arme gerissen und mit Küssen erstickt. Marlies sagte sich resigniert, daß Daisy ihr gegenüber nun wohl überhaupt einen andern Ton anschlagen würde.

Es überkam sie plötzlich Sehnsucht nach ihrem Zimmerchen bei Frau Lange im vierten Stock des Berliner Gartenhauses. Wie gut wäre es, wenn sie jetzt dort ganz allein sein könnte, ohne Komödie spielen zu müssen.

*

Nach dem Frühstück begab sich die Gesellschaft auf Deck. Werner und Marlies waren im Frühstücksraum zurückgeblieben. Sie wagten nicht, miteinander zu sprechen. Instinktiv faßte Marlies schutzsuchend nach Werners Hand. Er zog sie an sich und strich leise über ihr Haar. Sie fürchteten eine Entdeckung nicht mehr.

Daisy sehnte sich nach Ruhe, nach Alleinsein. Ralph begleitete sie zu ihrer Kabine, auch er wollte allein sein. Als sie am Frühstückszimmer vorüberkamen und durch die Scheiben blickten, sahen sie Marlies und Werner zusammenstehen, sahen, daß Werner Marlies an sich drückte und ihr mit einer unbeschreiblich zarten Bewegung über den gesenkten Kopf strich.

Stumm gingen sie weiter. An der Tür zu Daisys Salon sagte Ralph:

»Ich weiß, Daisy, daß ich dir jetzt keinen größeren Gefallen tun kann, als dich alleinzulassen. Helfen kann ich dir leider nicht.«

»So wenig, wie ich dir helfen kann. Laß dir noch einmal danken, daß du mir geholfen hast, diese Demütigung zu ertragen.«

»Gott mag dir helfen, Daisy. Wir wollen als gute Kameraden versuchen, mit unserer Enttäuschung fertig zu werden.«

Werner hatte sich in Hallers Kabine begeben, um Korrespondenzen zu erledigen. Er wollte Haller erwarten, um ihm seine Beichte abzulegen. Es war jetzt doppelt nötig, daß er sich offiziell zu Marlies bekannte, damit diese in ihrem Herzeleid nicht so einsam war.

Marlies hatte sich in ihrer Kabine in einen Sessel geworfen und saß wie leblos, lange Zeit. Was sie in dieser Stunde in sich begraben mußte, das wußte nur sie allein. Aber sie hatte ihren Bruder, raffte sich auf und zwang sich, ihrer Pflicht zu genügen. Sie mußte zu Miß Daisy gehen. Mit schwerem Herzen, weil Daisy ihr gegenüber so verändert gewesen war. Was mochte in ihr vorgehen? Daß sie Ralph nicht liebte, erschien Marlies ganz gewiß.

Dann ging sie hinüber. Aber Daisys Tür war verschlossen, und als sie anklopfte, erschien Mary und sagte, Miß Daisy wolle nicht gestört sein.

»Darf auch ich nicht zu ihr, Mary?« fragte Marlies.

»Sie will niemand sehen, Miß Marlies. Was sein mit meine Lady? Ich glauben, sie sein in diese Nacht nicht zur Ruhe gekommen. In alle Frühe haben ich schon holen müssen Mr. Steinberg, und dann hat meine Lady gesagt, sie sein Braut von Mr. Steinberg. Aber sie sein keine glückliche Braut. Ich haben immer geglaubt, daß Miß Daisy haben eine andere Mann lieb, einen hier auf die Schiff, einen, der mich gerettet haben aus große Not und Miß Daisy gerettet haben das Leben, in Berlin. Nein, mir gefallen Verlobung nicht, wo sein Braut so traurig.«

Marlies wußte, daß Mary für ihren Bruder eine dankbare Verehrung hegte, seit er für sie ein gutes Wort bei ihrer Herrin eingelegt hatte.

»Wir können nichts tun, Mary, als Miß Daisy von Herzen Glück wünschen«, sagte sie leise.

»Ich gehe jetzt hinauf auf Deck, Mary, vielleicht bedarf sie doch noch meiner. Wenn Miß Daisy nach mir verlangt, rufen Sie mich bitte.«

Sie wünschte plötzlich, daß Haller und Daisy ihr nach Werners Eröffnung zürnen möchten. Es schien ihr nicht mehr begehrenswert, die Reise auf der »Regina« fortzusetzen.

*

Als Haller sein Arbeitszimmer betrat, sah er Werner an der Schreibmaschine sitzen und eifrig arbeiten. Daß Werner sehr blaß war, fiel ihm zunächst nicht auf.

»Nun, mein lieber Strasser, trotz der Hitze so fleißig bei der Arbeit?«

»Es ist alles erledigt, Mr. Haller, was die letzten Tage liegengeblieben war.«

Haller klopfte ihm wohlwollend auf die Schulter.

»Ich habe wirklich einen Volltreffer gemacht, als ich Sie engagiert habe.«

»Es freut mich, Mr. Haller, wenn ich Sie zufriedengestellt habe.«

»Mehr als das, mehr als das, mein lieber Strasser. Was sagen Sie überhaupt zu dieser Verlobung? Ich hatte schon alle Hoffnung aufgegeben und war sehr überrascht. Sie wissen, wie ich an meiner Tochter hänge. Alles könnte ich eher ertragen, als sie unglücklich zu sehen. Und ich weiß nicht so recht – nun, da mein Wunsch in Erfüllung gegangen ist, weiß ich auf einmal nicht, ob es Daisy zum Glück ausschlägt.«

»Ich kann mir denken, Mr. Haller, daß Sie sich darüber Sorge machen, weil diese Verlobung wohl hauptsächlich auf Ihre Veranlassung hin erfolgt ist.«

Der alte Herr sah erstaunt zu ihm hinüber.

»Auf meine Veranlassung? Wie meinen Sie das?«

»Nun, ich nehme an, daß Sie ein Machtwort gesprochen haben.«

»Da sind Sie aber sehr im Irrtum. Ich sagte Ihnen ja, ich war sehr überrascht, als Steinberg mir heute morgen versicherte, Daisy habe ihm ihr Jawort gegeben.«

Werner strich sich über die Stirn. Jetzt wußte er erst recht nicht, was Daisy zu dieser schnellen Sinnesänderung bewogen hatte.

»Ich nahm an, daß Ihr Wunsch ausschlaggebend für diese Verbindung war.«

»Nein, nein, ich hatte mich schon damit abgefunden, daß meine Tochter in dieser Frage einen anderen Weg gehen würde – ja, einen ganz anderen.«

Er sah Werner plötzlich scharf und forschend an.

»Übrigens, Ihnen scheint die Hitze schlecht zu bekommen. Sie sehen, wie ich jetzt erst bemerke, miserabel aus.«

Werner stieg unter diesem strengen Blick das Blut in die Stirn. »Es ist nicht die Hitze, die mir zu schaffen macht, sondern ich habe etwas auf dem Herzen, was mich sehr beschäftigt. Wenn Sie einige Minuten Zeit für mich hätten, möchte ich Ihnen ein Geständnis ablegen.«

Etwas betroffen und immer noch im Banne des eben in ihm aufgestiegenen Verdachts, fragte der alte Herr:

»Ein Geständnis? Zeit habe ich für Sie – also heraus damit, was haben Sie auf dem Herzen?«

»Es betrifft Fräulein Rosner, Mr. Haller.«

Der alte Herr richtete sich überrascht auf. Jetzt kam er auf eine ganz falsche Fährte.

»Hallo! Wollen Sie mir vielleicht jetzt die überraschende Eröffnung machen, daß Sie sich mit Fräulein Rosner zu verloben wünschen, weil die Verlobungen heute so in der Luft liegen?« Er versuchte zu scherzen.

Werner schüttelte mit einem matten Lächeln den Kopf.

»Nein, Mister Haller. Gestatten Sie mir bitte, etwas weiter auszuholen. Sie wissen doch noch, unter welchen Umständen mein Engagement bei Ihnen zustande kam?«

»Das werde ich bestimmt nie vergessen.«

»Ich hatte damals das Gefühl, daß Sie nur darauf warteten, mir irgendeine Belohnung für den Gelegenheitsdienst, den ich Ihnen erwiesen hatte, zu geben. Nichts wäre mir peinlicher gewesen.«

»Sie waren empfindlich in dieser Beziehung und sind es noch.«

»Und doch gab es gerade in jener Zeit etwas, das ich mir gern von Ihnen als Belohnung erbeten hätte. Aber wie ich geartet bin, konnte ich es einfach nicht. Es betraf meine Schwester.«

»Ihre Schwester? Hätte ich vielleicht etwas für Ihre Schwester tun können?«

»Sie hätten für meine Schwester nicht mehr tun können, als Sie schon getan haben.«

»Ich – für Ihre Schwester?«

»Ja – ohne daß Sie es ahnten.«

»Was soll ich denn für Ihre Schwester getan haben?«

»Sie engagierten meine Schwester als Gesellschafterin für Ihr Fräulein Tochter.«

»Wie? Fräulein Marlies Rosner ist Ihre Schwester?«

»Ja, Mr. Haller, meine Stiefschwester. Die Trennung von ihr wäre mir damals furchtbar schwer geworden, und als ich hörte, daß Miß Haller eine junge Gesellschafterin engagieren wollte, hätte ich gern meine Schwester vorgeschlagen. Wir beide fürchteten jedoch, daß Sie dann meine Schwester, um mich zu belohnen, auf alle Fälle engagieren würden, auch wenn sie Ihnen vielleicht nicht zugesagt hätte.«

Er erklärte die Beweggründe ihres bisherigen Verschweigens.

»Und jetzt bitte ich Sie, uns nicht zu zürnen. Zugleich bitte ich auch im Namen meiner Schwester, für uns ein gutes Wort bei Miß Haller einzulegen.«

Aufatmend schwieg Werner. Der alte Herr stellte sich dicht vor ihn, legte die Hand auf seine Schulter und sagte:

»Sie sind wirklich ein sonderbarer Heiliger, mein lieber Strasser. Trotz allem hätten Sie es ruhig mit angesehen, wenn die Wahl meiner Tochter zufällig auf eine andere Dame gefallen wäre.«

»Sie verzeihen uns also, Mr. Haller?«

»Ich habe nichts zu verzeihen. Ich freue mich, daß Fräulein Rosner Ihre Schwester ist. Sie ist ein lieber Mensch. Es ist unerhört, daß Sie uns dieses Geheimnis so lange vorenthalten haben.«

»Meine Schwester bangte, entlassen zu werden, wenn die Wahrheit an den Tag käme.«

»Dann kennt sie uns aber schlecht. Ich werde sie gleich herbeiholen lassen und ihr schreckliche Vorwürfe machen, daß sie uns nichts Besseres zugetraut hat. Und meine Tochter will ich auch sofort herüberbitten, damit sie erfährt, wie wir von Ihnen hinter das Licht geführt wurden«, scherzte Haller.

Er klingelte und gebot, seine Tochter und Fräulein Rosner sofort herbeizurufen.

Marlies kam zuerst, und Haller machte sich das Vergnügen, sich den Anschein zu geben, als sei er sehr böse. Als er aber Marlies' blasses Gesicht sah, nahm er sie lächelnd bei den Armen und schüttelte sie ein wenig.

»Weiß der Kuckuck, ich sehe heute überall nur blasse Gesichter! Nun gucken Sie mal nicht so ängstlich, Fräulein Marlies.«

Marlies bekam feuchte Augen. Die verhaltene Erregung, die noch immer in ihr nachbebte, machte sich in einigen Tränen Luft, so sehr sie sich auch beherrschte.

»Es ist so gütig von Ihnen, Mr. Haller, uns nicht zu zürnen.«

»Schön, aber nun bitte ich mir wieder eine frohe, heitere Miene aus. Wir sind doch keine Menschenfresser!«

*

Daisy, eingeschlossen in ihrem Schlafzimmer, war eine Beute der schmerzlichsten Verzweiflung und konnte nicht darüber hinwegkommen, daß Werner eine andere liebte.

Als nun Mary in das Zimmer trat und meldete, Mr. Haller lasse seine Tochter sofort herüberbitten, erhob sie sich mit einem müden Seufzer.

Sie zuckte betroffen zusammen, als sie Werner und Marlies nebeneinander vor ihrem Vater stehen sah.

»Ich habe dir eine Eröffnung zu machen, Daisy, die diese beiden Herrschaften betrifft. Du wirst erstaunt sein, wie ich es war.«

Jetzt werde ich erfahren, daß sich Werner Strasser mit Marlies Rosner verlobt hat, dachte Daisy. Sie schloß die Augen, als wolle sie das Demütigende nicht mit ansehen, was ihr jetzt angetan wurde. Und wieder hörte sie ihres Vaters Stimme:

»Also, was sagst du dazu, Daisy? Strasser hat mir soeben gebeichtet, daß Fräulein Marlies seine *Schwester* ist!«

Die letzten Worte rissen Daisy aus ihrer Erstarrung. Seine Schwester – nicht seine Braut?

Das war zuviel für ihre durch schwere seelische Marter angespannten Nerven. Mit einem leisen Seufzer brach sie plötzlich ohnmächtig zusammen, sie glitt in Werners Arme, der sie die ganze Zeit besorgt angesehen hatte und sie wanken sah. Er legte Daisy auf den Diwan. Erschrocken beugte sich ihr Vater zu ihr hinab.

»Um Gottes willen, was ist mit meiner Tochter?« sagte er und beschäftigte sich liebevoll, aber ungeschickt mit Daisy.

Marlies war davongeeilt, um Mary zu holen. Marlies bat den alten Herrn, sich zu beruhigen, die Ohnmacht sei wahrscheinlich nur eine Folge der Hitze. Sie und Mary riefen Daisys Lebensgeister schnell wieder zurück. Daisy atmete tief und öffnete die Augen. Und da sah sie Werners blasses, erregtes Gesicht, sah, daß seine Augen in angstvoller Zärtlichkeit auf ihr ruhten.

»Am besten, wir bringen Miß Daisy in ihre Kabine, Mary, und gleich zu Bett«, sagte Marlies.

Der alte Herr nickte besorgt.

Werner schob Marlies und Mary beiseite. »Richten Sie schnell das Lager von Miß Haller, Mary, ich trage sie hinüber.«

Werner hob Daisy sanft empor. Wie ein Kind, so trug er sie auf seinen Armen, gefolgt von Haller und Marlies.

Und wie er so mit ihr dahinschritt, öffnete Daisy die Augen, sah zu ihm auf – und barg dann das Antlitz an seiner Brust. Er sah mit besorgten Blicken auf sie hinab, und ihn überkam ein so sehnsuchtsvolles Empfinden, daß er sie in schmerzlicher Liebe fest an sich preßte.

Wie im Traum schritt er dahin und trug sie zu ihrem Lager. Nur zögernd löste er seine Hände. Ihm war, als sei sie, da er sie in seinen Armen gehalten hatte, sein eigen gewesen. Noch immer sah ihn Daisy an, mit einem glückseligen Leuchten, das er nicht begreifen konnte.

»Bitte, ziehen Sie sich jetzt zurück, Mr. Haller, und auch du, Werner. Wir wollen Miß Daisy zur Ruhe bringen. Sorgen Sie sich nicht zu sehr.«

Beide Herren gingen hinaus, nicht ohne noch einen besorgten Blick auf Daisy zu werfen. Und auch der Vater sah das glückliche Leuchten in den Augen seiner Tochter und konnte es sich nicht erklären.

Marlies und Mary entkleideten Daisy, die alles willig mit sich geschehen ließ. Die Vorhänge wurden geschlossen.

Als Daisy nun ruhig ausgestreckt auf ihrem Lager ruhte, winkte sie Mary zu, sie möge hinausgehen. Diese räumte schnell noch Kleider fort und verließ das Zimmer. Marlies legte eine Kompresse auf Daisys Stirn, und diese sah mit einem unbeschreiblichen Blick zu ihr auf.

Dann schloß sie die Augen, und als Marlies sich nochmals über sie beugte und sie fragen wollte, ob sie noch etwas für sie tun könne, da sah sie plötzlich große Tränen aus Daisys geschlossenen Lidern hervorquellen. Sie weinte, weinte, daß ihr ganzer Körper in einem krampfhaften Schluchzen erbebte.

»Daisy, liebe, teure Daisy, was ist Ihnen?«

Daisy hob die Arme empor und zog Marlies an sich. »Habe ich das geträumt, Marlies, oder ist es wahr, daß Werner Ihr Bruder ist?«

»Daisy, es ist Wahrheit. Wir haben uns schon lange Vorwürfe gemacht, daß wir es verschwiegen, aber es geschah nicht in böser Absicht.«

Und Marlies erzählte Daisy, wie es gekommen war, daß sie sich nicht als Werners Schwester um die Stelle bei ihr beworben hatte.

Ohne ihren Tränen gebieten zu können, hörte Daisy zu, Marlies' Hände nicht aus den ihren lassend. Und als Marlies zu Ende war, sagte sie:

»Ich sah Sie gestern nacht mit ihm auf Deck, sah, daß Sie sich küßten, und hörte, wie Sie sich duzten. Und – da habe ich geglaubt, Sie seien ein heimliches Liebespaar.«

Marlies verstand mit einem Mal, wie es gekommen war,

daß Daisy sich plötzlich zu einer Verlobung mit Ralph entschlossen hatte.

»Wie leid tut es mir, Daisy. Nun verstehe ich, weshalb Sie mich heute morgen so kalt, fast verächtlich ansahen. Mein Gott, was müssen Sie von mir gedacht haben – und von meinem Bruder!«

»Verzeihen Sie mir, Marlies, daß ich an Ihnen irre wurde. Es hat mir selbst am meisten wehgetan. Ich habe mit meinem Irrtum Schlimmes angerichtet: Ich habe Ralph erzählt, wie ich Sie und Ihren Bruder zusammen sah. Sie dürfen mir nicht zürnen, Marlies, ich will alles, alles wiedergutmachen. Ralph muß sofort die Wahrheit erfahren. Warten Sie nur noch einige Minuten – das war die erste Ohnmacht meines Lebens. Alles drehte sich um mich. Ach, Marlies, ich war ja so unglücklich heute wie nie zuvor in meinem Leben. Nur ein paar Minuten will ich noch ruhen, inzwischen holen Sie meinen Vater, er muß mir helfen, alles wiedergutzumachen. Gehen Sie, Marlies – und zürnen Sie mir bitte nicht.«

»Wie soll ich Ihnen zürnen, Daisy? Mein Bruder und ich sind schuld an dem Irrtum. Und Sie – Daisy, haben darunter leiden müssen. Seien Sie wieder so lieb und gut zu mir wie vorher, ich bitte Sie herzlich darum.«

»Gehen Sie jetzt, Marlies – ich will alles gutmachen!«

Marlies ging und rief Haller, der unruhig mit Werner im Kabinengang hin und her ging.

»Es geht schon viel besser, Mr. Haller. Miß Daisy läßt Sie bitten, sogleich zu ihr zu kommen.«

Werner faßte Marlies' Hand.

»Wie geht es ihr? Warum hast du geweint, Marlies?«

»Werner«, flüsterte sie erregt, »Daisy hat uns diese Nacht auf Deck gesehen, hat gehört, daß wir uns duzten, und gesehen, daß wir uns küßten. Werner – ich glaube, nur deshalb hat sie sich so überstürzt mit Steinberg verlobt. Sie hat auch ihm erzählt, daß wir ein Liebespaar sind.«

»Das also war es! Das hat sie so verändert!«

Die Geschwister sahen sich an, als wollte eins im Herzen des andern lesen. Aber sie fragten sich nichts, sprachen kein Wort mehr und hielten sich nur fest in Händen.

*

Haller hatte am Lager seiner Tochter Platz genommen und beugte sich liebevoll über sie.

»Hast du mich erschreckt, Kind! Wie geht es dir?«

»Vater, deine Daisy hat einen sehr törichten Streich begangen, und du mußt mir helfen, ihn gutzumachen. Dann werde ich schnell wieder gesund werden.«

»Was hast du denn für einen Streich begangen?«

»Ich habe mich mit Ralph verlobt, das war meine Dummheit.«

»Das war doch sehr klug von dir.«

»Vater, das war der dümmste Streich, den ich je begangen habe. Ich habe Ralph heute früh gebeten, sich schnell mit mir zu verloben, weil ich glaubte, von dem Mann, den ich in Wahrheit liebe, verschmäht worden zu sein. Ich wollte mich nicht demütigen lassen.« Sie erklärte ihm alles.

»Verstehst du nun, was für eine Torheit ich begangen habe und daß mir das Bewußtsein schwand, als ich hörte, Marlies sei Werners Schwester?«

Obwohl sie nicht ausgesprochen hatte, wie sehr sie Strasser liebte, hörte ihr Vater das aus jedem Wort. Es zuckte leise um seinen Mund.

»Aber nun bist du einmal Ralphs Braut, und ich habe eben vorhin mit Herrn Strasser besprochen, daß er eure Verlobungsanzeigen auf den Weg bringen soll. Er sah übrigens sehr blaß dabei aus.«

Daisy preßte ihr Gesicht an seinen Arm.

»Vater, er liebt mich! Aber er wagt es nicht, um meine Hand anzuhalten. Du weißt doch, wie stolz er ist, und seine Armut findet den Weg nicht zu meinem Reichtum.«

»Und – du liebst ihn natürlich auch?«

»Hätte ich sonst eine solche Torheit begangen?«

»So, so, er liebt dich, und du liebst ihn, das ist mir nun klar. Aber – du bist doch jetzt Ralphs Braut, wechselt man seine Verlobten denn wie Handschuhe?«

»Vater, du *mußt* mir helfen, meine Torheit gutzumachen.«

»So, muß ich das? Und zugleich soll ich vermutlich helfen, daß du gleich eine andere begehst?«

»Nennst du es eine Torheit, wenn ich mich danach sehne, Werner Strassers Frau zu werden? Meinst du nicht, daß eine Frau an seiner Seite wunderbar behütet und beschützt ist?«

»Aber du weißt doch noch gar nicht, ob er dich zur Frau haben möchte.«

»Doch, jetzt weiß ich es wieder – er liebt mich! Nur dein Reichtum stört ihn.«

»Ja, ich kann mich aber doch nicht ihm zu Gefallen zum armen Mann machen. Und du bist nun einmal Ralphs Braut, und Ralph wird sich hüten, dich wieder freizugeben.«

Daisy kannte ihren Vater, sie lachte. Das war wieder ganz die schelmische Daisy, die jetzt sagte:

»Ach, Vater, wenn Ralph erfährt, daß Werner Strasser nur Marlies' Bruder ist, wird er mich gar nicht mehr zur Frau haben wollen. Aber das werde ich mit ihm schon in Ordnung bringen. Vater – ich liebe Werner Strasser so sehr, daß ich am liebsten heute nacht über Bord gesprungen wäre – nur der Gedanke an dich hielt mich davon ab.«

»So weh hat es dir getan?«

»Du hilfst mir, Vater, nicht wahr?«

»Ich weiß gar nicht, was mir da noch zu helfen bleibt. Mit Ralph willst du dich selbst auseinandersetzen, mit Strasser mußt du selbst klarkommen – was bleibt mir da noch zu tun, als zu allem, was du willst, ja und amen zu sagen?«

»Doch, es bleibt dir noch etwas zu tun – meine Torheit unsern Gästen und Freunden zu beichten. Wenn erst alles andere wieder in Ordnung ist, dann mußt du ihnen alles erzählen.«

»Als gehorsamer Vater muß ich das wohl tun, wenn es soweit ist.«

»Nicht als gehorsamer Vater, sondern als mein lieber, einzig guter Vater. – Nun aber muß ich schnell mit Ralph reden. Ich ziehe mich sofort an und lasse ihn rufen. Er liebt Marlies, hat an ihre Liebe geglaubt, wenn er ihr auch noch nicht davon gesprochen hat. Ralph muß schnell erlöst werden, das bin ich ihm schuldig.«

»Ich sehe, daß ich dich quälen würde, wollte ich dich festhalten. So steh also auf, und löse den Knoten, den du geschürzt hast. Wenn du meiner bedarfst, laß es mich wissen. Jetzt werde ich mich erst einmal nach meinen Gästen umsehen und ihnen erzählen, daß Marlies Rosner und Werner Strasser Geschwister sind. Es wäre immerhin möglich, daß noch ein dritter die Zusammenkünfte der beiden beobachtet hat und falsche Schlüsse zieht.«

Sie nickte ihm lächelnd zu.

»Bitte, schick mir Mary herein«, bat sie.

Mary half ihr beim Ankleiden. Dann schickte Daisy sie zu Ralph und ließ ihm ausrichten, er möchte zu ihr herüberkommen. Er kam auch sofort.

»Was kann ich für dich tun, Daisy?«

Sie sah bittend in sein blasses Gesicht.

»Ralph, ganz kurz und frei heraus, du mußt mir helfen, eine große Dummheit gutzumachen. Unsere Verlobung muß sofort wieder gelöst werden. Ich habe etwas sehr Törichtes angerichtet, womit ich mich selbst am meisten gestraft habe. Aber auch dir habe ich damit wehgetan. Ralph – Marlies Rosner ist nicht Werners Geliebte, sondern seine Schwester.«

»Daisy!«

»Ja, Ralph, wir haben die beiden zu Unrecht verdächtigt. Ich habe Marlies schon gebeichtet, und wir haben zusammen geweint.«

»Sie hat geweint?«

»Ja, sie war sehr unglücklich, daß wir sie heute morgen so abweisend behandelten.«

»Verächtlich habe ich sie angesehen! Daisy, natürlich ist unsere Verlobung gelöst. Verzeih, wenn ich dich jetzt allein lasse, aber ich muß sofort mit Marlies sprechen.«

Ralph war hinausgegangen, ehe Daisy noch ein Wort sagen konnte. Sie sah ihm lachend nach. Er hat es gut, dachte sie, er kann nun auf seine Marlies zugehen und alles zu einem guten Ende führen. Aber ich? Wie soll ich mit Werner ins reine kommen?

»Suchen Sie Mr. Strasser, Mary, und bitten Sie ihn, zu mir zu kommen.«

Nach wenigen Minuten stand Werner vor Daisy. Erschrocken sah er sie an. »Sie sind schon wieder auf, Miß Haller?«

»Ich kann jetzt nicht ruhen, zu viel liegt mir auf dem Herzen. Und ich muß Sie um Entschuldigung bitten, daß ich heute morgen so unfreundlich zu Ihnen gewesen bin. Bitte, seien Sie mir nicht böse.«

Sie reichte ihm mit zaghaftem Blick die Hand.

»Wie könnte ich Ihnen böse sein? Es hat mich freilich sehr geschmerzt, daß Sie mich verächtlich behandelt haben.«

»Ich muß beichten, weshalb das geschah.«

»Meine Schwester hat mir schon gesagt, in welchem Irrtum Sie sich befanden.«

»Sie hätten uns das nicht verheimlichen sollen, es wäre uns manches erspart geblieben.«

»Miß Daisy, erlassen Sie mir die Antwort. Sie sind nicht nur die Tochter des reichen Mr. Haller, sondern auch Ralph Steinbergs Braut.«

»Nein – ich bin nicht mehr Ralphs Braut. Das war ja nur ein letzter Ausweg für uns, um uns eine Demütigung zu ersparen. Verstehen Sie das nicht? Ralph ist soeben zu Ihrer Schwester gegangen. Er will ihr sagen, daß er sie liebt und daß sie seine Frau werden muß. Ich bin frei ...«

»Daisy!«

»Werner, wollen Sie sich noch immer hinter Ihrem Stolz verschanzen und mich weiter quälen?«

»Daisy, daß ich dich liebe, wie nur ein Mann eine Frau lieben kann, das weißt du, mußt du wissen! Aber – was habe ich dir zu bieten – nichts – nichts!«

»Nichts als dich selbst, und das ist mir genug, um mit keiner Königin zu tauschen.«

Er zog sie fest an sich und sah ihr mit Zärtlichkeit in die Augen.

»Du! Du geliebtes Leben!«

Und er preßte seine Lippen auf die ihren wie ein Verdurstender. Sie gab den Kuß in inniger Hingabe zurück. Sie sahen sich immer wieder tief in die glückstrahlenden Augen und flüsterten sich all die Worte zu, die Liebende in ihrem Überschwang zu finden wissen. Sie vergaßen alles um sich her.

*

Ralph war aufs Deck hinaufgestürmt und sah Marlies zwischen Haller und Mrs. Johnston sitzen.

Ralph war nicht in der Lage, jetzt auf irgendwen Rücksicht zu nehmen. Er trat schnell herzu und sagte hastig:

»Fräulein Rosner, Sie möchten bitte sofort mit mir zu Daisy kommen.«

Marlies erhob sich, ihr Herz klopfte zum Zerspringen. Sie merkte sogleich, daß Ralph sie wieder mit dem altvertrauten lieben Blick angesehen hatte. Also mußte Daisy schon mit ihm gesprochen haben, er mußte wissen, daß Werner ihr Bruder war.

Lange sollte sie nicht darüber im Zweifel bleiben, denn kaum waren sie die Treppe hinabgestiegen, zog er sie in das leere Gesellschaftszimmer. Er faßte ihre Hände.

»Marlies, Daisy verlangt nicht nach Ihnen. Aber ich – und wie sehr! Marlies, ich habe heute morgen schreckliche Qualen ausgestanden, weil ich glauben mußte, Sie hätten mich belogen. Nur aus Groll habe ich mich mit Daisy verlobt. Süße kleine Marlies, du mußt mich sehr trösten für die ausgestandenen Qualen. – Willst du meine Frau werden? Ach, Unsinn, ich frage nicht lange, deine Augen sagen ja und dein Mund ...«

Er sprach nicht weiter, küßte sie immer wieder und ließ sie

gar nicht dazu kommen, zu antworten. Aber als sie endlich zu Worte kam, sagte sie nur, ihn mit einem halb glückseligen, halb bangen Blick ansehend:

»Aber dein Vater, Ralph? Er will doch, daß du Daisy heiratest. Du hast doch nur Urlaub für diese Reise, um ...«

»Ganz recht, um mir endlich eine Frau zu erobern, und ich denke, das habe ich mit Elan getan. Süßes Herz, nun haben wir schon viel zu lange von Nebensächlichem gesprochen, jetzt möchte ich erst einmal von dir hören, ob du mich liebst.«

»Ach, Ralph – lieber, lieber Ralph«, sagte sie, und er küßte ihr die Tränen fort.

»Jetzt weinst du schon wieder. Hast doch vorhin schon mit Daisy geweint. Nun ist es genug.«

Da mußte sie lachen über seine ungeschickte Art, ihr die Tränen fortzuküssen.

Sie waren so vertieft in diese süße Beschäftigung, daß sie nicht merkten, daß Haller die Tür öffnete. Als er die beiden so angenehm beschäftigt sah, zog er sie lächelnd wieder hinter sich zu und suchte seine Tochter auf. Aber als er die Tür zu Daisys Salon aufmachte, sah er ein anderes Paar, das sich in den Armen lag. Hier ging er nicht wieder fort, sondern schloß die Tür mit einem hörbaren Ruck. Die Liebenden fuhren erschrocken auseinander.

»Herr Sekretär, Sie benutzen Ihre Dienststunden zu recht privaten Dingen«, sagte er scheinbar streng und kalt.

Hochaufgerichtet stand Werner vor ihm.

»Mr. Haller, ich bitte Sie um die Hand Ihrer Tochter«, stieß er entschlossen hervor.

»So, so, ich habe mir bisher die größte Mühe gegeben, Ihnen einen Wunsch zu entlocken, mit dessen Erfüllung ich Sie belohnen konnte. Sie aber gehen gleich aufs Ganze. Können Sie sich nicht mit etwas Geringerem begnügen als mit der Hand meiner Tochter?«

»Ich weiß selbst, wie vermessen ich bin, und ich habe dafür keine andere Entschuldigung, als daß ich Daisy liebe mit aller Inbrunst meines Herzens. Daisys Lebensglück steht auf dem Spiel, da kann mich Ihr Reichtum nicht länger schrecken. Daisy ist mein, mag kommen, was will, ich lasse sie nicht mehr.«

Daisy sah selig lächelnd zu ihrem Vater.

»Vater, ich bin so glücklich, nun mach Werner das Herz nicht länger schwer! Er will dich nicht gern erzürnen. Wenn du in diesem Ton weiter mit ihm redest, glaubt er, daß du ein Tyrann bist.«

Haller umarmte beide gleichzeitig.

»Sieh mich nicht so kriegerisch an, mein Sohn. Meinen Segen sollt ihr haben – ich freue mich, daß ich nun endlich meine Schuldenlast loswerde. Jetzt sind wir quitt, mein lieber Werner!«

Der alte Herr wurde nun von den beiden Liebenden stürmisch umarmt.

»Bringt mich nur nicht um, ich möchte mich doch noch eine Weile an eurem Glück freuen. Und außerdem möchte ich die erstaunten Gesichter meiner Freunde sehen, wenn ich ihnen heute noch zwei weitere Verlobungen melde, nachdem ich eine wieder rückgängig gemacht habe.«

»Zwei Verlobungen?« fragte Werner.

»Ehe ich euch überraschte, kam ich dazu, wie sich ein anderes Brautpaar in den Armen lag. Dein ungetreuer Ex-Bräutigam hat sich mit Werners Schwester anscheinend sehr stürmisch verlobt. Sie haben mich überhaupt nicht bemerkt.«

Bei der Tafel berichtete Haller, wie es gekommen war, daß die eine Verlobung gelöst und zwei andere geschlossen wurden. Ein großes Hallo und viele Glückwünsche folgten seinem humoristischen Bericht.

Es war im zehnten Monat nach ihrer Verlobung, als die Hochzeit der beiden jungen Paare in Hallers Villa gefeiert wurde.

Ralph Steinbergs Vater war sehr zufrieden mit seiner Schwiegertochter, so zufrieden, daß Ralph zuweilen beinahe eifersüchtig auf seinen Vater wurde.

Haller blieb mit seinen Kindern in seinem schönen Haus am Meeresstrand wohnen. Werner konnte seinen Diplomingenieur und seinen Doktor machen und trat dann in Hallers Fabriken ein, wo er ein ergiebiges Arbeitsfeld fand. Das Verhältnis zwischen ihm und seinem Schwiegervater blieb gut, denn Haller sah täglich von neuem, wie glücklich seine Tochter war.

Zwischen Marlies und Daisy herrschte eine innige Freundschaft. Auch ihre Männer verstanden sich ausgezeichnet. Die beiden jungen Paare verlebten ihre freie Zeit miteinander in schöner Harmonie. Das Glück blieb ihnen treu.

So hatte der Überfall auf Daisy und ihren kostbaren Perlen- und Diamantenschmuck vier Menschen glücklich zusammengeführt. Diamanten und Perlen schmückten die glückliche Daisy Strasser, als sie mit Werner getraut wurde. Doch ihre Schönheit und ihr Charme überstrahlten alles. Das Kostbarste aber war ihre Liebe zu Werner.

Der Australier

Ralf Jansen, der aus einfachen Verhältnissen stammt, hat in Australien sein Glück gemacht. Als er in die Heimat zurückkehrt, kauft er sich ein Schloss, das er gemeinsam mit seiner Mutter bezieht. Doch die Nachbarn sehen einen Emporkömmling in ihm und schließen ihn aus allen gesellschaftlichen Aktivitäten aus. Und dann kommt der Tag, an dem Ralf Jansen sein Herz an die schöne Komtess Dagmar verliert, obwohl er weiß, dass sie einen anderen liebt ...

Im fremden Land

Die Stiefgeschwister Traude Karsten und Heinz Ruthland sind einander von Herzen zugetan. Während Traude nach dem Tod der Eltern in die Obhut hartherziger Verwandter kommt, wandert Heinz nach Amerika aus, um dort sein Glück zu suchen. Als er sich bei den Sternberg-Werken als Testfahrer bewirbt, ahnt er nicht, welch schicksalhafte Bedeutung diese Entscheidung für ihn und seine Stiefschwester haben soll ...

ISBN 3-404-14875-4

BASTEI LÜBBE

Ist nicht das ganze Leben irgendwie Theater?

Jarden Podmanitzki ist ein mittelmäßiger Schauspieler, der noch nie allein auf der Bühne gestanden hat.
Arm in Arm spaziert Kishon mit ihm in dieser Geschichtensammlung durch die Kulissen und verrät, wie ein Schauspieler den Regisseur systematisch zum Wahnsinn treibt, dass Ovationen keine Krankheit sind, wie man Kritiker neutralisiert, beim Theater trotzdem überlebt – und warum Schauspieler niemals heiraten dürfen ...
Bühne frei also – für einen großen Satiriker und für das Leben selbst!

ISBN 3-404-14872-X

BASTEI
LÜBBE

Eine leidenschaftliche Liebe vor dem großartigen Panorama Nordafrikas und der mondänen Welt des kolonialen Marokko

Halia Sophie, genannt »Alia«, lebt als Kinderfrau bei der französischen Botschafterfamilie in Rabat. Nathalie, die Tochter des Hauses, ist ebenso hübsch wie jung. Ihr eilt der Ruf voraus, dass sie jeden Mann um den Finger wickeln kann. Alia bewundert Nathalie – sie selbst ist noch nicht bereit für die Liebe. Aber dann begegnet sie dem berüchtigten Verführer René de Combourg und verliebt sich in ihn. Doch de Combourg hat ein Geheimnis, das er nicht preisgeben möchte ...

ISBN 3-404-14901-7

BASTEI LÜBBE

Intrigen, Liebe und Leidenschaft vor der wilden Schönheit Australiens

Nach dem Tod des tyrannischen Joseph Witney steht das Familienunternehmen Jacaranda Wines vor der Übernahme durch einen französischen Konkurrenten. Doch Cordelia, Josephs Witwe, ist fest entschlossen, den Verkauf zu verhindern. Sie überredet ihre Enkelin Sophie, die als Anwältin für Wirtschaftsrecht arbeitet, zu einer gemeinsamen Reise durch Australien, wo sie ihr die Geschichte von Jacaranda Wines näher bringen will. Die Fahrt wird zu einer Reise in die Vergangenheit, viele Generationen zurück, als mit der jungen Rose, die aus England kam, alles begann. Und dann begegnet Sophie dem Mann wieder, den sie um alles in der Welt vergessen wollte ...

ISBN 3-404-14896-7

BASTEI LÜBBE